ANJA EICHBAUM
Letzte Hoffnung Meer

HEILSVERSPRECHEN Drei Morde im Zuständigkeitsbereich der Kripo Schwerin versetzen die Urlaubsregion in helle Aufregung. Besonders der Tod von Marie Hafen, Krebspatientin in einer Privatklinik, löst Betroffenheit aus. Derweil kommt es innerhalb der Mordkommission zu einem Kompetenzgerangel rund um den neuen Ermittler Dr. Ernst Bender. Tiefsitzende Vorbehalte brechen hervor. Dass Bender mit der Polizeipsychologin Ruth Keiser und dem Norderneyer Polizisten Martin Ziegler alte Bekannte an der Ostsee trifft, mutet wie Zufall an, verhilft Bender aber zu Unterstützern vor Ort. Schon bald haben Ruth und Martin die »Strandbude 20« als ihren Treffpunkt ausgemacht. Denn dort gibt es nicht nur den besten Kaffee, sondern auch örtliches Insiderwissen und die neuesten Infos, die ihnen helfen, die vielen ungewöhnlichen Ereignisse zu verstehen. Stück für Stück gelingt es dem inoffiziellen Ermittlerteam, das Puzzle rund um die Mordfälle zusammenzusetzen …

Anja Eichbaum stammt aus dem Rheinland, wo sie bis heute mit ihrer Familie lebt. Als Diplom-Sozialarbeiterin ist sie seit vielen Jahren leitend in der Kinder- und Jugendhilfe tätig. Frühere biografische Stationen wie eine Krankenpflegeausbildung und ein »halbes« Germanistikstudium bildeten zugleich Grundlage und Füllhorn für ihr literarisches Arbeiten. Seit 2015 geht sie mit ihren Werken an die Öffentlichkeit. Aus ihrer Liebe zum Meer entstand ihr erster Norderney-Krimi, denn ihre Bücher verortet sie gern dort, wo sie selbst am liebsten ist: am Strand mit einem Kaffee in der Hand. Auf Eichbaums erfolgreiches Debüt »Inselcocktail« (2017) folgt nun ein Ostsee-Krimi.

Bisherige Veröffentlichungen im Gmeiner-Verlag:
Inselcocktail (2017)

ANJA EICHBAUM
Letzte Hoffnung Meer
Kriminalroman

Personen und Handlung sind frei erfunden.
Ähnlichkeiten mit lebenden oder toten Personen
sind rein zufällig und nicht beabsichtigt.

Immer informiert

Spannung pur – mit unserem Newsletter informieren wir Sie
regelmäßig über Wissenswertes aus unserer Bücherwelt.

Gefällt mir!

Facebook: @Gmeiner.Verlag
Instagram: @gmeinerverlag
Twitter: @GmeinerVerlag

Besuchen Sie uns im Internet:
www.gmeiner-verlag.de

© 2019 – Gmeiner-Verlag GmbH
Im Ehnried 5, 88605 Meßkirch
Telefon 0 75 75 / 20 95 - 0
info@gmeiner-verlag.de
Alle Rechte vorbehalten
1. Auflage 2019

Lektorat: Claudia Senghaas, Kirchardt
Herstellung: Mirjam Hecht
Umschlaggestaltung: U.O.R.G. Lutz Eberle, Stuttgart
unter Verwendung eines Fotos von: © Volker / fotolia.com
Druck: CPI books GmbH, Leck
Printed in Germany
ISBN 978-3-8392-2374-1

PERSONENREGISTER

Ruth Keiser, Polizeipsychologin
Martin Ziegler, Dienststellenleiter Polizei Norderney
Anne Wagner, Ärztin im Krankenhaus Norderney

Kriminalpolizeiinspektion Schwerin:
Doktor Ernst Bender
Jürgen Hofmann
Wolfgang Markow (Vorgesetzter)
Doktor Lorenz, Rechtsmediziner
u.a.

Polizeistation Boltenhagen:
Bernd Schulz

Seeadlerklinik:
Doktor Leonhard Schwab, Chefarzt
Elena Makowski, Patientin
Gerda, Patientin
Kerstin, Patientin
Peter, Patient
Jasmin, Krankenschwester

Rosensanatorium:
Dr. Gisela Baltrup, Chefärztin
Verena Wegner, Krankenschwester
Tom Jansen, Krankenpfleger
Simone, Krankenschwester
Sabrina, Krankenpflegehelferin
Marie Hafen, Patientin
Marion Heckel, Patientin
Ohlsen, Portier

Dr. Rolf Schimmer, Internist und Belegarzt
Charlotte Schimmer, seine Frau
Juliana, die Tochter

Jakob Behrends, Apotheker
Susanne Behrends, seine Ex-Frau
Ronja, die Tochter

Evelyn Jasper, »Dorfhexe«
Norbert Rother, Sargmacherstraße

Steiner, Pharmareferent

Strandbude 20
Georg und Hella, Besitzer
Jens, Angestellter

Ingeborg Bruch, Taxifahrerin in Wismar
Mona, medizinische Fachangestellte

Café Glücklich, Wismar
Café Sinnenreich, Wismar

PROLOG

Schimmer starrte auf den Bildschirm. Seine Hand bewegte unruhig die Maus, an der er sich festzuhalten versuchte. Er ahnte, in welch fassungslose Gesichter er sähe, wenn er den Blick hob. Er versuchte den Moment so lange wie möglich hinauszuzögern.

Wie er diese Augenblicke hasste. Der Fluchtgedanke ergriff ihn nahezu jedes Mal. Alles stehen und liegen lassen. Jetzt gleich. Wie es vor Jahren schon in der Politik passiert war. Einfach gehen. Ohne erkennbaren Anlass. Aus dem laufenden Geschäft heraus, den weißen Kittel ausziehen, den Kollegen mal eben zunicken – bin gleich zurück, würde das heißen – und im Foyer durch die große Schiebetür nach draußen treten. Tief durchatmen, die Freiheit spüren.

Genau an dieser Stelle seiner Gedanken verließ ihn jedes Mal die Fantasie. Es gab in seinem Leben keinen Plan B. Es gab nur diesen einen, seit Generationen vorbestimmten Weg. Alternativen waren für Spinner, aber nicht für Dr. med. Rolf Schimmer gedacht. Welches Leben sollte das auch sein? Alles aufzugeben, dazu war er nicht bereit. Sein Lebensweg war alternativlos.

Die Worte des Mannes drangen wie aus weiter Ferne zu ihm. »Was heißt das jetzt genau? Raumfordernder Prozess? Was bedeutet das für meine Frau?«

Er hörte genau, wie die Stimme des Mannes bei den letzten Silben in ungewöhnliche Höhen kippte. Wahrscheinlich hatte er schon eine Ahnung dessen, was er gleich hören würde.

Er hob den Kopf und erfasste mit einem Blick das Ehepaar, das mit großen, schon jetzt fassungslosen Augen vor ihm saß. In seinem Alter, gut gekleidet, keine dieser Patienten, bei denen man sofort eine Erklärung zur Hand hatte: Raucher. Übergewichtig. Zu wenig Bewegung.

Mit gesenktem Kopf nahm er ein weiteres Mal die Maus zur Hilfe, umkreiste mit dem Cursor das betroffene Gebiet, nachdem er den Bildschirm noch einmal etwas weiter in ihre Richtung gedreht hatte.

Er räusperte sich. »Natürlich können wir erst mit einer Gewebeprobe letztendliche Aussagen treffen. Aber alles, was sich uns hier heute darstellt, spricht für einen unaufhaltsamen Prozess, den wir verlangsamen, aber nicht stoppen können.«

Das Schweigen im Raum war schlicht nicht auszuhalten. Hatten die beiden verstanden, was er ihnen mitteilte? Musste er etwa noch deutlicher werden? Worauf warteten sie? Er schluckte. »Wenn Sie einverstanden sind, planen wir als Erstes die Operation und stellen dann den Behandlungsplan auf. Wünschen Sie eine psychoonkologische Begleitung?« Er hörte selbst, wie hohl und auswendig gelernt seine Ausführungen klangen. Er ahnte, dass er damit nicht durchkommen würde.

Tatsächlich schienen seine vorherigen Worte erst jetzt bei der Patientin angekommen zu sein. »Nicht stoppen können? Was heißt das? Es muss doch irgendetwas geben?« Ihre Stimme klang tonlos, er wusste, wie sehr sie damit die aufkommende Panik zu unterdrücken versuchte.

Der Schweiß brach ihm unter seinem weißen, gestärkten Baumwollkittel aus. Wieder streifte sein Blick nur ihr Gesicht und heftete sich dann an die Wand hinter der Patientin, wo ein Fotodruck der mallorquinischen Finca hing, die er zusammen mit seinem besten Freund gekauft hatte und in der er jedes Jahr die besten Wochen seines Lebens verbrachte. Aber nur weil er sie sich hier verdiente. Alternativlos. Ohne internistische Praxis kein privilegiertes Leben. Das eine war nicht ohne das andere denkbar.

»Sie sollten beginnen, Ihr Leben zu ordnen. Wir werden Sie nicht heilen können.«

Sie stöhnte auf. Ein Stöhnen, das tief aus ihrem Bauch zu kommen schien. Gleichzeitig sackte ihr Oberkörper ein.

»Welche Möglichkeiten haben wir?« Der schnelle Griff ihres Ehemanns hielt sie. Der Arzt konnte über den Schreibtisch hinweg die Kraft spüren, die die beiden verband. »Wir sind bereit, alles zu tun, was medizinisch indiziert ist.«

Doktor Schimmer nickte. Da war jemand gewohnt, die Dinge in die Hand zu nehmen. Nach schnellen und pragmatischen Lösungen zu suchen. Kommunikation auf Augenhöhe und mit Sachverstand. Er würde das alles nicht anbieten können. Es gab keine Lösung. Am Ende würde wieder nur die Emotion stehen.

»Wie lange?«

Er hatte auf die Frage gewartet. Er durfte nicht lügen. Er durfte keine Hoffnung machen, wo es keine gab.

»Wir haben kleine Kinder.« Sie hatte sein Zögern genutzt, um den Satz hinterherzuschieben.

Als wenn es etwas an den Tatsachen ändern könnte. Als wenn die Beurteilung der Faktenlage dadurch eine andere würde. Er konnte doch nichts dafür. Er war nur der Überbringer von Nachrichten. Ein hervorragender Diagnostiker. Aber kein Heiler. Kein Seelenretter.

»Stellen Sie sich auf maximal ein Jahr ein. Es tut mir leid.«

3 JAHRE SPÄTER

5. AUGUST

Sie kamen immer im Morgengrauen. Wenn die meisten noch schliefen. Sie wollten nicht gesehen werden, weil das die Stimmung im Haus sofort verschlechterte. Elena war realistisch genug, um das zu wissen. Sie hatte das Sterben ihrer Mutter begleitet, damals im Hospiz und viel zu viel von dem aufgeschnappt, was sie heute am liebsten nicht wüsste.

Auch zu nachtschlafender Zeit trugen die Bestatter die schwarzen Anzüge. Ob sie es wirklich aus Respekt vor den Toten taten oder um für sich selbst dadurch eine feierliche Distanz zu schaffen? Sie wusste es nicht. War es nicht auch egal? Ab wann würde alles egal sein? Erst mit dem Tod oder dann, wenn man endgültig kapitulierte?

Elena erschrak, als sie im Fenster der gegenüberliegenden Privatklinik eine weißgekleidete Person stehen sah. Sie kniff die Augen zusammen. Nein, kein Engel, wie ihr eine Stimme im ersten Augenblick einflüstern wollte. Dort stand ein Krankenpfleger. Blödsinn, maßregelte sie sich, Gesundheitspfleger hieß es heutzutage. Als wenn das etwas daran änderte, womit sie es zu tun hatten. Herr Jansen hieß der Mann, sie hatte ihn eher durch Zufall kennengelernt, als sie zu einer privaten Laboruntersuchung in der Arztpraxis nebenan war. Er hatte einen Mann begleitet, dem man von Weitem das Stadium seiner Erkrankung ansehen konnte. Elena hatte sich erschrocken und dennoch nicht den Blick abwenden können. Das waren die Momente, vor denen sie sich schon vor Antritt der Rehabilitation gesorgt hatte. Was, wenn sie hier alles noch mehr belasten, noch mehr herunterziehen würde? Sie hatte sich in eine ausliegende Zeitschrift vertieft, aber dann hatte die freundliche Stimme des Pflegers sie erneut aufmerken lassen. Was für ein mitfühlender junger Mann. Er war ihr sympathisch, weil er nicht so ein übertriebenes Getue gemacht hatte, wie sie es in den letzten Monaten viel zu oft erlebt hatte.

Seltsam, wie dieser Jansen jetzt dort zu dem Leichenwagen sah. Das würde nicht das erste Mal sein, dass er den letzten Abtransport beobachtete. Sollte ihm so etwas immer noch nahegehen?

Elena wandte sich ab. Es war morbide und selbstzerstörerisch, was sie hier machte. Schlimm genug, dass sie nicht mehr schlafen konnte. Aber sie hatte sich geschworen, ihre Energie den positiven Dingen zuzuwenden. Die positiven Dinge waren das Meer. Die Ostsee, die sie schon als Kind so geliebt hatte. Und ihre Strandbude. Die der Himmel hierhin gesetzt haben mochte. Ein Ort, an dem sich die Gesunden und Kranken trafen, einander beäugten, als kämen sie von unterschiedlichen Planeten. Ein Ort, an dem die Urlauber demütig wurden. An dem die Kranken manchmal verzweifelten, aber genauso oft Hoffnung schöpften. Mal sehen, ob es dort schon einen Kaffee gab.

*

Toms Nachtdienst war schon längst zu Ende. Trotzdem saß er noch immer im Stationszimmer. Der Tagdienst wuselte um ihn herum. Von Zeit zu Zeit forderte ihn jemand auf, doch nach Hause zu gehen. Aber Tom hatte abgelehnt.

»Lasst mal. Ich bin topfit. Ich koche euch allen einen Kaffee und mache noch die Apothekenbestellung.«

»Das kann doch der Spätdienst machen. Du solltest jetzt nach Hause gehen.« Schwester Verena schaute Tom prüfend ins Gesicht. »Ist etwas nicht in Ordnung?«

»Was, bitte, soll daran nicht in Ordnung sein, dass ich euch helfen will?«

Verena biss sich einen Moment auf die Lippen. Tom ahnte, wie sie ihre Worte abwägte. Sie konnte sich nicht leisten, jemanden aus dem Pflegedienst zu verprellen. Stellen gab es wie Sand am Meer. In vielen Krankenhäusern wurden mittlerweile Erfolgsprämien für die Vermittlung von Pflegepersonal ausgelobt. Verena würde nicht zu weit gehen. Da war sich Tom sicher. Ganz sicher.

»Also? In Ordnung, wenn ich noch helfe?«

Verena senkte den Blick. »Na ja, von mir aus. Ich verstehe zwar nicht, was dich umtreibt. Jeder andere will hier nach seinem Dienst nur raus.«

»Vielleicht bin ich ja in einen der Ärzte verliebt?« Tom hatte die Stimme in die Höhe geschraubt und deutete mit seiner Hand das Tragen einer Handtasche an.

»Du bist sowas von daneben.« Verena schien jetzt doch sauer zu werden. »Dass Schwulsein nichts Schlimmes ist, scheint bei dir ja noch nicht angekommen zu sein. Wie retro bist du eigentlich?«

»Ach komm, machst wieder einen auf liberale Wessie-Emanze. Bloß, weil ihr mal sowas wie eine Hippiezeit hattet, müsst ihr euch nicht so aufspielen. So, wie die Leute hier ticken, ist das schon ganz in Ordnung.«

»Hauptsache, du bist dir ganz sicher, dass du richtig tickst: Tom Jansen, der Checker. Wenn du so an deinen alten Zeiten hängst, dann nenn dich doch weiter Thomas. Aber nein, so retro darf es dann wohl nicht sein.«

Verena drehte sich von ihm weg und Tom ahnte, dass sie ihm verdeckt den Mittelfinger zeigte. Offen durfte sie es nicht. Schließlich war sie seine Vorgesetzte. Dumme, arrogante Gutmensch-Lesbe, die sich hier als Stationschefin aufspielte.

Tom grinste. Sie würde schon sehen. Er hatte Zeit.

*

Marie war überzeugt davon, dass der verdammte Krebs ihr nicht das Leben nehmen würde. Wenn sie eins wusste, dann das.

Sie hörte, wie sehr ihr Atem sich durch die Luftröhre nach außen quälte. Das Einatmen gelang ihr erstaunlich gut. Besser, als sie gedacht hatte. Es waren Momente wie diese, die sie hoffen ließen. Hoffnung beim Luftholen. Entsetzen und Angst beim Ausatmen. Als gäbe es einen Mechanismus, der ihre Trachea dehnte und wieder verschloss und das im Rhythmus ihres Atmens.

Trachea. Noch vor wenigen Monaten hätte sie mit dem Wort nichts anfangen können. Hätte abgelehnt, sich damit zu beschäftigen. Sie machte einen Bogen um all die Möchtegernmediziner, die sich um sie herum ausbreiteten. Wie sie es überhaupt hasste, wie mittlerweile jeder glaubte, alles zu wissen, alles zu verstehen, alles kommentieren zu müssen.

Marie hatte weder Lust noch Zeit, zu jeder Frage ihren Wikipedia-Joker zu zücken. Und doch konnte man sich kaum entziehen.

Hieß es nicht, die Ärzte verabscheuten die Patienten, die zur Behandlung kamen, nachdem sie sich bei Dr. Google die Erstdiagnose geholt hatten? Marie hatte den Eindruck gewonnen, dass die Ärzte im Gegenteil erwarteten, vom Patienten in die richtige Richtung geführt zu werden. Nicht nur das. Sie ließen die Patienten auch nach den Diagnosen reihenweise allein. Die Menschen, die auf den fachlichen Rat vertrauten, die die Meinung des Arztes schätzten und ihr vertrauten, waren auf sich selbst gestellt.

Was war schon davon zu halten, wenn aus dem Munde des Arztes die Empfehlung kam, sich eine Zweitmeinung einzuholen und die Informationsbroschüren der Deutschen Krebsgesellschaft mit nach Hause zu nehmen?

Fuck off!

Marie keuchte. Sie hatte sich tatsächlich in Rage gerannt. Wobei *gerannt* nicht der Ausdruck war, der Gesunden einfallen würde, wenn sie ihr zusähen. Ihr Atem arbeitete sich geräuschvoll wie der Dampf einer alten Maschine aus ihrem Mund. Marie war froh, dass sie diese nachtschlafende Zeit gewählt hatte, um das Laufen zu testen. Seit einer Woche steigerte sie von Tag zu Tag den Wechsel zwischen Gehen und Laufen. Dafür brauchte sie kein Publikum. Sie wollte es wissen: Was war noch möglich? Hatte sie eine Chance?

Ihre Wut steigerte die Kraft, die sie trotz der Atemnot in ihre Beine legte. Sie stampfte und drückte jedes einzelne Sandkorn in den weichen, torfigen Boden der Strandpromenade, bevor sie auf Höhe des Hundestrandes auf das abgelegene Ruinengrundstück abbog, das den Wendepunkt ihrer Laufstrecke markierte.

Maries Wut richtete sich gegen ihre eigene Korrektheit. Gegen ihre Fachlichkeit. Wie ernst hatte sie ihren Job doch genommen. Als Bankerin das Vermögen ihrer Kunden verantwortlich verwaltet. Nicht die Kunden angerufen: Holen Sie sich zu der Aktie lieber eine Zweitmeinung ein und vergessen Sie bitte nicht den Prospekt neben dem Bankschalter, der Sie über Anlagerisiken berät.

Sie hatte ihren Job gemacht und nun verlangte sie das, und nur das, von ihren Ärzten. Fachliche und kompetente Aufklärung. Eine klare Behandlungsempfehlung.

Aber das schien dieser Schimmer nicht leisten zu können. Nicht leisten zu wollen. Wenn Marie sich umhörte, zweifelte sie daran, dass irgendwer es leisten wollte. Jedenfalls nicht so, wie sie es sich vorstellte. Wie sie es brauchte. Ja, sie sollte dankbar sein. Hatte jeden Hoffnungszipfel ergriffen, der sich ihr bot. Alle sprachen von einem Wunder. Spontanremission. Das Wort, auf das alle hofften. Aber umso wichtiger war es doch, den Erfolg bei ihr öffentlich zu machen. Die Geheimniskrämerei würde sie jedenfalls nicht mitmachen. Da musste es doch eine Fachaufsicht geben. Das musste doch noch jemanden außer ihr interessieren. Und das hatte sie diesem Doktor Schimmer auch ins Gesicht gesagt.

Maries Atem wurde rasselnder. Sie blieb stehen, beugte sich zurück und stützte mit den Händen ihren Rücken. Das Einatmen bereitete ihr nun auch Schmerzen.

Nur mit Willenskraft würde sich der Feind in ihrem Körper nicht besiegen lassen. Aber letztendlich würde sie es schaffen. Das schwor sie sich. Der erste Erfolg war da. Was für ein Sieg.

Sie beugte sich nach vorne und legte ihre Hände quer auf die zitternden Oberschenkel. Luft holen, zu Atem kommen. Sie blickte auf. Zwischen den Bäumen sah sie das Meer. Wie ein ruhiges hellblaues Band zog es sich um die geschwungene Küste, legte sich geschmeidig in die Bucht, die links von einer Steilküste begrenzt wurde. Als wäre das Meer schwanger und schöbe die Auswölbung seines Bauches immer weiter Richtung Land. Marie spürte eine machtvolle Sehnsucht nach der klaren Wasseroberfläche. Sich hineingeben, sich hingeben. Aufgeben. Zurückkehren, von wo sie einst gekommen war.

Sie schüttelte sich. Nein, sie musste solche Gedanken radikal verdrängen. Durfte sich nicht schwächen lassen.

Als sie das Knacken hinter sich hörte, hatte sie sich gerade wieder zu voller Größe aufgerichtet. Natürlich würde sie es schaffen. Wie sie bisher im Leben alles geschafft hatte. Da würde sie sich von diesem Krebs doch nicht reinpfuschen lassen.

Langsam drehte sie sich um. Sie hätte nicht sagen können, mit was sie gerechnet hatte. Ganz sicherlich nicht mit dem, was sie sah.

Der Schrei erstarb ihr im Mund. Die Gedanken rasten. Die Füße wollten laufen, aber sie hatte schon alle Kraft verbraucht.

Hinter ihr stieg die Sonne gerade auf und legte einen goldenen Schleier über seine schwarze Gestalt. Im Messer verfing sich ein Sonnenstrahl wie ein geplantes Beleuchtungsszenario.

Er keuchte, als er näher kam. Wie sonderbar, dass ihr Atem sich nun gänzlich beruhigt hatte.

»Was ist?«, stieß sie hervor.

Die Gedanken ratterten. Es war ein Traum, ein Alp, aus dem sie jeden Moment erwachen musste. Das Schreckgespenst der Krankheit hatte sich im Schlaf verkleidet, wollte ihr Botschaften schicken. Das war nicht real. Das konnte nicht sein.

Erst, als das Messer auf sie zuraste, stieß sie den Schrei aus, der gurgelnd verhallte, als die kalte Spitze in ihre Kehle drang.

∗

Ruth Keiser sprang mit einem Satz aus dem Bett. Ein Geräusch, das sie nicht zuordnen konnte, hatte sie geweckt.

Einen Moment lang drehte sich alles um sie, sodass sie wieder zurücksank. Ruth hatte keine Ahnung, wo sie sich befand und erst nach und nach sortierten sich die Farben, die Holzwände, die Möbel, das Zimmer und die Laute, die von draußen hineindrangen, zu einem erklärenden Ganzen. Ruth ließ sich wieder auf das Bett sinken. Sie registrierte die fast leere Flasche Chardonnay auf dem Nachttisch, daneben ein Glas, in dem sich ein letzter Rest befand und über dem sie eingeschlafen sein musste. Ohne Zähneputzen, schoss ihr durch den Kopf. Ach, shut up, ließ sie den nächsten Gedanken ungewohnt drastisch folgen. Sie war nicht ihre eigene Erziehungsberechtigte und ihr Zahnarzt war mehr als zufrieden mit dem Zustand ihres Gebisses. An ihnen werde ich nicht reich, pflegte er zu scherzen, was er bedaure, weil sie doch privat versichert sei. Er wäre der Erste, der ihr das vergessene Zähneputzen nachsehen würde. Erst recht, wenn sie ihm erklärte, was dazu geführt hatte. Er konnte das gut. Sich interessieren und verstehen. Zahnheilkunde muss dem ganzheitlichen Ansatz folgen, war seine Devise und sie lächelte bei dem Gedanken. Manchmal hatte sie den Eindruck, dass er damit einfach besser bei den Patientinnen punkten konnte und er dem ein oder anderen Flirt durchaus nicht abgeneigt war. Aber es ging auch das Gerücht, dass er sich nicht einfangen ließe und das wiederum gefiel Ruth, die nach ihrer gescheiterten Ehe nicht noch einmal vorhatte, sich auf ein Konstrukt einzulassen, das am Ende nur Verletzungen und Enttäuschungen bereithielt. Mochte eine Heirat nach wie vor eine tragfähige Basis sein, um gemeinsam Kinder zu erziehen, so griff dieses Argument bei ihr nicht mehr. Sie war ihrem Ex-Mann Michael mehr als dankbar, dass sie es allen Zerwürfnissen zum Trotz geschafft hatten, ihre gemeinsame Tochter aus den Scheidungsstreitigkeiten herauszuhalten. Jetzt war Lisa-Marie erwachsen, stand auf eigenen studentischen Füßen und sie, Ruth, hatte eindeutig die Grenze überschritten, noch einmal Mutter und Ehefrau werden zu wollen. Tatsächlich war alles gut so, wie es war. Meistens jedenfalls. Und besonders nach einem harmlosen Flirt mit ihrem Zahnarzt.

Aber dass sie hier heute Morgen mit schalem Weingeschmack erwachte, war eindeutig ein Zeichen, dass zumindest gerade jetzt doch nicht alles in Ordnung war.

Sie stöhnte auf. Was hatte sie sich da nur eingebrockt?

Sie richtete sich erneut auf. Langsamer als vorhin. Blieb erst einmal gerade stehen und streckte die Arme über den Kopf. Dann beugte sie sich mit Schwung nach vorne und hob die Arme über die Seiten wieder an, um die Hände anschließend gefaltet vor ihrer Brust zum Ruhen zu bringen. Sich wenigstens kurz fokussieren, ab morgen würde sie dann mit dem gewohnten Sonnengruß in den Tag starten.

Ruth gähnte, während sie auf dem Weg ins Bad überlegte, ob sie erst die Kaffeemaschine anstellen sollte. Aber sie wusste nicht, welche Art von Maschine sie in der Küche erwartete und verwarf den Gedanken wieder. Erst für einen klaren Kopf zu sorgen, schien ihr angebrachter.

Im Badezimmerspiegel verwuschelte sie bei ihrem Anblick ihre blonden, kräftigen Locken. Immerhin ließen sich ihre Haare nicht aus der Ruhe bringen, das war schon was. Die Falten in ihrem Gesicht allerdings erzählten eine ganz andere Geschichte und Ruth schüttelte sich kurz. Bisher war das Älterwerden ziemlich spurlos an ihr vorbeigegangen, aber heute Morgen war sie mehr als dankbar, dass niemand außer ihr Zeuge eines nun deutlichen Verfalls wurde. Sie hatte immer abgetan, dass ihr das Älterwerden etwas ausmachte, daran begann sie gerade gehörig zu zweifeln.

Was soll's, dachte sie im gleichen Augenblick. Es war sowieso nicht zu ändern, und alles andere war derzeit wichtiger. Sie seufzte tief, drehte das Wasser auf kalt und schüttete sich mit den hohlen Händen die kühle Nässe ins Gesicht.

»Schon viel besser«, sagte sie laut zu ihrem Spiegelbild und griff zu den bunten Handtüchern auf der Ablage. Hier schien jemand zu wissen, dass sie Farben dringend nötig hatte.

Sie zog T-Shirt und Slip aus, ließ beides auf dem Boden liegen und schlüpfte im Schlafzimmer in frische Wäsche. Die Jeans von gestern und ein frisches Shirt aus der achtlos in die Ecke gestellten Reisetasche würden vorläufig reichen. Sie schloss die Gürtelschnalle und steckte dann beide Hände in die Taschen, um den Hosenbund bis auf die Hüfte hinunterzudrücken. Sofort fühlte sie sich besser. Du und deine Jeans, hatte ihr Ex immer gemeckert. Es war ihre Uniform, ihr Schutz, ihre zweite Haut.

Ruth tapste auf nackten Füßen zum Fenster. Gestern Abend war sie so spät und übermüdet angekommen, dass sie froh über die zugezogenen Vorhänge vor den Fenstern war. Nichts war ihr lieber gewesen, als die Welt auszusperren. In der lauen Sommernacht hatten viele Familien draußen gesessen, und der ganze Ferienpark war erfüllt gewesen von sommerlicher Heiterkeit. Sie alle hatten Ruth verwundert betrachtet, die allein mit ihrem Mini-Cabrio vorgefahren war und mit nichts anderem als einer abgewetzten ledernen Reisetasche und einem schweren Rucksack das Haus betreten hatte. Kurz danach hatte sie noch eine Kiste mit Büchern und Ordnern vom Beifahrersitz gewuchtet. Sie hatte die Blicke, die sie ins Ferienhaus begleiteten, gespürt und die Gedanken der anderen erraten. Es war auch zu verwunderlich, was jemand mit dieser Ausstattung hier im Ferienpark suchte. Bullshit, hatte Ruth gedacht, als sie mit der Kiste in den Händen die weiße Holztür mit der Hacke zustieß. Denen da draußen war sie keine Rechenschaft schuldig und sie würde ihnen wenig Gelegenheit für Begegnungen bieten. Schließlich hatte sie sich ein volles Arbeitsprogramm verordnet.

Mit Schwung riss sie nun den gelben Vorhang zur Seite. Ihr Schlafzimmer befand sich vis-à-vis zum Fenster eines roten Schwedenhauses. Nett hier, schoss es Ruth durch den Kopf, vielleicht würde die Umgebung sowohl inspirierend als auch beruhigend auf sie wirken. Alles war jedenfalls besser als ihr Zuhause, wo sie derzeit weder zur Ruhe noch zum Arbeiten kam.

Sie öffnete das große Sprossenfenster und atmete mit geschlossenen Augen tief durch. Doch eben als sie sich vom Fenster abwenden wollte, fing ihr Blick etwas ein, das sie in der Bewegung verharren ließ. Sie starrte hinüber zum benachbarten Ferienhaus. Wollte es nicht glauben. Konnte es nicht glauben. Dort drüben stand Martin. Martin Ziegler. Ihr alter Freund und Kollege. Der Inselsheriff von Norderney.

*

Misstrauisch meldete sie sich am Telefon. Nur ein schon fast abweisendes: »Ja, bitte?« Dann horte sie zu. Meist erkannte sie schon an der Stimme, ob es Sinn machte, weiterzuplanen. Ihre Fragen, die sie stellte, waren knapp, präzise und wohlüberlegt. Sie wollte wissen, wer den Kontakt vermittelt hatte, welche Aussagen und Prognosen es gab und ob es eine generelle Offenheit gegenüber ihrer Vorgehensweise gebe. Spätestens anhand dieser Antworten konnte sie beurteilen, wo sie das Treffen stattfinden lassen würde.

Jemanden sofort abzuweisen, würde nur böse Geister heraufbeschwören. Für die Menschen, mit denen sie in Kontakt kam, gab es nur noch zwei Seiten, zwei Farben, zwei Welten. Wenn sie ihnen vermeintlich und willentlich die Tür zum Guten, zum Weiß, zum Licht verschloss, stände sie auf der Seite der Gegner.

Nein, wenn der Kontakt eingefädelt worden war, musste sie tätig werden. Alles andere würde sie sich selbst nicht verzeihen. Und sei es nur, um ein persönliches Gespräch zu führen. Ein Gespräch an einem neutralen Ort, bei dem sie zumindest ein wenig Mitgefühl und Verständnis, gute Wünsche und die ein oder andere Empfehlung mit auf den Weg geben würde, denn das war es, was den meisten derer, die sie um Hilfe baten, fehlte. Ein gutes Wort. Ein wenig Zuversicht, an die sie sich klammern konnten. Eine allerletzte Hoffnung. Sie konnte nicht allen helfen. So schwer es ihr fiel. Auch sie musste abwägen und Grenzen ziehen. Schon weil sie selbst nicht mehr ausreichend Kräfte hatte. Es ging immer um Konzentration in der Heilung, nie um wahlloses Bedienen. Aber sie musste die richtigen Worte finden und dann war es oft schon genug. Mehr zumindest, als die Ärzte geben konnten oder wollten. Und wenn sie danach an der Garderobe wieder in ihr Cape schlüpfte, wusste sie, dass sie selbst in aussichtslosen Fällen etwas bewirkt haben würde.

Überhaupt: das Cape, ihr Schutzschild, das die Blicke der Dorfbewohner immer noch mehr auf sie lenkte. Aber es war ihr egal, oder besser, sie war selbstbewusst genug, um diese Blicke auszuhalten. In Wirklichkeit genoss sie sie. Sie mochte, wie die Leute über sie dachten, was sie munkelten und unterstellten, weil es ihr Macht gab und gleichzeitig die Distanz schaffte, die für ihr Tun unabdingbar war. Wenn sie deswegen als »Dorfhexe« bezeichnet wurde, fühlte sie sich mehr geschmeichelt als ausgestoßen.

Der Anrufer hatte ihre Fragen ausführlich beantwortet. Mit einem alten Bleistiftstumpen hatte Evelyn die wenigen Notizen, die für sie relevant waren, auf die zerrissenen Altpapierblätter geschrieben, die sie in der alten Zigarrenkiste, die noch von ihrem Vater stammte, sammelte.

Sie nahm nun mit der linken Hand die runde Nickelbrille ab und legte sie auf den alten Kirschbaum-Sekretär.

Nun, diese Leute würde sie nicht in das Café in der Stadt bestellen müssen. Hier lag ganz klar auf der Hand, dass es sich um genau einen dieser Fälle handelte, für die sie zu kämpfen bereit war. Alle Voraussetzungen waren gegeben. Sie war die letzte Rettung.

»Kommen Sie morgen um 15.00 Uhr zur Deichstraße. An der Ecke zum Dünenweg können Sie parken. Ich warte dort auf Sie.«

Zum Ende war ihre Stimme mit jedem Wort weicher und wärmer geworden. Als sie aufgelegt hatte, lächelte sie. Ihr Golden Retriever, der in der Tür zum Wintergarten gelegen hatte, blickte auf.

»Komm, Florence, wir machen uns einen Tee und dann lassen wir uns den Wind noch einmal um die Nase wehen. Was meinst du?«

Sie beugte sich im Vorbeigehen zu der Hündin hinunter und schaute ihr fest in die Augen.

»Das kriegen wir hin. Meinst du nicht auch?«

※

»Ruth? Ruth, bist du das wirklich?« Martin rieb sich übertrieben die Augen, als er über die Veranda zu Ruths Ferienhaus gelaufen kam. »Was, um Himmels willen, machst du hier?«

»Das kann ich dich genauso fragen. Was machst du an der Ostsee? Wer bewacht denn nun die Insel?« Ruth lachte etwas angestrengt, was ihr sofort einen kritischen Blick von Martin einbrachte.

»Alles in Ordnung bei dir? Du siehst ziemlich überarbeitet aus.«

»Oh, danke für das Kompliment am frühen Morgen.«

»Sorry, war nicht so gemeint. Du kennst mich doch. Ich bin nicht so ein Süßholzraspler.«

»Weiß ich doch.« Ruth nickte. »Aber du hast meine Frage nicht beantwortet.«

»Auch ein Inselsheriff hat mal Urlaub. Da sitzt jetzt ein anderer den sommerlichen Ansturm auf die Insel aus.«

»Und dann fährst du ausgerechnet an die Ostsee? Einfach nur so an das andere Meer? Tauschst Nordsee-Strandkorb gegen Ostsee-Strandkorb? Sowas habe ich noch nie verstanden.« Ruth schüttelte den Kopf.

»Na ja. Das hat schon einen besonderen Grund. Ich bin – ach, weißt du, ich koche uns jetzt erstmal einen Kaffee bei mir drüben. Kommst du gleich auf unsere Veranda, ich decke da den Frühstückstisch.«

»Eure Veranda? Du bist nicht allein?«

»Ähm, ja, das wollte ich dir beim Kaffee erzählen. Ich bin mit Anne Wagner hier. Ihren Eltern gehört das Haus.«

»Mit Anne Wagner? Der Ärztin aus dem Norderneyer Krankenhaus?«

»Genau. Ihr kennt euch ja schon. Anne holt gerade Brötchen und Croissants im Biomarkt ein Stück weit die Straße runter. Sie wird sich freuen, dich zu sehen.«

»Dann seid ihr also ...« Ruth stockte. »Dann bist du also jetzt mit Anne zusammen.«

»Ja, kann man so sagen.« Martin wirkte verlegen, aber gleichzeitig strahlte er über das ganze Gesicht. »Noch nicht so lange, aber im letzten Herbst hat sich das so ganz langsam angebahnt.«

»Verstehe.« Ruth nickte und kam sich selbst hölzern und steif vor. Warum konnte sie sich jetzt nicht einfach freuen? Schließlich hatte sie Anne richtig sympathisch gefunden. Auch wenn sie selbst Martin schon lange gut kannte, mehr hatte sie da nie erwartet. Eifersucht konnte es also nicht sein, das nagende Gefühl, das sie in ihrem Inneren spürte.

»Also, abgemacht? Gleich zum Kaffee? Annes Eltern haben eine Hightech-Kaffeemaschine in ihrem Ferienhaus. Ich zaubere dir den besten Latte macchiato weit und breit.«

»Besser als der von der Milchbar?« Jetzt lächelte Ruth doch, als die Erinnerung an das traumhafte Café mit Meerblick auf Norderney in ihr aufstieg.

»Viel besser.« Martin zwinkerte. »Nur, so hervorragende Cocktails kann ich dir nicht bieten.«

Jetzt lachte Ruth ihr altes herzhaftes Lachen. »Okay, die brauche ich tatsächlich am frühen Morgen noch nicht. Also bis gleich, ich freue mich.«

*

»Herr Doktor Schimmer?« Die junge Arzthelferin, die so verschüchtert wirkte, sobald sie ihn ansprechen musste, steckte ihren Kopf zur Tür hinein, nachdem sie zaghaft angeklopft hatte.

Rolf Schimmer schloss die Immobilienseite, die er gerade auf neue Angebote hin abgesucht hatte.

»Was gibt's?«, raunzte er unwirsch.

Die Arzthelferin zuckte zusammen. »Es ist nur, hier draußen steht ein Pharmareferent.« Ihre Stimme wurde mit jedem Wort leiser. Schimmer ahnte schon, warum. Für die jungen Damen war es schwierig zu unterscheiden, wen er sehen wollte und wer abgewiesen werden sollte. Das wechselte selbst bei ihm und entsprechend uneindeutig waren seine Anweisungen an das Personal. Auch heute war er zaghaft. Ein anderes Gespräch würde ihm jetzt guttun. Er musste unbedingt auf andere Gedanken kommen, bevor er den nächsten Patienten vor sich sitzen hatte.

»Wer ist es denn?«, fragte er nach.

Die Stimme der Arzthelferin wurde immer leiser. »Herr Steiner, Sie wissen schon.«

Ausgerechnet Steiner. Er konnte es sich nicht leisten, ihn schon wieder abzuweisen. Das war nun das dritte Mal, das er vorsprechen wollte. Ausgerechnet heute. Schimmer rieb sich mit der Hand über das Gesicht. Es half nichts.

»Schicken Sie ihn rein. Und bringen Sie uns bitte zwei Kaffee.«

Ohne Kaffee würde es heute nicht weitergehen.

*

Kurz hatte Ruth überlegt, barfuß oder in Flipflops hinüber zum anderen Ferienhaus zu laufen. Ein Blick auf ihre Zehen jedoch riet dann doch dringend zu einer vorherigen Pediküre. Zumindest mochte sie sich so nicht den Blicken von Anne aussetzen. Sie wusste, es war albern, besonders, wenn man einen Strandurlaub plante, aber die Zehen empfand sie selbst als einen der intimsten Körperbereiche. Am Strand wären ihr die Blicke anderer noch egal, aber in der Nähe von Anne und Martin? Die Psychologin in ihr räusperte sich. Okay, sie würde in einer ruhigen Minute einmal darüber nachdenken, was genau das über sie aussagte. Aber jetzt lockte der Café Latte. Deswegen holte sie schnell ein Paar Socken aus der Reisetasche und schlüpfte in ihre neuen weißen Tennisschuhe, die sie sich gegönnt hatte.

»Kommt alles wieder«, hatte sie zu der jungen, aufgebrezelten Verkäuferin gesagt, die aussah, als wollte sie zum nächsten Modelcasting und wäre nur aus Versehen beim Schuhkauf gelandet. »Sowas war schon mal richtig modern. Karotte, Sweatshirt und weiße Tennisschuhe. Da war ich 15 und habe die Klamotten von meiner Cousine geerbt. Als keiner sie mehr trug. Aber jetzt bin ich wohl gerade richtig hip.«

Ruth hatte sich auf die Lippen gebissen, als sie den verständnislosen Blick des Mädchens auffing. Sie wusste selbst nicht, was mit ihr los war. Sonst redete sie doch auch nicht so drauflos, schon gar nicht so ein belangloses Zeug. Als Ruth jetzt an diesen Moment zurückdachte, schüttelte sie nur den Kopf. Ob sie zu viel Zeit mit sich allein verbrachte und anfing, wunderlich zu werden? Umso besser, dass sie jetzt mit Martin und Anne frühstücken konnte.

Anne stand schon auf der Veranda und strahlte sie an. Sie sah so jung, frisch und entspannt aus, dass sich Ruth vor lauter Verlegenheit mit der Hand durch die blonden Locken fuhr. Seltsam fühlte es sich an zu wissen, dass Anne mit Martin zusammen war.

»Ruth! Ich habe gedacht, Martin macht Scherze. Du bist tatsächlich nebenan im Ferienhaus? Das gibt es doch gar nicht.«

»Ich habe auch gedacht, ich sehe Gespenster, als Martin da so stand.«

»Hallo? Gespenster?« Martins dröhnende Stimme drang zu ihnen nach draußen. »Nur weil ich nicht so schnell braun werde, musst du mich nicht gleich beleidigen. Aber macht mal Platz, hier kommt der Kaffee.« Martin balancierte vorsichtig ein blaues Tablett mit drei Latte macchiato in der Hand. Instinktiv zog er den Kopf an der Holztür ein Stück ein. Die Sommerhäuser wirkten wie kleine Puppenhäuser und Martin schien hierfür nicht unbedingt proportioniert. Er grinste Ruth an, nachdem er das Tablett abgesetzt hatte und sich einmal zu voller Größe räkelte.

»Ach komm, du warst doch genauso erschrocken, mich zu sehen«, erwiderte Ruth.

»Erschrocken nicht, aber mehr als erstaunt. Und das bin ich immer noch. Bist du unter die Tennisspielerinnen gegangen?« Er deutete auf Ruths Schuhe.

»Blödsinn, du läufst doch auch das ganze Jahr in Sportschuhen herum.«

»Ja, aber ausgerechnet Tennisschuhe. Ich hätte es cool gefunden. Schau mal, dort drüben sind Plätze und die gehören zur Ferienanlage. Kannst also jederzeit hier spielen.«

»Jetzt setz dich doch erstmal.« Anne winkte Ruth zu sich. »Ich habe genug vom Bäcker mitgebracht, weil wir heute ein Picknick machen wollten. Komm, greif zu.«

Ruth ließ sich an dem bunt gedeckten Tisch nieder. Eine in Sommerfarben gestreifte Tischdecke, ein weißer Brotkorb mit Brötchen und Croissants, verschiedene Marmeladen, Honig, Quark und Nusscreme beschworen vor den Schwedenhäusern eine Landhausromantik herauf, von der Ruth immer gedacht hatte, es gäbe sie nicht in Wirklichkeit.

Sie griff nach ihrem Latte-Glas und umklammerte es mit beiden Händen. »Macht ihr nur mal mit eurem Frühstück, ich esse morgens nichts. Aber trotzdem danke.«

»Ach komm, wenigstens ein halbes Croissant. Ich teile gerne mit dir.« Schon hielt Anne ihr eine Hälfte hin und Ruth nahm sie instinktiv an, während Anne lachend bemerkte: »Bei der Kalorienzahl der Croissants ist es keine schlechte Idee, sie nur in Hälften zu essen.«

»Das läufst du doch gleich auf dem Platz wieder runter, wenn du mich von Ecke zu Ecke jagst«, brummte Martin dazwischen, während er auf seinem Körnerbrötchen kaute.

Ruth schaute beide ungläubig an. »Ihr spielt Tennis?«

»Schon von Kind an«, bestätigte Anne. »Deswegen war dieses Ferienhaus für meine Familie so ideal. Keine fünfhundert Meter zum Meer und den Sandplatz gleich vor der Tür.«

»Aber Martin? Du hast doch noch nie Tennis gespielt. Oder habe ich da etwas verpasst?«

Martin nickte. »Stimmt schon. Hatte auch immer Vorbehalte. Von wegen elitär und versnobt. Aber das ist jetzt anders.« Martin strahlte Anne an.

»Ich habe Martin überredet, es einmal auszuprobieren. Wir sind zuhause frühmorgens auf den Platz, wenn noch kein anderer spielt, damit er sich nicht so wie auf dem Präsentierteller fühlt. Als es anfing ihm Spaß zu machen, hat er sich Trainerstunden dazugebucht.«

»Gibt es auf Norderney Tennisplätze?«

»Klar. Ganz früher waren die sogar mal am Deich in der Nähe der Milchbar. Das kann man auf ganz alten Schwarz-Weiß-Fotografien sehen. Mittlerweile sind die Plätze gut versteckt bei den Sportanlagen hinter der Mühle.«

Ruth war mehr als erstaunt. Als sie im Herbst auf der ostfriesischen Insel war, hatte sie Martin wiedergetroffen, der sich nach einem Burnout dorthin hatte versetzen lassen. Sie hatte sich Sorgen gemacht, ob der Rückzug aus der gewohnten Welt das Richtige für ihn war. Aber so wie sie ihn jetzt erlebte, konnte sie nur sagen, dass es wohl die beste Entscheidung seines Lebens war.

Anne hielt Ruth den Brotkorb hin: »Doch noch etwas? Ich freue mich so, dass wir uns hier wiedersehen. Das war im Oktober viel zu kurz und ja auch einigermaßen anstrengend.«

Ja, das war es. Vor Ruths Augen ploppten szeneartig die Bilder des herbstlichen Norderneys auf, sie erinnerte sich des Orkans, der über die Insel gefegt war und der Mordserie, in die sie so unvermittelt mit Martin und Anne hineingeschlittert war. Gerade mal ein Dreivierteljahr und alles lag schon wieder weit hinter ihr. Und nun saß dieses verliebte Paar vor ihr und es schien, als wäre aus Martin in den vergangenen zehn Monaten ein neuer Mensch geworden.

»Was machst du nun eigentlich hier?« Martin musterte Ruth eindringlich. »Irgendwie habe ich das Gefühl, dass du nicht als Sommerfrischlerin hier aufgelaufen bist. Oder täuscht mich meine kriminalistische Spürnase?«

Ruth hob abwehrend beide Hände. »Also tatsächlich habe ich nur nach einem ruhigen Platz für die nächsten drei Wochen gesucht. Mach das mal kurzfristig im Sommer. Wenn alles ausgebucht ist.«

»Wieso ein ruhiger Platz? Du hast doch eine Wohnung ganz für dich alleine.«

»Dachte ich auch. Aber es gibt eine größere Renovierungsmaßnahme in unserer Hausanlage und ich habe das genau 48 Stunden ausgehalten.« Ruth fasste sich mit beiden Händen an den Kopf. »Danach bin ich ins nächste Reisebüro gestürmt.«

Sie sah Annes verwunderten Blick. »Ich arbeite ja mehr oder weniger freiberuflich und habe mein Büro deswegen zuhause. Über den Sommer bin ich nicht für Vorträge und Coachings gebucht und die Vorlesungen an den Hochschulen und Akademien entfallen. Deshalb hatte ich zugesagt, weil das zeitlich so passte, mehrere Fachartikel zu schreiben und über die Inhalte der Fortbildungsreihe ein Fachbuch zu schreiben.«

»Und dann kamen die Bauarbeiter?« Anne schaute verständnisvoll.

»Ja.« Ruth nickte. »Tagsüber die Bauarbeiter und abends Freunde, die sich freuen, dass ich mal am Ort war und nicht auf Fortbildungstour. Und dann stand meine Tochter mit Liebeskummer vor der Tür.«

»Ist doch schön, wenn Lisa-Marie mal wieder zuhause aufschlägt, oder nicht?« Martin schaute sie erneut nachdenklich an. Er kannte ihre ganze private Misere, die zwar schon viele Jahre zurücklag, aber Spuren hinterlassen hatte.

»Klar. Ich freue mich ja, dass sie Zuflucht bei mir nimmt. Aber helfen kann ich nicht. Dazu kommt, dass ich fürs Buch eine Deadline habe und einfach nicht mehr zum Arbeiten gekommen bin. Letztendlich ist ihr mehr damit gedient, dass ich ihr die Wohnung für die nächsten Wochen überlasse.«

»Und dann hat das Reisebüro dir dieses Ferienhaus angedreht? Das war aber ein Geschäft. Kommt mir etwas überdimensioniert vor, um mal eben vor den Bauarbeitern zu flüchten.« Martin lachte trocken.

»Nein. Nein. So war es nicht. Als ich dort saß, dachte ich, wenn schon, denn schon. Weil es Sommer ist und ich ans Meer wollte, wo es in der Hochsaison aber nicht so einfach etwas gibt. Da sind wir auf eine Stornierung für dieses Haus gestoßen. War gerade reingekommen. Ein Todesfall in der Familie. Ziemlich makaber, aber für mich ein Segen.«

»Und du hast zugegriffen?«

»Ja. Ich habe nicht lange gezögert. Ich hatte auf einmal Sehnsucht nach der Ostsee. Ich stelle mir das schön vor, meine Arbeitsmaterialien überall ausbreiten zu können.

Wie eine große Mindmap oder ein Storyboard alles verteilen und beim Schreiben die einzelnen Quellen nutzen können. Dabei trotzdem Urlaub zu haben, schwimmen zu gehen, das Fahrrad im Schuppen zu nutzen. Wenn ich Lust habe, nach Lübeck, Wismar oder Schwerin zu fahren und Stadtluft und Kultur zu tanken.«

»Nun stößt du ausgerechnet hier auf uns. Das glaubt doch kein Mensch. Zufälle gibt es, die sind keine. Oder, was meint ihr?« Martin schaute in die Runde.

Anne deutete wie wild auf Ruths Füße. »Ich glaube, dass es kein Zufall ist. Deswegen sind auch deine Tennisschuhe ein Zeichen. Da kommst du jetzt nicht dran vorbei. Du musst mit uns auf den Platz.«

※

Ruth hatte nach dem Frühstück keine Lust mehr, sich an ihren Laptop zu setzen. Immerhin hatte sie, um das aufkeimende schlechte Gewissen zu beruhigen, ihre Schreibmaterialien aus den Kisten im Haus verteilt. Vielleicht war es doch keine gute Idee gewesen, an die Ostsee zu fahren. Sie hatte sich das so reizvoll ausgemalt: in der Nähe des Meeres zu sein, nach eigenem Rhythmus zu arbeiten, zu schlafen, den Sommer zu genießen. Bei der Buchung hatte sie ein kleines freistehendes Haus vor Augen gehabt, und war nur kurz ins Zweifeln geraten, als Worte wie Tennisanlage, Kiosk und Restauration in Ferienparknähe gefallen waren. Doch sie war nur glücklich gewesen, überhaupt etwas gefunden zu haben und der Wunsch nach Urlaub und Erholung war vielleicht doch größer gewesen als die Hoffnung, in Ruhe schreiben zu können.

Überhaupt, sie war jetzt schon Monate mit dieser Fortbildungsreihe auf Tour gewesen. »Auf Tour«, wie sich das anhörte. Sie lachte bei dem Gedanken an einen Tourbus und Groupies, die sie begleiteten. Zwar wurde sie gerne gebucht, aber vom Pop- und Rockgeschäft war sie mit ihren Themen denkbar weit weg. Als ehemalige Kriminalerin, die anschließend Psychologie studiert hatte, war sie als Dozentin deutschlandweit gefragt. Sie war fast mehr unterwegs als in ihrer Wohnung, die sie sich damals nach der Scheidung gekauft hatte. Die groß genug war, dass Lisa-Marie die Hälfte der Zeit bei ihr verbringen konnte. Aber nicht so groß, dass Ruth sie nicht allein füllen konnte, wenn ihre Tochter bei Michael war.

Ruth hatte die Fachartikel, die sie in den letzten Jahren publiziert hatte, in Ordnern gesammelt und mitgebracht. Natürlich würde das auch alles digital gehen, hatte sie zu Lisa-Marie gesagt, die kopfschüttelnd geholfen hatte, die Kiste mit den Ordnern und Fachbüchern ins Auto zu tragen.

»Aber du weißt doch, ich bin nun mal der haptische Typ«, hatte Ruth augenzwinkernd bemerkt. »Ich muss alles anfassen und berühren können.«

Gleichzeitig hatte sie ihrer Tochter über den Kopf gestrichen, wie sie es seit Lisa-Maries Geburt immer wieder gemacht hatte, zunehmend unter dem halb gespielten Protest der größer werdenden Tochter.

»Mach das bloß nie, wenn meine Freundinnen dabei sind«, hatte Lisa-Marie als Teenager gesagt, sich aber meist gleichzeitig an Ruth angelehnt. Mehr an Emotionalität war ihnen beiden schwergefallen, aber es waren diese Momente gewesen, in denen sie sich gegenseitig ihrer Liebe versichert hatten.

Seit Lisa-Marie erwachsen war, nahm sie die Berührungen der Mutter gelassener hin. Sie sahen sich nicht mehr oft. Aber Lisa-Marie wusste, dass sie auf beide Elternteile immer zählen konnte.

»Das rechne ich euch beiden hoch an«, hatte sie erst vor kurzem zu Ruth gesagt, »dass ihr es geschafft habt, mich aus eurer Scheidung herauszuhalten.«

Ruth hatte genickt. Klar, ihr als Psychologin hätte man alles andere auch mehr als anderen angekreidet. Doch aus ihrem Berufsalltag wusste sie, dass es tatsächlich etwas Besonderes gewesen war, wie sie damit umgegangen waren. Wem hätte es denn genützt, wenn es anders verlaufen wäre? Michael und sie hatten sich nicht gegenseitig verletzt, nicht betrogen, nicht verflucht – sie hatten sich einfach von gemeinsamen Zielen verabschiedet. Weil das Leben anders verlief, als sie es sich in jungen Jahren ausgemalt hatten.

In jungen Jahren. Ruth spürte die aufsteigende Melancholie, die sie die letzten Tage und Wochen immer mehr erfasst hatte. Sie war wirklich urlaubsreif.

Sie schaute sich in dem holzgetäfelten Erdgeschossraum um. Die Sitzmöbel waren in maritimem Blau gehalten. An der Längswand stand ein großes weißes Bücherregal, das mit regionaler Urlaubslektüre, Krimis und älteren Bestsellern bestückt war. Reiseprospekte und Landhausmagazine waren in zwei Stapeln geschichtet. Es gab ein ganzes Regalbrett voller Gesellschaftsspiele.

Langweilig würde es ihr hier nicht werden, so viel stand fest. Aber erst einmal wollte sie sich die Ostseeluft um die Nase wehen lassen.

*

Georg drückte die Taste des Kaffeevollautomaten. Diese Gastronomiemaschine in die kleine Bude am Strandaufgang zu stellen, war anfangs von vielen belächelt worden. Wie er zu Beginn überhaupt nur Kopfschütteln geerntet hatte. Neumodisch fanden die anderen Budenbesitzer das, was er hier anbot. Das war allerdings nur die offizielle Version dessen, was sie dachten und hinter vorgehaltener Hand miteinander besprachen. Georg grinste in sich hinein. Da hatte keiner mit gerechnet, dass er so einen Erfolg haben würde. Mittlerweile war das Kopfschütteln schon dem ein oder anderen anerkennenden Kopfnicken gewichen. Besonders die Kurverwaltung schaute sich sein Marketing-Konzept sehr genau an. Nachdem letztens das Fernsehen da war, hatte man ihn sogar in einen der Ausschüsse geladen. Aber Georg war klar, dass er seine Kollegen noch längst nicht überzeugt hatte. Manchmal schien aus dem Kopfschütteln purer Neid geworden zu sein. Er musste vorsichtig sein. Die anderen mitnehmen. Sie überzeugen. Das konnte bei Menschen dieses Schlags hier ganz schön lange dauern.

Er probierte den Kaffee in kleinen Schlucken. Perfekt. Die teurere Röstung einzukaufen, würde sich bezahlt machen. Seine Gäste wussten so etwas zu schätzen.

»Kann ich schon einen Kaffee bestellen?«

Eine weibliche und zaghafte Stimme ließ Georg herumfahren. Vor ihm stand Elena. Eine seiner Stammkundinnen auf Zeit.

»Klar doch. Ich warte schon seit Stunden, dass langsam etwas mehr Leben an den Strand kommt.«

Elena verschränkte die Arme und zog die Schultern hoch. »Ein bisschen kühl heute Morgen. Da habe ich lieber mit den anderen gefrühstückt.«

»Genau 21 Grad Lufttemperatur. Aber du hast recht. Gefühlt ist es weniger. Warte mal, wenn die Sonne gleich richtig Kraft gewinnt.«

»Ja, ich habe deine Wetterprognose schon auf dem Handy gesehen.« Elena lächelte. »Ein Superservice, den ihr hier bietet.«

Georg lächelte. »Macht halt Spaß. Alles, was ich hier mache. Es soll genau so sein, wie ich es im Urlaub selbst gerne hätte.« Er schob Elena den Kaffee in der himmelblauen Tasse hinüber.

»Ich glaube, alles, was ihr hier macht, ist viel mehr als nur Spaß an der Sache haben. Das ist was ganz Besonderes. Für mich auf jeden Fall.«

Georg sah eine feine Röte auf dem sonst eher blassen Gesicht. Diese Elena war keine der Lauten und Taffen, die versuchten, über all das, was die Krankheit mit ihnen machte, hinwegzutäuschen. Umso mehr freute ihn das Lob aus ihrem Mund.

»Danke, Elena. Lob mich nicht zu früh am Morgen. Das sieht nicht jeder so.«

»Das glaube ich nicht. Ich bin zwar erst seit vorletzter Woche hier. Aber eure Strandbude ist das Beste, was mir in der Kur passieren konnte. Ich fühle mich hier einfach wieder …«, sie stockte und suchte nach dem passenden Wort. »So normal«, fuhr sie leise fort. »Fast schon gesund.«

Georg spürte ihre Verlegenheit und freute sich umso mehr, dass sie ihre Gefühle in Worte gepackt hatte. Er lächelte, polterte dann aber gespielt empört: »Na, da frage ich mich aber, warum heute hier noch so gut wie gar nichts los ist?« Georg deutete auf die Strandkörbe und die am Dünenrand aufgereihten Stand-up-Paddle-Bretter. »So schlecht ist das Wetter ja nicht.«

Elena trat zwei Schritte vom Tresen seiner Strandbude nach hinten weg und schaute mit der Hand vor der Stirn den schmalen Weg hoch. »Keine Ahnung, aber da oben scheint etwas passiert zu sein. Polizei und jede Menge Schaulustige.«

»Polizei? An der Strandpromenade?«

Elena nickte. »Ja, vorhin schon. Ich habe mich aber nicht

darum gekümmert. Ich mag nun mal keine Aufregungen. Kannst du doch verstehen.«

Georg schaute Elena nachdenklich an. Ließ den Blick über das leicht aufgedunsene Gesicht gleiten. Die Augen wirkten ohne Wimpern und mit den nachgezogenen Brauen nackt und verletzlich, worüber auch die bunte Beanie auf ihrem Kopf nicht hinwegtäuschen konnte. »Klar, verstehe ich. Trotzdem merkwürdig. Polizei, sagst du?«

*

Ruth hatte ihren Badeanzug und ein Handtuch in den olivfarbenen Rucksack gestopft und sich dann von den Fahrrädern im Schuppen das Rote mit den dicken Reifen ausgesucht, weil es am gemütlichsten aussah und damit am ehesten zu ihrer heutigen Stimmung passte. Sie würde die drei Kilometer bis zum Zentrum des Ferienortes die Strandpromenade entlang radeln, die Gegend auf sich wirken lassen, dort vor Ort ein Buch oder eine Zeitschrift kaufen und sich einen schönen Strandplatz suchen, an dem sie ein wenig zur Ruhe kommen wollte. Einfach nichts tun. Gedanken schweifen lassen.

Martin und Anne hatten ihr von dem besonders schönen Strandabschnitt erzählt, an dem die Strandkörbe der Ferienanlage ständen und an dessen Strandbude es den besten Kaffee gäbe. Nun, das könnte sie später noch ausprobieren. Sie hatte Scheu, jetzt bei Schritt und Tritt dem verliebten Pärchen über die Füße zu laufen. Für heute Abend hatten sie sich schon zu einem Glas Wein vor dem Ferienhaus verabredet und morgen wollten die beiden Ruth die ersten Grundlagen des Tennisspiels nahebringen. Ruth lachte bei dem Gedanken auf. Sie und Tennis, das hatte der Welt noch gefehlt. Andererseits – warum nicht? So unsportlich war sie nicht und gab es da nicht einen Standardsatz ihrer Berufskollegen? »Raus aus der Komfortzone!« Einer der Motivationssätze für die Postkarte und das Glückstagebuch. Psychologie light, wie Ruth es gerne nannte. Aber warum nicht? Jeder nach seiner Façon.

Ruth würde es auf sich zukommen lassen, wie sich das Nebeneinander mit Martin und Anne entwickelte. Schließlich war sie ja nicht nur zu ihrem Spaß hier. Der Verlag wartete auf ihr Manuskript, hatte schon mit der anstehenden Veröffentlichung geworben, sie musste also ran ans Schreiben, ob sie wollte oder nicht.

Ruth schob das Fahrrad durch die Parkanlage, in der ungefähr zwanzig rote und blaue Ferienhäuser wie vom Himmel gefallen ihren Platz gefunden hatten. Es gab keine einheitliche Ausrichtung und die Farbverteilung schien keinem System zu folgen. Ruth grinste. Das gefiel ihr. Die Anlage schien sich an eine solvente Mittelschicht zu richten. Die Autos neben den Ferienhäusern waren fast durchweg höherpreisige Kombis, Minivans und SUVs. Viele trugen auf dem Dach einen dieser üblichen Kindersärge, wie sie boshaft die Dachgepäckkoffer nannte. Das ließ vermuten, dass in den meisten Häusern Familien Urlaub machten, was angesichts der Größe der Häuser nahe lag. Allerdings schienen sowohl die Häuser wie die gesamte Parkanlage unnatürlich ruhig und unbelebt. Ruth zog aus ihrer linken Hosentasche eine alte zerkratzte Armbanduhr. Kurz nach zehn. Entweder schlief hier noch alles, oder die meisten waren schon Richtung Strand aufgebrochen. Von den Tennisplätzen, die sich hinter den letzten Häusern Richtung freiliegender Felder erstreckten, hörte sie das gedämpfte Ploppen der Bälle. Es war ein sattes, warmes Geräusch, das ihr gefiel. Vielleicht war es gar keine so schlechte Idee, es mal auf dem Platz zu versuchen.

Als sie sich der Straße näherte, war die Terrasse vor dem kleinen Gastronomiebetrieb, in dem sie gestern bei ihrer Ankunft den Schlüssel erhalten hatte, gut besetzt. Anscheinend war es eine gute Alternative, hier das Frühstück einzunehmen. Das könnte ihr gefallen, stellte Ruth fest und nahm sich vor, es in den nächsten Tagen auszuprobieren. Sie hörte nun auch die Kinderstimmen, die sie bisher vermisst hatte. Ein großer Spielplatz lag in Sichtweite des Cafés, sodass Kinder und Eltern gemeinsam zu ihrem Recht kamen.

Sie blieb einen Moment stehen und schaute dem Treiben zu. Im Mittelpunkt des Ganzen stand ein großes Piratenschiff auf einem künstlichen gummierten Hügel. Rundherum verteilten sich Schaukeln, eine Wippe, ein in den Boden eingelassenes Trampolin und am äußeren Rand eine Seilbahn, vor der sich schon zu beiden Seiten eine Schlange gebildet hatte. Wenn Ruth selbst nie so ein ausgeprägter Familienmensch gewesen war, sie mochte es einfach, ein Leben, in dem Kinder wichtig waren.

Das Kinderlachen erinnerte sie an ihr Manuskript zum Thema Kindeswohl. Energisch drehte Ruth das Fahrrad Richtung Straße. Wenn sie in dem Tempo weitermachte, gäbe es heute weder was mit Strand noch mit Schreiben. Ob sie dann den Wein mit Anne und Martin genießen konnte?

Auf jeden Fall wollte sie sich heute ein Bild von dem beschaulichen Ferienort machen, dessen bunte Häuser am Kurpark mit den unverwechselbaren Zipfelmützendächern ein beliebtes Kalendermotiv waren. Die Seebrücke wollte sie sehen, und wenn sie den Lesestoff ausgesucht hätte, an einer der Strandbuden ihr Fahrrad abstellen, um mindestens den dicken Zeh in die Ostsee zu stecken und ein Sonnenbad zu nehmen. Was für schöne Aussichten.

*

Elena war bewusst den Weg nicht zurückgegangen. Noch während sie bei Georg an der Strandbude stand, hatte der tägliche Zug der Feriengäste an den Strand begonnen. Die DLRG hatte in Vollbesetzung ihren gegenüberliegenden Turm bezogen, um einen ganzen langen Sommertag unentwegt auf das Meer zu schauen, immer zwei Rettungsschwimmer oben, die sich abwechselnd das Fernglas reichten, und einer unten.

Neue Gäste erkannten Georg und die Rettungsschwimmer immer daran, wie orientierungslos sie mit ihrer Kurkarte zwischen den beiden Buden hin- und herschauten. Sie waren unschlüssig, weil der weiße Holzturm viel offizieller wirkte, obwohl er gleichzeitig den Charme eines Spielplatz-Kletterturms ausstrahlte, während sich die Naturholzhütte von Georg regelrecht geduckt und farblos daneben ausnahm. Nur die bunten Wassersportboards unterstützten auf den ersten Blick das maritime Flair.

Mehr als einmal machte sich Georg zusammen mit Jens, seinem Angestellten, einen Spaß daraus, böse zu schauen, die Kurausweise gründlicher zu studieren als nötig und in strengem preußischen Tonfall die Gäste zu belehren, dass ein vergessener Ausweis unweigerlich das Betreten des Strandabschnitts verhinderte. Wenn er dann in die erschrockenen Gesichter sah, zog ein einseitiges Grinsen über sein Gesicht, er hob den Daumen zu den Rettungsschwimmern, wie um zu signalisieren: Hat mal wieder geklappt. Dabei kontrollierte er bei jedem Gast nur ein einziges Mal, weil er jedes Gesicht sofort abspeichern konnte. Ab dem zweiten

Tag begrüßte er die Urlauber dann wie ein galanter Gastgeber, dem nichts mehr am Herzen liegt, als das Wohl seiner Gäste. Auch heute beobachtete Elena, wie wohl Georg sich in der Rolle des Strandwächters fühlte. Er war hier nicht nur der Herr über seinen 200 Meter langen Strandabschnitt, sondern auch der Vermieter der Strandkörbe, der beste Strand-Barista, den sie sich vorstellen konnte mit seiner glänzenden Hightech-Kaffeestation und dem besten Kaffee weit und breit. Er war der Wettergott, der mit seinen Prognosen immer recht behielt und der Social-Media-Man, der seine Fans auch nach ihrem Aufenthalt an seinem Strand tagtäglich informierte, Bilder postete, die Erinnerung frisch hielt, Sehnsucht weckte und Hoffnungen machte.

Vor allen Dingen Hoffnungen machte. Sie gehörte nämlich zu den ankommenden Gästen, mit denen er die Begrüßungsscherze nicht spielte. Bei ihr und ihresgleichen wollte er nicht zanken, wie er erklärte. Nur freundlich sein. Freundlich und normal. Normal, wie sonst keiner mehr mit ihnen umging.

Auch heute hatte er sofort verstanden, warum sie nicht wissen wollte, was es mit der Polizei auf sich hatte. Als die ersten Urlauber voller Aufregung den Weg herunterkamen und einer der Jungs von der Rettungswacht sich aufgemacht hatte, um sich mal umzuhören, hatte Georg sie in die Ecke mit den gemütlichen Sitzbänken bugsiert.

»Trink mal in Ruhe deinen Kaffee hier. Da vorne ist jetzt einfach zu viel Trubel. Ich hör mir das mal an und erzähle dir später, was los ist.«

Sie hatte dankbar genickt und sich ganz auf den Kaffee und das Meer konzentriert. Wenn sie eins gelernt hatte in den letzten Monaten, dann war es das Abschalten. Das Ganz-in-sich-Hineinkriechen, das Zurückziehen aus der

Außenwelt. Gut so, hatten ihr alle gesagt. Eine hilfreiche Strategie. Sie wäre sonst verrückt geworden. Hatte genug mit sich selbst zu tun und hätte das Leid und Elend all der anderen nicht auch noch tragen können.

Andere hatten es anders gemacht. Hatten in dieser Situation neue Freunde gefunden. Hatten sich verbündet: Gemeinsam sind wir stark.

Oder waren an die Öffentlichkeit gegangen. Hatten, wann immer ihr Körper es zuließ, gebloggt, gepostet, berichtet.

So war es nun mal. Sie alle waren unterschiedlich. Nur in einem waren sie sich einig: Krebs ist ein Arschloch.

Hier an der Ostsee begann Elena etwas ihre Schutzhülle abzustreifen. Noch vorsichtig, um gewappnet zu sein. Um schnell zurück zu können. Wenn es erforderlich war. Aber eigentlich wurde es jeden Tag besser, seit sie hier war. Auch wenn sie sich anfangs nicht hatte vorstellen können, mit ihrer sichtbaren Erkrankung unter lauter Sommerfrischlern am Strand zu sitzen, war es gerade dieses Absurde, das ihr guttat. Sie gehörte zu den Lebenden. Und da wollte sie verdammt nochmal lange bleiben.

Georg war irgendwann zu ihr gekommen. »Geh nicht oben herum. Das ist nichts für dich.«

»Ein Unfall? Habe ich mir direkt gedacht.«

Georg hatte genickt, mit einem solch seltsamen Blick, dass Elena die Warnung ernst nahm. Sie war am Meer entlang bis zur nächsten Strandbude gelaufen, war dort auf die Strandpromenade gelangt und ging dann außen um das Gelände zurück zur Klinik. Auf dem Weg vor der Seeadlerklinik war sie stehen geblieben. Linker Hand lag inmitten eines kleinen Parks eine verwinkelte Villa, die zu einer Privatklinik umgebaut worden war. Trotz der wenigen Kontakte, die Elena bisher hatte, war das ein oder andere schon an ihr Ohr gedrungen. Dass man es sich leisten können musste, sich dort drüben behandeln zu lassen. Dass es für manchen aussichtslosen Fall die letzte Hoffnung war. Wenn auch nicht für alle, dachte sie, als sie sich an den Leichenwagen von heute Morgen erinnerte. Elena seufzte und wich einigen Fahrradfahrern aus, die mit lautem Klingeln an ihr vorbeifuhren. So unbeschwert wie diese wäre sie gerne mal wieder.

Durch ein grünes Gartentor betrat sie das Gelände der Reha-Klinik. Der Haupteingang befand sich noch ein Stück weiter rechts, aber nähme sie den offiziellen Weg, würde sie wieder der Unfallstelle zu nahe kommen. So wählte sie den Weg, der vor allem von Mitarbeitern des kleinen medizinischen Versorgungszentrums genutzt wurde, das sich genau zwischen den beiden Kliniken angesiedelt hatte. In dem flachen Bungalow waren eine internistische Praxis und eine Apotheke untergebracht.

Als Elena sich durch den Garten dem Haupteingang näherte, blickte sie an der hellen Fassade des dreistöckigen Klinikgeländes hoch. Zu ihrem Erstaunen sah sie an fast jedem Fenster Patienten stehen, Hände und Stirn an die Scheibe gelegt. Von dort konnten sie wohl bis zur Unfallstelle sehen, zumindest aber bis dorthin, wo eben die Polizeiwagen standen. Wie anziehend das Leid anderer Menschen doch war. Elena schüttelte sich. Sie wollte lieber nichts davon hören und sehen. Hoffentlich hielt sie niemand auf dem Weg in ihr Zimmer auf.

*

Doktor Ernst Bender war schlecht gelaunt. Sehr schlecht gelaunt. Nicht nur wegen der Tatsache, dass er von seiner alten Dienststelle in Kiel weggelobt worden war. Nicht nur, weil er sich in Schwerin noch lange nicht zurechtfand und sich noch im Aufwärmmodus wähnte. Nicht, weil das Kriminalkommissariat während der Sommerferienzeit noch unterbesetzter war, als er vermutet hatte. Auch nicht, weil er mit seinen teuren braunen Budapestern nun in einer Mischung aus schlecht getrocknetem Matsch, Hundekot und einer riesigen Blutlache stand. Das gehörte, so bedauerlich es nun mal war, durchaus zu seinem Beruf. Was ihn nicht hinderte, an seinem bevorzugten Kleidungsstil festzuhalten. Das alles also waren keineswegs alleinige Gründe für seine abgrundtiefe Laune. Nein, es war die Tatsache, dass hier innerhalb weniger Wochen in einem Radius von knapp 40 km jetzt bereits die dritte junge Frau ermordet aufgefunden worden war. Schon die beiden ersten Fälle hatten für heftigste Spekulationen und Angriffe gesorgt. Die Zeiten waren nicht die besten für ein besonnenes und überlegtes Ermitteln. Viel schneller, als es bei den kriminalistischen Fachleuten möglich war, war der Kreis der Verdächtigen benannt. »Sucht doch in den Flüchtlingsunterkünften«, und der Vorwurf an die Kriminalpolizei mit der »Lügenpresse« gemeinsame Sache zu machen, führte zu Nervosität auf allen Seiten.

Er hasste solche oberflächlichen Anschuldigungen, die mit der Digitalisierung der Medien in einer Geschwindigkeit um sich griffen, dass jeder Versuch dagegenzuhalten, hoffnungslos war.

Bender zog ein großes weißes Taschentuch aus seiner Jacketttasche und wischte sich damit über die Stirn. Er sah die Blicke der Kollegen, die ihn auch heute wie so oft musterten. Er wusste, dass sie ihn für aus der Zeit gefallen hielten mit seinem Auftreten, auf das er äußersten Wert legte. Wie übrigens auch auf seinen Doktortitel. Die lässigen Umgangsformen und aufgeweichten Hierarchien waren seine Sache nicht, auch wenn er mit seinen 48 Jahren ansonsten durchaus noch nicht der alten Garde zuzurechnen war.

»Gibt es schon erste Erkenntnisse?« Bender sprach mehr ins Ungefähre als jemanden gezielt anzusehen. Es wimmelte am Tatort nur so von Polizisten und Rettungspersonal und er tat sich schwer, die richtigen Ansprechpersonen herauszugreifen. Sowohl die Kollegen des Kriminalkommissariats aus Schwerin wie auch die Bereitschaftspolizei der örtlichen und umliegenden Dienststellen waren informiert worden und hatten die Absperrung und die erkennungsdienstlichen Untersuchungen in die Wege geleitet.

Hinter dem Absperrband sah Bender eine große Menschentraube stehen. Der Tatort lag nur knapp hundert Meter vom Strand entfernt und die Sommergäste zogen mit Schwimmtieren, Reifen, Gummibooten und Badetaschen beladen Richtung Meer. Kaum einer würde einfach vorbeigehen, wenn die Dramatik der Ereignisse so augenscheinlich war. Sie hatten die Leiche zwar mit einem Sichtschutz vor den aufdringlichen Blicken und noch mehr vor den übergriffigen Handyfotos geschützt, aber allein, dass ein Leichenwagen vorgefahren war, würde genügend Raum für Spekulationen aller Art geben.

»Herr Bender?« Einer der in weiße Schutzanzüge gckleideten Männer war an ihn herangetreten.

»Doktor Bender, bitte.«

Sein Gegenüber zuckte mit den Augenbrauen. Eine Reaktion, die Bender kannte, ihn aber nicht davon abhielt, die Menschen auf seinen Titel hinzuweisen. Schließlich hatte er ihn rechtmäßig erworben, weder copy noch paste, und er hielt rein gar nichts von den gleichmachenden Tendenzen, ihn in der Anrede zu unterschlagen.

»Lorenz, mein Name.« Der Mann grinste. »Oder wenn Sie unbedingt wollen: Doktor Lorenz. Wir hatten noch nicht das Vergnügen. Ich bin heute der Diensthabende der Rechtsmedizin.«

»Doktor Lorenz. Freut mich, Sie kennenzulernen.« Bender dachte gar nicht daran, sich von Lorenz' Grinsen provozieren zu lassen. »Haben Sie schon etwas für mich?«

»Wie man es nimmt. Die Todesursache ist ja offensichtlich. Bei der Blutmenge und dem Messer neben der Leiche. Wir werden uns das später näher ansehen und dann kann ich was zu Stichkanal, Kraft und Größe des Täters sagen. Aber für Sie erstmal wichtiger: Ich gehe davon aus, dass die Frau eine Patientin der Kurklinik war.«

»Gibt es einen konkreten Anlass für Ihren Verdacht?« Wieder fing Bender den amüsierten Blick des Arztes auf. Natürlich, dachte er, spreche ich ihm zu gestelzt. Nun, die Kollegen in Kiel hatten sich an seine Eigenheiten gewöhnt, mit der Zeit würde das auch hier in Mecklenburg geschehen. Bender sah keinen Grund, in Zukunft von seinen Überzeugungen abzulassen.

»Yep!«

»Sie meinen?« Es war nicht so, dass Bender diese kleine Provokation nicht verstand. Er war nicht weltfremd, keineswegs. Das durfte er nun mal in seinem Beruf auch nicht sein. Aber diese amerikanisierte Jugendsprache fand er nicht nur unnötig und in gewissen Kreisen ungehörig, sondern eines promovierten Mediziners nicht würdig.

Dieser lächelte wieder. »Yep. Habe ich. Einen Anlass. Genauer sogar zwei. Eine Chipkarte mit einem Äskulapstab, was für mich ziemlich eindeutig auf die Klinik verweist. Und: Die Frau hatte bis vor kurzem einen Port.«

»Einen Port?«

»Ja, einen Zugang zu einer herznahen Vene, über den

eine Chemotherapie infundiert werden kann, ohne jedes Mal einen neuen Zugang legen zu müssen. Wenn man sicher ist, dass die Behandlung abgeschlossen ist, wird er wieder entfernt, er hinterlässt aber eine kleine Narbe. Die Stelle nahe am Schlüsselbeinknochen ist typisch für die Lage.«

Bender schluckte. »Das heißt, diese Frau hat wahrscheinlich eine Krebserkrankung überstanden und ist jetzt vermutlich einem Mord zum Opfer gefallen?«

Der Rechtsmediziner nickte, diesmal ernst und nachdenklich. »So sieht es zumindest auf den ersten Blick aus. Würde sich lohnen, in der Klinik nachzufragen.«

*

Evelyn pfiff leise, als sie die Menschenmenge von weitem sah. Sofort war Florence an ihrer Seite. Die Hündin war eine so aufmerksame Begleiterin, dass Evelyn sie immer mal wieder von der Leine ließ, obwohl das in den Sommermonaten in den ganzen Küstenorten verboten war. Doch als Evelyn das heruntergekommene Grundstück mit der verfallenen Ruine betreten hatte, ließ sie Florence laufen. Die kurze Strecke bis zum Hundestrand wurde fast nur von Hundebesitzern genutzt, und man war sich einig, den Tieren auch einmal ein wenig Freiheit zu gönnen. Jetzt aber leinte sie den Hund wieder an.

Trotz des sommerlichen Wetters hatte sie wie immer ihr Cape übergezogen. Manchmal wusste sie selbst nicht, ob es ihr zum Schutz diente oder die anderen schrecken sollte. Aber es war ihr so sehr zur zweiten Haut geworden, sie hätte ohne es nicht mehr rausgehen können. Fast schon wie eine Nonne oder eine Muslima, die an die Kopfbedeckung gewohnt waren, dachte sie manchmal.

Die Vergleiche gefielen ihr. Hatte sie doch in den letzten Jahren zunehmend zu einer Haltung gefunden, die zumindest religiöse Züge trug. Das empfanden ihre Besucher ganz ähnlich. Sie hatte ihnen mehr zu geben, als die letzte Hoffnung im Diesseits. Ihre große Kunst bestand vor allem darin, sie mit dem Jenseits zu versöhnen. Sie nicht allein zu lassen, wenn alle anderen sich abwandten. Eine Hand reichte, wenn andere sich entzogen. So gelang es ihr, auch da zu heilen, wo keine Heilung mehr möglich war. Weil sie sich nicht ablenken ließ. Weil sie der Welt entsagt hatte. Weil sie die Natur zu lesen gelernt hatte. Und wenn sie das alles zusammennahm: Stand sie dann nicht tatsächlich in der Tradition aller großen Religionen? Auch wenn sie keine Kirche, keine Synagoge, keine Moschee und keinen Tempel besaß?

Das Absperrband sah sie erst, als sie bei der Menschentraube, die sich davor versammelt hatte, angekommen war. Wie ärgerlich, schimpfte sie mit sich selbst. Denn nun würde sie umkehren müssen, um über einen der parallelen Wege zum Strand zu kommen. Das sah hier nicht danach aus, als würde das Band gleich zur Seite genommen.

Drei Polizisten, die den Weg sicherten, standen in leisem Gespräch beieinander. Eine unnatürliche Stille lag über der ganzen Szenerie. Evelyn reckte den Kopf. Sie konnte nicht sehen, was passiert war. Allerdings strauchelte sie, als sie sich auf die Zehenspitzen stellte und stieß dadurch einen vor ihr stehenden Mann an. Wie in einem Dominoeffekt kam dadurch Bewegung in die gesamte Gruppe, was einen der Polizisten aufblicken ließ. Sein Gesicht verzog sich ungläubig, als er Evelyn unter den Schaulustigen entdeckte. Mit seinem Ellbogen stupste er einen Kollegen an und deutete unverhohlen mit einer Kopfbewegung zu ihr, ohne den Blick von ihrem Gesicht zu nehmen. Evelyn durchlief ein Schauder. Sie ahnte schon, egal, was hier passiert war, ihr Auftauchen würde für Spekulationen und Anfeindungen reichen. Und richtig, der andere Polizist schien auf sie zukommen zu wollen.

»Komm, Florence, nichts wie weg hier. Zu viel negative Energie, die uns hier umgibt.«

Sie zog kurz an Florences Leine, um die Hündin zum Umdrehen zu bewegen. Energischen Schrittes ging sie den ausgetretenen Pfad über das Ruinengrundstück zurück Richtung Straße.

»Warten Sie! Jetzt warten Sie doch!«, hörte sie in ihrem Rücken rufen.

Sie störte sich nicht daran, sondern setzte zielstrebig einen Fuß vor den anderen. »Wir brauchen die nicht, also sollen sie uns auch in Ruhe lassen«, sprach sie wie zur Beruhigung zu ihrer Hündin und tätschelte sie, die nervös auf die Autos der vor ihnen liegenden Straße reagierte. »Tut mir leid, meine alte Dame, jetzt müssen wir ein Stück hier lang. Ich weiß, du magst das nicht, doch manche Dinge im Leben kann man sich nicht aussuchen.«

Eine Fahrradklingel ließ sie abrupt einen Schritt zur Seite treten.

»Oh, entschuldigen Sie bitte, ich wollte Sie keinesfalls erschrecken.« Die Fahrradfahrerin hatte angehalten und war von ihrem Rad gestiegen. »Da ist wohl mein Temperament mit mir durchgegangen.«

Evelyn sah in ein offenes Gesicht, sah wilde blonde Locken, ein blasses, aber gesundes Gesicht mit ungeschminkten grünen Augen und einem breiten Lachen auf den Lippen. Eine Welle der Sympathie durchströmte Evelyn. Sie wusste, dass sie ihrem Gefühl trauen konnte. Immer konnte sie einschätzen, wen sie vor sich hatte: jemand Gutes oder jemand Schlechtes. Jemand Helles oder jemand Dunkles. Licht oder Schatten. Hier waren sich ihr Herz, ihr Geist und ihre Seele einig. Vor ihr stand ein Engel.

*

Elena kam nicht zur Ruhe. Die Bilder der Unfallstelle schoben sich immer wieder vor ihre Augen. Auch wenn sie nicht wusste, was dort unten passiert war. Die Aufregung, die anscheinend das ganze Haus ergriffen hatte, verhieß nichts Gutes. Kaum einer war hier wohl wirklich scharf auf schlechte Nachrichten. Die hatten sie immerhin alle selber zur Genüge bekommen. Andererseits tröstete einen der Gedanke. Es konnte immer und überall etwas passieren. Keiner war in Sicherheit. Auch, wer heute fröhlich aus dem Bett stieg, konnte schon in drei Tagen unter der Erde liegen. Ein unbesonnener Augenblick im Haushalt, ein Geisterfahrer auf der Autobahn, der umstürzende Baum. Oder ein Überfall auf der Straße, ein unglückliches Stolpern, ein Terroranschlag mitten in der Stadt. Es gab so unzählige Möglichkeiten, wie der Tod einen erwischte. Nur, dass sie ihn würde kommen sehen.

»Frau Makowski?« Eine junge Krankenschwester schob ihren Kopf zur Tür hinein. »Entschuldigen Sie, dass ich störe. Aber Sie haben auf mein Klopfen nicht geantwortet.«

»Ich war ganz in Gedanken. Tut mir leid, ich habe nichts gehört.«

»Schon gut. Ich wollte nur sehen, ob alles in Ordnung ist. Weil wir Sie nicht mehr gesehen haben. Es gibt da draußen etwas Aufregung.«

»Das habe ich gesehen.« Elena schwieg einen langen Moment. Sie wollte nicht weiterfragen, fühlte sich andererseits aber dazu genötigt. »Was Schlimmes?«

Am liebsten würde sie sich wie ein Kind die Finger in die Ohren stecken.

»Wir wissen nichts Genaues.« Die Verlegenheit im Gesicht der Krankenschwester sprach Bände. Also eher etwas in der Kategorie »besonders schlimm«. »Wir werden bestimmt noch Näheres erfahren. Ich wollte nur sagen, dass Nordic Walken heute nicht stattfindet. Wegen der Umstände. Weil ja alles abgesperrt ist. Da wollte ich sichergehen, dass Sie im Haus sind. Weil wir Sie, wie gesagt, nicht mehr gesehen haben. Sonst kommen Sie um diese Uhrzeit ja zum Malangebot.«

»Keine Sorge. Mir geht es gut.« Elena verzog den Mund spöttisch. »Ich habe auch nicht vor, dass das in der nächsten Zeit anders wird. Aber in Häusern wie diesen weiß man ja nie.«

Die Krankenschwester erblasste. »Was meinen Sie damit? Wollen Sie etwa andeuten, dass wir …« Sie sprach den Satz nicht zu Ende aus und rang nach weiteren Worten.

Erst da dämmerte Elena ein Zusammenhang, den sie bisher nicht bedacht hatte. »Sie suchen mich aber nicht, weil sie angenommen haben, ich könnte dort unten in diesen Unfall verwickelt sein?«

Die Krankenschwester brauchte nichts zu erwidern. Die Antwort spiegelte sich auf ihrem Gesicht.

Mit einem Satz, der ihr sofort die Luft nahm, war Elena aus dem Bett raus. »Vermuten Sie, dass dort unten jemand von uns beteiligt ist? Ein Patient dieser Klinik?«

»Bitte regen Sie sich nicht auf. Wir wissen noch nichts. Gar nichts. Ich soll auch nicht darüber reden. Wir wollten nur wissen, ob bei Ihnen alles in Ordnung ist.« Die junge Schwester klang bedrückt und weinerlich.

»Aber wenn es ein Patient ist. Also, nehmen wir nur mal an.« Elena stammelte. »Wenn da jemand einen Unfall hatte oder einen medizinischen Notfall, wie es immer heißt, warum ist dann alles voller Polizei?«

Die Krankenschwester verlor nun vollends die Fassung. »Ich weiß es doch nicht. Es ist doch alles nur Gerede. Ich darf doch nichts sagen. Ich glaube das auch nicht, dass hier vor unserer Tür jemand umgebracht wird.«

»Umgebracht?« Elena ließ sich wieder auf ihr Bett sinken.

»Umgebracht?«

Doch die Schwester hatte schon die Flucht ergriffen.

※

»Was für ein schöner Hund.« Ruth lächelte die Frau, die ihr beinahe ins Fahrrad gelaufen war, freundlich an.

»Eine Hündin. Florence. Ja, sie ist ein überaus hübsches Mädchen. Oder besser gesagt, schon eine alte Dame. So wie ich.«

»Florence? Das ist aber ein ungewöhnlicher Name für einen Hund. Erinnert mich an Florence Nightingale. Die Krankenschwester und der Krimkrieg.« Ruth schaute den Hund an. »Darf ich ihn streicheln?«

»Sie. Es ist eine Sie. Florence ist schnell beleidigt, wenn man sie mit einer männlichen Spezies verwechselt. Aber gestreichelt werden, das mag sie. Nur zu.«

»Können Sie mir sagen, was da vorne passiert ist? Ich bin die Strandpromenade entlang geradelt, aber dann war der Weg abgesperrt und es sah nach ziemlicher Aufregung aus.«

»Keine Ahnung. Interessiert mich auch nicht. Diese Gaffer sind doch einfach widerlich.«

Mit jedem Wort war die Stimme der Frau im Cape aggressiver geworden, so dass Ruth sich beeilte zu sagen: »Um Gottes willen, ich frage nicht aus Sensationsgier. Ich bin nur den ersten Tag hier und weiß jetzt nicht recht weiter. Weil Sie gerade von diesem Grundstück kommen, dachte ich, Sie könnten mir den Weg weisen.«

Sofort entspannte sich das Gesicht der Frau. »Entschuldigen Sie. Das war anmaßend von mir. Sie wollen zum Hundestrand?«

»Nein, nein. Ich habe ja leider kein solches Prachtexemplar an meiner Seite, das den Hundestrand rechtfertigen würde.« Ruth lachte auf. »Ich käme mir vor wie angezogen am FKK-Strand.«

»Das könnte passieren.« Die Frau lächelte milde und zupfte an ihrem schwarzen Cape. »Ich dachte nur, weil es über dieses Grundstück schnurstracks zum Hundestrand geht.«

»Mein Problem ist, dass ich dieses System der Strandabschnitte nicht kenne. Ich war bisher meist an der ostfriesischen Küste. Und klar, auch schon an der Ostsee: mal auf Rügen, mal in Warnemünde und in Ahlbeck. Aber da war das irgendwie anders.«

Die Frau nickte. »Und jetzt suchen Sie einen bestimmten Strandabschnitt? Also doch den FKK-Strand?«

Ruth lachte wieder ihr lautes, helles Lachen, mit dem sie andere Menschen schnell für sich einnahm. »Nein, nein, das ist nicht mein Ding. Dafür bin ich zu prüde. Dann doch lieber Hundestrand. Eigentlich suche ich die Strandbude, an der es den besten Kaffee geben soll.«

»Den besten Kaffee?« Die Frau schaute verwundert.

»Ja, meine Freunde sind schon ein paar Tage länger hier. Wir wohnen dort hinten in dem Ferienpark. Zum Haus gehört ein Strandkorb an einem Strandabschnitt mit der Strandbude mit dem besten Kaffee.« Ruth leierte den Satz genauso runter, wie ihn Anne und Martin mehrfach ausgesprochen hatten.

»Ach, der Ferienpark mit den roten und blauen Häusern? Im Schwedenstil?«

»Ja stimmt, genau der.«

»Hier sind in den letzten Jahren so viele Ferienhäuser und Ferienanlagen aus dem Boden gestampft worden, da muss man schon genauer nachfragen.« Die Frau zeigte auf die andere Seite der Straße. »Sehen Sie, hier gab es zu DDR-Zeiten Unmengen kleiner Holzhäuser, die berühmten kleinen Datschen, die sich, wer konnte, am Meer gönnte. Seit der Wiedervereinigung wurden sie immer weiter ausgebaut und modernisiert. Aber nun reicht auch das nicht mehr. In den letzten Jahren wurden fast alle Holzhäuser abgerissen und durch moderne, massive Ferienhäuser ersetzt. Alles im Luxusbereich. Zum Teil reetgedeckte Häuser. Zu Preisen, da kann man nur sagen: Willkommen im Kapitalismus!«

»Aber die alten Eigentümer sind geblieben?« Ruth erinnerte sich daran, wie auf Norderney von einem regelrechten Aufkauf der Insel durch Immobilienspekulanten gesprochen worden war.

»Teils, teils. Wer es sich leisten konnte, oder das handwerkliche Geschick besaß, hat selbst investiert. Und verdient sich heute eine goldene Nase an den von Jahr zu Jahr steigenden Mietpreisen. Andere haben immerhin vom Verkauf des Grundstücks profitiert. Vor allem in den ersten Jahren. So ist damals der Schweden-Park entstanden. So nennen sie hier die Anlage, in der Sie zu Gast sind. Das waren fast alles Westler, die damals zugegriffen haben. Im Verhältnis spottbillige Grundstücke. Zugutehalten muss man den Käufern, dass sie die Anlage auch selber nutzen. Der ein oder andere hilft, dass der Ostsee-Tourismus hier richtig auf die Beine kommt. Hat nun mal alles seine Licht- und Schattenseiten. Alles im Leben.«

Ruth nickte. »Stimmt. Mir gefällt es jedenfalls in meinem Holzhäuschen. Wirklich nett eingerichtet, das hatte ich von so einem Ferienhaus gar nicht erwartet.«

»Ja, es ist ein schöner Park.«

»Was mich am meisten erstaunt: Wie viele Kliniken es in Boltenhagen gibt.«

»Das sagen viele. Einige Gäste finden es auch durchaus gewöhnungsbedürftig. Weil man manchen Kranken ihr Leiden schon von weitem ansieht. Das will nicht jeder im Urlaub erleben.«

»Hm, hört sich schwierig, aber auch irgendwie fair an. Warum sollte man nicht dort gesund werden dürfen, wo andere Urlaub machen?«

»Das ist sicher richtig. Das Problem sind eher die, die nicht mehr gesund werden. Und denen man das ansieht.«

Ruth schluckte. »Okay«, war das einzige, was sie erwidern konnte.

Doch die Frau sprach schon weiter. »Also, wenn Sie den Strandabschnitt suchen, der zu Ihrem Ferienpark gehört, dann weiß ich jetzt, welchen Sie meinen. Auf den Strandkörben sind rote und blaue Sterne, daran erkennen Sie den Abschnitt. Tatsächlich gibt es dort sehr guten Kaffee, das habe ich schon mehrfach von meinen Gästen gehört.«

»Ach, Sie vermieten auch?« Ruth schaute erstaunt.

»So ähnlich. Etwas spezieller als üblich.« Die Frau schaute verlegen und schien sich nicht weiter erklären zu wollen.

»Wenn Sie mögen, kommen Sie doch einfach ein Stück mit mir. Der Strandabschnitt liegt direkt neben dem Hundestrand. Zeigen ist immer einfacher als erklären.«

*

»Herr Bender?«

Ernst Bender fuhr herum. Er funkelte den jungen Polizisten, der ihn gerufen hatte, an. »Junger Mann, etwas mehr Anstand bitte. Auch ein Mord rechtfertigt nicht so ein Herumgebrülle. Im Übrigen: Doktor Bender, bitteschön.«

Der Polizist wusste vor Verlegenheit kaum wohin mit seinen Blicken, das war Bender schon bewusst. Einerseits ärgerte er sich über seine harschen Worte, andererseits kam er nicht raus aus seiner Haut. Mochten ihn die anderen konservativ und autoritär schimpfen, seine Haltung war doch nur eine Reaktion auf das immer stärker um sich greifende flapsige Benehmen. Niemals hätte er sich in vergleichbarer Position so einem Vorgesetzten genähert. Und dieser junge Polizist war kein Einzelfall, keineswegs. Da konnten noch so sehr alle stöhnen und klagen, wie die Zeiten sich geändert hätten, er war nicht bereit, die Dinge einfach laufenzulassen. Sollte ihm ruhig der Ruf, anachronistisch zu sein, vorauseilen. Er stand dazu.

»Was gibt es, junger Mann?«, fragte er dennoch etwas milder.

»Die Kollegen würden gerne wissen, wie es jetzt weitergeht. Die Befragung am Strand hat keine Erkenntnisse gebracht.«

Schon wieder. Wie kamen diese jungen Menschen bloß dazu, so das Steuer an sich zu reißen. Er gab hier die Kommandos, und er würde sich nicht drängen lassen. Er räusperte sich, griff danach in seine Jacketttasche und tupfte erneut mit einem Stofftaschentuch über das Gesicht. Erst dann wandte er sich wieder an den Polizisten: »Ich glaube nicht, dass es etwas an Ihrer Dienstzeit ändert, ob Sie sich hier am Tatort aufhalten oder nicht. Ich sehe also keine Veranlassung für Ihr Drängen. Oder ist mir etwas entgangen?«

Der Polizist stammelte leise und unverständlich vor sich hin.

»Wie bitte? Sprechen Sie laut und deutlich mit einem Vorgesetzten, wir sind ja hier nicht in einer Diskothek.«

Bender sah, wie sich Resignation im Gesicht des Mannes abzeichnete.

»Natürlich, Doktor Bender. Sie sagen dann Bescheid, was für uns zu tun ist.« Der Polizist drehte sich um und ging zurück zu den Kollegen am Absperrband.

Bender konnte sich ausrechnen, was er dort erzählte. Vielleicht war es falsch, sich so zu verhalten, wie er es tat. Er wollte die jungen Polizisten nicht demotivieren. Er verlangte keineswegs anderes, als er selbst zu geben bereit war. Nur fühlte er sich meistens wie ein Einzelkämpfer. Allein auf weiter Flur. Warum verstand keiner mehr, was er im Sinne hatte. Selbst Kollegen, die älter waren als er, hatten sich dem freiheitlichen Geist untergeordnet. Das musste doch nicht sein. Sah denn keiner, wie wenig Orientierung das den jungen Mitarbeitern und Menschen gab?

Noch einmal betupfte er mit dem Taschentuch das Gesicht. Der Anzug, den er gewählt hatte, war wohl doch zu warm für diese sommerlichen Temperaturen. Zumindest die Weste des Dreiteilers hätte er auslassen sollen. Aber das konnte er schwerlich hier vor Ort machen, und die Anzugjacke abzulegen und hemdsärmelig wie manch anderer weiterzuarbeiten, widerstrebte ihm. Er hoffte, dass der Rechtsmediziner bald den Abtransport der Leiche erlaubte. Die Spurensicherung konnte dann noch weiterarbeiten, aber er würde einen Teil der Polizisten, die das Gelände sicherten und Schaulustige abhielten, abziehen können. Was für ein Aufwand nötig war, um diese Spezies Gaffer davon abzuhalten, einen toten Menschen zu fotografieren. Wieder so ein Beweis für die Verrohung der Sitten. Niemand achtete mehr die Würde eines Menschen, schon gar nicht die eines Toten. Was für Folgen es für die Angehörigen haben mochte, wenn Fotos eines Opfers kursierten, bevor die Notfallseelsorger Gelegenheit hatten, die schreckliche Nachricht zu überbringen, er mochte es sich nicht vorstellen. Aber genau deswegen war seine Haltung doch die richtige. Er wollte es nicht hinnehmen, sondern sich dem Lauf der Dinge in den Weg stellen. »Ein Mahner und Wächter, aber im tiefsten Inneren ein Humanist.« So hatten sie ihn bei der Abschiedsfeier in Kiel beschrieben. Sollte er darauf nicht stolz sein können? Sollten die anderen doch sagen, was sie wollten.

Mit langsamen Schritten ging er zum Dienstwagen zurück. Er wollte ein Pfefferminzbonbon gegen den aufkommenden Durst lutschen. Und sich gleich als Erstes eine kalte Cola gönnen.

»Herr Bender?«

Ernst Bender fuhr herum. In der weiblichen Stimme hatte ein Erstaunen gelegen, das Bender verwirrte. »Ja, bitte?« Die große blonde Frau mit dem großen Mund, die vor ihm stand, sah ihn herausfordernd an. Er blinzelte eine Sekunde lang irritiert. Natürlich kannte er sie. Er wusste nur gerade nicht …

»Ernst Bender, ich fasse es nicht. Was machen Sie denn hier? Wieso wimmelt es eigentlich in diesem Ort nur von Menschen, die ich kenne? Jetzt sind wir schon zu dritt aus den alten Hiltruper Zeiten.«

Bender hatte sich augenblicklich gefasst und orientiert. Selbstverständlich erkannte er seine Kollegin von der Polizeihochschule. Wer würde Ruth Keiser wohl vergessen können? Er lächelte.

»Sagen Sie nichts. Ich erinnere mich genau. Frau Keiser. *Wie der Kaiser nur mit Ei.* Das war doch ihr geflügeltes Wort in jeder Vorstellungsrunde.«

»Wunderbares Gedächtnis, Doktor Bender.«

Kam es ihm nur so vor oder hatte Frau Keiser seinen Doktortitel mit einer unterschwelligen Ironie ausgesprochen? Womöglich sah er schon Gespenster, wo keine waren. Eine solche Überempfindlichkeit würde er sich unbedingt abgewöhnen müssen.

»Das fällt bei einer so liebenswerten Kollegin nicht schwer.« Bender verbeugte sich dezent in Ruths Richtung.

Diese fing herzhaft an zu lachen. »Ach, herrlich. Sie sind wirklich noch ein Kavalier der alten Schule. Aber jetzt mal raus mit der Sprache: Was ist hier los? Und noch wichtiger: Was um Himmels willen machen Sie hier?«

*

Als Elena den lichtdurchfluteten Speisesaal betrat, wäre sie am liebsten wieder umgekehrt. Das laute, aufgeregte Schnattern, das sich in Wellen von Tisch zu Tisch zu schwingen schien, um dann in Wirbeln hoch zu der Glasfassade zu steigen und von dort wie aus einer Beschallungsanlage zurückzukehren, war ihr wie immer zu viel. Obwohl sie diesen Raum im Wintergartenstil auf Anhieb gemocht hatte, schließlich war ihr nach ihrer Erkrankung alles, was Licht, was Helligkeit und Wärme ausstrahlte, wie eine Verheißung auf Besserung ihres Zustands erschienen. Genau diese offene und hohe Bauweise führte heute dazu, dass sie sich vorkam wie in einer zu lauten Bahnhofshalle oder einer der südeuropäischen Markthallen, die Menschen wie sie nur in entspannten Reisezeiten ertragen konnten.

Selbst die üppigen exotischen Grünpflanzen, die dem

Raum einen nicht zur Region passenden Anstrich eines Palmenhauses gaben, schienen die Blätter weiter über die Tische zu strecken, um die aufgeregten Wortfetzen aufzufangen.

Irritiert sah Elena sich nach einem freien Tisch um. Das Zeitfenster zum Mittagessen war großzügig bemessen, sodass es anders als in Hotels oder auf Kreuzfahrtschiffen nie zu einem Gedränge um beste Plätze und das Essen kam. Wer es ruhiger wollte, kam eher zum Schluss, musste sich aber keineswegs mit Resten zufrieden geben. Es war erstaunlich, wie wichtig es dem Servicepersonal war, das Buffet jederzeit in einem vorzeigbaren und appetitlichen Zustand zu halten. Vielleicht nicht so erstaunlich, wenn man wusste, wie sehr sie alle in den letzten Monaten oder Jahren an Essensqualität und damit verbunden an Lebensqualität eingebüßt hatten. Nicht nur die Übelkeit während der Chemos, sondern auch die Einschränkungen durch Strahlenschäden: wenn die Mundschleimhaut zu sehr angegriffen war oder der fast permanente metallische Geschmack, der von den Medikamenten herrührte, alles überdeckte. Kein Wunder also, dass die Klinik alles tat, um ihnen zu helfen, die zurückliegenden Schrecken zu verarbeiten und die Ängste um ihre Zukunft einzudämmen.

Dass der Speisesaal heute kurz vor Ende der Mittagszeit noch gut besetzt sein würde, hatte Elena schon auf dem Weg von ihrem Zimmer vermutet. Immerhin waren alle Programme und Anwendungen für heute Nachmittag abgesetzt, darauf hatten mit krakeliger Handschrift schnell verfasste Zettel im DinA4-Format in den Fluren, im Aufzug und am zentralen schwarzen Brett hingewiesen. Auch, dass es gegen halb drei eine Information durch die Hausleitung geben solle. Ebenfalls im Speisesaal. Kein Wunder also, dass die Patienten sitzen geblieben waren. Sich Kaffee geholt hatten. Und Kuchen, der heute schon früher in die Auslage gestellt worden war.

Elena sah sich um. Die großen, langen Gemeinschaftstische waren alle besetzt. Zum Teil hatten sich Patienten Stühle von anderen Tischen oder aus den Fluren herbeigeholt, um beieinander sitzen zu können. Die kleineren Tische waren ebenfalls alle belegt. Elena sah sich hilflos um. Schon jetzt war ihr der Raum unter der von draußen hereinströmenden Sonne zu warm, zu stickig, zu voll und zu laut. Aber sie würde etwas essen müssen. Es gehörte zu ihrem Therapieplan, dass sie keine Mahlzeit ausließ. Sie konnte es sich nicht erlauben, weiter an Gewicht zu verlieren. Tatsächlich hatte sie in den letzten Tagen gespürt, dass ihr die regelmäßigen Mahlzeiten, die sie erst hier wieder zu sich nahm, längst verlorene Kräfte zurückgaben. Sie würde sich nur selber schaden, wenn sie jetzt auf ihr Zimmer zurückkehrte.

»Frau Makowski?« Eine der Servicekräfte war unbemerkt an sie herangetreten. Elena war wie jedes Mal erstaunt, dass jeder hier im Haus, egal welcher Funktion er nachging, die Namen aller Patienten kannte.

»Haben Sie noch nicht gegessen? Warten Sie, ich richte Ihnen einen Platz. Es ist heute alles etwas durcheinander.«

Elena schaute erstaunt der kleinen wuseligen Frau hinterher, die offensichtlich davoneilte, um ihr einen Stuhl zu besorgen. In Windeseile war sie zurück und obwohl der Stuhl schwer zu sein schien und sie kaum mit ihrem Gesicht über die Lehne ragte, lächelte die Frau Elena an. »An welchem Tisch möchten Sie sitzen?«

Unbestimmt zeigte sie in Richtung eines kleineren Tischs, an dem zwei Frauen saßen. »Vielleicht dort?«, antwortete sie fragend. Sie hatte bisher noch wenig Kontakt zu den Mitpatienten, daher war es ihr egal, an welchem

Tisch sie zu sitzen käme. Viel wichtiger war, dass es dort nicht ganz so laut wäre.

Die nette Dame vom Service lächelte immer noch. »Das wird gemacht. Sie holen sich jetzt schleunigst etwas zu essen, bevor hier gleich Schluss ist. Nehmen Sie reichlich, es lohnt sich heute, die Küche hat gut gearbeitet.«

Elena wandte sich der Theke mit den Menüs zu. Nichts erinnerte hier an das Essen einer Krankenhausküche. Wer auch immer das zu verantworten hatte, diese Klinik präsentierte sich auf einem Niveau, an das manches Hotel nicht herankam. Und trotzdem. Beim Anblick des Essens überkam sie eine Welle der Übelkeit und sie musste sich zwingen, eine Bestellung aufzugeben.

Der junge Mann hinter dem Tresen hatte ein Piratentuch um seine halblangen Haare geschlungen und sah sie ebenso freundlich an wie alle anderen, als er kurz die Deckel lupfte: »Was darf ich Ihnen servieren? Putenschnitzel mit Tomaten-Mozzarella überbacken oder Spaghetti mit Zucchini in leichtem Knoblauch-Öl?«

Noch vor einem Dreivierteljahr wäre Elena bei beiden Gerichten das Wasser im Munde zusammengelaufen. Nun verspürte sie nur Widerwillen, den sie aus Vernunftgründen bezwang. Sie wusste, dass die Küche bewusst mit vielen Gewürzen arbeitete, um ihnen den Geschmack zurückgegeben. Es war eine hohe Kunst, dabei das Essen so milde zu bereiten, dass es für ihre geschädigten Schleimhäute zuträglich war. Wie gerne sie das wertschätzen würde.

»Gerne das Putenschnitzel«, nickte sie dem Mann zu. Letztendlich war es egal. Über die Hälfte würde wahrscheinlich auch heute zurückgehen.

»Haben Sie Geduld mit sich.« Die Therapeuten hatten gut reden. Geduld, wenn möglicherweise das Ende des Lebens absehbar war? Elena schüttelte sich selber. Was war bloß los? Die letzten Tage war es ihr deutlich besser gegangen als heute. Die depressive Stimmung, die sie heute Morgen beim Anblick des Leichenwagens erfasst hatte, wollte einfach nicht mehr weichen. Dann noch dieses furchtbare Geschehen, von dem sie immer noch nicht wusste, was genau passiert war. Es konnte doch nicht sein, was die Schwester gestammelt hatte. Unmöglich konnte das stimmen.

Elena belud ihr Tablett noch mit einem Vanillepudding mit Erdbeertopping. Was hätte sie da früher für gegeben. Immerhin war der Pudding weich und leichter zu essen, vor allem, wenn sie gar nicht darüber nachdachte, sondern nur den Löffel in den Mund nahm und schluckte. Wie ein Kleinkind. Brei und Pudding als die liebsten Speisen.

An den dargebotenen Getränken ging sie achtlos vorbei. Säfte vertrug sie nicht. Limonaden waren ihr zu süß. Die tägliche Koffeinmenge holte sie sich lieber bei Georg. Dessen Kaffee war das Beste, was ihr seit ihrer Krankheit passiert war. Das Erste, was ihr wieder so etwas wie Genuss verschaffte. Darauf freute sie sich den ganzen Tag. Jede Kaffeeeinheit an Georgs Strandbude markierte einen Tagesabschnitt, den sie geschafft hatte.

Zu Mittag würde sie wie üblich zum stillen Wasser greifen, das auf den Tischen bereitstand. Nach der Informationsveranstaltung würde sie sich zu Georg aufmachen. Vielleicht sogar mit Badesachen und einem Buch. Um Sonne zu tanken und abzuschalten. Soweit das möglich war.

»Mahlzeit!« Elena platzierte ihr Tablett auf dem kleinen Tisch, an dem zwei Frauen mit nah zueinander gebeugten Köpfen lebhaft miteinander sprachen. Sie blickten kaum zu Elena auf, als diese sich setzte, und Elena konnte nur annehmen, dass deren Gemurmel ihren Gruß erwidern sollte. Immerhin lehnte sich jetzt die eine der beiden Frauen zurück und ließ den Blick durch den Raum schweifen, bevor sie mit einem Zittern in der Stimme das bisher Gesagte zusammenzufassen schien: »Unfassbar. Wenn Norbert das erfährt, holt er mich sofort hier raus. Da kommt man her, um dem Krebstod von der Schippe zu springen, und dann schneidet einer einem beim Joggen die Kehle durch.«

∗

Ruth war nach dem Zusammentreffen mit Bender gedankenverloren zum Strand weitergegangen. Was es doch für Zufälle gab. Das glaubte einem doch keiner. Oder doch? Einmal hatten Freunde davon erzählt, dass sie ihrem Nachbarn im MoMa in New York begegnet waren und ihre Tochter war in einer abgelegenen Schlucht auf Kreta auf ihren ehemaligen Physiklehrer getroffen. Ruth hatte darüber erstaunt gelacht, in ihrem Leben passierte so etwas genauso wenig wie ein Lottogewinn. Nicht, dass sie Lotto spielte. Aber vom Prinzip.

Sie schreckte erst auf, als ihr eine barsche Männerstimme hinterherrief: »So ohne Kurkarte geht das hier nicht, junge Frau.«

Ruth war erschrocken zusammengefahren. Der Mann, der sie unverwandt ansah, stand hinter dem Tresen einer der Strandbuden, wie es sie hier an der ganzen Promenade entlang im Abstand von ungefähr 200 Metern gab. Natürlich wusste Ruth, dass sie hier die Strandkarte vorzeigen musste. Sie hatte vorhin ja schon mit ihrem neuen Buch in der Nähe der Seebrücke am Strand gesessen und da war das Procedere das gleiche gewesen. Vor lauter Gedanken an Bender hatte sie aber überhaupt nicht registriert, wo sie sich befand.

Sie tastete in ihrem Rucksack nach ihrem Portemonnaie. »Moment, ich hab sie gleich.«

»Das sagen sie hier alle«, erwiderte der Mann und eine kleine Traube Menschen, die mit Kaffeebechern und Limonaden in der Hand um die Bude herumstand, begann zu lachen.

»Hallo? Was unterstellen Sie mir da?« Ruth wurde sauer. War das etwa touristenfreundlich, so angegangen zu werden? Und das sollte diese ausgesprochen nette Strandbude sein? Wahrscheinlich hatte sie sich in der Nummer geirrt.

»Haben Sie etwa noch nicht von uns gehört? Der strengst bewachte Strandabschnitt mit der höchsten Promidichte des ganzen Ortes. Angefangen beim Chef. Der ist nämlich jetzt ständig im Fernsehen.«

Das Gejohle der Umstehenden nahm ebenso zu wie Ruths Verwirrung. Promidichte? Fernsehen?

»Hören Sie, meine Freunde machen hier Urlaub und haben mir diesen Strandabschnitt empfohlen. Ich zeige Ihnen jetzt meine Kurkarte und dann suche ich die beiden. Wer hier ansonsten diesen Strand aufsucht, ist mir sowas von schnuppe.« Oh Gott, hatte sie etwa gerade »schnuppe« gesagt? Was war bloß mit ihr los? Die Umstehenden lachten schon wieder. Kein Wunder.

»Sollte es Ihnen aber nicht. Weil wir hier die Besten sind. Mit dem besten Kaffee. Und dem prominentesten Strand-Barista an der ganzen Ostseeküste.« Der Mann drehte sich nach hinten. »Georg, komm mal her. Wir müssen dich vorstellen.«

Ruth wurde immer ärgerlicher. »Lassen Sie mal. Ich muss hier niemanden kennenlernen. Wenn die Einlassbedingungen an diesen Strandabschnitt so hoch sind: Vollkommen egal. Ich bin zum Arbeiten hier. Der Strand ist lang genug, dass ich Ihre Promidichte nicht gefährde.«

Die Männer, die neben ihr standen, klatschten sich beim Lachen auf die nackten Oberschenkel. Die Frauen schienen sich hinter vorgehaltenen Händen fast zu verschlucken. Ach, Strand hin oder her. Ruth reichte es. Sie würde einfach wieder gehen.

»Was ist los?« Der Mann, der jetzt aus der Strandhütte nach vorne an den Tresen kam, hatte ein braunes, wettergegerbtes Gesicht, aus dem freundliche Hundeaugen blickten. »Jens, veräppelst du hier die Gäste?« Seine Augen blieben freundlich auf ihrem Gesicht und schickten ihr ein Lächeln, das einer weißen Friedensfahne glich.

Ruth schaute unsicher zurück. »Scheint besonders schwierig zu sein, hier diesen Strandabschnitt zu betreten, wie mir Ihr Kollege versucht hat zu erklären.«

»Nichts für ungut. Jens übertreibt es manchmal etwas. Ist nun mal seine Art mit den Gästen Kontakt aufzunehmen. Irgendwie schafft er es, jeden zu verunsichern. Was wir hier schon erlebt haben.« Das zustimmende Lachen schien ihm recht zu geben. »Das ist Jens' Art, sich unsere Gäste zu merken. Sie werden sehen, ab morgen sind Sie Stammgast. Und jeder Stammgast hat bei uns Promi-Status, das heißt, wir kennen seine Strandkorbnummer, seine Getränkebestellungen und andere Gewohnheiten. Also, herzlich willkommen an unserem Strandabschnitt.«

Ruth konnte nicht anders, als bei seinen Worten den Mund zu einem Lächeln zu verziehen. Sie wollte schließlich nicht als Mimose abgespeichert werden.

»Ich bin übrigens Georg. Mir gehört die Strandbude. Also, wenn es Beschwerden über mein Personal gibt, dann bin ich zuständig. Darf ich Ihnen auf die kleine Unannehmlichkeit einen Kaffee ausgeben? Auf Jens' Kosten natürlich.« Georg lachte ein tiefes Seemannslachen. Durchaus sympathisch, wie Ruth fand.

»Also gut«, lenkte sie ein. »Sie können mir bestimmt sagen, wo ich Martin Ziegler und Anne Wagner finde? Die müssten hier einen festen Strandkorb haben?«

»Selbstverständlich. Anne mit ihrem Kommissar. Ich mache Ihnen den Kaffee to go und dann bringe ich Sie hin.«

»Sie kennen die Berufe der Strandgäste?«

»Nein, nein.« Georg wehrte mit beiden Händen ab. »Anne kenne ich schon seit vielen Jahren, die habe ich quasi mit der Strandbude übernommen, weil ihre Familie regelmäßig hier ist. Das mit dem Kommissar weiß ich nur, weil wir eben über die Geschichte da oben gesprochen haben. Dieser Martin meinte nämlich, wie froh er sei, nicht zuständig zu sein.« Georgs Miene wurde verlegen. Auch die Umstehenden machten betretene Gesichter. »Da oben ist nämlich was ziemlich Schlimmes passiert. Haben Sie davon schon gehört?«

»Ja, gerade eben. Ehrlich gesagt habe ich mich deswegen über die ausgesprochen gute Laune hier bei Ihnen gewundert.«

»Kann ich mir vorstellen.« Georg wirkte nachdenklich. »Aber was sollen wir machen? Wir sind für die Gäste da, die Urlaub machen wollen. In den zwei bis drei Wochen Jahresurlaub will keiner über die Probleme der Welt nachdenken. Da wird ein Handyfoto vom Tatort gepostet und danach geht es wieder ums persönliche Vergnügen.«

»Und Sie bedienen das?« Ruths Ton war schärfer, als sie es beabsichtigt hatte.

»Ich werde nun mal nicht fürs Traurigsein bezahlt. Glauben Sie mir, dazu hätte ich jeden Tag Grund. Wir sind der Strandabschnitt direkt an den Kliniken. Das sind keine Sanatorien für Allergiker oder für Rückenleiden, auch wenn ich das gar nicht herabsetzen will. Aber die Menschen dort sind oder waren schwer krank. Sie glauben nicht, was ich hier jeden Tag höre und sehe. Und da muss man sich entscheiden: Mitweinen. Oder sich und vor allem den Patienten so gut wie möglich die Sorgen zu nehmen, Alltag herstellen, einfach mal normal sein. Normal sein heißt: Wir lachen hier. Wann und wo es uns gefällt. Egal, was gerade passiert ist. Weil sonst würde das hier nicht funktionieren.«

Mit einem Ruck wandte sich Georg um zur Kaffeemaschine. Als er ihr den Kaffee reichte, lächelte er schon wieder entspannt.

»Na, dann kommen Sie mal. Ich bringe Sie eben runter zu Ihren Freunden.«

Ruth wusste das als Friedensangebot zu schätzen. »Das ist nett von Ihnen. Ich müsste übrigens ebenfalls einen Strandkorb haben, der zu meinem Ferienhaus gehört. Ich bin mir noch nicht sicher, ob ich ihn nutzen werde.«

»Oh, das sollten Sie aber. Schon allein, um darin abends mal einen Sonnenuntergang zu sehen. Vielleicht mit einem Wein in der Hand. Wir haben allerdings abends schon zu.« Es klang, als läge Bedauern in seiner Stimme.

»Mal sehen. Ich überlege es mir noch. Eigentlich bin ich zum Arbeiten hier.«

»Arbeiten kann man umso besser, wenn man auch die Pausen zu nutzen weiß.« Er zeigte nach vorn. »Schauen Sie mal: Anne und Martin. Wenn Sie mögen, kann ich Ihren Strandkorb danebenstellen. Geben Sie mir nachher oder morgen einfach Bescheid.« Er legte ihr kurz die Hand auf die Schulter, winkte zu Anne, die auf sie aufmerksam geworden war und drehte sich ohne weiteres Wort ab.

Ruth schüttelte leicht den Kopf. Dann griff sie mit ihrer linken Hand in ihre Locken und verstrubbelte sich die Haare. Irgendwie hatte sie sich ihren Aufenthalt ganz anders vorgestellt. Ganz, ganz anders.

Mit schnellen Schritten lief sie auf Anne und Martin zu. »Hallo, ihr zwei. Ich störe hoffentlich nicht? Martin, nimm mal die Zeitung vom Gesicht. Ist das nicht unglaublich, dass hier vor unserer Nase ein Mord passiert? Und es kommt noch besser: Du glaubst nicht, wen ich oben am Tatort getroffen habe.«

*

Doktor Ernst Bender war vom Tatort sofort in die Seeadlerklinik geeilt. Die Gerüchte um die tote Frau hatten hier schon für Unruhe gesorgt. Der leitende Arzt, Leonhard Schwab, war sofort abkömmlich und hatte Bender in sein Büro gebeten. Mit wenigen Worten hatte Bender die Auffindesituation umrissen. Er schilderte die Vermutung des Gerichtsmediziners und gestikulierte in Richtung Schlüsselbein, als ihm das passende Wort für den Zugang nicht mehr einfiel.

»Sie meinen, die Frau hat einen Port?«, schlussfolgerte der Chefarzt aufgrund der pantomimischen Bewegungen.

»Die Frau hatte. In der Vergangenheitsform, bitte. Und richtig, einen Port nannte es Doktor Lorenz.«

»Ach ja, richtig. Die Frau lebt ja nicht mehr. Verzeihen Sie meine unkorrekte Grammatik.« Die Stimme von Leonhard Schwab triefte vor Ironie.

Bender riss die Augen auf. Einen Moment stand der Mund offen, als wisse er nicht mehr, wie Sprechen funktionierte. »Aber nein. So war das nicht gemeint. Entschuldigen Sie bitte.« Er machte eine kleine Verbeugung in Richtung des Arztes. »Vergangenheit deswegen, weil nur noch eine Narbe zu sehen war. Die aber in so typischer Form und Lage, dass Doktor Lorenz mich zielstrebig zu Ihnen verwies.«

Schwab nickte. »Jetzt verstehe ich. Das macht Sinn. Papiere haben Sie keine gefunden?«

»Nein, keine. Aber diese Chipkarte, von der wir annehmen, dass Sie von Ihrer Klinik ist.« Bender holte die Plastiktüte heraus, in der die Karte mit einem aufgedruckten Äskulapstab und einer Rose aufbewahrt wurde.

Das Gesicht von Leonhard Schwab verzog sich, als wäre ein heftiger Schmerz in seinen Zahn gefahren.

»Nein. Das tut mir leid. Oder auch nicht.« Er stockte. »Was rede ich für dummes Zeug. Natürlich tut es mir leid. Für die Frau. Aber ehrlich gesagt, bin ich erleichtert.«

»Erleichtert?« Ernst Bender schaute irritiert auf die Tüte in seinen Händen.

»Ja. Erleichtert. Die Frau war keine Patientin in unserem Haus. Die Chipkarte gehört nach dort drüben.« Mit dem Kopf machte der Arzt eine seitliche Kopfbewegung. Seine Stimme bekam einen verächtlichen Tonfall. »Dort drüben in die Privatklinik.«

*

»Nein. Das glaube ich nicht.« Martin Ziegler hatte sich abrupt aufgesetzt und die Zeitung achtlos in den Sand gleiten lassen. »Unseren Bender, den Lackaffen, aus Hiltrup?«

Ruth prustete los. Erst verhalten, aber dann konnte sie nicht an sich halten und ihr lautes, dröhnendes Lachen schallte hinüber zu den nächsten Strandkörben, aus denen sich die ersten Köpfe neugierig nach ihr umdrehten.

Anne schaute interessiert zwischen Ruth und Martin hin und her.

»Mensch Martin«, stieß Ruth zwischen ihren Lachsalven hervor, »jetzt hab dich mal nicht so. Doktor Ernst

Bender ist noch ein Vertreter der alten Schule.« Sie begann erneut zu lachen.

»Ja, der aussterbenden alten Schule. Und das ist auch gut so. Kommt sich vor wie ein englischer Landadeliger oder wie Sherlock Holmes und Hercule Poirot zusammen.«

»Ach, lass ihn doch. Die einen so, die anderen so.«

»Dass du mit ihm ausgekommen bist, ist aber schon verwunderlich.«

»Was soll das heißen?« Ruth hatte ihr Handtuch aus dem Rucksack geholt, es quer vor Annes und Martins Strandkorb gelegt und sich mit angezogenen Beinen daraufgesetzt. Nun richtete sie sich mit einem Ruck kerzengerade auf und funkelte Martin böse an.

»Ach, weißt du doch selbst.«

»Was genau weiß ich selbst?« Ruths Laune sank in den Keller. Eben noch die blöden Sprüche oben an der Strandbude und jetzt fing Martin auch an.

Der schaute verlegen zu Anne, deren Blick mittlerweile auf einem Stand-up-Paddler ruhte, der verzweifelt versuchte, sich länger als drei Sekunden auf dem Brett zu halten.

»Da brauchst du jetzt nicht Anne anschauen. Raus mit der Sprache. Was willst du mir sagen?«

Martins Gesicht war rot angelaufen. Das war eindeutig nicht von der Sonne. Es machte ihr schon etwas Spaß, wie sich Martin jetzt so in die Enge getrieben fühlte.

»Ach, du weißt schon. Deine burschikose Art. Dass du mit ausgesprochen weiblichen Zügen ausgestattet bist, kann man ja nicht eben sagen.«

Ruth blieb einen Moment die Spucke weg und auch Anne schaute erschrocken zu Martin.

»Wie genau meinst du das mit den weiblichen Zügen? Und was bitte hat das mit Bender zu tun?«

Martin wand sich unter dem Blick der beiden Frauen. Ruth spürte genau, wie verlegen ihn das Thema machte. Er wusste wahrscheinlich selber, wie sehr er Gefahr lief, nicht nur Ruths Gunst zu verspielen, sondern auch Anne vor den Kopf zu stoßen. Da konnte jedes weitere Wort eins zu viel sein.

»Ach Ruth, jetzt mach da kein Fass auf. Du kleidest dich nun mal ziemlich burschikos, meist in Jeans und Cowboystiefeln, selten Kleider oder Röcke, und das spiegelt sich auch in deinem Auftreten.«

»Ja und?« Blick und Stimme waren eisig.

Martin wünschte sich Ruths herzhaftes Lachen von eben zurück. »Nichts und. Ich finde das gut. Das weißt du, also unterstelle mir jetzt bitte nichts anderes. Das wäre echt billig.«

»Ich habe es aber immer noch nicht verstanden.«

»Ruth, komm, was ist los? Du bist doch sonst nicht so empfindlich. Ich meine ja nur. Der Bender. Wie gesagt: tritt auf wie ein Lackaffe. Macht einen auf Kavalier alter Schule. Da kann ich mir doch denken, was der für ein Frauenbild hat. Dass er am liebsten mit Damen zu tun hat, die Blümchenkleider tragen und ihn in seiner unglaublichen Weisheit anbeten.«

»So, das kannst du dir also denken?«

»Ja, das denke ich.« Martin hörte sich jetzt auch sauer an. Anne legte ihm beschwichtigend die Hand auf den Oberschenkel. Ruth hatte nicht das Gefühl, dass er es registrierte. Wahrscheinlich wäre es besser, wenn sie ihren Streit nicht weiter befeuerte. Aber es war, als säße ein kleines Teufelchen in ihrem Kopf, das sie weiter antrieb. Fast so wie bei ihren früheren Ehestreitigkeiten mit Michael.

»Na, dann denkst du ganz schön falsch. Als Ermittler

solltest du doch wissen, dass Schubladendenken nicht weiterhilft.«

»Schubladen helfen sehr wohl dabei, erst einmal die Welt zu sortieren.«

»Aber das entbindet einen nicht zu überprüfen, ob man richtig liegt.«

»Ja, ja, ist schon gut, Frau Polizeipsychologin.« Martin hatte jetzt einen genervten Ton angeschlagen. »Etwas scheint dich ja an diesem Doktor Bender total zu faszinieren. Dann bitte, nur zu. Ich bleibe dabei. Der Typ ist echt aus der Zeit gefallen.«

»Na, Hauptsache, du bist jung und hip, oder?« Schon als Ruth den Satz aussprach, ahnte sie, wie er als Anspielung auf Anne verstanden werden würde. Das hatte sie nicht beabsichtigt. Nichts lag ihr ferner, als über Martins und Annes Altersunterschied blöde Sprüche zu machen. Erschrocken sah sie beide an. »Sorry. Wirklich. Das war jetzt total daneben. Ich glaube, die Sonne und das Meer bekommen mir nicht.« Mit einem Satz war Ruth aufgestanden und griff zu ihrem Handtuch. »Ich sollte schon längst an meinem Manuskript sitzen.«

»Mensch, Ruth, jetzt hab dich nicht so. Komm setz dich. Wir vergraben das Kriegsbeil und ich hole noch eine Runde Kaffee. Danach kannst du mal erzählen, warum der Bender ausgerechnet hier am Tatort ist. Ich dachte, der hat eine Stelle in Kiel? Was sagt er denn, was da an der Strandpromenade passiert ist?«

»Nein, lasst mal. Mit dem Kaffee, meine ich. Kriegsbeil vergraben ist akzeptiert.« Ruth versuchte ein schiefes Lächeln. »Irgendwie ist mir alles zu viel. Da komme ich hierhin, um Ruhe zu haben, und dann treffe ich erst euch und anschließend Bender und zusätzlich gibt es auch noch eine Leiche. Ich mache mich zurück zu meinen Büchern.«

»Aber heute Abend trinken wir zusammen einen Wein?« Anne schaltete sich jetzt ein und sah Ruth bittend an. Wahrscheinlich hatte sie auf nichts weniger Lust als auf Streit zwischen ihren beiden Ferienhäusern. Was Ruth durchaus verstehen konnte.

»Na gut. Allerdings nur, wenn ich richtig was geschafft bekomme. Zehn Seiten muss ich heute schreiben, sonst kann ich das Ganze sofort in die Tonne kloppen oder Klopapier daraus machen.« Spitzbübisch verzog sie den Mund. »Oje, jetzt habe ich mich wieder so unweiblich ausgedrückt.« Als sie das entgeisterte Gesicht von Anne und Martin sah, kicherte sie vor sich hin. »Keine Angst, ich fange nicht wieder von vorne an. Aber Martin, nur damit du es weißt: Der Bender steht wahrscheinlich klammheimlich auf Frauen wie mich.«

*

Die weiße verwinkelte Villa mit den grün abgesetzten Fensterläden stand in einer Reihe mit weiteren teuren Immobilien, die teils restauriert, teils neu erbaut, das Schmuckviertel des Ostseebadeortes darstellten. Die Touristen blieben gerne auf der schmalen Strandpromenade stehen, um die Häuser zu fotografieren oder in den kleinen gläsernen Kästen nach einem Prospekt zu fischen. Die allermeisten Häuser wurden touristisch genutzt, aber, ob man es glaubte oder nicht, standen nicht wenige immer mal wieder zum Verkauf, denn nicht alles, was schön aussah, war auch rentabel, hatte ihm Schulz, der ihm von der Wache als Begleitperson zur Seite gestellt worden war, auf dem Weg zum Rosensanatorium erklärt.

Ernst Bender hatte auf dem kurzen Weg interessiert in alle Richtungen geschaut. Den flachen Bungalow-Bau neben der Seeadlerklinik zur Kenntnis genommen, den ein silbernes Schild als internistische Praxis mit angegliederter Apotheke auswies. Durch ein offen stehendes Fenster konnte er in einen Behandlungsraum schauen, und er staunte nicht schlecht, als er dort neben der obligatorischen Untersuchungsliege und den Schränken mit medizinischem Equipment ein Klavier stehen sah.

Bender war stehen geblieben, aber Schulz hatte nur abgewunken: »Ein spinnerter Internist. So ein Schöngeistiger. Nicht von dieser Welt. Jedenfalls nicht der unsrigen.«

Mehr schien er dazu nicht zu sagen zu haben, denn schon schnurrte er weiter die Besonderheiten der Strandpromenade herunter. »Hier finden Sie kaum noch einen der ganz alten Besitzer. Die, die es versucht haben, na ja, von irgendeinem wird man immer über den Tisch gezogen.«

Benders Augen verengten sich, als sie durch das hohe offenstehende Tor der Privatklinik traten. Die hohen Bäume gaben wohltuenden Schatten, waren aber so riesig, dass sie trotzdem einen freien Blick auf das langgezogene Gebäude mit den einzelnen Winkeln, Erkern und der großen Veranda gaben.

Im Garten gab es drei gusseiserne Gartenlauben und vereinzelt stehende Liegestühle.

Wieder blieb Bender stehen: »Das sieht aber ganz und gar nicht nach Klinik aus.«

Schulz winkte wieder ab und schritt weiter, ohne auf Bender zu warten. »Soll es auch nicht. Ist ja privat, die Privatklinik.«

Sein Ton ließ Bender aufhorchen. Schon in den wenigen Worten schwang eine Abwertung mit, die alles bedeuten konnte: Missgunst, Missfallen, Ablehnung. Im Zusammenspiel mit der Reaktion des leitenden Arztes der Seeadlerklinik fand Bender das durchaus beachtenswert. Er setzte einen gedanklichen Marker, auf den es möglicherweise lohnte, noch einmal zurückzukommen.

Aus den vielen geöffneten Fenstern drang kein Laut, viel eher waren es gedämpfte Schreie von Kindern oder Jugendlichen, die aus einiger Entfernung zu ihnen drangen. Ansonsten herrschte Stille. Totenstille, schoss es durch Benders Kopf.

Er steuerte einen breiten asphaltierten Weg an, der von der rechten Seite des Hauses zu einem großen dunkelgrünen Tor führte. Alles daran erinnerte Bender an eine Lieferanteneinfahrt aus früheren Zeiten, aber wer weiß, dachte Bender, vielleicht ist es heute einfach ein zweiter Eingang.

»Nicht da lang«, knurrte Schulz. »Solange Sie noch aufrecht laufen können, sollten Sie dieses Tor meiden«, fügte er kryptisch hinzu und zog Bender durch eine mit Efeu bewachsene Pergola, an deren Seiten kleine Bänke zum Verweilen einluden, auf die linke Seite des Hauses.

Die nachmittägliche Sonne blendete Bender, als sie den Vorplatz betraten. Hier, an der Vorderseite, dem offiziellen Eingang, bemühte man sich um schlichte Eleganz, mit einer kreisrunden Auffahrt, einigen Stufen, die rechts und links in einer kleinen Terrasse mündeten, auf denen unter einer grün-rosé-farbenen Markise Bistrotische und Stühle aufgestellt waren.

Schulz hatte trotz seiner behäbigen Figur die Stufen doppelt genommen und zeigte vor der massiven Schwingtür, während er mit der anderen Hand über seinen Walrossschnäuzer strich, auf ein goldenes Schild, auf dem in Kursivschrift stand: »Privatklinik Rosensanatorium«.

Von klinischem Weiß über Silber zu Gold, registrierte Bender. Symbolisierten die Türschilder, die er in den letzten Minuten gesehen hatte, eindrucksvoll den Weg durch das Gesundheitssystem? Das war kein Ort, der jedem offenstand. Zumindest in die höheren Sphären der medizinischen Kunst musste und konnte man sich aber durchaus einkaufen. Er schüttelte den Kopf. Er wusste von seinen ausländischen Freunden, wie sehr man die Deutschen um ihr Gesundheitssystem beneidete, sogar in anderen europäischen Mitgliedsländern. Aber ihm schwante, dass sich etwas verschob, und er betrachtete die Entwicklung mehr als sorgenvoll. Er war gespannt, was sich hinter der exklusiven Tür der Privatklinik verbarg und was man ihm dort zu der toten Joggerin zu sagen hatte.

»Ja, dann mal los«, sagte er aufmunternd zu Schulz, der seltsamerweise regungslos stehen geblieben war. So als traute er sich nicht weiter, als ob er bekanntes Terrain verließe. »Nun mal nicht so ängstlich, Herr Kollege. Die Ermittlungsarbeit ruft.« Mit Schwung riss er die Tür zu sich und betrat das weite Foyer.

*

Ernst Bender war hinter Schulz zum örtlichen Revier gefahren, um von dort aus mit der Staatsanwaltschaft und seinen Vorgesetzten in Schwerin zu telefonieren. Als Erstes galt es sicherzustellen, dass die Angehörigen der jungen Frau, die aus Neubrandenburg stammte, durch die Kollegen vor Ort und einen Notfallseelsorger informiert wurden.

In Windeseile hatte man einen Schreibtisch für ihn freigeräumt, als er die Dienststelle betrat. Bender hatte großzügig abgewunken und gemurmelt, man solle sich nicht allzu viel Mühe machen, schließlich werde er sich ja hier nicht häuslich niederlassen. Ein merklich verlegenes, aber erleichtertes Lachen hatte daraufhin den Raum gefüllt. Bender konnte es verstehen. Es war immer schwierig, mit einem deutlich höher gestellten Vorgesetzten auf engstem Raum zusammenarbeiten zu müssen. Deswegen hatte er das Lachen mit einem wissenden Nicken und feinem Lächeln quittiert. Doch dann hatten die telefonischen Absprachen eine Änderung der Situation herbeigeführt, mit der er selber nicht gerechnet hatte. Über die sozialen Netzwerke hatte sich der Tod der jungen Frau in Windeseile im ganzen Landkreis verbreitet. So war das nun mal heute. Keine Pressekonferenz mit wohlüberlegten Informationen oder ein taktisch hinhaltendes Schweigen, um Täter aus der Reserve zu locken. Das waren Ermittlungsmethoden, die jahrzehntelang ihre Gültigkeit nie verloren hatten, aber in der letzten Zeit im Wettrennen um die Informationsweitergabe nicht mehr standhalten konnten. Und wären es nur die Informationen gewesen. Nicht nur, dass sich jeder Facebook-Nutzer auf eine Stufe mit ausgebildeten Journalisten zu stellen wagte, auch die kriminalistische Arbeit versuchte ein aufgebrachter Mob immer häufiger an sich zu reißen, um den Verantwortlichen wegen ihrer angeblich blinden Flecken auf die Sprünge zu helfen. Die Richtersprüche des Volkes ergingen, noch bevor ein Täter gefasst war, und Bender hatte in den letzten Monaten mehr als einmal dankbar auf die noch immer vorherrschende Gewaltenteilung der deutschen Rechtsprechung geschaut. Wehe dem, den die Finger des Volkes und nicht der Juristerei zu fassen bekamen.

»Bleiben Sie um Gottes willen erstmal vor Ort«, war die einhellige Meinung aller in Schwerin gewesen. »Es ist der dritte unaufgeklärte Mord an einer jungen Frau und wir können den Deckel da nicht länger draufhalten, was das an Spekulationen auslöst. Nicht in der aufgeheizten Situation.«

»Was soll das heißen?«, hatte Bender gefragt. »Wir können uns ja keine Lösung des Falls aus den Rippen schneiden.«

»Sicher nicht. Aber wir müssen Gas geben. Präsenz zeigen. Handeln und nicht reden.«

»D'accord. Da bin ich ganz bei Ihnen. Erst einmal müssen wir jedoch ein Ermittlungsteam zusammenstellen, unser Handeln koordinieren und planen und vor allem die Ergebnisse der Spurensicherung und der Rechtsmedizin abwarten.«

»Genau dafür haben wir keine Zeit. Wir müssen anfangen, auch wenn wir noch keine Richtung haben, in die es gehen wird.«

Bender schüttelte den Kopf. »Aber gerade, weil es drei Fälle gibt, die möglicherweise in Verbindung stehen, ist es doch noch wichtiger, dass wir uns erst einmal beraten und abstimmen.«

»Vielleicht mag das bei Ihnen in Schleswig-Holstein anders gewesen sein, werter Kollege, aber hier garantiere ich in den nächsten Stunden für gar nichts. Wir werden von Schwerin aus weiter an den beiden Morden arbeiten. Sie bleiben, wo Sie sind, und nehmen jeden, aber auch wirklich jeden, der nur irgendetwas mit der Frau zu tun haben könnte, in die Mangel. Wir müssen die Menge ruhig halten.«

»Wieso?«

»Bender, jetzt überlegen Sie doch. Eine junge Frau. Krebskrank. Allein das. Was für ein bemitleidenswertes Schicksal. Sie befindet sich in einer privaten Klinik zur Rehabilitation, hofft darauf, wieder ganz zu gesunden, zurückzukehren in ein normales Leben. Arbeitet mit. Hält sich fit. Verlangt ihrem geschwächten Körper alles ab, wenn sie frühmorgens joggen geht.« Mit jedem Wort wurden die Ausführungen des Kollegen aus Schwerin pathetischer. »Vor allem: Sie kennt niemanden in diesem Kurort. Ist ganz auf sich allein gestellt. Hat nur ihre gesundheitliche Wiederherstellung im Blick. Also keine Beziehungstat. Eher kein Raubüberfall. Keine Handlung im Affekt. Nur ein Schwein, das die Gelegenheit nutzt, um eine junge Frau zu überfallen.«

*

Dass ausgerechnet so ein entsetzliches Ereignis wie der Mord an einer Leidensgenossin sie aus ihrer selbstgewählten Einsamkeit katapultieren würde, hätte Elena im Leben nicht gedacht. Sie schämte sich für das Gefühl, das sich langsam in ihr ausbreitete. Nicht, dass sie einen Namen dafür hätte. Sie hatte keine Idee, wie es ausgerechnet jetzt entstanden sein konnte. Mit keinem ihrer Therapeuten würde sie darüber reden wollen. Wenn etwas krankhaft war, dann doch sicher das Entstehen von Wohlgefühl angesichts eines solchen Verbrechens. Doch für Elena war es, als wäre ein Knoten geplatzt. Die letzten Monate und besonders die letzten anderthalb Wochen hier in dieser Klinik hatten ihre Gedanken nur eine Zielrichtung gehabt: Sie wollte gesund werden. Sie wollte es schaffen. Allen Unkenrufen zum Trotz. Eine ungünstige Prognose war immerhin kein Todesurteil. Da gab es den Spalt Hoffnung für diejenigen, die sich ins Zeug legten. So hatte sie versucht, die positiven Energien zu beschwören, um dem Todfeind zu trotzen. Um die depressiven und entmutigenden Phasen zu bekämpfen, um sich von ihnen nicht schwächen zu lassen. Nur eines hatte sie sich nicht gegönnt, und das war Ablenkung. Nichts sollte bei der Fokussierung stören. Sie hatte weder Zeit noch Kraft, dem Leiden anderer Menschen Gehör zu schenken und sich von deren unheilvollen

Krankheitsverläufen herunterziehen zu lassen. Deswegen war sie den meisten Mitpatienten aus dem Weg gegangen. Sie hatte bei der Erstellung ihres Behandlungsplans erfolgreich darum gebeten, von allen Gruppentherapien befreit zu werden und nur die Sport- und Freizeitangebote gemeinsam mit anderen wahrnehmen zu müssen. Zu den Mahlzeiten war sie so erschienen, dass sie alleine saß oder sie hatte sich eine Zeitschrift mitgebracht, die ihr half, sich abzuschotten, bei aller Unhöflichkeit, die sie damit demonstrierte. Manchmal hatte sie gestaunt, wie schnell bei den anderen Bündnisse und Freundschaften entstanden waren. Das war schon vorher im Krankenhaus so gewesen. Sie hatte das immer als Ausweichen vor dem eigentlichen Problem verstanden. Es gab nun mal nichts zu lachen in ihrer Situation und der Sinn für schwarzen Humor, mit dem andere den Kampf aufnahmen, schien ihr zu fehlen. Aber seit heute Mittag war alles anders. Am liebsten wäre sie bei Tisch auf der Stelle aufgesprungen, als Gerda mit diesem unfassbaren Satz von der durchgeschnittenen Kehle die Fakten auf den Tisch gelegt hatte. Dann waren ihr die Gedanken wieder gekommen, bei denen sie schon vorhin so etwas wie Trost verspürt hatte: Es kann jetzt und überall passieren. Ich bin nicht die Einzige, die dem Tode geweiht sein könnte. Niemand weiß, wann und wo es passieren wird. Vielleicht sind alle um mich herum schon früher tot als ich. Ein Unfall. Ein Terrorakt. Ein Blitzschlag auf freiem Feld. Eine zufällige Begegnung mit einem Mörder. Alles konnte geschehen. Nicht nur ihr.

Es war, als wären genau in diesem Augenblick die Fesseln der letzten Monate von ihr abgefallen. Elena hatte bei dem Gedanken einen fast unmenschlichen Laut ausgestoßen und sich an den Hals gefasst. Im selben Augenblick setzte die Befreiung ein und ein warmes, sattes Gefühl stieg in ihr auf, das zum ersten Mal seit ihrer Diagnose alle Angst zu verdrängen schien.

Die beiden Frauen am Tisch hatten erschrocken auf ihren Ausbruch reagiert. »Entschuldigung«, hatte diejenige gesagt, die sich später als Gerda vorstellen sollte. »Es ist nur alles so dramatisch und unfassbar. Sie haben doch schon davon gehört, oder?«

Elena sah das Leuchten in den Augen der Frauen und war sich plötzlich sicher, dass beide etwas Ähnliches spürten wie sie selbst.

Milde lächelte sie. »Noch keine Einzelheiten. Nur, dass etwas Schlimmes geschehen ist. Ich war vorhin am Strand, kurz, nachdem es passiert ist.«

»Wohl eher, nachdem sie gefunden wurde. Passiert ist es wahrscheinlich schon ganz früh am Morgen. Hat auf jeden Fall Peter erzählt.«

»Was habe ich erzählt? Was verbreitest du schon wieder für Geschichten über mich, meine Süße?« Ein dünner, überaus ausgelaugter Mann, dessen Kieferknochen von Haut wie Pergament überzogen schienen, mit einem dürren Überbleibsel eines Schnauzers über bläulichen Lippen, stellte einen Kuchenteller und eine große Tasse auf ihrem Tisch ab. Vom Nebentisch zog er einen freigewordenen Stuhl heran. »Ihr solltet euch übrigens zum Kuchenbuffet aufmachen. Seht mal, Erdbeer-Sahne und Cappuccino-Torte. Ich konnte mich einfach nicht entscheiden. Dafür sind es extra kleine Stücke.« Er trank schlürfend einen großen Schluck aus seinem Kaffeebecher. »Herrlich.«

»Ach Peter, jetzt hast du dir schon Kaffee geholt. Den wollten wir doch nachher bei Georg an der Strandbude trinken.«

»Kerstin, Liebelein, jetzt mach dir mal keine Sorgen. Erstmal dauert das hier noch und bis dahin kann ich noch einen weiteren Kaffee vertragen. Ihr glaubt doch wohl nicht, ich lasse mich jetzt auch noch von den letzten schönen Dingen des Lebens abhalten. Apropos schön. Wir haben jemand Neues am Tisch. Ich bin Peter. Und du?«

Elena fühlte sich unter Peters Blick und seiner direkten Ansprache einen Augenblick völlig überrumpelt. Dann war auch der letzte Knoten in ihr geplatzt. Zu ihrem eigenen Erstaunen hörte sie sich sagen: »Elena. Aus Neumünster. 42 Jahre. Alleinstehend. Um es kurz zu machen: Brustkrebs, alle Therapien bisher erfolgreich durchlaufen, mit dem festen Vorsatz gesund zu werden. Meine erste Reha. Und ihr?«

Es war der Beginn eines gemeinsamen Nachmittags geworden, an dem Elena gelacht hatte wie selten zuvor. Es war ihr unerklärlich, wie nah Glück und Leid tatsächlich beieinanderstehen konnten.

Elena konnte es kaum fassen, dass Peter einer aussichtslosen Diagnose trotzte und bisher jeden Arzt und alle Statistiken Lügen gestraft hatte. Wie er der Auszehrung seines Körpers mit Kuchen, Kaffee und Wein entgegentrat.

Tränen traten Elena in die Augen, als Kerstin von den Ängsten ihrer Kinder sprach. Doch dann nahm Gerda Kerstin in den Arm, flüsterte ihr etwas ins Ohr und schon klatschten sich beide ab und begannen leise vor sich hin zu rappen:

»Fuck you.
Du kannst mich mal.
Such dir 'ne andere.
Bei mir bist du falsch.
Spar dir dein Werben.
Ich bin schon vergeben.
Ans Leben!«

Erneut waren sie sich lachend in die Arme gesunken und hatten das Abklatschen bei Peter und ihr fortgesetzt.

Natürlich waren sie betroffen, als die Klinikleitung versuchte, ihnen so schonend wie möglich von dem tragischen Geschehen zu berichten. Alle waren erleichtert, dass das Opfer niemand aus der Seeadlerklinik war. Dennoch war es eine Patientin gewesen wie sie, wenn auch aus der Privatklinik. Aber man konnte nicht ausschließen, dass man sich nicht schon einmal am Strand oder in der Facharztpraxis, die beide Kliniken mitversorgte, getroffen hatte. Letztendlich jedoch überwog die Erleichterung: Keine von uns.

Deswegen waren sie alle vier später noch zu Georg an die Strandbude gegangen. Georg hatte Elena erstaunt im Kreis der anderen erblickt, dann aber den Daumen gereckt.

Eben hatte er ihr zugeraunt: »Gut so, dass du mal was mit anderen machst. Da hast du dir die richtige Truppe ausgesucht.«

Elena hatte wieder das warme und wohlige Gefühl durchflossen. Jetzt saßen sie schon bestimmt zwei Stunden hier. Georg hatte ihnen einen Sonnenschirm aufgespannt und sie mit Kaffee und kühlen Getränken versorgt. Die Notfallseelsorger, die die Klinikleitung vorsichtshalber angefordert hatte, würden sie nicht in Anspruch nehmen müssen. Den ganzen Nachmittag über hatten sie vier gemeinsam den Todesfall von allen Seiten betrachtet, sich von Georg und den Strandurlaubern berichten lassen, was man sich erzählte, Mutmaßungen angestellt, kombiniert und spekuliert. Sie waren sich vorgekommen, wie ein Tatort-Ermittlerteam, wie es noch keines vorher gegeben hatte. Kein Gedanke mehr an die eigene Sterblichkeit. Als wäre diese Frau stellvertretend für sie alle gestorben.

※

Tom Jansen hatte den Lauf seines Lebens. So jedenfalls hatte er es eben in seinen Facebook-Status geschrieben. Das Video, das er dazu aus dem YouTube-Channel geteilt hatte, zeigte einen Kult-Werbefilm aus den 90ern: Mein Haus, mein Auto, mein Boot. Es hatte nicht lange gedauert, bis die ersten Reaktionen kamen.

»Was geht? Machst du jetzt einen auf Bankberater?«, fragte der Erste, während der Nächste schon vermutete, dass Tom also doch das Kapitalistenschwein sei, für das sie ihn in der Clique schon immer gehalten hätten. Die Emojis hinter dem Kommentar ließen Tom laut auflachen: ein Haus, ein Auto, ein Boot, dahinter die Schweineschnauze und der Dollarsack. Und dann der Mittelfinger, der in seiner Clique für das stand, was bei den Mädels der Zwinker-Smiley war.

»Wenn ihr wüsstet«, schrieb Tom kryptisch zurück, »ihr würdet mich nur noch Meister nennen.«

Die Antworten surrten in Fließbandgeschwindigkeit herein:

»Heißt das, du ziehst das Schwesternhäubchen bald wieder aus und suchst dir einen Job für Männer?«

»Hey, Alter, da fehlt noch was: Mein Haus, mein Auto, mein Boot. Und wo ist die passende Braut?«

»Komm sag schon, hast du wen mit Geld abgeschleppt?«

»Ich wette, Tom hat es bis in ein Testament geschafft mit seinem Schwester-Tom-Gedönse. Stimmt, oder? Grunz.«

»Ich bleib dabei: Lass dich nicht kaufen mit dem schnöden Mammon. Hey, wir sind Ossis. Vergiss das nicht.«

»Ich glaube es nicht. Ich glaube es nicht. Du hast doch nicht Lotto gespielt?«

Jedes Statement seiner Freunde ließ Toms Grinsen breiter werden. So mochte er es. Wenn er sah, wie sie sich auf den Fraß stürzten, den er ihnen vorwarf. Wie sie sich um sich selbst drehten, während sie versuchten, aus ihm schlau zu werden. Mal sehen, was für eine Auflösung er ihnen später präsentieren würde. Für blöd hielt ihn der eine oder andere. Aber das war er nicht. Keineswegs. Und das würde er allen beweisen.

Tom zog das Messer aus dem kleinen Geheimfach des alten Schreibtischs. Ein ganz altes Möbelstück. Das einzige, was aus Zeiten übrig geblieben war, an die heute kaum noch einer dachte. Das deutsche Kaiserreich. Tom konnte nur lachen über diese Idioten, die die 30er-Jahre wieder heraufbeschwören wollten. Spinner waren es, die sich nie mit Geschichte beschäftigt hatten. Wenn, dann musste man wirklich zurück. Zurück zu der Zeit, in der alles noch gut war. Gut und ordentlich. Wo jeder im Leben seinen Platz hatte. Den Platz, den er verdiente.

Er ließ seine Hand über die scharfe Klinge fahren. Auf Facebook wurde es ruhig. Wahrscheinlich hatte schon der nächste Post die Aufmerksamkeit abgegriffen. Es war ihm egal. Er hatte seinen Spaß gehabt und die Meute hochgescheucht. Die Wahrheit würden sie nie erfahren. Tom ritzte sich vorsichtig in die Haut seines linken Handgelenks. Ein winziger dunkelroter Tropfen Blut quoll hervor. Tom hielt den Arm steif und gerade, während er das Messer mit der anderen Hand zurück in die Schublade legte. Dann öffnete er ein zweites Fenster und rief die Homepage des Rosensanatoriums auf, klickte sich durch, bis er auf dem Organigramm der Einrichtung landete. Der Blutstropfen war zu einer satten Kugel angeschwollen, die jeden Augenblick zu verlaufen drohte. Tom klickte das Bild der Stationsleitung an und zoomte es auf Maximalgröße. Sein Blick fixierte Verena Wegners Augen, die ihn vom Foto aus viel freundlicher anblickten, als sie es jemals in Wirklichkeit getan hatten. Tom führte die Hand langsam und bedächtig zu seinem Mund. Als seine Zunge den metallischen Geschmack des Blutes spürte, unterdrückte er ein Stöhnen, das aus seinem tiefsten Inneren kam. Verena würde schon merken, mit wem sie es zu tun hatte. Nicht mehr lange, dann wäre die Welt wieder in Ordnung.

*

Auch wenn Evelyn schon lange außerhalb jeglicher Gemeinschaft lebte, war sie nicht ohne Kontakte. Das betraf keineswegs nur die Menschen, die bei ihr Hilfe suchten. In der Nachbarschaft oder bei den früheren Kollegen der Wismarer Klinik gab es immer wieder Versuche zu ihr durchzudringen. Die einen versuchten es freundlich, aber oberflächlich. Andere, weil sie ihr in vielem Recht gaben. Natürlich nicht öffentlich. Wo käme man denn da hin? Den Mut hatte noch keiner besessen, sich eindeutig auf ihre Seite zu schlagen. Aber sie wusste, dass das diejenigen waren, die ihre Kontaktdaten weiterleiteten. Die dazu beitrugen, dass der Strom an Hilfesuchenden nie versiegte. Selbst wenn sie auf der Straße nur verhalten grüßten und ab und an sogar die Straßenseite wechselten.

Und es gab die, die ihre Zurückgezogenheit als Freibrief betrachteten. Diejenigen, die immer nach Opfern Ausschau hielten, um sich selber groß und mächtig zu fühlen. Die immer erst traten, wenn andere es vorgemacht hatten. Nie in der ersten Reihe, dafür um so nachhaltiger. Schließlich führten sie nur aus, was andere als Recht benannt hatten.

Wenn Evelyn tagaus tagein und zu jeder Jahreszeit in ihrem schwarzen Cape unterwegs war, wusste sie schon, wie sehr sie die Blicke auf sich zog und sich damit ins Abseits katapultierte. Dass sie provozierte und immer mehr negative Reaktionen hervorrief. Zur Dorfhexe war sie nicht durch die anderen geworden, sondern hatte sich selbst dazu gemacht. An guten Tagen war sie stolz darauf.

An schlechten Tagen, und ein solcher war heute, zweifelte sie an allem, was ihr geblieben war. Selbst die Begegnung mit der engelsgleichen Gestalt hatte es nicht mehr wenden können. Auch diese hatte Evelyn links liegen gelassen, als sie diesem Gockel in Anzug und Weste am Strand begegnet war.

Evelyn hatte ihr trotzdem einen stillen Segen gesandt. Sie wusste, dass sie sich nie täuschte, und diese Frau war eine der Guten. Aber sie war viel zu verwoben im Diesseits, um die Energien zu spüren, die zum Licht und zur ewigen Wahrheit führten.

Als hätte sie mit dem Engel die Sonne des Tages verloren, hatte Evelyn schon auf dem Rückweg vom Hundestrand die Aufgeregtheit gespürt, die sich über den ganzen Ort legte.

»Florence, spürst du das? Da kommt was auf uns zu.« Evelyn hatte nur im Flüsterton zu ihrer Hündin gesprochen, aber diese hatte sofort aufgemerkt. »Du Brave, du weißt sofort, wenn etwas nicht stimmt.«

Der Hund war stehen geblieben und hatte zu Evelyn aufgeblickt. Ihr war das Herz fast übergegangen bei diesem Blick. »Ach Florence, wenn es sich für nichts mehr lohnte, dieses Leben. Wenn ich dich sehe, weiß ich, wozu es gut ist.« Sie hatte dem Tier über den Kopf gestreichelt. »Komm, meine alte Dame, heute ist hier draußen nicht der richtige Ort für uns.«

Erleichtert hatte sie schließlich den kleinen verwilderten Garten betreten, der ihr Haus von allen Seiten umschloss.

Ihr war, als könne sie auf der Stelle befreiter atmen und auch Florence wirkte entspannter, als sie sie von der Leine ließ.

»Hier ist es immer noch am besten, meine Gute. Hier sind wir für uns. Heute kriegt uns keiner mehr nach draußen.« Sie war an den Wasserhahn in der Ecke der verwitterten Holzterrasse getreten und hatte einen Napf mit Wasser gefüllt. Dann streifte sie ihr Cape ab und warf es achtlos auf die Bank vor dem Hauseingang.

»Ich hole mir einen Kräutertee und ein Buch, und dann lassen wir das Leben da draußen in Ruhe, so wie es uns in Ruhe lassen soll.«

Sie seufzte. Ihre Datsche war der beste Ort der Welt. Ein Paradies aus heimischen Pflanzen, versteckten Beeten, Kräuterschnecken und Kunstobjekten. Eine Hängematte, die sie selber schon lange nicht mehr nutzte, ein Gartenhaus am rückwärtigen Zaun, das sogar ein Gästebett beherbergte, Buchsbaumrabatte, Frühbeete und ein winzig kleines Gewächshaus machten das Grundstück zu einem Zufluchtsort, der manchmal schon nicht mehr von dieser Welt schien.

Wenn es ihr gelang, die Welt dort draußen fernzuhalten. Wenn sie den Torwächter spielte, der nur den Auserwählten Zutritt gewährte.

Wenn es der Welt nicht gelang, ihren inneren Frieden zu durchbrechen.

Als das Telefon klingelte, hob Florence den Kopf. Evelyn ahnte schon da, dass es kein guter Anruf war.

»Ja, bitte?«

Die Stimme, die aus dem Hörer drang, hörte sich hart und rauchig an: »Ich meine es gut mit dir. Auch wenn du das nicht glaubst. Ich würde an deiner Stelle die Finger von Dingen lassen, von denen du nichts verstehst. Wer weiß schon, was als Nächstes passiert. Dann wirst du ja sehen, ob dich deine Engel retten können.«

Evelyn schwieg.

*

»Wir fahren zurück ins Rosensanatorium.« Bender hatte sich beschwingter zu Schulz ins Auto gesetzt, als ihm zumute war. Sie hatten sich gemeinsam entschieden, im Zimmer der Toten anzufangen. Mit dem zuständigen Arzt und dem Pflegepersonal zu sprechen. Was blieb ihnen anderes übrig? Bis die ersten Ergebnisse aus dem Labor vorlägen und die Obduktion durchgeführt wäre, tappten sie entschieden im Dunkeln. Bender hatte auf nichts weniger Lust als auf eine solche Form von Aktionismus. In Kiel hätte er seinem Polizeichef dazu durchaus ein paar Takte zu sagen gehabt. Ach was, in Kiel wäre schon niemand mit einer solchen Idee zu ihm gekommen. Jetzt konnte er sich heute hier die Beine in den Bauch stehen oder Däumchen drehen oder ins Blaue ermitteln und seinen Verstand mit Gesprächen und Eindrücken belasten, die weder ergiebig noch zielführend sein würden. Das Ehepaar, das die Leiche heute Morgen gefunden hatte, stand unter Schock. Sie waren sich einig, dass eine weitere Befragung sie derzeit nicht weiterbringen würde.

Eine Krisensitzung in Schwerin mit allen Ermittlerteams hatte aus seiner Sicht absolute Priorität. So kannte er es. Abgestimmtes Arbeiten im Team. Aber er war nicht mehr in Kiel. In Schwerin war er der Neue. Der aus dem Westen. Auch mehr als fünfundzwanzig Jahre nach dem Mauerfall galt diese Unterscheidung. Das ließen sie ihn spüren. Die Mauer im Kopf war noch lange nicht zerstört.

»Ganz schön viele Kliniken für so ein kleines Ostseebad. Wir sind doch eben schon an einer vorbeigekommen.«

Schulz nickte. »Das ist auch gut so. So hat der Ort das ganze Jahr Konjunktur und nicht nur zu den Ferienzeiten. Das brauchen wir hier.«

»Der Ostseeküste geht es doch nicht schlecht, oder? Seit Jahren boomt doch der Tourismus.«

»Stimmt. Aber wir haben auch nichts anderes. Fahren Sie doch mal ein paar Kilometer ins Landesinnere. Wer will denn da noch leben? Und Arbeit? Gibt es, wenn überhaupt, eben am ehesten in der Tourismusbranche. Da hilft uns das Geschäft mit den Kliniken durch die Wintermonate.«

»Und das widerspricht sich nicht?« Bender räusperte sich. »Ich meine, die vielen Kranken. Manchen sieht man das ja wahrscheinlich deutlich an. Die Menschen, die hier Urlaub machen …«

»… wollen sowas weder sehen noch hören, meinen Sie?« Bender nickte.

»Kann schon sein. Aber irgendwie findet sich das dann doch. Unsere Geschäfte haben sich darauf eingestellt.«

»Wie das? Verstehe ich nicht ganz.«

»Na ja, das Geschäft mit Beanies und anderen Mützen funktioniert auf jeden Fall hervorragend.«

»Mützen und Beanies?«

»Ja, wegen der Glatzen und kurzen Haaren. Nach den Chemos.«

Bender schaute den Polizisten von der Seite an. Meinte er das ernst?

»Und so ist es mit vielem. Es gibt Geschäfte mit Spielwaren für die Kinder aus den Kurheimen, Yogakurse und Zubehör für die Gestressten, Nordic Walking für die Herzkranken und Engelskarten für die, die sonst verzweifeln.«

»Engelskarten?«

»Kennen Sie nicht? Dann gehen Sie mal durch den Ort. Sie werden staunen, was man Menschen alles verkaufen kann, die entweder den Sinn des Lebens oder das Leben an sich suchen. Mir soll es recht sein. Das alles hilft dem ganzen Ort.«

Bender nickte. Er blickte schweigend aus dem offenen Fenster. Ihm war heiß, und das Polizeiauto hatte keine Klimaanlage. Sie kamen nur langsam voran. Überall kreisten Autos auf der Suche nach Parkplätzen. Wohnwagengespanne schoben sich langsam durch die Kreisverkehre. Die meisten Wagen trugen Dachkoffer und wiesen Nummernschilder aus ganz Deutschland auf. Keine Frage. Es war Sommerferienzeit und der inländische Tourismus boomte. Das Sicherheitsdenken der Menschen spülte noch mehr Gäste als in den vergangenen Jahren anstatt ins Ausland an die deutschen Küsten. Wenn man das so sah, könnte man das mit den blühenden Landschaften tatsächlich für erfüllt halten, dachte Bender bei sich. Laut aussprechen wollte er es nicht. Wahrscheinlich musste er den Landkreis noch deutlich besser kennenlernen, um zu verstehen, wie die Menschen hier tickten.

Bernd Schulz hatte wieder zu reden begonnen: »Wenn ich mir das vorstelle, ich springe dem Teufel von der Schippe und werde dann abgestochen.«

»Ja, sehr tragisch. Das sehe ich genauso. Glauben Sie, die Frau könnte ihren Mörder gekannt haben?« Bender schaute fragend zu dem Polizisten.

Dieser lachte höhnisch auf. »Das ist nicht Ihr Ernst, diese Frage, oder?«

»Doch, durchaus. Mich interessiert Ihre Antwort.«

»Wer soll das denn gewesen sein? Wen kennt man denn, wenn man hierhin zum Gesundwerden kommt? Ich kann mir da keinen Grund vorstellen.«

»Nun ja, vielleicht ein Kurschatten?«

Der Polizist drehte den Kopf und schaute Bender ungläubig an. »Mit der Krankheit?«, war alles was er hervorstieß. Aber die Frage umriss alles, was Bender auch schon gedacht hatte. Trotzdem würde er nun im Zimmer von Marie Hafen genau nach Spuren suchen müssen, die ihnen, so unwahrscheinlich es auch war, eine Ermittlungsfährte bot.

Also gut, er würde seinen Teil dazu beitragen. Damit sie etwas aufzuweisen hatten. Damit die Presse stillhielt und ihnen nicht schon am ersten Tag Unfähigkeit und Versagen vorwarf. Damit der Mob in den sozialen Medien sich nicht noch höher schaukelte. Wenn er das alles damit bewerkstelligen konnte, dann würde er das Spiel mitspielen. Einen Blick ins Zimmer werfen. Nochmal mit der Chefärztin sprechen. Möglicherweise noch mit einer Krankenschwester. Aber dann war Feierabend für heute. Er würde zurück nach Schwerin in seine Wohnung fahren und morgen früh die notwendige Dienstbesprechung einfordern. Der Obduktion beiwohnen. Die ersten Ergebnisse der Spurensicherung abfragen. Und dann würde man weitersehen.

*

Ruth streckte ihre Arme weit von sich zur Seite und gähnte herzhaft. Sie hatte tatsächlich zwölf Seiten geschafft und war erleichtert, wie gut sie beim Schreiben vorangekommen war. Wahrscheinlich war es doch nicht falsch, sich frischen Wind um die Nase wehen zu lassen, vermutete sie, und meinte damit keineswegs nur die seichte Ostseebrise, die den heißen Sommertag erträglich gemacht hatte.

Es war ihr, als tauche sie durch die Begegnungen mit Martin und Anne, die Stunden am Strand und das Fahrradfahren aus ihrer selbstgewählten Isolation der letzten Wochen auf. Sie spürte, wie gut ihr das tat. Sie war kein Mensch, der konsequent zurückgezogen leben konnte, anscheinend noch nicht einmal für eine kurze Zeit. Dabei mochte sie das Alleinleben sehr wohl. Hatte sich daran gewöhnt und konnte sich kaum vorstellen, noch einmal mit einem Mann unter einem Dach leben zu müssen. Seit der Scheidung von Michael hatte es sie natürlich gegeben – andere Männer. Mal als Flirt, mal als Kurzzeitaffäre. Nie länger als drei Monate. Als wäre dann eine magische Grenze erreicht. Bei ihr oder den Männern, im Idealfall war es bei ihnen beiden gleichzeitig vorbei gewesen. Oft dachte sie, sie hätte unbewusst Lisa-Marie schützen wollen. Aber brauchte nicht vielmehr sie selbst den Schutz?

Die meiste Zeit war sie zufrieden so, wie es war. Weil sie sich ausgefüllt fühlte. Freunde hatte, mit denen sie Gemeinsamkeiten teilte. Einen Mangel an Geselligkeit hatte man ihr noch nie unterstellen können, und es waren durchaus tiefergehende Kontakte, die sie geknüpft hatte durch ihre Arbeit, aber vor allem in ihrer Yogagruppe und dem Malkreis. Oft war sie sogar froh, wenn sie abends die Tür zu ihrer Wohnung schließen konnte und nur für sich war. Tun und lassen konnte, was sie wollte.

Nur jetzt, in den letzten Wochen, war es anders gewesen. Ob es daran lag, dass ihr in der langen Sommerpause die beruflichen Kontakte fehlten oder daran, dass sie sich mit der Abfassung des Buches schwerer tat, als sie es sich vorgestellt hatte. Sie fühlte sich lustlos und unmotiviert.

Heute nach den Stunden im Freien und am Strand kam sie sich wie belebt vor. Energiegeladen. Prompt waren die Buchstaben wie von selbst aus ihren Fingerkuppen in die Tastatur des Laptops geflossen. Kein Wunder, im Kopf waren die Gedanken schließlich alle schon vorsortiert.

Träge stand Ruth auf und griff zu ihrem Handy. Ob sie einmal bei Lisa-Marie anrufen sollte? Ruth grinste. Lisa-Marie würde sich wundern, wenn sie auf einmal die besorgte Mutter gab. Das war sie nie gewesen und wahrscheinlich stand ihr diese Rolle nicht. Was sollte sie auch tun beim Liebeskummer ihrer Tochter? Dafür brauchte es Freundinnen und Abwechslung, um darüber hinwegzukommen, und kein Zurück an Mamas Schoß.

Ruth beschloss, duschen zu gehen. Wenn sie sich heute Abend auf einen Wein mit Martin und Anne treffen wollte, könnten sie ja genauso gut auch essen gehen. Das, fand sie, hatte sie sich mit ihrem abgearbeiteten Pensum redlich verdient. Auf einen leckeren Salat hatte sie bei diesen Temperaturen richtig Lust.

Fertig gestylt, also mit einem frischen Shirt und einer langen Jeans, trat sie eine halbe Stunde später auf die Veranda. Von Martin und Anne war noch nichts zu sehen. Sie konnte sich also noch mit ihrem neuen Buch hier draußen hinsetzen. Oder besser noch – sie erinnerte sich an das Café am Eingang des Parks –, wenn sie dort einen Kaffee trinken würde. Sie könnte sehen, wenn Martin und Anne zurückkehrten, bis dahin würde sie das quirlige Leben in der Ferienanlage beobachten. Doch, dazu hatte sie richtig Lust. Sie fuhr sich noch einmal durch die Haare, schlüpfte in ihre Flip-Flops, die achtlos vor dem Sofa lagen, und steckte einen Zwanzig-Euro-Schein in die rechte, das Handy dagegen in die hintere Tasche ihrer Jeans. Das Buch, das sie am Mittag gekauft hatte, nahm sie in die Hand. So mochte sie es am liebsten. Nur das Notwendigste und alles so unkompliziert wie möglich.

Ruth freute sich: Was war das bloß für eine gute Idee gewesen, an die Ostsee zu fahren.

※

Georg hatte heute schon früh begonnen, den Strand aufzuräumen. Es war sowieso weniger los als an anderen Tagen. Auch wenn am Nachmittag das Geschäft wieder besser geworden war. Manch einer war nur gekommen, um über das, was passiert war, zu reden. Um zu hören, wer was wusste und ob es schon Neuigkeiten gab. Ihm saß es gewaltig in den Knochen, was sich heute Morgen keine zweihundert Meter von ihm abgespielt haben musste.

Trotzdem hatte er den ganzen Tag versucht, sich nichts bis wenig anmerken zu lassen. Zwischenzeitlich war er über sich selbst erschrocken, wie er auf den sensationshungrigen Ton der Gäste eingegangen war. »Business as usual« hatten zunächst auch die Rettungsschwimmer verkündet, aber im Laufe des Tages war ihnen allen immer mehr aufgegangen, dass die Tat kein Werbegag und keine Filmaufnahme gewesen war, sondern purer, bitterer Ernst.

In einer ruhigen Minute hatte Georg auf Facebook nachgelesen, was es an öffentlichen Verlautbarungen gegeben hatte und anschließend die Kommentare überflogen. Wie so oft war es unterirdisch, was manch einer vom Stapel ließ. Natürlich besonders diejenigen mit Fakeprofil. Georg hätte ihnen am liebsten den Stinkefinger gezeigt. Kleingeistige Idioten, beschimpfte er sie innerlich.

Was ihm aber den Rest gegeben hatte, war das Foto. Weil ab da die Tote ein Gesicht hatte. Und weil er sie kannte. So wie er fast alle Patienten der Kliniken kannte. Weil er quasi die Außenstation für die Patienten war. So was wie ein Satellitenpunkt. Eine Verbindung zum normalen Leben. Zur Welt der Gesunden.

Plötzlich hatte es Georg gestört, dass sie hier den normalen Betrieb aufrechterhielten. Er wusste auch nicht, was er anders machen sollte. Sie konnten ja schlecht die Flaggen auf Halbmast setzen. Dabei würde er liebend gern ein Zeichen setzen.

Unwirsch drehte er sich zu Jens, der mit den Gästen seine üblichen Späße trieb. »Lass uns für heute einpacken.«

Jens starrte ihn fassungslos an. »Willst du mich jetzt verscheißern? Es ist doch noch viel zu früh.«

»Nein, aber ich habe keinen Bock, hier heute weiter auf sonnigen Urlaubstag zu machen.« Georg drückte energisch auf den Schalter der Kaffeemaschine und stellte sie damit aus.

»Ähm, verstehe ich das richtig? Du hast keinen Bock auf Sommerprogramm?« Jens hob die Hände. »Also, okay, du bist der Chef. Aber ich dachte immer, du machst die Haupteinnahmen an sonnigen Sommertagen. Also an Tagen wie diesen.«

»Stell dich doch nicht blöd.« Georg bekam selten Krach mit anderen Menschen und mit Jens schon mal gar nicht. Aber heute fehlte ihm schlichtweg die Geduld. »Das ist kein normaler Sommertag. Hier wurde heute eine junge Frau ermordet.«

»Ja, und in vielen anderen Orten auf der Welt auch. Deswegen kannst du doch nicht dein Geschäft einstellen.«

»Ich stelle mein Geschäft nicht ein.« Georgs Stimme klang immer genervter. »Ich mache heute mal einen Cut. Einen Moment der Besinnung. Hast du mal auf dein Handy geschaut? Da ist ein Bild von ihr. Die hat erst gestern hier bei uns gestanden und Kaffee getrunken. Hat gehofft, wieder ganz gesund zu werden, wie alle, die hier in diese Kliniken kommen. Und heute lebt sie nicht mehr. Weil irgendjemand das so beschlossen hat.«

»Oh Mann, das ist mal eine Ansprache.« Jens kratzte sich am Hinterkopf. »So kenn ich dich ja gar nicht.« Seine

Stimme klang jetzt kleinlaut und nachdenklich. »Trotzdem. Man kann sich doch nicht von allem so mitreißen lassen.«

Georg nickte. »Stimmt. Nicht von allem. Aber von dem, was heute passiert ist, schon. Ich habe bis eben gedacht, es wäre besser, die Normalität aufrecht zu halten. Auch für die anderen aus den Kliniken. Damit die hier bei uns ein bisschen Halt bekommen. Aber das ist doch Scheiße, sowas. Wir tun so, als wenn das völlig egal wäre, was da passiert. Als wenn es egal wäre, wenn jemand stirbt. Wenn jemand einen anderen Menschen umbringt.«

Jens stieß mit dem Fuß in den Sand. »Hast ja recht, Chef. Wie fast immer. Aber was sollen wir denn tun? Eine Lichterkette machen? Grablampen aufstellen?«

»Warum nicht? Was spricht denn dagegen? Eigentlich ist das sogar eine ziemlich gute Idee. Einfach mal zeigen, dass etwas nicht egal ist. Nicht nur uns. Nicht nur den Patienten aus den Kliniken. Auch demjenigen, der die Frau auf dem Gewissen hat. Der vielleicht irgendwo hier draußen ist. Möglicherweise ganz in der Nähe. Und schon das nächste Opfer sucht. Das kann uns doch nicht egal sein.«

*

Evelyn hatte lange neben dem Telefon ausgeharrt, den Hörer in der Hand. Ihre Gedanken überschlugen sich, obwohl sie versuchte, ruhig zu bleiben. Natürlich hatte sie die Stimme erkannt. Wie auch nicht? Sie hatte es nur nicht verstanden. Begriff die Zusammenhänge nicht. War vor allem vom Zeitpunkt überrascht.

Fest stand, dass sie nach Wismar würde fahren müssen. Das ließ sich anders nicht regeln.

Beim Gedanken, noch heute Abend bei der Hitze in den stickigen Bus zu steigen, wurde ihr schummrig. Florence würde sie gar nicht erst mitnehmen können, das konnte sie der alten Dame unmöglich antun. Doch das Schlimmste: Es war viel zu spät, um noch hin und zurück zu fahren. Sie würde das Haus nicht über Nacht alleine lassen, so viel stand fest.

Immer wieder klammerte sie sich an die Hoffnung, dass alles eine Finte war. Dass ihre eigenen Ängste, die sie so lange hatte in Schach halten können, mit Gewalt an die Oberfläche zurückdrängten und ihr nun einen Streich spielten.

Es half nichts. Evelyn legte den Hörer, den sie immer noch in der Hand hielt, zurück auf das Telefon. Sie musste den Tatsachen ins Gesicht sehen.

Sie zog das Fach auf, das neben dem Sitzplatz der kleinen Telefonbank eingelassen war. Nahm das Telefonbuch heraus und blätterte sich vorsichtig durch die dünnen Seiten, fuhr mit dem Finger die Reihe der Namen ab. Sie war sich fast sicher, die Nummer im Kopf gespeichert zu haben. Aber so gewann sie noch einmal Zeit.

Mit dem Fingernagel ihres rechten Zeigefingers machte sie eine kleine Kerbe unter den Namen, als sie ihn gefunden hatte. Ließ das Telefonbuch auf der Bank liegen, stand noch einmal auf, um einen Zettel aus der Zigarrenkiste zu holen sowie Busfahrplan, Brille und Bleistift, das alles auf dem Sekretär lag. Mit langsamen Schritten bewegte sie sich auf das Telefon zu. Ihre Gedanken versuchten immer noch, eine neue Bewertung der Situation zu erzeugen, aber tief im Inneren wusste sie, dass es vergeblich war. Sie würde sich den Dingen stellen müssen.

Ermattet ließ sie sich auf die Bank sinken. Als sie sah, dass sich die Schnur des Telefonhörers verknotet hatte, nahm sie ihn ab, hob den ganzen Apparat an und ließ den Hörer kreisen bis sich die Spirale wieder geglättet hatte.

Die gleichmäßigen Drehbewegungen schienen ihren Atem zu beruhigen und Evelyn verfolgte das Auspendeln der Schnur mit trägen Blicken.

Dann erst wählte sie mit langsamen Bewegungen die Nummer.

Sie hatte schon keine Hoffnung mehr, dass abgenommen werden würde, als ein leises Hallo ertönte.

Evelyn nannte genauso wenig ihren Namen, wie der Anrufer vorhin bei ihr. Auch ihre Stimme wurde natürlich erkannt.

»Ich komme morgen. Wir müssen reden.«

*

Als das Telefon läutete, schreckte Marion aus dem Dämmerschlaf, in den sie immer öfter verfiel. Sie versuchte mit allen Mitteln der Müdigkeit zu trotzen, schon allein, weil sie nie wusste, ob die Träume, die sie in der Zwischenwelt erwarteten, gnädige und hoffnungsvolle waren oder Schreckgespenster, die ihre schlimmsten Ängste aus der Wirklichkeit noch übertrafen. Jedes Einschlafen war ein Verlieren, ein Punktsieg für den übermächtigen Gegner.

»Marion Heckel«, meldete sie sich mit zittriger Stimme.

»Marion, ich bin's, Gabi. Wie war dein Tag?«

Die Anstrengung wich aus Marion. Sie war froh, die Stimme ihrer Schwester zu hören. Gabi war ihr größter Halt. Deswegen wusste sie, dass sie außer »Gabi« gar nichts weiter sagen musste.

»Liebste. Ein heftiger Tag heute? Willst du reden?«

»Mir genügt es, dich am Ende der Leitung zu wissen.« Marion räusperte sich. Sie fand ihre Stimme unerträglich und gäbe ihr gerne mehr Kraft.

»Ach, Süße, morgen komme ich und dann bleibe ich

über das ganze Wochenende. Wirst sehen, das wird uns beiden guttun.«

Marion nickte lautlos. Dass Gabi es immer verstand, so zu tun, als bräuchten sie sich beide gegenseitig. Dabei war alles aus dem Gleichgewicht geraten. Alles ins Rutschen gekommen. Kaum zu glauben, dass sonst sie diejenige gewesen war, die Gabi beschützt hatte.

»Hat der Arzt noch etwas gesagt?«

Marion hörte, dass Gabis Stimme angespannter als sonst klang. Diesmal schüttelte sie den Kopf, ohne eine Antwort zu geben.

»Marion, soll ich dich lieber schlafen lassen? Du bist so erschöpft. Morgen sehen wir uns.«

»Nein! Leg nicht auf!« Marion schrie die beiden Sätze nun fast. »Bitte, Gabi, bitte, bleib dran, auch wenn ich nichts sage.«

»Ist gut, ist ja gut. Soll ich dir einfach etwas von meinem Tag erzählen?«

»Vielleicht etwas singen? Magst du für mich etwas singen? So wie Mama früher mit uns?«

Gabi lachte verlegen. »Ob ich das noch kann?« Aber gleichzeitig begann sie mit leiser Stimme einzelne Worte zu singen, die sie mit einem melodischen Summen verband: »Butterfly, my Butterfly, dans un mois je reviendrai …«

Marion fielen die Augenlider zu, sie fühlte sich wohl geborgen in den Lauten, die aus dem Hörer drangen. Sie stellte sich Gabi vor, wie sie zuhause in ihrer Wohnung kleine Tanzschritte machte, den Hörer ans Ohr gepresst und die Augen wahrscheinlich geschlossen. Sah Gabi nicht genau aus wie Mama? War es Gabi, die da sang? Oder war es ein Trugbild? War etwa ihre Mutter hier bei ihr im Zimmer und sang, während sie sie holte? Marion keuchte. »Lass mich, ich will nicht mit dir gehen«, stieß sie hervor.

Der Gesang verstummte.

»Marion, was ist los?« Gabis Stimme klang besorgt.

Marion begann zu wimmern. »Gabi, ich habe Angst. Ich habe einfach nur noch Angst.«

»Süße, morgen bin ich bei dir. Du wirst sehen, dann geht es besser. Du musst ruhig bleiben und den Ärzten vertrauen.«

»Ich glaube nicht mehr daran.« Marion war selbst überrascht, wie klar dieser Satz aus ihrem Mund kam. Als hätte sie ihn nicht selbst gesagt. Jetzt, wo er ausgesprochen war, schien er richtig. Wie die absolute Wahrheit. »Ich glaube nicht mehr daran«, wiederholte Marion, »und Doktor Schimmer auch nicht mehr. Das spüre ich. Die Medikamente schlagen nicht an. Die Wundertherapie vollbringt bei mir keine Wunder.«

»Marion, bitte, ich rede morgen mit ihm, ja? Dann überlegen wir weiter. Du darfst nicht aufgeben. Das hast du mir versprochen.«

Marion schwieg.

»Du hast es mir versprochen, Liebste.« Gabis Stimme wurde nachdrücklicher.

Marion hörte die Angst heraus. »Du hast mir auch etwas versprochen«, flüsterte sie.

»Ja, das habe ich«, antwortete Gabi.

»Dann wiederhole es. Wiederhole dein Versprechen. Sage es laut, damit ich es glauben kann.« Marion hörte den Schluchzer am anderen Ende der Leitung. Gabi weinte also. Und egal, was sie jetzt sagen würde, das Weinen war die eigentliche Botschaft. Gabi glaubte nicht mehr daran, dass sie es schaffen könnte. Es war, als legte sich eine Lähmung über ihren ganzen Körper.

»Schwesterchen, natürlich halte ich mein Versprechen.« Gabi hatte sich wohl gefangen. »Ich sag es dir noch einmal und, wenn du willst, an jedem einzelnen Tag: Ich lasse dich nicht sterben. Ich lasse es nicht zu. Glaube mir. Vertrau mir.«

»Aber wie?« Marion stammelte. »Wie?«

»Lass mich mal machen.« Gabi räusperte sich. »Ich habe da was aufgetan. Einen Kontakt. Es ist nicht einfach, aber ich werde das hinkriegen. Ich lasse dich nicht sterben, versprochen.«

*

Bender hatte kurzfristig überlegt, ob er die kürzere Strecke über die Landstraße wählen sollte oder den Bogen über Wismar, um dort auf die Autobahn zu fahren. Allein die Vorstellung, langsame Traktoren, die um diese Uhrzeit von den Feldern kommen würden, vor sich zu haben, die auf den schmalen, unübersichtlichen mecklenburgischen Straßen kaum zu überholen waren, machte ihn ungeduldig und sein Fuß drückte das Gaspedal tiefer, als es sinnvoll war, als er aus dem Kreisel ortsauswärts abbog. Der sonst so sanft schnurrende Motor seines Jaguars brummte auf und zog die Blicke der Passanten auf sich. Eine Familie, die den Kreisel gerade am Fußgängerübergang überqueren wollte, blieb abrupt stehen und der Vater, der den Jüngsten der Familie auf den Schultern trug, riss ungestüm die Tochter zurück, die wie gebannt auf ihr Handy schaute. Das alles nahm Bender in Sekundenbruchteilen wahr, als sein Auto aus dem Kreisel schoss. Entschuldigend hob er die Hand und blickte in den Rückspiegel. Wie gut, dass niemand ahnen konnte, dass es ausgerechnet ein Polizist war, der sich so im Straßenverkehr benahm. Seine Laune wurde noch schlechter. Er ärgerte sich über seinen Ausbruch. In Kiel waren ihm solche Sachen nie passiert. Er hatte den Ruf, kontrolliert und besonnen zu sein. Oldschool, wie die jungen Kollegen neudeutsch sagten. Bender grinste. Englisch als Neudeutsch zu bezeichnen, so weit war es schon. Ja, er war ein Vertreter einer aussterbenden Art. Kein Grund, sich zu verändern.

Aber es ging ihm nicht gut. Er fühlte sich nicht angekommen. Oder eher noch nicht angenommen. Möglicherweise hatte er zu lange in Kiel gearbeitet und war einfach zu alt, um sich neu einzulassen. Kiel war immer Basisstation gewesen. Das Standbein, so dass es ihm leichtfiel, das Spielbein auszustrecken. Für seine Dozententätigkeiten, seine Vorträge und schon einmal für übergreifende Ermittlungstätigkeiten. Aber nun war ihm, als hätte er alles hinter sich lassen müssen. Als sei er dabei, die Balance zu verlieren.

Was, um Himmels willen, sollte er an diesem Sommerabend in seiner Wohnung in Schwerin? Er könnte sich eine Flasche Wein öffnen, ein Buch zur Hand nehmen, aber er wusste schon jetzt, dass es ihn langweilen würde. Er sehnte sich nach Austausch. Nach Geselligkeit. Es war nicht so einfach, in der neuen Heimat Fuß zu fassen. Die Grenzen in den Köpfen schienen ihm größer, als er angenommen hatte. Oder hatte es gar nichts mit der früheren Trennung des Landes zu tun? Waren das nur seine Schubladen, mit denen er zu erklären versuchte, was ihm auch in jeder anderen fremden Stadt hätte passieren können? Wahrscheinlich war er einfach zu alt und unflexibel für einen Neuanfang.

Sein Fuß gab schon wieder Gas, fast als hätte er keinen Einfluss darauf. Bender schluckte. Der Tod der jungen Frau ging ihm nahe. Näher als so manch anderer Fall in seiner langen Karriere. Sie war dem Tod von der Schippe gesprungen, um ihm dann blindlings ins Messer zu laufen. So war das gemeinsame Resümee am späten Nachmittag im Rosensanatorium gewesen. Das Entsetzen der Ärztin war groß und es würde schwer werden, die anderen Patienten zu beruhigen. Alles traumatisierte Menschen, die den Schock einer lebensverändernden Diagnose zu verarbeiten hatten. Die auch Opfer des Täters waren, weil er ihren Heilungsprozess unterbrach. Wenn auch nicht mit so schrecklich unumkehrbaren Vorzeichen wie bei Marie Hafen.

Bender fiel erst jetzt die Begegnung mit Ruth Keiser wieder ein. Surreal war es ihm erschienen. Der Tatort in Strandnähe, die Kliniken vor Augen, die ungeduldigen Polizisten und dann stand auf einmal wie aus einer anderen Welt die Kollegin der Polizeihochschule Hiltrup vor ihm. Erzählte von einem Ferienhaus und von einem weiteren Kollegen, dessen Name ihm nichts sagte. Wie hieß er noch? Zeisig? So ähnlich zumindest, sicher war er sich nicht.

Bender näherte sich der Autobahnauffahrt. Gleich würde er noch weiter ins Landesinnere abbiegen. Dabei hätte er sogar Lust, noch am Meer zu bleiben. Aber allein? Ein Gedanke schoss durch seinen Kopf. Fast gleichzeitig hatte seine linke Hand den Blinker gesetzt. Bender fuhr auf den Seitenstreifen. Aus seiner Jackentasche holte er einen kleinen Kalender. »Störtebeker-Apotheke« prangte in goldenen Buchstaben auf dem Einband.

Bender blätterte nach hinten zum Adressteil. Total altmodisch, sagten die Kollegen seit Jahren. Dass er von Jahr zu Jahr Adressdaten übertrug, statt sie einfach ins Handy einzugeben. Aber das war nun mal seine Art. Es gehörte viel dazu, bis Bender sich entschied, einmal einen Namen nicht weiter ins nächste Jahr zu übernehmen. Er war treu. Wenn Ruth Keiser ihre Handynummer in den letzten Jahren nicht geändert hatte, standen die Chancen gut, sie jetzt zu erreichen. Ein Versuch war es auf alle Fälle wert.

*

Ruth schaute amüsiert aus ihrem Buch auf. Wirklich lesen konnte sie nicht angesichts der wuseligen Atmosphäre um sie herum, aber es war die perfekte Tarnung, um unbemerkt den Gesprächen ringsherum zu lauschen. Anscheinend nahmen viele Ferienhausgäste bei ihrer Rückkehr vom Strand einen ersten Aperitif. Einige Familien, mit sehr kleinen Kindern, bestellten schon Abendessen, für die Kleinen meist Pommes und Chicken Nuggets. An einem Tisch saß eine Clique in strahlend weißer Tenniskleidung. Ruth tippte darauf, dass sie auf ihre Plätze warteten, dafür sprach nicht allein die fleckenfreie Kleidung, sondern auch die Abwesenheit jeglicher alkoholischer Getränke auf ihrem Tisch. Ruths Grinsen wurde noch breiter, als sie daran dachte, welche Figur sie morgen auf dem Platz abgeben würde. Sie hoffte, sich nicht komplett zum Gespött der Ferienanlage zu machen.

»Entschuldigen Sie, ist bei Ihnen noch etwas frei?«

Ruth ließ das Buch vollends sinken und nickte dem Mann, der ein weinendes Kind hinter sich herzog, zu. Ihren Stuhl schob sie automatisch ein Stück nach hinten, als würde sie den Anspruch auf ihren Tisch abgeben.

»Nur, wenn wir nicht stören. Aber hier ist schnelle Erste Hilfe gefragt, stimmt es, Ronja? Zauberpuste, magische Spucke und Blubberlimo gegen aufgeschlagene Knie und Mama-Heimweh.«

Ruth sah sich um. Tatsächlich waren mittlerweile alle Tische besetzt und natürlich wäre sie nicht so vermessen, mit einem dummen Spruch wie »Ich warte noch« die

Plätze zu blockieren. Sie nahm ihr Buch wieder auf, aber dem Vater-Tochter-Dialog konnte sie sich nicht entziehen.

»Erst die Puste, Papa!«

»Natürlich, Prinzessin Hosenfurz.«

»So sollst du mich nicht immer nennen, Papa, das weißt du genau.«

»Wie denn? Komm sag es mir, während ich puste, ich bin doch dein alter und vergesslicher Papa.«

Ruth schaute auf die silbrigen Strähnen in den braunen Haaren des Vaters. Jung war er wahrscheinlich tatsächlich nicht mehr, allerdings schien er ihr auch nicht außergewöhnlich alt. Eher typisches Väter-Alter der Neuzeit. Also Anfang oder Mitte 40.

»Professor Hosenfurz, heiße ich. Das musst du dir mal merken. Weil Mama sonst schimpft. Mama will nicht, dass ich eine Prinzessin bin.«

»Da hat Mama ja auch recht. Zumindest sollst du eine Professoren-Prinzessin sein und die sind sehr, sehr selten.«

»Genau. Das sagt auch Mama. Dass es noch viel mehr solcher Prinzessinnen in der Welt geben muss.«

»Alles richtig, meine Süße. Geht's wieder mit dem Knie? Soll ich die Blubberlimonade holen? Gelb oder Orange?«

»Die orange und Pommes und viel Mayo.«

Der Vater strich seiner Tochter über die rötlichen Haare, die vorne vom Kopf abstanden und hinten lang über die Schulter fielen.

Ruth überlegte. Wie hieß das noch, diese Frisur, die früher mit Vorliebe von Fußballern getragen wurde. Vorne kurz, hinten lang. Stimmt. Abgekürzt Vokuhila. Total Siebziger. Oder Vintage, würde ihre Tochter sagen. Ruth gefiel es. Hob es sich doch von dem lieblichen rosa Glitzertyp-Mädchen ab, der sich immer mehr zu verbreiten schien. Als hätte es die Siebziger tatsächlich nie gegeben.

Im Weggehen drehte der Vater sich um. »Bleib einfach sitzen.« Und wohl an Ruth gewandt: »Bin gleich zurück.«

Ruth überfiel leichte Panik. Das gefiel ihr nicht, plötzlich mit einem fremden Kind am Tisch zu sitzen. Was, wenn der Vater nicht zurückkäme? Oh Mann, stöhnte Ruth, Polizistenparanoia, allerhöchster Grad. Jetzt entspann dich mal. Sie griff erneut zu ihrem Buch. Schließlich hatte sie mit Vater und Tochter nichts zu tun.

»Wo ist denn dein Kind?« Ruth spürte die neugierigen Augen, bevor sie verstand, dass die Frage an sie gerichtet war.

»Ähm.« Ruth räusperte sich. »Mein Kind? Also, mein Kind ist schon groß. Schon richtig groß. Sie ist erwachsen.«

»Echt? Erwachsen? Dann bist du ja schon ganz alt. So siehst du gar nicht aus.«

Ruth fuhr sich verlegen durch die Haare. Wusste nicht, ob sie lachen oder weinen sollte. Ja, wahrscheinlich war sie das: alt. Zumindest aus der Perspektive eines ungefähr fünfjährigen Mädchens. Aber wenn man es ihr nicht auf Anhieb ansah, war ja noch Hoffnung. Ruths Gedanken stockten. Hoffnung worauf genau?

Das Mädchen hatte unterdessen interessiert zu den Kindern auf dem angrenzenden Spielplatz geschaut. Ungeduldig rutschte sie auf ihrem Stuhl herum. Die aufgeschürften Knie schienen vergessen.

»Dann wohnst du also nicht im Ferienpark, oder?«, wandte sie sich wieder Ruth zu.

Ruth lächelte. »Doch. Ich wohne in einem der blauen Häuser.«

»Für dich ganz allein? Wenn dein Kind doch erwachsen ist?« Die Kleine riss die Augen dramatisch weit auf.

Ruth lachte aus vollem Hals. »Ja, für mich allein. Ich bin nämlich auch so etwas wie eine Professorin Hosenfurz. Und dann bewohnt man Häuser schon einmal ganz allein.«

»Cool.« Das Mädchen schien zu überlegen. »Aber ich bin schon froh, wenn mein Papa bei mir ist. Die Mama vermisse ich nämlich manchmal.«

Ruth wusste nicht, was sie antworten sollte. Schließlich kannte sie die Gründe nicht, weshalb das Mädchen alleine mit dem Vater hier war. Gab es gute Gründe oder spielte eine Trennung eine Rolle? Ruth schluckte. Wie oft mochte Lisa-Marie Heimweh nach ihr gehabt haben, ohne dass sie als Mutter es gewusst hatte.

»So, Professor Hosenfurz, das königliche Mahl, serviert von Ihrem untertänigsten Untertan. Lass es dir schmecken.« Der Vater servierte geschickt vom Tablett aus, das er halb auf dem Tisch abgestellt hatte. Zuletzt nahm er eine Flasche Bier für sich und stellte das Tablett aufrecht neben seinen Stuhl.

»Warum isst du denn nichts, Papa? Hast du keinen Hunger?«

»Später, Ronja, wenn du wieder spielen gehst. Ich brauche erst einmal etwas zu trinken.«

»Dein Feierabendbier, würdest du zu Mama sagen.«

Der Vater prustete und verschluckte sich. »Wie hört sich denn das an? Ich trinke doch nicht jeden Abend ein Bier.«

»Nein, aber manchmal und dann nennt Mama das so.«

»Na, du bist ja heute wieder Fräulein Naseweis.«

»Nicht Fräulein. Das sagt man nicht mehr. Frau Naseweis, bitte.«

Ruth hörte neugierig zu. Sie versuchte gar nicht mehr, sich lesend zu stellen. Das kleine Mädchen gefiel ihr ausnehmend gut. Was für eine engagierte Frauenrechtlerin. So musste das sein. Ruth hätte liebend gern die Mutter dazu kennengelernt. Sie wäre ihr bestimmt sympathisch.

»Du, Papa, die Frau wohnt allein in einem blauen Haus.

Du sagst doch immer, die sind nur für Familien. Und deswegen können wir da nicht mehr drin wohnen, wenn ich dich besuche.«

Ups, dachte Ruth. Also wohl doch Trennungskind. Und keine Feriengäste. Aber was hatte das mit dem blauen Haus im Ferienpark zu tun? Ruth runzelte die Stirn, wie immer, wenn ihr etwas nicht logisch erschien.

»Entschuldigen Sie bitte.« Der Vater schien Ruths Miene richtig zu deuten. »Uns gehört eines der Ferienhäuser, aber in den Sommermonaten bewohnen wir es nicht, weil wir es dann vermieten. Das ist für Ronja manchmal schwer zu verstehen.«

»Das glaube ich. Aber wieso sind Sie hier, wenn Sie nicht im eigenen Ferienhaus wohnen? Sorry, aber jetzt bin ich neugierig.«

»Mein Papa ist Apotheker und er hat eine Wohnung, aber ein Ferienhaus gehört ihm auch.«

»Dem ist fast nichts hinzuzufügen.« Der Vater lächelte und drehte seine Bierflasche zwischen seinen Händen. »Behrends. Jakob Behrends. Aber Jakob reicht.« Er stellte die Bierflasche ab, erhob sich halb vom Stuhl und reichte Ruth die Hand.

Verblüfft erwiderte diese die Vorstellung. »Keiser. Ruth Keiser. Wie der Kaiser nur mit Ei.«

»Wieso denn Kaiser? Das ist genauso doof wie Prinzessin, sagt Mama. Du hast doch eben gesagt, du bist auch ein Professor Hosenfurz.«

Ruth nickte dem Vater entschuldigend zu. »Sie sehen, Ronja und ich haben uns schon näher miteinander bekannt gemacht und Gemeinsamkeiten festgestellt. Ich bin tatsächlich hier im Ferienpark, aber das ist dem Zufall geschuldet. Last-Minute-Buchung und mehr Arbeitsurlaub als alles andere. Ich schreibe an einem Fachbuch.«

»Welche Richtung?« Er schaute sie prüfend an. »Medizin, Jura, Anglistik, Mathematik?«

»Nein, nein, alles falsch. Ich bin Psychologin. In Wirklichkeit Kriminalpsychologin. In den letzten Jahren mit einem Schwerpunkt zum Thema Kindeswohl.«

»Wow, das klingt ja spannend.«

Ruth bemerkte verwundert, wie interessiert sie dieser Behrends ansah.

Jakob Behrends deutete auf Ruths leeres Glas. »Möchten Sie noch etwas trinken? Ich würde uns noch eine Runde holen. Ronja, wenn du fertig bist, kannst du spielen gehen.«

Ruth zögerte. Noch einen Kaffee oder sollte sie sich den für nach dem Essen mit Martin und Anne aufheben? Die beiden würden bald kommen. Andererseits: Es war nett hier mit diesem Behrends und seiner Tochter. Also nett im Sinne von erfrischend. Warum also nicht? Immerhin besser, als allein auf der Veranda auf die beiden Turteltäubchen zu warten. Behrends sah sie immer noch fragend an. Er hatte die dunklen Augenbrauen spöttisch ein wenig in die Höhe gezogen, als könne er Ruths Gedankengängen folgen. Unwillkürlich musste sie grinsen. »Na gut. Dann für mich auch ein Pils.«

Ruth hatte die Flasche halb geleert, als Anne und Martin den Ferienpark betraten und gleichzeitig ihr Handy klingelte. Mit einer Hand fischte sie das Telefon aus der Hosentasche, während die andere mit ausholenden Winkbewegungen auf sich aufmerksam zu machen suchte. »Sorry«, unterbrach sie Jakob Behrends, der mitten in dem Satz verharrte, mit dem er ihr die Geschichte des Ferienhauses, das er in den Ferien nicht bewohnen konnte, zu erklären versuchte. »Keiser?«, meldete sie sich am Handy.

Ruth hätte nicht überraschter sein können. Doktor

Bender höchstpersönlich auf der Suche nach Familienanschluss. So hörte es sich zumindest an. Irgendetwas zwischen Einsamkeit, professioneller Ratsuche und der Sehnsucht nach einem Sonnenuntergang am Meer. Ruth war verwirrt. »Gerne können wir uns treffen. Wir wollten sowieso etwas essen gehen. Warum nicht? Ziegler kennen Sie ja aus Hiltrup.«

Als Ruth sich kurz darauf von Jakob Behrends verabschiedete, glaubte sie einen Moment, einen Ausdruck des Bedauerns in seinem Gesicht zu sehen.

»Schade«, wandte sie sich an ihn. »Ich hätte das gerne zu Ende gehört. Und danke für das Bier.« Ruth überlegte einen Moment. »Darf ich mich morgen revanchieren?«

Behrends nickte erfreut und Ruth grinste über den Ausdruck der Überraschung in Martins Gesicht, als er sie bei Jakob entdeckte. Glaub nicht, dass ich nur Staffage für euer Liebesglück sein werde, mein Lieber, dachte sie fröhlich. Plötzlich waren alle trüben Gedanken des Tages wie weggeblasen.

*

Evelyn war unschlüssig. Wie sie es auch drehte und wendete, sie kam zu keinem befriedigenden Ergebnis. Die harten Fakten standen fest. Sie musste morgen mit dem ersten Bus nach Wismar. Da half kein Aufschieben, kein Kopf-in-den-Sand-stecken und am Telefon würde sich die Sache nicht regeln lassen. Überhaupt, das Telefon. Ein kalter Schauder erfasste sie. Das hatten wir alles doch schon mal. Das Misstrauen. Die Angst, etwas Falsches zu sagen. Nicht zu wissen, wer mithört. Wer Feind oder Freund ist.

Evelyn hatte immer der guten Sache dienen wollen. Dass es Menschen gab, die alles für ihre eigene Zwecke nutzten, das hatte sie schmerzhaft lernen müssen. Menschen, die nur tätig wurden, wenn sich Macht gewinnen ließ. Oder Geld. Sehr viel Geld.

Das alles hatte sie nie gewollt. Die Engel waren ihre Zeugen. Sie hatte andere Absichten gehabt. Und hatte sich dennoch schuldig gemacht. Hieß es jetzt. Redete man ihr ein. Aber sie würde es richtigstellen. Sie ließ sich nicht von ihrem Weg abbringen.

Evelyn erhob sich mit dem Bleistift in der Hand und ging mit steifen Schritten durch den Raum. Wie sehr ihr Körper nach wie vor auf alles, was außerhalb passierte, mit Missempfinden antwortete. Früher hatte man sie deswegen verlacht. Sie als verweichlicht dargestellt. Die, die es böse mit ihr meinten, und das waren in ihrem Leben nicht wenige gewesen, hatten noch härter geurteilt.

Evelyn hielt vor dem alten Sekretär inne. Den altmodischen Spitzer, der an der Schreibplatte festgeklemmt war, hatte sie, wie so vieles in diesem Haus, aus den Beständen ihrer Vorfahren. Wie viele Stifte wohl damit schon gespitzt worden waren? Wie sich die Welt weitergedreht hatte. Evelyn steckte den Bleistift in die Öffnung und ließ die gespannte Halterung einschnappen. Sie drehte die Kurbel, wie sie es schon getan hatte, als sie am Schneidertisch ihres Onkels saß, wo der Bleistiftanspitzer damals seinen Platz hatte.

Evelyn zog den gespitzten Stift heraus, nahm eins der zurechtgeschnittenen Blätter aus der Dose, ging zurück zu ihrer Telefonbank und notierte die Abfahrtzeit des Busses.

Den ersten Bus, der fuhr, würde sie nehmen müssen. Wenn sie Glück hatte, wären die Erledigungen in Wismar schnell getan. Doch ein Unbehagen zog durch ihren Körper, das sie nicht ignorieren konnte.

Für drei Uhr am Nachmittag hatte sie die Verabredung am Dünenweg getroffen. Unmöglich würde sie das rückgängig machen können. Die Zeit, die sie bräuchte, um sich vorzubereiten, die würde fehlen.

Sie schlurfte hinüber in ihre Küche. Durch die geöffnete Tür zum hinteren Garten strömte der salzige Geruch des Meeres, überlagert von den Aromen ihres Gartens und der Kräuterbank an ihrem Küchenfenster. Wie gerne würde sie den Sommerabend draußen verbringen, der Natur beim Einstimmen auf die Nacht lauschen und mit ihren Gedanken die Patientin des nächsten Tages empfangen. Nun würde sie die Vorbereitungen gleichzeitig treffen müssen, obwohl sie wusste, dass eine solche Gleichzeitigkeit der Dinge die Abläufe und damit die Erfolge behindern würde.

Umso mehr musste sie jetzt ganz bei sich bleiben. Sich nicht von den Sorgen ablenken lassen. Das alles war morgen in Wismar zu klären. Jetzt stand die Patientin im Vordergrund. Sie hatte zugesagt und damit die Engel aktiviert.

Evelyn nahm den grünen Wasserkessel vom Herd und füllte ihn aus dem Regenfass, das nahe an der Gartentür stand. Mit einem langen Streichholz entflammte sie den Gasherd. Während das Wasser zu kochen begann, würde sie die entsprechenden Kräuter zupfen. Wo nur hatte sie die Aufzeichnungen dazu hingelegt?

Evelyn drückte eine Faust in den Rücken und machte sich gerade, während sie zurück ins Wohnzimmer ging. Florence hob träge den Kopf.

»Ja, mein Mädchen, du spürst, dass etwas nicht in Ordnung ist, oder? Du machst das richtig, bleib nur mal schön liegen.« Im Vorbeigehen strich Evelyn dem Hund über den Kopf. »Du weißt auch nicht, wo ich die Notizen abgelegt habe, oder? Vielleicht werde ich doch zu alt. Vielleicht sollte ich einfach aufhören. Statt noch solch ein Unheil anzurichten.«

Sie hob den Bücherstapel auf dem Wohnzimmertisch an. »Heilen mit Cannabis«. Darunter einige Garten- und Kräuterbücher, die meisten antiquarisch. Aber kein Zettel.

Auf dem Sekretär lag ihre Brille. Dann würden doch auch die Notizen hier sein. Nein, sie konnte ihn nicht finden. Was war bloß mit ihr los? Sie nahm das Buch in die Hand, in dem sie zuletzt gelesen hatte. »Hochsensibilität – die unterschätzte Ressource.« Evelyn lächelte wehmütig. Tatsächlich begann man das Phänomen, für das man sie ein Leben lang verlacht und verspottet hatte, zu verstehen und dem Kind einen akzeptablen Namen zu geben. Tatsächlich wollten auf einmal alle genau das sein: hochsensibel und empfindsam. Als wäre es eine Modeerscheinung und man könnte sich so ein Etikett beliebig an- und abheften. Dabei war es in ihrem Leben mehr Fluch als Segen gewesen, bis sie versucht hatte, es zum Segen anderer Menschen werden zu lassen. Für sie kam diese Rehabilitierung ihrer Empfindlichkeit Jahre zu spät, viel zu spät.

Evelyn legte das Buch zurück. Ermahnte sich: die Notizen. Wo sind die Notizen? Der Wasserkessel stieß einen schrillen Pfiff aus, der in ihren Ohren schmerzte. Florence wimmerte auf ihrem Platz.

»Ist schon gut. Ich gehe ja, ich gehe ja.«

Zurück in der Küche fiel ihr Blick auf die Pinnwand aus Kork. Dort hing ja der Zettel. Evelyn seufzte erleichtert. »Ich Schusseltier. Dort hatte ich ihn hingehängt. Also wirklich.«

Als hätte das laute Schimpfen etwas bewirkt, fühlte sich Evelyn augenblicklich konzentrierter. Sie würde an die Kerzen denken müssen. Unbedingt. Sie nahm den Zettel und begann die Kräuter in einem kleinen Weidenkorb einzusammeln. Zuerst die in der Küche, dann die im Garten. Zuletzt die Beeren. Die waren am wichtigsten.

*

Das Lokal gefiel ihnen allen vier. Behrends hatte Ruth den Tipp gegeben und Martin und Anne waren sofort einverstanden gewesen. Sie hatten ihre Fahrräder geholt und waren auf der Strandpromenade entlang Richtung Zentrum gefahren. Je näher sie dem Kurplatz kamen, umso belebter wurde der Weg, der von Fußgängern und Radfahrern gemeinsam genutzt wurde. Überall tauchten hinter großen Laubbäumen hübsche Biergärten und bürgerliche Speiselokale auf. Schiefertafeln wiesen auf Musik- und Theaterdarbietungen am späten Abend hin. Wo Ruth auch hinblickte, überall schienen die Plätze schon besetzt. Es würde schwierig werden, draußen zu sitzen. Andererseits würden sie vielleicht später noch zum Strand gehen. Hauptsache, das Essen war gut.

Mit Bender hatten sie sich an der Seebrücke verabredet. Ruth sah ihn schon von weitem. Als hätte ihn jemand dort abgestellt und dann vergessen. Womöglich schon vor vielen, vielen Jahren. Ein paar Jugendliche, die Köpfe tief über die Handys in ihrer Hand gebeugt, umkreisten ihn, scheinbar ohne ihn wahrzunehmen. Bender blickte versonnen Richtung Meer und schien sich nicht weiter daran zu stören, dermaßen umzingelt zu werden.

Ruth hörte, wie Ziegler neben ihr stöhnte. »Das ist ja schlimmer, als ich es in Erinnerung hatte.«

»Was?« Ruth ahnte, was kam, und fühlte sich schuldig, so schnell in die Verabredung eingewilligt zu haben.

»Dieser stocksteife Kerl. Steht da im Sonntagsstaat. Bei den Temperaturen. Mit einer Aktentasche in der Hand.«

Ruth lachte. »Erinnere dich mal an den Kommissar, den hast du auch nicht in Hemdsärmeln und T-Shirt ermitteln sehen.«

»Hallo? Das war Fernsehen. In uralten Zeiten. Womit habe ich das bloß verdient?«

»Was verdient?«

»Ausgerechnet Bender. An einem Urlaubstag. Im Sommer. Also, Ruth, das ist wirklich starker Tobak.«

»Psst, sei jetzt ruhig. Ich weiß, war mein Fehler«, wisperte Ruth, um dann mit schnellen Schritten auf Bender zuzugehen. »Doktor Bender, was für eine gute Idee, mich anzurufen. Das passte hervorragend zu unseren Plänen, essen zu gehen.«

Anne und Martin näherten sich langsam.

Ruth wies auf die beiden und sagte, um eine lockere Stimmung bemüht: »Darf ich vorstellen: Martin Ziegler, den Sie sicher noch aus Hiltrup kennen. Martin ist mittlerweile Chefpolizist auf Norderney und macht hier Urlaub. Und das ist Anne Wagner, Ärztin aus dem Norderneyer Krankenhaus, ebenfalls derzeit im Urlaub.«

Ernst Bender streckte seine Hand zu Anne aus und deutete einen knappen Diener an. »Sehr erfreut, Frau Doktor Wagner.«

Anne lachte auf. »Nicht Doktor, nur Ärztin, nicht promoviert. Sagen Sie einfach Anne.«

Sekundenlang breitete sich eine lähmende Stille aus. Alle außer Anne schienen die Luft anzuhalten. Doch Ruth sah, dass Bender schnell die Fassung wiedergewann.

»Schade, aus meiner Sicht geht da viel verloren, wenn die Ärzte zunehmend auf den obligatorischen Titel verzichten. Trotzdem: sehr erfreut, Frau Wagner.«

Ruth zollte Bender innerlich Achtung. Man konnte von seiner altbackenen Art halten, was man wollte, aber er blieb sich treu, ließ sich nicht von anderen steuern. Auch wenn er damit aneckte und als unbequem galt. Vielleicht war das eine Stärke, wie es sie heute viel zu wenig gab.

Ernst Bender hatte sich schon abgewandt. »Herr Ziegler, nett Sie wiederzusehen.«

Ruth vermutete, dass Bender sich nicht an Ziegler erinnerte, aber das war die positive Seite seiner formvollendeten Manieren. Er würde das sein Gegenüber nicht spüren lassen.

Zieglers Begrüßung war kaum zu verstehen. Er tat, als hätte er einen Krümel im Hals und entzog sich mit einer angedeuteten Entschuldigung dem Gespräch.

Ruth ahnte schon, dass es ein anstrengendes Essen werden würde. Aber nun war es zu spät und sie würde die Zügel der Gesprächsführung in die Hand nehmen müssen. Der richtige Job für eine Psychologin, spornte sie sich an, bevor sie in die Hände klatschte und alle antrieb: »Dann mal auf in die Hammerschmiede. Ein Insider-Tipp. Wer vier Plätze draußen für uns ergattert, bekommt von mir ein Getränk seiner Wahl spendiert.«

*

Schon als er das Sanatorium betrat, spürte er die veränderte Atmosphäre. Die meisten Patienten saßen noch hier unten in der Lobby. Dagegen war auf der Veranda kein einziger Platz besetzt. Bis zu ihm war die Angst zu spüren, die sich in der Nacht wahrscheinlich noch weiter steigern würde. Was das für seinen Nachtdienst bedeutete, konnte Tom sich lebhaft ausmalen. Nun, zumindest würde die Nacht schneller herumgehen als üblich. Was nicht das Schlechteste war, wenn man so viele Nächte machte wie Tom.

»Freundschaft!«, grüßte Tom den Portier, der noch bis

Mitternacht seinen Dienst verrichten würde. »Keine guten Neuigkeiten vom Tag, was?«

»Freundschaft!«, grüßte Ohlsen zurück und grinste. »Hier ist was los, das sag ich dir.«

Tom gefiel es, wie der alte Mann die Dinge beurteilte. Nicht nur heute. Wer außer Ohlsen würde schon grinsen angesichts der heutigen Ereignisse? Der alte Haudegen hatte im Leben wahrscheinlich zu viel gesehen, um sich von irgendetwas rühren zu lassen. Die besten Voraussetzungen um die Abendschicht im Sanatorium zu schieben. Ohne die er von seiner Rente sowieso nicht leben konnte, wie er Tom berichtet hatte.

»Ich möchte gar nicht wissen, wie es über Tag war.« Tom ließ sich den Piepser aushändigen, mit dem die Nachtwachen ausgestattet waren, um im Notfall Hilfe zu holen.

»Die Chefin ist auch noch im Haus. Und zwei Notfallseelsorger. Die haben von Lübeck bis Wismar alles an Unterstützung herangeholt, was ging, um hier bei uns und in der Seeadlerklinik die Patienten zu beruhigen.«

»Kann ich mir denken. Wenn man selbst auf der Flucht vorm Sensenmann ist, dann war das heute kein erfreulicher Tag.«

Ohlsen grinste. »Junge, Junge, du triffst es mal wieder. Du gefällst mir. Könntest meiner sein.«

Tom Jansen nahm es als Kompliment. Er wusste, wie verbittert Ohlsen über das Leben war. Hatte alles richtig machen wollen und war doch immer auf der Verliererseite gewesen. Tom ahnte, dass Ohlsen in ihm den Hoffnungsträger einer neuen Generation sah, die die Dinge besser regeln würde.

Tom tippte mit zwei Fingern an seine Stirn. »Dann leg ich mal los. Vielleicht bis später. Obwohl ich kaum glaube, dass ich heute Zeit finde, nochmal vorbeizuschauen.«

»Einen guten Dienst. Du machst das schon. Bist einer von den Guten. Halt die Ohren steif.«

Auf dem Weg zum Spind pfiff Tom Jansen vor sich hin. Der alte Kerl hatte es erfasst: Er, Tom Jansen, war einer von den Guten. Wenn die Welt das nicht glauben wollte, dann musste er eben andere Wege finden, es der Welt zu beweisen.

*

Ruth war einfach nur erleichtert, als sie endlich auf den Tod der jungen Frau zu sprechen kamen. Der gemeinsame Abend mit Bender hatte sich bisher als eine einzige Katastrophe erwiesen. Ruth betrachtete die beiden Männer, die ihr gegenübersaßen. Gegensätzlicher konnten die beiden schon vom Äußeren nicht sein. Obwohl sie altersmäßig nicht weit auseinanderlagen. Zieglers legere Freizeitkleidung war natürlich dem Umstand geschuldet, dass er Urlaub machte. Trotzdem waren die Haare einen Ticken zu lang, um noch als ordentlich geschnitten durchzugehen. Der Dreitagebart war neu und bestimmt auf sein Verhältnis mit der weitaus jüngeren Anne zurückzuführen. Das Ganze hatte schon leichte Züge einer männlichen Midlife-Krise. Dagegen sah Bender eher wie ein hochrangiger Politiker aus, der sich keine Nachlässigkeit erlauben durfte. Sein Gesicht war glatt rasiert, die Augenbrauen gestutzt, das dunkle Haar war sauber gescheitelt und Ruth hätte sich nicht gewundert, wenn er es mit Pomade bändigen würde, doch stattdessen strich er die Haare von Zeit zu Zeit mit seinen sauber manikürten Fingern zurück.

Bender erklärte gerade, wie die Leiche aufgefunden worden war und Anne Wagner sog begierig die Details zur Auffindesituation, zur Stichverletzung und zur medizinischen Vorgeschichte auf. Wenn das so weitergeht, wird sie noch Gerichtsmedizinerin werden wollen. Zumindest dann, wenn das mit ihr und Ziegler Bestand hat, dachte Ruth. Sie schien Blut geleckt zu haben. Ruth schmunzelte. Was für ein treffendes Bild.

»Und es gibt keinerlei Hinweise auf ein Motiv?« Zieglers sonorer Bass schob sich in die Erklärungen Benders. Wahrscheinlich sorgt er sich, weil Anne dessen Ausführungen so viel Interesse schenkt, überlegte Ruth. Andererseits war sie froh, dass die Männer ihre Kämpfe mit dem gemeinsamen Thema einzustellen bereit waren. Die letzte Stunde hätten sie sich wirklich schenken können. Dass Menschen einander so offensichtlich bewerteten, hätte sie nicht für möglich gehalten. Anne war am unbefangensten gewesen, hatte aber die Atmosphäre damit nicht umbiegen können. Bis sie Fragen zu dem Todesfall gestellt hatte. Damit hatten sie endlich alle vier eine gemeinsame Schnittmenge. Den Tod kannten sie alle nur zu gut.

»Die Kollegen sind überzeugt, dass die Tat im Zusammenhang steht mit zwei weiteren Morden an jungen Frauen im Landkreis.«

Anne riss die Augen auf. »Was? Ein Serienmörder?«

Bender beschwichtigte mit den Händen. »Sachte, sachte. Ich kann vor so schnellen Schlussfolgerungen nur warnen.«

»Aber das hört sich schon ungewöhnlich an«, warf Ziegler ein.

»Dann halten Sie es wohl auch für wahrscheinlich, dass der Täter in einer der Flüchtlingsunterkünfte zu finden ist?«, formulierte Bender scharf.

Ruth stöhnte innerlich auf.

»Nein, wieso sollte ich? Was hat denn das eine mit dem anderen zu tun?« Martin Ziegler schaute vorwurfsvoll in die Runde.

»Na, wenigstens das. So ist aber die landläufige Meinung. So weit sie zu mir gedrungen ist. Glauben Sie bitte nicht, dass es ausschließlich die Bevölkerung ist, die so denkt.«

»Die Kollegen?«, fragte Ruth nach.

Bender zuckte die Schultern. »Wir haben offiziell zwei verschiedene Ermittlerteams, aber ich denke nicht, dass es verstanden wird, wenn ich alternative Hypothesen in den Raum werfe.«

»Die es aber gäbe?« Ruth setzte sich aufrecht hin.

»Ich habe noch kaum Zeit gehabt, gedanklich tiefer einzusteigen. Aber schon auf den ersten Blick gibt es aus meiner Sicht berechtigte Zweifel.«

»Nämlich?« Zieglers kurz gehaltene Frage brachte ihm einen tadelnden Blick von Bender ein, wie Ruth genervt beobachtete. Sie hörten einfach nicht auf mit ihrem Hahnenkampf.

Trotzdem antwortete Bender und unterstrich seine Ausführungen mit ausholenden Gesten, die Ruths Blicke auf seine langen Finger lenkte. Unwillkürlich fragte sie sich, ob Bender wohl Klavier spiele.

»Nun, zum einen liegen die Tatorte enorm weit auseinander. Zumindest unser heutiger Fundort weicht gehörig ab. Auch wenn es derselbe Landkreis sein mag. Aber zwischen den beiden anderen Morden betrug die Entfernung gerade einmal sieben Kilometer Luftlinie, hier sind wir mehr als 30 Kilometer entfernt.«

»Für jemanden, der mobil ist, dürfte das kein Problem sein«, warf Anne ein.

»Stimmt. Wobei das die Flüchtlingsthese eher aushebelt. Die wenigsten werden ein Auto zur Verfügung haben. Das nur nebenbei. Wichtiger erscheinen mir der Tatzeitpunkt und die Auffindesituation.« Bender ließ die Worte im Raum stehen, ohne Anstalten zu machen, weiterzusprechen.

Ruth räusperte sich. »Das würde mich jetzt schon näher interessieren, Doktor Bender.«

Er lächelte ihr zu. Sehr freundlich und warmherzig, bemerkte Ruth. Sie wurde unruhig. »Können Sie es uns erklären?«

»Frau Kollegin, Sie wissen genauso gut wie ich, dass ich das alles gar nicht mit Ihnen allen besprechen darf. Ich bringe mich in Teufels Küche.«

Ruth hörte Ziegler vor Empörung schnaufen und setzte augenblicklich das charmanteste Lächeln auf, das ihr zur Verfügung stand.

»Aber, Doktor Bender. Martin Ziegler und ich, wir sind doch Kollegen. Vom Fach. Und Frau Wagner hat uns schon auf Norderney bei der Ermittlung in einem Mordfall hilfreich zur Seite gestanden. Ich lege für ihre Integrität meine Hände ins Feuer.«

Bender schüttelte den Kopf. »Selbst wenn ich das als berechtigte Gründe anerkennen würde, verehrte Kollegin, aber wir sind hier nicht im Kommissariat, sondern in einem öffentlichen Restaurant. Jeder, der an unserem Tisch vorbeigeht, jeder am Nebentisch kann unser Gespräch verfolgen.«

Anne Wagner, die mit dem Rücken zur Wand saß und den gesamten Gastraum überblicken konnte, strahlte: »Hey, ich kann Entwarnung geben. Da war es doch gut, dass wir draußen keinen Tisch mehr bekommen haben. Weit und breit keine anderen Gäste hier drinnen. Wir sind nach wie vor die einzigen hier drinnen.« Sie hob ihr leeres Glas. »Auch vor den Bedienungen müssen wir keine Angst haben. Die waren schon ewig nicht mehr an unserm Tisch.«

Ruth lachte schallend. »Gut beobachtet, Anne.« Aber als sie Benders abweisende Miene sah, legte sie eine Hand auf seinen Arm. »Kommen Sie, Doktor Bender, lassen Sie uns um Himmels willen nicht unwissend sterben.«

Bender sah auf seine Armbanduhr. »Also gut. Aber nicht hier. Ich würde bevorzugen, heute den Sonnenuntergang zu sehen. Wenn ich schon am Meer bin.«

※

Die diensthabende Schwester hatte Tom einen genervten Blick zugeworfen, als er das Dienstzimmer betrat.

Dennoch grüßte er sie betont freundlich: »Hallo Simone, freust dich wahrscheinlich, dass ich zur Ablösung komme. Der alte Ohlsen hat mich aufgehalten. Wollte natürlich unbedingt loswerden, was passiert ist. Eine unfassbare Geschichte.«

»Na, dafür zeigst du aber ausgesprochen gute Laune. Die wird dir diese Nacht vergehen. Ich glaube nicht, dass du hier heute Ruhe reinbekommst.« Sie schaute demonstrativ auf ihre Uhr. »Pünktlichkeit wäre zur Abwechslung mal hilfreich. Aber wenn man natürlich so mit den Ärzten ist ...« Sie presste Zeigefinger und Mittelfinger eng übereinander und führte den Satz nicht zu Ende.

Tom ließ sich nicht provozieren. »Komm, mach die Übergabe, dann kannst du in die Sommernacht entfleuchen. Würde aber auf mich achtgeben, da draußen läuft einer rum, in dessen Beuteschema du passen würdest.«

»Ach ja? Bist du jetzt auch eng mit dem Täter? Oder ist das dein psychologischer Sachverstand, für den die Patienten dich hier in den Himmel loben? Herr Jansen hier, Herr Jansen da. Wann kommt Herr Jansen in den Dienst? Sag mal, hast du was, was wir anderen nicht haben?«

»Ja, da solltest du mal drüber nachdenken. Am besten mit Verena. Vielleicht kommt ihr ja eines Tages dahinter.«

Simone verdrehte die Augen. »Na, dann brauchst du auch keine detaillierte Übergabe. Steht sowieso alles in den Dokumentationen. Die meisten Patienten sind noch unterwegs, unten in der Lobby oder draußen. Allerdings will Frau Heckel, dass du sofort zu ihr kommst, wenn dein Dienst beginnt. Warum wollte sie mir nicht sagen.«

Tom Jansen nickte. »Okay, ich schau gleich mal nach ihr. Arme Socke, sie braucht nachts einfach eine besondere Ansprache.«

»So wird es sein.« Simone ging nicht weiter darauf ein, sondern stand auf, um ihre Tasche aus dem Schrank zu holen. »Ach, und bevor ich es vergesse: Du sollst den Schimmer noch anrufen. Zuhause. Wenn das einer von uns wagen würde, aber für dich ist der Herr natürlich rund um die Uhr zu sprechen.«

»Simone, Simone, dich wird der Neid noch zerfressen. Geh jetzt lieber heim und gib dich schönen Träumen hin. Ich schau lieber mal, was Frau Heckel macht.«

Tom hoffte, dass das plötzliche Zittern seiner Stimme ihn nicht verriet. Schimmer wollte ihn sprechen. Heute Abend noch. Wenn das mal kein gutes Zeichen war. Die Dinge entwickelten sich tatsächlich genau so, wie er sich das erhofft hatte.

∗

Sie waren zu viert nebeneinander zur Seebrücke hinuntergeschlendert. Nur manchmal mussten sie enger zusammenrücken, um einen Fahrradfahrer durchzulassen. Viele Feriengäste saßen noch in den Restaurants, andere warteten am Strand auf das Untergehen der Sonne.

Nach dem Essen hatte niemand von ihnen so recht Lust, weiter zu diskutieren. Deswegen schwieg auch Ruth und hing ihren Gedanken nach. Aus dem Augenwinkel hatte sie bemerkt, wie Ziegler irgendwann nach Annes Hand gefasst hatte. Seltsam erschien es ihr. Unvertraut. Sie kannte niemanden in ihrem Alter, der noch Händchen hielt, aber vielleicht umgab sie sich nur mit den falschen Menschen. Riet sie als Psychologin nicht oft genug, Gefühle zuzulassen? Gefühle zu zeigen? Und nun war es schon unangenehm, wenn es in ihrer Nähe passierte?

Womöglich dachte sie im Moment einfach über zu vieles nach. Über Dinge, die sie sonst nicht berührten, weil es an Zeit und Gelegenheiten fehlte. Ihre Alltagsroutine, die ihr gewöhnlich Halt und Stabilität verlieh, fehlte ihr eindeutig. Für Auszeiten wie diese schien sie im Augenblick nicht sonderlich gemacht. Andererseits – sie dachte an Jakob Behrends zurück. Das war eindeutig eine nette Begegnung gewesen. Sie hatte sich wohl gefühlt in seiner Gesellschaft. Einfach nur so. Ohne Hintergedanken. Immerhin war er mindestens sieben oder acht Jahre jünger. Auch wenn das heute angeblich nichts mehr bedeutete.

»Wollen wir hier entlang zum Strand gehen?« Die quiekige Stimme Benders riss sie aus ihren Gedanken.

»Wie bitte? Dort in den Sand?« Sie schaute hinunter auf ihre Füße, die wieder in den Tennisschuhen steckten. Eigentlich aber irritierten sie vielmehr die Budapester Schuhe von Ernst Bender. Hatte er tatsächlich vor, Schuhe und Socken in die Hand zu nehmen? Ruth war überrascht.

»Ich hatte das so verstanden, dass wir an den Strand wollten.« Nun schaute Bender irritiert von einem zum anderen. Er öffnete seine Aktentasche. »Ich hatte mir aus dem Auto genau für diesen Zweck eine Decke mitgebracht. Ich wäre durchaus bereit, sie zu teilen.« Er schien zu überlegen. »Wenn sie möglicherweise auch nicht für uns alle vier reicht.«

Ruth prustete los. Erst verhalten, aber ihre helle Lache ließ sich nicht unterdrücken. Sie lachte, bis ihr die Tränen kamen und andere Passanten auf sie aufmerksam wurden.

»Darf ich fragen, was genau diese Heiterkeit bei Ihnen verursacht, werte Frau Keiser?«

Ruth lachte nur noch mehr und auch Martin und Anne konnten das Lachen nicht unterdrücken und wandten sich ab. Es dauerte, bis Ruth sich beruhigt hatte und wieder vernünftig reden konnte.

»Die Aktentasche. Ich glaube das nicht. Ich habe mich den ganzen Abend gefragt, was für wichtige Dinge Sie darin mit sich herumtragen. Und dann ist das eine Decke für den Strand.« Sie lachte erneut. »Perfekt. Stets für alle Eventualitäten gerüstet. Doktor Bender, Sie sind einfach klasse.«

Bender sah aus, als würde er Ruths Worte nicht verstehen, aber das war ihr egal. Sie war froh, dass sich mit ihrem Lachanfall etwas von der beklemmenden Steifheit des Abends zu lösen begann. Wenn Bender jetzt auch noch an den Strand wollte, dann konnte aus dem Sonnenuntergang noch etwas werden.

»Anne und ich gehen am Kiosk etwas zu trinken holen. Wollt ihr auch ein Bier?« Ziegler schaute erst Ruth, dann Bender an. Er bemerkte seinen Fauxpas sofort, denn schnell korrigierte er sich: »Entschuldigen Sie, möchten Sie auch ein Bier, Herr Doktor Bender?«

Ruth prustete schon wieder los und fing sich diesmal einen wirklich tadelnden Blick Benders ein. Schnell antwortete sie: »Ich nehme auf jeden Fall eins, bringt mir lieber zwei mit. Ich finde, das habe ich mir heute verdient.«

»Für mich nicht. Danke, Herr Ziegler. Ich fahre ja noch Auto.«

»Dann wenigstens ein Alkoholfreies? Zum Anstoßen, wenn die Sonne zischt?«, versuchte es Ziegler noch einmal.

»Wenn die Sonne zischt?«

»Na, wenn sie im Meer versinkt, meint Martin. Weil der heiße Ball dann ins Wasser fällt«, erklärte Anne Wagner.

»Aha, wenn der heiße Ball ins Wasser fällt.« Bender klang ironisch. »Was für eine anschauliche Beschreibung eines wissenschaftlichen Naturphänomens. Gut, dann bringen Sie mir bitte ein alkoholfreies Bier mit. Wenn ich heute schon mit allen Regeln breche.«

Als sie kurze Zeit später mit ihren Bierflaschen im Sand saßen – Bender und Ruth auf der Decke, Martin und Anne auf ihren Sweatjacken, die sie aus Martins Rucksack zogen –, fragte Ruth nach:

»Was heißt denn alle Regeln brechen?«

Ernst Bender ließ sich Zeit mit der Antwort: »Nun ja. Normalerweise säße ich jetzt in meiner Schweriner Wohnung oder wäre noch einmal ins Kommissariat gefahren. Meine Entscheidung, den Abend hier zu verbringen, ist genauso untypisch für mich, wie den Fall mit Ihnen dreien zu besprechen. Ich halte mich immer an dienstliche Vorgaben, weil ich sie als sinnig und hilfreich erachte.«

»Vielleicht soll das so sein, dass Sie diesmal anders handeln. Manchmal führt uns das Unbewusste in die richtige Richtung. Wenn wir es denn zulassen können.«

»Vielen Dank, Frau Kollegin, für diese psychologische Expertise. Ich fuhr bisher mit meiner Strategie ausgesprochen gut. Was den heutigen Abend anbelangt, habe ich da gehörige Zweifel.«

»Apropos, Sie wollten uns doch noch etwas zu Ihren Vermutungen zur Auffindesituation und zum Tatzeitpunkt berichten, Herr Doktor Bender. Das würde mich als Ärztin sehr interessieren.« Anne Wagner hatte sich aufgerichtet und blickte Bender geradewegs an.

Respekt, dachte Ruth. Die hat es raus. Sie weiß Bender zu nehmen.

Tatsächlich begann er nach einer weiteren Denkpause zu sprechen, während er mit seinem Zeigefinger Kreise in den Sand malte: »Das ist natürlich alles noch ohne Hand und Fuß. Es fehlen dazu noch die endgültigen Bestätigungen aus der Gerichtsmedizin. Alles, was ich jetzt sage, beruht auf Äußerungen, die der Rechtsmediziner am Tatort getroffen hat. Wegen der noch nicht ausgebildeten Totenstarre geht er von einem Geschehen am frühen Morgen aus. Das deckt sich auch mit den Aussagen aus dem Sanatorium. Das Opfer ist abends noch gesehen worden – nicht in Laufkleidung. Damit haben wir eine erste eklatante Abweichung zu den beiden anderen Morden, bei denen die Opfer abends oder besser in der Nacht überfallen und ermordet wurden. Und: Jeweils vorher vergewaltigt worden sind. Auch das stellt sich nach erstem Augenschein bei unserem Opfer anders dar.« Er hob die Hände. »Ja, ja, da müssen erst alle Spuren eindeutig gesichert sein, aber ich halte es für unwahrscheinlich, dass der Täter sich die Zeit genommen hätte, das Opfer wieder vollständig und akkurat zu bekleiden. Es gab keine zerrissene Wäsche, keine heruntergezogene Hose, noch nicht einmal das Laufshirt war verrutscht.«

Ruth atmete tief aus. »Das sind allerdings gute Argumente für ein abweichendes Tatgeschehen. Das hört sich ja so an, als hätte in diesem Fall der Täter bewusst auf das Opfer gewartet.«

Bender nickte nachdenklich. »Ja, entweder das. Warum auch immer. Oder: Das Opfer hat den Täter bei etwas überrascht. Wurde Zeugin eines Vorgangs, der keine Zeugen haben durfte.«

»Und nun?« Ziegler wischte mit seinem Daumen über den Rand der Bierflasche.

»Nun werde ich ergebnisoffen ermitteln müssen – und gleichzeitig den aufgebrachten Mob beruhigen. Das wird eine Herausforderung werden, wie ich sie bisher nicht kannte.«

*

Elena genoss den kühlen Sand unter ihren Füßen. Jetzt, nachdem die Sonne untergegangen war, hatte sich der Strand sehr geleert und die Dunkelheit senkte sich immer weiter über das Meer, die Dünen und den Strand.

Sie ging zur Wasserlinie und wartete mit den Zehen darauf, dass das seichte Wasser sie umspielte. Es waren neckische, fast traumwandlerische Bewegungen, mit denen die Ostsee an Land drückte. Kein Vergleich mit besitzergreifenden Wellen an den Stränden der Nordsee oder des Atlantiks.

Sie setzte einen Fuß vorsichtig vor den anderen, als wollte sie das Wasser nicht verletzen. Erst als ihre Beine bis oberhalb der Knie bedeckt waren, blieb sie stehen.

Als sie die Benachrichtigung zur Reha-Kur erhalten hatte, war sie vor Angst wie gelähmt gewesen. Sie hatte Sorge gehabt, der Anblick des Meeres könnte zu gewaltig, zu elementar sein, um im augenblicklichen Zustand von ihr ausgehalten zu werden. Nur nach und nach hatte sie sich angenähert. Sich alles im eigenen Rhythmus erschlossen. Dann hatte sie Georg und seine Strandbude kennengelernt und ein Teil ihrer Angst war von ihr abgefallen, weil er es verstand, über ihre Krankheit hinwegzusehen.

Und nun war heute dieses furchtbare Verbrechen geschehen. Etwas, das Elena normalerweise sofort wieder an den Rand ihrer Verzweiflung gedrängt hätte. Gleichzeitig waren seltsame Dinge passiert und Elena fühlte sich wohl wie schon lange nicht mehr. So wohl, wie zuletzt vor diesem schrecklichen Befund, der alles verändert hatte.

Elena sah hinauf zu den Sternen. Als Kind hatte sie schreckliche Angst vor dem dunklen Himmelszelt gehabt. Es immer schon mit dem Tod in Verbindung gebracht, weil ihre polnische Großmutter nie aufgehört hatte, davon zu erzählen, wie die Toten von oben auf sie herabsahen.

Erst spät hatte sie in lauen Sommernächten den Anblick der blinkenden Himmelskörper genießen können. Hatte in jede Sternschnuppe einen Wunsch gelegt. Elena lächelte. Was für alberne Wünsche es gewesen waren. Wenn sie damals bloß gewusst hätte, dass es sich lohnen würde, alles für den einen einzigen Wunsch aufzuheben: wieder gesund zu werden. Nicht so früh gehen zu müssen.

»Elena!« Sie hörte die anderen rufen. »Elena, bist du weggeschwommen?«

Sie drehte sich um und sah die Konturen der Strandkörbe, die sich vom Dunkelblau der herabsenkenden Nacht abhoben. Hinter den Dünen drang Licht aus dreieckigen Dachfenstern einiger neu gebauter Ferienwohnungen. Die Klinik lag ein Stück weiter hinten und war nicht zu sehen. Irgendwo dazwischen lag das heruntergekommene Grundstück, auf dem heute die Tote gefunden worden war. Ein Schauder lief über Elenas Rücken. Sie hatte die Frau nicht gekannt, aber vielleicht waren sie sich einmal begegnet, hier am Strand, bei Georg, in der Apotheke oder in der Praxis von Doktor Schimmer. Hatten sich womöglich zugelächelt, wie man das so macht, wenn man sich einander durch das gleiche Schicksal verbunden fühlt.

»Elena! Komm doch wieder zu uns. Bitte!«

Elena sah, dass sich Peter dem Wasser näherte.

»Ich komme. Fünf Minuten noch.«

»Alles in Ordnung?« Peters Stimme klang besorgt.

»Alles in Ordnung. Sehr sogar.« Elena hatte die Worte nur gehaucht und erschrak dennoch augenblicklich. Wie konnte bloß alles in Ordnung sein, angesichts der heutigen Ereignisse und überhaupt, wo doch derzeit nichts in ihrem Leben in Ordnung war.

Doch, was ihr so schnell über die Lippen gekommen war, stimmte. Sie fühlte es überall: in ihrem Bauch, in ihrem Kopf, bis in die Fuß- und Fingerspitzen. Sie fühlte sich wohl.

Das hatte eindeutig was mit den Menschen zu tun, die dort hinten auf sie warteten. Die ihr innerhalb kürzester Zeit das Gefühl gegeben hatten, nicht mehr allein zu sein. Mit denen sie gelacht hatte, obwohl ihnen allen das Lachen heute in der Kehle hätte stecken bleiben müssen.

Sie blickte noch einmal auf das Meer hinaus. Nichts war in dieser Sternennacht unheimlich, sie fühlte sich umsorgt und umhegt, wie selten im Leben. Dann ging sie langsam Richtung Strand zurück. Gerda, Kerstin und Peter hatten ein mitgebrachtes Windlicht entzündet, dessen Licht einen warmen Schimmer warf.

Elena hörte das Lachen der drei und wie die Gläser aneinanderklirrten.

»Salute«, war die überschwängliche Stimme Kerstins herauszuhören.

»Cheers«, antwortete Peter und Kerstin ließ leise ein »Prösterchen« folgen.

Sie lachten wieder.

Elena hatte es plötzlich eilig wieder zu ihnen zu kommen. Eine Flasche Rotwein hatten sie zu viert schon geleert und es schien nicht so, als wollten die anderen es dabei belassen.

Na und, dachte sich Elena. Warum auch nicht? Warum, verdammt, sollten wir keinen Rotwein trinken? Denn noch leben wir und was morgen ist – wer wusste das schon?

*

Marion weinte nur noch lautlos. Sie schien keine Tränen mehr zu haben. Die Stimme war immer heiserer geworden, mit jedem Satz. Mit jedem Wort. Mit jedem Versuch, ihn umzustimmen.

Tom Jansen saß auf ihrer Bettkante und hielt ihre Hand. »Ruhig, ganz ruhig«, flüsterte er immer wieder. Ab und zu verstärkte er den Druck seiner Hand, wenn Marion Heckel nach Luft japste. Mit seiner Linken strich er ihr immer wieder die dunklen Haare aus dem Gesicht. Sie war so glücklich darüber, dass wenigstens ihre Haare wieder da waren, hatte sie ihm vor nicht langer Zeit erzählt. Dass sie es als ihre Hoffnung ansähe: Solange die Haare da sind, kann es noch nicht wieder schlimm um mich stehen. Tom hatte schon damals nichts darauf erwidert. Was hätte er auch sagen sollen? Ihr alle Hoffnung nehmen, indem er aussprach, was alle Ärzte und das Pflegepersonal wussten? Dass es keine Heilung für sie geben würde und sie die Haare nur noch hatte, weil keiner ihr mehr eine Chemo zutraute?

Marion Heckel schmiegte sich an seine Hand. Ein gurgelndes Geräusch drang aus ihrer Kehle. Tom durchlief ein Schauder.

»Ruhig, ganz ruhig«, ermahnte er sie mit weicher Stimme.

Marion schien sich zu entspannen. Der Atem wurde ruhiger, der Brustkorb erhob sich weniger unter dem dünnen Laken, das Tom über ihrem Körper ausgebreitet hatte. Die Hand, die er hielt, wurde schlaff. Die Augen fielen ihr zu. Tom ließ nicht nach, sie an ihrem Haaransatz entlang zu streichen. Vielleicht würde es ihm gelingen, dass sie zur Ruhe kam.

Seine Gedanken schweiften ab. Durchspielten noch einmal die verschiedenen Möglichkeiten, wie sie sich ihm darstellten. Sollte er auf eigenes Risiko weitermachen? Wie lange würde das gut gehen? Und wie sollte er die Versorgung aufrechterhalten? Die einzige Chance bestände darin, dass er selbst den Kontakt zu diesem Pharma-Typen aufnähme. Was aber, wenn der gar nicht mit ihm den Deal machen wollte, sondern stattdessen Schimmer informierte? Hatte er wirklich genug in der Hand, um hoch zu pokern?

Jansen rutschte unruhig hin und her. Wenn Marion jetzt schlafen würde, nähme sie ihm für heute die Entscheidung ab. Er hatte auf Schimmer verwiesen, von wegen ärztlicher Anordnung und was man dann so sagte, und er hatte alles daran gesetzt, dass sie in ihrer Panik nicht sofort mit ihrer Schwester telefonierte.

Verdammt, dachte er, es hilft doch nichts, jetzt so zu reagieren. Doch wie sollte er die Nerven behalten, wenn alle panisch wurden.

Egal, wie er es entschied in dieser Nacht. Schlafende Hunde waren geweckt und die Sache war von nun an brandgefährlich.

Vorsichtig löste er sich aus Marion Heckels Hand. Sein rechtes Bein war eingeschlafen, das Prickeln spürte er erst jetzt beim Aufstehen. Im Stand wippte er auf den Zehenspitzen, um die Durchblutung anzuregen.

Er blickte auf die schlafende Marion herab. Was für eine schöne Frau sie jetzt noch war. Vielleicht schöner als zu gesunden Zeiten. Weil die Krankheit auf das Wesentliche reduzierte. Bei ihr war das Wesentliche ein ebenmäßiges, klares Gesicht. Dem schon das Wissen innewohnte, was sie noch nicht zu denken bereit war: dass es vorbei war.

»Keine Angst«, flüsterte Jansen, »ich helfe dir. Wie ich allen helfe, die zu den Auserwählten gehören. Egal, was Schimmer sagt oder nicht sagt. Und nun schlaf schön.«

Er öffnete vorsichtig den Verschluss der Braunüle. Aus seinem Kittel nahm er die vorbereitete Injektion. Jansen nahm die Kanüle ab, die nur als Schutz gedient hatte. Dann setzte er die Spritze auf den Zugang und injizierte die Flüssigkeit mit langsamem, aber gleichbleibendem Druck. Marion schlug noch einmal die Augen auf und lächelte ihn dankbar an. Dann wurde ihre Atmung langsamer und tiefer, die Augenlider fielen ihr wieder zu. Er nahm die Spritze ab, steckte sie erneut in seine Kitteltasche und verschloss die Braunüle mit ruhigen Bewegungen.

Dann strich er Marion über das Gesicht.

»Siehst du, Tom Jansen hält seine Versprechen. Jetzt schlaf gut. Du wirst sehen: Alles wird gut.«

※

6. AUGUST

Seine Frau hatte einen überaus tiefen Schlaf. Egal, was am Tag gewesen war, kein Streit, kein Stress, ja nicht einmal ein Kaffee am späten Abend brachten Charlotte um ihren Schlaf. Ganz im Gegensatz zu ihm. Er schlief schon seit vielen Monaten nicht mehr gut. Keine Nacht, in der er nicht von Albträumen geplagt hochschreckte. Kaum eine Nacht, in der er nicht resigniert aufstand, den Fernseher einschaltete, die Zeitung zur Hand nahm oder sich eine warme Milch machte. Selbst mit Tabletten hatte er es versucht, aber der Überhang am nächsten Tag war zu heftig gewesen, als das er das wiederholen wollte. Nichts war im Moment wichtiger, als in der Praxis einen klaren Kopf zu bewahren.

Deswegen schrak Rolf Schimmer gewaltig zusammen, als Charlotte mitten in der Nacht plötzlich vor ihm erschien. Er konnte sich nicht erklären, warum er ihr Kommen nicht gehört hatte, aber nun stand sie wie ein Eindringling vor ihm, und es war, als bewege sie den Mund, ohne dass Laute zu ihm drangen.

Erst allmählich verstand er, was sie sagte: »Rolf, was ist los? Warum gibst du mir keine Antwort.«

Es fiel ihm nichts ein. Er schaute sie nur an. Sah das hauchdünne Nachthemd, das sie sich vor kurzem zugelegt hatte. Schon damals hatte er ihr nicht folgen können, als sie von diesem Laden erzählte, in dem sie es gekauft hatte. Er erinnerte sich, wie enttäuscht sie war.

»Rolf, du machst mir Angst.«

Wenn das Angst ist, fuhr es durch Rolfs Kopf, dann weißt du nicht, was Angst ist. Noch nicht einmal Angst kannst du zeigen, noch nicht mal das. Er blieb stumm. Es würde zu viel Kraft kosten zu reden.

»Rolf, bitte sprich mit mir. Wir waren uns doch einig. Oder ist es immer noch die eine Sache?«

Müde hob er einen Arm und winkte ab. Mit unendlicher Müdigkeit in der Stimme log er: »Alles in Ordnung. Ich hatte einen Traum. Lass mich einfach, ich komme gleich wieder schlafen.«

Ihre Stimme wurde scharf: »Rolf, bitte, beleidige nicht meinen Verstand. Mir ist schon klar, dass das nicht die erste Nacht ist, in der du hier sitzt. Glaubst du wirklich, ich merke das nicht?«

Er sah sie müde an.

»Mal ein Glas, mal eine Tasse, die Zeitung oder eine Decke zerknittert auf der Couch. Du bist ja nicht einmal in der Lage, die Spuren deiner nächtlichen Herumgeisterei vor mir zu verbergen. Ich räume immerhin auf, bevor ich zu Bett gehe, wie du weißt.«

Er grub den Kopf in die Hände. Wann war ihm bloß zum ersten Mal aufgefallen, wie schrill und anstrengend ihre Stimme war? Auf jeden Fall zu spät. Viel zu spät, dachte er. Heute wollte er nur, dass sie endlich schwieg.

»Wenn das hier so eine Nummer wird, dass du eine andere hast, dann sag mir das lieber hier und jetzt. Ich könnte es sogar verstehen.«

Rolf hob den Kopf. Meinte sie das ernst? Sie kam ihm jetzt tatsächlich mit einer unbegründeten Eifersuchtsgeschichte.

»Dann wundert es mich auch nicht, dass du selbst zu dieser sündhaft teuren Nachtwäsche nichts mehr zu sagen hast.«

Schimmer hielt es von einer Sekunde auf die andere nicht mehr aus. Aus seiner Müdigkeit war urplötzlich Wut geworden. Er wollte nur noch, dass sie den Mund hielt. Allen musste er es recht machen – allen. Nur nicht sich selber. Dabei hatte er gedacht, auf dem richtigen Weg zu sein. Hatte endlich für sich selbst gesorgt, hatte angefangen an sich zu glauben. Doch nun, von jetzt auf gleich, entglitt ihm alles. Drohte alles zu platzen. Auf einmal stand alles auf dem Spiel. Alles konnte er verlieren. Zusätzlich zu dem, was alles schon zerbrochen war.

Mit einem Satz sprang er auf. Ohne zu wissen, was er tat, hatte er den Barhocker, auf dem er vor der Küchentheke gesessen hatte, hochgerissen und hielt ihn drohend gegen Charlotte gerichtet.

»Das lasse ich nicht zu. Ich lasse das nicht zu. Ich lasse mir nicht alles kaputt machen. Von dir nicht, von Steiner nicht, und von Jakob nicht.« Er sah Charlottes schreckgeweitete Augen, aber er konnte nicht innehalten. »Hast du mich verstanden? Ich lasse das nicht zu. Also hör einfach auf.«

Er stieß den Hocker zu Boden, wo er mit dem Knacken eines Stuhlbeins hart auf dem Fliesenboden aufschlug. Schimmer stürmte an seiner Frau vorbei. An der Garderobe griff er nach seiner Jacke, dem Portemonnaie und dem Schlüsselbund.

»Hast du gehört?«, schrie er noch einmal. »Lasst mich einfach alle in Ruhe.«

Dann zog er die Haustür hinter sich mit einem lauten Knall zu.

*

Georg liebte diese Sommermorgen, an denen er der Erste am menschenleeren Strand war. Der Wecker konnte in dieser Jahreszeit gar nicht früh genug klingeln. Zu seinem eigenen Erstaunen war er sofort hellwach, während Hella, seine Frau, nur unwillig murrte, und sich die Decke über den Kopf zog. Georg lächelte beim Gedanken an Hella. Sie hatten sich gesucht und gefunden, fanden alle ihre Freunde, und sie beide sahen das auch nach vielen gemeinsamen Jahren noch genauso.

Von seinen Eltern hatte er die Konzession für die Strandbude übernommen. Mit allen Verantwortlichkeiten, wie sie vielsagend betont hatten. Im ersten Jahr war es ihm ganz schön schwergefallen. Der Sommer war ein hartes Geschäft, aber nur er lieferte die Einnahmen, von denen sie das ganze Jahr leben mussten. Doch es hatte Hella und ihm immer mehr Freude bereitet. Schließlich hatten sie begonnen, eigene Ideen zu entwickeln, hatten einen unverwechselbaren Style für das Ostsee-Strandleben entworfen. Hatten ihre Erfahrungen von ihrer Lieblingsinsel Ibiza, auf der sie sich kennengelernt hatten, an die Ostsee gebracht. Hippie meets Nautic, so hatten sie das genannt, was sie hier mit zunehmendem Erfolg kreierten.

Georg zog den Reißverschluss seiner Daunenjacke hoch. Auch im Hochsommer war es frühmorgens kalt. Sein erster Weg führte ihn zu seiner kleinen Wetterstation. Hier dokumentierte er täglich Außen- und Wassertemperatur, Niederschläge und Gewitter. Die Daten postete er mit einem aktuellen Foto auf Facebook und Instagram.

Er wusste, wer alles auf seine täglichen Nachrichten wartete, um sich in Gedanken an diesen magischen Ort zurück zu träumen. Die Patienten der Seeadlerklinik und des Rosensanatoriums blieben ihm treu, denn mit seiner

Strandbude verbanden sie oft die besten Zeiten, die sie seit der Krankheit erlebt hatten.

Georg entriegelte das große Schloss, mit dem er die Strandbude schützte. Als Erstes holte er das kleine Notizbuch, in das er die Werte schrieb, die er an seiner Wetterstation ermittelte. Schnell trabte er hinunter zum Wasser, um auch dort die Temperatur zu messen. Mit seinem Handy schoss er ein Foto, das die spiegelglatte Ostsee zeigte, die im Glanz der aufgehenden Sonne wie pures Gold vor ihm lag.

»Moin, da draußen. Hier an unserer Strandbude erwarten euch heute satte 12 Sonnenstunden mit Temperaturen bis 24°C. Das Wasser wartet mit angenehmen 19°C auf euch und die See ist so still, dass es auch Ungeübte wagen können, sich auf ein SUP-Brett zu stellen. Sehen wir uns?«

Georg hatte die wenigen Zeilen mit beiden Daumen in sein Smartphone getippt. Seitdem sich seine Jungs über ihn lustig gemacht hatten, wenn er mit dem Zeigefinger Buchstaben für Buchstaben gesucht hatte, war er von Ehrgeiz befallen, es cooler hinzukriegen. Schließlich hatte er die angesagteste Strandbude zwischen Travemünde und Wismar, da wollte er es an Kleinigkeiten nicht fehlen lassen. Und seine Gäste dankten es ihm.

In der Stille des Morgens dachte Georg unwillkürlich an die Frau, die gestern ermordet aufgefunden worden war. Die meiste Zeit hatte er versucht, den Gedanken daran zu verdrängen. Das hatte nichts mit ihm zu tun und er musste schließlich den Laden hier am Laufen halten. Und doch fragte er sich jetzt, zu welcher der Patientengruppen sie gehört haben mochte. Dass sie Patientin im Rosensanatorium gewesen war, ließ ihn vermuten, dass ihre Prognose keine allzu günstige gewesen war. Aber das musste nicht so sein. Manche wollten einfach auf Nummer Sicher gehen und nahmen alles an Behandlungen mit, was der Markt so hergab. Wenn sie es sich denn leisten konnten. Das war der entscheidende Unterschied. Im Rosensanatorium gab es nichts für umsonst. Selbst den Tod nicht, hieß es in der benachbarten Seeadlerklinik.

Er rief sich das Foto der Toten in Erinnerung. Ja, er hatte sie gekannt. Flüchtig nur. Sie war keineswegs so ein häufiger Gast gewesen wie beispielsweise diese Elena. Bei manchen der Klinikgäste ergab sich das wie von selbst, dass man sich beim Namen kannte und einen vertrauten Umgang hatte. Andere kamen täglich, blieben aber zurückhaltend. Für ihn war das alles in Ordnung. Es ging schließlich nicht um ihn.

Georg schauderte es bei dem Gedanken, was sich dort hinten gestern zugetragen haben musste. Hätte er etwas verhindern können, wenn er aufmerksamer gewesen wäre? Er versuchte sich zu erinnern. Nein, er wüsste nicht, dass er gestern auch nur eine Menschenseele gesehen hatte, während er seinen Strand aufbaute.

Georg schritt mit langen ausholenden Schritten, die so gar nicht zu seinem Körper passten, wie Hella immer sagte, zum Schuppen, um die Boards hinunter zur Dünenlinie zu tragen.

Er mochte es, sich in der klaren, unverbrauchten Luft des Tages zu verausgaben. An manchen Tagen wettete er gegen sich selbst, wie viele der Bretter er gleichzeitig tragen konnte. Dann wunderte er sich selbst, mit wie viel Energie er in jeden einzelnen Sommertag startete.

Jetzt einen Kaffee, freute er sich, als die Maschine die schwarze Flüssigkeit in die blaue Tasse presste, die das Logo seiner Strandbude trug. Was für eine tolle Idee seiner Frau, damit ihre selbst hergestellten Artikel zu zieren, die sie in Hellas Geschenkeladen verkauften. Strandbude to go, wie sie sagte.

Georg setzte sich mit seinem Kaffeebecher vor seine Boards. Eine große Zufriedenheit erfasste ihn. Was er doch für ein Glück hatte. Die Strandbude, die sich zu einem Selbstläufer entwickelte, seine Frau, die er heute noch mehr liebte als je zuvor. Und natürlich seine beiden Jungs, die jetzt schon größer waren als Hella und er, obwohl sie gerade mal vierzehn und sechzehn Jahre alt waren.

Eine wohlige Wärme durchströmte ihn. Die Sonne entwickelte schon jetzt einige Kraft. Georg schloss die Augen mit einem Blinzeln und fuhr zusammen, als er kurz darauf etwas Kaltes und Nasses an seinen Beinen spürte. Unwillkürlich rückte er ein Stück nach hinten, sodass er gegen eines der Boards stieß, das an der Wand angelehnt war. Das Board wackelte, kippte, und bevor Georg es halten konnte, fiel es auf ihn und verursachte einen heftigen Schmerz am Hinterkopf.

»Verdammte Scheiße, was soll …« Er hielt die Hand an den Kopf, als er einen gellenden Pfiff hörte.

»Florence, wirst du wohl?«

Georg richtete sich auf und nahm erst jetzt Florence, die Hündin von Evelyn, wahr.

»Florence, meine alte Dame, was ist denn in dich gefahren, mich so zu erschrecken?« Georg fand seinen Humor schon wieder und streckte die Hand nach Florence aus, die mit heraushängender Zunge neben ihm stand. An Evelyn gewandt rief er: »Hast du dich verirrt, Evelyn? Der Hundestrand ist eine Strandbude weiter.«

Evelyn knurrte etwas, was er nicht verstand. Alt wird sie, dachte Georg, als er sah, wie mühselig Evelyn in ihrem langen Cape durch den Sand stapfte. Keuchend blieb sie vor ihm stehen und statt ihm zu antworten, hielt sie ihm nur Florences Leine hin.

»Was ist los? Ist das eine Aufforderung, deinen Hund spazieren zu führen? Das geht nicht, auch wenn ich dir den Gefallen gerne täte.« Georg zeigte auf seine geöffnete Strandbude. »Hier geht gleich der Betrieb los. Du kennst das doch: Die Frühaufsteher aus der Klinik.«

Evelyn nickte. So langsam schien sich ihr Atem zu beruhigen.

»Tut mir leid«, murmelte sie. »Mir ist nichts anderes eingefallen. Du musst mir helfen.«

»Immer gerne, wenn ich kann.« Georg hatte tatsächlich Mitleid mit der alten Dame, von der so viele böse Geschichten im Ort herumgeisterten. Georg glaubte keine einzige, und trotzdem konnte er verstehen, dass Evelyn die Dinge mit ihrem Auftreten nicht besser machte. »Also, was gibt's?«, sagte er rauer als er wollte.

»Ich muss nach Wismar. Jetzt und sofort. Aber Florence kann nicht mit.« Sie hatte die Worte hart und fordernd ausgespuckt.

Georg schaute irritiert. »Ja? Und das heißt?«

»Bitte.« Evelyn schloss die Augen und machte eine Pause, fast so als erflehte sie noch eben göttlichen Beistand. »Bitte. Pass heute auf Florence auf, bis ich zurückkomme.«

»Wie bitte?« Georg sprang hoch. Erst jetzt nahm er wahr, dass Evelyn immer noch die Hand mit der Leine in seine Richtung ausgestreckt hielt. »Evelyn, das geht nicht. Du weißt doch, was hier an einem Sommertag los ist.«

»Bitte.« Ihr Ton war flehentlich. »Ich habe keine andere Wahl. Glaube es mir einfach. Florence macht dir keine Arbeit. Leg sie in deine Bude, damit sie Schatten hat. Ich hole sie am späten Mittag wieder ab.«

Georg griff automatisch nach der Leine. Sofort drehte sich Evelyn um und stakste davon.

»Nein. Evelyn, bleib hier. Das geht so nicht.« Georg rannte hinter ihr her und hielt sie an ihrem Cape fest.

Er erschrak, als er so nah vor ihr stand. Die Nase sprang förmlich aus dem Gesicht, während die Augen in tiefen Höhlen lagen. Ihre Pupillen waren geweitet. Sie sah ihn mit unstetem Blick an.

»Es muss sein. Oder es geschieht ein großes Unglück. Also, bitte, lass mich gehen.«

※

Ernst Bender tastete hektisch auf dem Nachttisch herum. Das schrille Piepsen tat ihm in den Ohren weh. Seit Wochen war er auf der Suche nach einem Wecker, der zu ihm passte, nachdem der alte nach über 20 Jahren seinen Geist aufgegeben hatte. Aber es schien nichts mehr zu geben, was seinen Bedürfnissen entsprach. Das war schon das vierte Exemplar in den letzten Wochen, aber er wusste schon jetzt, dass auch das keine Liebe fürs Leben werden würde.

Er schlug die Decke zurück, schwang beide Beine aus dem Bett, wobei er darauf achtete, dass sie nebeneinander gleichzeitig den Boden berührten, und dehnte den Körper abschließend mit erhobenen Armen.

Doch schon im gleichen Moment sackte er in sich zusammen und starrte einen Augenblick regungslos auf die gestreifte Pyjamahose.

Alle seine morgendlichen Rituale kamen ihm seit seinem Umzug nach Schwerin aufgesetzt und abgenutzt vor. Die Energie, die er früher schon beim Aufwachen gespürt hatte – er wusste nicht, wo sie geblieben war.

Zeit seines Lebens hatte er sich auf seine Arbeit gefreut, hatte sein Leben als reich und erfüllt betrachtet. Was wollte er mehr, als eine Arbeit, die mehr Berufung als Beruf war? Die Erfolge hatten ihm immer recht gegeben, ihn angespornt und beflügelt, weiterzumachen.

Bender rieb seine Hände, die eiskalt waren. Sein Körper zeigte zunehmend vegetative Beschwerden. Er kannte solche Formen der Stressbewältigung genügend von anderen und hatte sich oft genug darüber erhoben. Doch nun konnte er nicht länger darüber hinwegsehen, dass es ihm nicht gut ging.

Ob es tatsächlich nur an Schwerin lag?

Bender gab der bleiernen Müdigkeit in seinen Knochen nach und legte sich noch einmal zurück ins Bett. Nach zehn Minuten ärgerte er sich über seine Schwäche, aber er konnte nicht anders und gestand sich zehn weitere Minuten zu.

Die Hände verschränkte er hinter dem Kopf. Das Zimmer war schon taghell, weil er gestern Abend vergessen hatte, die Rollos zu schließen. Er lächelte, als er an den gestrigen Abend dachte. Da hatte er sich zum ersten Mal seit Wochen wieder hellwach gefühlt. Hatte den Sonnenuntergang am Strand genossen, der noch von der Sonne warme Sand unter seinen Füßen hatte Erinnerungen an Kindheitsurlaube geweckt und im Austausch mit seiner Kollegin Keiser und ihren Bekannten hatte er seine berühmt-berüchtigte Eloquenz wiedergefunden. Er hatte die bewundernden Blicke der jungen Ärztin auf sich gespürt und all das hatte dazu geführt, dass er sich rundum wohl gefühlt hatte.

Seine Kieler Freunde würden zu ihm sagen, dass ihm tatsächlich nur die Frau fürs Leben fehle und ihm zackig eine Neigung zu Ruth Keiser unterstellen. Bender wippte seine Füße hin und her. Immer die gleichen Sprüche, das kannte er, der eiserne Junggeselle, zu Genüge. Nichtsdestotrotz konnte er sich ein Lächeln nicht verkneifen. Er und

Ruth Keiser, wenn etwas in dieser Welt sicher war, dann, dass eine solche Konstellation keine drei Tage gut gehen würde. Dafür waren sie viel zu unterschiedlich. Obwohl er sie mochte. Und schätzte. Besonders Letzteres.

Sein Blick fiel auf den Wecker. Die zehn Minuten waren so gut wie vorbei. Bender seufzte laut. Was würde der Tag wohl mit sich bringen?

Er dachte an sein Leben in Kiel. Wenn er jetzt daran zurückdachte, kam ihm immer mehr die Vermutung, dass man ihn geschickt weggelobt hatte. Den jungen Kollegen, die nachgekommen waren, war seine Art zu führen, zu steif und zu hierarchisch gewesen. Mittlerweile hatte Bender eine Idee, warum man ihn für geeignet gehalten hatte, nach Mecklenburg zu wechseln. Zumindest in der Hinsicht, was sein Dienstverständnis ausmachte, fand er hier durchaus noch Kollegen, die seine Ansichten schätzten und teilten. Dennoch. Es fehlte einfach zu viel. Vor allem die Freunde. In Kiel hatte er seine festen Termine gehabt. Die Schwimmgruppe mittwochs und freitags der Männerchor. Und alle zwei Wochen sein Bridge-Abend.

Er war auch in Schwerin nicht untätig geblieben, hatte sich ein Theater-Abo bestellt, eine Museumskarte und war in einen Männergesangverein eingetreten. Aber er bekam einfach keinen Anschluss. Der dienstliche Umgang war meist kompetent und sachlich, jedoch fern jeglichen persönlichen Umgangs.

Bender stellte betroffen fest, dass er sich in Kiel jahrelang genau so neuen Mitarbeitern gegenüber verhalten hatte. Immer korrekt, immer dienstlich einwandfrei, aber ohne jemals zutraulich zu werden. Tatsächlich hatte er sich dafür sogar innerlich auf die Schulter geklopft. Keine Vermischung dienstlicher und privater Interessen. Nun erlebte er zum ersten Mal die Kehrseite der Medaille.

Es half nichts. Vor ihm lag ein Tag, von dem er nur wenig erwartete. Trotzdem würde er aufstehen und seine Pflicht erfüllen. Wenn nur diese Müdigkeit nicht wäre.

Erneut warf er die Bettdecke zurück, schwang die Beine parallel nebeneinander aus dem Bett und hob die Arme. Dann tasteten seine Füße zu den Filzpantoletten, die vor dem Nachttisch standen.

Auf dem Weg ins Bad schloss er die Haustür auf, um die Brötchentüte und die Zeitung herein zu holen. Erst auf den zweiten Blick bemerkte er die Krakelei, die mit rotem dicken Filzer über die ganze Titelseite gezogen war. Es fiel ihm erst schwer, die Worte zu entziffern, weil sie in zittriger Schreibschrift verfasst worden waren. Doch dann las er:

»Hau ab, du Besserwisser! Wir wissen, was man mit Mördern macht, die unsere Frauen anfassen!«

*

»Kannst du auch nicht mehr schlafen?«

Die tiefe Stimme in ihrem Rücken ließ Elena aufschrecken. Sie saß in der Sitzecke im Flur, wie jeden Tag vom Morgengrauen an. Heute war kein Leichenwagen am Hintereingang des Sanatoriums vorgefahren und das nahm Elena als gutes Zeichen für den herannahenden Tag. Trotzdem hatte sie nicht wieder in ihr Zimmer gehen wollen. Sie wartete auf die Geräusche, die das Anbrechen des Tages bestätigen würden: wenn die Wasserrohre rauschten, die Dunstabzugshauben aus der Küche ihre Arbeit aufnahmen, der Frühdienst zu den Spinden eilte, der Pflegearbeitswagen zu den Zimmern rollte, deren Patienten man nie sah, und letztendlich das Geräusch, wenn der Speisenaufzug in Bewegung geriet, um das Frühstück aus den Tiefen des

Kellers, in dem sich die Küche befand, ins Erdgeschoss zu transportieren. Dann erst ging Elena zurück in ihr Zimmer, um zu duschen und sich anzukleiden. An manchen Tagen holte sie danach als Erstes einen Kaffee bei Georg und begrüßte dabei den neuen Tag und das Meer.

Peter war es, der sie mit seiner heiseren Stimme erschreckt hatte. Er legte ihr seine Hand leicht auf die Schulter.

»Ich mag es, den Tag heranziehen zu sehen. Ich mag es, wenn wieder eine Nacht geschafft ist.«

Elena zog sich unter seiner Hand weg und stand auf. Sie waren ungefähr gleich groß und Elena kam der Begriff »auf Augenhöhe miteinander sein« in den Sinn. Peters Blick war intensiv, so war sie schon lange nicht mehr angesehen worden. Die meisten Menschen hatten Angst vor den Wahrheiten, die auf ihrem Gesicht ablesbar waren.

»Lust auf einen Kaffee an der Strandbude, bevor wir den Muckefuck im Speisesaal zu uns nehmen?« Peter lächelte und streckte die Hand nach ihr aus.

Verlegen trat Elena einen Schritt zurück und nickte ihm zu. »Ja, gerne.« Sie schaute an sich herab. »Aber ich bin noch gar nicht ausgehfertig.«

»Ha! Frauen.« Peter verzog den Mund spöttisch und trotzdem blieben seine Augen liebevoll. »Wenn mich das interessieren würde, hätte ich dich nicht gefragt. Wollen wir nicht alle mehr im Augenblick leben?«

Elena schmunzelte. Das waren die Standardsätze in jeder ihrer Therapiestunden. Im Augenblick leben, achtsam sein, sich selbst annehmen. Manchmal schienen sie in dieser Fülle nur noch Floskeln zu sein, auch wenn sie alle einen wahren Kern enthielten.

Elena rührte sich nicht von der Stelle. Seltsam empfand sie die Begegnung mit Peter, die gestern Abend so vertraut wirkte. Mit Kerstin und Gerda an ihrer Seite war ihr der Umgang mit Peter leichter gefallen.

»Was ist los, Elena?« Die heisere Stimme war noch rauer geworden. »Wirklich keine Lust auf Spontanität?« Er schwieg einen Moment, schien in sich hineinzuhorchen, obwohl seine Augen unverändert auf ihr ruhten. »Liegt es an mir?«

Erschrocken hob sie beide Hände. »Nein. Natürlich nicht. Was denkst du denn?«

»Also dann. Komm, wir halten unsere Füße ins Wasser und trinken dabei Georgs weltbesten Kaffee. Ist das nicht ein Tagesbeginn nach deinem Geschmack?« Peter breitete seine Arme aus, als wolle er die Welt umarmen.

Die seltsame Anspannung der letzten Minuten fiel von Elena ab. Wie lächerlich sie sich gerade verhielt. Warum eigentlich nicht? Sie war hier in keinem Mädchenpensionat. Sie hatte von den Ärzten und Therapeuten den Auftrag, alles zu tun, was ihr guttat. Wenn sie es sich gerade recht überlegte, dann war ein Kaffee mit Peter ganz bestimmt das Beste, was ihr passieren konnte.

Auf einmal fühlte sie sich ganz leicht. Leicht und unbeschwert. Spitzbübisch lächelte Elena: »Gut. Ich hole noch eben mein Geld. Wer dann zuerst am Ausgang ist, zahlt bei Georg. Einverstanden?«

*

Tom Jansen konnte nicht schlafen. Normalerweise war sein Körper auf die unterschiedlichen Dienstzeiten, die sein Beruf mit sich brachte, gepolt. Zumal er seit dem letzten Jahr fast nur noch Nachtdienste machte. Seitdem lebte er in diesem Rhythmus, bis auf die wenigen Tage, an denen Verena ihn im Tagdienst einteilte. Was selten passierte. Dafür waren alle anderen viel zu froh, dass er den Großteil der Nächte abdeckte. Auch wenn sie ihm die finanziellen Vorteile natürlich nicht gönnten.

Es war Schimmers Idee gewesen, dass er quasi als Dauernachtwache arbeitete. Früher in der Klinik ging das sogar mal über zehn Nächte, das war jedoch schon lange nicht mehr erlaubt. Das wäre Schimmer noch tausendmal lieber gewesen, aber da war nichts zu machen. Letztendlich hatte es sich sogar als hilfreich erwiesen mit dieser Frequenz. Den Patienten leuchtete das ein mit der jeweiligen Therapiepause. Ähnlich kannten sie es ja von den Chemos. Die meisten hinterfragten sowieso nichts mehr. Die meisten wollten nur noch glauben. Wollten nach jedem dargebotenen Strohhalm greifen.

Tom stand auf. Es war sinnlos, jetzt liegen zu bleiben. Er hatte glücklicherweise erst morgen wieder Dienst, da war es nicht so schlimm, wenn der Schlaf heute kürzer war. Er würde sich lieber einen Tee machen. Und nachdenken. Denn dass er nicht schlafen konnte, war das eine. Die Nervosität von Schimmer das andere. Das konnte doch nicht sein, dass dieser jetzt mit seinen Änderungen die schlafenden Hunde weckte. Was da mit Marie Hafen passiert war, das hatte doch nichts mit ihrem Deal zu tun. Das musste er Schimmer klar machen. Es war doch Blödsinn, jetzt den Schwanz einzuziehen.

Marion Heckel konnte ihnen gefährlich werden, das spürte Tom Jansen ganz genau. Wenn die ihre Schwester mobilisierte und gegen sie aufbrachte, wäre der Teufel los. Tom wusste nicht genau, was Schimmer mit den beiden verabredet hatte, aber er war sich sicher, dass sowohl Marion als auch diese Gabi nicht aufgäben und die Therapie einforderten.

Was war bloß los? Schimmer hatte schon hysterisch auf

Marie Hafen reagiert. War viel zu nervös geworden. Dieser Typ hatte einfach keine Eier. Wenn man so ein Ding aufzog, durfte man nicht bei der ersten Schwierigkeit zusammenzucken.

Tom war überzeugt, dass er deswegen überhaupt ins Spiel gekommen war. Weil er die Eier hatte, und jeder im Sanatorium wusste das. Genau wie jeder wusste, dass Schimmer nur Arzt geworden war, weil die Familie es verlangt hatte. Weil man in Familien wie diesen nicht gegen Traditionen verstieß. So gingen jedenfalls die Gerüchte. Die Tom aber eins zu eins glaubte. Weil genau so ein Typ war Schimmer. Deswegen konnte er das auch nicht selber machen. Sondern brauchte einen Mann fürs Grobe. Und das war Tom. Aber jetzt ließ er sich doch nicht alles kaputt machen, nur weil Schimmer seine Haut retten wollte.

Nein, sowas gab es bei Tom nicht. Mit ihm ließ man sich nicht ein, um dann den Schwanz einzuziehen. Dieser Schimmer würde seine Rechnung zahlen, so wahr er Tom Jansen hieß.

Tom klappte seinen Laptop am Küchentisch auf. Er würde Schimmer jetzt eine Mail schreiben und die Dinge klären. Danach würde er sich wieder schlafen legen. Besser die Dinge direkt beim Namen nennen, dann waren sie aus der Welt.

Was Marion Heckel betraf: Das Problem war ganz sicher nicht mehr lange in dieser Welt.

*

»Das glauben Sie doch selbst nicht.« Das Gesicht des Dienststellenleiters war puterrot.

»Sonst würde ich es wohl kaum sagen.« Doktor Ernst Bender legte seine Hände ineinandergefaltet auf den Tisch des Konferenzraums. Er würde sich hier nicht solchen Emotionen hingeben, wie es bei den Kollegen mittlerweile Standard war. Er stand dazu: Private Dinge, Gefühlsduseleien und Befindlichkeiten gehörten nicht zum Job dazu, waren am Eingang wegzustecken. Er sah doch jeden Tag, wohin es führte, wenn die eigenen Emotionen die Arbeit überlagerten. Beim einen war es die Elternschaft, beim nächsten die Scheidung, der verkorkste Urlaub, der demente Schwiegervater, der Rohrbruch im Keller, die Pubertät der Tochter. Das Leben bot ausreichend Möglichkeiten, sich von den Forderungen der Arbeit ablenken zu lassen. Aber das Geld verdiente man nicht zuhause.

Markow jedenfalls schien vor lauter Betroffenheit nicht in der Lage, die Mannschaft zu führen, und er, Bender hielt das für eine Katastrophe.

Wolfgang Markow war auf seinen Stuhl zurückgesackt, hatte zu seinem Wasserglas gegriffen und sich dann mit der bloßen Hand den Schweiß von der Stirn gewischt. Rund um den Tisch waren kleine Murmelgruppen entstanden. Ratlosigkeit schien sich breit zu machen, wobei Ernst Bender ahnte, dass allein er dafür verantwortlich war.

»Hofmann, sagen Sie doch auch mal etwas«, forderte Markow den Leiter der Kommission auf, die sich vornehmlich um die beiden anderen Frauenmorde kümmerte.

Heute Morgen sollten die bisherigen Erkenntnisse der beiden Kommissionen zusammengeführt werden.

»Nun«, Jürgen Hofmann erhob sich schwerfällig und stieß mit seinem runden Bauch im Stehen an den Konferenztisch. »Nun«, wiederholte er und schaute erst zu Markow und dann zu Bender.

Bender zog seinen Block zu sich heran und zückte seinen Kugelschreiber, als erwarte er gewichtige Erkenntnisse, die notiert werden sollten.

Markow zog die Augenbrauen hoch.

»Ich bin ganz Ohr«, ermunterte Bender seinen Kollegen, allerdings war er sich seiner einschüchternden Gesten durchaus bewusst. So ganz ohne Statusspiele würde es auf gar keinen Fall gehen, wollte er in der Schweriner Mordkommission auf Dauer bestehen.

»Also, wie Herr Markow schon ganz richtig gesagt hat. Die Bevölkerung und die Presse halten es für falsch, dass wir in den drei Mordfällen in unterschiedliche Richtungen ermitteln.«

Bender nickte freundlich. »Ja, das hatte ich schon verstanden. Aber das kann ja kein Handlungskriterium für uns sein.«

»Wir sind doch dem Steuerzahler verpflichtet«, meldete sich jemand aus Hofmanns Team, ein junger Kollege, der Bender herausfordernd ansah.

»Durchaus junger Mann, durchaus. Aber mit den Ergebnissen und nichts anderem.«

Wieder bildeten sich Gespräche rund um den Tisch und Markow und Hofmann schienen ihnen nicht Einhalt gebieten zu wollen.

Eine Kollegin mit roten Strähnen in ihren hellgrauen Haaren erhob sich. »Tschuldigung, wenn ich vorpresche, aber angesichts der Ereignisse sollten wir nicht die Zeit mit unnötigen Diskussionen verbringen.« Sie schaute zu Hofmann herüber. »Warum es also nicht abkürzen? Immerhin ist – nach meinem Erkenntnisstand – die überwiegende Mehrheit der Anwesenden«, sie schaute bedeutungsvoll in die Runde und setzte damit eine wirkungsvolle Pause, »der gleichen Meinung wie die Menschen da draußen: Die Wahrscheinlichkeit es mit zwei Tätern zu tun zu haben, tendiert gegen Null.«

Sie setzte sich hin und zustimmendes Gemurmel setzte

ein. Hofmann nahm seine Wasserflasche und klopfte damit auf den Tisch. »Vielen Dank, Kollegin Henk, Sie sprechen mir aus der Seele.«

Bender schüttelte innerlich den Kopf. Da entriss eine Mitarbeiterin vor aller Augen ihrem Vorgesetzten das Wort und er bedankte sich auch noch. Und inhaltlich? Heute hatte er wirklich alle Mühe, seine Fassung zu bewahren.

»Was Kollegin Henk sagt, ist auch meine, oder besser gesagt, unser aller Meinung.« Hofmann räusperte sich. »Fast aller.«

Feindseliger hätten die Blicke, die Bender trafen, kaum sein können. Die Konferenzteilnehmer klopften mit ihren Knöcheln auf den Tisch, während Bender, Markow und Hofmann einander taxierten.

»Deswegen möchte ich den unsinnigen Plan, der gestern in der Not geboren wurde, wieder zurücknehmen und Sie, Herr Doktor Bender, wieder in die Mordkommission ›Run‹ integrieren, der Herr Hofmann vorstehen wird. Sie werden ihm assistierend zur Seite stehen.«

»Wie genau stellen Sie sich das vor? Immerhin liegt der Tatort von Marie Hafen in deutlicher Entfernung zu den beiden anderen.« Bender schaute zu seinem Vorgesetzten.

»Tatsächlich werden Sie die Ermittlungen im Rosensanatorium vorantreiben, aber wie gesagt, als Mitglied der Kommission ›Run‹. Ihre Anweisungen erhalten sie von Herrn Hofmann, ich hoffe auf Ihre reibungslose Kooperation.«

Zum ersten Mal in seinen langen Dienstjahren wünschte sich Bender, auch einmal seine Emotionen mit einfließen zu lassen. Er dachte an die Zeitung, die er heute Morgen gefunden hatte. Selbstverständlich hatte er von diesem Einschüchterungsversuch nichts erzählt, weil es nichts zur Sache tat. Aber einen flüchtigen Moment spürte Bender die Versuchung, alles hinzuwerfen und zurück nach Kiel zu gehen. Sollten sie doch hier ermitteln, wie sie wollten.

*

Schwester Verena stieß sich mit ihrem Schreibtischstuhl nach hinten zurück.

»Was ist eigentlich los? Ich bekomme keinen Satz zu Ende geschrieben, dann klingelt es schon wieder.«

»Soll ich gehen?«, fragte die Krankenpflegehelferin, die sie im Frühdienst unterstützte.

»Nein, lass mal, es ist schon wieder Frau Heckel. Sehr ungewöhnlich«, wunderte sich Verena.

»Was ist los mit ihr?«

Verena blieb in der Tür des Schwesternzimmers stehen. »Ich weiß nicht. Sie war bisher so zurückhaltend. Fragt nur selten etwas. Lächelt immer nur dankbar, wenn man ihr etwas Gutes tut.«

»Dabei sieht es nicht gut aus, oder?«

Verena nickte ernst. »Ganz und gar nicht. Ich mache mir ernsthaft Sorgen. Manchmal sieht man den Menschen gar nicht an, wie weit die Krankheit schon fortgeschritten ist. Aber sie hat schon arg abgebaut. Dabei wollte sie so gerne noch einmal nach Hause.«

Verena sah der Helferin an, wie sehr sie diese Worte trafen. Aber erst musste sie zu Marion Heckel und später würde sie sich um ihre Mitarbeiterin kümmern. Manchmal vergaß sie, wie schwer der Job war, wenn man noch nicht so lange mit onkologischen Krankheitsbildern zu tun hatte. Sie selbst hatte gelernt, gut für sich selbst zu sorgen, aber das hatte eine Weile gebraucht. Seit sie hier im Sanatorium arbeitete, war es viel einfacher als in den Krankenhäusern. Sie hatte viele Freiheiten, und die Wünsche der Patienten standen im Vordergrund. Alle ließen sich hier Zeit. Zeit bei der Pflege und bei Gesprächen. Sie machten Dinge möglich, die bei einer normalen kassenärztlichen Behandlung nicht vorgesehen waren. Das Trinkgeld, das sie hier zugesteckt bekam, war jedenfalls nicht zu verachten.

Verena klopfte an die Zimmertür und betrat leise das Zimmer. »Frau Heckel? Sie hatten geklingelt?«

»Entschuldigen Sie, Schwester Verena, aber ich wollte fragen, ob Doktor Schimmer schon zu sprechen ist?«

Marion Heckel saß aufgeregt in ihrem Bett und schaute Verena mit glasigen Augen entgegen.

Verena blickte auf ihre Uhr.

»Es tut mir leid, die Praxis öffnet erst um 9.00 Uhr. Vor Mittag werden wir keinen Konsiliarbesuch von ihm bekommen können. Ich habe schon an der Pforte Bescheid gesagt, dass er sich melden soll, sobald es geht.«

»Oh, nicht dass Sie denken, ich wollte drängeln, aber ...« Ihre Stimme brach ab.

Verena setzte sich auf die Bettkante und nahm Marion Heckels Hand.

»Kann ich etwas für Sie tun? Eine Frage beantworten vielleicht? Manche Dinge wissen wir vom Pflegepersonal auch«, lächelte sie.

Die Panik im Gesicht der Patientin war unübersehbar.

»Nein, nein. Es müsste schon Doktor Schimmer sein.«

Verena runzelte die Stirn. Sie konnte sich keinen Reim darauf machen, was los war. Unauffällig legte sie ihre Fingerspitzen so, dass sie den Puls der Kranken tasten konnte. Er raste. Was zu ihrem blassen Gesicht und der Angst in ihren Augen passte. Vielleicht vertraute sie Männern einfach mehr. Verena erinnerte sich, dass sie schon einmal ungeduldig nach dem Nachtdienst von Tom Jansen gefragt hatte. Was nun wirklich seltsam war, ihrer Meinung nach.

»Wollen Sie mit einem der anderen Ärzte sprechen?« Verena zögerte einen Moment.

Marion Heckel sank kraftlos ins Kissen. »Auf keinen Fall.« Sie richtete sich wieder auf und krallte sich an Verenas Arm fest. »Nein, ich will Doktor Schimmer sprechen. So schnell wie möglich. Bitte, Schwester Verena, rufen Sie ihn, bitte, ich flehe Sie an.«

Verena erhob sich zögerlich. Sie zog die Bettdecke glatt, während ihre Gedanken rasten. Die Patientin hatte mindestens eine Panikattacke, möglicherweise steckte aber noch mehr dahinter. Das konnte sie nicht einfach ignorieren. Wenn Doktor Schimmer noch nicht im Haus war, würde sie einen der anderen Ärzte verständigen müssen.

Irgendetwas stimmte hier nämlich ganz und gar nicht.

*

Die Klingel tönte durch das ganze Haus. Evelyn zuckte zusammen, wie jedes Mal, wenn sie den so unscheinbar aussehenden bronzenen Knopf drückte. Die exponierte Lage des Hauses und des Ortes machten sie noch nervöser, als sie ohnehin schon vor diesen Treffen war. Kaum zu glauben, was hinter dieser Tür passierte. Schon die Lage, so zentral, an einem von Touristen bevölkerten Ort, die an der Straßenecke standen und nicht nur die Kirchenruine fotografierten, sondern mehr noch den Straßennamen, der wie so vieles auf den höchst morbiden Charakter der Stadt hinwies.

Als er sie das erste Mal in die Sargmacherstraße bestellt hatte, hielt sie es für einen schlechten Witz, aber es war ihm ernst.

Auch das Klingelschild schien ihr viel zu auffällig, doch er hatte nur gelacht.

»Du glaubst nicht, wie viele denken, hier wohnt tatsächlich eine Lilli Lilienthal. Begräbnisblumen in der Sargmacherstraße quasi. Manche halten es für einen studentischen Witz, andere vermuten eine Prostituierte. Da regelmäßig Post für diese Lilli Lilienthal kommt, am Wochenende sogar eine Zeitung, halten die anderen Hausbewohner die Klappe. Der Vermieter sitzt weit weg und ist zufrieden damit, wie pünktlich ich die Miete zahle und sonst nichts fordere.«

Sie hatte es sich kaum vorstellen können, wie wenig Anteil man in diesem Haus aneinander nahm. Nach all den Jahrzehnten des Schnüffelns im ganzen Land. Wenn sie nur daran dachte, wie sehr man ihr bis heute mit Verdächtigungen und Gerüchten auf den Leib rückte.

»Schau dir doch an, wer noch hier wohnt. Da hat keiner ein Interesse daran, ein Fass aufzumachen. Sind alle froh, über diesen günstigen Wohnraum und werden einen Teufel tun, um irgendjemanden auf irgendetwas aufmerksam zu machen.«

»Aber, dass du keine Frau bist und somit Lilli nicht passt, sollte schon auffallen.«

»Nur weil du ausschließlich Kontakt zu mir hast, heißt das ja nicht, dass es hier keine Frau gibt. Aber für das Geschäft bin ich zuständig. Da ist es notwendig, dass nicht jeder jeden kennt. Ist auch für die Kunden besser so. Das verstehst du doch, oder?« Er hatte sie entwaffnend angelächelt und eine Reihe blitzweißer Zähne gezeigt. »Schwiegersohn-Lächeln« würde man es wahrscheinlich nennen. Der nette junge Mann von nebenan.

Evelyn hatte immer zu verdrängen versucht, dass die Geschäfte, die Norbert Rother von der Sargmacherstraße aus führte, in keinem Branchenverzeichnis aufgeführt waren. Die Tatsache, dass sie mit ihm geschäftlich verbunden war, machte es nicht besser und ließ sich, wenn sie ehrlich war, selbstverständlich nicht mit ihren eigenen hehren Motiven und ihrem moralischen Anspruch verbinden. So wie sie ihn brauchte, um zu heilen, nutzte er seine Waren an anderer Stelle, um zu schaden. Am schlimmsten war, dass seine Geschäfte besonders junge Menschen betrafen.

Aber hatte sie eine Wahl? Natürlich nicht. Sie war zu alt, zu umständlich, zu immobil und vor allen Dingen kannte sie sich in der Branche nicht aus. Es würde keinen einzigen Deal lang gutgehen, und sie würde nicht nur sich selbst ans Messer liefern. Egal, ob sie selber nach Holland fuhr – sie schüttelte den Kopf: was für ein Gedanke – oder auf dem heimischen Markt zu kaufen versuchte.

Was für ein Glück, dass manche Klienten den Rohstoff selber mitbrachten. Auch, dass sie darüber erst Norbert Rother kennengelernt hatte. Sie musste schon anerkennen, dass er das Ganze mehr als fachmännisch aufzog und ihr Bedingungen schaffte, denen sie sich nicht entziehen konnte. Fast schon konnte man von seriösem Geschäftsgebaren sprechen.

Allein, dass ihre persönlichen Kontakte sich auf ein Minimum beschränkten. Die wenigen Male im Jahr, die sie in der Sargmacherstraße vorsprechen musste, waren nicht zu viel verlangt. Und unauffälliger, als wenn man Norbert Rother bei ihr zuhause ein- und ausgehen sähe.

Aber das war heute nicht der übliche Quartalsbesuch. Das hatte eine andere Dimension, das war schon am Telefon zu spüren gewesen.

All die Gedanken hatten Evelyn auf der Busfahrt in das morgendliche Wismar gequält. Viel zu früh war sie am

Busbahnhof ausgestiegen, viel zu früh, um bei Norbert Rother aufzutauchen. Sie hatte die Gelegenheit genutzt, um an das Grab ihrer besten Freundin zu gehen. Es war schon so lange her, dass sie immer mehr Mühe bekam, sich ihre Gesichtszüge vor Augen zu führen. Aber die Stimme. Die Stimme begleitete sie durch den Tag und Evelyn hatte das Gefühl, dass sie am Grab lauter und deutlicher zu ihr sprach. So war es auch heute Morgen gewesen. Evelyn hatte sich gestärkt und ermutigt gefühlt. Natürlich war das, was sie tat, richtig und sie brauchte sich weder einschüchtern zu lassen noch zu ängstigen.

Auch jetzt, nachdem die Klingel gedrückt war, spürte Evelyn, dass alles gut war. Ihr Atem beruhigte sich. Als sie Norberts Schritte auf die Tür zukommen hörte, richtete sie sich gerade auf. Es gab keinen Grund zur Sorge. Wenn wirklich Gefahr im Verzuge bestände, hätte Norbert Rother sie nicht kommen lassen. Dann wäre ihm erst recht daran gelegen, ihrer beider Verhältnis zu verheimlichen.

Alles ließe sich aufklären. Vielleicht war das Treffen gar nicht so schlecht, damit sie noch Nachschub mitnehmen konnte. Ihre Vorräte gingen schneller zur Neige als geplant.

Die schwere dunkle Eichentür wurde mit einem Ruck aufgerissen.

Als ihr Blick auf Norberts zur Fratze verzogenes Gesicht fiel, ahnte sie, dass es wohl ihr letzter Besuch in der Sargmacherstraße sein würde.

*

Ruth hob erschrocken den Kopf, als jemand mit harten Schlägen an ihre Tür klopfte.

»Moment, Moment«, rief sie, während sie mit verspannten Muskeln aufstand und zur Tür lief.

»Guten Morgen, Martin! Bist du auch schon so früh aus den Federn?«

Martin schaute sie entgeistert an. »Das meinst du nicht ernst?«

»Wieso?« Ruth hielt eine Hand an ihren schmerzenden Nacken.

Martin Ziegler schaute auf eine imaginäre Uhr an seinem Handgelenk. »Also, wenn du das früh nennst, weiß ich es nicht. Es ist kurz vor zehn und wenn ich mich recht entsinne, wollten wir auf den Tennisplatz.«

»10.00 Uhr? Das ist nicht wahr.« Ruth drehte sich um und schaute auf den aufgeklappten Laptop am Boden, der umgeben war von mehreren aufgeschlagenen Büchern. »Wahnsinn.«

»Hast du durchgemacht?«, wollte Martin von ihr wissen.

Ruth lachte schallend auf. »Nein, ganz so schlimm ist es nicht. Aber ich war heute eine frühe Lerche und hab schon richtig was geschafft. Nur das Yoga hätte ich mir sparen können, so sehr habe ich mir den Nacken beim Schreiben verspannt.«

Martin blickte an ihr vorbei. »Sieht auch nicht wirklich nach ergonomischem Arbeitsplatz aus. Aber ich wette die Bewegung beim Tennis hilft.«

Ruth schaute an sich herunter. »Okay, gib mir zehn Minuten, ja? Ich muss eben was essen, trinken und mich umziehen. Wir sehen uns am Tennisplatz.«

Dass sie Martin fast zeitgleich mit dem letzten Wort die Tür vor der Nase zuknallte, registrierte sie schon nur noch nebenbei. Wichtiger war es ihr, ihren Text zu speichern, und, während sie ihre Sportklamotten überzog, ein großes Glas Wasser zu trinken. Sie riss den Kühlschrank auf, den sie bisher nur spärlich bestückt hatte. Ein Joghurt würde auf die Schnelle reichen. Ruth stürmte noch einmal ins Bad und fuhr mit der Bürste grob durch ihre Locken. Ihrem Spiegelbild schnitt sie eine Grimasse. Hoffentlich blamierte sie sich nicht beim Tennisspiel. Wie war das noch? Fifteen, thirty, forty – love. Ruth lachte auf. Ausgerechnet »love«. Sie hatte schon damals diese Punktzählung nicht verstanden. Wie seltsam, dass ihr das nun sofort in den Sinn kam. Sie würde unbedingt Anne und Martin danach fragen müssen, was es bedeutete. Noch einmal musterte sie sich kritisch. Dabei musste sie feststellen, dass ihr Gesicht schon eine leichte Bräune abbekommen hatte, die ihr ganz gut stand. Das ist doch schon was, raunte sie sich selber zu, als sie noch nach einer Banane griff, in die Tennisschuhe schlüpfte und aus dem Haus stürmte.

Sie war schon fast hundert Meter gekommen, als sie stockte und sich gegen die Stirn schlug. Sie hatte das Ferienhaus mit offenen Türen und Fenstern zurückgelassen. Bullerbü-Romantik hin oder her, sprach sie halblaut zu sich selbst, das geht dann doch zu weit.

Nachdem sie abgeschlossen und den Schlüssel in der kleinen Reißverschlusstasche ihrer Sporthose verstaut hatte, setzte sie sich mit leichtem Trab erneut in Bewegung. Von weitem hörte sie schon das satte Ploppen der Tennisbälle. Der Himmel war blau und wolkenlos, aber die Luft hatte noch eine angenehme feuchte Kühle. Unterwegs schälte sie die Banane, lief an einem Mülleimer vorbei, um die Schale zu entsorgen und hatte gerade einen großen Bissen genommen, als sie kurz vor den Plätzen um Haaresbreite mit Jakob Behrends zusammengestoßen wäre, der Ronja an der Hand hielt.

»Hoppla, da hat es aber jemand eilig«, begrüßte er sie mit einem schelmischen Grinsen. »Ich glaube, der Platz ist noch nie jemandem weggelaufen.«

Ruth blieb stehen und schluckte an ihrem Bananenstück,

während sie mit den Händen gestikulierte. »Oh, Entschuldigung«, brachte sie schließlich hervor, »und einen schönen guten Morgen.«

»Papa, los, ich will nicht zu spät kommen.« Ronja würdigte Ruth keines Blickes und zog ihren Vater am Arm. In der Hand hielt sie einen Kinder-Tennisschläger.

»Auch unterwegs zum Spielen?«, fragte Ruth. »Ich hatte das so verstanden, dass Sie arbeiten müssen.«

»Stimmt, ist auch so. Ronja läuft in der Zeit in der Kinderbetreuung der Ferienanlage mit, das ist ziemlich praktisch für mich. Ab heute startet hier ein zweistündiges Tenniscamp für Kinder und da bestand sie darauf, dass ich sie persönlich hinbegleite. Und natürlich abhole. Eine echte Prinzessin halt«, flüsterte er mit einem liebevollen Seitenblick auf Ronja.

»Das geht einfach so? Während des Dienstes?«

»Ja. Mein Arbeitgeber weiß anscheinend, was er an mir hat.« Jakob zwinkerte Ruth zu. »Im Ernst. Ich nehme mir für die Zeiten, in denen Ronja bei mir ist, ein paar Freiheiten. In der Apotheke bin ich mein eigener Chef, meine Angestellten schaffen das auch mal ohne mich. Die Wege sind kurz, sodass ich in zwanzig Minuten schon wieder im Geschäft stehe. Ansonsten kümmert sich tagsüber noch eine Studentin um Ronja.«

Sie waren nebeneinanderher geschlendert und hatten den Eingang zu den Tennisplätzen erreicht. Ruth sah aus den Augenwinkeln, wie Martin und Anne ihr zuwinkten. Ronja zerrte erneut am Arm ihres Vaters.

»Du siehst: Die Chefin zeigt mir, wo es lang geht.« Jakob hob die Schultern, als bedauerte er es. »Wenn du willst, spiele ich gerne einmal abends eine Partie Tennis mit dir.«

Ruths schallendes Gelächter schien Ronja noch mehr zu irritieren.

»Komm jetzt endlich, Papa.«

Ruth legte entschuldigend eine Hand auf ihr Herz. »Sorry, aber wenn du wüsstest. Ich bin blutige Anfängerin, an mir hättest du keine Freude.«

Jakob blieb trotz des Gezerres von Ronja stehen. Er blickte Ruth unentwegt an, lächelte so, dass ihr am ganzen Körper warm wurde und antwortete: »Das sind doch die allerbesten Voraussetzungen. Du weißt gar nicht, was für einen guten Tennislehrer ich abgebe.«

Ronja stampfte mit den Füßen auf und schlug mit ihrem Tennisschläger an Jakobs Bein. »Jetzt, Papa, jetzt.«

Ruth hatte aufgehört zu lachen und schaute verlegen zwischen Jakob und Ronja hin und her.

»Also, wirklich …«, setzte sie an.

»Weißt du was? Das besprechen wir am besten heute bei einem Kaffee oder Wein. Zur gleichen Uhrzeit am selben Platz wie gestern, ja?«

Er wartete ihre Antwort gar nicht erst ab. Im Weitergehen hob er noch einmal die Hand, drehte den Kopf und rief: »Ich freu mich darauf.«

Ruths Gesicht brannte. Sie spürte, wie die Röte ihr Gesicht flutete. Ein lang vergessenes Gefühl stieg in ihr hoch. Es war, als habe der heißbegehrte Schulschwarm gerade zum ersten Mal die vierzehnjährige Ruth angesprochen und zu einem Eis eingeladen. Das konnte doch nun wirklich nicht wahr sein. Das war doch nicht sie, der das gerade passierte. Kopfschüttelnd und mit ungewohnt langsamen Schritten ging Ruth auf Martin und Anne zu.

*

Verena drückte die Wahlwiederholung und tippte mit den Fingernägeln der rechten Hand ungeduldig auf die

Schreibtischplatte. Sie hatte wahrhaftig Besseres zu tun, als den ganzen Morgen Doktor Schimmer hinterher zu telefonieren.

»Nein, Doktor Schimmer ist immer noch nicht im Haus«, ertönte es auch jetzt wieder aus dem Hörer.« Die Arzthelferin antwortete ihr wohl schon aufgrund der übertragenen Nummer.

»Aber das kann doch nicht sein«, erwiderte Verena. Sie hörte, wie pampig ihr Ton klang und dass es die Falsche traf, aber ihre Geduld war am Ende. »Ich brauche ihn hier auf Station, es ist wichtig.«

»Das sagten Sie ja bereits die Male zuvor, leider kann ich Ihnen deswegen Doktor Schimmer nicht herzaubern. Er ist nun mal noch nicht im Haus.«

»Aber dann muss doch jemand wissen, warum. Hat er frei oder sich krankgemeldet? Er kann doch nicht einfach nicht da sein, ohne dass jemand Bescheid weiß.«

»Das kann er anscheinend sehr wohl«, antwortete die Arzthelferin spitz. »Niemand weiß Bescheid. Glauben Sie mir, Sie sind nicht die einzige, die dringend wissen will, wo er ist. Es sind schließlich Patienten zur Diagnostik einbestellt.«

Verena überlegte einen Moment. »Hat man schon versucht, ihn anzurufen?«

»Glauben Sie mir, wir versuchen nichts anderes. Am besten warten Sie einfach ab. Ich rufe durch, sobald ich etwas weiß.«

Verena legte nachdenklich den Hörer auf. Was sollte sie jetzt bloß machen? Marion Heckel wurde von Stunde zu Stunde panischer. Es war, als wäre etwas über Nacht passiert.

Verena öffnete die Daten von Marion Heckel. Tom Jansen hatte nichts Ungewöhnliches vermerkt von der

Nacht. Nach seiner Dokumentation war die letzte Nacht wie alle übrigen zuvor verlaufen. Ob es einen Schub gab? Verena kannte das. Patienten waren über Wochen halbwegs stabil und dann setzte plötzlich eine körperliche Reaktion ein, die erst einmal gar nicht messbar war. Die Patienten spürten, dass sich etwas unwiderruflich veränderte.

Verena schaute auf die Diagnosen und Blutwerte in Marion Heckels Datei. Wundern würde es sie nicht. Ein Wunder war vielmehr, dass es bis hierhin gutgegangen war. Der Krebs saß an so vielen Stellen im Körper, dass es schon lange nur darum gehen konnte, ihn mit allen Mitteln in die Schranken zu weisen, ihn klein zu halten. Da hatte die Medizin unglaubliche Fortschritte gemacht die letzten Jahre und in rasender Geschwindigkeit kamen neue Präparate auf den Markt, um zumindest die Lebenszeit bei ausreichender Lebensqualität zu verlängern.

Dass Doktor Schimmer auf diesem Markt mitmischte, war so etwas wie ein halboffenes Geheimnis. Wirklichen Einblick bekamen sie vom Pflegepersonal kaum.

Verena schloss die Datei und meldete sich am Computer ab. Was sollte sie sich darüber Gedanken machen? Schimmer hielt sie alle für zu blöd, da sollte er mit seinen Patienten doch machen, was er wollte. Schimmer war genauso ein Kotzbrocken wie dieser Jansen. Hielten sich für was ganz Besonderes und wollten angehimmelt werden. Wenn eine das ganz genau wusste, dann sie.

»Aber nicht mit mir, meine Lieben, nicht mit mir«, murmelte sie, als sie die Tür des Schwesternzimmers hinter sich zuzog. »Dann erklärt doch bitte auch Frau Heckel, warum heute Morgen keiner für sie Zeit hat.«

»Hast du etwas zu mir gesagt?« Die Krankenpflegehelferin stand auf einmal hinter ihr.

Verena schüttelte den Kopf. »Selbstgespräche, alles Selbstgespräche. So weit ist es schon.«

»Machen wir doch alle mal. Hast du etwas erreicht?«

»Nichts. Schimmer ist nicht im Haus, keiner weiß Bescheid und ich drehe mich hier im Kreis.«

»Und wenn du doch einen der anderen Ärzte informierst?«

Verena zuckte mit den Schultern. »Ich weiß nicht. Ich habe das Frau Heckel vorgeschlagen. Da ist sie noch panischer geworden. Ich werde noch einmal mit ihr reden.«

Verena öffnete vorsichtig die Tür zu Marion Heckels Zimmer. Leise betrat sie den Raum. Es schien, als schliefe die Patientin, deswegen blieb sie nur einen Augenblick stehen, schaute auf die Atembewegungen, die ruhig und regelmäßig waren und bewegte sich langsam zurück zur Tür.

»Haben Sie ihn immer noch nicht erreicht?« Die Stimme war kaum wahrnehmbar, aber Verena blieb wieder stehen.

»Nein. Doktor Schimmer ist immer noch nicht im Haus. Ich kann Ihnen wie schon gesagt nur anbieten, einen der anderen Ärzte zu verständigen.«

Verena trat ans Bett. Marion Heckel drehte sich langsam und schwerfällig zu ihr um. Sie stöhnte leise. Wahrscheinlich schmerzen die Knochenmetastasen, überlegte Verena. Es gab immer wieder Spitzen, in denen die Medikation nicht alles abdeckte, auch wenn die Schmerzversorgung hier im Haus in der Regel sehr gut war. »Ich kann Ihnen etwas gegen Ihre Schmerzen geben. Unsere Ärzte haben eine Zusatz-Medikation über die Akte freigegeben.«

Verena sah in das spitze Gesicht der jungen Frau. Sie sah verhärmt aus, aber auf der anderen Seite seltsam verklärt. Kein gutes Zeichen, befand Verena. Der Hals der Patientin war faltig, viel faltiger als für ihr Alter gepasst hätte. Die Schlüsselbeinknochen zeichneten sich deutlich unter der trockenen Haut ab. Verena wandte den Blick ab. Es war offensichtlich: Die Patientin hatte nicht mehr viel entgegenzusetzen, und wahrscheinlich wusste das keiner besser als sie selber.

Marion Heckel antwortete ihr nicht. Ihre ganze Panik und Aufregung schien wie aufgebraucht, wahrscheinlich hatte sie sich in den letzten Stunden verausgabt.

»Oder irgendetwas anderes? Haben Sie Appetit? Kann ich Ihnen einen Kaffee anbieten? Einen Tee?«

Marion Heckel schaute sie aus großen braunen Augen reglos an. Verena wusste nicht, ob sie mit ihren Worten überhaupt zu ihr durchdrang.

»Vielleicht sollte ich Sie am besten noch etwas ruhen lassen, ja? Soll ich die Rollos herunterlassen, damit Sie schlafen können?« Verena schritt zum Fenster und griff nach der Rolloschnur.

»Nein.«

Verena verharrte. Das Nein hatte so klar und prägnant geklungen, dass sie fast glaubte, es sei noch jemand mit im Raum. Sie ließ die Schnur los und ging zum Bett zurück.

»Nein? Habe ich das so richtig verstanden?«

Marion Heckel hatte die Augen geschlossen. Sie nickte leicht. Mit der Zunge fuhr sie über die Lippen, die aufgesprungen waren. Mit großer Anstrengung schien sie etwas sagen zu wollen.

Verena setzte sich auf den Bettrand und nahm die Hand der Patientin. »Lassen Sie sich Zeit. Ich höre gut zu.«

Wieder nickte Marion Heckel. Ganz leise und langsam formte sie dann die Worte, wobei sie die Augen weiterhin geschlossen hielt. »Kaffee. Richtigen Kaffee. Meine Schwester soll kommen.«

Verena durchfuhr ein Schauder. Sie war schon so lange in der Pflege und trotzdem war es jedes Mal von Neuem schrecklich, wenn sich die Zeichen mehrten, dass der Kampf verloren war. Beruhigend streichelte sie Marions Hand. So eine junge Frau. Das Leben war so furchtbar ungerecht.

»Das mache ich, Frau Heckel. Ich koche Ihnen einen leckeren Kaffee und Ihre Schwester rufe ich direkt an.«

»Bitte.« Marion Heckel stockte wieder einen Moment. »Sie soll sich beeilen. Keine Zeit.«

*

»Auf, meine Damen und Herren, keine Müdigkeit vorschieben. Ein kleines, aber feines Aufwärmtraining hat noch niemandem geschadet.«

Elena schaute in die Runde. Sie fand sich in einer Gruppe von Frauen wieder, die sich zum vormittäglichen Zumba im großen Gymnastiksaal versammelt hatten. In der Mitte des Raumes stand ein blutjunges Mädchen, gertenschlank und hochgewachsen, mit einer roten Mähne, die sie mit einem breiten Haarband zu bändigen versuchte. Trotz ihrer jungen Jahre erklang ihre Stimme im Kommandoton und Elena war sich sicher, dass sie die Truppe im Griff haben würde.

»Also, meine Herrschaften, und recken und strecken und beugen und dehnen. Ohne warme Muskulatur fangen wir gar nicht erst mit dem Tanzen an.«

Ein Murren ging durch den Raum.

»Geht mit Musik nicht alles besser?«, fragte eine ältere, eher rundliche Dame keck. In ihrem pinken Sportdress sah sie höchst motiviert aus.

»Alles zu seiner Zeit. Sie sind ja nicht nur zum Spaß hier.«

Alles lachte, während Elena der Atem stockte. »Nicht

nur zum Spaß hier« war nicht die Formulierung, die sie gewählt hätte. Schließlich hatten sie alle den schlimmsten Einschnitt ihres Lebens hinter sich. Etwas, was sich nie wieder vergessen ließe. Aber den anderen Teilnehmern schien das nicht aufzufallen. Oder es machte ihnen nichts aus.

»Ist sie nicht klasse?« Gerda hatte sie angestupst. »Endlich mal jemand, der nicht so im salbungsvollen Ton mit uns redet, als würde er gleichzeitig schon an unserer Grabrede feilen.«

»Und links und rechts, auf der Stelle marschieren und rechts den Arm kreisen und links den Arm. Kreisen. Jeder wie er kann. Keiner muss, jeder darf.«

Der Kasernenhofton schwoll an, aber Elena ließ sich gerne mitreißen und sie stimmte Gerda innerlich zu. Wenn das keine Normalität war, was dann?

»Warte mal ab, wenn das gleich mit der brasilianischen Musik losgeht, dann wird aus unserem General da vorne eine bezaubernde Verführerin. Oder was glaubst du, warum hier so viele Männer Zumba tanzen wollen?« Kerstin schnaufte leise.

Elena musste lachen. »Stimmt«, antwortete sie, »ich habe mich schon gewundert. Warum ist Peter nicht mitgekommen?«

»Beim Zumba würde er merken, dass die Kondition nicht weit reicht. Auch wenn wir hier beileibe nicht das übliche Tempo haben. Da geht er doch lieber eine rauchen.«

Gerda schaltete sich von der anderen Seite ein: »Wahrscheinlich hat er gehofft, dass du bei ihm bleibst. Das macht er am liebsten. Den Rosenkavalier spielen.«

Elena schaute in Gerdas Gesicht. Ihre Stimme hatte ganz normal geklungen, trotzdem wusste Elena nicht, ob da noch etwas anderes mitschwang. Eifersucht vielleicht? Schließlich war mit ihr jemand Neues in die Runde gekommen und dass Peter heute Morgen schon mit ihr am Strand war, war nicht unbemerkt geblieben.

Aber Gerda schaute sie genauso unbedarft an wie immer. Auch beim Frühstück hatten Gerda und Kerstin eher Witze denn spöttische Bemerkungen gemacht. Wenn überhaupt waren es Späße auf Peters Kosten gewesen, aber keine Nadelstiche gegen sie.

»Pass auf, jetzt geht es los.« Gerda deutete zur Trainerin, die sich gerade über die Musikanlage in der Ecke des Raumes beugte. »Letzte Gelegenheit zur Flucht. Aber nix da, wir wollen ja schließlich wieder jung und knackig werden.«

»Und bitte, meine Herrschaften. Jetzt mal alles Steife fallen lassen. Ja, auch Sie, meine Herren.«

Eine Woge der Heiterkeit flutete den Raum. Unglaublich, welche Witze doch immerzu funktionierten, dachte Elena.

»Ab jetzt gebt ihr euch nur noch der Musik hin. Es gibt kein Richtig und kein Falsch. Und zwei Schritte nach links und zwei Schritte nach rechts. Der Fuß geht vor, weich in der Hüfte werden, den Arm folgen lassen. Rhythmus, meine Damen und Herren. Jetzt zählt nur noch Rhythmus.«

Elena tappte unsicher in den Bewegungen hinterher. Sie fühlte sich steif und ungelenk und konnte sich nur wundern, wie ausgelassen und unbeschwert die anderen Teilnehmer in die Choreographie einfielen. Die rosafarbene Dame schwang ihre rundlichen Formen, dass es eine Freude war und aus den Männern schienen feurige Juans zu werden, die sich auch im Blickezuwerfen maßen.

Elena konnte sich der Musik nicht entziehen.

»Lasst euch fallen. Schließt die Augen. Der Rhythmus findet euch von allein.«

Elena versuchte es. Ihr wurde leicht schwindelig, so dass sie die Augen immer wieder öffnete. Aber dann: Von Minute zu Minute überließ sie sich mehr den Klängen, gab nach und wiegte die Hüften, wie sie es lange nicht getan hatte. Der Zauber der Musik verfing, sie fühlte sich jünger und attraktiver und schaffte es nicht mehr, nicht an Peter zu denken. Peter, gestern Abend am Strand, wie er besorgt nach ihr gerufen hatte. Peter, wie er im Schein der Kerzen sein Rotweinglas gegen ihres hatte klingen lassen. Wie er ihr dabei in die Augen schaute. Mit dem sie heute schon beim ersten Kaffee Gespräche hatte führen können, wie es wahrscheinlich mit keinem Psychologen der Welt gehen würde. Elena warf ihren Kopf zurück. Sie fühlte sich groß und stark. Etwas sehr Schönes zog gerade in ihr Leben ein.

Sie griff nach rechts und links und erfasste die Hände von Gerda und Kerstin und zog beide im Rhythmus der Musik zu sich heran.

»Danke, dass ihr mich zum Zumba überredet habt. Was für eine herrliche Idee.«

*

»Wow, das hat ja richtig Spaß gemacht.« Ruth ging nach vorne ans Netz und schüttelte Anne und Martin die Hände. »Das hätte mir mal einer früher sagen sollen.«

»Du bist ein richtiges Naturtalent, und das als Linkshänderin. Respekt«, lachte Anne sie an.

»Das hast du zu mir noch nie gesagt«, maulte Martin.

»Vielleicht damit du dir nicht zu viel einbildest, weil ich dich sonst schon dauernd anhimmle.«

Anne schaute Martin an und Ruth war sich sicher, dass

man verliebter gar nicht gucken konnte. Ein flaues Gefühl erfasste Ruth. Warum, verteufelt, fiel ihr nur gerade jetzt wieder ihre Verabredung mit Jakob ein. Lächerlich, schalt sie sich, der Typ ist einfach nett – sonst nichts und vor allem eine deutliche Ecke zu jung.

Sie waren zusammen zu der Bank am Rand geschlendert, auf der Martin und Anne ihre Tennistaschen abgestellt hatten. Ruth reichte Anne ihren Schläger.

Anne winkte ab. »Nimm ihn ruhig, solange wir zusammen hier Urlaub machen. Vielleicht ergibt sich eine Gelegenheit für dich, mal mit jemand anderem zu spielen.«

»Mit wem denn?«, setzte Ruth an und wieder schob sich das Bild von Jakob vor ihre Augen. Unwirsch setzte sie hintendran: »Ich kenne außer euch niemanden, und außerdem bin ich zum Arbeiten hier.«

»Wer weiß schon im Voraus, was es für Gelegenheiten geben wird«, äußerte Anne kryptisch, so dass sogar Martin erstaunt aufsah. Aber Anne hatte Ruth mit dem Schläger stehen gelassen und eilte jetzt zum Zaun des Tennisplatzes. »Komm Martin, wir zeigen Ruth jetzt mal, mit welch toller Technik wir den Platz abziehen. Wer als Erster fertig ist.«

Ruth biss sich auf die Lippen vor Lachen, als Anne mit Schwung über die Asche eilte, den Abzieher mit beiden Händen hinter sich herziehend, um die Fußspuren zu verwischen. Martin tappte wie ein schwerfälliges Riesenbaby auf der anderen Seite des Netzes über den Platz und warf selbst von hier verliebte Blicke zu Anne.

Echt süß, die beiden, musste Ruth feststellen. Auch wenn sie sich nicht vorstellen konnte, wie es mit den beiden weitergehen würde, wenn die Schmetterlinge im Bauch sich in Alltagsgrummeln verwandelt hätten. Ob dann der Altersunterschied zwischen den beiden zum Tragen käme?

Ruth schaute auf ihren Tennisschläger und richtete mit ihrer linken Hand die Bespannung.

»Was bist du eigentlich so nachdenklich?« Martin war unbemerkt neben sie getreten und schaute sie ernst an. »Ruth, das gefällt mir nicht. Irgendetwas ist los mit dir. Kann ich was tun?« Seine Stimme klang unsicher. Wahrscheinlich meinte er es nur gut mit ihr.

Dennoch fuhr sie ihn wütend an: »Was soll denn los sein, bitteschön? Auch ich habe ein Recht auf Nachdenken.«

Martin hob beide Hände. »Entschuldige. War nur nett gemeint.«

Anne war dazugetreten und sah einen Moment zu Boden. Dann hob sie den Kopf und sagte: »Sorry, Ruth, aber da bin ich schuld. Ich hatte den Eindruck, dass es dir nicht gut geht und habe Martin danach gefragt.«

Ruth sah die beiden fassungslos an. »Wie? Ihr habt da in eurem Ferienhaus gesessen und über mich geredet? Euch den Kopf über mich zerbrochen. Das wird ja immer schöner.«

Ruth merkte, wie ungerecht sie wurde, schaffte es aber nicht, sich zu stoppen. »Dann gehe ich mal lieber, um euch bei der Analyse meines Seelenlebens nicht zu stören.«

»Ruth?« Martin fasste sie am Arm, als sie sich auf dem Absatz herumdrehte. »Ruth, bitte.«

»Was?« Sie sah den bittenden Ausdruck auf Martins Gesicht.

»Ruth, du weißt, wie es mir ergangen ist. Ich hätte mir Menschen gewünscht, die nachgefragt hätten, damals.«

»Du brauchst nicht zu denken, dass alle, die mal schlecht drauf sind, direkt vor einem Burnout stehen«, schleuderte ihm Ruth entgegen und riss sich los.

Nach zwei Schritten blieb sie wie angewurzelt stehen. »Oh Gott. Was habe ich bloß gesagt?« Sie sah, dass Martin weiß wie eine Wand geworden war. »Bitte, Martin, entschuldige. Ich habe nicht das Recht ... – es tut mir so leid, du weißt doch hoffentlich, dass ich das nicht ernst gemeint habe.«

Anne war zu Martin getreten und hatte seine Hand genommen.

Wie lächerlich ich mich hier benehme, dachte Ruth. Sie verstand sich selbst nicht mehr. Statt sich zu freuen, die beiden hier getroffen zu haben, standen sie sich wie verfeindete Kinder gegenüber.

Ruth richtete sich auf. Martin hatte es verdient, dass sie ehrlich zu ihm war.

»Du hast recht«, sagte sie zu ihm. »Irgendetwas ist. Aber ich weiß einfach nicht, was los ist. Vielleicht bin ich wirklich ausgebrannt und du erkennst es einfach besser.«

Martin nickte. »Man selbst sieht es als Letztes ein.«

Ruth antwortete jetzt nachdenklich: »Aber eigentlich glaube ich das nicht. Der Job macht nach wie vor große Freude, ich freue mich, wenn es wieder los geht. Eher ist es die Pause. Das Auf-mich-geworfen-Sein.« Ihre Stimme wurde mit jedem Wort leiser. Sie sah zu Anne, die ihr zustimmend zunickte.

»Willst du heute etwas mit uns unternehmen?« Martin sah Ruth forschend an. »Damit du auf andere Gedanken kommst. Oder wartet dein Manuskript?«

»Nein, das nicht. Ich habe mein Tagespensum schon absolviert. Danach war ich auch richtig euphorisch.« Ruth schwieg und ging in Gedanken noch einmal durch, was zu ihrem emotionalen Ausbruch geführt hatte.

»Dann kommst du also mit uns zum Strand?« Anne sah sie mit offenen Augen an.

Ruth lächelte. »Nein danke, ihr Lieben. Ich weiß das echt zu schätzen. Aber ich mache heute etwas anderes.

Vielleicht fahre ich ein Stück die Küste entlang oder für eine Stunde nach Lübeck oder nach Wismar, mal sehen.«

»Nicht einfach in der Sonne liegen?«, versuchte Anne es noch einmal.

Ruth schüttelte den Kopf. »Nein, ich brauche was anderes.« Sie verschwieg, dass ihr eben der Gedanke gekommen war, sich ein Buch zu besorgen. Eines, das ihr womöglich erklären konnte, was mit ihr los war.

»Heute Abend dann? Sollen wir wieder zusammen essen gehen?« Martin sah Anne an, als wolle er ihre Zustimmung erbitten.

»Wisst ihr was, wir überlassen das dem Zufall.« Ruth lächelte. »Im Zeitalter der Handys können wir das Abendprogramm doch spontan entscheiden, oder?«

Sie steckte die rechte Hand in die Tasche und winkte mit dem Schläger in der anderen Hand, während sie sich schon entfernte. »Wir sehen uns.«

*

Doktor Ernst Bender war nach dem unerfreulichen Verlauf der Konferenz zurück zu seiner Wohnung gefahren. Seine Wut wollte, ganz anders als sonst, nicht verrauchen. Er wusste selbst nicht, was ihn zurücktrieb, aber wie fremdgesteuert hatte er die Kaffeemaschine angeschmissen, obwohl sie Kaffee produzierte, der ihm nicht schmeckte, war danach ins Schlafzimmer gegangen, auf einen wackeligen Stuhl gestiegen, der zum Mobiliar der gemieteten Wohnung gehörte und hatte seine Reisetasche aus Büffelleder heruntergeholt, die dort oben in einem exklusiven Staubbeutel, der den Wert der Tasche unterstrich, ruhte, seit er an diesem unglückseligen Tag vor knapp drei Monaten hier eingezogen war.

Er hatte nicht das Gefühl, dass er nach einem Konzept begann, Dinge in die Tasche zu werfen und würde er gefragt werden, was er wozu packte, dann würde er das nicht beantworten können. Selten hatte er sich selbst so unsortiert erlebt.

Als er im Bad nach Zahnbürste und Rasierpinsel griff, hielt er inne und betrachtete sich im Spiegel. Es war kein Tageslichtbad und er wusste, dass die Lichtverhältnisse trügerisch waren. Aber war seine Haut schon jemals so grau, seine Stirn so zerfurcht gewesen? Unter seinen Augen begannen sich Wülste zu bilden, ein untrüglicher und unumkehrbarer Prozess des Alterns und der Verlangsamung des Fettstoffwechsels.

Er wandte sich ab und knipste im Hinausgehen das Licht aus.

Er schenkte sich einen Kaffee ein, nahm weder Milch noch Zucker. Er schien es ihm nicht wert zu sein. Im Wohnzimmer setzte er sich auf die schwarze Ledercouch, die er aus Kiel mitgebracht hatte. In seiner alten lichtdurchfluteten Wohnung hatte sie edel gewirkt, ein echtes Designerstück, das genügend Raum um sich brauchte, um zur Geltung zu kommen. Hier passte sie partout nicht zur restlichen Ausstattung.

Bender holte sein Notizbuch heraus. Er blätterte sich durch seine Kontakte von A bis Z. Namen aus dem letzten Jahrzehnt zogen an ihm vorbei. Kaum einer aus seiner neuen Dienststelle. Er suchte nach der Nummer seines besten Freundes. Sollte er wirklich? Sollte er Bernhard anrufen und um Rat fragen? Mit ihm überlegen, ob er zurück nach Kiel kommen sollte? Bernhards Adresse rief Bilder wach. Bilder eines zufriedeneren Lebens. Oder täuschte das? Schließlich hatte ihn ja etwas hierhin getrieben. Er war keineswegs gezwungen worden. An seiner Eitelkeit hatten sie ihn gepackt. Wenn es ein Wegloben gewesen sein sollte, dann war auch in Kiel die Welt nicht in Ordnung gewesen. Und tief in seinem Inneren wusste er das auch.

Er gab sich einen Ruck. Nein, er würde Bernhard nicht anrufen. Jetzt zumindest nicht. Vielleicht später. Vielleicht aber auch gar nicht. Er spürte, wie sein Verstand langsam wieder Oberhand gewann.

So schnell würde er nicht aufgeben. Das wäre doch gelacht. Selbstverständlich würde er seinen Job machen. Zuverlässig wie immer.

Er stand auf und kippte den Kaffee, von dem er kaum etwas getrunken hatte, in den Ausguss. Auf der Arbeitsfläche neben dem Herd lag die Zeitung von heute Morgen.

Das untermauerte seine Entscheidung noch einmal. Er ließ sich doch nicht ins Bockshorn jagen. Er doch nicht. Doktor Ernst Bender. Er schnappte sich die Autoschlüssel. Sie würden schon sehen, wie er die Fälle löste.

*

Ruth umkreiste schon zum zweiten Mal den zentralen Parkplatz, den sie in Wismar angesteuert hatte, in der Hoffnung auf eine Lücke. Sie hatte es ziemlich eilig gehabt, aus der Ferienanlage wegzukommen und ihre Haare nach dem Duschen vom warmen Fahrtwind trocknen lassen. So langsam kehrte ihre übliche gute Stimmung zurück und sie konnte sich selbst nicht mehr erklären, was vorhin mit ihr los war.

Aus den Augenwinkeln sah sie eine Frau auf der anderen Seite des Platzes wild gestikulieren. Es sah so aus, als wolle ihr die fremde Frau einen Parkplatz anbieten.

Ruth umkreiste den Platz und lächelte. »Sie fahren tatsächlich weg? Da habe ich ja richtig Glück.«

Kurze Zeit später saß Ruth in einem netten, romantischen Café, dessen Fenster weit geöffnet waren.

Tatsächlich hätte sie ohne den Tipp, den sie zum Parkplatz gleich dazu bekommen hatte, das Café wahrscheinlich nicht betreten, weil es ihr zu romantisch vorgekommen wäre. Sie entsprang der Generation der Neon-Kneipen und nun wurden die Dinge plötzlich wieder nostalgisch, blumenreich und pastellfarben. Ruth war froh, dass sie niemanden in Wismar kannte, der sie inmitten der üppigen Dekoration sitzen sah. Lisa-Marie würde einen Lachflash bekommen, überlegte Ruth. Sie würde die Kellnerin gleich um ein Foto bitten, das konnte sie ihrer Tochter nicht vorenthalten.

Ruth hatte sich an eins der offenen Fenster gesetzt und war froh, wie viel Glück sie anscheinend mit diesem Platz gehabt hatte. Das Café war mehr als gut besetzt und hier war gerade erst ein Platz frei geworden. Tatsächlich, stellte sie fest: Glück, wohin sie auch schaute, seit sie in Wismar angekommen war.

Sie wartete, bis die junge Kellnerin ihren bestellten Milchcafé und ein Stück Himbeer-Erdnuss-Streuselkuchen mit Sahne brachte. Dann erst kramte sie die Bücher, die sie nach ihrem Kauf im Rucksack verstaut hatte, hervor.

Sie liebte es, Bücher zu kaufen. Leider hatte sie bei weitem nicht die Zeit, all das zu lesen, was ihr lesenswert erschien. Trotzdem blieb es beim Bücherkauf selten nur beim Notwendigen, sondern der ein oder andere Herzenswunsch musste mit, auch wenn die Stapel ungelesener Bücher immer höher wurden. So hatte sie heute wieder nach mehr gegriffen, als nötig gewesen wäre. Den Buchpreissieger hatte sie noch nicht gelesen, der sollte auf jeden Fall mit. Auch ein schmaler Band ihrer Lieblingsautorin, der gerade erschienen war. Ein Magazin über den Ostseeküstenstreifen, an dem sie sich befand. Und – was für eine

Überraschung – ein Buch ihrer alten Freundin, die sonst Krimis schrieb, aber nun ein Kinderbuch herausgebracht hatte. Selbstverständlich würde sie auch dieses lesen.

Schließlich war sie vor dem Regal »Gesundheit und Lebenshilfe« angelangt. Das war der eigentliche Anlass ihres Bücherkaufs. Sie wollte wissen, was los war. Ihr Blick glitt über die Reihen. Es war fast unmöglich für sie, sich zu orientieren. Was sagte das bloß über den Zustand der Gesellschaft aus, dass anscheinend so viele Ratgeber nötig waren? Ruth spürte einen leichten Schwindel. Ein Schreck durchfuhr sie. Nicht, dass sie selbst an etwas Ernsthaftem erkrankt war.

So ein Quatsch, schalt sie sich selbst. Als Kriminalpsychologin hatte sie sich über Jahre mit den extremsten Erscheinungsarten der menschlichen Psyche beschäftigen müssen. Dass es darunter eine Ebene gab, die bei jedem Menschen, in jedem Leben störanfällig war, vergaß selbst sie als Fachfrau manchmal. Wenn jemand wie Martin an einem Burnout erkrankte, dann schreckten alle einen Moment auf. Aber den Bezug zu sich selbst vermied sie genauso wie jeder andere auch.

Sie ahnte schon, was sie derzeit umtrieb. Trotzdem ging sie die einzelnen Buchstaben durch, indem sie mit dem Finger über die Buchrücken fuhr: Aussöhnung mit dem inneren Kind – Burnout – Familienaufstellungen – Krebs – Magersucht und Bulimie – Selbstheilungskräfte. Dann verharrte der Finger und sie zog eins der Bücher heraus, die auf fast einen halben Meter alle ähnliche Titel zu einem Thema trugen: Wechseljahre.

»Kann ich Ihnen weiterhelfen?«, hatte im selben Augenblick eine beflissene Verkäuferin neben ihr gestanden. Und ohne Ruths Antwort abzuwarten: »Das da ist schon ganz gut, aber das hier« – sie zog ein zweites Buch aus dem

Regal – »ist wirklich zu empfehlen. Unser Topseller.« Ruth hatte beide Bücher in ihren schon gut gefüllten Einkaufskorb gelegt und war zur Kasse geeilt. Im Vorbeigehen hatte sie noch eine dieser Stoffbuchhüllen mitgenommen. Musste ja nicht jeder wissen, was sie las. Dafür hatte sie in Kauf genommen, dass es diese nur in Pink gab. Manchmal musste man einfach das kleinere Übel wählen.

Ruth schlug im Café das empfohlene Buch in die Hülle, verstaute die anderen Bücher wieder im Rucksack und begann, während sie an ihrem Kaffee nippte und sich ein Stück Kuchen auf der Zunge zergehen ließ, zu blättern. Schon nach wenigen Seiten klappte sie entnervt das Buch zu. So ging das nicht. Wenigstens das Kaffeetrinken wollte sie genießen. Sie lehnte sich zurück. Was für ein wunderschönes Café, stellte sie fest. Gegen Glück und Romantik war eigentlich gar nichts zu sagen. Sie genoss die Sonne, die trotz der engen Straße und der hohen Häuser in das Fenster schien. Wie gut das tat. In jedem Moment, in dem die Sonne ihr Gesicht wärmte, entspannte sie sich deutlich. Vielleicht war sie doch nur überarbeitet und viel zu lange zum Stubenhocker geworden.

Ein unüberhörbares Stöhnen, gefolgt von einem Schluchzen ließ sie aufblicken. Eine Frau, eine alte Frau, verharrte genau vor ihrem Fenster und klammerte sich krampfhaft an der Fensterbank fest. Ruth traute ihren Augen nicht. Das war doch …, aber das konnte doch nicht sein ,.,, das war doch das Cape, das gab es mit Sicherheit nicht zweimal.

»Hallo«, sagte sie zaghaft, ohne dass die Frau sie bemerkte.

»Hallo«, versuchte es Ruth erneut, lauter diesmal. »Hallo, wir kennen uns doch. Kann ich Ihnen helfen?«

Die Frau sah sie aus wässrigen Augen verständnislos an.

»Gestern. Erinnern Sie sich nicht an mich?« Ruth war aufgestanden und hatte sich leicht aus dem Fenster gebeugt und schaute die Straße auf und ab. »Wo haben Sie denn Florence? Ist Ihnen Ihr Hund weggelaufen?«

Jetzt schien sich die alte Dame zu erinnern. Ein Lächeln glitt über ihr Gesicht. Sie hob die Hand, wie um Ruth zu grüßen. Dann entglitten ihr die Gesichtszüge, die Hand griff unsicher ins Leere und wie in Zeitlupe sackte sie mitten auf dem Bürgersteig zusammen.

*

Bender beschloss, seinen Job so gut wie möglich zu machen. Die Aufklärung des Falls hatte für ihn Vorrang. Pflicht blieb für ihn Pflicht. Wenn dieser Fall gelöst wäre, würde er sich zwei Tage frei nehmen und seiner alten Heimat Kiel einen Besuch abstatten. Dann würde man weitersehen.

Unterwegs hatte er Hofmann telefonisch informiert, dass er erneut in das Rosensanatorium führe und ein zähneknirschendes Okay bekommen. Auf der Polizeistation in Boltenhagen war man erleichtert, dass es ihm vorerst reichen würde, wenn man ihm einen Beamten zur Seite stellte, weshalb er nun erneut mit Schulz unterwegs war.

Er war sich sicher, dass Schulz nicht begeistert war und hinter seinem Rücken den Kollegen seine Abwehr zeigte. In besseren Zeiten hätte er sich bei so einer Ahnung blitzschnell herumgedreht und eine spitze Bemerkung losgelassen. Heute war er nur unendlich müde. Bender zog an seinen Anzugsärmeln. Ihm war schon jetzt zu warm und er fühlte sich unwohler, als er es jemals zuvor getan hatte. Doch die Arbeit rief.

»Gibt es schon etwas Brauchbares aus der Pathologie? Oder von den Angehörigen der Toten?«, fragten die Kollegen.

Bender zog ein Tablet aus seiner Aktentasche. Auch wenn er die modernen Medien nicht gerne nutzte, war ihm bewusst, dass er sich zumindest dienstlich der Entwicklung nicht verweigern durfte.

»Die Kollegen haben mir eben ein paar Informationen geschickt«, berichtete er. »Marie Hafen hat einen Bruder und eine Mutter. Letztere lebt in einem Pflegeheim, zu dement, um etwas sagen zu können. Tatsächlich scheint sie sich an ihre Tochter nicht erinnern zu können.«

»Und der Bruder?«

»Hm. Schwierig. Frau Hafen scheint aus eher kleinbürgerlichen Verhältnissen zu kommen. Sie hat sich hochgearbeitet und danach wenig Kontakt zu ihrer Familie gehalten. Wenn ich die Kollegen in Schwerin richtig verstehe, könnte beim Bruder Neid auf das Leben seiner Schwester eine Rolle spielen.«

»Oho.« Schulz lenkte den Polizeiwagen durch den Kreisel und bog auf die Ostseeallee ab, die in Richtung der Kliniken führte. »Und Sie vermuten da ein Motiv?«

Seine Tonlage erklang in Benders Ohren schon zweifelnd und anmaßend. Schon allein deswegen und nicht, weil er selbst daran glaubte, erwiderte er hart: »Warum nicht? Ich zumindest halte es für viel zu früh, um mich auf eine zu enge Ermittlung zu beschränken.«

»Na ja, aber wenn wir mal ehrlich sind – das mit dem Neid, ist das nicht zu weit hergeholt?«

»Ich kann nur die Einschätzung der Kollegen wiedergeben. Und warum nicht? Wäre nicht das seltenste Tatmotiv.«

»Aber wer ist schon neidisch auf eine Krebskranke?«, entfuhr es Schulz.

Bender schrak regelrecht zusammen angesichts der barschen Einschätzung. Einen Moment musste er sich besinnen, bevor er die Antwort formulierte.

»Nun, so wie ich Frau Doktor Baltrup gestern verstanden habe, gab es für Frau Hafen allen Grund, an ihre Gesundung zu glauben. Sie hatte eine gute Prognose. Sogar eine überraschend gute Prognose. Wenn der Bruder sich vielleicht schon auf etwas anderes eingestellt hatte? Wenn es möglicherweise um ein bald zu verteilendes Erbe der Mutter ging?«

Schulz nickte zwar, schien aber unwillig.

»Klar, kann alles sein. Wenn man in unserem Job arbeitet, kann einen kaum noch was überraschen. Trotzdem …«

Bender wusste, was das »trotzdem« bedeutete. Dass Schulz die These aus Schwerin für die richtigere hielt. Dass er nicht verstand, was Bender hier schon wieder machte, wo der Täter doch nicht hier vor Ort zu finden war. Dass er es vor allem sinnlos fand, zusammen zum Rosensanatorium zu fahren.

Benders Telefon vibrierte. Hofmanns Handynummer auf dem Display rief eine augenblickliche Übelkeitswelle in Bender hervor.

»Herr Kollege, was gibt es?«, presste er zwischen den Zähnen hervor.

»Neuigkeiten aus der Pathologie, die Sie interessieren werden.«

Bender horchte einen Augenblick den Worten nach. Konnte es tatsächlich sein, dass Hofmanns Stimme das erste Mal etwas weniger hochnäsig und überlegen klang?

Bender wechselte das Handy in die linke Hand und griff nach seinem Taschentuch in der Anzugjacke.

»Dann schießen Sie mal los, ich bin gespannt.«

*

Verena griff sich an den Kopf. Das Klopfen hinter der rechten Schläfe war im Laufe des Frühdienstes immer stärker geworden. Sie hatte einen schwarzen Kaffee mit Zitrone getrunken, ein paar Nackenübungen gemacht und kurz vor dem Mittagessen eine Tablette genommen. Der Schmerz war geblieben. Vielleicht schlug das Wetter um und es zog ein Gewitter heran. Das würde ihr Unwohlsein erklären. Viel eher aber war es das Chaos und Durcheinander, das den ganzen Morgen im Sanatorium geherrscht hatte. Es war, als wären sämtliche Regeln über Bord geworfen, fast als herrschte Anarchie.

Verena bedeckte ihre Augen mit den Händen. Die Dunkelheit tat gut. Sie würde sich zuhause hinlegen, egal, was an Pflichten wartete. Solch ein Kopfschmerz wollte einfach mit Ruhe und Schlaf auskuriert werden. Glücklicherweise würde der Dienst nicht mehr lange dauern. Sie musste nur noch die Dokumentation beenden und die Übergabe vorbereiten.

»Ich bin durch mit allen Aufgaben. Soll ich noch einmal nach Frau Heckel schauen?«

Verena schrak hoch. Die Krankenpflegehelferin stand neben ihr und schaute sie bemitleidend an. Verena ärgerte sich, dass sie sich so hatte gehen lassen. Schließlich hätte auch einer der Ärzte oder die Pflegeleitung vor ihr stehen können.

»Nein. Lass mal, Sabrina. Ich war eben da und sie schläft ganz ruhig.«

»Glaubst du, sie schafft es noch lange?«

Verena zuckte die Achseln. »Wer weiß das schon. Ich habe mir abgewöhnt, Prognosen zu stellen. Es gibt Patienten, die mich immer wieder überraschen.«

»Vor allem Doktor Schimmers Patienten, oder?«

Verena zog die Augenbrauen hoch. Etwas im Ton der Pflegehelferin gefiel ihr nicht. »Was willst du damit sagen?«

Die junge Frau zuckte mit der Schulter und schaute auf ihre künstlichen violetten Fingernägel, die eigentlich zu lang für die Pflege waren. »Ich mein ja nur.«

Verenas Stimme wurde schärfer. »Was heißt denn, ich mein ja nur?«

»Du weißt doch bestimmt selbst, was alles erzählt und gemunkelt wird.«

Verena winkte ab. »Wenn ich danach gehen wollte, käme ich gar nicht mehr zum Arbeiten. Glaub nicht alles, was du hörst.« Sie fuhr mit der Maus hin und her, um den Bildschirmschoner zu deaktivieren.

»Aber dass der Schimmer hier Patientenbetten hat, ist doch schon ungewöhnlich, oder?«

Verena drehte sich auf ihrem Stuhl und sah Sabrina ins Gesicht. Am liebsten würde sie aufstehen und das Mädchen einmal durchschütteln. Entweder sah sie Verena mit schreckgeweiteten Augen an, wenn diese etwas detaillierter über die Patienten sprach oder sie benahm sich forsch und respektlos, als ständen sie auf dem Schulhof und zögen über die Lehrer her.

Verena stöhnte. »Wer hat dir denn da einen Floh ins Ohr gesetzt? Etwa Tom?«

»Nein, Tom überhaupt nicht. Der findet doch den Schimmer total toll.«

»Stimmt, jetzt, wo du das sagst.« Verena nickte geistesabwesend. Genau dasselbe dachte sie selber schon lange. Schon seltsam, was ausgerechnet Tom und Doktor Schimmer verband.

»Komisch, oder?« Sabrina fühlte sich anscheinend ermuntert, denn schon begann sie zu Verenas Leidwesen loszuplappern. Dass es fast immer nur Frauen seien, die Schimmer aufnähme. Dass es immer so geheimniskrämerisch wäre. Vor allem, dass Schimmer sie als Pflegepersonal immer so herablassend behandelte.

Verena kannte die ganzen Fragen und Gerüchte zur Genüge. Es war beileibe nicht so, dass sie sich noch nie an den Spekulationen beteiligt hätte. Sie wusste nur genau, wann und in welchem Rahmen sie sich äußerte. Hier am Arbeitsplatz und dann noch mit einer Pflegehelferin, das ging für sie gar nicht. Überhaupt fand sie, dass es jemandem wie Sabrina einfach nicht zustand über Menschen zu urteilen, die schon einige verantwortungsvolle Jahre in ihrem Berufsleben hinter sich hatten.

»Dazu kann ich nichts sagen. Tut mir leid.« Verena stieß die Worte absichtlich schroff aus, um den unsäglichen Redefluss von Sabrina zu stoppen.

»Aber hast du nicht gehört, was der angeblich mit dem ganzen Geld macht?«

Doch, Verena hatte es gehört. Und sie kannte Schimmer lange genug und gut genug, um vieles von dem, was sie hörte zu glauben. Aber sie drehte Sabrina den Rücken zu und blätterte in den Papieren in der Postablage. »Nein, habe ich nicht. Es interessiert mich auch nicht. Und wenn du nichts mehr zu tun hast, kannst du gerne noch den Pflegearbeitswagen sauber machen.«

Sabrina blieb auf der Stelle stehen und suchte nach Worten. »Aber du musst doch eine Meinung dazu haben, warum der Schimmer heute nicht da ist?«

Ein gleißender Schmerz fuhr durch Verenas Schläfe. Unwillkürlich fasste sie mit der Hand dort hin und stöhnte. Dann fuhr sie mit ihrem Drehstuhl herum, wobei sie ein leichter Schwindel erfasste. Mit zusammengepressten Zähnen fuhr sie die Krankenpflegehelferin an: »Mach doch jetzt endlich das, was ich dir sage. Wir sind hier zum Arbeiten und nicht zum Kaffeekränzchen.«

Die Wut, die sie in ihrer Stimme hörte, spiegelte sich im erschrockenen Blick von Sabrina. »Du hast doch gesagt, ich kann jederzeit Fragen stellen.«

»Aber nicht die falschen Fragen am falschen Ort zur falschen Zeit. Jetzt lass mich endlich meine Arbeit tun.«

Kurze Zeit später blickte Verena auf die Uhr am unteren Ende des Bildschirms. Noch zwanzig Minuten bis zur Übergabe. Was für ein furchtbarer Dienst. Verängstigte Patienten, ausgefallene Therapien, Notfallseelsorger im Haus, ein verschwundener Doktor Schimmer und eine tratschende Helferin. Glücklicherweise hatte Sabrina zuletzt geschwiegen und sich schmollend in den Arbeitsraum zurückgezogen. Fast taten Verena die harten Worte schon wieder leid. Manchmal vergaß sie, dass die Arbeit mit diesen chronisch kranken Menschen für die jungen Leute nicht einfach war. Wer wollte es ihnen verdenken, dass sie sich mit Krankenhaus-Soap-Geschichten darüber hinweghalfen?

Verena stand auf und ging zum Pflegearbeitsraum. Sie wollte Sabrina noch etwas Versöhnliches sagen, bevor die Ablösung kam.

Sabrina war nicht im Raum. Der Arbeitswagen war abgeräumt und schon gereinigt. Von Sabrina war nichts zu sehen, außer ihrem Handy, das sie neben dem kleinen Putzeimer abgelegt hatte. Jetzt ploppte gerade eine Nachricht auf. Verena trat näher. Eigentlich war es nicht ihre Art. Aber wenn das Handy schon so offen herumlag, dann war ein Blick wohl kaum verboten.

Verena sah drei Tränen lachende Emojis. Absender: Tom Jansen. Schon verdunkelte sich das Display wieder.

Verena seufzte. War ja klar, dass Tom und Sabrina miteinander befreundet waren. Verena war froh, vorhin nicht ins Lästern eingefallen zu sein. Das würde Tom gefallen, wenn er damit bei Schimmer würde auflaufen können.

Verena sah sich um und lauschte. Von Sabrina war nichts zu sehen und zu hören. Sie drückte auf den Button des

Handys. Die Nachricht, auf die Tom geantwortet hatte, erschien:

»Du hattest vollkommen recht. Was für eine verklemmte Zicke diese Verena doch ist. Ich glaub dir jetzt, dass die mal was mit dem Schimmer hatte. Und dass sie denkt, sie hätte bei ihm immer noch 'ne Schnitte.«

*

»Wir sehen uns beim Mittagessen, ja?«, hatte Peter sie eben am Haustelefon gefragt.

Elena hatte sich nach dem Zumba in ihr Zimmer zurückgezogen, um etwas zur Ruhe zu kommen. Auch wenn ihr das Tanzen gefallen hatte, spürte sie die ungewohnte Anstrengung. Sie hatte sich auf das Bett gelegt und war mit dem Buch in ihrer Hand eingeschlafen. Erst das Klingeln des Telefons hatte sie geweckt.

Nun stand sie seitlich vor dem Spiegel ihres Zimmers. Zeit ihres Lebens waren ihr Äußerlichkeiten nicht wichtig gewesen.

Trotzdem stand sie nun hier und betrachtete sich mit einem kritischen Blick, der wenig Gefallen an ihrem Spiegelbild fand. Viel zu dünn war sie in den letzten Monaten geworden, was ihren markanten knöchernen Körperbau noch betonte. Besonders ihre kräftigen Arme und die schweren Männerhände wollten so gar nicht zum Rest des schlanken Körpers passen.

Ihr Gesicht war blass und die Nase trat zu markant hervor, auch wenn Elena wusste, dass der Eindruck durch die fehlenden Haare verfälscht war. Sich so nackt im Spiegel zu sehen, hieß immer wieder aufs Neue, sich dem Schrecken der verfluchten Krankheit zu stellen.

Als es klopfte, riss Elena den weißen Bademantel von

der Tür und hüllte sich unbeholfen ein. Die Krankenschwester hatte die Tür schon geöffnet und hatte ganz in Gedanken versunken das Zimmer betreten. Verlegen stand Elena vor ihr und ärgerte sich, dass sie keine Kopfbedeckung trug. Sie fühlte sich noch immer nackt und furchtbar schutzlos.

»Oh, entschuldigen Sie, Frau Makowski.«

Der Blick der jungen Frau schien sich wie magisch angezogen auf ihre Glatze zu richten. Am liebsten würde Elena die Arme schützend darüberlegen. Die Frau stand und starrte und sprach nicht weiter. Elena biss sich auf die Lippen. Vor lauter Scham wandte sie sich ab, ohne ein Wort zu sagen.

Die Schwester in ihrem Rücken schien wie aus einer Trance zu erwachen.

»Wie gesagt, entschuldigen Sie. Da draußen ist jemand, der auf sie wartet. Er läuft schon eine Weile über den Gang und möchte Sie abholen. Er bat mich nachzusehen, ob Sie schon in den Speisesaal gegangen wären.«

»Wieso, wie spät ist es denn?« Elena schaute automatisch auf den Nachttisch. Die Uhr zeigte tatsächlich schon halb zwei und sie würden sich für das Mittagessen beeilen müssen. Hatte sie etwa so herumgetrödelt?

Elena begann zu zittern. Diese Eile, die nun notwendig war, setzte sie unter Druck. Sie fühlte sich hilflos und unsicher. Was um Himmels willen sollte sie bloß anziehen?

Elena wusste nicht, ob die Krankenschwester ihr geantwortet hatte. Aber sie sah, dass sie zurück zur Tür gegangen war, nach draußen ein Zeichen gab, die Tür schloss und dann zu ihr ins Zimmer zurückkehrte.

»Kann ich Ihnen helfen? Wenn Sie noch zum Essen wollen? Es ist ja schon spät.«

Wieder glitt der Blick der Frau über Elenas Körper. Sie

hätte schreien mögen. Das war das Schlimmste an der Krankheit, dass sie ihr neben all der nicht zu bändigenden Todesangst auch immer noch die Würde nahm. Was verdammt mochte in dem Kopf einer Zwanzigjährigen bei ihrem Anblick vorgehen?

»Danke, ich komme schon zurecht. Ich bin gleich so weit, können Sie das bitte ausrichten?« Elena blieb bewegungslos neben ihrem Bett stehen.

»Wenn Sie wollen, helfe ich Ihnen, sich zurechtzumachen.« Wieder taxierte sie der Blick der jungen Frau. »Ich habe das für andere Patienten –«, sie stockte mitten im Satz. »Ich meine natürlich für andere Gäste auch schon gemacht. In meiner Freizeit mache ich sogar einen YouTube-Kanal mit Mode- und Schminktipps für Chemos.«

»Für Chemos?«

Die junge Frau schaute verlegen. »Ja, sorry, ich bin immer ein bisschen zu schnell und vorlaut mit meiner Klappe. Denken die anderen Schwestern hier auch. Meine ich aber gar nicht so. Ich will echt helfen.«

Aus ihrer Kitteltasche zog sie eine Visitenkarte. »Verraten Sie das aber nicht. Ich darf hier nämlich keine Werbung machen.«

Elena drehte die pinke Karte in ihren Händen.

Jasmin's:
Schön trotz Chemo

Elena wusste nicht, ob sie lachen oder heulen sollte. Reglos und stumm blieb sie stehen.

Immerhin schien die fehlende Reaktion deutlich genug zu sein, um die Schwester zum Rückzug zu bewegen.

Verlegen murmelte sie: »Sie können es sich ja mal überlegen. Oder einfach mal anschauen. Weil ich glaube, Ihr

Freund hier draußen mag hübsche Frauen. Also jederzeit gerne, wenn Sie wollen.«

*

»Sie sind die Tochter? Wir müssen Ihre Mutter leider hierbehalten.«

Ruth schaute von einer Zeitschrift auf, als ein Arzt auf sie zukam. In seiner Stimme lag Hektik. Sie stand auf und stellte fest, dass sie fast eine ganze Kopflänge größer war als er, was ihr irgendwie unangemessen erschien.

»Meine Mutter?«, echote Ruth erstaunt. »Nein. Um Gottes willen, nein. Wie kommen Sie darauf? Hat sie das gesagt?«

»Das ist im Moment kaum möglich. Wie gesagt, wir müssen die alte Dame hierbehalten.« Seine Stimme wurde weicher, aber er schaute Ruth nicht an.

Tonlagen konnten wie bei der Polizei auch hier routiniert eingesetzt werden, registrierte Ruth. Wahrscheinlich stumpfte man in den meisten Berufen ab, in denen großes Leid und wenig Zeit immer mehr zusammenliefen.

Sie gab keine Antwort, sondern drehte sich nach dem an der Wand festgeschraubten Stuhl um. Auf ihm lag das dunkle Cape, das die Rettungssanitäter zerschnitten hatten, um die Erste-Hilfe-Maßnahmen besser einleiten zu können. Als sie das Cape unter dem leblosen Körper hervorgezogen hatten, hatten sie es in Ruths Hände gelegt. Die Bedienung des Cafés hatte Ruths Tasche herausgereicht, zwar ohne ihre Einkäufe, aber das war ihr jetzt nicht so wichtig. Ohne sie selbst zu fragen, waren in der Aufregung alle selbstverständlich davon ausgegangen, dass Ruth im Krankenwagen mitfuhr. Denn die

Frage, ob sie die Frau kenne, hatte sie im ersten Impuls bejaht. Ihren weiteren Erklärungen hatte dann schon niemand mehr zugehört.

Der Arzt schaute auf das Datenblatt, das er auf einem Klemmbrett vor sich hielt.

»Am besten gehen Sie zuerst einmal in die Patientenaufnahme und klären die Formalitäten.«

»Aber …«, setzte Ruth an.

Der Arzt sprach einfach weiter. »Dort erhalten Sie auch die Patientenetiketten für die weiteren Untersuchungen. Bitte bringen Sie sie danach mit zur Intensivstation. Wir müssen Ihre Mutter …« An dieser Stelle stockte auch er und blickte Ruth zum ersten Mal richtig an. »Stimmt, es ist nicht Ihre Mutter.«

Erst jetzt sah Ruth, wie jung er sein musste. Sicherlich nicht viel älter als Lisa-Marie. Seit wann bitte ließ man solche Kinder auf kranke Menschen los?

»Aber ihren Namen können Sie uns doch sagen, dann versuchen wir jetzt die Angehörigen zu verständigen.«

Ruth wischte sich mit drei Fingern der linken Hand über die Stirn. Ihr war heiß, obwohl die Klinik klimatisiert war. Anscheinend hatte immer noch niemand verstanden, dass sie nur durch Zufall Zeugin des Zusammenbruchs geworden war.

»Nein, tut mir leid. Ich bin der Frau gestern zum ersten Mal begegnet. Hier liegt ihr Cape. Vielleicht finden Sie darin die Ausweispapiere.«

Sie reichte den schwarzen schweren Umhang weiter.

»Das immerhin ist so auffällig an ihr, dass es sicher jemanden gibt, der die alte Dame kennt.«

Der Arzt nickte, schien aber schon wieder geistesabwesend. Ruth kam es so vor, als hätte diese letzte Information eine Erinnerung in ihm geweckt, die er noch nicht zu fassen bekam. Als er nichts weiter sagte, schulterte Ruth ihren Rucksack, den sie auf dem Linoleumboden abgestellt hatte.

»Also dann, ich würde jetzt mal gehen.« Sie zögerte und schaute dem Arzt noch einmal ins Gesicht. »Mich werden Sie ja nicht mehr brauchen.«

Der Arzt schien aus seinen Gedanken aufzutauchen. »Wenn Sie mir nur noch eben Ihren Namen und Ihre Adresse sagen. Falls es doch noch Nachfragen gibt.«

Als sie die Adresse ihres Ferienparks nannte, glitt ein Lächeln über das Gesicht des Arztes. »Alles klar. Die Adresse kenne ich.«

Ruth dachte daran, was Jakob Behrends ihr gestern vom Ferienpark hatte erzählen wollen, als sie durch den Anruf von Bender unterbrochen worden waren. Anscheinend war es etwas, das in Ärztekreisen bekannt war. Sie würde später auf jeden Fall nachfragen. Plötzlich hatte sie es noch eiliger, aus dem Krankenhaus herauszukommen.

»Also dann. Bitte richten Sie einen Gruß und gute Besserung aus, sobald es der alten Dame besser geht.«

Sie ging Richtung Ausgang. Sie hatte Urlaub. Sie war mit Jakob Behrends verabredet. Sie freute sich auf Anne und Martin. Und auf den Kaffee am Strand.

Ruckartig blieb sie stehen, drehte sich auf dem Absatz um. Da war noch was, was ihr gerade eingefallen war.

»Moment.« Sie lief dem Arzt, der die Türklinke zum Schockraum schon wieder in der Hand hielt, nach. Das Cape über dem Arm und das Klemmbrett in der Hand sah er sie nun freundlicher und aufmerksamer als vorhin an.

»Ich weiß noch etwas. Vielleicht hilft Ihnen das. Die Frau hat einen Hund. Eine Hündin, die Florence heißt.«

Der Arzt runzelte die Stirn, sein Gesicht verfinsterte

sich merklich. »Tatsächlich? Ich glaube, dann weiß ich jetzt Bescheid. Vielen Dank.«

Die Tür schloss sich. Ruth rührte sich nicht von der Stelle, obwohl sie doch so schnell wie möglich hier fortgewollt hatte.

Irgendetwas an der Reaktion des Arztes irritierte sie. Wenn sie nur wüsste, was genau. Sie befürchtete, dass sie das noch den ganzen Tag über beschäftigen würde.

*

Elena saß Peter im Speisesaal gegenüber. Langsam schien sich schon wieder so etwas wie Routine einzuspielen trotz des schrecklichen Todesfalls gestern. Ob es daran lag, dass der Tod für sie alle so selbstverständlich geworden war? Jedenfalls waren jetzt um diese Uhrzeit nur noch wenige Tische besetzt, ganz anders als gestern. Elena war froh darum, auch wenn es komisch war, schon wieder mit Peter allein zu sein.

»Was ist mit Kerstin und Gerda? Wollen wir sie zum Essen abholen?«, hatte sie gefragt, als sie auf den Flur hinausgetreten war. Sie war, nachdem die Krankenschwester endgültig die Tür hinter sich zugezogen hatte, in eine ihrer neuen Sommerhosen geschlüpft, die sie sich extra für den Aufenthalt hier gekauft hatte. Ein T-Shirt, das leider viel zu weit schlackerte, war schnell gefunden, weil es keine Auswahl gab und ein hellgraues Tuch, das sie sich um den Kopf geschlungen hatte, mussten genügen.

Peter hatte die Frage nach Kerstin und Gerda leichtfertig abgetan.

»Glaubst du nicht, die beiden fühlen sich von uns abgehangen? Ich habe gedacht, ihr wart bis jetzt immer gemeinsam bei den Mahlzeiten?«, hakte Elena noch einmal nach.

Peter lachte nur. »Ach was, die beiden nehmen es, wie es kommt. Glaube mir, wahrscheinlich sind sie gar nicht so böse darum.«

Elena schaute ihn fragend an.

»Die beiden passen zusammen wie Topf und Deckel. Ihren scharfen Zungen entgeht hier nichts. Zwischendurch hatte eher die eine um die andere Angst, dass ich mich dazwischenschieben könnte.«

Wieder antwortete Elena nichts. Aber sie ahnte, dass ein Zweifel auf ihrem Gesicht ablesbar war.

»Dabei gab es dafür gar keinen Grund. Die beiden sind nett. Und lustig. Das ist schon fast Kabarett. Wie du dir denken kannst, bin ich um jede Abwechslung dankbar.« Den letzten Satz hatte er sehr leise und mit spröder Stimme gesprochen. Als er dabei nach Elenas Hand gegriffen hatte, war es selbstverständlich gewesen, ihre Hand in seine zu legen. Je näher sie dem Speisesaal kamen, um so unangenehmer wurde es für Elena und unter dem Vorwand, sich die Nase putzen zu müssen, entwand sie sich ihm.

Am Buffet überspielte sie ihre Verlegenheit, indem sie mehr redete als je zuvor. Sie verwickelte die Mitarbeiterin der Essensausgabe in sinnlose Fragen nach den Zutaten und stieß mit ihren nervösen Handbewegungen fast die Wasserflasche um, nach der sie als Erstes gegriffen hatte.

Fortwährend schien in ihrem Kopf gleichzeitig eine zweite Tonspur zu laufen, die immer nur wiederholte: »Ich bin eine Chemo, ich bin eine Chemo, ich bin eine Chemo.«

Als sie sah, mit welcher Ruhe und Gelassenheit Peter sein Tablett belud, entspannte sie ein wenig. Nichts war passiert, außer dass sie alle in einer Situation waren, in der sie die Gefühle des jeweils anderen verstehen und nachvollziehen konnten. Das war es, was Peter von ihr brauchte: Nähe und Verständnis. Nichts weiter.

Seit sie sich hier am Tisch gegenübersaßen, hatten beide geschwiegen. Das Essen war für Peter eine sichtliche Anstrengung. Er war mehr damit beschäftigt, das Schonkost-Gericht auf dem Teller hin- und herzuschieben, mit Gabel und Messer zu teilen, um es dann immer wieder neu zu arrangieren, als dass tatsächlich etwas in seinem Mund, geschweige denn Magen gelandet wäre.

Umso erstaunter war Elena gestern gewesen, als er mit ihnen zusammen den Wein geleert hatte, als sei es das Selbstverständlichste auf der Welt. Auch von den Zigaretten schien er nicht lassen zu wollen.

Elena durchströmte ein heißes Gefühl von Mitleid. »Soll ich dir noch etwas anderes holen? Einen Pudding vielleicht?«, fragte sie mit einem zögerlichen Blick auf seinen Teller.

Sofort veränderte sich Peters Gesicht. Er legte Messer und Gabel nieder, lehnte sich zurück, hielt die Hände theatralisch auf die Magengegend und schaute ihr fest in die Augen.

»Meine Liebste, ich bitte dich. Ich war noch nie der große Esser. Du hättest mal meine Mutter hören sollen, was für ein Suppenkasper ich war.«

»Aber es ist doch so wichtig.«

Er ließ sie gar nicht ausreden. »Ja, ich weiß, es ist so wichtig, dem Krebs etwas entgegenzusetzen. Etwas auf den Rippen zu haben, um länger Widerstand leisten zu können. Und bitteschön Kaffee, Wein und Zigaretten zu meiden.«

Der Sarkasmus in seiner Stimme beschämte sie. Sie hatte nicht so offensichtlich über seine Lebensweise urteilen wollen. Sie wusste aus eigener Erfahrung, wie empfindsam man wurde. Nicht nur, dass man mit dieser verdammten Krankheit gestraft war, auf einmal nahm sich ein jeder heraus, Schlüsse zur Lebensweise zu ziehen und Tipps für eine bessere zu geben. Wenn schon ihr das gegen den Strich gegangen war, die sie immer schon ein durchaus bewusstes Leben geführt hatte, was machte dann wohl Peter durch.

»Entschuldige. So war es nicht gemeint, wie es vielleicht klang.«

»Schon gut.« Er lächelte sie schon wieder warmherzig an. »Ich weiß, dass ich mit meinem Verhalten provoziere. Dass meine Mitmenschen aus Sorge reagieren.« Das Lächeln, das er ihr schenkte, wurde stärker und er fasste erneut nach ihrer Hand, diesmal, um sie nur kurz zu drücken. »Glaube mir, ich weiß das mehr zu schätzen, als ich es manchmal zugeben kann. Ich bin bei weitem nicht so cool, wie ich vielleicht wirke. Ich will einfach so lange dagegenhalten, wie es nur eben geht. Gewinnen kann ich nicht mehr.«

Elena hatte ihr Besteck nebeneinander ausgerichtet auf dem Teller abgelegt und ihr Tablett ebenfalls zurückgeschoben. Sie betrachtete aufmerksam Peters Gesicht. Die schnellen Wechsel zwischen Trotz, Unbekümmertheit und Ehrlichkeit hatten eine nicht mehr zu leugnende Nähe zwischen ihnen erzeugt.

Was sollte sie bloß darauf erwidern? Die üblichen Beschwichtigungsversuche würden ihm nicht helfen, das wusste sie aus eigener Erfahrung nur zu gut. Und er sollte sich nicht genötigt fühlen, letztendlich auch noch sie zu trösten.

Peter hatte mittlerweile seine Hände in die Hosentaschen geschoben. Weit zurückgelehnt, war er vorne auf die Kante des Stuhls gerutscht. Seine Füße stießen unter dem Tisch an Elenas Schuhe heran, so dass sie sich schnell aufrichtete und ihre Beine nach hinten unter den

Stuhl abknickte. Elena konnte sich vorstellen, dass er die Hände zu Fäusten geballt hielt. Es tat ihr leid, dass sie seine Schutzschicht durchbrochen hatte.

Er schien ihr das Schweigen nicht übel zu nehmen. Trotzdem fühlte sich Elena getrieben, etwas zu sagen. »Halten wir nicht alle bloß dagegen?«, griff sie seine letzten Worte auf.

Er zuckte die Schultern. »Kann schon sein. Wahrscheinlich ist das ganze Leben ein einziges Dagegenhalten. Jeder mit einer anderen Strategie.«

Er schwieg wieder, schien seinen Worten nachzuhängen. »Meine Strategie war ein Leben lang die des Herausforderers. Mein Wetteinsatz war von Anfang an das Leben. Ganz oder gar nicht. Deswegen habe ich immer die Extreme gesucht. Habe mich gut gefühlt, wenn ich mal wieder davongekommen war.«

Elena überlegte, was seine Worte bedeuten mochten. Wie dieses Leben in Extremen ausgesehen haben mochte? Sie traute sich nicht zu fragen, wollte seine selbstgewählten Schutzzäune nicht überwinden.

Doch wieder kippte sein Ton. Aus dem nachdenklichen Mann wurde, als hätte er mal eben mit den Fingern geschnippt, der neugierige, schelmische große Junge, der sich weigerte, erwachsen zu werden und die Grenzen des Lebens anzuerkennen.

»Nun, meine Hübsche, was war deine Superkraft? Womit hast du versucht, auf der sicheren Seite zu bleiben? Wie hast du den Tod verwirrt, welchen Deal hast du ihm angeboten?«

Elena musste lachen – trotz des ernsten Themas. Wüsste sie es nicht besser, so könnte sie glauben, Teil eines Improvisationstheaters zu sein. Tatsächlich aber sprachen sie über das Thema, das sie am liebsten so weit wie möglich verdrängte. Wie Peter das nur schaffte. Die Dinge beim Namen zu nennen. Krebs. Tod. Der Verlust des Lebens.

Tränen schossen in ihre Augen. Tränen, die sie seit Monaten zurückgehalten hatte. Die sie sich aus der Angst, Schwäche zu zeigen, versagt hatte.

Sie beugte sich nach vorne. Sofort zog Peter seine Hände aus den Hosentaschen. Bevor die erste salzige Träne ihre Lippe berührte, war er schon neben ihr. Er legte den Arm um sie und sie spürte seinen knochigen Körper, als sie sich an ihn lehnte.

»Ich habe keine Superkraft. Ich habe einfach keine. Ich habe Angst, einfach nur Angst.«

*

»Na dann mal los, Schulz. Ich glaube, jetzt gibt es was für uns zu tun.«

Schulz hatte ihm einen kritischen Blick zugeworfen, aber Ernst Bender ließ sich davon nicht irritieren.

Die unterwürfige Stimme Hofmanns sowie die Neuigkeiten, die er mitzuteilen hatte, beflügelten ihn mehr, als es ein noch so starker Espresso möglich gemacht hätte.

»Wo soll es denn hingehen, wenn es Neues gibt? Zur Klinik dann wohl eher nicht?« Der Fahrer verlangsamte das Tempo.

Bender riss erstaunt die Augen auf. »Wie kommen Sie darauf? Gerade dorthin müssen wir. Jetzt erst recht. Nur, dass wir jetzt auch eine Arbeitsgrundlage haben.«

»Die da wäre?«, fragte Schulz schleppend langsam, als wolle er dem erwachten Elan Benders unbedingt etwas entgegensetzen.

»Nun lassen Sie mich doch selbst erst einmal die Dinge sortieren.« Bender hatte nach seiner Aktentasche gegriffen und ein Notizbuch mit Kugelschreiber herausgeholt. »Lassen Sie mich eben so genau wie möglich aufschreiben, was Hofmann berichtet hat, dann trage ich es Ihnen vor.«

Schulz seufzte und beschleunigte auf der kerzengeraden Straße, die zu den Kliniken führte, erneut.

Schwungvoll setzte Bender währenddessen seinen letzten Punkt, hob sich das Heft vor die Nase und teilte seinem Kollegen die entscheidenden Fakten mit.

»Nun, so deutlich überraschend finde ich das jetzt nicht«, reagierte Schulz. »Dass der Täter ein Mann sein könnte, haben wir alle schon vermutet.«

Ernst Bender reagierte ungehalten. »Ich habe keineswegs etwas davon gesagt, dass der Täter ein Mann ist und auch der Pathologe hat diese Schlussfolgerung nicht gezogen.« Bender räusperte sich. »Also Vorsicht, Schulz, ich bin kein Freund von willkürlichen Auslegungen.«

Bender sah, wie das Gesicht von Schulz rot anlief. »Na ja, Sie haben doch gesagt, aufgrund des Stichkanals sei sicher, dass der Täter größer gewesen sei und mit großer Kraft zugestochen habe.«

»Genau.« Bender schien zufrieden. »Das habe ich gesagt, nichts weiter. Ehrlich, Schulz, Sie sind doch schon lange genug dabei, um zu wissen, dass man daraus nicht einfach auf einen männlichen Täter schließen kann. Lassen Sie solche Sprüche mal nur nicht laut werden.«

Die Art, wie Schulz jetzt das Gaspedal herunterdrückte, ließ Bender das Ausmaß seiner Verärgerung erahnen. Die erste Gelegenheit würde Schulz nutzen, um ihn bei den Kollegen schlecht zu machen.

Nun, er würde ganz einfach keine Fehler machen. Weil er gründlich und sorgsam arbeitete und nicht jede Hypothese sofort als Wahrheit in die Welt tönte.

Wie typisch, dass Schulz wieder nur auf den ersten Effekt angesprungen war und das Wichtigste der Nachricht aus der Pathologie dabei überhört zu haben schien. Er war nicht bereit, ihn mit der Nase darauf zu stoßen. Aber in der Klinik würde Schulz merken, dass gute Ermittler Wesentliches von Unwesentlichem zu trennen vermochten.

Bender verstaute Notizheft und Schreibgerät in seiner Tasche und schaute mit nach vorn gerecktem Kinn dem Sanatorium entgegen.

Gleich würde die Lehrstunde in Ermittlungsarbeit losgehen. Bender war überzeugt, dass er einer entscheidenden Spur folgte.

*

Ruth verließ verwirrt das Wismarer Krankenhaus. Den Ausflug in die Stadt hatte sie sich anders vorgestellt. Nun stand sie in Gedanken versunken auf der Straße und versuchte, sich zu orientieren. Die Parkzeit ihres Autos war längst überschritten.

Ruth überlegte. Die Umgebung des Krankenhauses sah nicht so aus, als wäre sie in ein paar Minuten zurück in der Innenstadt. Die Fahrt im RTW war ihr auch nicht kurz vorgekommen, wobei das natürlich täuschen konnte.

Sie steuerte eins der Taxis an, die vor dem Krankenhaus warteten. Eine müde dreinblickende ältere Frau lehnte außen am Wagen und fächelte sich Luft zu.

»Wie weit ist es denn zurück in die Stadt?«

Die Frau sah Ruth unter trägen Augen verständnislos an. »Was meinen Sie?«

»Der Weg von hier in die Stadt, bis zum Markt, um es genau zu nehmen.«

»Na, genauso weit, wie es von dort hierhin war, würde ich mal meinen, was?« Die Taxifahrerin ließ ihren Blick langsam über Ruth gleiten, wahrscheinlich suchte sie nach Anzeichen, dass Ruth sich soeben als verwirrte Patientin aus dem Krankenhaus entfernt hatte.

Aber da Ruth weder ein Flügelhemd noch einen Trainingsanzug trug, schien sie diesen Gedanken wieder zu verwerfen und zündete sich stattdessen eine Zigarette an. Dass Ruth als Fahrgast in Frage kam, befand sich wohl jenseits ihres Vorstellungsvermögens.

Na, dann nicht, dachte Ruth und schob hinterher: »Wie sieht es denn mit öffentlichen Verkehrsmitteln aus?«

»Die haben wir hier auch, junge Frau. Sagen Sie mal, sind Sie hier vom Himmel gefallen oder was ist los mit Ihnen?«

Jetzt musste Ruth doch lachen. Schon allein die Tatsache, von ihrem Gegenüber als junge Frau angesprochen zu werden, empfand Ruth als mehr als witzig. Wahrscheinlich trennten sie beide nicht mehr als zehn Jahre. Vielleicht entscheidende Jahre, wenn sie an das Buch zurückdachte, das sie vorhin gekauft hatte.

Ach je, das Buch. Das lag wahrscheinlich noch im Café. Hoffentlich hatte niemand darin herumgeblättert. Dann würde auch der pinke Umschlag nicht mehr helfen. Überhaupt: Sie hatte noch gar nicht ihren Kaffee und Kuchen bezahlt.

»Wenn Sie mich zurück in die Stadt, um genauer zu sein, zum Café Glücklich fahren, dann erzähle ich Ihnen gerne, wie ich hierhin gekommen bin. Sie können mir gerne unterwegs noch ein paar Tipps geben, was es in Wismar zu entdecken gibt. Ich glaube, ich wäre jetzt gerne mal noch für ein, zwei Stunden eine ganz normale Touristin.«

»Na, wenn Sie meinen. Wobei ich nicht weiß, ob es reicht in ein Café zu gehen, um glücklich zu werden. Nach meiner unmaßgeblichen Lebenserfahrung braucht es da schon etwas mehr zu.«

Der herbe Charme, wenn man es überhaupt so nennen mochte, gefiel Ruth auf der kurzen Fahrt immer besser. Immerhin glaubte die Taxifahrerin die Geschichte mit dem Notfall und hielt sie nicht länger für eine Außerirdische oder eine dem Operationstisch Entflohene. Zumindest das Letztere hätte sie nämlich schon erlebt, ließ sie mit Grabesstimme verlauten.

Obwohl die Strecke kaum zwanzig Minuten in Anspruch nahm, hatte Ruth nicht nur Tipps für einen längeren Wismar-Aufenthalt bekommen, sondern auch einiges von der Fahrerin selbst erfahren: Dass sie aus Berlin stammte und nach Wismar geheiratet habe – »Da haben wir es wieder, was ist schon Glück und wie lange hält es an?«, hatte sie diesen Umstand kommentiert – und dass ihr Wismar allzu oft immer noch wie eine morbide Stadt erscheine, die sie aber durchaus schätzen gelernt habe. »Welche Stadt empfängt seine Besucher schon am Ortseingang mit Friedhöfen zu beiden Seiten? Und hat Straßen mit den Namen ›Frische Grube‹ und ›Sargmacherstraße‹?«

Ruth lachte schallend auf. »Na, da habe ich ja mit meinem Café Glücklich einen Gegenentwurf angetroffen zu dem, was Sie erzählen.«

»Stimmt. In letzter Zeit tut sich gewaltig was in der Stadt. Wenn das so weitergeht, werde ich noch einmal umziehen müssen. Ob ich mit so viel positiver Stimmung noch umgehen kann, weiß ich nicht.«

An der Ecke zur Nikolai-Kirche hielt sie mit dem Taxi an.

»Hier sehen Sie. Noch so ein neues Café, wo jetzt jeder hinrennt. Café Sinnenreich. Hört sich an, als hätten wir den Sozialismus endgültig hinter uns gelassen. Glücklich und sinnenreich, das gab es früher bei uns nicht. So, dann vergessen Sie nicht, das Schwein auf der Brücke dort vorne am Bauch zu kraulen. Soll nämlich Glück bringen.«

»Das hätte die Frau mit dem Cape auch mal machen sollen, dann wäre sie jetzt vielleicht nicht auf der Intensivstation. Sie kam ja anscheinend von hier.«

Die Taxifahrerin beugte sich vor: »Was? Die Frau mit dem Cape? Sie reden doch nicht etwa von Evelyn?«

*

»Sie haben schon neue Erkenntnisse? Einen guten Morgen, Herr Doktor Bender. Das ging ja dann doch sehr schnell.«

Die leitende Ärztin des Sanatoriums, Frau Doktor Gisela Baltrup, kam ihnen mit kleinen, energischen Schritten entgegen. Der Arztkittel war wie gestern zugeknöpft und akkurat gestärkt und gebügelt, die Schuhe klackerten trotz des Linoleumbodens hart auf. Alles an Frau Doktor Baltrup sagte: Verwechselt mich hier bloß nicht mit dem Pflegepersonal.

Sie streckte Bender mit einem kurzen Lächeln, das sie sofort wieder zurücknahm, die Hand entgegen. Schulz dagegen grüßte sie nur mit einem leichten Kopfnicken, das man schon fast als unverschämt in seiner Abwertung nennen konnte.

Das alles registrierte Bender in Sekundenbruchteilen, während er den festen Handschlag der Ärztin erwiderte.

Gestern war sie ihm jovialer erschienen. Nun waren fast vierundzwanzig Stunden vergangen und diese hatten möglicherweise schon zu Gedankenspielen oder auch Absichten geführt. Man würde sehen.

»Wir würden gerne etwas ausführlicher mit Ihnen sprechen. Und uns das Zimmer von Frau Hafen etwas gründlicher ansehen. Ist das möglich?«

Bender beobachtete das Mienenspiel auf dem Gesicht der Chefärztin. Das Lächeln schob sich wie ein Automatismus erneut ins Gesicht, blieb aber so starr und die Augen so unbeteiligt, dass Bender förmlich die Gedanken hinter ihrer Stirn arbeiten sah.

»Das Zimmer sehen? Wie ist das denn rechtlich? Reicht das, wenn ich die Einwilligung gebe? Oder die Angehörigen? Brauchen Sie dazu nicht einen – wie heißt es doch immer so schön – richterlichen Beschluss?«

Bender nickte. »Um den kümmern sich meine Kollegen gerade. Ich bin sicher, dass ich Ihnen dazu schon etwas sagen kann, wenn wir unser Gespräch beendet haben.«

»Unser Gespräch?« Die Ärztin schaute auf die Uhr, als würde dort die Erklärung dafür stehen, jetzt nicht mit Bender reden zu können. »Wissen Sie, hier ist heute so ziemlich alles anders als sonst. Das können Sie doch verstehen, oder? Unsere Patienten sind zutiefst verunsichert.«

»Nur ein paar Minuten, bitte. Ich bin fest überzeugt, dass es dazu beitragen kann, schnellstmöglich Ruhe in Ihr Sanatorium zurückzubringen. Meinen Sie nicht auch, Schulz?«

Schulz nickte diensteifrig, offensichtlich war es Bender gelungen, seinen Mitarbeiter in das Geschehen zurückzuholen. Auch Frau Doktor Baltrup schien auf die leisen Worte Benders zu reagieren.

»Na dann. Bitte folgen Sie mir.«

Sie wandte sich an die Pförtnerin, die dem Gespräch interessiert gelauscht hatte. »Bitte keine Störung in der nächsten halben Stunde. Es sei denn, Doktor Schimmer meldet sich.« Sie wandte sich schon halb ab. »Ach ja, und wenn die Schwester von Frau Heckel ankommen sollte, bitten Sie sie, auf mich zu warten. Ich möchte unbedingt zuerst mit ihr sprechen.«

»Aber …«, setzte die Pförtnerin an.

Bender konnte den Blick der Ärztin nicht sehen, aber das Zusammenzucken und Verstummen der jungen Frau hinter dem pompösen Empfangstisch aus Marmor sprach Bände.

Interessant, dachte Bender, hatte er sich doch den Umgang in einem Sanatorium für schwerkranke Patienten etwas anders vorgestellt. Wärmer, zuvorkommender. Aber was wusste er schon von solcherart medizinischer Einrichtungen? Wenn es ihm möglich war, machte er um jeden weißen Kittel einen Riesenbogen.

Die Ärztin ging ihnen voraus durch ein Labyrinth verwinkelter Gänge. Den Schildern an den Türen entnahm Bender, dass es sich vor allem um Funktions- und Verwaltungsräume handelte. Tatsächlich sah das ganze so wenig nach Krankenhaus aus, dass er sich fragte, wie man hier Patienten behandeln wollte, die bettlägerig waren. Oder gab es diese hier nicht?

Als hätte Frau Doktor Baltrup seine Gedanken gelesen, wandte sie sich zu ihm um:

»Das hier ist der alte Teil des Hauses. Wir haben ansonsten fast alles modernisiert. Ein Kunststück der Architekten, weil wir unbedingt die Fassade und die Grundrisse des Hauses beibehalten wollten. Aber heutzutage ist mit moderner Baukunst so viel möglich. Der Denkmalschutz galt glücklicherweise nur für die Außenansicht.«

Mit den Worten hielt sie einen Chip vor ihre Bürotür und trat ein. Bender nickte seinem Mitarbeiter zu und ließ ihm den Vortritt. Frau Doktor Baltrup zeigte auf zwei Plätze vor ihrem schwarzen Schreibtisch, auf dem lediglich ein Monitor mit Tastatur, ein silberner Kugelschreiber und ein Notizblock lagen. Sonst war der Raum eher kahl und wirkte auf ein höchstes Maß sortiert und aufgeräumt, aber auch so unpersönlich wie diese modernen Arbeitsplätze, die sich Menschen miteinander teilen mussten.

Die Ärztin öffnete ein zweiflügeliges Fenster und gewährte ihnen damit einen Blick auf den Garten, durch den sie gestern gekommen waren. Auf den Liegestühlen saßen Patienten, schliefen oder lasen oder schauten in die Sonne. Dort drüben war der Bungalow mit der Praxis und der Apotheke und dahinter erhob sich der weiße, moderne Bau der Seeadlerklinik.

»Ziemlich seltsam, zwei Kliniken mit einem ähnlichen Patientenkreis in so unmittelbarer Nähe, oder ist so etwas üblich?«, fragte Bender, während er sich setzte.

Frau Doktor Baltrup nahm den Kugelschreiber in die Hand, bevor sie nach einer Sekunde des Nachdenkens zu einer Antwort ansetzte.

»Ungewöhnlich vielleicht. Für uns hat sich das hier angeboten. So können wir gemeinsame Ressourcen nutzen, das kommt also allen zugute.«

Bender erinnerte sich an den Blick des Chefarztes der benachbarten Klinik.

»Ach, Sie arbeiten mit der Seeadlerklinik zusammen?«

Frau Doktor Baltrup zog erstaunt die Augenbrauen hoch. »Nun ja, im Einzelfall. Eher bezieht sich die Zusammenarbeit auf die Praxis dort vorne. Und die Apotheke. Beides nutzen sowohl die Klinik als auch wir.«

»Apropos, können Sie einem Laien wie mir erklären, warum sich Frau Hafen für eine Behandlung in Ihrem Haus entschieden hat und nicht in der Seeadlerklinik?«

»O ja, das kann ich sehr wohl. Wir verfolgen unterschiedliche Ansätze. Wir arbeiten hier kurativ und palliativ und nicht nur nachsorgerisch wie drüben in der Reha-Klinik. Der wesentlichste Unterschied ist von außen betrachtet allerdings, dass wir keine Kassenleistung sind, sondern eine Privatklinik. Das heißt, die Patienten regeln die Bezahlung entweder über ihre private Versicherung oder tragen – zum Teil auch beides zusammen – die Kosten selbst.«

»Ich verstehe.« Bender nickte. »Und können dann stärker Einfluss auf die Behandlung nehmen. Ist das so?«

»Ich weiß nicht, worauf Sie hinauswollen.« Die Ärztin rollte den Stift jetzt zwischen ihren Fingern. »Selbstverständlich unterliegen unsere Behandlungen wie überall der medizinischen Indikation und der ärztlichen Ethik. Auch wenn sich um unser Haus wahre Mythen ranken.«

Sie verschloss die Lippen zu einer dünnen Linie, wie um sich selbst den Mund zu verbieten. »Ich glaube aber nicht, dass Sie mich wegen solcher grundsätzlichen Fragen sprechen wollten. Wenn doch: Bitte nicht heute. Ich habe Ihnen ja gesagt, dass das Haus in Aufruhr ist. Übrigens auch das medizinische Personal. Ich kann Ihnen gern eine Führung anbieten, wenn sich die Wogen wieder beruhigt haben.« Bender registrierte, wie sie Luft holte. »Wenn Sie den Mord aufgeklärt haben, denn das ist ja Ihr Job.«

Ernst Bender lächelte freundlich und, wie er hoffte, verständnisvoll. »Selbstverständlich. Es war keineswegs meine Absicht, Sie in Grundlagen-Diskussionen zu verwickeln. Meine Frage stand in Bezug zu der konkreten Behandlung von Marie Hafen. Wir müssen ausschließen, dass sich Motive für den Mord nicht vielleicht auch im weitesten Sinne im therapeutischen Setting finden lassen.«

»Wie bitte? Was soll das heißen? Was soll eine durchgeschnittene Kehle mit unserer Behandlung zu tun haben?«

»Das ist die Frage, die ich mir auch stelle. Unwahrscheinlich, ein Zusammenhang, sagt das Bauchgefühl. Aber mit dem Bauch ermittle ich nun mal nicht.« Bender bemerkte, wie Schulz unruhig neben ihm hin und her rutschte. Er hatte sichtbar keine Ahnung, worauf er, Bender, hinauswollte.

»Ich wüsste von Ihnen gerne etwas zur genauen Diagnose von Frau Hafen. Bisherige Behandlung, also die klassische, bevor sie zu Ihnen kam und dann das gesamte medizinische Spektrum, mit dem sie bei Ihnen behandelt wurde.«

»Das gesamte medizinische Spektrum, was wollen Sie denn damit sagen? Mein lieber Herr Kommissar, darf ich Sie so nennen?« Bender hörte, wie ihre Stimme vor Ironie trieftc. »Wir befinden uns hier in keinem drittklassigen Fernsehkrimi. Schon mal was von ärztlicher Schweigepflicht gehört?« Sie erhob sich aus ihrem Ledersessel. »Damit erachte ich unser Gespräch als beendet.«

Schulz wollte sich ebenfalls erheben, wie Bender aus dem Augenwinkel bemerkte und signalisierte ihm mit einer Handbewegung, sitzen zu bleiben.

»Nein, ich glaube, es beginnt gerade erst, liebe Frau Doktor Baltrup.« Bender lehnte sich auf seinem Stuhl zurück und schlug die Beine übereinander. »Hätten Sie möglicherweise ein Glas Wasser für uns? Bei den sommerlichen Temperaturen, Sie verstehen schon.«

»Was soll das werden, Doktor Bender? Sie stehlen nicht nur mir die Zeit, sondern vor allem den Patienten. Also, wenn Sie keine konkreten Fragen haben, möchte ich das hier beenden. Vorne im Eingang steht ein Wasserspender. Bitte bedienen Sie sich gerne dort.«

»Interessiert es Sie überhaupt nicht, warum ich Nachfragen zu Marie Hafens Erkrankung habe? Nur der Verweis auf die ärztliche Schweigepflicht?«

»Ich sage es Ihnen noch einmal.« Die Ärztin schloss das Fenster, drehte sich zu Bender um und lehnte sich an die Fensterbank. »Ich habe keine Lust und Zeit, herumzuspekulieren. Entweder Sie reden Tacheles oder lassen es einfach.«

»Also gut: Ihrer Bitte nach einem Durchsuchungsbeschluss für Marie Hafens Patientenzimmer wird ebenso nachgegangen wie der staatsanwaltlichen Beschlagnahmung der Krankenakte von Marie Hafen.« Er zog sein Handy aus der Tasche und warf einen kurzen Blick darauf. »Beides wird in der nächsten Stunde hier auf Ihrem Schreibtisch liegen. Mein Kollege und ich sorgen in der Zwischenzeit dafür, dass an beidem keine Änderungen passieren.«

»Nicht Ihr Ernst, oder?« Frau Doktor Baltrup stieß sich ab. Die Zornesfalte auf ihrer Stirn passte kaum in das ansonsten so sorgfältig gepflegte und geschminkte Gesicht mit der glatten Stirn.

»Doch. Leider.«

»Aus welchen Gründen?«

»Ein positiver Drogentest und ein Medikamentenmix, der uns seltsam erscheint bei einer Frau, von der Sie gestern sagten, dass sie mit eisernem Willen alles alles für ihre Gesundung getan hätte.«

»Was ja auch stimmt.«

»Warum dann Drogen? Medikamente in einem ungewöhnlichen Maße? Trotz ihrer Erkrankung? Oder – und das ist der Grund für meine konkreten Nachfragen – wegen ihrer Erkrankung? Für uns jedenfalls so ungewöhnlich, dass wir durchaus eine Motivlage darin erkennen könnten.«

Frau Doktor Baltrup kam ganz nahe an ihn heran. Sie bemühte sich jetzt, ihre Stimme leise klingen zu lassen. Dennoch nahm Bender das Zittern wahr.

»Verdammt. Damit haben wir hier nichts zu tun. Fragen Sie Schimmer. Frau Hafen war Doktor Schimmers Patientin. Er ist Belegarzt bei uns. Fragen Sie ihn, wenn Sie ihn denn finden. Uns gelingt das nämlich nicht.«

Bevor Bender reagieren konnte, hatte Frau Doktor Baltrup den Raum mit einem Knallen der Tür verlassen.

*

»Woher kennen Sie denn die Frau mit dem Cape?«

Die Taxifahrerin lachte trocken auf. »Fragen Sie mal lieber im weiten Umkreis, wer Evelyn und ihre Florence nicht kennt.«

»Haben Sie Lust, es mir zu erzählen?« Die merkwürdige Reaktion des Arztes ließ ihr wie vermutet keine Ruhe.

»Ich weiß nicht.« Die Taxifahrerin sah auf die Uhr. »Andererseits wäre durchaus Zeit für eine kurze Pause.«

»Schön. Ich lade Sie gerne auf einen Kaffee hier im Sinnenreich ein.«

Die beiden Frauen betraten das Café, an dessen Dunkelheit sich ihre Augen nach dem hellen Sonnenschein draußen erst gewöhnen mussten.

Die Taxifahrerin steuerte schnell den ersten freien Tisch an, aber Ruth wies auf die kleine Treppe, die nach oben zur Theke und weiteren Plätzen führte. Die beiden Räume waren mit unterschiedlichstem Mobiliar ausgestattet, an den Wänden hingen großformatige Gemälde, was den Untertitel »Galerie« erklärte, und überhaupt war der Laden eine Mischung aus privatem Wohnzimmer und Secondhandladen, mit Kunst, Klamotten, Kaffee und Kuchen.

Die Taxifahrerin war unten stehen geblieben und zeigte auf einen Platz am Fenster: »Können wir nicht hier sitzen? Ich habe möglicherweise nicht ganz den Vorschriften entsprechend geparkt.«

Ruth lachte auf. »Nicht ganz den Vorschriften entsprechend« war gut. Immerhin schien sie sich aber ein bisschen zu entspannen, nachdem Ruth die Bestellung übernommen hatte.

»Ha, wenn ich das heute Abend meinem Bärchen erzähle, dass ich jetzt auch mal in einem dieser Cafés war. Aber so schlecht ist das gar nicht. Ich glaube, da traue ich mich noch einmal alleine hin.«

Ruth grinste. Sie wollte gar nicht wissen, ob Bärchen ein Hund, eine Katze oder doch der Ehemann war, und dass eine gestandene Frau Hemmungen hatte, etwas aufzusuchen, was sie nicht kannte, war das eine, dass sie sich traute, es auszusprechen, das andere.

Erst nachdem Getränke und Gebäck an den Tisch gebracht worden waren, fragte Ruth die Fahrerin nach ihrem Namen.

»Ich bin Ingeborg Bruch. Passt nicht gut zusammen, der Vor- und der Nachname, aber meine Eltern wussten ja nicht, wen ich einmal heirate. Was wollen Sie von mir wissen?«

»Ich würde gerne etwas mehr über Evelyn erfahren.«

»Aber warum? Was wollen Sie denn von ihr? Mehr als das, was alle erzählen, weiß ich bestimmt auch nicht.«

»Aber das ist es ja gerade.« Ruth gab einen kurzen Abriss über die Geschehnisse: wie sie gestern Morgen fast mit Evelyn und Florence zusammengestoßen war, dass es einen Mord gegeben hatte und sie sich am Tatort wieder aus den Augen verloren hatten, dass nun heute Evelyn genau vor dem Fenster des Cafés kollabiert war, in dem sie – Ruth – gesessen hatte. Und dass aus ihrer Ersten Hilfe ein begleiteter Rettungstransport geworden war.

Ingeborg Bruch saß mit großen runden Augen und einem leicht offenen Mund da, als Ruth versuchte die Dinge so knapp, aber so verständlich wie möglich darzustellen. Was ihr nicht einfach erschien.

»Die arme Evelyn. Das hat sie nicht verdient. So mitten auf der Straße. Weiß man denn, was sie hat?«

»Mir durfte der Arzt ja nichts sagen. Ich würde mal glauben, dass es ein Schlaganfall sein könnte, so auf den ersten Augenschein, aber ich will nicht mutmaßen. Was meinen Sie denn mit ›hat sie nicht verdient‹?«

»Na, verdient hat ja keiner sowas, so meine ich das nicht. Ich denk nur, weil die Evelyn sich immer so um andere gekümmert hat. Das war ja ihr ganzes Leben. Allen Kranken hat sie geholfen und dann ist sie selbst allein und auf der Straße, wenn sie zusammenbricht.«

»Was hat sie gemacht? War sie Ärztin oder Krankenschwester?«

»Krankenschwester. Richtig examiniert, nicht nur eine Stationshelferin, wie es sie früher immer gab. Die Evelyn, die hatte richtig was drauf.«

»Wo hat sie gearbeitet?«

»Lange Zeit hier in Wismar im Krankenhaus.«

»Ach, vielleicht kannte der Arzt sie deswegen, als ich den Namen ihrer Hündin nannte.«

»Glaube ich nicht. Sie ist schon lange nicht mehr hier in der Stadt. Schon weit über zehn Jahre nicht mehr.«

»Weil sie in Frührente gegangen ist?«

Ingeborg Bruch hatte gerade in ihre Brezel gebissen und verschluckte sich jetzt fast daran. »Frührente? Evelyn? Nein, wahrhaftig nicht.«

»Was dann?«

»Man hat sie hier weggemobbt. Weil sie nicht mehr ins System passte. Nicht in das, was neu kam. Gesundheitsstrukturgesetze und Privatisierung der Kliniken. Sie hat sich fortlaufend beschwert: über zu viel Dokumentation und viel zu wenig Zeit am Patienten.«

»Und sie wollte sich nicht anpassen?« Ruth dachte an die

Frau, die auch im heißen Sommer ein schwarzes Wollcape trug. Unkonventionell, wenn man es neutral dachte. Unangepasst, wenn man es von einer anderen Warte betrachtete.

»Sie wollte nicht, und sie hat es nicht. Hat sich den Vorgaben immer wieder entzogen. So geschickt, dass es nicht reichte, ihr dienstrechtlich etwas anzulasten. Die Patienten waren auf ihrer Seite. Sie war eine Institution, nach der die Menschen fragten. Komme ich auf die Station von Schwester Evelyn, fragten sie oft schon bei der Aufnahme, egal ob ihr Krankenbild überhaupt auf die Internistische passte, auf der Evelyn arbeitete.«

»Oje. Da kann ich mir den Unmut der Arbeitgeberseite lebhaft vorstellen.«

»Ja. Aber auch die Kollegen wollten das nicht, was Evelyn machte. Sie machte den Schnitt kaputt, würde man in anderen Berufen sagen. Also wurde sie immer mehr zur Einzelkämpferin.«

»Wie sah das Mobben denn aus?«

»Man hat ihr die unmöglichsten Dienste gegeben. Schaukeldienst. Jeden Tag im Wechsel, Früh, spät, früh. So wie es am schwierigsten zu verkraften ist. Sie immer wieder mehr Nächte arbeiten lassen als alle anderen. Schließlich wurde sie versetzt. Auf die Gynäkologie. Worauf sie gar keine Lust hatte. Da blieben die Patienten nicht so lange und hingen nicht so am Pflegepersonal. Man wollte diese persönliche Anteilnahme verhindern, die ihr Markenzeichen war.«

»Wie ging es dann weiter?«

»Ein ehemaliger Arzt aus der Klinik leitete mittlerweile die Seeadlerklinik. Sie ist also dorthin gewechselt, weil er große Stücke auf sie hielt und ihr ein Angebot gemacht hatte.«

»Das war doch ein Segen in dieser Situation.«

»So schien es erst. Aber wahrscheinlich war Evelyn tatsächlich schon zu eigensinnig geworden für eine Arbeit im Team. Die Kliniken können nun mal nicht schalten und walten, wie sie wollen. Selbst eine Reha-Klinik ist ein Wirtschaftsbetrieb, auch wenn Evelyn dort besser mit ihren Fähigkeiten aufgehoben war.«

»Sie ist nicht geblieben, wenn ich den Ton ihrer Stimme richtig interpretiere?« Ruth trank einen großen Schluck von der Schorle, die sie sich bestellt hatte.

»Nein. Immerhin hat sie die Anstellung noch genutzt, um nebenberuflich eine Ausbildung zu machen. Sie ist Heilpraktikerin geworden, hat das Examen als eine der Ältesten mit Bravour abgelegt und sich dann selbstständig gemacht.«

»Hört sich spannend an. Heilpraktikerin. Das erinnert mich, wenn ich mir ihr Bild vor Augen rufe, direkt an eine Kräuterfrau. So was in die Richtung.«

»Damit haben Sie vollkommen recht. Was aber zunehmend von den Menschen hier an der Küste abgewandelt wurde in den Begriff Kräuterhexe. Und damit ging das Mobben wieder los. Solange man sie nicht brauchte.«

»Das heißt, in der größten Not griff man doch auf ihre Künste zurück?«

»Nicht nur ›griff‹, nicht nur in der Vergangenheit. Evelyn ist über unsere engen Grenzen weg bekannt, sich auch hoffnungslosen Fällen zu widmen. Sie können sich vorstellen: wenn sich so was mal rumspricht. So viele Patienten kann sie gar nicht behandeln, wie bei ihr anfragen.«

Ingeborg Bruch schien ihren eigenen Worten noch nachzulauschen. Dann nahm sie die Kaffeetasse mit dem Goldrand, aus der sie bisher noch nichts getrunken hatte, und kippte den Kaffee in einem Zug hinunter.

»Puh, das tat gut nach meinem ganzen Gerede. Jetzt muss

ich aber wieder. Also: Denken Sie daran, draußen auf der Brücke das Schwein am Bauch zu streicheln.« Sie erhob sich.

Ruth stand ebenfalls mit auf, wenn auch etwas überrascht über den abrupten Abbruch des Gesprächs.

»Eine letzte Frage bitte noch: Woher wissen Sie das alles so genau?«

Wieder ertönte das trockene Lachen, das auch ein Husten hätte sein können: »Taxifahrer wissen immer alles, wussten Sie das nicht? Nein, im Ernst.« Ihre Stimme wurde noch dunkler, wenn das überhaupt möglich war. »Meine Schwester aus Berlin hatte einen unheilbaren Pankreastumor. Auch wir haben, als die Schulmedizin am Ende war, auf die Hilfe von Evelyn gesetzt.«

»Und?«, entfuhr es Ruth.

»Natürlich konnte auch sie keine Wunder vollbringen. Obwohl manche das von ihr behaupten. Man kann nicht sagen, ob meine Schwester noch Zeit herausgeholt hat, weil wir Evelyn vertrauten. Trotzdem: Sie hat uns ernst genommen. Noch etwas versucht, als alle anderen abgewunken haben. Immer noch einen Halm geboten, an den wir uns ein paar Tage klammern konnten. Ist das etwa alles nichts? Meine Schwester konnte schließlich Abschied nehmen. Würdevoller und selbstbestimmter, als es aus unserer Sicht in jeder ärztlichen Obhut möglich gewesen wäre.«

Ingeborg Bruchs braune Augen schwammen nun in Tränen, während sie stämmig auf ihren kurzen Beinen stand, den Autoschlüssel schon in der Hand und mit einer heiseren Stimme, die mit jedem Wort zu versagen schien. »Deswegen hat Evelyn es nicht verdient, auf der Straße zusammenzubrechen.« Sie räusperte sich. »Meine Meinung.«

Und war durch die Tür.

*

»Was möchtest du in der Mittagspause machen? Auf dein Zimmer gehen? Oder in den Garten? An den Strand? Allein oder mit mir?« Peter hatte ihre Tabletts abgeräumt und kehrte jetzt zu ihr an den Platz zurück.

Elena schüttelte den Kopf. »Ich weiß es nicht.«

»Sorry, ich wollte nicht, dass du so ins Grübeln verfällst.« Peter hatte sich wieder hingesetzt und legte ihr seinen Zeigefinger unter das Kinn, um es anzuheben. »Erst recht wollte ich keine Glitzertränen in deinen Augen sehen. Also, was kann ich tun, um es wiedergutzumachen?«

Seine Stimme war jetzt ganz weich. Elena wunderte sich erneut, wie schnell sich Peter der jeweiligen Stimmung anpasste. Er musste ein sehr empfindsamer Mensch sein, dass ihm das so gut gelang. Ob das das Einfallstor für die Krankheit gewesen war?

»Glaubst du, wir haben selber Schuld? Dass es ausgerechnet uns erwischt hat? Uns und nicht andere?«

»Was für eine Frage.« Peter schaute betroffen. »Elena, das habe ich nicht gewollt, dass du dich jetzt quälst.«

»Ist schon gut. Ich glaube fast, ich bin froh, darüber reden zu können. Also mit jemandem, der auch betroffen ist.« Sie stockte. »Also mal nicht nur mit den verständnisvollen Psychologen.«

»Weil sie das alle abtun?«

»Na ja, nicht direkt abtun. Aber sie halten es nicht für sinnvoll, zurückzublicken. Es ist, wie es ist, sagen sie, und man muss die Energie darauf verwenden, stark zu bleiben.«

»Eine ganz andere Haltung als manche Ärzte«, kommentierte Peter trocken.

Elena musste nun doch lächeln. »Stimmt. Die suchen schon eher nach einem externen Grund. Ich glaube, die sind froh, wenn sie einen handfesten Verursacher dingfest machen können. Haben sie aber bei mir nicht gefunden.«

»Das kann ich mir vorstellen. Bei mir dafür in Hülle und Fülle.«

»Oh, Peter!« Nun fühlte sich Elena schuldig. »Das wollte ich nicht.«

Peter lachte. »Kein Problem. Das habe ich alles hinter mir gelassen. Natürlich habe ich den Krankheiten Tür und Tor geöffnet: geraucht, gesoffen und – alles andere sage ich lieber nicht in deinem Beisein.«

»Das heißt doch nicht, dass du schuld bist.«

»In meinem Fall sprechen die Wahrscheinlichkeiten schon für sich. Ist ja nicht jeder ein Helmut Schmidt, der so davonkommt. Und wenn es nicht der Krebs gewesen wäre, hätte mir mein Körper schon an anderer Stelle Grenzen aufgezeigt.« Peter fasste sich ans Herz und krümmte sich schmerzhaft. »So.« Dann verzog er einen Mundwinkel. »Oder so«, sprach er verwaschen. »Oder im Rollstuhl wegen meiner Raucherbeine.«

Trotz des ernsten Themas konnte Elena nicht anders als lachen.

»Wie machst du das?«, fragte sie schließlich atemlos. »Von einer Stimmung in die andere. Du bist wirklich unglaublich.«

»Ich wollte es jetzt gar nicht ins Lächerliche ziehen. Wenn du sagst, es tut dir gut, darüber zu reden.«

»Ja, ich habe das Gefühl, das tut es.« Elena sah Peter in die Augen. Dann griff sie nach seiner Hand. »Ich weiß nicht, warum und wieso. Aber es tut mir gut. Das erste Mal. Hast du Lust, mit mir einen Spaziergang zu machen?«

Sie sah Peters erschrockenes Gesicht. »Nur einen kleinen. Einfach rund um die Klinik. Du musst nicht reden, falls es zu sehr anstrengt. Wenn wir nicht mehr können, setzen wir uns eben in den Park.«

Elena sah ein Flackern in den Augen von Peter und wusste es nicht recht zu deuten. Hatte sie etwas Falsches gesagt? Er hatte doch die Mittagspause mit ihr verbringen wollen. Sie setzte an, um ihren Vorschlag zurückzunehmen.

Doch schon war Peter aufgesprungen: »Die beste Idee von allen.« Er strahlte über das ganze Gesicht. »Wenn mir Gnädigste nur noch einmal fünf Minuten gewähren? Ich müsste nochmal schnell mein Näschen pudern. Bin gleich wieder da.«

*

»Sie bleiben hier, Schulz. Bitte lassen Sie sich einen Stuhl geben und setzen sich in Sichtweite von Marie Hafens Zimmer.«

Schulz nickte, aber sein Blick zeigte Verständnislosigkeit.

Bender seufzte leise. In Kiel war alles viel eingespielter gewesen. Natürlich wollte Schulz wissen, wie es weiterging und was genau sein Job war, wenn er dort vor der Tür postiert war. Die Blöße nachzufragen wollte er sich wohl nicht geben. Bender hatte wenig Lust, seine nächsten Schritte mit ihm zu besprechen. Aber ganz ohne ging es wahrscheinlich nicht.

»Grob zusammengefasst: Irgendetwas an dem Medikamentenmix in Marie Hafens Körper ist mehr als dubios. Ich will sichergehen, dass wir hier kein Motiv übersehen.«

»Habe ich verstanden«, antwortete Schulz und strich über seinen Walrossschnäuzer.

»Genau«, setzte Bender erneut an. »Die Kollegen kümmern sich um die Durchsuchungsbeschlüsse. Die sollten wir abwarten. Es wirkt nicht so, als hätte die Chefin hier großes Interesse, mit uns zusammenzuarbeiten.«

»Was nutzt es denn, wenn ich vor Marie Hafens Tür sitze und sie in der Zwischenzeit in der Akte herumpfuscht?«

»Da gehe ich mal nicht von aus. Das wird sich in der Kürze der Zeit nicht einfach so handhaben lassen. Die Akte verschwinden zu lassen, wird sie sich nicht trauen, da bin ich mir sicher.«

»Na dann ...«

Bender sparte es sich, den Satz ironisch zu ergänzen, wie es ihm normalerweise auf der Zunge lag. Er spürte eine große Müdigkeit in allen dienstlichen Gesprächen, andererseits wollte er mit der Ermittlungsarbeit vorankommen. Das leichte Zittern, das ihn durchlief, war ein sicheres Zeichen seiner Ungeduld.

»Also: Bleiben Sie in Sichtweite des Zimmers. Wenn Sie mit dem Personal oder den anderen Patienten ins Gespräch kommen – umso besser. Es geht nicht darum, dass Sie Fragen stellen, aber möglicherweise erfahren Sie etwas, das uns weiterhilft.«

»Wenn Sie meinen. Dann mach ich das.«

Bender spürte, wie er den Kontakt zu Schulz immer weiter verlor. Schulz würde Dienst nach Vorschrift machen, aber nichts weiter. Fraglich, ob er ihn informierte, wenn er etwas wirklich Interessantes erfuhre.

Bender nahm sein Taschentuch und tupfte sich über die Stirn. Er hatte weder Zeit noch Lust, sich um Schulz´ Stimmungslage zu kümmern. Auch wenn es strenggenommen zu seinen Führungsaufgaben gehörte.

»Wahrscheinlich wollen Sie wissen, was ich machen werde?«, fragte er den Polizisten, während er das Taschentuch in der Mitte faltete und es wieder in die Anzugtasche steckte.

Schulz brummte.

»Ich werde in die Praxis nebenan gehen und dort mal

hören, was es mit diesem Schimmer auf sich hat. Er scheint ja an der Behandlung beteiligt zu sein, wenn nicht sogar federführend verantwortlich gewesen zu sein.« Er stockte nachdenklich. »Höchst interessant, dass er anscheinend nicht aufzufinden ist.«

Ein gellender Schrei durchschnitt die träge Ruhe, die bisher auf den Fluren der Klinik gelegen hatte.

Bender sah Schulz an und sah die gleiche Alarmbereitschaft, die auch ihn durchzuckte.

»Lass mich. Lass mich. Ich will das nicht. Meine Schwester. Meine Schwester soll kommen. Doktor Schimmer. Herr Jansen. Bitte! Bitte!«

Die Stimme wurde mit jedem Wort greller. Bender lief hinter Schulz her, der trotz seines Gewichtes ein erhebliches Tempo vorlegte.

Die Schreie kamen aus einem Patientenzimmer, dessen Tür weit offen stand. Eine Krankenschwester beugte sich über eine Patientin, die sich wie von Sinnen im Bett aufbäumte. Soweit Bender es sehen konnte, schien sie einem Skelett gleicher als einem lebenden Menschen. Er wandte den Blick schamvoll ab.

Auch Schulz war automatisch vor der Tür stehen geblieben. Das war hier nichts, bei dem sie helfen konnten, so viel stand fest.

»Beruhigen Sie sich, bitte beruhigen Sie sich doch, Frau Heckel.« Die Stimme der Schwester war fest und gleichzeitig warm und mitfühlend.

»Holen Sie Doktor Schimmer, bitte.« Die Frau begann zu schluchzen. »Bitte«, wimmerte sie noch einmal, dann schien sie sich zu beruhigen.

»Ich rufe sofort die Ärztin, Frau Heckel. Ihre Schwester ist bestimmt schon auf dem Weg. Keine Angst. Ich bleibe bei Ihnen.«

Noch einmal erhob sich die Stimme der Patientin. »Bitte Doktor Schimmer. Oder Herr Jansen. Nur sie haben das richtige Medikament. Bitte, Schwester, ich flehe …« Abrupt versiegte die Stimme.

Die Schwester kam aus dem Zimmer gelaufen. Ein schrilles Piepsen erfüllte den Gang, über dem Zimmer der Patientin blinkte hektisch ein Lichtsignal.

Die Schwester stieß sie beide beiseite. »Weg hier. Aus dem Weg.« Und lauter: »Notfall. Ich brauche die Chefin. Den Notfallkoffer. Frau Heckel stirbt.«

*

Tom Jansen warf entnervt einen Blick auf sein Handy. Hatte gehofft, dass Schimmer sich meldete. Ihm eine Mail schickte, ihn anrief oder sogar vorbeikam. Stattdessen hatten all die Kleingeister, die sich Freunde nannten, ihn pausenlos mit überflüssigen Nachrichten wachgehalten. Von Schimmer – nichts.

Er fuhr sich mit den Händen durchs Haar und griff nach der Wasserflasche neben dem Bett. Fast wäre er nach vorne gekippt, weil er sich immer noch nicht an die Höhe seines Boxspringbettes gewöhnt hatte. Verdammt. Manchmal wünschte er sich seine alte Matratze zurück, mit der er jahrelang zufrieden war. Aber da konnte man sehen, wie empfänglich selbst er für diesen ganzen kapitalistischen Scheiß geworden war, schoss ihm durch den Kopf. Da musste einem so ein Möbelhaus nur lange genug, groß genug, bunt genug vorgaukeln, was zum Glücke fehlte. Dabei zeigte sich doch immer wieder, dass das Wenige der alten Zeiten ausgereicht hatte. Einerseits.

Andererseits hatte er keinen Bock mehr, sich weiter für dumm verkaufen zu lassen. Den Büttel für andere zu machen. Anderen den Hintern abwischen, im wahrsten Sinne des Wortes. Als wenn er nach den ganzen Berufsjahren nicht genauso viel checkte wie ein Arzt. In Wirklichkeit waren die es doch, die ihn oft genug fragten. Herr Jansen hier, Herr Jansen da. Zumindest in der Akutklinik war es so gewesen. Wenn die Assistenzärzte kamen, die keine Venenkatheter legen konnten, sogar manchmal schon an der Blutabnahme scheiterten. Dann durfte er den Job machen. Und verantwortlich hätten sie ihn auch gemacht, wenn was passiert wäre. Da machte er sich nichts vor.

Was konnten die schon besser als er? Blutwerte interpretieren – lachhaft. Selbst die Normwerte lieferte ihnen der Computer heute mit.

Zusammenhänge herstellen? So ein Quatsch. Wer redete denn mit den Patienten und erfuhr manchmal das eine Puzzleteil, das sie brauchten, um die richtige Diagnose zu stellen.

Bei den alltäglichen Diagnosen machte seine Routine sowieso viel mehr wett als das angelesene Wissen der Mediziner.

Aber es änderte sich nicht: Diese waren es, die nach wie vor vergöttert wurden. Von den Patienten, von den Schwestern. Von so einer wie Verena, die doch wusste, dass Schimmer es nicht draufhatte. Total unfähig war als Arzt. Während ihm, Tom, die Patienten vertrauten. Aber die Schnitte, die machte dann der Herr Doktor.

Nee, Tom würde sich nicht länger abhängen lassen. Um das Geld ging es ihm nicht. Geld machte nicht glücklich. Das war schon ganz richtig, was sie ihm von Kind auf beigebracht hatten.

Was er wollte, war etwas anderes. Dafür hatte er sich auf diesen Deal eingelassen. Den Deal mit Schimmer. Bei dem er die Drecksarbeit machte. Er war es, dessen Hände schmutzig wurden. Derjenige, der schuldig sein würde. Da hatte Schimmer falsch gedacht, wenn er glaubte, tot stellen würde ausreichen. So lief es nicht mit einem von seinem Kaliber. Nicht mit einem Tom Jansen.

Tom stand auf und stieß wütend mit dem Fuß gegen die Wasserflasche. Dass sich der Verschluss öffnete und das Wasser in die Ritzen des Laminats lief, freute ihn statt ihn zu ärgern.

»Ist doch nicht meine Baustelle«, murmelte er leise. Sollte doch der Vermieter einen neuen Boden legen, wenn er auszog. Und das würde bald sein, egal, wie sich die Dinge entwickelten.

Zähneputzen hielt er für überflüssig für das, was anstand. Er stieg in die Jeans von gestern und ließ das Shirt, in dem er geschlafen hatte, an. Dieser Schimmer sollte sehen, dass er es in Jansens Augen nicht wert war. Zwischen ihnen ging es um das Wesentliche, nicht um so ein Statusspiel der Äußerlichkeiten.

Wenn Herr Doktor sich nicht mit ihm in Verbindung setzte, dann würde er bei der werten Familie jetzt mal einen Hausbesuch abstatten.

In der Tür blieb Jansen kurz stehen. Überlegte. Schüttelte den Kopf und trat in den Flur. Überlegte es sich anders. Ging zurück. Zog die Schublade auf. Nahm das Messer heraus.

»Nur für alle Fälle«, sagte er laut, wie um sich selbst einen Grund zu liefern. »Man weiß ja nie.«

*

Ruth Keiser war nachdenklich sitzen geblieben, nachdem Ingeborg Bruch das Café verlassen hatte. Am liebsten hätte sie sich von der energischen Taxifahrerin zurück zu ihrem Ferienhaus bringen lassen, aber das ging ja nicht, schließlich stand ihr Auto auf dem Marktplatz und ihre Einkäufe lagen noch im Café Glücklich. Wie seltsam die Namen dieser beiden doch nahe beieinander liegenden Cafés sich in dieser Stadt ausnahmen. Morbid hatte Ingeborg Bruch die Stadt genannt. Ruth schüttelte den Kopf. Nicht nur die Stadt, sinnierte sie. Alles, was ihr gerade begegnete, erschien ihr höchst bedrückend: die Klinken und Kurhäuser, die Tote im Ferienort, die Heilerin im Cape.

Gedankenverloren griff sie nach der Speisenkarte und durchblätterte sie, ohne zu wissen, wonach sie suchte. So viele kranke Menschen auf der einen Seite und so viele Menschen auf der anderen Seite, die von diesen Kranken lebten. Die da waren und halfen, wenn das Leben nach einer schrecklichen Diagnose auf den Kopf gestellt wurde. Was, wenn das ihr passierte? Ein diffuses Gefühl von Schwäche durchzog Ruths Körper. Über so etwas machte sie sich normalerweise wenig Gedanken. Vorsorgeuntersuchungen hatte sie bisher abgetan. Wenn was wäre, wen würde es überhaupt interessieren? Ja, sicher Lisa-Marie. Andererseits: So eigenständig wie ihre Tochter war. Was Ruth als Glück empfand. Worauf sie stolz war. Aber blieb dann noch jemand in ihrem Leben?

Ruths Blick blieb an einer gesonderten Seite, die in die Karte eingefügt war, hängen.

»Feenwasser« stand über einem Getränk mit Beeren. Ob sie das mal versuchen sollte? Schließlich war heute alles verrückt und nach dem romantischen Café, in dem sie vorhin gestartet hatte, wäre diese zartrosafarbene Flüssigkeit aus dem Märchenland vielleicht der Abschluss eines surrealen Tages in Wismar. Der Schlüssel zurück in die Realität.

Sie kam sich albern vor, als sie das Getränk mit dem mädchenhaften Namen bestellte und war fast erleichtert, als sie den Alkohol unter der süß-herben Limonade schmeckte. »Lillet mit Wild Russian Berry«, hatte die Bedienung gesagt.

Der Likör verursachte einen leichten Schwindel, aber wahrscheinlich war es eher das Durcheinander ihrer Gedanken. Mit dem kurzen schwarzen Strohhalm pikste Ruth die dunkle Brombeere auf.

Heilende Hände schienen Menschen wie Evelyn zu besitzen, kehrten ihre Gedanken noch einmal zurück. Heilende Hände, die trotzdem unerwünscht waren in der Welt der Apparatemedizin. Natürlich wusste sie um die Kämpfe zwischen Schulmedizinern und Naturheilkundlern. Wem würde sie im Fall der Fälle eher vertrauen?

Ruth wusste es nicht. Wusste nicht, ob es besser war, sich im Vorfeld damit zu beschäftigen oder erst dann, wenn es notwendig werden würde. Als Psychologin hätte sie geantwortet: So wie derjenige es braucht. Es gibt kein Richtig und kein Falsch in solchen Fragen. Aber für sich selbst wusste sie keine Antwort. Wie Jakob wohl darüber dachte? Ruth musste unwillkürlich lächeln. Jakob als Apotheker musste eine Meinung dazu haben. Es wäre doch ein unverfängliches Thema, falls ihnen heute Abend der Gesprächsstoff ausgehen sollte.

Plötzlich kehrte ihre gewohnte Energie zurück. Sie trank ihren Cocktail aus, staunte darüber, dass auch auf der Toilette des Cafés Kleider und Schuhe als Second-Hand-Ware angeboten wurden, probierte spontan eine dort hängende Lederjacke an, befand sich darin im Spiegel für gut und zahlte deutlich entspannter, als sie in den letzten Stunden gewesen war.

Das auf dem Rücken liegende Schwein auf der Schweinsbrücke wurde von ihr gestreichelt und sie lachte hell auf, als ein japanisches Mädchen sie dabei beobachtete und fotografierte. Im Café Glücklich sammelte sie ihre Bücherkäufe ein, die in der Aufregung um den Krankentransport von Evelyn dort liegen geblieben waren. Es machte ihr fast nichts mehr aus, dass das Buch über Wechseljahre aus der Hülle gerutscht war und nun gut sichtbar für die junge Frau, die ihr die Sachen reichte.

»Besser alt werden als krank«, nuschelte Ruth beim Hinausgehen vor sich her. Dann blieb sie stehen und schaute ins helle Sonnenlicht, das sich bis in die enge Gasse ergoss, und grinste breit: »Und wenn's mit Selbstgesprächen anfängt.«

*

Frau Doktor Baltrup kam mit eiligen Schritten aus dem Patientenzimmer. Bender und Schulz waren bis zur Sitzgruppe am Ende des Flures gegangen, nachdem alle notfallmäßig das Zimmer der Patientin gestürmt hatten.

Sie hatten sich beide angeschaut und zugenickt. Hier bedurfte es keiner Worte: Vor der Tür stehen zu bleiben erschien ihnen beiden pietätlos.

Nun aber wandten sie sich der Ärztin zu.

Frau Doktor Baltrup sprach im Gehen zu der hinter ihr herlaufenden Schwester, die kaum Schritt halten konnte: »Ich will Schimmer sehen. Es ist mir egal, dass alle sagen, er sei heute nicht auffindbar. Ich will augenblicklich Schimmer sehen. Kümmern Sie sich. Sofort.«

Erst dann wandte Baltrup ihr Gesicht nach vorne und blieb abrupt stehen, als sie Bender und Schulz im Flur wartend sah.

Bender registrierte die Wut im Gesicht der Ärztin,

die ihm nicht zur Situation zu passen schien. Die Frau kam aller Wahrscheinlichkeit nach aus einem Sterbezimmer. Aus dem Zimmer einer Patientin, die offenbar keine Chance hatte, gesund zu werden. In einer Klinik, die sich auf solche Fälle spezialisiert hatte.

Bender war immer davon ausgegangen, dass in solchen Kliniken Sanftmut und Frieden den Umgang mit den Kranken bestimmte. Was – um Himmels willen – mochte dann der Auslöser für die Wut in der Mimik und der Stimme der Ärztin sein?

»Sehen Sie nicht, wie unpassend Ihr Erscheinen in unserer Klinik ist? Dass Sie hier unsere Abläufe stören, wenn nicht gar vollständig durcheinanderbringen?«

Die Ärztin blaffte Bender in einer Art an, dass er augenblicklich von Schuldgefühlen durchdrungen war. Eine Sekunde, zwei vielleicht. Dann gewann seine Selbstbeherrschung wieder Oberhand. Nichts konnte er ursächlich für die akuten Geschehnisse. Mit der Moralkeule musste ihm Frau Doktor Baltrup nun nicht kommen.

Er dachte nicht daran, den Fehdehandschuh aufzugreifen. Er konnte auf lange Sicht nur punkten, wenn er die Contenance nicht verlor.

Er schaute hinunter auf seine Hände, die er wohl unbewusst angesichts der Situation gefaltet hatte.

»Ist die Patientin …?« Er vollendete den leise gesprochenen Satz nicht, sondern hob stattdessen fragend die Augenbrauen.

»Schon mal was von Datenschutz und Schweigepflicht gehört, Herr Kommissar?« Das letzte Wort spuckte sie ihm fast vor den Kopf, so erregt war ihre Stimme. »Das geht Sie einen feuchten Dreck an, wenn ich so sagen darf.«

Bender fand nicht, dass sie so sagen dürfte, schließlich vertrat sie die akademische Oberschicht, die sich normalerweise durch ihre Wortwahl auszeichnete, aber es leuchtete Bender ein, dass eine entsprechende Replik an dieser Stelle ihn in der Sache nicht weiterbrächte.

»Ich verstehe«, sagte er stattdessen. »Trotzdem habe auch ich meine Aufgaben zu erfüllen. Der ungeklärte Todesfall in Ihrer Klinik …«

»Es gibt keinen ungeklärten Todesfall in meiner Klinik.« Frau Doktor Baltrups Stimme schraubte sich in die Höhe.

Bender atmete tief durch. »Stimmt, wenn man ausschließlich von der Örtlichkeit ausgeht. Aber es handelt sich um eine Patientin Ihrer Klinik. Allein deswegen müssten doch auch Sie Interesse haben, den Mord aufzuklären.« Bender wollte nicht länger Zeit vergeuden. »Verstehen Sie, wir reden von Mord. Wenn das Ihnen hilft, die Brisanz der Situation zu verstehen.«

»Mord, ja, Mord, habe ich verstanden. Ich habe jeden Tag mit dem Tod zu tun. Marie Hafen hätte vielleicht einfach mal ein wenig demütiger sein können, angesichts dessen, dass wir uns für ihre Gesundung ein Bein ausgerissen haben. Aber sie war immer schlauer als wir alle. Als wenn sie Medizin studiert hätte und nicht wir. Wer weiß, wen sie da draußen noch provoziert hat. Denn das konnte sie: provozieren. Und jetzt lassen Sie mich Gott verdammt meine Arbeit tun.«

»Moment.« Bender legte alle Schärfe in das eine Wort. Frau Doktor Baltrup blieb stehen.

»Ja?«

»Was ist mit Doktor Schimmer? Wieso ist er unauffindbar?«

»Was weiß denn ich? Wenn ich hellsehen könnte, würde ich schon nicht mehr hier arbeiten, glauben Sie mir das.« Mit einer müden Geste strich sich die Ärztin eine Haarsträhne aus dem Gesicht.

»Das glaube ich Ihnen.« Bender gab sich versöhnlich »Trotzdem: Wir müssen mit Schimmer sprechen, wie Sie sich denken können.«

»Das kann ich mir sogar besser denken, als Sie glauben. Auch wenn ich mir und dieser Klinik hier schaden sollte, mit dem, was ich Ihnen jetzt sage: Am besten reden Sie direkt einmal mit Tom Jansen. Vielleicht sind Sie dann ein wenig schlauer. Dann kann ich mich nämlich um die sterbende Frau hinter dieser Türe kümmern. Und hoffentlich dafür sorgen, dass ihre Schwester noch rechtzeitig kommt. Also bitte: Suchen Sie Doktor Schimmer.«

*

Elena schaute besorgt auf Peter. So munter er sich auch zu geben versuchte, sie merkte ihm die Belastung des Spaziergangs an. Sein Gesicht war blass, markiert von violetten Flecken und blauen Lippen. In den letzten Minuten war er immer ruhiger geworden, weshalb Elena das Reden übernommen hatte.

Ganz gegen ihre Art. Es tat ihr gut, sich endlich einmal alles von der Seele zu reden.

»Ich habe wirklich gedacht, mich kann es nicht treffen. Eigentlich gab es keine nennenswerten Risikofaktoren.« Elena schaute Peter an, der sie anlächelte und nickte. Wie gelassen er damit umging, dass es bei ihm ganz anders war.

»Ich bin sogar diszipliniert zu jeder Vorsorgeuntersuchung gegangen. Immer in dem Glauben, dass ich dadurch so gut wie sicher bin. Ich weiß, dass das nicht stimmt. Die Untersuchung verhindert das nicht, also die Krankheit, aber irgendwie war es vom Gefühl her dann doch so.«

»Und dann die Diagnose?« Peters Worte kamen gepresst hervor, und Elena griff unwillkürlich nach seinem Arm.

»Komm, lass uns zu Georgs Strandbude gehen. Da können wir beim Reden gemütlich aufs Meer schauen und uns einen Kaffee gönnen.«

Peter nickte. »Ich weiß auch nicht, was heute los ist.«

Elenas Blick streifte seinen abgemagerten Körper. »Ist doch okay. So ist das bei uns Kranken. Mal besser, mal schlechter.«

Peter grinste schief. »Na ja, bei mir eher schlechter und bei dir eher besser.«

Elena schaute ihn betroffen an.

»Stopp! Nicht dieser Blick. Es ist vollkommen in Ordnung.« Peter war stehen geblieben und atmete schwer. »Erzähl weiter.«

»Selbst als ich die Aufforderung bekam, mich wieder vorzustellen nach der Mammographie, habe ich nicht damit gerechnet, dass etwas sein könnte. Ich fühlte mich auf eine ganz naive Art geschützt.«

Elena schwieg. Diese Tage damals, als die Diagnose zwar schon in der Luft lag, aber noch nicht ausgesprochen war, kamen ihr noch im Rückblick vollkommen unwirklich vor. Wie hatte sie nur einfach weitermachen können. Wieso hatte es kein inneres Warnsystem gegeben, das klare Botschaften gesandt hatte. Eine Störanzeige wie bei der Elektronik im Auto, die man dann auslesen konnte, um zu wissen, wo der Fehler lag. Sie hatte in sich hineingehorcht und nichts finden können. Ihr Körper signalisierte Normalzustand, während er dem Feind in ihr freie Bahn ließ.

»Am Anfang war da nur das eine Wort, das alles ausfüllte. Nachdem es endgültig feststand. Ich konnte nichts von dem, was gesagt wurde, unterscheiden. Wusste nicht, wie meine Chancen sind, weil dieses eine Wort von einer Sekunde auf die andere alles zerstörte. Heilung? Würde es niemals geben. Es würde niemals mehr der Zustand eintreten wie vor der Krankheit. Nie wieder ohne Angst.«

Elena schwieg wieder und war dankbar, dass Peter gar nicht erst versuchte, etwas zu sagen. Er verstand wahrscheinlich viel zu gut, was sie auszudrücken versuchte.

Mittlerweile waren sie schon fast an der Strandbude angekommen. Peters Schritte wurden tastender im Sand, der hier die Bohlen überdeckte. Seine Hand griff nach dem Holzlauf, der den Weg von den Dünen abgrenzte.

Georg grüßte mit erhobener Hand und deutete auf die Sitzbänke vor der Standbude. »Wollt ihr? Sind gerade frei geworden.«

»Man muss ja auch mal ein wenig Glück im Leben haben«, meinte Peter, und wieder schaute Elena ihn irritiert an.

Stand Peter tatsächlich so abgeklärt über den Dingen, oder tat er nur so?

Georg lachte. »Richtige Einstellung, Peter. Du machst alles richtig. Setzt euch mal, ich bringe euch den Kaffee.«

Scheint irgendwie ein Männerding zu sein, überlegte Elena, aber ihre Gedanken kehrten sofort wieder zurück zu den letzten Wochen und Monaten. Es war, als wäre ein Damm gebrochen und sie konnte einfach nicht aufhören, darüber zu reden.

»Zuerst habe ich gedacht, okay, dann ist es das ja wohl. Dann soll jetzt aber auch sofort Schluss sein. Jetzt und hier. Ich weiß noch, wie ich darüber nachdachte, wie ich dem Ganzen ein schnelles Ende setzen könnte. Gedanken, die ich nie zuvor hatte. Dabei hatte niemand auch nur etwas von unheilbar gesagt. Irgendwie taten alle so, als wären die Chancen gar nicht so schlecht. Immer mit Vorsicht ausgedrückt und ständigen Wenn und Abers. Ich wusste nicht, was auf mich zukommt und wollte es einfach nicht, dieses schrittweise Vorwärtsschreiten, erst mit Hoffnung, dann mit Wut, mit Verhandeln und erst spät die Resignation.«

»Kübler-Ross«, sagte Peter neben ihr.

Elena schaute ihn erstaunt an. »Was?«, fragte sie, aus ihren Gedanken herausgerissen.

»Die Phasen des Sterbens nach Kübler-Ross, einer amerikanischen Psychiaterin. Lernt man halt, wenn die Diagnose so aussichtslos ist wie bei mir.«

»Ach, Peter. Tut mir leid. Ich höre auf. Das muss ja furchtbar sein, was ich hier von mir gebe.«

Peter schaute jetzt schon wieder munter und draufgängerisch. Sie wurde nicht schlau aus ihm.

Peter nahm ihre Hand. »Nein, sprich weiter. Ich bin froh, dass du in Worte fasst, was wohl jeder von uns gedacht hat. Wobei ich sagen muss: Mein Körper hatte die Signale schon längst ausgesandt und ich habe erfolgreich darüber hinweggesehen. Ich wollte es einfach nicht wissen. Nicht wissen und nicht wahrhaben.«

»Nein.« Elena schaute erschrocken. »Das heißt, wenn du früher zum Arzt gegangen wärst ...« Sie sprach den Satz nicht zu Ende.

»Wer weiß. Wäre auch keine Garantie gewesen. Überhaupt? Wem soll man glauben? Die einen verteufeln die Chemos, die nächsten prangern alle Naturheilmethoden an. Du weißt einfach nicht, welche Entscheidung die richtige für dich ist. Leider ist es kein Spiel, bei dem man falsche Entscheidungen noch einmal nachkorrigieren kann. Sieh dir Steve Jobs an.«

»Stimmt.« Elena biss sich auf die Lippe. Für sie hatten die Fragen letztendlich keine Rolle gespielt. Nach dem ersten Schock hatte sie sich ohne Zweifel an der Notwendigkeit dem kompletten Programm der Schulmedizin unterworfen. Wenn sie den Ärzten glauben durfte, war alles hervorragend gelaufen. Bisher jedenfalls. Elena zupfte verlegen das Tuch ein Stück weit runter in die Stirn. »Und bei dir? Du wirkst so sicher trotz ...« Sie stockte.

»Trotz der unheilbaren Prognose. Ich weiß. Aber was soll ich machen? Ich habe beschlossen, einfach jeden Tag so gut es geht zu genießen. Es sollte wohl so sein.«

»So einfach?«

Georg kam mit einem blauen und einem weißen Becher. »Na, ist das ein Service, meine Lieben? Und erst das Meer heute. Spiegelglatt, nur für euch.«

Elena und Peter lachten und probierten vorsichtig den Kaffee.

»Ja, so einfach. Ich glaube, es ist einfach vorherbestimmt. Ein implantiertes Programm zur Selbstzerstörung.«

»Aber warum sollte das so sein? So ungerecht verteilt? Dann wäre ja alles, was man selbst dazu beiträgt, vollkommen umsonst.« Elena merkte, wie ihre Stimme lauter wurde.

»Ach, ich weiß doch auch nicht. Lass mich einfach ein wenig Herumphilosophieren beim Blick aufs Meer. Weiß ja doch keiner, was wirklich dahintersteckt. Aber das Meer, das tröstet, so viel ist sicher.«

»Ja, das tut es.« Elena sprach nun wieder ruhiger. »Am Anfang, als es hieß, ich sollte hierhin zur Reha, da habe ich gesagt, nein, das geht nicht. Ich kann nicht ans Meer, das ich so liebe. Das zerreißt mir das Herz. Wenn ich jeden Tag vorgeführt bekomme, was ich verlieren könnte. Das Meer steht einfach für die Schönheit des Lebens.«

»Und für die Ewigkeit. Meinst du nicht? Das Meer und der Himmel und die Sterne. Das kann doch nicht einfach nur so da sein. Da muss doch was dahinterstecken. Irgendwas. Und dieses Irgendwas macht den Sinn. Dass wir nicht verloren gehen.«

Elena konnte die Traurigkeit und Ergriffenheit in Peters Stimme hören. Sie traute sich nicht, ihn anzuschauen, sondern tastete nur nach seiner Hand, so wie er es eben bei ihr gemacht hatte. Das war es, was jeder brauchte, keine Worte, aber eine haltende Hand.

»Gibt es nichts, was du noch versuchen könntest? Diese neue Immuntherapie, von der alle sprechen? Hast du mit deinen Ärzten einmal darüber gesprochen?«

»Ja. Passt aber bei mir nicht. Ist nicht für alle Tumorarten geeignet. Ich habe mir was ausgesucht, was todsicher ist.« Er lachte heiser. »Todsicher.«

»Hör auf.« Elena durchfuhr ein eisiger Schauer. »Es gibt doch bestimmt noch etwas, was du tun kannst.«

»Mache ich ja.«

»Ach? Was denn?« Elena klang hoffnungsvoll und neugierig. Also war Peter doch nicht ganz so abgeklärt, wie er immer tat.

Er griff in seine Hosentasche und holte einen Tabakbeutel hervor. »Na, das Beste überhaupt. Ich kiffe.«

Bevor sich Elena von der Überraschung erholen konnte, schob sich ein großes weiß-beiges Fellknäuel zwischen Elena und Peter und leckte an ihren ineinander liegenden Händen. Elena zog erschrocken ihre Hand zurück und sprang auf. Erstaunt nahm sie wahr, wie Peter sich zum Hund nach vorn beugte und ihm den Nacken kraulte.

»Florence, mein Mädchen, was machst du hier? Hier ist doch gar kein Hundestrand. Wo hast du denn dein Frauchen gelassen?« Peter sah auf. »Wo Florence ist, ist Evelyn nicht weit.«

»Wenn du dich mal nicht täuschst«, sagte Georg, der um die Ecke kam. »Dabei wünschte ich, dass es genau so wäre.«

*

Ruth schaute ungläubig auf die Uhrzeit, die im Armaturenbrett angezeigt wurde, als sie ihr Auto startete. Wie unglaublich lang ihr der Tag schon vorkam. Dabei war es immer noch Nachmittag und wenn sie zum Ferienhaus zurückfuhr, wäre es immer noch zu früh für ihre Verabredung mit Jakob. Nervös tippte sie auf ihrem Lenkrad herum und schaute sich im Rückspiegel an. Das Wetter war herrlich und sie hatte sich fast den ganzen Tag nur in geschlossenen Räumen aufgehalten, sah man von dem unsäglichen Tennisspiel heute Morgen einmal ab. Ruth schnitt sich eine Grimasse im Spiegel zu bei dem Gedanken, wie sehr Anne und Martin sie aufgeregt hatten. Sie konnte schon manchmal ganz schön ungerecht sein. Ob sie einfach mal am Strand vorbeifahren sollte? Vielleicht hatte sie Glück, traf die beiden dort wie gestern und könnte etwas versöhnt in den Abend starten. Ein paar weitere Sonnenstrahlen würden ihrem Gesicht auf jeden Fall guttun und die Ringe, die sich seit neuestem unter ihren Augen zeigten, kaschieren. Egal, wo ihre derzeitige Müdigkeit und Misslaune herkamen, sie würde beidem ab sofort etwas entgegensetzen.

Schwungvoller als geplant gab sie Gas. Sie umkreiste den großen, viereckigen Platz mit seinen alten Gebäuden, dem Rathaus, den vielen Restaurants mit so wohlklingenden Namen wie »Alter Schwede« und dem berühmten Wasserspeicher. Vielleicht hatte jemand der anderen Lust, mit ihr in den nächsten Tagen die alte Hansestadt zu erkunden. Sie würde – was würde sie? Jakob fragen?

»Mach dich nicht lächerlich, Ruth«, sagte sie laut in den Fahrtwind hinein. »Los, ab an den Strand mit dir, bevor deine Gedanken zu übermütig werden.«

Als bräuchte sie ein Ventil, hupte sie laut, bevor sie den Marktplatz endgültig über die Straßen stadtauswärts verließ.

Sie genoss die Fahrt durch die hoch stehenden Weizenfelder. Einige waren schon abgemäht und die runden Ballen sahen aus wie behäbige Fässer, die nach einem nächtlichen Wettrollen von Riesen gelangweilt zurückgelassen worden waren.

Als sie die Wohlenberger Bucht erreichte, an der entlang sie jetzt dem Meer folgen konnte, schaltete sie das Autoradio an. Sie hatte ausnahmsweise einmal keine Lust auf ihre Konservenmusik. Sie entschied sich für den Sender N-Joy, dessen Musik gut zu ihrer Stimmung passte. Bis die Stimme der Moderatorin das aktuelle Musikstück unterbrach.

»Uns erreicht gerade eine Eilmeldung. Im Fall der getöteten Joggerinnen scheint es einen Fahndungserfolg zu geben. Die Polizei hat den mutmaßlichen Täter gestellt. Weitere Informationen folgen in einer Pressekonferenz, die für 17.30 Uhr in Schwerin anberaumt ist. Wir schalten selbstverständlich live dazu. Jetzt geht's weiter im Programm.«

Ruth seufzte tief durch und drehte das Radio ab. So war das Leben. Tragische Meldungen inmitten von Guter-Laune-Musik. Daran konnte man verzweifeln. Oder es als gegeben hinnehmen.

Als sie von der Ostseeallee in Richtung Strandpromenade abbog, warf sie einen Blick in Richtung Tatort. Erst gestern hatte dort das Opfer gelegen. So nah und schon wieder so fern. Gut, wenn der Täter gefasst war. Ob Bender sich später melden würde, um zu berichten, wie ihnen der Ermittlungserfolg gelungen ist? Er war sicher schon zurück in Schwerin.

Sie würde nun erstmal Anne und Martin am Strand suchen. Keiner von ihnen würde jetzt im Urlaub Ermittlungshilfe leisten müssen. Was ja auch schon was war, lächelte sie sich noch einmal im Spiegel zu, bevor sie ihren Rucksack nahm und ausstieg.

*

»Was? Ihr habt was?« Bender brüllte in das Handy, das Schulz ihm gereicht hatte.

»Wenn Sie erreichbar gewesen wären, wüssten Sie es schon längst. Sie können zurück nach Schwerin kommen. Wir haben das Schw…, den Mann. Für die Zukunft empfehle ich mal ein Update der Kommunikationstechnik. Sputen Sie sich, wir erwarten Sie zur Pressekonferenz.«

Bender ließ für einen Moment das Handy sinken, das er fest ans Ohr gepresst hielt, obwohl Schulz es ihm zuvor auf laut gestellt hatte. Irritiert schaute er Schulz an. »Was heißt das, sie haben den Mann?«

Schulz zuckte mit den Schultern. Sein Blick war verlegen wie so oft in den letzten Stunden.

Er nahm das Telefon wieder ans Ohr. »Pressekonferenz? Ihr scheint euch ja verdammt sicher zu sein. Gibt es ein Geständnis? Für alle Taten?«

»So gut wie. Natürlich muss das nochmal abgeklopft werden. Sie wissen schon: Anwaltlicher Beistand. Aber wir sind uns sicher.«

»Sicher«, versuchte Bender zu höhnen, aber es wirkte wie ein mattes Hauchen.

»Sicher«, bestätigte umso überzeugter Hofmann in Schwerin. »Also, packen Sie dort ein, grüßen Sie die Kollegen vor Ort und bedanken sich für deren Unterstützung. Richten Sie aus, wir melden uns mit den Einzelheiten später. Schaffen Sie es rechtzeitig? Die Pressekonferenz beginnt um halb sechs.«

»Das scheint mir nicht erforderlich, meine Teilnahme.«

Bender hatte sich einen Ruck gegeben und hielt jetzt das Telefon ein Stück weit von seinem Ohr entfernt. Er nickte Schulz zu. »Dann muss ich hier nicht mit fliegenden Fahnen das Feld verlassen.«

Hofmann antwortete nicht sofort. Bender ahnte, wie er sich drüben in Schwerin mit Blicken verständigte und absprach.

»Okay. Aber wir verstehen uns richtig: Die Ermittlungen bei Ihnen sind eingestellt. Sie können für heute Feierabend machen.«

»Feierabend?« Bender glaubte sich zu verhören. So ein banales Wort, wie bei einem Werksarbeiter, bei dem das Schichtende angezeigt wird? »Feierabend gibt es nie nach einem Mord.«

Hofmann blieb gelassen. »Nennen Sie es, wie Sie wollen. Sie wissen, was ich meine. Ich möchte das nicht weiter ausschmücken oder härter formulieren.« Bender hörte durch das Telefon, wie Hofmann schluckte. »Es tut mir leid.«

※

Ruth sah Anne und Martin den Strandaufgang hochkommen, als sie die Strandbude schon fast erreicht hatte. Enttäuscht wollte sie stehen bleiben, als sie sah, wie Martin auf zwei frei werdende Plätze direkt neben der Theke zeigte. Ein Mann und eine Frau hatten sich gerade erhoben und übergaben ihnen lächelnd die Plätze.

»Hey, ihr beiden Sommerfrischler, kann ich noch zu euch dazu?«, rief sie, als Martin sie entdeckte.

Anne sprang auf und stolperte beinahe über einen großen Hund, der sie in die Knie stupste.

»Anne, Vorsicht, Florence ist hinter dir. Ach Gott, Florence, was machst du denn hier? An dich habe ich gar nicht gedacht.« Ruth hockte sich vor den Hund und kraulte seinen Nacken. Das Fell war weich und Ruth verstand, wie tröstend so ein Tier sein konnte. Sie legte ihre Stirn einen kurzen Augenblick an den Kopf des Hundes.

»Ruth?«

Ruth hörte die Verwunderung in Martins Stimme.

»Woher kennst du den Hund? Ich dachte, du bist erst vorgestern angereist?« Martins Stimme polterte, wie so oft, wenn er irritiert war.

Ruth schaute auf. »Vorgestern, ja. Stimmt. Obwohl es mir ganz anders vorkommt.«

»Ruth, alles in Ordnung mit dir?«

»Ach, Martin, ich weiß nicht, ich habe gerade das Gefühl, als sei gar nichts in Ordnung. Nicht bei mir und nicht bei anderen. Dabei könnte ich dir noch nicht einmal erklären, worum es geht. Wie ein großer Weltenschmerz.« Sie stockte. »Nichts, was mich umhaut«, schob sie schnell hinterher, als ihr Martins Burnout einfiel, »eher so was, wie ich es eher in der Pubertät verortet habe.« Sie lächelte. »Sind das nun die berühmt-berüchtigten Wechseljahre, Anne?«

Sie sah, wie Martin verlegen wegschaute. Das brachte Ruth schon wieder zum Lachen.

Anne grinste. »Wechseljahre. Könnte sein. Es sind auf jeden Fall fast immer die Hormone, die unsere Gefühle ins Ungleichgewicht bringen. Egal, welchen Namen wir dem Ganzen geben.«

»Na, das hilft mir ja sehr viel weiter. Aber was soll's. Jammern hilft nicht, meistens jedenfalls nicht. Was ist mit euch? Das Sonnenbaden für heute beendet? Ihr seid mächtig braun geworden.«

»Meine Hautarztkollegen lassen grüßen, ich weiß«, erwiderte Anne. »Aber nichts hebt meine Stimmung mehr als ein Sommertag am Meer. Ich sammle Sonnenstunden für das lange Herbst- und Winterhalbjahr auf Norderney. An meinen Arbeitstagen sehe ich dort viel zu wenig Licht, auch wenn alle meinen, auf der Insel wäre das anders.«

»Da habe ich etwas, was hilft. Egal, ob Winter oder Sommer: Ich empfehle den besten Kaffee der Welt oder, na gut, der Ostsee, aber ganz bestimmt den besten Kaffee aller Strandbuden.«

Ruth blickte hoch und sah Georg ins Gesicht. Er und sein Team hatten ihr gerade noch gefehlt nach den markigen Sprüchen von gestern.

»Ich gebe einen aus«, ließ er jetzt verlauten. »Wegen gestern. Ich habe da noch etwas gutzumachen.«

»Schon okay.« Ruth erhob sich und reichte Georg die Hand. »Frieden, ja? Von beiden Seiten.«

Georg nickte. »Dann hole ich mal eine Runde Friedenswasser. Mit der Pfeife, das kommt ja heutzutage nicht mehr gut.« Er pfiff leise. »Florence, komm. Lass die Leute in Ruhe. Die wollen Urlaub machen und nicht wie ich den Hundesitter spielen. Da hat mir dein Frauchen heute was eingebrockt. Lass sie mal kommen, von wegen nur kurz.« Er drehte sich um und schimpfte im Gehen weiter vor sich hin.

Ruth räusperte sich. »Sie passen heute auf Florence auf? Weil Evelyn nach Wismar gefahren ist?«

Erstaunt drehte Georg sich um.

»Sie kennen Evelyn? Und wissen, dass sie nach Wismar gefahren ist? Wieso? Ich verstehe nicht? Sind Sie eine ihrer Patientinnen?« Sein Blick tastete sie ab. Wahrscheinlich suchte er nach den versteckten Hinweisen einer todbringenden Erkrankung, mutmaßte Ruth, nachdem was die Taxifahrerin ihr von Evelyn erzählt hatte.

»Können wir doch erst einen Kaffee haben?«, fragte sie

mit entschuldigendem Blick. »Das Erklären, warum und woher ich Evelyn kenne, könnte etwas dauern. Ich hätte auch direkt einige Fragen, wenn wir schon dabei sind.« Sie blickte Anne und Martin mit großen Augen an. »Das wird euch sicher interessieren«, sagte sie bedeutungsschwanger. Sie schaute wieder zu Georg. »Den Hundesitter werden Sie wohl noch etwas länger geben müssen. Evelyn kommt heute jedenfalls nicht zurück.«

*

»Das geht nicht. Auf gar keinen Fall. Bei aller Liebe nicht. Auch nicht für Evelyn.« Georg schien sich gar nicht mehr zu beruhigen.

Den Kaffee hatte ihnen Jens gemacht. Schon dazu war Georg vor lauter Aufgebrachtheit nicht mehr in der Lage gewesen. Er hatte sich einen Schemel aus der Strandhütte geholt und sich laut schimpfend zu ihnen gesellt. Anne hatte sich auf Martins Knie gesetzt, damit Ruth sich neben sie auf die Zweierbank aus Palisaden setzen konnte. Florence lag vollkommen entspannt vor ihnen und ließ sich von Ruth kraulen. Der Hund schien nicht zu merken, dass sich alle Aufregung um ihn drehte.

Jens war einen Moment bei ihnen stehen geblieben, als er die Kaffeebecher auf einem Tablett herausbrachte. »Komm, Georg, bleib mal ruhig«, sagte er. »Wird sich schon eine Lösung finden, tut es doch immer.«

Georg warf ihm einen so finsteren Blick zu, dass Ruth schon jetzt am Gelingen zweifelte.

»Vor allem: Lass dir doch erst mal erzählen, was los ist.« Jens drehte kopfschüttelnd ab. »Wenn ihr noch was braucht, sagt Bescheid. Easy going, haben wir auf Tobago immer gesagt.«

Ruth blickte Jens hinterher und hätte ihn gerne gefragt, was Tobago und diese kleine Strandbude an der mecklenburgischen Ostsee miteinander zu tun hatten, aber das war nun beileibe der falsche Zeitpunkt, gestand sie sich ein.

So ließ sie Georg einen großen Schluck Kaffee trinken und begann zu erzählen. Zu allererst, dass wohl der Täter der getöteten Frau gefasst sei, es sei eben als Eilmeldung verkündet worden. Und dass nähere Einzelheiten erst am späten Nachmittag mitgeteilt würden. Die Erleichterung, die diese Mitteilung mit sich brachte, ließ auch Georg allem Anschein nach etwas ruhiger den weiteren Ausführungen von Ruth folgen, die von allem berichtete, was sie in Wismar erlebt hatte.

Georg stöhnte und legte beide Hände vor sein Gesicht. »Tut mir leid. Ist alles ein bisschen viel. Und verworren. Um aber auf den Ausgangspunkt zurückzukommen: Ich kann den Hund nicht behalten.«

»Warum denn nicht?«, fragte jetzt Anne. Sie tat es mit so leichter Stimme, dass Georg nicht sofort wieder aufbrauste. Er drehte sich zu ihr und zeigte gleichzeitig auf den Strand.

»Da vorne ist der Hundestrand. Nicht hier. Das ist streng geregelt. Selbst, wenn ich Florence nur hier oben an der Strandbude lasse, ist das nicht okay. Da gibt es bestimmt welche, die sich aufregen werden. Und dann braucht Florence ja auch Auslauf.«

»Das kann ich gerne übernehmen. Oder wir drei zusammen. Oder abwechselnd. Nicht wahr, Martin? Ruth, du doch auch?«

Ruth blickte fragend zu Anne. Was war denn mit ihr los? Setzte sich hier gerade das Helfer-Gen durch, das sie als Ärztin sicherlich hatte?

»Ja, natürlich«, antwortete sie zögerlich, obwohl sie zu Verpflichtungen dieser Art kaum Lust hatte.

Martin dagegen nickte begeistert. »Aber sicher, das machen wir. Kein Problem.«

Georg nickte nachdenklich. »Das ist nett. Rettet mich aber nicht. Wohin soll Florence denn über Nacht? Meine Frau hat eine Tierhaarallergie.«

»Mal überlegen.« Anne schaute wieder erst Martin, dann Ruth an. »Dann könnten doch wir …«

»Dann könnten doch wir den Hund mitnehmen, meinst du?« Martin strahlte. »Ja, warum nicht? Eine hervorragende Idee. Wir kümmern uns einfach die nächsten Tage.«

Doch dann sagte Anne: »Moment. Es gibt noch einen Haken. Unser Ferienhaus.«

Georg setzte sofort wieder eine besorgte Miene auf.

»Wir sind als tierfreies Haus in der Anlage registriert. Ich weiß das ziemlich genau, weil meine Eltern das damals lange diskutiert haben.«

»Oh nein. Das macht unseren Plan natürlich zunichte.« Martin zuckte bedauernd die Schultern. Dann erhellte sich seine Miene. »Und Ruths Ferienhaus? Das auch?«

»Das weiß ich nicht. Können wir aber nachsehen. Komm, rufe mal die Seite im Smartphone auf.«

Niemand schien Ruths Proteste wahrzunehmen. Martin, Anne und Georg hatten ihre Handys gezückt und wischten hektisch über ihre Displays.

Anne rief als erstes: »Hier, ich habe es. Haustiere erlaubt. Alles wird gut. Schlag ein, Martin.« Sie hielt ihm ihre Handfläche zum Abklatschen hin.

»Hallo! Darf ich auch einmal mitreden? Was soll das heißen? Dass ich jetzt Florence bei mir aufnehmen MUSS, weil es bei euch allen nicht geht?« Wieder kraulte Ruth das Fell des Tieres. Gleichzeitig dachte sie an ihre Verabredung mit Jakob. »Ich wollte doch heute Abend noch einmal weg. Vielleicht ja auch mit euch«, schob sie noch schnell hinterher.

»Abends kann Florence sicher ein wenig allein bleiben«, mutmaßte Georg.

»Warum hat Evelyn sie dann nicht alleine zuhause gelassen?«, antwortete Ruth wie aus der Pistole geschossen.

»Hm, das weiß ich auch nicht«, musste Georg gestehen. »Ich weiß nur, dass sie sie nicht mit nach Wismar nehmen wollte. Sonst sind die beiden schon unzertrennlich.«

Martin tippte Anne an, die immer noch auf seinen Knien saß. »Lass mich mal aufstehen. Mir tun die Beine weh.« Er richtete sich zu seiner vollen Größe auf. »Also, Leute, wir machen das so. Ruth, es ist doch nur für die Nacht. Bis du schlafen gehst, kümmern sich Anne und ich. Notfalls muss Florence heute Abend mit uns ausgehen.« Er sah in die Runde: »Das kriegen wir doch hin, oder?«

※

Erst als er vor dem Haus anhielt, in dem er die Einliegerwohnung bewohnte, fiel ihm die beschmierte Zeitung von heute Morgen ein. Halb erwartete er schon, neue Botschaften an der Wand, an der Tür oder im Briefkasten zu entdecken, aber es gab nichts. Erleichtert schloss er die Tür auf.

Sein Jackett hängte er an die Garderobe, seine Krawatte lockerte er und fuhr sich mit den Fingern in den Kragen, um das Hemd zu weiten. Anschließend zog er seine Budapester-Schuhe aus und steckte jeweils einen Schuhspanner aus Holz hinein. Wie gut das alles tat.

In der Wohnung war es für sommerliche Verhältnisse angenehm kühl, obwohl draußen noch die Sonne schien. Die winzig kleine gepflasterte Terrasse hinter dem Haus hatte er bisher selten genutzt, er war nun mal kein ausgesprochener Feierabendmensch, erst recht nicht, seit er in Schwerin lebte. Oft las er nach dem Heimkommen, das er gerne einmal hinauszögerte – er war fast immer einer der Letzten, der die Behörde verließ – noch polizeiliche oder juristische Fachzeitschriften. Nichts, wofür sich andere Menschen begeistern konnten.

Obwohl er gerne kochte, hatte er hier nur ein gutes Dutzend Gerichte zum Standardprogramm erhoben. In Kiel waren Bernhard, der ein oder andere Kollege oder ein Sängerknabe, wie er seine Mitsänger im Chor gerne nannte, dazu gekommen. Aber hier? Dafür lohnte es sich nicht, spezifische Gewürze oder Feinkostartikel zu kaufen, die viel zu schnell verdarben und weggeschmissen werden mussten. Nein, das hatte für ihn nichts mit Geiz zu tun. Sondern etwas mit Demut. Vor dem Wert der Dinge.

Heute allerdings – ja, was heute allerdings, fragte er sich laut, als er die Kühlschranktür öffnete. Sollte er wirklich etwas kochen? Die Beschäftigung seiner Hände nutzen, um in Ruhe nachzudenken? Nachzudenken worüber?

Er sah auf seine Uhr. Es war zwanzig nach sechs. Die Pressekonferenz hatte schon vor fast einer Stunde begonnen. Er hatte es im Auto vermieden, das Radio einzuschalten. Wollte nichts davon hören, zumindest nicht unterwegs und nebenbei. Natürlich hätte er beim Heimkommen den Fernseher einschalten können. Auf einem der Sender wäre sicher eine Zusammenfassung zu sehen. Oder in der Mediathek abrufbar. Auch wenn er nicht wusste, ob er die nötigen Einstellungen dazu hatte und sie bedienen konnte.

Ach was. Es war entschieden, und deswegen konnte er es auch noch aufschieben, sich die Ergebnisse der Kollegen später anzusehen. Sein Blick fiel auf die Flasche Weißwein, die er im Kühlschrank aufbewahrte. Für Gott weiß was für Fälle, lachte er in sich hinein. Wahrscheinlich für überraschenden Damenbesuch. Nein, nach Wein war ihm nicht. Ein Bier, das würde er jetzt gerne trinken. Ein richtig eiskaltes Bier, draußen auf der Terrasse. Auch wenn er dafür noch einmal alles anziehen musste. Schuhe und Jackett zumindest. Das war doch eine gute Idee. Und Zeitungen würde er sich besorgen. Die, die er sonst nie las und verabscheute. Solche mit Großbuchstaben und bunten Bildern. Um sich darauf vorzubereiten, was er später in der Pressekonferenz zu sehen bekam. Vielleicht war ja einfach er derjenige, der die Dinge nicht richtig einsortieren konnte. Sicher war nur: Für eine solche Besorgung brauchte er immerhin keine Krawatte.

*

»Wie spät ist es eigentlich?« Erschrocken hatte Ruth irgendwann bei ihrer Diskussion um die Versorgung von Florence nach der Uhrzeit gefragt. Selbstverständlich hatte sie schließlich abgenickt, dass der Hund die Nächte bei ihr bleiben konnte. Immerhin übernahmen Anne und Martin den weitaus größeren Teil. Und das, obwohl sie Evelyn gar nicht kannten. Aber sie selbst kannte Evelyn ja auch nur flüchtig und wäre genauso wenig verpflichtet gewesen. Trotzdem waren sie alle in bedrückter Stimmung. All das, was Ruth berichtete, hatte sie schnell zu der Tat vom Vortag gebracht.

»Und du sagst, sie haben den Täter?«, fragte Martin.

»So kam es zumindest als Eilmeldung. Es hörte sich an, als sei der Täter für alle drei Morde verantwortlich.«

»Ich habe das alles nur am Rande mitbekommen«, sagte Anne. »Im Urlaub will ich weder Nachrichten noch sonst was sehen und hören. Ich weiß nur das, was Bender uns berichtet hat.«

Ruth hielt die Hand an die Lippen, um Anne Stillschweigen zu signalisieren. Georg war zwar wieder hinter der Theke verschwunden, aber es musste keiner mitbekommen, dass Bender mit ihnen über dienstliche Ermittlungen gesprochen hatte.

Leise schob sie hinterher: »Wobei Bender das explizit nicht hergestellt hat. Er sah keinen Zusammenhang zwischen den Taten.«

Martin nickte. Er malte mit einem Stock im Sand, nachdem er sich neben Annes Sessel auf den Boden gesetzt hatte. »Aber jetzt ist es doch so?«

»Scheint so. Zumindest hörte es sich im Radio so an.«

Ihre Bedrücktheit hatte noch einmal neue Nahrung bekommen. So junge Frauen. Besonders der tragische Fall von gestern. Eine Krebserkrankung überlebt und dann so ein hinterhältiger Mord. Wahrscheinlich als Zufallsopfer. Was noch weniger zu verstehen und nachzuvollziehen war als eine Beziehungstat.

»Und wir sitzen hier in der herrlichsten Sonne, lassen es uns gut gehen, als gäbe es kein Leid, kein Unheil, keine Krankheit und erst recht keinen Tod«, fasste Anne zusammen.

Das war der Augenblick, als Ruth sich an Jakob erinnerte. An die Verabredung im Café am Spielplatz, die sie mit ihm getroffen hatte. Sicher war sie viel zu spät.

Verwirrt sprang sie auf, griff nach ihrem Rucksack, zog die Schlüssel hervor.

»Ich muss los. Florence passt sowieso nicht mit euch zusammen in mein Auto. Ihr kommt doch zu Fuß mit ihr zurück? Ich fahre dann schon mal vor. Wir sehen uns gleich in der Anlage, okay?«

*

Gabi Heckel war ihrer Schwester wie aus dem Gesicht geschnitten.

»Sie sind Zwillinge, nicht wahr?« Die Ärztin drehte am Wasserglas, das sie vor sich auf dem Schreibtisch stehen hatte.

Gabi nickte und tupfte mit dem Taschentuch über ihre verquollenen Augen. »Ja, eineiig. Aber mit zwei verschiedenen Geburtstagen. Marion ist kurz vor Mitternacht geboren, ich kurz danach. Deswegen war ich für sie immer die kleine Schwester.« Gabi Heckels Lippe zitterte bei den letzten Worten, obwohl sie so etwas wie ein Lächeln versuchte.

»Und jetzt müssen Sie die Große sein, die Tapfere. Ich kann mir vorstellen, wie schwer das ist.«

»Können Sie das wirklich? Das glaube ich nicht. Oder haben Sie auch Ihre Schwester sterben sehen, Frau Doktor Baltrup?«

Die Ärztin war überrascht von der Aggression, die plötzlich in Gabi Heckels Stimme mitschwang. »Nein. Das nicht.« Sie suchte nach Worten. »Aber ich begleite schon so viele Jahre Menschen auf dem letzten Weg.«

»Sicher, aber das sind ja letztendlich Fremde. Sie bewahren doch immer eine professionelle Distanz. Sie wissen so gut wie ich, dass es ganz anders für die Familienangehörigen ist.«

»Ja, das weiß ich. Es ist nicht zu vergleichen.«

»Genau. Nicht zu vergleichen. Deswegen bin ich in einer ganz anderen Situation. Seit die Krankheit diagnostiziert ist, schwanke ich zwischen Schuldgefühlen, dass ich gesund bin und dass es nicht mir passiert ist. Vorläufig jedenfalls nicht. Wer weiß, wir haben ja die gleichen Gene, meine Schwester und ich. Auch das schwingt mit. Die Angst, dass es auch mich erwischen könnte. Dass ich all das auch erleben, erleiden muss.« Gabi Heckel holte tief Luft. »Und dann niemanden habe, der mir hilft, so wie ich es ja wenigstens noch versuche.«

Frau Doktor Baltrup ließ das Schweigen im Raum stehen. Sie ahnte, dass Gabi Heckel noch nicht zu Ende gesprochen hatte.

»Damals als die Krankheit diagnostiziert wurde, habe ich Marion versprochen, das alles mit ihr zusammen durchzustehen. Immer an ihrer Seite zu bleiben. Die Ärzte waren erst gar nicht so pessimistisch. Eine vollständige Heilung ist nicht ausgeschlossen worden. Und jetzt? Jetzt sagen Sie mir, meine Schwester wird es nicht schaffen. Vielleicht die Nacht nicht überleben. Warum? Warum nur? Was soll ich bloß tun? Ich habe versprochen, sie nicht sterben zu lassen.« Die letzten Worte waren kaum noch zu verstehen. Gabi Heckel sackte auf ihrem Stuhl zusammen und gab nur noch ein leises Wimmern von sich.

Frau Doktor Baltrup schob nervös ihre Hände über den Tisch. »So richtig verstehen können wir die abrupte Verschlechterung bei Ihrer Schwester nicht.« Sie stockte. Sie wusste, dass sie sich mit ihren Worten auf Glatteis begab und suchte vorsichtig nach Formulierungen. »Ich kann Ihnen da gar nicht viel zu sagen. Sie wissen, dass ich die Klinik hier leite, Ihre Schwester jedoch die direkte Patientin von Doktor Schimmer ist. Ich bin also in die Behandlung nur insofern eingebunden, dass ich die Pflege Ihrer Schwester zu verantworten habe. Die rein medizinischen Aspekte und die Behandlung liegen vollständig in den Händen des Belegarztes.«

Gabi Heckel schaute nicht auf, sondern schluchzte weiter in ihr Taschentuch. Frau Doktor Baltrup glaubte ein schwaches Nicken erkennen zu können und machte eine Pause. Schließlich fragte sie: »Kann ich Ihnen etwas anbieten, das Sie ruhiger werden lässt? Möchten Sie etwas trinken? Ein leichtes Beruhigungsmittel?«

Gabi Heckel blickte auf. »Nein. Danke. Ich will nichts. Schon gar nichts zur Beruhigung. Wenn es denn sein muss, will ich wenigstens so klar wie möglich Abschied nehmen können.« Sie schluckte schwer. »Wo ist Doktor Schimmer? Meine Schwester fragt seit gestern nach ihm. Sie spricht von einem Medikament, das ihr helfen würde.«

»Ja, das hat sie uns gegenüber auch erwähnt. Aber wir wissen nicht, wovon sie redet. Es ist in der Akte nichts angeordnet. Und das Pflegepersonal weiß auch von nichts.«

»Doch. Dieser Pfleger. Jansen heißt er. Er hat meiner Schwester das Medikament injiziert.«

»Das kann nicht sein. Wir haben das überprüft. Es ist nichts dokumentiert.«

»Meine Schwester hat es mir doch gesagt. Wie kann das sein?«

Frau Doktor Baltrup sah Gabi Heckel in die Augen und wählte ihre Worte mit Bedacht. »Es tut mir leid, das sagen zu müssen, aber es kann sein, dass Ihre Schwester Sachen wahrnimmt, die nicht geschehen.«

»Sie meinen, sie ist verwirrt? Dement?«

»So würde ich es nicht ausdrücken. Aber es kann sein, dass Hirnmetastasen die Wahrnehmung der Wirklichkeit verändern. Oder die beginnenden Sterbeprozesse.«

Gabi Heckel hielt sich die Ohren zu. »Hören Sie auf, hören Sie doch auf. Ich will das nicht hören. Wir sind extra hier in diese Klinik gekommen. Wissen Sie, dass ich für die Behandlung meiner Schwester hier in Ihrem Haus einen Kredit aufgenommen habe? Alle haben gesagt, hier wären wir richtig. Doktor Schimmer wäre der richtige Arzt. Wenn überhaupt einer, dann er. Schon fast ein Wunderheiler. Für den sich jeder investierte Cent lohnen würde. Und jetzt? Jetzt reden Sie alle hier davon, dass meine Schwester stirbt. Das kann doch nicht sein.«

Wieder sackte der ganze Körper von Gabi Heckel zusammen. Sie hielt sich krampfhaft am Stuhl fest, hob erneut den Kopf und flüsterte. »Und dann bekam ich zuletzt noch eine Adresse. Hier in der Nähe. Im Ort der angeblichen Wunderheiler. Quasi die allerletzte Instanz, wenn gar nichts mehr geht. Evelyn Jasper. Ich war mit ihr verabredet. Für heute Nachmittag. Sie ist nicht gekommen. Alle, die uns helfen könnten, sind verschwunden. Schimmer. Jansen. Diese Evelyn Jasper. Und dabei habe ich Marion versprochen, dass ich sie nicht gehen lasse. Ich habe es ihr doch versprochen.«

Gabi Heckel sprang auf. »Was mache ich hier eigentlich? Ich rede und rede und weine. Ich muss zu Marion. Das ist der einzige Platz, an den ich gehöre. Ich muss zu Marion. Sie halten. Sie festhalten. Sie hier halten.« Sie rannte zur Tür hinaus.

*

»Warum glaube ich das wohl jetzt nicht, dass Ihr Mann nicht zuhause ist?« Tom Jansen lehnte sich lässig an den Türrahmen. Das war einfach zu billig, was die Alte von dem Schimmer hier versuchte.

»Sollten Sie aber.«

»Tue ich aber nicht.« Mensch, die ließ sich wirklich nicht so einfach schrecken. Was für einen arroganten Tonfall sie draufhatte.

»Mein lieber Herr Jansen. War doch richtig der Name, oder? Ich sage es Ihnen jetzt noch einmal und wenn Sie sich dann nicht von der Türe wegbewegen, rufe ich die Polizei. Mein – Mann – ist – nicht – zuhause.«

Tom stieß sich ganz langsam von der Tür ab und trat einen halben Schritt zurück. Die fuhr ja Geschütze auf. Das hätte er sich nicht träumen lassen. Irgendwie hatte er im Gefühl, das sie nicht bluffte.

»Ist ja schon gut«, stieß er mit einem Blick auf seine Füße aus. Er wollte sicherstellen, dass die Fußspitzen die Türschwelle nicht mehr überschritten. »Nur wissen Sie, Ihr Mann und ich hätten da etwas zu regeln. Was Geschäftliches, wenn Sie verstehen, was ich meine.«

Vielleicht versteht sie meine Andeutungen ja tatsächlich, dachte Tom. Möglicherweise ist sie in die Deals ihres Mannes eingeweiht.

»Etwas Geschäftliches? Ich glaube, Sie verwechseln da etwas. Was sollte mein Mann, Doktor Schimmer, denn Geschäftliches mit Ihnen zu regeln haben? Mein Mann ist Arzt und kein Geschäftsmann. Ich dachte, das wüssten Sie.«

Sie klang überzeugt. Ob sie tatsächlich nichts wusste? Kaum vorstellbar. Er hatte nicht vor, locker zu lassen.

»Neben seiner Medizinertätigkeit ist er schon ganz schön groß im Immobiliengeschäft, oder?« Jetzt bluffte er. Gab einfach mal etwas wieder, das er gerüchteweise schon mehrfach aus unterschiedlichen Quellen gehört hatte. Seine Ohren, die hatte er überall. Das hatte ihn immer schon weiter gebracht als die anderen.

»Im Immobiliengeschäft? Wovon reden Sie bitte? Sie stehlen mir hier die Zeit.«

»Dann hat Ihr Mann keine Finca auf Mallorca?« Ihm gefiel, dass er das Wort Finca nutzte. Es klang nach Insiderwissen.

»Unser Haus auf Mallorca?« Er sah, wie sich ihr Gesicht verwandelte. Als hätte er mit einer Elektrode in ihrem Gehirn einen Reiz ausgelöst. »Wie bitte kommen Sie denn auf Mallorca?«

Er bluffte. Blieb cool. Ließ sich nichts anmerken. Dabei wusste er: Treffer versenkt.

»Warum auch nicht? Vielleicht weil Ihr Mann es mir gegenüber benannt hat? Gerade deswegen müsste ich mit ihm reden.« Tom wagte sich wieder einen Schritt vor. »Also, wie machen wir das jetzt am besten? Kann ich reinkommen?«

Die nachdenkliche Miene von Frau Schimmer wurde erneut zur steinernen Maske.

»Nein, selbstverständlich nicht. Noch einmal: Gehen Sie. Jetzt sofort. Ich habe zu tun.«

Ihre Nervosität war unverkennbar. Wie aufs Stichwort erklang das weinerliche Rufen eines Kindes.

»Sie hören ja. Ich werde meinem Mann ausrichten, dass er Sie anruft. Sobald er zurück ist.«

Mit einer schnellen Bewegung trat sie ins Haus zurück und schloss die Tür.

Tom starrte auf das Messingschild, das die weiße Tür mittig zierte.

Dres. Rolf und Charlotte Schimmer

Er fragte sich, was dieses Dres. heißen mochte. Drecksäcke, fiel ihm als Erstes ein. Er lachte laut und schallend. Genau, Drecksäcke. Und sie schreiben es sich auch noch an die Tür.

Er würde sich von diesen Drecksäcken nichts, aber auch gar nichts gefallen lassen. Dass etwas nicht stimmte, da hatte er ein Näschen für. Dieser Charlotte, der war eben richtig was durch den Kopf gegangen. Eine neue Erkenntnis vielleicht. Irgendetwas, was nicht für die Allgemeinheit bestimmt war. Und Schimmer selbst war seit gestern auf Tauchstation. Obwohl es doch auf den Zahltag zuging.

Tom holte sein Klappmesser aus der Cargohose und pulte ein kleines Stück Dreck unter seinem Daumennagel weg. Gepflegte Fingernägel waren für ihn als Krankenpfleger wichtig, schon eine Selbstverständlichkeit. Nachdenklich reinigte er das Messer, indem er mit Daumen und Zeigefinger vorsichtig an der Klinge entlangfuhr.

Gut, er würde gehen. Aber nicht tatenlos. So servierte man ihn nicht ab. Nicht ihn, nicht Tom Jansen. Sie würden schon sehen.

*

Er saß schon da. Natürlich saß er schon da. Seine Tochter war nicht zu sehen, wahrscheinlich spielte sie schon längst auf dem Piratenschiff. Das war Ruth gar nicht recht, dass sie so abgehetzt zum Treffen kommen würde. Andererseits wirkte es dann auch nicht so ambitioniert.

Ruth lachte leise. Ambitioniert klang doch gut.

Sie fuhr nahe an das Restaurant heran, nachdem sie die Schranke geöffnet hatte. Sie versuchte, ganz leise zu hupen, weil Jakob nicht zu ihr hinsah, was prompt zur Folge hatte, dass alle auf sie schauten. Ruth griff sich verlegen in die Haare. Aber sie konnte schlecht so tun, als wäre sie es nicht gewesen.

Immerhin hatte Jakob sie jetzt gesehen und war aufgesprungen. Sie winkte ihm, zeigte auf eine imaginäre Uhr an ihrem Handgelenk, hob fünf Finger und deutete eine Bewegung des Lenkers an. »Bin gleich da«, signalisierte sie ihm und setzte die Fahrt fort. Wenigstens das Auto vor dem Ferienhaus abstellen wollte sie, auch wenn keine Zeit mehr war, sich selbst noch einmal eben frisch zu machen. Mit einem Blick zum Himmel entschied sie sich, das Verdeck aufzulassen, schnappte sich ihren Rucksack von der Beifahrerseite und lief quer über die Wiesen zurück zum Café.

»Sorry.« Etwas atemlos ließ sie sich neben Jakob auf den

Stuhl sinken. »Schlechtes Zeitmanagement. Eindeutig ein Zeichen von Urlaub.« Sie grinste ihn an. »Ich hoffe, das reicht als Entschuldigung.

»Kein Problem.« Er lächelte sie entspannt an. »Ich hatte sowieso keine andere Wahl. Meine Regierung hat es befohlen.« Er deutete auf Ronja, die wie erwartet auf dem Piratenschiff kletterte. »Kein Abweichen vom Abendprogramm erlaubt.«

Ruth war ein klitzekleines bisschen enttäuscht. Das hörte sich gar nicht danach an, als hätte er sich auf sie gefreut. Wahrscheinlich war sie nur ein unterhaltsamer Nebeneffekt bei seinen familiären Pflichten.

Als hätte er ihre Gedanken erraten, fügte er hinzu: »Aber so sehr wie heute habe ich mich noch nie auf Pommes, Limo und den Spielplatz gefreut.« Sein Mund zeigte ein breites Lachen, bei dem sich die Lippen an einer Seite etwas absenkten.

Ruths Bauch flatterte. Schnell griff sie nach der Getränkekarte. »Puh, ich brauche erst einmal was Kühles.«

»Was möchtest du denn? Einen Aperol vielleicht? Ich lade dich ein.«

Ruth schaute unentschlossen auf die Karte. Ihr fiel das Getränk vom Nachmittag wieder ein. Wie hieß es noch gleich? Sie ließ den Blick über die anderen Tische schweifen, bis sie ein Glas mit den Beeren entdeckte. »Sowas hätte ich gerne. Einen Lillet mit Beeren.«

»Wird gebracht. Nur einen kleinen Augenblick.«

Er kehrte mit zwei Gläsern zurück. »Das sieht verführerisch aus.« Er zwinkerte ihr zu. »Dann auf uns beide. Hattest du einen schönen Tag?«

Ruth nahm einen tiefen Schluck mit dem Strohhalm. »Frag mich lieber nicht. So habe ich mir den Urlaub an der Ostsee nicht vorgestellt.«

»So langweilig? Das tut mir leid.«

Ruth stieß ein hysterisches Kichern hervor. »Langweilig? Nein, langweilig war es ganz gewiss nicht. Ich wette mit dir, du wirst mir kein Wort davon glauben, was ich heute alles erlebt habe.«

»Na, dann leg mal los. Ich habe den ganzen Abend Zeit, um dir zuzuhören.«

»Den ganzen Abend?« Ruths Blick ging zu Ronja.

Jakob nickte. »Den ganzen Abend. Ich habe Ronja für heute Abend verabredet. Sie schläft bei ihrer Freundin.« Er zeigte auf ein fast gleichaltriges Mädchen, mit dem Ronja gerade Nachlaufen spielte. »Freunde von uns, die hier ein Ferienhaus haben. Die Mädels haben nicht lange gebraucht, um mich zu überzeugen.«

Ruths Bauch flatterte noch mehr.

Aus den Augenwinkeln sah sie Anne und Martin mit Florence die Ferienanlage betreten. Sie rutschte etwas tiefer auf ihrem Stuhl. Nein, sie wollte von den beiden jetzt nicht gesehen werden. Wollte gar nicht über ein gemeinsames Abendprogramm diskutieren. Da würde sie sich heute ausklinken. Zumal die beiden wahrscheinlich genug mit dem Hund zu tun hatten.

»Hast du Lust, gleich mit mir zu Abend zu essen? Ich bringe nur eben Ronja zu den Freunden und dann können wir tun und lassen, wonach uns der Sinn steht.«

Ruth nickte. Ja, das konnte sie sich vorstellen. Besonders heute nach diesem verrückten Tag. War es da nicht nur richtig, dass auch der Abend verrückt endete? Es hörte sich verdammt gut an: Tun und lassen, wonach ihr der Sinn stand. Obwohl ihr nicht klar war, ob Jakob wissen sollte, woran sie dabei dachte.

※

Bender hatte die Zeitungen unberührt auf dem Küchentresen liegen gelassen. Die wenigen Schlagzeilen, die ihm am Kiosk ins Auge gesprungen waren, reichten ihm schon.

Der Kioskbesitzer hatte sie ihm fast gar nicht verkaufen wollen, so sehr überschlug er sich mit der Neuigkeit, dass der Täter gefasst sei.

»Morgen steht alles genau drin in der Zeitung, so wie es eben in den Nachrichten kam.« Er zeigte auf ein ziemlich großes Handy, das er waagerecht an die kleine Mikrowelle im Inneren der Verkaufsbude angelehnt hatte. »Keine Spekulationen mehr wie hier in der Zeitung, jetzt ist die Wahrheit raus.«

Bender hatte abgewunken. »Ich weiß, ich weiß, sparen Sie sich die Einzelheiten. Geben Sie mir bitte ein kaltes Bier.«

»Eine Dose?«

Bender wurde ganz blümerant im Magen. Dosenbier war für ihn der Abgrund kultureller Errungenschaften. So hatte er sich das nicht vorgestellt.

»Flaschen habe ich auch. Aber nur als Six-Pack.« Der Mann griff geschäftstüchtig unter die Ladentheke.

Bender hatte bemerkt, wie der Mann ihn musterte. Er war überzeugt, dass jeder andere die Flaschen auch einzeln bekommen würde – aber was soll's, dachte er und nahm die sechs Flaschen im weiß-grünen Karton. Bier aus Mecklenburg-Vorpommern. Wenn schon, denn schon.

»Wohl bekomm's, dem Herrn. Und gerne wieder«, hatte ihm der Verkäufer noch nachgerufen, als er feststellte, dass Bender sich schon abgewendet hatte, bevor er ihm das Wechselgeld herausgeben konnte.

Jetzt saß er hier draußen auf der wahrscheinlich kleinsten Terrasse der Welt, die rundum mit hohem Buchs umfasst war, um ihn vor den Blicken von außen zu schützen. Die hohen grünen Wände machten den Rückzug von der Welt für heute perfekt. Auch wenn sie etwas leicht Klaustrophobisches an sich hatten. Ihm nur den Blick nach oben ließen und nicht ringsherum. Die Sonne stand jetzt schon nicht mehr hoch, so dass sie es nur noch mit abgeschwächter Kraft über die Hecke schaffte. Die Luft war noch warm und gar nicht so feucht, wie er es manchmal hier in der Nähe des Schweriner Sees erlebte. Er freute sich schon auf den Sternenhimmel. Wollte sehen, welche Sternenkonstellationen er noch wiedererkannte. Darin war er früher richtig gut. Vielleicht hatte er noch nicht alles dazu vergessen? Heute war jedenfalls eine Nacht, um lange draußen zu bleiben.

Wie gestern schon, dachte er und erinnerte sich an den Abend mit Ruth Keiser und ihren Freunden. Gerne hätte er auch den heutigen Abend mit ihnen verbracht. Obwohl er sich die Pressekonferenz immer noch nicht angesehen hatte, wusste er, egal, was dort gesagt worden war, Ruth Keiser hätte es mit den richtigen Worten kommentiert. Sie war eine besondere Person. Das war ihm gestern wieder bewusst geworden. Intelligent. Mit einem ausgeprägten logischen Verständnis. Natürlich und offen. Unkonventionell. Letzterer Punkt trübte die Gesamtbeurteilung etwas, andererseits fand er ihren unabhängigen Geist durchaus bewundernswert. Wenn auch manchmal etwas beängstigend.

Er würde Ruth Keiser morgen anrufen und zum Essen einladen. Das war eine gute Idee. Ihm wurde augenblicklich leichter. Bis dahin hatte es auch Zeit, sich die Pressekonferenz anzuschauen. Das würde er morgen Früh beim Kaffee machen. Warum sich den Abend und die Nacht verderben? Er konnte sowieso nichts mehr ändern. Morgen Früh würde der Fall ausführlich in der Inspektion besprochen. Er ging in die Küche, stellte die leere Flasche Bier auf die Abtropffläche seiner Spüle und öffnete eine zweite Flasche. Vielleicht war es gar keine so schlechte Idee gewesen, das Sixpack zu kaufen.

Er hatte sich gerade eben erst wieder auf die Terrasse gesetzt, als er an seiner Haustür ein leises Klirren hörte. Augenblicklich spannte sich sein Körper an. Die rot beschmierte Zeitung am Morgen fiel ihm ein. Wagte da jemand auch bei Tageslicht eine neue Schmiererei?

Mit nur wenigen Schritten war er durch die Wohnung geeilt, darum bemüht, keine lauten Geräusche zu machen. Er schaute durch den Türspion, konnte aber von oben nur eine gebückte Person ausmachen. Als wenn jemand dort etwas vor seiner Tür ablegen wollte.

Mit einem Ruck riss er die Haustür auf. Die Person erhob sich. Mit hochrotem Kopf. Der Mann zeigte auf den Schlüsselbund, den er gerade aufgehoben hatte und der wohl das Geräusch verursacht hatte. In der anderen Hand hielt er ein Handy und unter dem Arm klemmte ein Sixpack Bier. Bier aus der Heimat. Aus Flensburg.

»Hofmann. Was ist denn mit Ihnen? Was um Herrgotts willen machen Sie vor meiner Haustür? Ausgerechnet Sie?«

*

Als Elena zum Abendessen den Speisesaal betrat, kamen ihr Kerstin und Gerda entgegen.

»Schade, wir haben schon gegessen. Peter und du, ihr seid heute spät dran. Kommst du wenigstens gleich mit zum Strand?«, hatte Kerstin gefragt.

Sie sagte freudig zu, bevor Gerda dann leichthin erwähnte: »Peter weiß noch nicht so recht.«

Elena war verlegen. Sie wollte Peter nicht in den Rücken

fallen, konnte sich aber auch nicht vorstellen, warum er heute nicht mitgehen wollte. So wie sie es verstanden hatte, war das doch ein festes Ritual.

Gerda zwinkerte ihr zu: »Na, da will Peter wohl exklusive Zeit mit dir verbringen. Dann pass mal gut auf dich auf.«

Sie unterbrach ihr Lachen jäh, als Kerstin ihr mit dem Ellbogen in die Rippen stieß.

»Bist du verrückt?«, stieß Kerstin aus. »Was willst du damit sagen?«

Gerda hielt sich die Hand vor den Mund. Nicht ohne noch hinterherzusagen: »Du meinst doch nicht, weil er auch mit Marie …« Abrupt hielt sie wieder inne und wandte sich verlegen an Elena. »Nicht, dass du noch etwas Falsches denkst. Das haben wir nie vermutet.«

Was sie damit meinte, ließ sie ungesagt. Elena beschlich ein seltsamer Gedanke, den sie sofort wegwischte. Sie wusste ja, dass Peter Marie vom Sehen gekannt hatte. Gut möglich, dass sie auch darüber hinaus einmal Kontakt hatten. Aber was Gerda da andeutete? War das ein Versehen? Oder schauspielerten die beiden gerade vor ihr, um einen Zweifel bei ihr zu säen. Warum? Weil sie ihnen Peter wegnahm? Peter sich zu sehr um sie kümmerte? Wie hatte Gerda das genannt? »Exklusive Zeit«. Dass sie nicht lachte. Gerade mal ein paar Stunden, einen Spaziergang, und die Mahlzeiten am heutigen Tag, die Peter mit ihr statt mit den beiden verbracht hatte. Sie waren doch beide verheiratet.

Aber sie erwiderte nichts, sondern nahm sich vor, Peter zu bitten, den Abend gemeinsam mit Gerda und Kerstin am Strand zu verbringen. Das war das Allerletzte, was sie wollte, jetzt in so einen blöden Kampf zu geraten. Als wenn es für sie alle kein wichtigeres Thema gäbe.

Trotzdem hatte sie anschließend ein seltsames Gefühl, während sie allein auf Peter wartete. Schließlich stimmte es, dass er es über den ganzen Tag dirigiert hatte, wann und wie sie zusammentrafen. Außer beim Zumba, das sie mit Kerstin und Gerda, aber ohne Peter besucht hatte, waren sie tatsächlich immer nur zu zweit gewesen.

Umso befreiter reagierte sie, als Peter kurz darauf beim Betreten des Speisesaals mit der Nachricht aufwartete, dass der Mörder der Joggerinnen gefasst sei.

»Schrecklich«, murmelte Elena und meinte es auch so. Aber tatsächlich spürte sie nur ein tiefes Gefühl der Erleichterung. Erleichterung darüber, dass da draußen kein Mörder frei herumlief. Erleichterung, dass etwas Unfassbares, was in nächster Nähe passiert war, nun aufgeklärt würde. Erleichterung, dass sie an die seltsamen Andeutungen von Gerda und Kerstin keine Gedanken mehr verschwenden musste.

»In jeder Hinsicht schrecklich«, sagte auch Peter.

Gegessen hatte er dabei wieder so gut wie nichts. Auch wenn er manchmal so tat, als ob. Aber nun war es, als sei ihm die Tatsache, dass der Mörder gefasst war, noch zusätzlich auf den Magen geschlagen.

»Ist es, weil du Marie Hafen gekannt hast?«, fragte Elena schließlich leise.

Peter schüttelte den Kopf. »Gekannt. Was heißt schon gekannt? Das war ja mehr als flüchtig.«

Elena spürte, wie unangenehm ihm das Thema wurde. Schnell leitete er auf den Abend über: »Was ist, wollen wir gleich an den Strand? Hast du Lust? Oder willst du mich lieber ganz für dich allein?« Er lachte trocken, aber schelmisch auf und das Blitzen in seinen Augen gefiel ihr.

Sie stieg auf den leichten Ton ein. Schließlich hatte sie die Tote nicht gekannt. Ja, es war schrecklich. Doch sie standen alle so nah an der Klippe des Lebens. Warum sollte sie sich da mit etwas belasten, was nicht mehr zu ändern war? Wer wusste schon, wie es bei ihr und Peter weitergehen würde?

Kokett und in leichtem Ton antwortete sie: »Mein lieber Peter, ich bin eine wohlerzogene Frau. Selbst wenn ich den Abend gerne ausschließlich in deiner Gesellschaft verbrächte, wir haben Verpflichtungen.« Sie kicherte. Was war bloß los mit ihr? So kannte sie sich selbst nicht.

Lachend gingen sie zusammen ins Foyer, wo Gerda und Kerstin schon warteten. Peter hielt Elena untergehakt, als müsste er sie extra stützen. Sie genoss die Nähe, die so entstand, auch wenn sie Sorge hatte, was Gerda und Kerstin von der gezeigten Zweisamkeit halten würden.

Doch diese schienen dafür kein Auge zu haben. Die Aufregung um den gefassten Mörder hatte sie hellauf erfasst und Elena wurde klar, dass es am Abend kein anderes Thema geben würde. Sie seufzte. Konnte sie das Leben nicht einmal ungetrübt genießen? Nur noch ein einziges Mal. Sie wünschte es sich so sehr.

*

Ruth war Anne und Martin nicht mehr begegnet, als sie in ihr Ferienhaus geschlichen war, um sich vor dem Abendessen noch einmal umzuziehen. Sie sah die wenigen Kleidungsstücke durch, die sie mitgebracht hatte. Nie im Leben hatte sie mit einer Essenseinladung gerechnet. Da Schickimicki sowieso nicht ihr bevorzugtes Ding war, wie ihr Ex Michael immer mal wieder bedauernd festgestellt hatte, war auch diesmal nichts wirklich Ausgehtaugliches in der Reisetasche gelandet.

Sie zog ein blassgrünes Kleid hervor. Immerhin ein

Kleid. Immerhin sommerlich. Das würde gehen. Die Knicke und Falten entsprachen dem Crincle-Look, den auch ihre Tochter gerne trug.

Sie hatte ein Paar braune Riemchenclogs dabei, deren leichter Absatz gut zum Kleid passte. Tennisschuhe und Flipflops wären wohl kaum gegangen.

In ihrer Kosmetiktasche suchte sie nach einem jahrhundertealten Lippenstift. Sie wusste schon gar nicht mehr, wann sie ihn gekauft hatte. So sparsam, wie sie damit umging, würde er noch einige Jahre halten. Auch das Parfum war möglicherweise schon nicht mehr auf dem Markt. Sie dachte an solche Dinge viel zu selten. Dennoch reisten sie in ihrer Kosmetiktasche überall mit hin, und heute war mal ein Abend, an dem sie sich darüber freute.

Jakob hatte von einem Restaurant im Hafen gesprochen.

»Lass dich überraschen. Gute Fischgerichte sind das eine. Aber die Stimmung, das Licht, die Segelboote das andere. Lust?« Sein Blick hatte erneut das schon bekannte Kribbeln verursacht.

Sie hatte genickt. Besser als mit Anne und Martin, mit denen sie heute viel zu schnell in Streit geriet. Besser als den Abend als Hundesitterin zu verbringen. Definitiv viel besser, als über den Frauenmörder zu sprechen und die ganze leidvolle Geschichte, die damit verbunden war.

Nach einem letzten Blick in den Spiegel und einem kräftigen Durchbürsten der Haare schloss sie leise die Tür.

»Bin unterwegs«, hatte sie für alle Fälle als Nachricht hinterlassen. Sie wollte gegenüber den beiden anderen ja nicht unhöflich sein. Aber erleichtert war sie doch, als sie wieder an der Parkeinfahrt stand und sah, wie Jakob mühevoll versuchte, zwei Räder auf sie zuzuschieben.

»Hi, schön dich zu sehen. Gut siehst du aus.« Jakob überließ etwas atemlos eines der Räder ihr und streifte sie mit einem kurzen Blick. »Sorry, dass ich vorhin nichts gesagt habe, aber ich dachte, es macht mehr Spaß, wenn wir mit den Rädern unterwegs sind als mit dem Auto.«

»Ich hatte gedacht, wir gehen zu Fuß? Sonst hätte ich mein Rad aus dem Ferienhaus mitbringen können.«

»Ist kein Problem. Habe die Räder von den Freunden, bei denen Ronja heute Nacht schläft. Die beiden können ja nicht weg heute, weil sie die Kinder hüten müssen.«

»Oje, das hört sich aber nicht nach Begeisterung an.«

»Kein Thema. Dafür nehme ich in den nächsten Tagen Franz und die beiden haben einen Abend für sich.«

»Franz? Ich dachte, sie hätten auch ein Mädchen.«

»Ist auch so. Franziska. Will aber gerade ein Junge sein. Deswegen ist aus Franzi gerade ein Franz geworden.«

Ruth lächelte. »Super, wenn die Eltern da mitgehen können. Das erlebe ich meist ganz anders.«

Jakob lachte und stieg auf. »Die ganze Familie ist ziemlich cool. Vielleicht lernst du sie ja kennen. Ich würde mich freuen, wenn ich dich ihnen vorstellen dürfte. Wir könnten einen gemeinsamen Abend planen. Ich höre mal nach. Sollen wir?«

Ruth stand noch bewegungslos neben dem Fahrrad und hörte seinen Worten hinterher. Was gibt das denn, fragte sie sich für einen winzigen Moment. Mich seinen Freunden vorstellen? Als was denn bitte? Aber dann stieg sie ebenfalls auf und trat in die Pedale, um von Jakob nicht abgehängt zu werden.

Über den ganzen Abend waren ihre Gespräche nie abgerissen, fast schon vertraut gewesen. Es war, als hätte sie einen alten Freund aus längst vergangenen Zeiten wiedergetroffen.

»Und dann?«, fragte Jakob immer wieder und wollte noch mehr Details ihres Lebens wissen. So hatte Ruth nach ewig langer Zeit noch einmal von Michael, ihrem Ex-Mann erzählt. Von Lisa-Marie, ihrer Tochter. Ihrem Ausbrechen aus dem scheinbar vorbestimmten Leben, dem Wunsch nach Weiterlernen, sich nicht begrenzen und beengen lassen, auch wenn sie diesen Mann und das Kind dafür zurücklassen musste.

Jakob hatte sich zurückgelehnt und mit zusammengelegten Fingerspitzen am Mund zugehört. »Puh, wenn ich mir das vorstelle. Ganz schön mutig, den Schritt, den du vollzogen hast.«

Ruth schüttelte den Kopf. »Ich war nicht mutig. Ich habe einfach gemerkt, dass es für mich nicht anders geht. Als das klar war, konnten Michael und ich glücklicherweise gute gemeinsame Entscheidungen treffen. Dafür bin ich ihm zutiefst dankbar.«

Jakob griff zu dem Rotwein, den er sich nach dem Essen bestellt hatte. Er schwieg einen Moment und spielte mit dem Stil des Glases. »Das kannst du wahrscheinlich auch sein. Wenn ich da an Susanne denke.« Er schwieg.

»Susanne ist deine Ex? Ronjas Mutter?«

Jakob nickte. »Ich weiß, es sind immer beide Seiten schuld, wenn es schief geht. Ich will da gar nicht so eine Geschichte erzählen.« Er gab sich einen Ruck. »Ich habe Mist gebaut. Habe Susanne zu viel allein gelassen. Allein mit dem Kind.« Jakob stellte den Wein zurück und beugte sich vor. Seine Hände trommelten leicht auf dem Tisch. »Es ist, als wenn mir erst heute das ganze Ausmaß klar wird, jetzt, wenn du erzählst, wie es dir damals mit dem Kind gegangen ist. Susanne hat so etwas auch immer gesagt. Ich habe gedacht, das wird schon. Sie muss einfach diese Muttergefühle noch entwickeln.« Er stockte wieder. »Anscheinend hat dein Mann das besser durchblickt.«

Ruth hob die Schultern. »Weiß ich nicht. Vielleicht war

ich diejenige, die es ihm mit allem Nachdruck klar machen konnte. Glaube mir. Das war nicht einfach. Was ich zu hören bekommen habe. Eine Psychologin, die sich zu Lasten ihres Kindes selbst verwirklichen will. Was das für die Bindungssicherheit des Kindes bedeutet. Rabenmutter war das Wort, das damals am häufigsten fiel.«

»So habe ich Susanne auch schon betitelt«, schob Jakob kleinlaut ein. »Ja, leider kann ich nicht mit einer glatten Trennungsgeschichte glänzen. Obwohl ich das gerne so gehabt hätte. Bei uns war es ein Rosenkrieg.« Er lachte bitter. »Was erzähle ich hier? Es war keiner – es *ist* einer. Nicht mehr in dem Ausmaß wie bis zur Scheidung. Aber noch längst nicht ausgestanden. Das wird wohl so lange weitergehen, bis Ronja erwachsen ist.«

Die Traurigkeit in seiner Stimme und in seiner Haltung rührten Ruth. Sie fielen beide in ein langes Schweigen. Jeder beschäftigt mit seiner eigenen Geschichte, seinen eigenen Verletzungen.

Die weißen Boote, das blaue Wasser, der silbern schimmernde Hotelkomplex, hinter dem die Sonne sich in Richtung Meer und Wasserlinie vorschob, bildeten einen Kontrast zu ihren Gesprächen, wie er größer nicht sein konnte. Dennoch fühlte Ruth sich bei Jakob aufgehoben und geborgen. Verstanden und angenommen.

Sie holte die Bilder zurück, wie Jakob mit seiner Tochter umgegangen war, wie sehr sie seine Unkompliziertheit als Vater bewundert hatte und wusste, dass seine Ex-Frau ihn niemals mehr so würde wahrnehmen können. So wie Michael auch bei allem Einlenken und Akzeptieren in ihr nie wieder das junge Mädchen wiedererkennen würde, in das er sich damals an der Uni verliebt hatte.

Ruth drückte Jakobs Hand. »Manchmal ist es einfach so, wie es ist. Ob man will oder nicht.«

Jakob drückte auch ihr die Hand. »Stimmt«, sagte er mit rauchiger Stimme. »Und dann muss man stehenbleiben, sich umsehen und schauen, was das Leben für einen im Angebot hat. Meinst du nicht auch?« Er beugte sich vor, nahm ihr Kinn und berührte unendlich sanft und vorsichtig mit seinen Lippen die ihren.

Ruth hätte sich nicht gewundert, wenn im selben Augenblick eine Fanfare das Versinken der Sonne im Meer vermeldet hätte.

*

7. AUGUST

Gabi Heckel hielt die Hand ihrer Schwester.
Sie konnte nicht loslassen. Konnte sich nicht bewegen. Konnte niemanden dazuholen. Solange sie reglos verharrte, solange niemand anders Zeuge wurde, würde es nicht wahr sein. Auch wenn die Kälte immer deutlicher zu spüren war.

Die Digitalanzeige des Weckers zeigte 03.34 Uhr. Gabi starrte auf die Leuchtdioden, zählte die Sekunden mit und wartete darauf, dass die Anzeige umsprang. So wie sie in den letzten Stunden die Atemzüge gezählt hatte, die im Halbstundentakt immer weniger geworden waren.

»Das ist das Risiko«, hatte die Ärztin Gabi erklärt. »Ihre Schwester ist im finalen Stadium. Jetzt kann jede weitere Medikation lebensverkürzend sein.«

Gabi spürte, wie warme Tränen über ihr Gesicht rannen. Sie hatte sich diesen Augenblick immer anders vorgestellt. Wenn sie ihn sich vorgestellt hatte. Was sie sich meist verboten hatte. Schon wegen des Versprechens, das sie Marion gegeben hatte. Aber manchmal hatte sich ein Bild des Schreckens in ihr Bewusstsein geschoben oder sie war nachts schweißgebadet aufgewacht. Sie war sich sicher, dass sie schreien würde im Angesicht des Todes. Schreien, um alles aufzubieten, um den Sensenmann doch noch einmal zu vertreiben. Es war immer Tag gewesen in ihrer Vorstellung und Marion im Kampf. Aber es war alles still und leise. Lautlos war der Tod gekommen. Bis auf Marions letzten Seufzer, der angezeigt hatte, dass es vorbei war.

Gabi hatte einen Moment zu lange gebraucht, um zu begreifen, was da gerade passierte.

Auf der Uhr hatte 03.11. gestanden. Die umgekehrten Zahlen von Marions Geburtstag. Der elfte März. Die Anzeige sprang um. Zeigte mit 03.12. den zwölften März von hinten gelesen. Ihr eigener Geburtstag.

Als sie es dann verstand, gab es keinen Grund mehr zu schreien. Sie hatte versagt. Sie hatte Marion belogen. Nichts, aber auch gar nichts hatte sie tun können, um ihre Schwester bei sich zu halten. Nichts hatte sie tun können, damit sie beieinanderblieben.

Als Kinder hatten sie sich manchmal gefragt, wie sich das auf ihre Leben auswirken würde. Zwilling zu sein. Was, wenn sie sich verliebten? Was, wenn sie in weit auseinander liegenden Städten lebten? Was, wenn eine von ihnen stürbe? Immer, wenn eine von ihnen beiden ausscherte, sich zu weit von der gemeinsamen Spiegelachse wegbewegte, war etwas ins Ungleichgewicht geraten, was beide irritierte. Immer waren sie bemüht, sich wieder in Balance zu bringen.

Bis Marion sich so weit hinausbegeben hatte, wo Gabi sie nicht mehr einholen konnte.

Ihren Eltern hatten sie nichts vorzuwerfen. Sie waren von ihnen nie als Einheit gesehen und behandelt worden. Unterschiedliche Kleidung, verschiedene Frisuren, niemals dieselben Weihnachtsgeschenke. Bis sie selber das alles vehement einforderten. Immer als Doppelpack gesehen werden wollten. Abends die Kleidung für den nächsten Schultag überlegten. Sich den gleichen Bob schneiden ließen. Und sich fast immer im gleichen Rhythmus verliebten und wieder trennten.

Bis Gabi Ulrich kennenlernte. Sich zum ersten Mal nicht wieder entliebte.

Gabi drückte die kälter werdende Hand von Marion, wie um sie ein letztes Mal um Verzeihung zu bitten. Wäre alles anders gekommen, wenn sie, Gabi, damals nicht wegen Ulrich vom gemeinsamen Weg ausgeschert wäre? Hatte sie womöglich ihre Schwester verletzt, zurückgewiesen, allein gelassen? Hatte sich dort die Keimzelle bilden können, für das, was ihr heute Marion endgültig genommen hatte? War sie schuld?

»Marion«, flüsterte Gabi jetzt und beugte sich vor, ohne Marions Hand loszulassen. »Marion, hörst du mich?«

Das Gesicht ihrer Schwester erschien ihr jetzt in dem gelblichen Licht, das sich aus der Lichtleiste über das obere Ende des Krankenhausbettes ergoss, wieder ganz apart. Fast genauso hatte sie als junges Mädchen ausgesehen. Gabi dachte an die Sommer in der Bretagne, die unbeschwerten Zeiten im Ferienhaus, in dem sie alle so glücklich gewesen waren. Niemals hätte sie es für möglich gehalten, dass es sie alle eines Tages nicht mehr geben könnte. Niemals, dass der Tod in so schnellen Folgen kommen konnte. Zu ihrer Mutter. Zu ihrem Vater. Der Schreck hatte tief gesessen. Aber immer hatten sie sich. Gabi hatte Marion und Marion hatte Gabi. Und Ulrich war immer für sie beide da gewesen.

Gabi lächelte, als sie in Gedanken ihre Bilderalben durchblätterte. Mit Kakaoschnute im Kindergarten, stolz gereckten Schultüten bei der Einschulung, Teeniepartys im gleichen Minikleid. Theateraufführungen, für die die Stücke umgeschrieben worden waren, um Zwillingsrollen für sie beide zu schaffen. Weil sie es so wollten. Was war das für eine berauschende Überraschung geworden, als sie die doppelte Pippi Langstrumpf gaben.

Wo war es bloß auseinandergeraten? Hätte sie auf Ulrich verzichten müssen, um Marion zu halten? Wäre das der Preis gewesen, den man als Zwilling zahlen musste?

Sie kniff mit Daumen und Zeigefinger ihrer freien Hand die Nasenwurzel, um sowohl die Tränen wie auch die Gedanken zu stoppen. Wie hätte sie nur alles verhindern können?

Gabi zog die Schublade des Nachtschränkchens auf, um nach einem Taschentuch zu tasten. Die Tränen brannten mittlerweile in ihren Augen und sie konnte in dem abgedunkelten Raum, in dem das Licht nur Marions Gesicht erhellte, kaum etwas sehen. Etwas halb Festes, halb Weiches bekam sie zu fassen, breiter als eine Packung Papiertücher und weniger dick. Es war ein kleines, dünnes Büchlein mit einem Lederband, das es zusammenhielt. Gabis Herz klopfte schneller. Immer noch war sie nicht bereit, die Hand ihrer Schwester loszulassen. Aber ihr war, als hätte Marion ihr gerade ein Geschenk überreicht.

*

Der Geruch war merkwürdig. Er passte nicht zu dem, was gerade passierte. Sie spürte zwar, wie es sie verwirrte, die Dinge nicht überein zu bekommen, konnte aber keine Worte dafür finden. Es war, als sähe sie sich selbst mit geöffnetem Mund, zum Sprechen bereit, allein die Worte wollten nicht aus ihr heraus.

Noch einmal von vorn, versuchte sie sich selbst zu sortieren. Was genau hast du gerade als Erstes gedacht, fragte sie sich, merkte aber, wie sehr ihre Gedankengänge ins Leere verliefen. Sie hörte eine Tür ins Schloss fallen und drehte sich schlaftrunken um und zog die Decke fester um sich.

Du hast geträumt, ging ihr durch den Kopf. Ein Sisyphostraum, in dem die Dinge, die sie tun sollte, sich in endlosen Schleifen bewegten, ohne dass sie erfassen konnte, worum es ging.

Trotzdem fühlte sie sich wohlig, warm und entspannt. Sie schnupperte. Traum hin oder her. Der Geruch, der sie geweckt hatte, war da. Ein herber Duft. Herb und intensiv und ungewohnt.

Egal, was es war, sie hatte wenig Lust, etwas daran zu verändern. Noch ein paar Minuten, dachte sie träge. Noch fünf Minuten und dann …

Und dann was? Ruth versuchte ihre Gedanken zu sortieren. Ausschlafen. Urlaub. Schreiben. Die Tür. Der Duft.

Mit einem Mal kehrten die Erinnerungen zurück. An den gestrigen Abend. Das gemeinsame Essen. Jakob. Einen Wein zum Essen, den er ausgesucht hatte. Jakob, der Weinkenner.

Vorsichtig tastete Ruth neben sich. Sie fühlte nichts außer einem glatten, seidenen Laken. Was sie erleichterte. Sie musste sich gar nicht erst aufsetzen und umschauen, im Zeitraffer war jetzt der gestrige Abend an ihr vorbeigezogen. Jakob hatte sich als der charmanteste Gesprächspartner erwiesen, den Ruth sich denken konnte. Keine Minute war es langweilig gewesen, nicht einmal waren sie ins Stocken geraten, ein Wort hatte die nächste Geschichte ergeben und Ruth hatte sich jung und lebendig gefühlt, wie schon lange nicht mehr.

Ja, sie hatte bemerkt, wie Jakob sie angeflirtet hatte, aber sie fand es lustig. Hatte trotzig gedacht, warum denn nicht.

Nach dem Essen kaufte er im Restaurant noch eine Flasche Wein, obwohl Ruth wegen des Geldes geschimpft hatte. Er hatte sie öffnen lassen und von der Kellnerin zwei Gläser entliehen. So waren sie zusammen bis ans Ende eines Bootsstegs gegangen, hatten die Kapitäne der Segel- und Motorboote, die hier lagen, freundlich begrüßt und sich mit baumelnden Beinen niedergelassen.

Als sie fröstelte, war es nur natürlich gewesen, dass er den Arm um ihre Schulter gelegt hatte. Es war so einfach und so vertraut gewesen.

Auf der Rückfahrt hatten sie gekichert und versucht, sich gegenseitig zu überholen und auszubremsen. Bei ihr war es die Unsicherheit vor dem Abschied gewesen, und wahrscheinlich war es ihm ähnlich ergangen. Dabei war klar gewesen, worauf alles hinauslief. Seit dem Steg wusste Ruth es genau. Wenn, ja, wenn dieser blöde Altersunterschied nicht wäre.

Er hatte ihr gar nicht viel Zeit zum Überlegen gegeben.

Die Räder hatten sie gemeinsam vor dem Ferienhaus der Freunde abgestellt. Sofort hatte er Ruth wieder in den Arm genommen und mit leichtem Druck an ihrer Schulter den Weg vorgegeben.

»So kann ich dich nicht gehen lassen, meine Liebe. Nach einem solchen Abend musst du mir einen gemeinsamen Schlummertrunk gönnen.« Seine Stimme war rauer als vorher gewesen.

»Wo bleibt da die Vernunft, Herr Apotheker?«, hatte sie mit gespielter Empörung gefragt. »Du musst doch morgen Früh wieder Rezepte lesen können.«

»Morgen Früh. Wer denkt denn jetzt schon an morgen. Genieße den Augenblick. Sei achtsam. Schon vergessen?«

Er hatte sie aufgezogen mit all dem, worüber sie in den letzten Stunden gesprochen hatten. Sie hatte sich lächelnd ergeben. Bis zu ihm waren es nur wenige hundert Schritte.

»Wundere dich nicht über meine kleine Wohnung«, hatte er gemeint, als er den Schlüssel in das Schloss steckte. »Normalerweise bin ich ja allein. Jetzt mit Ronja ist es schon manchmal etwas eng. Ich hoffe, du verzeihst mir meine Bude, ich bin nun mal wieder im Junggesellenstatus.«

Tatsächlich erinnerte nichts weniger an eine Junggesellenbude und Ruth war fast einen Moment enttäuscht, weil es so wenig zu sehen gab, weil die Wohnung so wenig Rückschlüsse zuließ auf den Menschen, der hier lebte. Keine Bücher. Keine Pflanzen. Noch nicht einmal Bierkrüge oder Pokale, kein Fahrrad an der Wand und kein Surfbrett unter der Decke. Bei Jakob war keines der üblichen Klischees erfüllt. Einzig der ziemlich große Flachbildschirm und eine Konsole, von der Ruth nur wusste, dass es eine war, aber nicht, wie man sie bediente, konnten vielleicht als Merkmal eines Singles interpretiert werden.

Ein paar Bilderbücher, ein Stoffhase sowie Stifte und Papier auf dem Boden waren der einzige Hinweis auf Ronja. Jakob folgte ihrem Blick. »Ronja hat neben meinem Schlafzimmer auch ein kleines Zimmer.« Sein Kopf deutete in den hinteren Teil der Wohnung.

Er hatte eine Wandlampe eingeschaltet und durchmaß den Raum mit schnellen Schritten.

»Meine Wohnung ist zwar klein und unter dem Dach auch ziemlich warm, aber dafür entschädigt dieses hier. Tatada. Meine Dachterrasse.« Jakob lachte, als er Ruth an der Hand fasste und sie hinter sich herzog. »Voilà, mein kleines Reich.«

Dachterrasse mochte vielleicht ein etwas zu üppiges Wort sein für den 15 Quadratmeter großen Balkon. Aber er hatte was, das musste Ruth sich eingestehen. Einiges, was ihr drinnen in der Wohnung gefehlt hatte, fand sie hier. Eine prächtige Palme. Eine Lichterkette mit kleinen bunten Kugeln, die Jakob schnell eingeschaltet hatte. Der Balkon war mit Bambusmatten vor Blicken geschützt. Eine alte Emaillewanne diente als Teichersatz, auf dem Jakob nun einige Schwimmkerzen entzündete.

»Komm, setz dich«, wies er auf ein Loungesofa, über dem sich ein viereckiger Sonnenschirm ausbreitete. »Ich hole uns noch ein letztes Glas Wein, einverstanden? Und eine Decke, meine kleine Frostbeule.« Wieder hatte er sie kurz in den Arm genommen, über ihren Oberarm gestrichen. Sie hätte nicht sagen können, ob die Gänsehaut von der Kälte kam oder von seiner Berührung.

Nichts war klarer gewesen, als die Tatsache, dass es ganz sicherlich nicht bei einem einzigen letzten Glas Wein bliebe.

Noch einmal tastete Ruth über das Laken. Sie wusste nicht, ob sie froh oder enttäuscht sein sollte, dass Jakob nicht neben ihr lag. Ob er schon zur Arbeit war? Oder doch eher Brötchen holen? Hoffentlich nicht Ronja holen, schoss ihr durch den Kopf. Das würde er ja wohl sich und ihr und vor allem dem Kind nicht antun.

Dennoch setzte sie sich vorsichtshalber auf. Strich ihre Haare nach hinten und blickte sich suchend nach ihren Kleidungsstücken um. Es hatte wirklich nicht viel Überredungskunst gekostet, sie zum Bleiben zu bringen. Auf dem Sofa dort draußen, halb unter dem Sonnenschirm, halb unter dem Sternenhimmel, hatte sich eins ins andere gefügt, war alles ruhig und selbstverständlich abgelaufen, ohne Zögern, ohne Zaudern und tatsächlich auch ohne falsche Scham.

Ruth sah an sich herunter. Nein, es hatte ihr nichts ausgemacht. Die Tatsache, dass sie sich kaum kannten, nicht. Die Tatsache, dass das hier womöglich der erste One-Night-Stand ihres Lebens werden könnte. Und seltsamerweise schon gar nicht ihr Altersunterschied.

Auf dem Weg zum Bad fand sie den Zettel. Er hatte ihn so hingelegt, dass sie ihn nicht übersehen konnte. Ein wenig ärgerte sie sich, dass er sie nicht geweckt hatte, um ein paar persönliche Worte mit ihr zu wechseln. Um ihr einen kurzen Hinweis zu geben, wie es weitergehen würde mit ihnen. Ob es weitergehen würde.

»Guten Morgen! Gut geschlafen? Musste leider schon los. Der Dienst ruft. Sehen wir uns heute? 18.00 auf dem Tennisplatz. Jakob«

Ruth ließ den Zettel sinken. Eine Verabredung auf dem Tennisplatz. Das konnte alles heißen oder nichts. Immerhin würden sie sich sehen. Sie würde warten müssen, was sich daraus ergab. Jakob wusste ja, wo sie zu finden war.

Erst als sie den Zettel weglegte, fiel ihr der kleine Pfeil unter seinem Namen auf. Sie wendete das Blatt.

»Gut, dass du mir das mit Evelyn erzählt hast. Ich höre mich mal um.«

Ruth wurde heiß und kalt. Sie hatte den Hund vergessen. Verdammt. Sie hätte doch Florence in der Nacht zu sich nehmen müssen. Wie sollte sie ihre nächtliche Abwesenheit bloß vor Anne und Martin rechtfertigen? Überhaupt: In was war sie da nur geraten? Evelyn. Die tote Joggerin. Den Täter, den sie gefasst hatten. Alles ein wenig viel, dafür dass sie von ihrer häuslichen Baustelle geflüchtet war.

Ihr Blick fiel erneut auf den Zettel in ihrer Hand. Sie verspürte ein unbehagliches Ziehen in ihrer Magengegend, als sie den Namen Evelyn las. Und das waren eindeutig keine Schmetterlinge in ihrem Bauch.

*

Tom verfluchte Tage wie diese. Er war für den Frühdienst eingeteilt und als wäre das nicht schon schlimm genug, hatte er zusammen mit Verena Dienst. So oft wie möglich versuchten sie beide dies zu vermeiden. In ihrem eigenen

Interesse, aber auch im Interesse der Patienten. Es war sogar irgendwann mal Thema in einem der Ärzteteams gewesen, hatte Schimmer ihm einmal gesagt. Dass Verena quasi die Anweisung bekommen habe, ihre Dienste soweit wie möglich gegenläufig zu planen.

Heute Morgen wusste er schon zehn Minuten nach Dienstantritt, dass er raus musste aus diesem Irrenhaus. Das war keine Klinik, das war, das war – ach, er wusste gar nicht, was genau es war, aber nicht das, was er sich damals, als er hierher gewechselt war, vorgestellt hatte. Privatklinik hatte so verlockend für ihn geklungen und alles in allem hatte es durchaus viele Vorteile gehabt, besonders in finanzieller Hinsicht. Nicht erst seit er mit Schimmer im Geschäft war.

»Jetzt pass doch auf! Hast du getrunken, oder was?« Die Pflegehelferin, die vormittags mit in ihren Diensten eingesetzt war, zog das Bett wieder mehr in die Mitte, nachdem Tom mit dem Bettrahmen an die Tür gestoßen war.

»Merkt doch keiner mehr«, nuschelte Tom.

»Schämst du dich nicht?« Die Pflegehelferin sah Tom verächtlich an. »Was ist das denn für ein Ton?«

Tom verdrehte innerlich die Augen. Was für eine ätzende Alte. So pseudoreligiös. »Stimmt doch«, murmelte er, aber schon nur noch halb so laut.

»Wir sind es den Patienten schuldig. Was, wenn wir jetzt auch noch die Würde vor dem Tod verlieren?«

Tom hätte am liebsten laut aufgelacht. Frustrierte Pastorengattin. Die waren auch nicht mehr vor Scheidungen sicher. Statt zuzugeben, dass auch sie nur wegen des schnöden Mammons hier arbeitete, musste sie alles mit ihrem weihevollen Ex-Gattinnen-Gelaber überziehen.

Tom öffnete die Tür zum Leichenkeller. Das war die

Krönung, dass Verena ihn mit der Alten hierunter geschickt hatte.

Wie gut, dass sie Marion Heckel nicht auch noch im Abschiedsraum aufbahren mussten. Das hätte ihm zu seinem Glück noch gefehlt. Aber die Schwester hatte ja gar nicht erst zugelassen, dass die Tote aus dem Zimmer herausgeholt werden konnte. Selbst als die Baltrup schon längst den Totenschein unterschrieben hatte.

Nein, das Zimmer musste verdunkelt bleiben, eine Kerze brannte und die Schwester las die ganze Zeit in einem ledernen Buch. Wahrscheinlich ein Gebetbuch. Oder etwas Esoterisches. So jedenfalls hatte die Nachtschwester berichtet und er selbst hatte sie bei Dienstantritt noch so am Bett ihrer Schwester angetroffen.

»Bitte öffnen Sie ein Fenster«, hatte sie ihn schließlich angewiesen. »Damit die Seele meiner Schwester aus diesem Raum findet.«

Schon klar, hatte er gedacht, aber nichts gesagt. Umso weniger er sagte, desto größer war die Wahrscheinlichkeit, später einen größeren Schein in die Hand gedrückt zu bekommen. So war das hier in der Privatklinik. Wer sich ein solches Haus leisten konnte, versuchte die Dinge schon einmal mit einem Extra-Schein zu begünstigen. Tom lachte auf. Das hatte Schimmer gut erkannt, dass ein solches Geschäftsmodell ausbaufähig war. Nur dass Schimmer nicht ahnte, inwieweit er, Tom, die Dinge ebenso durchblickte.

Seine Kollegin hatte ihn schon wieder mit durchdringendem Blick und einem Zischlaut zur Ordnung gerufen.

Tom öffnete den Leichen-Kühlschrank mit mehr Lärm als notwendig gewesen wäre. Er ließ sich von solchen Moralwächterinnen nichts mehr sagen. Mal sehen, wie lange er das überhaupt noch mitmachte.

Klar, alles allemal besser als die anderen Kliniken. In denen alles durchorganisiert war. Er wusste seine Freiheiten hier schon zu schätzen. Was hatten sie ihm früher immer auf die Finger geschaut, ihm anzuhängen versucht. Die Todesfälle in seinen Diensten würden signifikant vom Durchschnitt abweichen, hatte ihm der Chefarzt gesagt. Ob er das erklären könne. Er hatte das zuerst gar nicht verstanden. Nachfragen müssen, was es denn mit diesem »signifikant« auf sich habe. Darüber ärgerte er sich heute noch. Dieser Besserwisser mit seiner ganzen arroganten Art. Dann das Angebot, ihm ein überdurchschnittliches Zeugnis auszustellen, wenn er denn die Klinik verließe.

Wenn der Typ wüsste, dass er sich nur verbessert hatte. In jeglicher Hinsicht. Dann musste er ihm ja noch dankbar sein.

Tom zog die Wanne aus dem Kühlschrank hervor.

Was gab es denn immer noch an der Toten herumzuzupfen? Ihre Schwester hatte schon zusammen mit Verena das Totenhemd ausgezogen und ihr das weiße Spitzenkleid übergestreift.

Was die alles gelabert hatten. Fakt war, dass es aus seiner Sicht kaum einen Unterschied machte. Weiß war weiß und tot war tot. So einfach lagen die Dinge.

Aber nein. »Die Braut, die sie nie war, aber gerne gewesen wäre.« Oder: »Das hat sie sich gewünscht. Wenn schon nicht für den Traualtar, dann fürs Himmelstor.« Schließlich: »Sie hat es sich selbst ausgesucht. Anprobiert mit Tränen in den Augen. Weil sie ja wusste, für welchen Anlass sie es kaufte.«

Diese dumme Verena hatte natürlich auch geschnieft und sich die Tränen aus den Augen gewischt. Da waren sie alle gleich. Bei so einem sentimentalen Kitsch. Nix da, mit so etwas konnte er nichts anfangen und das war auch gut so. Eine Schande für das Geld, das sie für das Kleid ausgegeben haben mochte. Das viel zu weit für den abgemagerten Körper war. In den nächsten Tagen in der Erde oder im Feuer verschwinden würde.

Er nahm den Leichensack, in den sie den toten Körper packen mussten.

»Sollen wir?« Er hatte die Beine von Marion Heckel schon angehoben. Der Schuh von ihrem linken Fuß löste sich und polterte auf den gekachelten Boden. Wieder der böse Blick der Kollegin, die jetzt auch noch Marion Heckels Haare unter der Mullbinde hervorzupfte, die das Kinn vor dem Herunterklappen bewahren sollte.

Schweigend und routiniert verrichteten sie alle weiteren Dinge. Als Erstes steckte er den Schuh wieder an den Fuß. Wie der Prinz beim Aschenputtel, ging ihm durch den Kopf und nun musste er tatsächlich leise in sich hineinlachen. Ja, so gehen Märchen in der Wirklichkeit zu Ende.

Das Kleid der Toten hing durch und plusterte den Körper zu mehr auf, als er noch war.

»Also dann, bei drei, okay?«, gab er schließlich das Kommando vor.

»Jetzt rüber«, presste er hervor, als eine dunkle Stimme in seinem Rücken ertönte. Vor Schreck ließ er tatsächlich den Sack an den Füßen los, sodass dieser mit einem dumpfen Geräusch auf dem Edelstahl aufkam. Die Pflegehelferin verlor das Gleichgewicht und rutschte mit Marion Heckels Körper zusammen in die Wanne.

»Der Leichnam ist beschlagnahmt. Bitte treten Sie zurück.« Tom drehte sich um. Hinter ihm standen unverkennbar zwei Bestatter. Dahinter das aufgelöste Gesicht von Frau Doktor Baltrup, die ein Handy an ihr Ohr presste. Als sie Tom sah, verzog sich ihr Gesicht noch mehr.

»Sie?«, fragte sie ihn, als hätte er nichts im Dienst und nichts an diesem Ort zu suchen. »Sie? Sie wissen doch mit Sicherheit, wo dieser Schimmer steckt, oder?«

*

Das schrille Geräusch, das in regelmäßigen Abständen in sein Ohr drang, störte seinen Schlaf in äußerst unangenehmer Weise. Wer hatte wohl dazu die Genehmigung erteilt?

Etwas wie Erinnerung tröpfelte in sein Bewusstsein. Dieser verdammte Wecker, den er am liebsten im Müll versenken würde. Trotzdem irritierte ihn die vollständige Dunkelheit, die ihn umfing. Er musste in seiner Wohnung sein. Genauer im Schlafzimmer. Normalerweise warf der Schein der Straßenlaterne immer ein schwaches Licht in eine Ecke des Raumes. Er mochte das so, weil es ihm die Kontrolle über die Tageszeiten ließ.

Das Schrillen hörte nicht auf. Unsicher schwang Bender die Füße aus dem Bett und tastete sich vorsichtig bis zum Lichtschalter und öffnete die Tür, die er – vollkommen untypisch – von innen abgeschlossen hatte. Nahezu gleichzeitig nahm er wahr, dass die Rolladen so weit heruntergelassen waren, dass kein Licht hereindringen konnte. Im Flur dagegen brannte die Deckenleuchte. Das schrille Geräusch identifizierte er endlich als Türklingel, was ihm umso einfacher fiel, da auch an die Tür gehämmert wurde.

»Ernst, mach doch auf. Was ist los? Ich weiß doch, dass du da bist.« Ernst? Ihm fiel niemand ein, der ihn hier in Schwerin beim Vornamen nannte. Was sollte das Ganze? Er schritt eilig zur Tür, doch dann verharrte er im letzten Augenblick. Ob das Ganze etwas mit der Drohung auf der Zeitung zu tun haben könnte?

»Ernst!« Das Klopfen wurde lauter, so als ob einer mit der ganzen Handfläche gegen das Türblatt schlug. »Mensch, mach doch auf. Du wirst dich wundern.«

Vage erinnerte er sich an die Stimme. Es schien ihm, als sei es gar nicht allzu lange her, sie gehört zu haben. Nein, es konnte nicht sein. Nicht, wenn die Stimme nach ihm als Ernst rief.

Er gab sich einen Ruck. Blödsinn, ermahnte er sich selber, als er noch einmal an die Zeitung dachte. Wer so etwas tat, brüllte nicht anderntags wie ein Verrückter vor der Haustüre herum.

Bender sah an sich herunter, wunderte sich, wo sein Schlafanzug geblieben war und holte aus dem Badezimmer seinen seidenen Bademantel.

Das Schrillen der Klingel und das Hämmern gegen die Tür lösten in seinem Kopf die heftigsten Stiche aus. Er verzichtete darauf, seine Hausschuhe zu suchen, die er auf Anhieb nicht wie gewohnt an seinem Bett gefunden hatte.

Den Blick durch den Spion sparte er sich. Er wollte nur eins: dass dieser unsägliche Lärm aufhörte. Und zwar sofort.

Das Déjà-vu setzte im selben Augenblick ein, als er die Tür öffnete. Wieder beugte sich Hofmann gerade herab, um einen Schlüssel aufzuheben, der ihm aus der Hand gefallen war.

Hofmann grinste, als er sich aufrichtete: »Na endlich. Ich habe mir schon Sorgen um dich gemacht. Nachher wäre ich noch schuld gewesen.«

»Wie bitte?« Bender verstand nichts von dem, was Hofmann sagte.

»Na ja, der Zustand, in dem ich dich gestern zurückgelassen habe, war nicht ohne.« Er drehte seine Hand vage hin und her. »Sagen wir es mal so: Als Polizist im Dienst hätte ich dich vielleicht ins Krankenhaus gebracht. Aber dafür war es ein richtig netter Abend mit dir, Ernst.« Hofmann schob sich an Bender vorbei und klopfte ihm jovial auf die Schulter. »Deswegen habe ich auch einen Schreck bekommen, als du nicht aufmachtest.« Mit größter Selbstverständlichkeit ging Hofmann Richtung Küche. »Ein Kaffee wäre jedenfalls jetzt gut.«

Bender ging hinter ihm her und sah vom Türrahmen aus zu, wie Hofmann sich suchend in der Küche umsah.

»Wenn du mir sagst, wo alles ist, koche ich uns einen. Wenn du willst, kannst du dich dann erst anziehen. Übrigens: hübsches Stöffchen, ziemlich edel. Gefällt mir.«

»Aus England«, entfuhr es Bender und er hätte sich augenblicklich dafür ohrfeigen mögen. Was ging das Hofmann an, woher sein Bademantel kam? Trotzdem deutete er auf die Kapselmaschine, die neben dem Toaster stand und wies auf die Dose daneben, in denen er die Espressokapseln aufbewahrte. »Milch müssen Sie sich auf dem Herd warm machen.«

Hofmann winkte ab. »Cappuccino erst später am Tag. Und wieso ›Sie‹? Sag nur, du erinnerst dich nicht an unsere Ost-West-Brüderschaft, die wir gestern besiegelt haben?«

Bender wurde schlecht. Im wahrsten Sinne des Wortes. Er entschuldigte sich und zog sich ins Bad zurück. Er brauchte fast zwanzig Minuten, bevor er geduscht und angezogen die Küche wieder betreten konnte. Die Erinnerung war mit jeder Minute mehr zurückgekommen.

»Also, das war eine dumme Geschichte gestern«, sagte er nun, als er Hofmann an dem winzigen Küchentisch gegenübersaß. Wie sehr wünschte er sich jetzt in den übergroßen Konferenzraum zurück, aus dem er gestern Morgen noch regelrecht geflohen war.

Hofmann winkte ab und rührte akribisch den Zucker in der Espressotasse um. »Geschenkt. Ich fand's einen prima Abend.«

»Ja, aber das Duzen. Entschuldigen Sie, da sind wir wohl über das Ziel hinausgeschossen. In dieser Hinsicht sollten wir den Abend auf jeden Fall vergessen.«

»Wie bitte?« Hofmann schaute auf. »Nicht dein Ernst, oder?« Er biss sich auf die Lippe. »Herrje, das ist auch noch ein doofes Wortspiel in deinem Fall. Nicht dein Ernst, Ernst?«

»Machen Sie sich doch nicht lächerlich, Hofmann. Sie wissen doch selbst, wie oft wir dienstlich aneinander rasseln. Ich möchte nicht, dass sich da etwas vermischt. Auch für die Kollegen. Ich habe es immer so gehalten und bin ausgezeichnet damit gefahren.«

»Verstehe. Die Geschichte mit ›Sie Arschloch geht schlechter über die Lippen als du Arschloch‹, stimmt's?«

»Ich hätte es nicht so ausgedrückt, aber es trifft es im Wesentlichen.«

Hofmann verdrehte die Augen. »Jetzt vergeuden wir hier mit so etwas die Zeit. Dabei gibt es wichtigere Dinge zu klären. Ich bleibe beim Du und du kannst machen, was du willst.« Hofmann schüttete den Kaffee kopfüber in sich hinein. »Und nun zur Sache. Erinnerst du dich wenigstens, weshalb ich gestern Abend hier war?«

Bender nickte unwillig. Er würde in Zukunft weitgehendst die direkte Anrede vermeiden. Doch jetzt hatte das sachliche Thema Vorrang. »Ja. Selbstverständlich erinnere ich mich. Auch an meine Überraschung.«

»Habe ich gemerkt. Verständlich. Wo ich offiziell eine ganz andere Haltung vertreten habe. Aber ich habe es dir ja erklärt. Die Sache mit der Vernehmung des mutmaßlichen Täters. Das war schon eine sehr eigenwillige Geschichte.

Von Minute zu Minute hat mir mein Bauch gesagt, da stimmt was nicht.«

»Aber er hat ein Geständnis abgelegt.«

»Das hat er. Für die beiden ersten Taten. Wir haben gedacht, dann kommt das andere auch noch.«

Bender nickte und schwieg.

»Doch dann hat er für die dritte Tat ein Alibi auf den Tisch gepackt. Was schon seltsam war. Aber wir dachten immer noch, der will was retten. Was auch immer das sein mag, wenn man zwei Morde schon gestanden hat.«

»Und der Anwalt?«, horchte Bender nach, obwohl er die Frage gestern schon gestellt hatte, wie er sich dunkel erinnerte. Nachdem Bender und Hofmann gemeinsam zum Kiosk gegangen waren, um noch einmal Nachschub zu holen und mit einem guten Wodka ihre Brüderschaft besiegelt hatten.

Bender schüttelte es bei der Erinnerung. Er stand vom Küchentisch auf und lugte ins Wohnzimmer. Ob die Wodkaflasche noch irgendwo stand? Er drehte sich zu Hofmann zurück. »Was sagt der Anwalt dazu?«

»Ja, der Anwalt. Deswegen bin ich hier. Du wirst das nicht glauben. Das Alibi stimmt. Hieb- und stichfest. Musste auch die Staatsanwaltschaft einsehen. Und als wäre das nicht genug, haben wir heute Morgen direkt zwei Anrufe bekommen, die uns zumindest im Fall der getöteten Marie Hafen tatsächlich auf eine andere Spur bringen.«

Bender schaute verwirrt. »Wie heute Morgen? Was soll das heißen? Es ist doch gerade erst Morgen.«

Hofmann lachte schallend. Leise fing er an zu singen: »Wodka, Wodka, Brüderchen komm trink mit mir – ha ha ha ha ha. Also in der Hinsicht habt ihr im Westen nach fast dreißig Jahren noch Aufholbedarf.« Er sah Benders entgeistertes Gesicht. »Fast Mittag. Keine Sorge. Ich habe dich für heute Morgen entschuldigt. Das war ich dir nach gestern doch schuldig. Briiiederchen! Nun machen wir beide zusammen einen kleinen Ausflug ans Meer.«

✻

Ruth war froh, dass sie nur das Kleid über den Kopf ziehen musste. Der Stoff gab keine Rückschlüsse darauf, dass es stundenlang zusammengeknüllt auf dem Boden in Jakobs Wohnung gelegen hatte. Die Schuhe nahm sie für das kurze Stück Weg in die Hand und sie war sogar froh, dass kleine Steinchen sich in ihre Fußsohlen drückten, weil es ihr ein Gefühl von Wirklichkeit gab.

Erleichtert stellte sie fest, dass weder Anne noch Martin auf der Terrasse des Ferienhauses saßen. Tatsächlich waren Fenster und Türen verschlossen.

Ruth entfuhr ein leises Kichern. Die beiden waren wahrscheinlich mit Florence unterwegs. Gassi gehen oder Hundezubehör kaufen. Einen Napf, Futter, vielleicht eine Decke. So schnell konnte es gehen, dachte Ruth und hatte augenblicklich ein schlechtes Gewissen angesichts ihrer schäbigen Gedanken.

Ruth schlüpfte schnell in ihr eigenes Ferienhaus. Der Anblick des aufgeklappten Laptops auf dem Boden und die Aktenordner daneben lösten augenblicklich den nächsten Gewissensbiss aus. Doch genauso schnell wie er kam, wischte Ruth ihn beiseite. Schließlich war auch ihr Leben in den letzten Stunden auf den Kopf gestellt worden. Auch wenn sie sich keinen Hund geangelt hatte. Aber doch immerhin … Was denn immerhin? Einen Mann, einen Mann mit Kind, oder vielmehr einen One-Night-Stand?

Ruth schüttelte den Kopf. Jetzt blickte sie schon fast sehnsuchtsvoll zu ihren Manuskriptunterlagen. Sie würden ihr immerhin ein Nachdenken über das, was geschehen war, ersparen.

Ach Blödsinn, dachte Ruth, was ich brauche, ist ein Sprung ins Meer. Und danach bin ich es Anne und Martin schuldig, mich um Florence zu kümmern. Also, nicht um Florence, aber um Evelyn. Damit sie wüssten, wie lange sie jetzt den Hundesitter geben mussten. Selbst wenn Jakob das auch tun würde. Doppelt hielt besser.

Kleid aus, Badeanzug an, Kleid wieder an, Handtuch, Sonnencreme, Buch, Handy und Schlüssel zu schnappen war fast eins. Innerhalb von acht Minuten hatte Ruth mit dem Fahrrad ihr Ziel erreicht und sich dabei erfreut, mit der glockenhellen Fahrradklingel die Spaziergänger auf der Strandpromenade zur Seite zu scheuchen.

»Moinsen«, grüßte sie Georg heute schon von weitem. »Ich habe schon auf einen von euch gewartet. Wie geht's Florence? Alles klar?«

»Martin und Anne waren noch nicht hier?«, fragte Ruth erstaunt.

»Bisher noch nicht. Aber vielleicht magst du schon einen Kaffee mit mir trinken?«

»Klar, ich trinke gerne einen Kaffee mit dir. Auch wenn ich mich eigentlich direkt in die Fluten stürzen wollte.«

Nun zog Georg die Stirn kraus und blickte zum Meer. »Welche Fluten meinst du denn genau?«

Ruth folgte seinem Blick. Die Ostsee lag wie ein spiegelglatter See vor ihnen. Von Meer und Flut keine Spur. Ruhe und Gemächlichkeit strömte nicht nur die blitzblanke Oberfläche aus, sondern auch die ruhigen, fast schon meditativen Paddelbewegungen der Menschen, die auf ihren Brettern über die Wasseroberfläche zu gleiten schienen.

»Wenn du magst, leihe ich dir einen Schwimmreifen, es gibt heute nichts Besseres, als sich damit auf dem Wasser treiben zu lassen.« Er drehte sich um und hielt ihr kurz darauf einen grellen und überdimensionalen pinken Schwimmring hin, der an einer Seite in einen langen Einhornkopf mit einem Horn in Regenbogenfarben überging.

Ruth schaute Georg fassungslos an. »Das ist nicht dein Ernst, oder? Sag sofort, dass du mich schon wieder hochnimmst.«

Georg zuckte mit den Schultern. »Eigentlich nicht. Der ist bei den Frauen hier am begehrtesten. Kannst du mir glauben. Kann auch ein Foto von dir machen, wenn du drinnen liegst. Für Facebook vielleicht?«

Ruths Gedanken ratterten. Irgendetwas stimmte gerade überhaupt nicht mehr in ihrem Leben. Eine Nacht bei einem Mann, den sie erst flüchtig kannte. Anne und Martin mit einem Hund, der ihnen nicht gehörte. Die Frau im Cape, die Dorfhexe, wie sie genannt wurde, die vor ihren Augen zusammenbrach. Die Tote, die zuvor gerade erst dem Tod von der Schippe gesprungen war. Und nun ein rosa Einhorn, in dem sie auf der Ostsee paddeln sollte. Entweder wurde sie verrückt oder jemand mischte ihr halluzinogene Drogen unter oder … Im gleichen Augenblick sah sie, wie Georgs Mundwinkel zuckten. Hatte er es doch schon wieder geschafft.

»Das gibt's doch nicht.« Ruth schaute gespielt böse. »Für einen Kaffee lasse ich aber nicht alles mit mir machen.« Dann legte sie den Kopf in den Nacken und lachte, bis ihr die Tränen kamen. »Ich gehe doch erst eine Runde schwimmen. Danach werden wir uns mal darum kümmern müssen, was aus Florence wird.«

»Stimmt.« Georg schaute sie nachdenklich an. »Ich mache mir Sorgen um Evelyn.« Er schwieg. »Ich will ja nichts sagen. Aber erst die Tote am Strand. Dann Evelyn. Wenn da mal nicht …«

»Wenn da mal was nicht?« Ruth hörte, wie ihre Stimme den Polizistenton annahm.

»Ach nichts. Evelyn ist einfach eine arme Socke. Meint es nur gut. Wirklich gut mit allen. Die macht nichts wegen dem schnöden Mammon.« Georg rieb die Finger bedeutungsvoll aneinander. »Ganz im Gegensatz zu anderen hier. Die die volle Kehrtwendung vollzogen haben. Vom Vorzeige-Sozialist zum Vorzeige-Kapitalist.«

»Was hat das mit der Toten zu tun?«

»Ich sage doch: Nichts.« Georg nickte den Strandbesuchern zu, die ihm im Vorbeigehen ihre Kurkarten hinhielten. »Aber dass die Tote vorher an Krebs erkrankt war. Und zwar kaum heilbar, wie man hier erzählt. Und nun doch gesund gewesen sein soll. Und Evelyn, die bei sowas ja oft ihre Finger im Spiel hat. Und nun ist die eine tot, die andere im Krankenhaus. Und das soll nichts miteinander zu tun haben? Zufall sein?«

Ruth dachte wieder an die lange Liste von Zufällen, die sich seit ihrer Ankunft ereignet hatten. Dass sie ein Ferienhaus neben Anne und Martin hatte, die Begegnung mit Bender. Wenn sie mathematisch begabter wäre, ließe sich vielleicht ausrechnen, wie wahrscheinlich solche Begegnungen waren. So wie diese der Nachbarn im New Yorker Museum. Alles Zufall. Was sonst?

Sie hatte nicht mehr wirklich mitbekommen, was Georg noch alles vor sich hingemurmelt hatte. Nun blickte sie auf, als er seine Hand auf ihren Arm legte.

»Was hältst du davon, wenn wir nachher zusammen zu Evelyn ins Krankenhaus fahren? Jens ist hier und meine Frau kann einspringen. Ich könnte für zwei Stunden weg. Würde das gehen?«

Ruth nickte. Hoffentlich würde das eine Lösung für den

Hund bringen. Immerhin hatten Anne und Martin auch Urlaub. Und eine andere Idee hatte sie nicht, wie sie die Hundebetreuung sonst klären konnten.

»Einverstanden. Aber eine Stunde Meer und Sonne brauche ich vorher.«

»Logo. Und danach noch einen Kaffee. Aber danach. Ich bin echt beruhigt, wenn ich Evelyn selber gesehen und gesprochen habe. Irgendetwas kommt mir wirklich komisch vor.«

*

»Was wollen Sie zuerst sehen?«, fragte Schulz, nachdem Hofmann und Bender zusammen die Wache betreten hatten und in einen kleinen Besprechungsraum geführt worden waren. Er trat an einen alten Rollschrank.

»Manchmal überschlagen sich selbst bei uns die Dinge«, gab er mit einer schleppenden Stimme Auskunft, die seinen Worten Hohn spottete. Bender fiel es schon jetzt schwer, abzuwarten.

»Das also«, sagte Schulz und legte zwei Asservatenbeutel vor ihnen ab, »ist das, was wir schon immer ahnten, aber wofür wir bisher keine Beweise hatten.«

»Soll das jetzt eine Rätselstunde werden?« Hofmann packte die Ungeduld, die Bender hatte, in den Ton seiner Frage. »Ich weiß nämlich keineswegs, was Sie hier immer schon ahnten oder wussten.«

»Das sind Drogen«, ließ Schulz sie verächtlich wissen. »Sehen Sie es sich doch an.« Er schob die durchsichtigen Tüten näher an die beiden Ermittler aus Schwerin heran. »Einmal unverkennbar Cannabis und hier eine ganze Flasche Methadon.« Er strich bedächtig über seinen Schnäuzer. »100 Milliliter. Der Apotheker hat gesagt, das reicht mal gut für vier Wochen. Ein Wunder, dass das Glas nicht zerbrochen ist.«

»Schulz, zur Sache jetzt.«

Selbst Bender zuckte unter dem harschen Befehl Hofmanns. Obwohl der ja recht hatte.

Ruhiger als sein Kollege ergriff er nun selbst das Wort. »Wo haben Sie das denn her? Doch nicht etwa aus dem Patientenzimmer von Marie Hafen?« Bender sah Hofmann vorwurfsvoll an. Da wäre er wohl genau auf der richtigen Spur gewesen, wenn Hofmann ihn gestern nicht so rigoros zurückgepfiffen hätte.

Fast hätte er wegen seines Ärgers überhört, was der Polizist antwortete. Erst beim Namen Evelyn horchte er auf.

»Wie bitte? Das ist gar nicht aus dem Zimmer der Toten?«

»Nein, natürlich nicht.« Nun sah Schulz ihn vorwurfsvoll an. »Wie hätte ich denn daran kommen sollen? Da gab es keinen Anlass zu, nachdem Sie zurück nach Schwerin sind.« Sein Blick ging flüchtig zu Hofmann. »Und die Baltrup hätte mich bestimmt nicht freiwillig da schnüffeln lassen.«

Bender atmete tief durch. Wenn die Polizei schon selbst von Schnüffeln sprach, musste einen nichts mehr wundern.

»Wer bitte schön ist diese Evelyn Jasper?«

Schulz zögerte einen langen Moment. Dann stammelte er los: »Nun ja, wer ist schon Evelyn? Das muss man hier gar nicht groß erklären. Weil die alle kennen. Zumindest vom Sehen. So wie Evelyn auffällt. Da kommt mal gar keiner dran vorbei.«

Hofmanns flache Hand schlug krachend auf den Tisch.

»Wer bitte ist Evelyn? Wir sind hier nicht bei einem Heimatverein, in dem man sich Geschichten erzählt. Wir ermitteln in einem Mord.«

Hofmanns Gesicht war puterrot angelaufen. Die Nachwirkungen der letzten Nacht, dachte Bender. Aber recht hatte er, der Kollege.

»Also, Schulz, nun mal konzentriert. Hat das hier was mit dem Mord an Marie Hafen zu tun, oder wollen Sie uns vorführen, was es alles an Ermittlungsarbeit in Ihrer Dienststelle gibt?« Bender hörte selbst, wie hochnäsig sein Ton wirken musste, aber es war ihm egal. Wenn Gottes Mühlen langsam mahlten, dann hatte man das hier noch nicht gesehen.

Schulz war weder verlegen noch ließ er sich sichtbar antreiben. »Warten Sie doch ab. Es passt schon alles zusammen. Hätte ich mir ja denken können, dass die alte Hexe da mit drin hängt.«

»Die Hexe?«, fragten Hofmann und Bender gleichzeitig, der eine belustigt, der andere verständnislos.

»Ja, ja, die Hexe. Evelyn, die Dorfhexe. Die gute Samariterin, wie andere sie nennen. Zu der doch alle pilgern, wenn sie nicht mehr weiterwissen. Kräuter, Pillchen und Tinkturen gibt's bei der, dass der Apotheker grün wird im Gesicht, wenn nur einer ihren Namen nennt.«

»Und bei ihr haben Sie die Drogen sichergestellt?« Bender tippte mit dem Finger auf eine der Tüten.

»Wir nicht. Sie sind bei ihr gefunden worden. Im Krankenhaus. Sie ist gestern in Wismar auf offener Straße kollabiert. In ihrem Cape, das sie sommers wie winters trägt, machten die Sanitäter diesen erstaunlichen Fund.«

»Eigenkonsum?«, fragte Hofmann knapp.

»Nein. Das wurde ausgeschlossen. Der Zusammenbruch war wohl einer Belastungssituation geschuldet. Alles noch sehr verworren. Zwei Kollegen haben versucht, mit Evelyn, also Frau Jasper, zu reden, aber es ist nichts bei rausgekommen. Die Ärzte haben dann einen Riegel vorgeschoben.«

»Sie meinen …«, nahm Bender jetzt den Faden auf, als Schulz einen Moment nachdenklich schwieg.

»Ja, richtig. Ich, besser gesagt, wir alle hier auf der Wache, meinen, dass Evelyn ihre Patienten oder Kunden oder wie auch immer sie die alle nannte, die zu ihr pilgerten, nicht nur mit Kräutern und Pilzen aus dem Wald versorgt hat, sondern dass sie mit Drogen …« Schulz schien nach dem richtigen Ausdruck zu suchen.

»… dealte«, half ihm Hofmann aus.

Schulz schüttelte den Kopf. »Nein, das trifft es nicht. Aber dass sie die Leute, die Kranken, damit behandelte. Oder ihnen Zugang dazu verschaffte.«

»Ich dachte, sie wollte heilen, oder habe ich das eben falsch verstanden? Die gute Samariterin?« Bender griff nach seinem Glas. »Und dann Drogen?«

»Haben Sie davon noch nichts gehört?« Bender war es, als würde sich Schulz auf seinem Stuhl aufrichten. »Begleitende Krebstherapien nennt man das. Ist doch in aller Munde. Vor allem diese beiden Dinge hier: Cannabis und Methadon.«

»Stimmt.« Hofmann nickte. »Habe ich von gelesen, und im Fernsehen kam auch etwas darüber.«

»Und da denken Sie an eine Verbindung von Marie Hafen, bei deren Obduktion ein positiver Drogennachweis erfolgt ist, und diesem Fund hier?«

»Warum nicht?«, antwortete Schulz. »Soweit ich das verstanden habe, war sie ja in der Privatklinik, weil ihre Chancen so schlecht standen. Was war das, was die Ärztin gesagt hat? Dass Marie Hafen alles«, er betonte das Wort dramatisch, »aber auch wirklich alles für ihre Genesung getan hätte.«

»Okay, nehmen wir mal an, da gäbe es eine Verbindung. Nehmen wir auch mal an, diese Evelyn hätte Marie Hafen mit Drogen versorgt. Aber das erklärt noch lange nicht den Mord.« Hofmann runzelte die Brauen. »Oder trauen Sie Ihrer Dorfhexe auch das zu?«

Schulz antwortete nicht gleich. Er sah hinunter auf seine Finger, als ob dort die Antwort zu finden wäre. »Ich weiß nicht«, antwortete er schließlich langsam. »Die Evelyn. Also eigentlich nicht. Aber am Tatort habe ich sie gesehen. Als wir alle schon da waren. Da stand sie da und hat geschaut. Aber Mord?«

*

»Gut.« Bender schob den Beutel beiseite und lehnte sich in seinem Stuhl zurück. Er nahm die Hände hoch und legte sie hinter seinem Kopf zusammen. »Wir stellen das noch einmal zurück. Trotzdem Danke für den Hinweis, Schulz.« Er schloss die Augen und verharrte einen Moment regungslos.

»Und nun das Nächste«, forderte er kurz darauf.

Hofmann nickte Schulz zu, der aus dem gleichen Schrank eine weitere Tüte holte und sie zusammen mit zwei Handschuhen vor Bender ablegte. »Hier«, sagte er leise.

Bender schaute auf und schluckte. Zu gerne würde er wieder ein paar Worte über eine adäquate Anrede eines Vorgesetzten vom Stapel lassen, aber die Anwesenheit von Hofmann, mit dem er sich aus unerklärlichen Gründen nun duzte, hinderte ihn daran. Deswegen schob er ein ebenso leises, aber geknurrtes Danke hinterher.

Er drehte die Tüte und betrachtete das darin liegende Notizbuch von allen Seiten: rotes Leder oder Kunstleder, in DIN-A-6-Größe, zusammengehalten von einem Band aus dem gleichen Material mit einer roten Holzkugel. Der Einband, der mit dem Schriftzug »Venezia« in geschwungenen Lettern versehen war, trug eine unverkennbare Prägung der Rialto-Brücke.

»Sie wollen mir aber jetzt nicht sagen, dass eine Spur auch nach Italien führt?« Bender zog beim Sprechen die Handschuhe an und ließ sich die Tüte von Schulz öffnen. Vorsichtig entnahm er das Büchlein, zog die hölzerne Kugel zurück, entfernte das Band und blätterte dann vorsichtig durch die Seiten.

Hofmann und Schulz gaben keine Antwort.

»Ein Tagebuch? Von wem? Ich nehme an, von unserer Toten?« Er tippte mit dem behandschuhten Finger auf die Initialen. »M.H. Marie Hafen.«

»Könnte man meinen«, sagte jetzt zum ersten Mal wieder Hofmann etwas. »Ist aber nicht so.«

»Sondern? Machen Sie …«, er stockte und schaute zu den beiden anderen, räusperte sich und sprach zu Hofmann: »Mach es mal nicht so spannend.«

»Schon okay.« Hofmann grinste. »Es ist das Tagebuch einer anderen Toten.«

Bender sah ihn irritiert an. »Der anderen Toten? Ich denke, es besteht jetzt Sicherheit, dass die Fälle nichts miteinander zu tun haben. Ich verstehe nicht?«

»Tschuldigung.« Hofmann legte Zeige- und Mittelfinger an die Stirn und grüßte damit in seine Richtung. »Schon klar. Nein, die andere Tote aus der Klinik. Scheinbar ein natürlicher Tod.«

»Scheinbar?« Bender sog die Luft ein. »Heißt in dem Fall was?«

»Scheinbar oder anscheinend, wir wissen es noch nicht. Die Frau war todkrank, lag im Sterben. Nichts hätte ihren Tod aufhalten können.«

»Lassen Sie mich raten? Sie war Patientin im Rosensanatorium?«

»Stimmt«, warf nun Schulz ein, der froh zu sein schien, wieder etwas beitragen zu können. »Nicht nur das. Sie war genau wie Marie Hafen eine Belegpatientin. Also der Behandlung durch Doktor Schimmer unterstellt.«

»Und das M.H. hat was zu bedeuten? Bitte, kommen Sie mir jetzt nicht mit einer Theorie, der Mörder ist Initialen-Fetischist.«

Schulz bekam einen Hustenanfall, fasste sich aber wieder schnell. »Natürlich nicht. Wer käme denn auf eine solche Idee?«

Bender sah ihm die Empörung noch an der Nasenspitze an. »Was es nicht alles gibt, das können Sie vielleicht gar nicht beurteilen. Was ich schon gesehen und erlebt habe.«

Hofmann fiel ihm ins Wort. »Ja, ja, mag ja sein. Das kannst du uns ja mal erzählen, wenn hier die Sache vom Tisch ist.«

Bender schnaubte leise, war dann aber still.

»Also«, begann Schulz erneut. »M.H. steht in dem Fall für Marion Heckel. So heißt oder hieß vielmehr eine andere Patientin. Metastasen so gut wie überall im Körper. Aber irgendjemand scheint ihr große Hoffnungen gemacht zu haben.« Er deutete auf das rote Notizbuch in Benders Hand. »Nach dem, was da drinsteht, ist sie nicht nur zur traditionellen Behandlung ins Rosensanatorium gekommen.«

»Sondern?«

Schulz hob die Schultern. »Infusionsbehandlungen und Spritzen, die sie nur von Doktor Schimmer oder einem Pfleger namens Tom Jansen bekommen konnte. Bekommen durfte, wenn man es genau liest. War ein richtiger Geheimhaltungsdeal. Leider nicht gut lesbar, weil die Schrift immer kritzeliger und kleiner geworden ist. Eine Woche vor ihrem Tod hören die Einträge auf. Dann gibt es noch einen Nachtrag, kaum lesbar und undatiert. Dem Sinn nach schrieb sie, dass man ihr die Medikamente entziehe und dass sie Angst habe, dass man sie aufgegeben habe.«

»Und woher haben Sie das Buch? Was ist mit der Leiche?«

Hofmann nickte beruhigend. »Die Leiche ist beschlagnahmt und schon auf dem Weg in die Pathologie. Wir haben das beim Staatsanwalt veranlasst, als die hiesige Dienststelle uns informiert hat.«

»Stimmt. Das Tagebuch hat uns die Schwester der Toten heute Morgen gebracht. Marion Heckel ist in der Nacht gestorben. Ihre Schwester war in der Sterbestunde bei ihr und hat später im Nachtschrank das Buch gefunden. Sie war entsetzt von dem, was sie las, weil es sich nach dubiosen Behandlungsmethoden anhörte, von denen sie bisher so nichts wusste. Als ihre Schwester etwas angedeutet hat, schob man es auf krankheitsbedingte Phantasien. Dabei war auch der Schwester bewusst, dass Schimmer unkonventionell arbeitete. Deswegen hatten sie die Behandlung bei ihm bewusst gesucht.« Schulz machte eine Pause. »Waren übrigens Zwillinge, also einander ganz besonders verbunden.«

»Dann hat sie nicht direkt in der Klinik um Aufklärung gebeten?« Bender versuchte sich, in die Situation einzufinden. »So emotional, wie die Situation für sie gewesen sein muss.«

»Sie sagte, sie sei vollkommen schockstarr gewesen. Habe gar nicht mehr gewusst, wie sie sich verhalten sollte. Bis zum Morgen und dem Eintreffen der Frühschicht sei sie dageblieben. In der Klinik habe man sie dann gebeten zu gehen. Sie habe alles für die Schwester getan. Jetzt müsse sie loslassen lernen. Alle weiteren persönlichen Dinge könne man noch am nächsten Tag regeln.«

Hofmann ergänzte: »Frau Heckel ist dann zurück ins Hotel, in dem sie ein Zimmer gebucht hatte. Hat von dort ihren Mann angerufen und ihm einige Passagen vorgelesen. Er hat ihr geraten, das Buch zu uns zu bringen. Deswegen stand sie heute schon früh am Morgen vor der Tür der hiesigen Polizei.«

»Verstehe.« Bender massierte nachdenklich mit der Hand sein Kinn. »Und Sie haben dann den ganzen Apparat angeworfen, Schulz. Vollkommen richtig.«

»Deswegen habe ich dich so schnell wieder heimgesucht.« Hofmann lachte. »Damit hättest du nicht gerechnet, was? Dein Blick sprach Bände. Köstlich.«

»Köstlich? Also bitte. Ein bisschen mehr Pietät, wenn wir hier von solch tragischen Todesfällen reden.« Bender sah aus dem Augenwinkel, wie Hofmann in Richtung Schulz die Augen verdrehte. »Nichtsdestotrotz. Gute Arbeit. Ich weiß zwar noch nicht, wie das eine mit dem anderen zusammenhängt, aber wenn ich mich nicht täusche, denken wir alle in die gleiche Richtung.«

»Ja, das tun wir.« Hofmann richtete sich etwas auf. »Da läuft im Rosensanatorium bei der Behandlung der Patienten so einiges, was sicher nicht in den offiziellen Akten steht. Was, wenn nicht nur Marion Heckel mit ihren Tagebucheinträgen gerade etwas aufdeckt, sondern auch Marie Hafen im Begriff stand, das zu tun?«

»Dann hätten wir ein sehr sauberes Motiv. Aber noch keinen Täter.« Bender zückte sein Taschentuch und wischte sich über die Stirn. »Also, meine Herren? Worauf warten wir? Wir sollten uns auf die Suche nach Doktor Schimmer machen.«

*

Sie hatten entschieden, mit Georgs Auto zu fahren, und Ruth war froh, dass sie auf der Fahrt nach Wismar einfach schweigend neben ihm sitzen konnte. Das schlechte Gewissen angesichts des drohenden Abgabetermins schob sie beiseite.

An Jakob zu denken war allerdings nicht weniger aufwühlend. Jetzt am hellen Tag kam sie sich vor, wie eine Betrügerin, die ihrem Opfer falsche Tatsachen vorgegaukelt hatte, bevor es den Vertrag unterschrieb. Doch was hieß hier Vertrag? Womöglich war es auch für ihn nur die Gelegenheit gewesen, die sich ihm bot. Andererseits: Er wollte sie heute wiedersehen. Auf dem Tennisplatz. Und danach: Ende offen? Das war genau das, wovor ihr graute. Nicht planen zu können, wie es am Abend weitergehen würde. Da war schließlich noch Ronja, die er nicht Abend für Abend bei Freunden unterbringen konnte. Ruth merkte, wie ihr ein leises Stöhnen entwich.

Sofort schaute Georg zu ihr: »Alles in Ordnung?«

»Klar«, beeilte sich Ruth zu sagen.

»Ist auch nicht der ideale Urlaub, wenn man sich plötzlich um Dorfhexen und Hundedamen kümmern muss, was?«

»Ach, ist bei mir sowieso kein Urlaub. Eher ein Arbeitsurlaub. Vielleicht ist das nur eine Form von Aufschieberitis, die sich hier entwickelt. Meine Tochter würde sagen, ich neige dazu, mich in anderer Leute Geschichten hineinziehen zu lassen.«

»Hat das was mit euren Berufen zu tun? So wie ich rausgehört habe, seid ihr ja alle irgendwie bei der Polizei, die neuen Hundepflegeeltern und du.«

»Nein, nicht alle. Anne ist Ärztin. Und ich bin nicht mehr im ermittelnden Dienst. Ich bin Polizeipsychologin in der Aus- und Weiterbildung. Ich habe mich von dem ganzen Apparat ein Stück weit emanzipiert.«

»Emanzipiert hört sich gut an. Passt zu dir.«

Ruth warf ihm einen Blick zu, um zu sehen, ob er sie hochnahm. Er sah aber unverwandt auf die Straße und überließ sie wieder ihren Gedanken.

Mittlerweile hatten sie die Wohlenberger Wiek passiert. Georg hatte hier nur langsam fahren können. Auf der rechten Seite waren große Campingplätze und Parkmöglichkeiten. Die Feriengäste kamen bepackt mit Luftmatratzen und Schwimmtieren, Picknickdecken und -körben, um die Straße zu queren und auf der anderen Seite an dem wunderbar flachen Strand ihr Lager zu errichten. Hier nahm keine Dünenkette die Sicht auf das Meer, das sich an dieser Stelle als Bucht ins Land hineindrängte.

»Die Einheimischen sind oft viel lieber hier, als an den Stränden mit Dünen, Seebrücke und Promenadenzauber. Irgendwie entspricht das alles in seiner Einfachheit viel mehr dem gewohnten Leben, in dem schon die Luftmatratze ein Abenteuer ist.«

»Was? Das sind aber ganz schön arrogante Worte. Kommst du nicht selbst von hier?«

»Doch. Deswegen darf ich das auch sagen. Quasi aus der Innensicht. Ist gar nicht böse gemeint. Es zeigt einfach, welche Geschichte die Menschen hier haben. Die Luftmatratzen zum Beispiel. So was war früher strengstens verboten. Das waren potentielle Fluchtmittel. Und deswegen nicht erlaubt. Ich kenne Familien, die beim Anblick dieser wirklich harmlosen Dinger immer noch Ängste bekommen.«

»Das ist fast dreißig Jahre her.«

»Stimmt. Doch auf einmal erlebt man hier, wie prägend all diese Dinge in die nächste Generation hineinschwappen, Frau Psychologin.«

Ruth biss sich auf die Lippe. Natürlich hatte er recht.
»Wir im Westen hatten ja auch unsere Prägungen und trotzdem ...«

»Trotzdem werden oft Äpfel mit Birnen verglichen, wie man so schön sagt. Die Zeiten, in denen euch der Neustart gelang sind gänzlich andere gewesen als zum Zeitpunkt des Mauerfalls. Ich sage nur Wirtschaftswunderzeiten. Davon war 1989 nicht mehr so viel übrig. Viel zu oft wird vergessen, dass ihr uns in vielem einfach über 40 Jahre voraus seid. Überlege mal, wie lange sich alte Köpfe und Gedanken auch bei euch gehalten haben. Die vielen Jahre Demokratieerfahrung waren ja auch bei euch ein Prozess. Bei uns soll sich das alles im Zeitraffer vollziehen. Und dankbar sollen wir auch noch sein. Für den einzelnen ist aber vieles unsicherer geworden. Früher galt: Klare Regeln. Klare Grenzen. Keine Luftmatratzen.«

Mittlerweile hatten sie Wismar erreicht. Ruth sah die Türme der Kirchen vor sich aufragen. Tatsächlich hatten manche Straßenzüge und Geschäfte ihr gestern das Gefühl eines Zeitsprungs vermittelt. Schaufenster und Sortimente wie sie sie aus den Tagen ihrer Kindheit kannte. Bei ihr hatte der Anblick kurz heimelige Gefühle ausgelöst, aber auch den morbiden Charme der Stadt unterstrichen.

»Aber es gibt doch auch eine Entwicklung. Ich war gestern in zwei Cafés, die genauso in Hamburg, Hannover oder Düsseldorf funktionieren würden. Und du mit deiner Strandbude. Ihr geht doch auch neue Wege.«

Georg lachte auf. »Stimmt. Aus meiner Sicht wird es allerhöchste Zeit dazu. Glaube mir, einfach ist das nicht, hier den Vorreiter zu spielen. Wenn es nach mir ginge, würde sich alles einen Tacken schneller entwickeln.«

»Wird das nicht kommen? Die deutschen Küsten sind doch gefragt wie nie.« Ruth dachte an Norderney und an die andere Art von Problemen, die durch den Ansturm auf die Insel verursacht wurde.

»Das ist so. Deswegen wird gebaut wie verrückt. Der Immobilienmarkt funktioniert. Da haben einige Dagobert-Duck-Gefühle. Jede ehemalige Datsche wird nun aufgestockt und zum luxuriösen Ferienhaus umgebaut. Durch die Kliniken haben wir sowieso schon eine Art Ganzjahresbetrieb hier. Aber es gibt noch nicht die passende Infrastruktur und über die Richtung, in die es gehen soll, sind sich hier noch lange nicht alle einig. Die einen: Jetzt sind wir dran. Und reißen sich alles unter den Nagel. Die anderen: Ein Stück vom Kuchen ja, aber bitte kein Kapitalismusopfer werden. Bevor man sich dann hier entschieden hat, kommt irgendeiner von außen. Und schon hat einer investiert, dessen Nase auch nicht passt.«

»Hört sich nach schwierigen Zeiten an. Dabei sieht es so aus, als gäbe es eine Menge Potential. In einer Stadt wie Wismar. In einem Küstenabschnitt wie dem Klützer Winkel. So viel Potential, um es tatsächlich ruhiger und gemäßigter angehen zu lassen.«

»Aber angehen lassen, das ist das entscheidende. Mit Planung. Mit Weitsicht. Sonst hast du Bauruinen mitten im Ferienort, die wahrlich abschreckend wirken.«

»Du meinst den Ort, an dem der Mord passierte?«

Georg nickte. »Genau den. Kann doch nicht sein, dass die jetzt erst anfangen, da was zu machen. Ein Filetgrundstück erster Klasse. Direkt an den Kliniken. Wenn ich mir das vorstelle, welche Synergieeffekte möglich wären. Ein Gesundheits- und Wellnesszentrum könnte man hier entstehen lassen. Ach, was rede ich. Ich versuche, das zu tun, was mir möglich ist und ich glaube, meine Gäste wissen das zu schätzen. Egal. Wir sind da. Jetzt kümmern wir uns erst mal um Evelyn, okay?«

*

Elena war so traurig, dass sie kaum die Tränen unterdrücken konnte. Es war, als hätte sich ein Schleier über sie gelegt, der grauer und undurchdringlicher war als jemals zuvor. Ja, sogar als in den schlimmsten Tagen der Diagnose und in den Tagen der Behandlung, als sie zum ersten Mal ein Büschel ausgefallener Haare in der Hand hielt.

Das konnte doch nicht sein.

Kerstin und Gerda hatten alles versucht, um sie aufzumuntern. Das schlechte Gewissen war ihnen anzumerken. Natürlich hatten sie keinen Verdacht auf Peter lenken wollen. Was sie aber durchaus verursacht hatten. Gestern Abend am Strand war Gerda vor lauter Erleichterung über den gefassten Täter der unglückliche Satz herausgerutscht, den Peter sofort verstanden hatte.

»Ihr habt mich die ganze Zeit verdächtigt?«, hatte er fassungslos gefragt.

»Gott bewahre«, hatte Gerda etwas zu theatralisch ausgerufen und sich damit selber Lügen gestraft.

Peter war schweigend aus dem Strandkorb aufgestanden und gegangen. Als Elena ihn halten wollte, hatte er sie nur leicht abgeschüttelt. Als sie in sein versteinertes Gesicht gesehen hatte, wusste sie, wie groß seine Enttäuschung war und er auch ihr misstraute. Sie hatte ihn gehen lassen müssen, so schrecklich das auch war.

»Und Peter war nicht auf seinem Zimmer, als du geklopft hast?« Kerstin sah Gerda bedeutungsschwanger an, während sie die Frage an Elena gerichtet hatte.

»Heute Morgen nicht und jetzt nicht. Er hat zumindest nicht aufgemacht.«

»Vielleicht schläft er. Oder er will uns nicht schon wieder zeigen, wie wenig er nur noch isst.« Gerda zuckte mit den Achseln.

»Wir können ja mal eine Schwester bitten, nach ihm zu sehen.« Kerstin legte eine Hand auf Elenas Arm, als diese ihr Besteck sinken ließ.

»Ihr meint doch nicht etwa …?«

»Quatsch«, antwortete prompt Gerda. »Nur so. Na ja, vorsichtshalber.« Sie steckte schnell einen Bissen Essen in den Mund, um nichts weiter sagen zu müssen.

»Wisst ihr was?« Elena schob tatsächlich ihren Teller zurück. »Ich finde das eine sehr gute Idee. Ich mache das. Dann bin ich beruhigter. Ich werde ihm ausrichten lassen, dass wir uns freuen, wenn wir am späten Nachmittag an der Strandbude mit ihm einen Kaffee trinken könnten. Dafür ist er doch immer zu haben, oder?« Verlegen schob sie hinterher: »Ihr kennt ihn ja viel besser.«

Elena tat, wie abgesprochen. Die Schwester gab gleich Entwarnung, sie hatte Peter noch kurz vor Mittag gesehen. Gerne wolle sie aber ausrichten, was Elena ihr auftrug.

Zurück in ihrem Zimmer hielt Elena die Ruhe nicht aus. Sie tingelte vom Bett zum Stuhl, vom Stuhl zum Fenster und zurück auf das Bett. Beim Versuch zu lesen, schweiften die Gedanken pausenlos ab. Sie bekam den Inhalt der gelesenen Sätze nicht gefasst. Was war bloß los mit ihr? Irgendetwas machte sie furchtbar unruhig. Plötzlich wollte sie nur noch weg von diesem Ort. Zurück in ihre Einsamkeit.

Was war das mit Peter? Der es immer wieder schaffte, seine Erkrankung so weit auszublenden, um die Illusion eines normalen Lebens aufrechtzuerhalten. Ein Leben, in dem man aß, trank, rauchte und liebte. Was spielte sie darin für eine Rolle? Was hatte Marie Hafen für eine Rolle gespielt? Warum war Peter ausgerechnet heute nicht erreichbar? Gerade jetzt, nachdem Gerda und Kerstin mit ihren Andeutungen Zweifel gesät hatten.

Sie hielt es nicht länger in ihrem Zimmer aus. Draußen vor der Klinik blieb sie stehen. Elena sah auf ihre Uhr. Bis zum Treffen an der Strandbude hatte sie noch Zeit für einen ausgedehnten Spaziergang. Sie schlug den Weg Richtung Ostseeallee ein und bog bei erster Gelegenheit in eine der Straßen, die vom Meer weg in die Felder führten. Tatsächlich wurde aus der asphaltierten Straße, die an Neubauten mit reetgedeckten Dächern und großzügigen Gärten vorbeiführte, ein Feldweg, der wiederum in einen schmalen Trampelpfad überging, der hinter der letzten Häuserreihe schließlich in den Wald führte.

Sie atmete tief durch, als die Gerüche sich veränderten. Etwas weniger salzig, stattdessen erdiger, obwohl die Luft warm und trocken war. Sie genoss den weichen, moosigen und torfigen Boden unter ihren Füßen. Durch die Bäume konnte sie immer wieder die Häuser des Ortes, die große Seeadlerklinik und die kleineren Ferienanlagen erblicken. Trotzdem war es vollkommen ruhig. Die Brandung war viel zu schwach in diesen Sommertagen, als dass man sie bis hier hätte hören können.

Sie spürte, wie sich ihr Körper und ihr Geist entspannten. Bewusst schob sie die Schultern nach unten und atmete tief ein und aus. Schob alle Gedanken an Peter beiseite und versuchte, ganz bei sich zu sein. Wie gut das tat, nach den unruhigen letzten Tagen, sosehr sie diese auch genossen hatte.

Ein lautes Knacken ließ sie herumfahren. Erschrocken blieb Elena stehen. War da was? Atmete da jemand? Sie war sich bis eben gar nicht der Gefahr bewusst gewesen, die so ein Ausflug allein in den Wald mit sich bringen könnte. Sie dachte an die ermordete Frau. Auch sie war allein auf einem abgelegenen Grundstück unterwegs gewesen. Elena tastete nach dem Verschluss ihrer Tasche. Handyempfang würde sie doch hoffentlich haben. Ob man ihre Schreie bis zu den Häusern hören konnte?

Sie wollte nur noch zurück. Zurück zur Klinik.

Eine Panikwelle überkam sie. Welcher Weg war der schnellste? Durch die Bäume hindurch sah Elena rote und blaue Ferienhäuser schimmern. Das war doch die Ferienanlage, die ganz in der Nähe der Klinik stand. Wenn sie hier abkürzte, wäre sie auf jeden Fall schneller. Sie verließ den Weg, um aber schon nach wenigen Metern entsetzt zurückzuprallen.

Der Schrei aus ihrer Kehle trug keinen Laut.

*

Tom wusste kaum, wie er den Dienst überstanden hatte. Der beschlagnahmte Leichnam von Marion Heckel hatte seine Gedanken nur noch rattern lassen. Natürlich hatte ihn die Baltrup in ihr Büro zitiert. Er wäre doch sowas wie die rechte Hand von Schimmer, hatte sie tatsächlich gesagt. Obwohl doch Schimmer und er immer darauf geachtet hatten, dass sie nicht zu sehr miteinander in Verbindung gebracht wurden. Er war alles noch einmal durchgegangen, so wie er es jetzt auch tat, während er in die Pedale des Fahrrads trat. Er hatte bei der Baltrup herumgestottert, obwohl er lieber cool geblieben wäre. Aber wie sollte das gehen, wo er doch überhaupt nicht mehr raffte, was abging.

»Verdammt nochmal, nun passen Sie doch auf. Haben Sie die Schilder nicht gelesen?«

Mit einer Vollbremsung war Tom vor einem älteren Ehepaar zum Stehen gekommen. Die Frau trug eine dunkle Sonnenbrille und klammerte sich an den Arm des Mannes. Klar, hier war das Erholungsheim für Blinde und Sehbehinderte. Manchmal ging ihm das ganz schön auf den Keks, wohin er guckte nur Kranke, Alte, Zerbrechliche, Sterbende.

Ohne weitere Entschuldigung fuhr er nun weiter, wenn auch langsamer, weil die Strandpromenade immer voller wurde. Die zweite Schicht nannten das die Strandbudenbesitzer und die Wasserwacht, wenn nach der Mittagszeit der Strom zum Strand nicht abließ.

Am nächsten Abzweig fuhr er links und dann durch bis zur Ostseeallee, auf deren Fahrradweg er schneller vorankommen würde.

Vor ihm lag eine der Ferienanlagen, die gerade erst erbaut wurde. Noch ein Stück luxuriöser. Nach Holzbauten und Ferienwohnungskomplexen über freistehende Schwedenhäuser ging es jetzt über zu Reetdachhäusern.

Am Anfang als er sich auf den Deal mit Schimmer eingelassen hatte, hatte er gehofft, beim ganz großen Spiel mitmachen zu können. In eine Ferienwohnung investieren und sich langsam hocharbeiten, so hatte er sich das vorgestellt. Allerdings war er schnell an den Realitäten gescheitert. Komplette Fremdfinanzierung war für einen Herrn Doktor wohl kein Problem. Für den Gesundheits- und Krankenpfleger Tom Jansen aber blieben selbst mit dem angesparten Eigenkapital die Türen zu. Noch, hatte er sich geschworen und neben den Geschäften mit Schimmer auf eine eigene Einnahmequelle gesetzt.

Anfangs mit schlechtem Gewissen. Klar, ihn band kein hippokratischer Eid. Aber die Verpflichtung zum Helfen und Heilen gab es auch bei ihnen. Dehnten die Ärzte das

Ganze nicht auch immer wieder wie ein Gummiband? Wo war der Nutzen für den Patienten, wo ging es um das zusätzliche Geld in die eigene Tasche?

Tom war clever genug, das Spiel zu checken. Hatte sich gerne für einen Volltrottel halten lassen, solange es ihm nützte. Jetzt war es genug.

Er hatte das Gefühl, dass Schimmer ahnte, wie gefährlich er ihm werden könnte. Schimmer, das Weichei. Der hatte doch immer noch Angst vor jedem Patientenkontakt.

Wieder verlangsamte Tom seine Fahrt. Der Schweiß tropfte ihm von der Stirn. Nun war der Bürgersteig so dicht, dass er absteigen musste.

Auf der Straße ging es auch nur im Schritttempo voran, sodass ein Ausweichen sinnlos war. Bis zum Kreisel vorne schoben sich die Autos am alten Kurhaus mit seinem charakteristischen Aussehen vorbei. Heile Welt, wegen der die Gäste kamen. Puppenhäuser in Pastellfarben, die etwas suggerierten, das er, Tom, schon lange nicht mehr kannte: Heimat. Geborgenheit. Zufriedenheit.

Er überquerte den Fußgängerweg entgegen dem Strom an Urlaubern, die zur Seebrücke oder in die putzigen Cafés in den Vorgärten der zuckrigen Häuser strebten. Urlauber, die für zwei oder drei Wochen aus ihrer globalisierten Welt ausstiegen und hier ihrer Retro-Romantik frönten. Kein Unterschied zwischen Ost- und Westlern. Die einen suchten das original DDR-Softeis ihrer Kindheit, die anderen die Bäderromantik der Jahrhundertwende.

Und was suchte er, Tom Jansen?

Klar, er suchte Schimmer. Ohne mit Schimmer geredet zu haben, war es schwierig. Immer wieder kreisten seine Gedanken um die Beschlagnahmung der Leiche. Ahnte einer was, und wenn ja, wieso? Was hatte das alles mit dem Tod von Marie Hafen zu tun? Dass es im Zusammenhang stand, war ihm klar. Und Schimmer war weg. Hatte ihn hängenlassen. Wollte ihn wahrscheinlich ausliefern. So eine Scheiße. Dabei hatte er doch alles gecheckt. Er, der Checker.

Tom schob das Fahrrad die Anhöhe herauf, auf der die kleine Kapelle stand. Mit der Kirche hatte er ganz bestimmt nichts zu tun. Nein, ganz, ganz sicher nicht. Aber den Ort hier, den mochte er. Hier fühlte er sich beschützt. Von hier hatte er einen guten Blick und war trotzdem dem unablässigen Betrieb dort unten am Kreisel entzogen. Ein Auto am anderen. Immer größer und größer. Wenn ab und an mal ein alter Trabi oder Lada dazwischengeriet, sahen sie aus wie Spielzeugautos.

Tom stellte sein Fahrrad ab und legte sich ins Gras. Hier oben waren immer nur vereinzelte Besucher und alles, was er wollte, war, dass das Gedankenkarussel in seinem Kopf stoppte.

Wo war Schimmer? Ihm war klar, dass er nicht noch einmal versuchen brauchte, bei ihm zuhause aufzulaufen. Wie war das noch? Drecksäcke, fiel ihm ein und er lachte höhnisch. Konnte ja nur das heißen, was sonst?

Wo konnte Schimmer sein?

Tom setzte sich auf, als ihm eine Ameise durch das Gesicht krabbelte. Er wischte sie weg und fuhr sich mit beiden Händen durch die Haare. Zum Haareraufen, tatsächlich, dachte er, während er mit den Ellbogen auf den Knien und gesenktem Gesicht sitzen blieb. Verdammt. Es musste doch einen Weg geben, an Schimmer zu kommen.

Die Praxis. Warum hatte er daran nicht schon eher gedacht? Die Praxis wäre doch noch eine Möglichkeit. Da würde doch einer Bescheid wissen. In der Praxis mussten die doch wissen, wo Schimmer war. Vielleicht lohnte es sich auch, in der Apotheke nachzufragen. Bei Behrends.

Der ja zumindest früher eng mit Schimmer befreundet war.

Tom hob den Kopf. Etwas wie Zuversicht breitete sich in ihm aus. Wäre doch gelacht, wenn dieser Schimmer ihn austricksen würde. Es könnte ja auch einen Versuch wert sein, bei Behrends was anzudeuten, damit die Dinge sich mal zu seinen Gunsten bewegten.

Sein Blick fiel im Aufstehen auf die große Skulptur, die am Hang stand. Graue Stämme, grob behauen, sollten Menschen darstellen. Ein Körper lag zusammengekauert an einem Ende des Holzstücks, das ein Boot darstellte. Was sollte das noch einmal bedeuten? Tom überlegte, während er beim Aufstehen weitere Ameisen von seiner Kleidung klopfte. Er wusste es nicht mehr, aber etwas mit Kirche war es gewesen. War mit großem Tamtam hier hingebracht worden, nachdem es erst auf der Bundesgartenschau in Schwerin ausgestellt war. Für sowas ein Heidengeld zu lassen, das hatte Tom noch nie verstanden.

Als er sich seinem Fahrrad zuwendete, fiel es ihm wieder ein. Die Skulptur war von Gefängnisinsassinnen geschnitzt worden. Das hatte damals für großes Aufsehen gesorgt. Leute aus dem Knast, die für ihre Kunst gefeiert wurden.

Tom setzte sich auf das Rad und blickte noch einmal zurück. Irgendwie hätte er sich ein besseres Omen gewünscht, bevor er zu Behrends aufbrach. Mit Schwung stieß er sich ab und legte all seine Wut in die Pedale, um kurz vor dem Kreisel wieder scharf abzubremsen. Dass er mit seinem querschießenden Hinterrad einen Hund traf, der aufjaulte, scherte ihn genauso wenig wie die Rufe des Pärchens, die das Tier an der Leine führten. War ihm doch egal. Sie konnten ihn alle mal.

*

»Evelyn, erkennst du mich? Ich bin es, Georg. Du hast gestern Florence zu mir gebracht. Erinnerst du dich?«

Ruth stand ganz hinten im Raum. Der Stationspfleger war nicht begeistert gewesen, als sie erklärt hatten, warum sie kamen.

»Also, richtige Verwandte wären in einem solchen Fall schon besser«, hatte er gemeint. Und hinterhergeschoben: »Sagen darf ich Ihnen sowieso nichts.«

Dass sie gar nicht versuchten, ihn auszufragen, schien ihm wiederum nur bedingt recht zu sein. So hatte er ungebeten erzählt, dass die Desorientiertheit, die sie bei Evelyn bemerken würden, sicher nur vorübergehender Natur sei, obwohl man in dem Alter ja nie wisse.

»Für das, was die Dame anscheinend so konsumiert, ist es eher kein Wunder. Da hat selbst die Polizei gestaunt.«

Auf Georgs Frage, was das denn heiße, war er augenblicklich verstummt und hatte sich nicht mehr blicken lassen.

Tatsächlich war ihnen Evelyn anfangs verwirrt erschienen. Sie sprach pausenlos vor sich hin, leise murmelnd, um dann zwischendurch zu rufen: »Das kannst du doch nicht machen. Du weißt doch, wofür ich das brauche.«

Danach folgte wieder eine Weile Gemurmel und dann noch einmal laut: »Aber das ist doch nicht fur mich.«

Georg und Ruth hatten sich fragende Blicke zugeworfen. Dann hatte er schließlich mit lauter Stimme mehrfach gefragt: »Evelyn, erinnerst du dich an Florence?« Es war, als würden die Fragen gar nicht bis zu ihr dringen und Georg drehte sich enttäuscht zu Ruth, als Evelyn sich plötzlich ruckartig aufsetzte.

»Florence? Wo ist Florence?«

Einen Moment sah sie sich suchend um. Dann sprach sie mit klarer Stimme: »Aber Georg, was machst du denn hier bei mir am Bett? Ich bitte dich.«

Ihr Blick erfasste nun auch Ruth: »Wer sind Sie? Was machen Sie hier? Georg, gib mir bitte einmal meine Brille, die muss hier irgendwo sein.«

Georg reichte sie vom Nachttisch herüber und Evelyn setzte sie zittrig auf, um Ruth dann prüfend in Augenschein zu nehmen.

»Sagen Sie nichts«, verlangte sie mit gebieterischer Hand. »Ich mag zwar alt sein, aber mein Gedächtnis lässt mich selten im Stich.«

Ruth schaute angesichts dieser Worte hilflos zu Georg. Der zuckte nur mit den Achseln.

»Ich habe es gleich. Ich weiß doch, dass ich Sie kenne. Wir sind uns schon begegnet. Eine Patientin sind Sie jedenfalls nicht.«

Ruth nickte schweigend.

Evelyn wandte sich wieder Georg zu. »Hast du nicht eben was von Florence gesagt? Wo ist sie? Meine gute Seele.«

»Weißt du noch, dass du sie gestern zu mir gebracht hast, Evelyn? Weil du dringend nach Wismar wolltest, um etwas zu erledigen.«

Einen Moment verharrte Evelyn und antwortete dann: »Selbstverständlich weiß ich das, Georg. Kannst du mir erklären, warum du das so komisch fragst? Als hätte ich nicht alle Sinne beisammen.«

»Dann ist ja gut, Evelyn, dann ist ja gut. Ich wusste nur nicht …«

»Bloß, weil ich jetzt im Krankenhaus bin, musst du nicht an meinen geistigen Fähigkeiten zweifeln.«

»Nein, nein, das tue ich nicht. Auf die Idee käme ich gar nicht. Es ist nur wegen Florence, weil du gesagt hattest für ein paar Stunden.« Georg sah Ruth hilfesuchend an. Diese registrierte den schnellen Wechsel zwischen Orientierung und Verwirrtheit.

»Also, nochmal von vorn. Natürlich weiß ich, dass ich dir Florence gebracht habe. Weil ich ja zu diesem Miststück in die Sargmacherstraße musste.«

Ruth hüstelte. »Wohin bitte?«

Evelyn nahm sie wieder in Augenschein. »Hören Sie schlecht, junge Frau? In die Sargmacherstraße. Ist ja auch egal. Aber ich weiß jetzt, woher wir uns kennen. Sie sind doch der Engel. Der Engel, mit dem ich beinahe zusammengestoßen wäre. Stimmt es? Was für eine Frage. Selbstverständlich stimmt es. Was machen Sie denn jetzt hier zusammen mit Georg?«

Mittlerweile saß Evelyn auf der Bettkante. Ihre Füße waren blau und zeigten dicke Adern auf dem Fußrücken. Ruth wandte den Blick ab, weil es ihr zu intim erschien, auf Evelyns Füße zu starren.

»Das ist eine verworrene Geschichte«, antwortete sie stattdessen, zu Georg schauend. »Und eine lange. Eigentlich bin ich nur wegen des Hundes hier.«

»Ach, meine Florence. Wo hast du sie gelassen, Georg? Du hast ja versprochen, aufzupassen.«

»Mache ich auch, sie ist in guten Händen. Aber was ist mit dir? Was sagen die Ärzte?«

»Ha!« Evelyn stieß einen Ton der Verachtung aus. »Was sollen die Ärzte sagen? Dünnpfiff geben sie von sich, wie immer.«

»Was haben sie denn gesagt? Wie lange musst du noch bleiben?« Georg versuchte es noch einmal.

»Eine TIA war es, sagen sie. Und wie regelmäßig ich Drogen nähme, wollen sie wissen.«

»Wie bitte, ich verstehe gerade gar nichts mehr.« Georg drehte sich wieder zu Ruth, weil Evelyn jetzt wütend das Gesicht verzog.

»Transitorische ischämische Attacke«, flüsterte Ruth.

»So was wie eine Vorstufe zu einem Schlaganfall. Kann ich dir später genauer erklären.«

»Respekt, mein Engel, du hast Ahnung. Ich war Krankenschwester, viele Jahre. Und bin es für meine Patienten auch jetzt noch, nicht wahr?« Sie sah Georg an.

»Aber das mit den Drogen?«, nahm er den Faden wieder auf.

»Na, die haben sie in meiner Tasche gefunden. In meinem Cape.«

»Aber warum Evelyn? Warum hattest du Drogen bei dir?«

Evelyns Augen bekamen einen seltsamen Glanz. Von jetzt auf gleich schien sie erneut die Fragen nicht zu verstehen.

»Sie sind mein Engel«, sagte sie ein weiteres Mal zu Ruth. »Passt gut auf Florence auf. Ich muss jetzt schlafen.«

Sagte es, legte sich hin, schloss die Augen und antwortete ihnen nicht mehr.

※

»Was ist denn hier los?«

Tom betrat die Praxis von Doktor Schimmer mit dem üblichen Grinsen im Gesicht, von dem er glaubte, bei den Mädels vom Empfang besser punkten zu können.

»Habt ihr geschlossen? Ich wollte zu Doktor Schimmer.« Tom sah sich um und wandte sich an Mona, die am Computer saß. Sie kannten sich ganz gut, weil Tom, wenn er mal im Tagdienst war, ganz gerne die Patienten zur Behandlung brachte.

»Als Patient?«, fragte sie ihn. Ihre Stimme klang halb neugierig, halb gelangweilt.

»Muss ich dir das jetzt sagen?«

Gleichzeitig klingelte das Telefon.

»Internistische Praxis Doktor Schimmer. Guten Tag, was kann ich für Sie tun?«

Tom beugte sich über den Tresen und schaute auf den offenliegenden Kalender und die Arztbriefe, die zum Verschicken bereitlagen. Wenn er sich anstrengte, könnte er die Daten auf dem Briefkopf ohne Weiteres lesen, aber eigentlich interessierte es ihn nicht sonderlich. Nur Verena sollte sich das mal ansehen. Wie die bei ihnen auf Station immer herummeckerte, wenn mal etwas offen lag.

»Nein, Doktor Schimmer ist heute leider nicht im Haus. Es tut mir leid. Bitte versuchen Sie es morgen früh erneut. Nein, leider, im Moment kann ich Ihnen nicht weiterhelfen.«

Tom baute sich breitbeinig vor dem Tresen auf und versuchte, größer zu wirken als er war. Dann lehnte er sich lässig zur Seite, stützte den Ellbogen auf und drehte beim Reden den Kopf hin und her.

»Was ist denn los? Betriebsausflug ohne dich? Dürfen die Arzthelferinnen nicht mit oder musst du eine Strafe absitzen?«

»Ich bin keine Arzthelferin, sondern eine medizinische Fachangestellte. Wie du gehört hast, ist heute zu.«

»Ist heute zu«, äffte Tom nach. »Was ist denn das für eine Auskunft. Jetzt wäre doch die Nachmittagssprechstunde.«

»Wäre gewesen, ja. Ist aber nicht.«

»Hallo, ich kenne deinen Chef länger und besser als du denken kannst. Vielleicht sollte ich ihm mal einen Tipp geben, wie hier mit Patienten umgegangen wird.«

»Dann bist du also einer, ein Patient?«

»Ist doch egal. Ich will Schimmer sprechen. Ich will nicht, ich muss.«

»Das trifft sich ausgezeichnet. Da wären wir schon

zu dritt.« Ein warmer Lufthauch wehte in die klimatisierte Praxis. »Guten Tag, die Herrschaften, Bender mein Name. Doktor Ernst Bender. Ich ermittle im Mordfall Marie Hafen. Herrn Schulz von der hiesigen Dienststelle werden Sie vielleicht kennen?«

Tom richtete sich am Tresen auf. Demonstrativ sah er auf seine Uhr. »Na, da will ich mal nicht weiter stören. Wenn der Herr Doktor sowieso nicht zu sprechen ist.«

»Wieso nicht zu sprechen? Herr Doktor Schimmer müsste doch …«

Tom rührte sich nicht von der Stelle. Vielleicht erfuhr er jetzt doch etwas über den Verbleib des Arztes.

»Tut mir leid, Doktor Schimmer hat sich abgemeldet. Es gab einen familiären Notfall und wir haben Anweisung, alle Termine abzusagen. Und hier die Stellung zu halten, falls ich jemand nicht erreichen konnte.«

»Ein familiärer Notfall? Was heißt das? Können Sie mir wenigstens sagen, wo ich Herrn Behrends finde? In der Apotheke sagte man mir, er wäre auch nicht zu erreichen.«

»Nein. Leider.« Die Arzthelferin zuckte die Schultern. Dann stand sie auf, strich sich kokett die Haare aus der Stirn und brachte sich in Pose. Tom sah grinsend zu. So kannte er Mona. Sie war eine von denen, die sich bei jedem Typen aufplusterte. Je höher der Rang, desto tiefer wurde der Ausschnitt.

»Doktor Schimmer ist nicht zu sprechen. Und von Herrn Behrends wissen wir hier erst recht nichts.«

Tom sah ein, dass ihn dieses Geplänkel hier nicht weiterbringen würde. Besser er machte sich aus dem Staub. Polizisten in seiner Nähe machten ihn prinzipiell nervös, ob in Zivil oder in Uniform.

»Also dann«, hob er lässig die Hand. »Ich komme morgen früh nochmal rein.«

»Soll ich dir einen Termin geben? Sonst wird es schwierig.«

»Nein, schon gut. Vielleicht ist es gar nicht notwendig.«

Er hatte die Hand schon an der Tür, als Mona in seinem Rücken sagte: »Aber Tom, ihr wisst doch in der Klinik sicher mehr. Hat die Baltrup denn keine Ahnung, wo Schimmer steckt? Die lässt doch sonst nicht locker.«

Tom erstarrte. Seine Intuition sagte ihm, dass gerade etwas richtig schieflief. Noch bevor Bender sprach, kam er sich vor wie ein Kaninchen in der Falle.

»Tom? Tom Jansen? Aus dem Rosensanatorium? Wenn Sie denn einen Moment Zeit für uns hätten?«

*

»Danke, Georg.« Ruth öffnete die Autotür, blieb aber noch einen Moment sitzen.

»Keine Ursache. Bin selber froh, dass wir zusammen bei Evelyn waren. Dass ich jetzt eine Zeugin habe für das, was sie da vom Stapel gelassen hat.«

»Für Martin und Anne sieht es so aus, als müssten sie ihre Hundepatenschaft noch verlängern.«

»Ja, stimmt. Tut mir wirklich leid.«

»Schon gut. Ich rede mit den beiden. Und heute Abend nehme ich Florence.«

»Ich hänge mich hier bei uns im Ort mal ans Telefon. Irgendjemand muss doch eine Idee haben, was wir mit dem Hund machen können. Schließlich reist ihr irgendwann wieder ab.«

»Bis dann ist Evelyn hoffentlich wieder auf den Beinen.« Ruth sah Georgs zweifelnden Blick. »Manchmal täuscht das ja. Wenn sie nun tatsächlich Drogen genommen hat?«

Georg stieß ein heiseres Lachen aus. »In ihrem Alter?«

»Warum denn nicht?« Ruth hörte, wie eingeschnappt sie selbst klang. »Das ist ja Altersdiskriminierung, was du machst. Rechne mal hoch, wie alt die früheren 68er sind, dann weißt du, in welchem Alter man heute noch kifft.«

Beide schauten sich an und fingen im selben Augenblick an zu lachen.

»Hast ja recht, das hat man einfach nicht so auf dem Schirm. Rosige Aussichten für unsere eigene Zukunft.«

»Na, ich weiß ja nicht. Aber sicher besser, als irgendwann nur noch Eierlikör zu schlürfen.«

Wieder brachen beide in Gelächter aus.

»Mal im Ernst«, schnappte Ruth schließlich nach Luft. »Glaubst du, dass Evelyn sich abends eine Tüte dreht oder so?«

Georg schaute nachdenklich. »Du hast sie ja kennengelernt. Bei ihr ist einfach alles möglich. Sie hält sich nicht an Konventionen. Was andere sagen, ist ihr egal, wenn sie es selbst für wahr und richtig hält.«

»Ja, stimmt. Sie scheint ganz schön esoterisch angehaucht, wenn man das so sagen darf.«

»Um Evelyn ranken sich schon seit vielen Jahren die wildesten Geschichten. Mal ist sie mit dem Nimbus einer Heiligen, einer Wunderbringerin versehen, bei anderen gilt sie als Hexe, als altes Kräuterweib. Diejenigen sparen nicht mit Sätzen wie jenen, dass man Frauen wie sie im Mittelalter verbrannt hätte.«

»Hexe, Kräuterweib. Ganz so weit weg sind wir dann aber nicht von Cannabis, oder? Es gibt eine Menge berauschender Dinge in der Natur, bestimmte Pilze oder giftige Pflanzen, mit denen Drogenexperimente vorgenommen werden.« Ruth öffnete die Autotür noch etwas weiter, weil die Sonne genau auf ihrer Seite stand.

»Da könnte natürlich etwas dran sein. Du meinst, sie

hat es gar nicht für sich selbst genutzt, sondern es gehörte zu den Dingen, die sie als Medizin einsetzt?«

»Warum nicht? Dass Cannabis auch therapeutisch genutzt werden kann, hat selbst die Politik eingesehen. Was aber noch lange nicht heißt, dass der Markt geregelt ist. Da käme dann jemand wie Evelyn ins Spiel, die als verhuschte, alte Heilerin alle zum Narren hält, während sie in Wirklichkeit dealt.«

»Nein.« Georg schlug auf das Lenkrad. »Nein, das glaube ich nicht. So ist Evelyn nicht. Da müsste mich all meine Menschenkenntnis täuschen.«

»Menschenkenntnis, ich weiß«, sagte Ruth leise. »Trotzdem durchschaut man nicht immer alles. Manchmal gibt es Motive, von denen man nicht glaubt, dass es sie geben kann.«

Georg nickte nachdenklich. »Klar, aus deiner fachlichen Perspektive betrachtet, mag das stimmen.«

Sie schwiegen einen Moment. Dann stieg Ruth aus dem Wagen. »Also nochmals danke. Wir sehen uns.«

»Wir sehen uns. Grüße Florence, die alte Dame, von mir.«

»Mach ich.« Ruth klopfte auf das Autodach, doch noch im Wegdrehen hielt sie inne und beugte sich zum Autofenster herunter.

»Aber nehmen wir doch nur mal an. Wenn Evelyn doch mit Drogen handelt. Und wenn sie diese an die Kranken aus den Kliniken hier verkauft. Zur Schmerzbehandlung. Zur unterstützenden Therapie. Und dann läuft irgendetwas schief. Weil sie nicht liefert. Oder die Preise zu hoch sind. Es gibt Streit und Eskalation. Wäre das nicht ein Motiv?«

»Wovon um Himmels willen sprichst du? Ich verstehe kein Wort.« Georg sah Ruth entsetzt an. »Du redest von Evelyn, nicht von irgendeiner abgebrühten Dealerin.«

»Tut mir leid. Da sind wohl die Gäule mit mir durchgegangen. Das wollte ich nicht.« Ruth richtete sich auf. »Vergiss einfach, was ich gesagt habe. Bitte.«

Sie schaute über das Auto hinweg zu den großen Bäumen, die zwischen ihr und dem Meer lagen. Kaum ein Windhauch regte sich. Was für Gedanken sie sich bloß machte. Georg hatte recht. Aber falls sie Bender begegnen sollte, würde es nicht schaden, das Thema einmal anzuschneiden.

*

»Gibt es einen Raum, in dem wir mit Herrn Jansen ungestört reden können?«

Die Arzthelferin antwortete nicht sofort.

»Anders gefragt: Welchen Ihrer Räume dürfen wir nutzen?«, präzisierte Bender und ließ keinen Zweifel daran, dass er sich nicht abweisen lassen würde.

»Vielleicht das Wartezimmer?«

Tom hatte sich einen Moment mit Terminen herauszureden versucht, aber Schulz stand wie ein Hindernis in der Tür und Benders Autorität hatte Jansen einknicken lassen.

»Ich weiß zwar nicht, wie ich Ihnen helfen kann, aber wenn Sie meinen«, hatte er vor sich hingenuschelt.

»Na, dann ins Wartezimmer. Bitte nach Ihnen.« Bender deutete auf den Raum, der das entsprechende Schild trug. »Ich hoffe, Sie haben nichts dagegen, dass wir die Rollos ein wenig auf Lichteinfall stellen?«, fragte er nach vorne zurück.

»Wenn das nicht mal die Patienten irritiert. Die denken noch, wir hätten auf«, warf die Arzthelferin ein.

»Dafür sind Sie ja da. Um solche Irrtümer aufzuklären«,

gab Bender liebenswürdig zurück. »Wir werden sicher nicht lange brauchen.«

Als er den abgedunkelten Raum betrat, die Tür schloss und am Fenster die Rollos drehte, kam er sich wie in einer amerikanischen Krimiserie vor. Gerne hätte er ebenso einen zweiten Ermittler an der Seite. »Guter Bulle, böser Bulle« zu spielen war oft nicht das Schlechteste. Aber mit Schulz an seiner Seite schien ihm der Gedanke doch verwegen.

»Herr Jansen. Ich freue mich, Sie persönlich kennenzulernen. Wir haben schon einiges über Sie gehört.«

»Hä? Wieso? Wüsste nicht, was und warum.«

»Sie können sich das nicht denken? Überlegen Sie doch mal.«

Tom lehnte sich auf seinem Stuhl an der Wand zurück. »Im Nachdenken war ich noch nie besonders gut.« Er grinste. Bender nahm sich einen der anderen Stühle, und setzte sich genau vor ihn. Aus den Augenwinkeln sah er, wie Schulz sich an der Tür nachdenklich über seinen Walrossbart strich, als wäre er unschlüssig, was nun seine Aufgabe sei.

»Das glaube ich Ihnen nicht. Ich glaube, wenn Sie wollen, können Sie sehr gut nachdenken. Besonders, wenn es um Sie selber geht.«

»Was reden Sie denn? Wieso soll es um mich gehen? Sie haben doch gesagt, es geht um Marie Hafen.«

»Und da fallen Ihnen keine Zusammenhänge ein, nein?«

Tom rutschte auf seinem Stuhl hin und her. »Nein, sagte ich doch schon.«

»Im Rosensanatorium sieht man das aber ganz anders.«

Toms Gesicht verzog sich, als durchführe ihn ein stechender Schmerz. »In der Klinik? Da werden Sie ja mit den richtigen Menschen gesprochen haben. Wahrscheinlich hatte Schwester Verena nichts Besseres zu tun, als sich bei Ihnen auszuweinen.«

Bender bemerkte den prüfenden Blick von Jansen, wie er die Worte aufnehmen würde. Er zückte deswegen sein Notizbuch und einen Stift. »Nein, mit Schwester Verena haben wir noch nicht gesprochen. Sie meinen, sie könnte uns etwas in der Sache sagen?«

»Ach, verdammt. Machen Sie doch, was Sie wollen. Diese ganzen Scheißweiber in der Klinik. Immer schreien alle, dass es keine Männer in der Krankenpflege gibt. Aber wer hält das denn schon aus? Wirklich. Auf so was habe ich echt keinen Bock. Das habe ich alles schon hinter mir.«

»Was genau?«

»Den ganzen Mist, den sie hinter dem Rücken über einen reden. Einen verdächtigen, weil man es besser mit den Patienten kann. Dann aus Neid komische Andeutungen machen. Nein, nochmal lasse ich mir nicht in die Suppe spucken.«

Bender merkte, wie der Deckel vom Fass sprang und dass es nicht viel brauchte, um Jansens Wutrede freien Lauf zu lassen.

»Sie glauben also, dass Sie ungerecht behandelt werden?«

»Und ob ich das glaube. Aber das lasse ich nicht mehr mit mir machen. Das läuft nicht mit einem Tom Jansen. Damals nicht in der Klinik. Die haben zum Schluss gekuscht und mussten mir ein gutes, ach was sage ich, ein sehr, sehr gutes Zeugnis ausstellen. Sind mit den ganzen Verleumdungen nicht durchgekommen.«

»Und jetzt auch nicht?« Bender ließ seine Stimme so verständnisvoll wie möglich klingen.

»Jetzt? Jetzt gibt es keine Verleumdungen. Ich bin doch nicht blöd und liefere denen.«

Bender beugte sich vor. »Das heißt, Sie haben was verändert?«

»Nicht mehr mit den Tussen zusammenarbeiten. Mich an Männer halten. Wo ein gegebenes Wort mehr zählt.«

»Das heißt in Ihrem Fall die Zusammenarbeit mit Doktor Schimmer, habe ich recht?«

Tom biss sich auf die Lippe.

»Habe ich recht?« Bender war jetzt ganz nahe vor Jansens Gesicht und sah, wie seine Augen zitterten.

Jansen schwieg.

»Und deswegen«, Bender lehnte sich wieder zurück und schaute wie unbeteiligt an die Decke, während er sprach, »und deswegen sind Sie jetzt hier. Um Schimmer zu suchen. Wie wir alle. Wie alle in der Klinik. Oder haben Sie eine Idee, wo er sein könnte?«

»Keine Ahnung. Bin ja nicht sein Kindermädchen. Wenn Sie es genau wissen wollen, ich wollte ursprünglich zu Behrends.«

»Zu Behrends? Dem Apotheker nebenan?« Bender reagierte neugierig. »Tatsächlich? Was genau spielt denn Herr Behrends für eine Rolle im Rosensanatorium?«

Tom sah ihn aus zusammengekniffenen Augen an. »Was Behrends für eine Rolle spielt? Na, gar keine. Er hat mit der Klinik nichts zu tun. Bis auf die üblichen Medikamentenlieferungen.«

»So von außen betrachtet, ist das alles ein mehr als seltsames Konstrukt. Eine internistische Praxis und eine Apotheke in Kliniknähe. In der Nähe von zwei Kliniken besser gesagt. Der Internist arbeitet als Belegarzt der Privatklinik. Habe ich das alles richtig verstanden?«

Tom richtete sich auf. Anscheinend erkannte er seine Chance, um auf ungefährlichem Terrain Auskunft zu erteilen, vermutete Bender.

»Das mit dem Konstrukt können Sie laut sagen. Ursprünglich hat Schimmer nur mit der Seeadlerklinik zusammengearbeitet. Als es die Privatklinik noch gar nicht gab. Quasi als Ergänzung der dortigen Leistungen. Denn was therapeutisch gebraucht wird, hält die Klinik sowieso vor. Aber es war nützlich für die Akutbehandlung, wenn sie über die Reha-Maßnahmen hinausging. Mit der Apotheke gab es ebenfalls eine Kooperation. Die kurzen Wege waren ideal.«

»Sie sprechen in der Vergangenheit.«

»Ja. Dann hat sich hier das Rosensanatorium niedergelassen. Und Schimmer hat dieses Belegarztkonstrukt geschaffen. Da war die Seeadlerklinik größtenteils raus. Bis auf das Allernotwendigste. Wobei deren Patienten durchaus noch gerne kommen, um sich hier was verschreiben zu lassen.«

»Und die Apotheke? Bedient noch beide Kliniken?«

»Schon. Nur zwischen den beiden Chefs hier, also Schimmer und Behrends, stimmt es nicht mehr, das pfeifen die Spatzen von den Dächern. Aber fragen Sie mich nicht nach den Gründen.«

»So, so.« Bender sah Jansen kritisch an. Er ließ sich nicht gerne an der Nase herumführen. Das Bürschchen hier war nicht ohne, schätzte er. »Und heute sind weder Doktor Schimmer noch Herr Behrends auffindbar, habe ich das richtig verstanden?«

»Sieht so aus. Leider.«

»Und warum genau sind Sie heute hier?«

Jansen lehnte sich noch weiter zurück und schob die Hände abwehrend in Benders Richtung. »Ich wollte ja ursprünglich zu Behrends. Habe ich doch schon gesagt. Warum, sage ich nicht. Sorry. Patientengeheimnis. Sie wissen schon.«

»Ich weiß erst mal gar nichts. Und das, lieber Herr Jansen, möchte ich sehr gerne verändern.«

Jansen tippte auf die Uhr. »Ich hätte da wirklich einen Termin, zu dem ich langsam müsste.«

Bender nickte langsam. »Schon in Ordnung.« Er schob seinen Stuhl ein Stück zurück, sodass Jansen aufstehen konnte.

»Nix für ungut, dann mal viel Glück bei der Suche nach Schimmer.« Tom Jansen hatte lässig die Hand zum Gruß erhoben. Ein Grinsen legte sich auf sein Gesicht. Seine Schultern fielen ab. Bender sah die Erleichterung, die sich in all dem spiegelte.

Bender gab sich gelangweilt. Doch dann trat er erneut einen Schritt auf Jansen zu und hielt seinen ausgestreckten Zeigefinger kurz vor Jansens Gesicht: »Eine letzte Frage noch. Was waren das für Substanzen, die Sie Frau Hafen verabreicht haben? Los, Jansen, jetzt raus mit der Sprache.«

*

Ruth freute sich über das bisschen Fahrtwind, das ihr auf dem Fahrrad um die Nase wehte. Wie anders diese Tage hier in Boltenhagen doch verliefen, ganz anders als sie es geplant hatte. Von Zurückgezogenheit konnte nun wirklich kein Mensch mehr reden. Es ging Schlag auf Schlag. Gleich war sie schon mit Jakob auf dem Tennisplatz verabredet. Sie befürchtete, dass man ihr die Vorfreude darauf auf ihrem Gesicht ablesen konnte. Aber wer sollte etwas gegen ein harmloses Match haben? Solange keiner ahnte, wo sie die letzte Nacht verbracht hatte.

Dazu würde sie jetzt erst einmal Rede und Antwort stehen müssen. Bis jetzt hatte sie Anne und Martin ausweichen können, aber nun würde sie Abbitte leisten müssen.

Schon aus der Ferne sah Ruth, dass die beiden Rücken an Rücken auf der Veranda ihres Ferienhauses unter einem weißen Sonnenschirm saßen. Florence dagegen lag lang ausgestreckt unter der Holzbank in der Nähe der Eingangstür, wo kein Sonnenstrahl hingelangte.

»Hallo, ihr beiden«, rief Ruth schon von weitem, deutlich forscher als ihr zumute war. »Was macht ihr denn schon hier? Ich dachte, ihr wärt noch am Strand.«

Anne und Martin schauten beide träge auf und legten die Bücher beiseite, in denen sie gerade gelesen hatten.

Ruth stieg vom Fahrrad ab, legte es auf die Wiese und schritt auf die beiden zu. Ob sie einfach über die letzte Nacht hinweggehen sollte? Irgendwie schien es ja geklappt zu haben mit dem Hund. Und schließlich hatte sie was zu erzählen. Nicht von der Nacht, aber Neuigkeiten von Evelyn, und das würde die beiden Hundesitter am meisten interessieren.

»Was ist los? Seid ihr urlaubsmüde?«, versuchte Ruth es noch einmal, nachdem keine Antwort auf ihre Fragen gekommen war. »Habt ihr was dagegen, wenn ich mich zu euch setze?«

Martin stand auf. »Nee, mach nur. Einen Kaffee?«

»Wenn es dir nichts ausmacht, dann würde ich tatsächlich einen nehmen. Muss nämlich gleich noch auf den Platz.«

»Auf den Platz?« Martin schien irritiert.

»Ja, den Tennisplatz. Ihr wolltet doch, dass ich spiele.«

»Äh, ja, klar. Ich bin nur etwas verwirrt. Vorgestern mussten wir dich noch förmlich überreden und jetzt hast du schon Verabredungen?«

Ruth hatte sich auf den am Boden liegenden Kissen neben Anne niedergelassen und schaute hoch zu Martin. Sein genervter Ton ließ sie ahnen, dass sie keine Wahl hatte. Sie richtete sich nochmal auf.

»Ihr seid sauer auf mich, habe ich recht?« Sie wartete gar nicht erst eine Antwort ab. »Und das dürft ihr auch sein, umgekehrt wäre ich auch richtig wütend. Es tut mir leid, ich habe Mist gebaut, und ich kann euch noch nicht einmal richtig erklären, wie es dazu gekommen ist. Ihr habt es doch geregelt bekommen, oder?«

»Blieb uns ja nichts anderes übrig«, knurrte Martin. »Wann soll das denn gewesen sein, dass du zurückgekommen bist? Und heute Morgen warst du wohl auch nicht lange da.«

»Bin ich euch darüber Rechenschaft schuldig?« Sie hörte, wie trotzig ihre Stimme klang.

Sie sah, wie Anne und Martin sich anschauten, aber nicht antworteten.

»Ich mache besser mal einen Kaffee für alle«, kündigte Martin an und verschwand.

»Oh!«, entfuhr es Ruth. »Ich habe es tatsächlich verbockt. Ihr konntet wegen Florence nicht an den Strand, oder?«

Anne nickte. »Ja, unser Strandkorb steht natürlich genauso wenig am Hundestrand wie Georgs Strandbude es tut.«

»Autsch. Und ich war den ganzen Tag unterwegs. Tut mir wirklich leid, auch wegen Florence und eurem Ferienhaus.« Ruth schaute betroffen zur Seite.

»Ich fand es gar nicht so schlimm. Das mit Florence, das regeln wir. Sie war nur im Erdgeschoss. Wir saugen dann eben gründlich.«

»Total blöd von mir. Ich kann mich nur entschuldigen. Ich habe einfach nicht nachgedacht.«

Sie sah Annes neugierige Blicke, aber glücklicherweise war sie wohl zu gut erzogen, um Ruth nach der letzten Nacht zu fragen.

»Ehrlich gesagt, ich hatte sogar gedacht, ich tue euch einen Gefallen. Ich war nämlich mit Georg zusammen bei Evelyn im Krankenhaus.«

»Was? Ernsthaft? Martin, komm mal raus, Ruth war bei der Hundebesitzerin.«

Martin stieß die Tür mit seiner Schulter auf und balancierte mit beiden Händen das blaue Tablett mit den Kaffeetassen. »Kaffee kommt gleich. Du warst in Wismar? Deswegen haben wir nichts von dir gesehen. Gibt es Neuigkeiten?«

Ruth biss sich auf die Lippe. Sie war kurz davor, doch noch etwas zu der letzten Nacht zu sagen, aber dann besann sie sich. »Ich war früh auf den Beinen, tatsächlich. Es hat sich dann so ergeben, dass ich mit Georg zu Evelyn gefahren bin.«

Martin schien ihr Zögern bemerkt zu haben und sah sie neugierig an. Sie wich seinem Blick aus und redete stattdessen weiter. »Georg kam das alles mit Evelyn komisch vor. Und so war es auch.« Sie berichtete in kurzen und knappen Worten von Evelyns Diagnose, ihrer Verwirrtheit, dem Drogenfund und dass sie nicht wirklich schlau aus der ganzen Sache geworden seien.

»Und jetzt?«, fragte Martin.

»Und jetzt«, meinte Ruth, »wollte ich mal hören, ob Bender irgendetwas von der Sache weiß und mir dazu etwas sagt.«

Ruth sah, wie Martin die Augen verdrehte. »Ich hatte nicht vor, in meinem wohlverdienten Urlaub in Kriminalfälle einzutauchen, liebe Ruth.«

Betroffen hörte sie den ironischen Unterton seiner Stimme. »Du hast doch gefragt.«

»Aber nicht danach. Das einzige, was mich interessiert, ist, wann der Hund wieder zurück in sein Zuhause kann.«

»Nun, das ist so.« Ruth suchte verlegen nach den richtigen Worten. »Ehrlicherweise muss ich gestehen, dass ich das nicht weiß. Evelyn scheint noch nicht ausreichend stabil, um nach Hause zu können.« Sie unterließ es, hinzuzufügen, dass es ihr insgesamt fraglich erschienen war angesichts Evelyns Verwirrtheit.

»Puh, da haben wir uns ja schön auf was eingelassen. Ich weiß nicht, ob mir ein Kaffee bei diesen Nachrichten reicht.« Martin sah zu Anne.

»Leute, jetzt mal ganz ruhig.« Ruth überlegte fieberhaft. »Das soll natürlich nicht komplett an euch hängenbleiben. Was haltet ihr davon? Ich übernehme Florence und ihr geht noch eine Stunde schwimmen?«

»Hast du nicht gesagt, du bist auf dem Platz verabredet?«, fragte Anne.

»Oh, verdammt, ja. Habe ich fast schon wieder vergessen. Aber ich könnte Florence mit dorthin nehmen.« Ruth überlegte: »Oder ist dort zu viel Sonne?«

Martin ging nicht darauf ein. »Mit wem denn?«, wollte er stattdessen von ihr wissen.

»Mit Jakob, den habt ihr vorgestern kurz gesehen. Vorne im Café«, erwiderte Ruth so leichthin, wie sie konnte. Trotzdem hatte sie das Gefühl, rot anzulaufen.

Anne und Martin sahen sich an.

»Der Typ vorne im Café?«, wiederholte Martin, als hätte sie nicht genau das gerade gesagt.

»Der war vorhin hier«, fiel Anne ihm ins Wort.

»Wie vorhin?« Ruth schüttelte den Kopf. »Das kann nicht sein. Er arbeitet.«

»Doch. Ganz gewiss. Er hat sich zu uns herumgedreht, als wir ihn gefragt haben, ob wir dir was ausrichten können, nicht wahr, Anne?«

»Stimmt. Er hat aber nur abgewunken und einen Zettel hochgehalten. Den hat er bei dir unter der Tür durchgeschoben.«

»Verstehe ich nicht. Ich schau dann besser mal nach.« Ruth wandte sich zum Gehen. »Ach ja, mein Angebot ist ehrlich. Ich übernehme jetzt Florence.«

»Und der Kaffee?« Martin zeigte auf das Tablett. »Der müsste jetzt fertig sein.«

»Erst der Zettel. Bin dann gleich wieder da. Ihr könnt ja schon mal eure Badesachen zusammenpacken.«

*

»Sag mal, seid ihr wahnsinnig? Wieso bist du nicht erreichbar? Ich hätte größte Lust, dich wieder zu siezen.«

Bender lauschte Hofmanns Worten. Stellte der nicht gerade die Welt auf den Kopf? Was war das denn für ein Ton?

»Das Handy war auf lautlos gestellt. Ich ermittle nun mal hier vor Ort.«

»Wie ich. Wäre ja auch noch schöner. Aber Boltenhagen besteht aus mehr als einer Handvoll Häuser. Woher soll ich wissen, wo du bist?«

Bender räusperte sich. »Das tut mir leid. Was gibt es so Dringendes?«

Mit der Hand wies er Schulz in Richtung Auto. Nach dem Gespräch mit Jansen sollten sie so schnell wie möglich mit diesem Doktor Schimmer sprechen. Hören, ob sich Widersprüche ergaben.

Hofmann polterte am anderen Ende der Leitung. »Was es Wichtiges gibt? Möglicherweise einen neuen Tatort. Mehr oder weniger vor deiner Nasenspitze.«

»Wie bitte?« Bender spürte, wie eine Adrenalinwelle ihn durchfuhr. »Wieder eine Frau?«

»Nein. Ganz anders. Wir haben Schimmer gefunden.«
»Doktor Schimmer? Und wieso einen neuen Tatort?«
»Wie die Dinge zusammenhängen, ob sie das tun, wissen wir nicht. Schimmer ist tot. Erhängt. Im Wald. Es wäre gut, wenn du sofort kommen würdest.«

*

Elena hatte vom Notarzt eine Spritze bekommen. Gerne hätte er sie zur Beobachtung ins Akutkrankenhaus nach Wismar eingeliefert. Nach Rücksprache mit ihrem zuständigen Arzt und Psychologen hatte er aber ihrem Wunsch nachgegeben, in die Reha-Klinik gebracht zu werden.

Apathisch lag sie nun in ihrem Zimmer. Spürte, wie sie einschlief, um doch wieder hochzuschrecken. Immer wieder liefen die Bilder vor ihr ab, wie sie auf den Toten gestoßen war. Erst die Beine, dann der Körper, dann das blau angelaufene Gesicht mit den weit offenen Augen. Sie wusste, dass sie laut schreien wollte, dann aber war kein Ton aus ihrer Kehle gekomen. Es hatte gefühlt Stunden gedauert, bis sie in der Lage war, einen Notruf abzusetzen. Was für ein Glück, dass sie wenigstens Verbindung hatte.

Die Frau in der Leitstelle konnte sie mit ihren sachlichen Fragen beruhigen, sie war es auch, die Elena von der Leiche wegführte. Daran, dass der Mensch, der dort hing, tot war, zweifelte Elena nicht.

Die Frau hatte pausenlos weiter mit ihr gesprochen. Bis Notarzt, Rettungsdienst und Polizei eintrafen. Dann sank Elena zu Boden. Im Nachhinein war ihr schleierhaft, wie es ihr gelungen war, die Rettungskräfte an die richtige Stelle zu lotsen.

Es klopfte leise. Noch bevor sie antworten konnte, öffnete sich die Tür und Peter schlüpfte durch den kaum geöffneten Spalt ins Zimmer, während er nach draußen sah. Erst als er im Zimmer stand, sah er Elena an.

Seine schmalen Finger rieb er nervös aneinander. Seine ganze Haltung wirkte matt und erschöpft.

»Hallo«, sagte er. »Du bist ja wach.«

Elena nickte.

»Darf ich mich einen Moment zu dir setzen?«

Er wartete ihre Antwort gar nicht ab, sondern griff nach der Lehne eines niedrigen Sessels und zog diesen vor ihr Bett. Er ließ sich auf dem äußersten Rand der Sitzfläche nieder und hielt sich ganz gerade. Noch nie so deutlich wie heute hatte Elena seine Luftnot bemerkt. Dabei war sie viel zu schläfrig, um etwas zu sagen. Schon das Augenaufhalten kostete sie Mühe. Dennoch nahm sie wahr, wie seine Augen flatterten. Eine ferne Erinnerung wehte durch ihren Kopf. Ein Gefühl von Abwehr, das sich bei ihr mit einem diffusen Bauchgefühl bemerkbar machte. Erschöpft fielen ihr die Augen zu.

»Ich habe gehört, was passiert ist«, flüsterte Peter. »Die Schwestern wollten mich nicht zu dir lassen. Aber ich muss mit dir sprechen.«

Elena öffnete mit aller Anstrengung erneut die Augen. Sie hörte seine Worte, doch es fiel ihr schwer, sie zu verstehen.

»Du musst selber gar nichts sagen. Es ist nur so.« Peter keuchte. Er griff in seine Hosentasche und holte etwas hervor, was er dann in der Hand hielt. Elena konnte nicht erkennen, was es war. Eine Medikamentendose vielleicht. Wieder waberte etwas in ihrem Bauch.

»Lieber hätte ich zu einem günstigeren Zeitpunkt mit dir gesprochen. Aber ich will einfach nicht, dass du schlecht von mir denkst.«

Elena verstand nicht, was Peter wollte. Wieso sollte sie etwas Schlechtes von ihm denken?

»Gerda und Kerstin waren bei mir. Mit furchtbar schlechtem Gewissen. Sie sagten, sie hätten komische Andeutungen gemacht. Andeutungen zu mir und Marie Hafen. Dinge, die man falsch verstehen könnte.«

Elena öffnete erneut die Augen und sah Peter an. Sie schüttelte den Kopf und wollte ihm gerne sagen, dass sie nicht wusste, wovon er sprach. Sie war zu müde. Das mit Marie Hafen, lag das nicht schon tagelang zurück? Hatte man nicht den Mörder gefasst? Sie wusste es nicht. In ihrem Kopf verstopfte dicke weiche Watte alles Denken.

»Die beiden haben gesagt, dass du mich gesucht hast. Dir Sorgen machst.« Peter griff nach ihrer Hand. Seine Stimme klang nun, als weinte er. »Du weißt gar nicht, was mir das bedeutet.«

Elena merkte, wie der Schlaf sie übermannte.

Ein Geräusch ließ sie wieder hochschrecken. Waren es Sekunden, Minuten gewesen, die sie nicht mitbekommen hatte? Sie versuchte, sich aufzurichten.

Peter stand jetzt neben ihrem Bett und sah auf sie herunter, während er etwas in seine Hosentasche steckte. Er lächelte sie an und legte ihr jetzt eine Hand auf den Kopf. Erst in dem Moment wurde ihr bewusst, dass sie schutzlos, ohne Mütze, vor ihm lag. Sie ließ sich zurückfallen und bedeckte ihr Gesicht mit den Händen.

»Bitte geh«, stammelte sie.

»Natürlich. Du brauchst Ruhe. Ich bin nur so froh, dass ich dir alles sagen konnte. Das was wirklich passiert ist. Damit es nicht länger zwischen uns steht. Weil das ist mir wichtig, dass du gut von mir denkst. Egal, wie es für uns weitergeht. Ich glaube daran, dass wir verbunden bleiben.«

Elenas Augen fielen schon wieder zu, als sie etwas spürte, das sich wie Lippen auf ihrem Gesicht anfühlte. Kalte Lippen, sehr kalte Lippen, wollte sie sagen, aber es war einfach viel zu anstrengend.

*

Ruth hatte sich nicht anmerken lassen, wie enttäuscht sie über Jakobs Absage war. Dabei machten die liebevollen Worte und Blicke, die Martin und Anne tauschten, die Sache nur noch schlimmer. Wenn sie ehrlich war, neidete sie den beiden schon ein wenig ihr Glück.

Beim Kaffee hatten sie sich über Norderney unterhalten. Über all die Dinge, die sie im letzten Jahr gemeinsam erlebt hatten. Wie anders da alles gewesen war. Wie viel leichter ihr damals die Gespräche mit Martin gefallen waren.

Zwischendurch hatte sie überlegt, ob es einfacher wäre, wenn Jakob hier bei ihnen sitzen würde. Um das Gleichgewicht wiederherzustellen. Aber dann hatte sie den Gedanken ärgerlich beiseitegedrückt. Jakob war kein Alltag. Jakob war kein Teil ihres Lebens. Eine einzige Nacht, und wahrscheinlich nicht mehr.

Jetzt saß sie in ihrem Ferienhaus mit Florence auf dem Boden. Martin und Anne waren tatsächlich zum Strand aufgebrochen. Den Abend würden sie gemeinsam später planen. »Mal sehen«, hatte Ruth geantwortet und wieder an den Zettel gedacht.

Der lag nun zusammengefaltet auf der Tastatur des geöffneten Laptops. Statt zu arbeiten starrte Ruth nur Löcher in die Luft. Oder faltete das Papier immer mal wieder auf: »Sorry, muss das Tennisspiel ausfallen lassen. Melde mich. Bis dann. Jakob.«

Jakob, der Zettelschreiber, ging ihr durch den Kopf.

Immerhin war es die zweite Nachricht, die sie auf diesem Weg erhielt. Handynummern hatten sie nicht ausgetauscht. Mussten sie bisher ja nicht. Ruth war ja verfügbar gewesen.

An dieser Stelle des Gedankenmonologs klappte Ruth ihren Laptop zu und klemmte das Papier mit ein.

»Selbstzerstörerisch ist das, was du hier machst«, schalt sie sich selbst.

Ruhelos tingelte sie durch das Wohnzimmer. Schließlich schnappte sie sich ihr Handy. Irgendwie hatte sie doch Sehnsucht nach Lisa-Marie. Ruth war erleichtert, als sie ihre Tochter direkt ans Telefon bekam.

»Hallo, Große. Ich bin es.«

»Mama? Alles in Ordnung?« Die Stimme klang aufgeschreckt.

Ruth lachte unsicher. »Klar. Warum nicht?«

»Weil du mich sonst nie mitten am Tag anrufst.«

»Ist das so?« Ruth stutzte. »Na ja, sonst arbeite ich ja auch über Tag.«

Jetzt kicherte Lisa-Marie. »Stimmt. Du machst ja Urlaub. Zumindest in Teilen. Geht es voran mit deinem Schreiben?«

»Ehrlich gesagt: geht so.«

»Huch, du hörst dich an wie ich, wenn ich an meinen Hausarbeiten sitze.«

»So fühlt es sich auch an, ehrlich gesagt. Irgendwie ziemlich studentisch.«

»Was heißt das denn, Mama? Hört sich nach wilden Nächten an.«

»Was? Ach Quatsch. Übrigens ist Martin Ziegler auch hier. Du weißt doch. Martin, der mittlerweile auf Norderney die Dienststelle leitet.«

»Mama.« Lisa-Maries Ton wurde streng. »Willst du mir vielleicht was sagen? Dann raus mit der Sprache. Das ist doch kein Zufall. Hast du ihn etwa zu dir kommen lassen? Läuft da was zwischen euch?«

»Nein, natürlich nicht.«

»Ich hatte aber das Gefühl, du magst ihn und ihr versteht euch gut.«

»Tun wir ja auch. Ist aber ein Zufall. So einer, wie es ihn eigentlich nicht geben dürfte. Er ist auch nicht allein da, sondern mit Freundin.«

»Okay.«

Ruth hörte in der langgezogenen Antwort der Tochter tausend Fragen mitschwingen.

Bewusst leicht sagte sie deswegen schnell: »Ich wollte einfach mal hören. Wie geht es mit den Bauarbeiten voran? Und wie geht es dir? Besser?«

»Mensch, Mama, jetzt frag doch nicht mit einer Stimme, als würdest du meinen Liebeskummer erneut lostreten. Ja, es geht mir besser. Der räumliche Abstand hat uns gutgetan.«

»Uns?«

»Ja, uns. Zu Liebeskummer gehören nun mal zwei.« Sie stockte. »Vielleicht habe auch ich Fehler gemacht.«

»Oh, das hört sich ja, wie soll ich sagen, das hört sich ja nach Versöhnung an.«

»Vielleicht. Mal sehen. Ja, wahrscheinlich. Aber keine Panik. Ich renne nicht einfach so zurück. Wir lassen uns noch ein paar Tage Bedenkzeit. Solange kann ich deine Wohnung hüten.«

In diesem Moment erhob sich Florence und winselte an der Tür.

»Was ist das für ein komisches Geräusch bei dir?«, fragte Lisa-Marie prompt.

»Ach, nichts, was leicht zu erklären wäre. Sag lieber noch schnell, was die Baustelle macht?«

»Sorry. Habe ich ja gar nicht beantwortet. Das läuft gut. Die sind bestimmt fertig, wenn du zurückkommst.«

Florence drehte sich zu Ruth und bellte zweimal kurz.

»Mama? Da ist doch ein Hund bei dir? Wo bist du denn?«

»Ach, meine Große«, seufzte Ruth. »Irgendwie ist mein Leben gerade etwas aus dem Gleichgewicht. Weißt du was? Ich erzähle es dir, wenn ich zurück bin, ja? Ich glaube ich bin jetzt mit Gassigehen dran.«

Ruth tat es fast schon leid, ihre Tochter so unwissend zurückgelassen zu haben. Sie würde ihr nach dem Urlaub alles ausführlich erklären.

»Dann komm, Florence, raus geht's. Eine Runde ins Feld, und danach setze ich mich zum Schreiben hin. Ist das ein Deal?«

Sie schnappte sich die Leine, und zog mit Florence in Richtung Tennisplatz. Dahinter führte eine kleine Brücke über einen Graben hinaus in die Felder und den angrenzenden Wald. Es schien ihr genau das Richtige zu sein, um den Hund auszuführen.

Das Blaulicht sah sie schon von weitem. Doch erst als sie das rot-weiße Tatort-Absperrband sah, dämmerte ihr, dass schon wieder etwas Schlimmes passiert sein musste.

*

»Können Sie schon etwas sagen, Doktor Lorenz? Es tut mir leid, dass Sie auf mich warten mussten.«

»Ach, Herr Doktor Bender. Wir beide schon wieder. Da bin ich nicht von ausgegangen, dass wir so schnell wieder zusammentreffen.«

Bender überhörte den ironischen Unterton. »Hofmann hat mich informiert. Es soll sich bei dem Leichnam um Doktor Schimmer handeln?«

Lorenz rief einen der Männer von der Spurensicherung herbei. »Können Sie bitte Herrn Bender zeigen, was wir gefunden haben? Danach kann ich Ihnen gerne ein paar erste Hinweise geben.«

In der durchsichtigen Asservatenhülle, die Bender zuerst hingestreckt bekam, befand sich aufgeklappt Schimmers Ausweis.

»Vom Augenschein her stimmen aufgefundene Person und Ausweisfoto miteinander überein. Auch die Kollegen von der örtlichen Dienststelle, die zuerst vor Ort waren, haben die Leiche identifiziert. Doktor Schimmer ist in Boltenhagen kein Unbekannter.«

»Gibt es noch was? Irgendwelche Funde, die etwas Ungewöhnliches dokumentieren? Belege für einen Suizid?«

»Auffällig ist, dass wir kein Handy gefunden haben. Wer ist in der heutigen Zeit noch ohne unterwegs? Kaum vorstellbar, oder?«

»Stimmt«, grummelte Bender und dachte an seine eigenen Gewohnheiten. Selbst er war mittlerweile darüber in der Regel erreichbar, auch wenn er das Mobiltelefon nur in den allernotwendigsten Momenten und nicht in der Breite seiner technischen Möglichkeiten nutzte.

»Und dann das hier. Lag unter der Leiche.«

Bender sah eine Vielzahl kleinster Schnipsel in einer weiteren Tüte. »Was ist das?«

»Fühlt sich an wie eine Visitenkarte. Könnte um eine Ferienimmobilie gehen.«

»Geben Sie Bescheid, wenn Sie es zusammengebastelt haben, bitte. Vielleicht nutzt es mir, wenn ich mit den Angehörigen spreche.«

Der Beamte nickte.

»Das war's?«, schloss Bender und wollte sich wegdrehen.

»Nicht ganz. Hier ist noch was. Vielleicht das Wichtigste.«

Ein Zettel. Offensichtlich abgerissen von einem Merkzettelblock mit medizinischer Werbung. Die Schrift darauf war krakelig. Nicht gut zu lesen. Dass ein starker Druck auf dem Stift gelegen hatte, war offensichtlich, weil das Papier an manchen Stellen durchlöchert war. An anderen waren die Buchstaben nur schwach ausgeprägt. Bender erinnerte es an Nachrichten, die man hastig schrieb, indem man das Blatt auf die geöffnete Handfläche legte.

»Es tut mir leid. Ich habe alles zerstört.«

»Oh, das ist wirklich interessant. Könnte alles sein: Abschiedsbrief, Geständnis, erzwungenes Geständnis, untergeschobenes Schriftstück. Da müssen auf jeden Fall die Graphologen ran.«

»Wird gemacht. So schnell wie möglich. Das war es bisher an Fundstücken.«

»Hervorragend, gute Arbeit. Danke.«

Bender drehte sich um und sah, dass Lorenz schon auf ihn zu warten schien. »Das sieht tatsächlich nach Arbeit für uns aus. Unwahrscheinlich aufgrund der zeitlichen Nähe, dass es nichts mit dem Tod von Marie Hafen zu tun hat.«

»Das würde ich auch vermuten«, antwortete Lorenz. »Aber ich sage Ihnen: Es wird noch spannender.«

»Das heißt?«

Lorenz zeigte auf den Baumstumpf, auf dem Schimmers Füße ruhten. »Auf den ersten Blick sieht alles so aus, als könnte es ein Suizid sein. Schimmer knüpft sich die Schlinge, befestigt sie am Ast, steigt auf den ausreichend hohen Baumstumpf, den er hierhin gerollt hat, legt sich dann die Schlinge um den Hals, er weiß als Arzt, wie er es am sichersten macht, und stößt letztendlich den Baumstamm weg.«

»Und bricht sich dabei das Genick.«
»Nicht unbedingt. Kommt gar nicht so häufig vor. Das liegt aber vor allem an dem Punkt, auf den ich hinauswill. Das, was uns die Auffindesituation suggeriert, ist, dass der Baumstumpf nicht genügend kippte und dadurch kein sogenanntes typisches Erhängen möglich war.«
»Das ist mir auch aufgefallen. Dass der Körper nicht frei gebaumelt ist, meinen Sie?«
»Genau, mit den entsprechenden Todeszeichen.«
»Klar, ich verstehe. Sie meinen die Gesichtsfarbe?«
»Richtig. Die müsste bei einem typischen Erhängen blass sein. Was wir aber haben: Aufgedunsenes und dunkelblaues Gesicht. Anzeichen, dass die arterielle Durchblutung anfangs noch funktioniert hat.«
»Sie meinen …«
»Genau, Sie wissen, worauf ich hinauswill. Entweder hat er tatsächlich den Baumstamm nicht vollständig wegtreten können und sich dadurch stranguliert statt erhängt, oder ich muss in Erwägung ziehen, dass der Körper postmortal aufgehangen wurde.«

*

Tom Jansen war froh, als er die Tür zu seiner Wohnung hinter sich schließen konnte. Dieses feige Schwein von Schimmer, diese miese Baltrup – für alle sollte er wieder nur der Sündenbock sein. Er wusste doch, wie die Dinge liefen. Wie schnell in seinem Job Vermutungen und Andeutungen die Dinge kippen ließen.

Schließlich war es ihm schon einmal so gegangen. Angeblich war die Zahl der Todesfälle in seinen Diensten höher als in anderen. Er konnte von Glück sagen, dass er heil aus der Nummer rausgekommen war. Man hatte ihn ziehen lassen, um dem Krankenhaus nicht noch durch einen aufgedeckten Skandal zu schaden. So waren sie, die Chefärzte. Von wegen Patientenwohl. Wenn es denn wirklich solche Zusammenhänge gegeben hatte, wäre es ja mehr als sinnvoll gewesen, ihnen nachzugehen. Natürlich war er froh, dass sich wegen der fehlenden Nachforschungen die Schlinge nicht noch enger um seinen Hals legte. Obwohl er ein reines Gewissen hatte. Aber wie nachweisen, dass man etwas nicht war, wenn nachher doch Substanzen gefunden worden wären.

Dabei hatte es so viele andere Erklärungen gegeben. Wie oft hatten die Ärzte schon richtigen Mist gebaut. Da war er eher Retter gewesen. Dafür war es gut, das Pflegepersonal. Dafür ja. Wer sagte denn, dass nicht jemand anders die Dinge so hatte aussehen lassen, als würde immer etwas in Tom Jansens Schicht passieren? Das war doch nur ein Rechenspiel, wann man was gab und wann dann etwas passieren konnte. Schließlich war der Schichtwechsel ja kalkulierbar.

Er war froh gewesen, wieder wegzukommen aus der Großstadt. Diese anonymen Kliniken, das war nun mal gar nichts für ihn. Auch wenn er anfangs gedacht hatte, dass er damit aus dem alten Leben aussteigen könne. Aber es war genauso gewesen, wie alle es gesagt hatten: da draußen, das war ein einziges Hauen und Stechen. Einer besser als der andere. Immer Druck. Wettbewerb und Vergleich. Kostendämpfung und Gewinnmaximierung. Das war nichts für ihn gewesen.

Tom ging zum Kühlschrank, holte ein Bier heraus, das er mit dem Feuerzeug aus seiner Hosentasche öffnete. Einen Moment stellte er sich ans Fenster und sah hinunter auf den Garten des Nachbarn. Kartoffeln, Bohnen, Salat und Beerensträucher. Die einzelnen Beete abgetrennt mit

Holzverschalungen und Buchsbaumrabatten. Die Sträucher standen dicht am Zaun. Der Kirschbaum trug noch Früchte, und Blumen in allen Farben leuchteten zwischen den Nutzpflanzen. Ein Garten wie ihn früher jeder hatte, der über ein Stück Land am Haus verfügte.

Davon träumte er. Dass so ein Leben wieder genügte. Dafür brauchte er die Basis, den Grundstock, das eigene Haus. Danach würden ihn alle mal kreuzweise können. Die Arbeit, das Land, der Staat, einfach alle.

Mit einem Ruck ließ er die schwarzen Rollos herab, bis der Raum nahezu dunkel war. Mit wenigen Schritten war er bei seinem Computer und schaltete ihn ein.

Nein, dieser Bulle hatte nichts aus ihm herausgekriegt. Er hatte sich dumm gestellt. Hatte an die ärztlichen Verordnungen erinnert, nach denen er zu handeln habe. Da müssten sie schon Doktor Schimmer selber fragen.

Geglaubt hatten sie ihm nichts. Die Baltrup hatte wohl ihren Teil dazu beigetragen, dass sie ihn aufs Korn nahmen. Wahrscheinlich auch Verena, der das mehr als passen würde. Er wollte es gar nicht so genau wissen. Es gab keine Zeugen für das, was er tat. Zumindest keine, die nur irgendein Interesse hätten, etwas aufzudecken. Schimmer nicht. Die Patienten nicht. Wenn sie denn noch lebten. Und ob sie das taten oder nicht, damit hatte er viel weniger zu tun, als alle glauben mochten. Die, die noch lebten, wären die Letzten, die ihn verraten würden. Denn wer kappt schon das Seil, das einen vermeintlich am Leben hält.

Tom musste einfach still halten. Schimmer würde Strategien haben, das Ganze abzuwenden. Was auch immer diese Marie Hafen dabei für eine Rolle gespielt haben mochte.

Wenn er durchhielt, sich klein machte, sich duckte, dann konnte er überlegen, wie sie weitermachten. Wahrscheinlich war das Projekt hier zu Ende. Die Zusammenarbeit mit Schimmer zu gefährlich. Aber er wusste ja jetzt, wie die Dinge liefen. Wie es auf dem Markt aussah. Möglicherweise ließ sich das alles noch optimieren. So, dass er der Macher war und nicht der Zuarbeiter.

Tom Jansen öffnete die Excel-Tabelle, in der er alle Einnahmen verzeichnet hatte. Noch reiche es nicht als Eigenkapital für den Immobilienerwerb, hatte die Bank gesagt. Aber er ließ sich seine Träume nicht nehmen. Und er wusste schon, wie er die Dinge beschleunigen konnte.

Kurz überlegte er, ob er die Excel-Datei lieber löschen sollte. Das Geld würden sie nicht finden, das war sicher. Selbst die Datei hatte er so verpackt, dass keiner dahinterkommen würde. Dass bei genau einem der tausenden Fotos auf seinem Rechner die Dateibezeichnung geändert war und sich dahinter die Tabelle verbarg. Denjenigen wollte er sehen, der sich da durchklickte.

Immerhin, das war das Beste an den jetzigen Zeiten. Dass es Computer und Internet gab. Die vielen Möglichkeiten. Das hätte selbst seinem Opa gefallen. Der ihn solange beschützt hatte vor allem, was da aus dem Westen zu ihnen herüber geschwappt war. Als er noch ganz jung war und sein Opa derjenige, der ihn großgezogen hatte, während seine Mutter sich nach Berlin aufgemacht hatte. Ohne ihn. Und nicht mehr zurückgekommen war.

Sein Opa wäre stolz auf ihn. Wie er das machte. Dass er die Sache mit Schimmer am Laufen hatte. Mach dich ruhig kleiner als du bist, wenn es dir nutzt, hatte er ihm geraten. Lass dir nie in die Karten schauen.

Das war sein Leitspruch geworden.

Nein, in die Karten ließ er sich nicht schauen, bis jetzt nicht und auch nicht in Zukunft.

Tom setzte die Flasche Bier an und rülpste laut beim Absetzen.

»Prost, Opa. Auf dich und mich! Ich mach dir keine Schande.«

Tom tippte auf der Tastatur und eine Seite öffnete sich.

»Freie Bürger in einem autonomen Staat. Mach mit!«

Das war's. Das war sein Ziel. Bald würde er unabhängig von all den anderen sein. Und Schimmer würde ihm helfen, die Dinge zu beschleunigen.

*

Ruth war mit Florence bewusst in die andere Richtung gegangen. Ihr schwirrte der Kopf schon genug, als dass sie sich auch noch ständig in das Unglück anderer Leute ziehen ließ. Dafür, dass sie Urlaub hatte, war schon viel zu viel passiert.

Trotzdem schweiften ihre Gedanken immer wieder zu der Absperrung. Ob es schon wieder eine Tote gegeben haben konnte?

Gut, dass sie nichts damit zu tun hatte. Es hatte gereicht, im letzten Jahr auf Norderney unversehens Ermittlerin spielen zu müssen. So wie in ganz alten Zeiten. In ihren Anfängen.

Wie jung sie doch damals gewesen war. Obwohl sie das so nie wahrgenommen hatte. Wenn sie sich mit Lisa-Marie verglich, war ihre Generation tatsächlich früher mit allem dran gewesen: Job, Studium, Ehe und Kinder. Mit Mitte bis Ende zwanzig hatten die meisten von ihnen alles durchlaufen.

Lisa-Marie würde sicher zu den Frauen gehören, die nicht vor Mitte dreißig richtig ankern würden. Warum auch? Sie hatte bei ihr, ihrer Mutter, gesehen und erlebt, dass die frühen Entscheidungen nicht immer die besten und tragfähigsten waren.

Wenn sie an Jakob dachte – der gehörte doch auch zu dieser Mitte-Dreißig-Väter-Generation. Mindestens. Machte er seinen Job schlecht? Davon konnte keine Rede sein, wenn sie an seinen Umgang mit Ronja dachte.

Nur was das für sie bedeutete, das war ihr nicht klar. Wenn sie ehrlich zu sich selbst war, hatte sie ziemlich Feuer gefangen. Wie schon lange nicht mehr. Sie wollte lieber gar nicht wissen, was das über sie aussagte. Wo waren denn all diese Gefühle, die so massiv an die Oberfläche drängten, dass sie sich ohne Nachzudenken einem One-Night-Stand ausgesetzt hatte, vorher gewesen? Es war ja nun nicht so, dass sie in ihrem Leben keinen Männern begegnete.

Doch nun war sie an Jakob geraten. Jakob mit Tochter. Was, wenn es kein One-Night-Stand bliebe? Was dann? Eine Urlaubsliebe? Oder mehr?

Ruth schüttelte den Kopf. »Florence, meine Dame, kannst du mir weiterhelfen? Was ist bloß los mit mir? Ich werde doch auf meine alten Tage nicht noch Stiefmutter eines kleinen Mädchens spielen wollen?«

Florence, die langsam an ihrer Seite ging, sah zu ihr auf, als hätte sie jedes Wort verstanden. Als sie in die Augen des Hundes sah, glaubte sie grenzenloses Mitleid darin lesen zu können.

Ruth blieb auf der Stelle stehen und fing laut zu lachen an.

»Florence, du bist wirklich die Beste. Du hast recht, solche Vorstellungen, wie ich sie mir mache, würden nur Kopfschütteln verursachen. Nein, für manche Sachen ist man einfach irgendwann zu alt.«

Ruth atmete tief durch. Es ging ihr augenblicklich besser. Sicher war es gut, dass Jakob das Tennisspiel hatte ausfallen lassen. Warum auch immer. Vielleicht war er zu den gleichen Ansichten gekommen wie sie selbst. Auch wenn es möglicherweise ein ganz klein wenig an ihrer Eitelkeit kratzte. Insgeheim war sie froh, dass sie dadurch für sich eine Entscheidung treffen konnte. Besser eine Nacht, die sie in schöner Erinnerung behalten würde, als sich auf Dauer lächerlich zu machen.

Ruth hatte im Gehen immer wieder anhand der Häuserzeilen überprüft, dass sie sich nicht zu weit von der Ferienanlage wegbewegte. Schließlich wusste sie nicht, wie gut Florence zu Fuß war. Die Allerjüngste schien sie jedenfalls nicht mehr zu sein. Doch dann hatte der Weg in ein Waldstück geführt und Ruth hatte schon wegen des Schattens beschlossen, ihm noch ein Stück weit zu folgen. Nun kamen sie wieder auf freies Feld und an der ersten Weggabelung bog Ruth links ab, um auf kürzestem Weg zurück in die Ferienanlage zu gelangen. Florence wurde immer langsamer und müder.

Erst als sie um die Wegbiegung kamen, fiel Ruth auf, dass sie jetzt auf der anderen Seite der Polizeiabsperrung vorbeikommen würde.

»Scheint so was wie ein innerer Polizistentrieb zu sein, was Florence«, sprach sie erneut mit der Hündin, während sie sich ärgerte, dass sie das nicht beachtet hatte. »Nicht dass mich noch einer von der Polizei für eine Tatort-Gafferin hält.«

Sie zog den Hund nahe zu sich. Trotzdem ließ es sich nicht vermeiden, dass sie an den ganzen Einsatzfahrzeugen vorbei musste. Sie hatte keine Wahl. Jetzt noch umzukehren wäre mit Sicherheit zu viel für Florence.

Ruth duckte ihren Kopf und schlich an der Absperrung vorbei. Sie wollte gar nicht erst wissen, was sich dahinter befand. Sie würde es schon früh genug erfahren. Schlechte Nachrichten fanden schließlich immer einen Weg in die Öffentlichkeit.

»Frau Keiser?«

Ruth blieb wie angewurzelt stehen. Das war doch nicht wahr. Und wenn, dann war es wie ein umgedrehtes Déjà-Vu, denn am ersten Tatort war sie es gewesen, die Ernst Bender angesprochen hatte.

»Doktor Bender! Das ist ja unglaublich, dass wir schon wieder aufeinandertreffen.«

»Frau Keiser! Muss ich mir Sorgen machen, dass ich Sie ständig in Tatortnähe sehe? Kann das sein, dass Ihnen der Urlaub zu langweilig ist?«

Ruth stieß ein trockenes Lachen aus. »Könnte man fast meinen, bei dem was ich erlebe. Auf den Hund gekommen bin ich darüber hinaus auch noch.« Ruth fiel ein, dass sie vorgehabt hatte, Bender wegen der bei Evelyn gefundenen Drogen anzusprechen. Allerdings schien ihr das kein geeigneter Zeitpunkt.

»Noch mehr passiert?«, fragte sie stattdessen.

»Ja. Wobei noch unklar ist, was genau.«

»Keine Frauenleiche?«

»Nein, wenigstens das nicht.«

»Gut«, stieß Ruth aus und spürte eine merkwürdige Erleichterung. »Immerhin.«

»Vielleicht …« Bender stockte und nahm dann neuen Anlauf. »Vielleicht hätten Sie heute Abend noch einmal Zeit? Könnten wir ein Glas Wein zusammen trinken? Oder etwas essen gehen?«

Ruth überlegte. Ließ noch einmal einen Gedanken an Jakob zu. Der sich später melden wollte, wie auf dem Zettel stand. Aber hatte sie nicht beschlossen, sich nicht weiter einzulassen? Was würde ihr besser dabei helfen, als eine schon getroffene Verabredung.

»Gerne. Sehr gerne«, antwortete sie schnell. »Allerdings muss die gute alte Dame hier mit oder wir trinken den

Wein in meinem Ferienhaus. Ich besorge uns eine Kleinigkeit zu essen.«

»Keine schlechte Idee«, antwortete Bender, wobei Ruth nicht wusste, welchen ihrer Vorschläge er meinte. Aber das könnten sie ja noch später klären.

»Dann treffen wir uns einfach bei mir?«, vergewisserte sie sich deshalb noch einmal.

»Ausgezeichnet.« Bender sah nachdenklich auf seine Schuhe. »Vorher habe ich noch eine schwierige Aufgabe«, sagte er müde. »Die Information der Angehörigen. Ich kann also nicht sagen, wie spät es wird.«

»Kein Problem. Ich bin da. Vielleicht ist ein kollegiales Treffen danach wirklich gut.«

»Das habe ich gehofft, als ich Sie sah. Könnte gar nicht besser passen.« Er deutete eine kleine Verbeugung an. »Bis später, Frau Keiser.«

*

Den Notfallseelsorger traf er auf der Boltenhagener Wache. Er war froh über diese Unterstützung. Sicherlich waren sie als Kriminalpolizisten geschult, die schlimmsten Nachrichten zu überbringen. Selbstverständlich war das nicht zu delegieren, wenn auch nur ein leiser Zweifel daran bestand, mit was für einer Todesursache sie es zu tun hatten.

Die erste Reaktion der Angehörigen hatte ihn schon oft bei den Ermittlungen weitergebracht. Kleinste Regungen waren es, die manchmal etwas verrieten, ihn auf eine Spur brachten oder auf Augenscheinliches ein anderes Licht warfen.

Dennoch: Der Notfallseelsorger würde bleiben können, wenn sein Job beendet war. Würde Trost spenden, würde das Unfassbare mit aushalten, würde schweigen, reden, beten, je nachdem, was gerade gebraucht wurde.

Sie stellten das Auto vor einer weißen Villa ab. Keine der Altbauten, die man entlang der Strandpromenade von Boltenhagen fand. Neuer, moderner, deswegen aber nicht weniger imposant. In der Nachmittagssonne lag ein goldener Glanz über dem Haus, das sich durch sein klares Format mit großen Fensterfronten auszeichnete.

Bender war einen Moment auf der Straße stehen geblieben und hatte alles auf sich wirken lassen. Dann nickte er dem Notfallseelsorger zu. Dieser trug die charakteristische Weste, und wenn Schimmers Ehefrau ihnen öffnen würde, war zu erwarten, dass sie auch ohne Worte verstand, weshalb sie kamen.

Er blickte auf das Messingschild, das mittig die Tür zierte.

»Dres. Rolf und Charlotte Schimmer« – die Namen waren in schwarzen Lettern eingraviert.

Bender hatte sich am Fundort sagen lassen, dass Schimmers Frau als Studienrätin in Lübeck arbeitete. Altsprachliches Gymnasium, in dem Lehrer gerne einmal promoviert waren. Ein gemeinsames Kind.

Was für ein Schock musste die Nachricht sein, die sie überbrachten.

Sie öffnete in einem hellen Shirt mit dem Emblem einer teuren Marke. Der geblümte Rock umspielte die Knie. Die Füße steckten in Sandalen. Sommerliche Kleidung, auf sehr klassische Art, stellte Bender fest. Andere würden einen solchen Kleidungsstil bieder nennen.

Aufmerksam registrierte er die Reaktion der Ehefrau. Es war, wie er erwartet hatte. Ein Blick hatte den Notfallseelsorger erfasst und ihre Augen hatten sich auf der Stelle geweitet.

Er selber wurde nur am Rande wahrgenommen, und die Zeit, die ihm der Beobachtung diente, drosselte wie jedes Mal die eigene Aufregung.

Sie blieb erstaunlich ruhig. Beherrscht. Ließ keine Gefühle erkennen. Trat zurück in die Diele, die Bender fast größer vorkam als seine Wohnung in Schwerin – und es wahrscheinlich auch war. Dahinter sah er durch die Glastür das kleine Kind mit großen Plastikbausteinen spielen.

»Bitte kommen Sie rein«, bat Frau Doktor Schimmer. Ihr Gang war gerade und der Schritt fest. Sie schob die gläserne Tür beiseite und beugte sich als Erstes zu ihrem Kind hinab, um es auf den Arm zu nehmen.

Entweder um es zu schützen, überlegte Bender, oder um es für sich selbst als Schutzschild zu nutzen.

»Was ist passiert?«, war die nächste Frage über den Kopf des Kindes hinweg. »Was ist passiert? Was ist mit meinem Mann? Es geht doch um meinen Mann, oder?«

Erst beim letzten Wort brach die Stimme und die Angst in ihren Augen war nun nicht mehr zu übersehen. Noch immer nahm sie von Bender keine Notiz, sondern schaute nur den Notfallseelsorger an.

Dieser hatte gelernt, die Nachricht schnell und ohne Umschweife zu benennen. »Es tut uns leid, aber wir müssen davon ausgehen, dass Ihr Mann tot ist.«

Sie reagierte nicht. Keine Regung. Minutenlang, schien es Bender, obwohl die Zeit wahrscheinlich viel kürzer war. Dann küsste sie ihr Kind auf den Kopf.

Als hätte das Mädchen, das der Mutter unverkennbar aus dem Gesicht geschnitten war, erfasst, um was es ging, fragte es: »Papa?«

»Ist gut, meine Süße, ist gut. Papa kommt gleich.« Die Worte schienen dahingeworfen, sie ergaben keinen Sinn und dienten nur der beruhigenden Stimmmelodie.

Ernst Bender räusperte sich. »Frau Doktor Schimmer, ich habe einige Fragen. Ich bin von der Kriminalpolizei. Es tut mir leid, es muss sein.«

Sie nickte nur abwesend und küsste wieder den Kopf des Kindes.

»Noch wissen wir nicht genau, was geschehen ist.« Bender machte eine Pause, um zu überlegen, welche Worte er wählen sollte.

In einer schützenden Bewegung hielt Charlotte Schimmer nun eine Hand über den Kopf des Kindes. Dann blickte sie Bender fest an. Leise, aber klar antwortete sie: »Ich weiß. Sie wollen mich fragen, ob es ein Suizid oder ein Mord gewesen sein kann.«

*

»Tom Jansen hier. Spreche ich mit Herrn Steiner?«

»Jansen? Kennen wir uns?«

Tom hörte, wie vorsichtig die Stimme klang. Nicht unfreundlich oder abwehrend, aber prüfend.

»Nicht direkt persönlich, aber möglicherweise mehr als Ihnen lieb und recht ist.« Tom hatte nicht vor, lange um den heißen Brei herumzureden. Die Zeit eilte. Nachdem der Bulle schon blöde Fragen stellte. Irgendjemand hatte einfach die Klappe nicht gehalten. Das war genau das, wovor Tom lange gewarnt hatte. Dass sie ein bisschen mehr Druck aufbauen müssten. Schließlich waren sie am langen Hebel, nicht die Patienten. Wenn die das Ding erstmal drehten, dann würde das scheißegefährlich werden für sie. Für Schimmer und ihn. Er erinnerte sich noch gut an das Gespräch. Weil er genau das Wort benutzt hatte: »scheißegefährlich«. Und Schimmer? Was hatte Schimmer damals gemacht? Es war so lächerlich gewesen. Er hatte sich über seine Wortwahl aufgeregt. Hatte ihm einen Vortrag gehalten zum Auftreten als Angestellter des Rosensanatoriums.

Jetzt war genau das eingetreten, was Jansen vorausgesagt hatte. Patienten, die zu viel quatschen, sind nie gut, das war eine Weisheit, die lernte man in den Anfängen der Krankenpflege. Entweder weil sie einem dann auf den Senkel gingen oder weil sie gefährlich werden konnten.

Marie Hafen und Marion Heckel fielen eindeutig in die zweite Kategorie.

Er musste dahinterkommen, was in den letzten Tagen vorgefallen war. Dass der Tod von Marie Hafen nichts mit ihrem Deal zu tun hatte, hielt er selbst mittlerweile für ausgeschlossen. Die Schlussfolgerung daraus, dass Schimmer selbst Hand an sie angelegt hätte, war geradezu grotesk.

Er war eher geneigt, die Tat nach wie vor dem Kerl anzulasten, der die beiden anderen auf dem Gewissen hatte. Aber soweit man hörte, war das definitiv auszuschließen.

Jetzt am Telefon hatte es ein paar Sekunden gedauert, bis Steiner antwortete. Seine Stimme klang hart und abweisend. »Was heißt das? Was wollen Sie von mir?«

»Das kommt darauf an.« Tom dehnte seinen Satz. »Hilft es Ihnen, wenn ich Sie von Doktor Schimmer grüße?«

»Doktor Schimmer?« Das Fragezeichen ließ alles möglich erscheinen: Dass Steiner verneinte, Schimmer zu kennen bis hin zur Frage, warum er über Jansen Kontakt aufnahm.

»Ja, Doktor Schimmer aus dem Rosensanatorium in Boltenhagen. Das sagt Ihnen ja was.«

»Ich verstehe nicht, was Sie von mir wollen.«

»Ganz sicher nicht?« Tom gefiel es, dieses Spiel. Je weniger sich Steiner einfangen ließ, umso deutlicher wurde, dass es einen Grund dafür geben musste.

»Hören Sie, Jansen, Sie stehlen mir wirklich die Zeit.

Sagen Sie, was Sie wollen und ich antworte, ob ich Ihnen helfen kann. Andernfalls …«

»Das Andernfalls würde mich interessieren …«, provozierte Tom sein telefonisches Gegenüber.

»Andernfalls lege ich auf.«

»Das glaube ich nicht. Nicht, bevor Sie wissen, was ich von Ihnen will.«

»Das wird mir hier zu lächerlich. Ich rufe Schimmer an und frage, was das Ganze soll. Ich befürchte, dann werden Sie sich den Konsequenzen zu stellen haben.«

Tom grinste. »Sehen Sie, Sie kennen Schimmer ja doch. Das bringt uns doch schon einen Schritt weiter.«

»Verdammt, ich sage es ein letztes Mal, ich habe keine Lust …«

Tom hörte, wie die Situation kippte. Überreizen durfte er es nicht. »Schon gut, schon gut. Ich dachte nur, Sie könnten uns helfen. Unser guter Doktor Schimmer ist wie vom Erdboden verschluckt.«

»Wie bitte?«

»Wie ich es sage. Weg, einfach weg. Was natürlich bei einigen seiner Patientinnen im Rosensanatorium Fragen aufwirft. Dringende Fragen, wenn Sie verstehen, was ich meine.«

»Woher haben Sie meine Nummer?«, blaffte Steiner ihn an.

»Das tut nichts zur Sache. Die Tatsache, dass ich sie habe, spricht für mich.«

»Was wollen Sie von mir? Anscheinend hat Schimmer Sie nicht beauftragt, mit mir zu telefonieren.«

»Würde er aber tun, wenn er es könnte. Weil einer muss ja in seiner Abwesenheit die Geschäfte am Laufen halten. Die Kunden werden sonst nervös.«

»Ich habe keine Ahnung, wovon Sie reden.«

»Wirklich nicht? Dabei läuft es doch ausgezeichnet. Nur

Gewinner bei der ganzen Sache, könnte man auf den ersten Blick meinen. Nur Gewinner. Wenn es da nicht die ermordete Marie Hafen gäbe, die genau den Wirkstoff in ihrem Körper hat, der da bei ihrer Diagnose gar nichts zu suchen hat.«

Tom hörte ein Keuchen durch die Leitung. Danach war Stille. Er hatte Zeit, er konnte warten.

Nach gefühlten Minuten fragte Steiner: »Nochmal. Was wollen Sie?«

»Ein Treffen. Geld. Sehen Sie es doch einfach so: Ich vertrete quasi derzeit unseren gemeinsamen Freund. Also: Wann und wo? Und halten Sie mich nicht für blöd.«

*

Danach waren die Tränen gekommen. Große, dicke Tränen, die über das makellose, symmetrische Gesicht rannen, ohne eine wässrige Spur zu hinterlassen. Charlotte Schimmer brach nicht zusammen. Sie stand weiterhin gerade und aufrecht. Mit dem Kind im Arm erinnerte sie Bender an Marienfiguren in Wallfahrtsorten, die zu bestimmten Zeiten zu weinen begannen, angeblich um ein Zeichen zu setzen angesichts der Zustände in der Welt.

Mehrere Minuten sprach niemand im Raum ein Wort, selbst das Kind war verstummt. Der Notfallseelsorger hatte Bender mit einem Handzeichen um Geduld gebeten und so hatte er den Blick von der weinenden Ehefrau abgewandt.

Der Ruck, der dann durch dieses Stillleben ging, kam so unvermittelt, dass Bender regelrecht erschrak.

»Bitte setzen Sie sich doch«, forderte Charlotte Schimmer sie auf und wies auf die graue Sitzlandschaft des Wohnbereichs.

Bender blieb verlegen stehen und schaute hilfesuchend zu dem Notfallseelsorger.

Dieser nickte und übernahm. »Dankeschön. Sie werden sicher viele Fragen haben. Wir haben Zeit. Sie bestimmen, was Sie von uns brauchen.«

Bender spürte seine typische Ungeduld in solchen Fällen. Sein Job war schließlich nicht die seelsorgerische Begleitung. Wenn es eben möglich wäre, würde er gerne etwas erfahren, ohne allzu lange um den heißen Brei reden zu müssen.

Es war, als habe Charlotte Schimmer gespürt, was in ihm vorging. Dem Notfallseelsorger antwortete sie nicht, sah stattdessen Bender unverwandt an.

»Wissen Sie, was mir als Erstes einfällt? Mein Mann hat dieses Haus für uns ausgesucht. Ich weiß noch, wie stolz er war, als er mich hierhin brachte. Das Haus war noch nicht sehr alt, die Erstbesitzer haben sich beruflich verändert. Mein Mann sagte immer wieder: »Charlotte, das ist es. Das ist unser Haus.« Sie verstummte, biss sich auf die Lippen und lächelte ganz zaghaft. »Wissen Sie, was ich geantwortet habe?« Sie schüttelte den Kopf bei der Erinnerung. Ich sagte: »Rolf, du hast als Kind eindeutig zu viele Fernsehkrimis gesehen. Das ist ein Tatort-Haus, ein Haus, zu dem ein Kommissar kommt, um eine Nachricht zu überbringen, die alles im Leben ändert.« Charlotte Schimmer ging mit dem Kind in ihrem Arm, dem jetzt müde die Augen zufielen, zu der großen Fensterfront und blickte hinaus. »Verstehen Sie? Ich habe etwas heraufbeschworen. Habe einen Scherz machen wollen. Nun bin ich die tragische Hauptperson.«

»Kann es Intuition gewesen sein?« Bender hatte ganz leise gesprochen, die Worte fast geflüstert.

Charlotte Schimmer fuhr herum und sah ihn aus großen Augen an. »Sie meinen ...« Sie suchte nach Worten. Bender half ihr nicht.

»Sie meinen, dass ich schon damals etwas geahnt habe, dass schon damals etwas nicht in Ordnung war?«

Bender nickte.

Charlotte Schimmer antwortete nicht sofort. Sie strich der kleinen Tochter unablässig über den Hinterkopf. Schließlich legte sie das schlafende Kind auf eine am Boden ausgebreitete Kuscheldecke.

»Bitte«, forderte sie noch einmal auf und setzte sich in einen Ledersessel.

»Wenn ich etwas ahnte, dann erst nach und nach. Rolf und ich schienen einfach füreinander bestimmt. Es passte von Anfang an alles. So gut, dass ich tatsächlich zu glauben begann, dass es nur die eine, große Liebe geben kann. Dass mein Mann tiefgehende depressive Episoden hat, habe ich anfangs einfach übersehen. Ich kann Ihnen nicht sagen, ob ich es ausgeblendet habe oder ob ich tatsächlich zu naiv war.«

»Deswegen haben Sie vorhin einen Suizid ins Spiel gebracht?« Bender hielt die Frage nicht zurück, obwohl der Notfallseelsorger weiterhin durch Gesten Geduld anmahnte.

Wieder war es so, als brächten Benders Worte Charlotte Schimmer zu einem Auftauchen aus ihren Gedanken. Doch wiederum gab sie keine Antwort, sondern setzte nach einiger Zeit ihren Monolog fort.

»Als ich erkannte, was los war, habe ich ihn angefleht, sich helfen zu lassen. Ich wäre zu vielem bereit gewesen. Schon allein wegen Juliana. Aber Rolf hatte vor nichts mehr Angst als davor, dass jemand hinter seine Fassade schaute. Er glaubte, die Menschen würden ihn ›entlarven‹, genauso nannte er das.« Sie lachte auf. »Natürlich nur in den extremsten Situationen. Wenn wir etwas getrunken hatten. Wenn er mich denn einmal in seine Abgründe schauen ließ. Was selten der Fall war.«

»Hatten Sie niemanden, den Sie um Hilfe bitten konnten?« Bender saß ganz auf dem vorderen Rand des Sofas, als hätte er Angst etwas von seiner Spannung zu verlieren, wenn er sich zurücklehnen würde.

»Tja, das ist eine gute Frage. Mein Mann hätte niemals zugelassen, dass ich jemanden einweihe. Schon gar nicht seine Eltern. Die schon gar nicht. Weil alles darum kreiste, dass er sie am meisten enttäusche.«

»Inwiefern?«

»Fragen Sie, wen Sie wollen. Familie Schimmer – eine Ärztedynastie. Da war der Beruf mit in die Wiege gelegt. Es gab kein Entkommen.«

»Das war Ihnen nicht unrecht, oder? Schließlich sagten Sie ja, wie gut alles zusammenpasste.«

Charlotte Schimmer warf ihm einen durchdringenden Blick zu. »Mag sein. Am Anfang. Aber nicht um jeden Preis. Glauben Sie mir: Ich habe meinem Mann mehr als einen Vorschlag unterbreitet.«

»Nämlich?«

»Eine Lösung, die wir gefunden haben, war die gemeinsame Niederlassung mit Herrn Behrends als Apotheker. Die beiden waren gute Freunde und ich habe immer darauf gehofft, dass es Jakob gelingt, etwas Druck von meinem Mann zu nehmen. Jakob ist ganz anders und trotzdem verband die beiden immer viel. Es schien ein gutes Konstrukt, besonders als die Pläne für Mallorca dazukamen.«

»Mallorca?«

»Ja, wir haben dort unten Ferienhäuser gekauft. Als Wertanlage gewissermaßen. Bei den Zinsen der letzten Jahre haben uns alle Banker zu Grundbesitz geraten.«

Bender konnte sich die Beratungsgespräche lebhaft vorstellen. Das Geld vermehrte sich immer noch da am meisten, wo es schon vorhanden war.

»Es gab Pläne und Ideen. Für später. Für das Alter. Dann wollten wir zusammen dort leben. Jakob und seine Frau, Rolf und ich. Wenn die Kinder groß wären, uns hier nicht mehr bräuchten. Das war für eine ganze Weile eine Aussicht, mochte sie noch so lang hin sein, die Rolf zu beruhigen schien.«

»Aber nicht nachhaltig?«

»Nein, nicht nachhaltig genug. Umso öfter wir dort unten waren, umso größer wurde die Sehnsucht meines Mannes. Jakob und er begannen davon zu träumen, hier alles aufzugeben und sich in Spanien niederzulassen. Mit eigener Praxis und Apotheke. Oder einer kleinen Klinik. Für deutsche Urlauber oder Übersiedler. Irgendwie drehte sich alles nur noch darum. Das war das Ziel, das es unbedingt zu erreichen galt.«

»Und das ging warum nicht gut?«

»Weil sich Rolf von Jakobs Traumtänzereien anstecken ließ. Riskante Geschäfte, wie mir schien. Immer wieder Immobiliengeschäfte. Hier wie dort. Ich kann gar nicht mehr sagen, wie die beiden jongliert haben. Hier eine Fremdfinanzierung, dort eine Investition, dazu kurzfristige spekulative Geschäfte.«

»Bis zum Crash?«

»Nein, noch nicht einmal. Zumindest nicht bei Rolf. Der hat es wirklich verstanden, die Bälle alle in der Luft zu halten. Sein Einstieg in die Privatklinik hat ihm eine gute zusätzliche Einnahmequelle offenbart.«

»Was dann?«

Charlotte Schimmer schwieg.

»Sollen wir eine Pause machen?« Der Notfallseelsorger, der in den Kissen der Couch versunken war, brachte sich wieder ins Spiel. »Brauchen Sie etwas? Ein Wasser, einen Tee?«

Charlotte Schimmer winkte ab. Sie schien innerlich mit sich zu ringen.

Bender richtete sich noch mehr auf. Der Seelsorger konnte von ihm aus die ganze Nacht hier sitzen und Tee trinken. Aber er selbst war jetzt an den entscheidenden Antworten.

»Frau Doktor Schimmer, Sie sprachen, als wir kamen, auch von der Möglichkeit eines Mordes. Was glauben Sie ist geschehen?«

Charlotte Schimmer war wieder aufgestanden und schaute erneut zum Fenster hinaus. Ihre Bewegungen waren sanft und weich. Allein ihrem Gesicht war anzusehen, wie aufgewühlt sie innerlich sein musste.

Mit für Bender kaum auszuhaltender Langsamkeit drehte sie sich schließlich wieder um. »Sie haben mir noch gar nicht gesagt, wie und wo Sie meinen Mann gefunden haben. Und ja, ein Tee wäre jetzt genau richtig.«

*

Vielleicht war es wirklich gut, dass die Verabredung mit Jakob geplatzt war. Ruth hatte eine Decke auf der Veranda ausgelegt und mehrere Kissen aus dem Haus geholt. Jetzt saß sie im Schneidersitz auf dem Boden und tippte am nächsten Kapitel ihres Manuskripts. Nach dem Spaziergang war sie fast freudig an die Arbeit gegangen.

Alles war viel zu viel gewesen in den letzten Tagen. Zu viel, zu hektisch, zu chaotisch.

Typisch für dich, hätte in solchen Momenten Michael, ihr Ex, gesagt. Aber der gab nun schon lange keine Kommentare mehr zu ihrem Leben ab, was sie in der Regel sehr genoss. Nur manchmal, da wäre selbst ein ironischer Kommentar besser als die Unausgeglichenheit und Leere, die sie derzeit verspürte.

War es wirklich typisch für sie, in Situationen zu geraten, für die andere Menschen ein Frühwarnsystem entwickelt hatten? Aber was war dann mit Martin und Anne? Sie verbrachten ihren ersten gemeinsamen Urlaub auch ganz anders als geplant.

Irgendwie kreisten Ruths Gedanken trotz des Schreibens weiter um sich selbst. Dennoch ging ihr das Schreiben heute von der Hand. Mit einem Glas Wasser neben ihrem Laptop und der in ihrem Rücken schlafenden Florence fühlte sie sich geerdeter, als sie es die ganzen letzten Tage gewesen war.

Die Nacht mit Jakob? War schon fast nicht mehr wahr. Das sollte so bleiben. Eine schöne Erfahrung, eine Erinnerung, die sie manchmal noch streifen würde. Alles andere wäre einfach zu lächerlich.

Sie freute sich auf den Abend in ihrem Ferienhaus. Auch darauf, dass Ernst Bender noch vorbeischauen wollte.

Wenn Anne und Martin gleich zurückkämen, könnte sie sich noch einmal aufs Fahrrad schwingen und ein paar Dinge einkaufen: zwei Flaschen Wein, etwas Obst und Joghurt, Käse, Brot und dazu einen Dip. Dazu ein paar Tomaten und etwas Mozzarella. Öl und Essig war im Haus und gar nicht mal von schlechter Qualität.

Ja, das war eine gute Idee. Sie riss eine Seite aus ihrer Kladde, in der sie sich Notizen zu ihrem Manuskript machte. Auf dem Blatt notierte sie die geplanten Einkäufe. War das alles, oder fehlte noch etwas?

»Da, das ist sie.«

Gedankenverloren sah Ruth auf, als sie die Stimme hörte, die sie vage an etwas erinnerte.

Ronja, Jakobs Tochter, stand auf dem Fahrweg, an der Hand einer dunkelhaarigen Frau. Beide starrten zu ihr herüber. Ronja zeigte mit dem Finger auf sie, wie auf ein Exponat im Museum. Die Frau schaute neugierig, aber eine deutliche Ablehnung lag gleichzeitig auf ihren Zügen, zumindest, wenn Ruth die herabgezogenen Mundwinkel richtig deutete.

Keiner von ihnen schien sich zu rühren, bis Ruth sich räusperte und aufstand. Ihr rechtes Bein war eingeschlafen und sie ärgerte sich, wie steif ihre Bewegungen aussehen mochten.

Die Frau war sicherlich nicht älter als Mitte dreißig und von einer sportlichen Lässigkeit, die Ruth gefiel. Gar nicht so weit weg von ihrem eigenen Stil, nur dass ihr Körperbau, obwohl nie übergewichtig, niemals dieses elfengleiche Aussehen haben würde.

»Ich glaube, sie heißt Ruth«, erklang nun erneut Ronjas Stimme, die sich in Bewegung setzte und die Frau in Ruths Richtung zog.

Ruth ging auf die beiden zu und lächelte, so gut ihr das gelang, angesichts der Fragezeichen in ihrem Gesicht und ihrem zitternden Bein. »Ja, stimmt, ich bin Ruth. Ruth Keiser. Und Sie sind …?«, ließ sie die Frage in der Luft schweben.

Die Frau sah ihr prüfend ins Gesicht. Dann zog sie die Lippen vorsichtig auseinander, so dass eine gerade Linie erschien, die aus der Abwehr ihres Blickes zumindest etwas wie Anerkennung machte. Sie erwiderte Ruths Händedruck fester als erwartet. »Hallo. Ich bin Susanne. Susanne Behrends. Jakobs Frau. Oder besser, seine Ex. Wie Sie ja sicher wissen.«

Ruth ging automatisch einen Schritt zurück und ärgerte sich darüber. Schließlich hatte sie nichts falsch gemacht. Von wegen Ehebruch oder so. Fragend zog sie die Augenbrauen hoch.

Ronja hatte das Aufeinandertreffen der beiden Frauen mit Argusaugen beobachtet, so nahm Ruth es zumindest aus den Augenwinkeln wahr. Sie konnte sich des Eindrucks nicht erwehren, einem Wettbewerb ausgeliefert zu sein, von dem sie die Spielregeln nicht kannte.

Wie auf ein geheimes Zeichen hin, begannen sie alle drei, gleichzeitig zu sprechen.

»Sie möchten …«, begann Ruth hilflos, um der skurrilen Situation ein Ende zu bereiten.

»Mama will wissen …«, begann Ronja.

Susanne übertönte sie alle mit einer kräftigeren Stimme, als Ruth vermutet hätte: »Ich möchte gerne Jakob sprechen. Können Sie mir bitte sagen, wo Jakob ist?«

»Ich?« Die Überraschung in ihrer Stimme ließ sich nicht unterdrücken. »Wieso ich?«

»So wie Ronja mir berichtete, sind Sie ja so etwas wie …« Ruth sah, wie Susanne Behrends um Worte rang. »So was wie, nun ja, was Aktuelles in seinem Leben.«

»Bitte? Bitte, was bin ich?« Ruth war nahe dran, hysterisch aufzulachen.

»Ich möchte keine deutlicheren Worte finden, wenn Sie verstehen.« Susannes Blick deutete auf Ronja. »Glauben Sie mir, ich würde nicht fragen, wenn es nicht überaus wichtig wäre. Haben Sie eine Idee?«

*

Jansen hatte kaum selbst an den Erfolg geglaubt. Aber Steiner war tatsächlich sofort eingeknickt. Zumindest schneller, als es zu erwarten gewesen wäre. Ein paar prüfende Fragen und er hatte kapiert, dass Jansen nicht bluffte, sondern dass er der Vertraute von Schimmer war. Nicht nur das. Sondern auch ausführendes Organ, wenn man das so sagen durfte. Jansen konnte den Ärger Steiners über Schimmers dilettantisches Verhalten durch das Mobilteil spüren. Aber er machte sich keine Sorgen. Er, Jansen, saß am eindeutig längeren Hebel.

Sie hatten sich für nach Mitternacht verabredet. Richtig dunkel sollte es sein. Jansen hatte den Ort bestimmt, zu dem Steiner kommen sollte. Er ließ sich keineswegs an einen Schauplatz locken, in dem er sich in der Rolle des männlichen Gegenstücks zu Marie Hafen wiederfinden würde.

Nein, aus seinem persönlichen Showdown würde er unbescholten herauskommen und ab morgen würde es in Boltenhagen keinen Tom Jansen mehr geben, so viel war sicher. Auch wenn es ihn schmerzte, so viel zurücklassen zu müssen. Aber sein Opa würde ihn verstehen.

Er grüßte zackig gen Himmel und schwang sich auf sein Fahrrad. Er hatte die wichtigsten Dinge aus seiner Wohnung schon zusammengepackt. Unterwegs würde er den schweren Seesack, den er jetzt bei sich trug, verstecken müssen. Besser war es, nicht hierhin zurückzukehren. Bis dahin wusste er, wo er bleiben konnte, ohne aufzufallen. Ein Auto zu organisieren würde ihm in der Nacht nicht schwerfallen, auch das waren Dinge, die sie zusammen geübt hatten, seine Jungs und er, und hatten es als Notwehr betrachtet. Notwehr gegen die Überflutung mit immer mehr, immer größeren und immer teureren Modellen. In Kriegszeiten war alles erlaubt. Und er, Tom Jansen, befand sich im Krieg.

Vorab musste er noch einmal in die Klinik. Das würde

das Schwierigste sein. Er tastete nach dem Schlüssel in seiner weißen Baumwollhose. Natürlich hatte Schimmer ihm einen Schlüssel überlassen. Wie sonst hätte er nachts an die Medikamente kommen sollen? Sie ließen sich ja nicht so einfach im Schwesternzimmer deponieren. Dass Schimmer einen Kühlschrank im Büro hatte, in denen er Proben der Pharmareferenten verwahrte, war allen bekannt. Schließlich war das ein durchaus übliches Verfahren. Dass Schimmer dagegen mit diesen Medikamenten arbeitete, ohne eine offizielle Anordnung zu treffen und die Gabe zu dokumentieren, stand auf einem ganz anderen Blatt. Dazu hatte er jemanden wie ihn gebraucht. Tom grinste. Schimmer war sich so sicher gewesen, er hatte sich so überlegen gefühlt. Er, Tom, hatte seine Chance gewittert und gern den trotteligen Krankenpfleger gespielt, der das Ausmaß dessen, was vor sich ging, nicht durchblickte. Ja, sowas konnte er. Sich ducken, kleiner machen, lauernd abwarten und dann die Chance im richtigen Moment ergreifen. So wie sein Opa es gesagt hatte.

Vom Schlüssel zu Schimmers Arztzimmer wusste kein anderer. Wer hätte ihn nachts schon erwischen sollen? Die Abläufe waren so standardisiert, das war gefahrlos.

Aber jetzt? Er würde vorsichtig sein müssen. Es musste schnell gehen. Wenn sich die Verwirrung auflöste, musste er schon wieder aus dem Haus sein.

Er betrat die Klinik durch die Kellerräume. Im Garten war niemand auf ihn aufmerksam geworden. Eine schläfrige Stille hatte über allem gelegen. Die meisten Patienten würden sich fertig machen für das Abendessen, seine Kollegen beschäftigt sein mit Aufräumarbeiten und der Dokumentation des Spätdienstes. Er musste nur in ein Patientenzimmer, das mit jemandem belegt war, der nicht direkt verstand, was er dort machte. In seiner Dienstkleidung würde er nicht auffallen, solange er niemandem begegnete, der wusste, dass er keinen Dienst hatte.

Dass jeder ausgelöste Notalarm zu Chaos führte, die Adrenalinausschüttung selbst nach Jahren noch hoch war, davon konnte er ausgehen. In der Zeit, in der alles verfügbare Personal mit dem Notfallkoffer angelaufen kommen würde, in der Zeit, in der sie den vollkommen unbeteiligten Patienten wahrscheinlich in Schocklage bringen würden, während jemand die ersten Medikamente aufzog und ein anderer den Defibrillator vorbereitete, bis dann jemand »Stopp« rief und sie alle feststellten, dass der Patient lebte und keineswegs ein Notfall war, in der Zeit hätte er längst die Medikamente aus Schimmers Kühlschrank geräumt und er wäre fast wieder zur Tür heraus.

So hätte es sein können. Wenn nicht im allerletzten Augenblick, in dem Moment, als er Schimmers Arztzimmer gerade wieder verließ, Frau Doktor Baltrup vor ihm gestanden hätte.

Sie baute sich vor ihm auf. Sah ihn ohne ein sichtbares Zeichen von Furcht an. Mit durchdringender Stimme stellte sie eine Flut an Fragen, wobei sie von Satz zu Satz schriller wurde. Daran erkannte er den Grad ihrer Aufregung.

»Was machen Sie hier, Jansen? Wie kommen Sie in dieses Zimmer? Was haben Sie darin verloren?«

Er grinste. Stellte sich breitbeinig und richtete sich auf. Groß war er nicht, aber kompakter, als es auf den ersten Anschein wirkte, besonders wenn er die Arme vor der Brust kreuzte und sich zurücklehnte. Frauen empfanden das fast immer als bedrohlich, die Erfahrung hatte er schon oft gemacht.

»Ich glaube nicht, dass Sie das wirklich wissen wollen.« Er machte eine Pause. »Chefin«, raunzte er hinterher und bewegte sich in seiner Bodybuilder-Haltung einen Schritt auf die Ärztin zu.

»Hat man Ihnen beim Betreten der Klinik nicht gesagt, dass Sie von der Arbeit freigestellt sind? Ich will Sie hier nicht mehr sehen. Die Kündigungsunterlagen gehen Ihnen morgen per Einschreiben zu. Um den Rest kümmert sich die Polizei.«

Er sah das Flackern in ihren Augen. Wahrscheinlich hatte sie tatsächlich Angst vor ihm. Vor ihm oder vor all dem, was mit ihr und ihrer Klinik passieren würde, wenn offenkundig würde, wen sie eingestellt hatte. Denn dann würden alle über sie herfallen und erinnern, dass man es schon früher gewusst hätte und man bei solchen Arbeitszeugnissen doch fragen müsste, warum er die letzte Klinik überhaupt verlassen hatte. Sie würden suchen, und sich gegenseitig beschuldigen und ihm die Sachen alleine anhängen. Keiner würde prüfen, wie das alles passieren konnte, wie es möglich war, dass Einzelne so viel Macht über das Leben der Patienten bekamen. Es würde viel mehr um das Vertuschen gehen, als darum aufzuklären, was alles schieflief, in einem System, in dem sich fast alle nur noch die Taschen vollstopfen.

Sicher war, sie würden ihn nicht zu fassen bekommen. Sollten sie doch obduzieren und exhumieren – nein, so blöd, die Leute einfach tot zu spritzen, so blöd war er nicht und er hatte auch nie verstanden, wie man dazu in der Lage sein konnte.

Nein, er hatte immer nur helfen wollen. Wirklich helfen. Das hatten die Patienten ihm geglaubt. Hatten ihm vertraut.

Nein, ihn würden sie nicht kriegen. So oder so nicht.

»Kein Problem, Frau Doktor Baltrup«, antwortete er jetzt süffisant. Er nahm die Arme runter und schob sie mit einer Hand beiseite. Sie setzte ihm keinen Widerstand entgegen. »Dafür bin ich eigentlich auch hier. Um Sie auch über meine Kündigung zu informieren. Also dann. Schönes Leben.«

Es fiel ihm schwer, langsam zu gehen, alles in ihm forderte ihn auf, loszulaufen, doch es gelang ihm sogar, an der Pforte ein letztes Mal mit »Freundschaft« zu grüßen und durch den Haupteingang zu verschwinden.

Den weißen Kittel zog er im Weitergehen über den Kopf, noch vor dem Verlassen des Klinikparks hatte er sich der Hose entledigt und lief jetzt weiter in der eng geschnittenen schwarzen Cargohose, die er darunter getragen hatte, und in deren Taschen er nun die Medikamentenpackungen aus Schimmers Arztzimmer verstaute.

Tom Jansen atmete tief durch. Alles würde gut. Nur noch wenige Stunden, dann würde Steiner ihm den Weg in die Freiheit ermöglichen.

*

»Ich habe nichts weiter aus ihr herausbringen können. Sie blieb völlig vage in ihren Antworten. Auf meine Frage, was sie mit der Anspielung auf einen Mord gemeint habe, antwortete sie, dass es wegen der toten Joggerin gewesen sei.«

Ernst Bender saß zusammen mit Ruth auf der Veranda ihres Ferienhauses. Gerade als er angekommen war, hatten sich Anne und Martin für den Abend verabschiedet.

Interessiert hatte Martin Ziegler die Ankunft Benders zur Kenntnis genommen, so war es Ruth zumindest erschienen. Vielleicht betrachtete sie auch alles nur viel zu egozentrisch. Es wurde Zeit, dass sie wieder aufhörte, so viel um sich selbst zu kreisen.

Bender jedenfalls schien sich gefreut zu haben, dass er mit Ruth alleine den Abend verbringen konnte.

Ruth hatte den Holztisch vor der Veranda mit einer bunten Tischdecke, die sie im Haus gefunden hatte, gedeckt und die Lebensmittel, die sie vorhin im nahegelegenen Supermarkt gekauft hatte, locker über den Tisch verteilt. Zwei Holzbrettchen und zwei Messer luden dazu ein, sich nach eigener Vorstellung zu bedienen. Auf ein Glas Rotwein hatte Bender wegen des Autofahrens verzichtet.

Ab und an griff er während des Erzählens zu den Weintrauben. Er war so darin vertieft, seine Gedanken in Worte zu fassen, dass er ansonsten kaum etwas aß.

Ruth hatte sich mit einem Glas Wein und einem Stück Brot auf ihrem Stuhl zurückgelehnt und die Beine übereinandergeschlagen. Gespannt hörte sie Benders Ausführungen zu und versuchte, sich selbst ein Bild von der Lage zu machen.

Als Bender schwieg, hakte sie nach: »Das heißt, Lorenz mutmaßt, dass die Leiche erst nach einer Strangulation aufgehangen worden sein könnte. Dass damit tatsächlich etwas anderes als ein Suizid ins Spiel käme.«

»Das könnte so sein. Andersherum: Es scheint eine Menge dafür zu sprechen, dass Schimmer etwas mit dem Mord an Marie Hafen zu tun hat. Außerdem liegt wohl schon lange eine unbehandelte Depression vor, wenn man den Aussagen seiner Frau Glauben schenken darf.«

»Weil es die Verbindung in die Klinik gab und Marie Hafen seine Patientin war?«

»So stellt es sich dar. Wir haben über eine weitere Patientin Aufzeichnungen erhalten, aus denen sich schließen lässt, dass es neben der offiziellen Therapie noch eine Behandlung gab, die mehr oder weniger unter Geheimhaltung vorgenommen wurde.«

»Das heißt?« Ruth beugte sich nach vorne und stellte ihr Glas ab. »Wie kann das funktionieren?«

»Ich habe eben mit Hofmann, meinem Kollegen aus Schwerin, telefoniert. Der ist da dran. In dem anderen Fall gibt es eine Zwillingsschwester der Patientin, die uns womöglich mit ihren Aussagen weiterhelfen kann.«

»Und die Patientin selbst? Was sagt sie?«

Bender räusperte sich. »Sie kann dazu nichts mehr sagen. Sie ist tot.«

»Was? Das heißt, es gibt noch ein Opfer?«

Bender schüttelte den Kopf. »So einfach ist es nicht. So, wie es sich bisher darstellt, hat Schimmer bestimmte Patienten mit einem Medikament behandelt, das für eine Krebstherapie nicht zugelassen ist. In bestimmten Kreisen wird es als letztes Wundermittel, wenn alles andere nicht mehr hilft, gepriesen. Selbst von vollkommener Heilung ist die Rede.«

»Das wäre ja sensationell. Warum muss dann die Behandlung auf so dubiose Art und Weise erfolgen?«

Bender sah Ruth nachdenklich an. »Wenn das mal so einfach wäre. Sie glauben nicht, wie viele Interessengruppen da ein Wort mitzureden haben.«

»Interessengruppen? Ich denke, es geht darum, diese furchtbare Krankheit zu heilen?«

»Darum geht es für die Patienten tatsächlich. Deswegen sind sie, um so aussichtsloser ihre Prognose ist, auch sehr offen für Heilsversprechen jeglicher Art.«

»Das heißt?«

»Hofmann hat bisher nur ein wenig an der Oberfläche recherchieren können, aber allein, was er da erfahren hat, da sträuben sich uns die Nackenhaare. Den Patienten wird in bestimmten Netzwerken, vor allem über das Internet, alles angeboten, was sich nur irgendwie als Krebsheilmittel vermarkten lässt. Bestimmte Nahrungsmittel, Vitaminpräparate, Fastenkuren, Engelsbeschwörungen und Drogen.«

»Engelsbeschwörungen und Drogen – ernsthaft?«

»Doch. Ich sage Ihnen, und ich meine es nicht abwertend. Die Menschen greifen nach jedem Strohhalm. Je verrückter es klingt und je teurer etwas angeboten wird, umso eher wird an die Wirkung geglaubt.«

»Deswegen also die Drogen bei Evelyn.«

»Wie bitte?« Bender hatte gerade eine Weintraube in den Mund gesteckt und verschluckte sich jetzt beinahe. »Wovon reden Sie, Frau Keiser?«

»Von Evelyn Jasper. Der sogenannten Dorfhexe. Die im Krankenhaus liegt und bei der man Drogen gefunden hat.«

»Ja, ja, schon klar,« unterbrach Bender sie. »Aber was haben Sie mit Evelyn zu tun?«

Ruth lachte. »Das wüsste ich auch zu gerne.« Sie deutete auf Florence. »Evelyn hat mich aus irgendwelchen Gründen zu ihrem Engel erkoren und nun habe ich ihren Hund bei mir.«

Bender schaute irritiert.

»Glauben Sie mir, ich habe sonst nichts mit Evelyn zu tun, wirklich nicht. Wir sind uns durch Zufall begegnet.« Ruth stockte. »Übrigens genau am Tatort von Marie Hafen. Kurz bevor ich dann auf Sie getroffen bin.«

»Am Tatort?«

»Ja, und einen Tag später ist sie genau vor meinen Füßen in Wismar kollabiert.« Ruth schüttelte den Kopf und wuschelte sich nervös durchs Haar. »Sagen Sie jetzt nichts. Ich kann das Wort Zufall auch nicht mehr hören, seit ich hier bin.«

Bender schien ihr kaum noch folgen zu können. Er zog sein Notizbuch heraus und blätterte scheinbar geistesabwesend darin herum. »Ein Drogentest bei Marie Hafen war positiv. Wir haben uns gefragt, was eine Frau, die so unbedingt gesund werden wollte – denn so wurde sie beschrieben – zu einem Drogenkonsum veranlasst haben könnte.«

»Ich habe gestern mit einer Frau gesprochen, die Evelyn gut kennt. Ihr werden wohl selbst in aussichtslosen Fällen besondere Fähigkeiten zugesprochen. Nicht immer heilend, aber sie versteht es, den Menschen noch einmal Hoffnung zu geben und sie auf ihrem Leidensweg besser zu begleiten, als die herkömmliche Medizin das kann.«

»Also das, was Schimmer seinen Patienten anbietet, in einer, sagen wir mal, esoterischen Variante.«

»Hört sich so an. Wie war das denn bei Marie Hafen? War sie tatsächlich geheilt?«

»So wie ich es verstanden habe, gab es tatsächlich eine Spontanremission, also ein unerwartetes Verschwinden des Tumors. Frau Hafen sollte in den nächsten Tagen entlassen werden.«

Ruth nahm sich nachdenklich etwas Brot, zerteilte es und tippte ein kleines Stück in den vor ihr stehenden Knoblauchdip. »Wenn man das alles zusammennimmt, eine unerwartete Genesung, ein Arzt, der mit einem Wundermittel heilt und eine sogenannte Dorfhexe, die im wahrsten Sinne des Wortes auch mitmischt. Ob da was dran sein kann? Dass es eine Heilung gab? Durch eine der Substanzen, die die Patientin bekommen hat?«

»Nun, das ist schwer zu sagen. Wir wissen nicht, ob Frau Hafen auch Kontakt zu Evelyn Jasper hatte. Sie kann solche Substanzen auch woanders her gehabt haben. Immerhin scheint es so zu sein, dass sie sich bewusst in die Hände von Doktor Schimmer begeben hat. So schildert es auch ihre Familie. Zu der sie aber wenig Kontakt hatte.«

»Umso dramatischer ihr gewaltsamer Tod. Wenn sie wirklich geheilt war.«

Ruth schaute einer Gruppe von Kindern hinterher, die schon seit Längerem auf ihren Fahrrädern kreischend immer im Kreis fuhren. Automatisch schaute sie, ob sich Ronja unter ihnen befand. Gleichzeitig war sie froh, in Benders Gesellschaft alle Gedanken an Jakob beiseite wischen zu können.

»Stimmt. Allerdings gibt es diese Fälle von Spontanremission auch schon einmal, bevor der Krebs dann mit erneuter Kraft zurückkehrt. Von einer tatsächlichen Heilung hätte man erst nach Ablauf von Jahren sprechen können. Und …« Bender stockte.

»Und?«

»Wir wissen noch nicht, wie alles zusammenhängt. Aber mit dem Tod von Schimmer drängt sich die Frage auf, was wirklich passiert ist. War Schimmer möglicherweise der Täter, der Marie Hafen erstochen hat?«

Ruth nickte. »Das dachte ich mir. Dass die Überlegungen in diese Richtung gehen. Immerhin naheliegend.«

»Die Andeutungen seiner Frau, so vage sie auch sind, gehen in eine ähnliche Richtung.«

»Sie belastet ihren Mann?«

»Ihren toten Mann, wohlgemerkt. Wobei sie sich nur in Andeutungen ergeht. Eine Rolle scheint ein Krankenpfleger zu spielen, Tom Jansen. Wir haben nicht genug in der Hand, um gegen ihn zu ermitteln. Und dann ist da noch die Sache mit Schimmers bestem Freund.«

»Wieso?«

»Sie haben gemeinsam die Praxis und die Apotheke errichtet. Auch zwischen ihnen hat es Zerwürfnisse gegeben. Aus Gründen, die wir noch nicht verstehen. Nun ist dieser Behrends wie vom Erdboden verschluckt.«

Ruth spürte, wie ihr etwas die Luft nahm. Sie japste leise und griff nach ihrem Rotweinglas, als könne sie sich daran festhalten.

»Jakob Behrends?«, fragte sie fast tonlos und registrierte Benders erstaunten Blick.

»Jakob Behrends«, nickte Bender nach einem erneuten Blick in das Notizbuch, das er immer noch in den Händen hielt. »Sagen Sie jetzt bitte nicht, dass Sie ihn auch kennen, Frau Kollegin.«

*

Gisela Baltrup hatte seit dem Verschwinden von Tom Jansen mit sich gerungen. Natürlich hätte sie die Polizei rufen müssen. Und zwar sofort. Um Jansen keine Chance zu lassen, die Dinge zu seinen Gunsten zu vertuschen.

Doch Gisela Baltrup war müde, einfach nur müde. Sie verstand nicht, wie Dinge über eine lange Zeit hatten geschehen können, von denen sie keine Kenntnis hatte.

Nach dem Fehlalarm hatte es wie immer gedauert, bis sich alle wieder etwas beruhigt hatten.

Die ersten Gerüchte schienen sich in der Klinik zu verbreiten. Sie waren schließlich kein abgeschlossener Zirkel. Die meisten ihrer Patienten waren mobil und entsprechend unterwegs. Sie hatten hier was gehört und dort etwas mitbekommen. Inwiefern Frau Heckel schon etwas über das Notizbuch ihrer Schwester gestreut hatte, wusste sie nicht zu sagen. Sie hatte um Vertrauen gebeten und unbedingte Aufklärung versprochen. Andererseits konnte sie ihr nicht verdenken, wenn sie das nicht ernst nahm.

Gisela Baltrup hatte sich nicht die Mühe gemacht, in Schimmers Arztzimmer nach belastendem Material zu suchen. Entweder hatte ihr Kollege selber dafür gesorgt, dass nichts zu finden war, oder Jansen hatte diesen Job eben erfüllt.

Nein, sie hatte nicht vor, die Haut von Schimmer und Jansen zu retten. Es war ja offensichtlich, dass die beiden ohne ihr Wissen den guten Ruf der Klinik für eigene Zwecke genutzt hatten.

Das Ausmaß dessen, was geschehen war, vermochte sie nicht zu fassen. Aber sie war nicht willens, sich all das, was sie sich hier aufgebaut hatte, vernichten zu lassen.

Wenn das, was bisher zu ihr gedrungen war, stimmte, dann hatte Schimmer die Klinik einzig und allein genutzt, um sich zu bereichern.

In ihrem eigenen Arztzimmer hatte sie den ganzen Nachmittag vor dem Computer verbracht. Hatte die Dokumentation aller Fälle, die von Schimmer mitbehandelt worden waren, intensivst durchforstet. Es gab keinerlei Hinweise auf Unregelmäßigkeiten, das hatte sie auch nicht erwartet. Wer dokumentierte schon Dinge, die unter der Hand liefen?

Wie Schimmer es allerdings geschafft hatte, den Patienten regelmäßig Medikamente zuzuführen, ohne dass das Pflegepersonal es mitbekommen hatte, ließ nur den Schluss zu, dass es Eingeweihte gab. Einer davon musste Tom Jansen gewesen sein.

Sie hatte sich die Personalakte herausgesucht. Noch am frühen Abend in der Klinik angerufen, in der Jansen zuletzt gearbeitet hatte. Das Erschrecken war spürbar gewesen, auch wenn man sich nur vage erinnern wollte. Seltsam sei er als Pfleger gewesen, zu nahe dran am Patienten, ohne dass man ihm konkret hätte etwas nachweisen können.

Als Erstes hatte sie danach die Dienstpläne mit den Todesfällen der letzten Monate verglichen und erleichtert aufgeatmet, als dort keine Korrelationen feststellbar waren. Wenigstens das, hatte sie gedacht.

Dennoch. Ihre Klinik schien missbraucht worden zu sein für ärztliche Praktiken, die jenseits des Hippokratischen Eides lagen. Aller Gewinnoptimierung, auf die sie selbst nicht verzichten wollte, zum Trotz: es gab Grenzen, die nicht überschritten werden durften.

Sie überlegte. Der Ruf der Klinik hatte sich auch dadurch genährt, dass sie durchaus bereit gewesen war, das medizinische Spektrum um Behandlungen zu erweitern, deren Nutzen man zumindest jetzt noch nicht in absoluten Heilerfolgen messen konnte. Aber ihr Grundsatz war, dass alles, was nicht schadete, helfen konnte. Ihre Patienten waren nun mal in der Lage, sich ihre Gesundung etwas kosten zu lassen. Das war ja nicht ihr Vergehen, dass es diese Teilung des Gesundheitssystems gab, nicht ihr Vergehen, dass manche Menschen doch auch in Krankheit und im Sterben gleicher waren als andere.

Schließlich verweigerte das System niemandem eine notwendige Behandlung, sondern sicherte für jeden den absolut notwendigen Behandlungsgrundstock.

Gisela Baltrup stand auf und sah durch das Fenster hinaus in den Park. Durch die Bäume konnte sie sehen, wie sich über der Steilküste die Sonne zu neigen begann. Ein wunderbarer Sommertag ging zu Ende, doch für sie war es, als trage sie all ihre Ideen, die sie mit der Klinik verbunden hatte, zu Grabe.

Dabei hatte sie nie die Grenzen überschritten, die der Gesetzgeber ihnen ließ. Wieder kehrte sie zu ihrem Schreibtisch zurück und suchte im Computer nach einer bestimmten Auflistung. Sie druckte die Excel-Tabelle aus und nahm sie wieder mit an ihren Platz am Fenster.

Vielleicht lag hier ihre Schuld. Wenn man denn von

Schuld sprechen konnte. Ihr war bewusst, dass es Behandlungen gab, die strittig diskutiert wurden, in der Fachwelt wie in der Öffentlichkeit. In letzter immer mehr, weil Menschen glaubten, man enthalte ihnen bewusst heilbringende Therapien vor. Gisela Baltrup lachte trocken auf. Was da alles an Mutmaßungen im Raum war. Die Pharmaindustrie weigere sich ein Medikament auf den Markt zu bringen, weil die Gewinnspanne nicht groß genug sei. Gerüchte wie diese waren in den Sozialen Netzwerken heute leicht zu streuen. Überhaupt hatten Verschwörungstheorien Hochkonjunktur. Sie selbst wäre die Letzte, die nicht wüsste, dass Pharmaunternehmen in erster Linie ein wirtschaftliches Interesse hatten. Aber so einfach, wie das draußen verhandelt wurde, nein, so einfach war es dann doch nicht.

Doch wenn sie einen Deal mit einem Pharmaunternehmen eingegangen war, und das war sie, wie sie zugeben musste, dann immer nur im Rahmen der gesetzlichen Vorgaben. Die Versuchsreihe wurde angezeigt, die Medikamentengabe dokumentiert und das, was sie an Aufwandsentschädigung erhielt, war zwar ein nettes Zubrot, aber bei weitem nicht in den Dimensionen, die man in der Öffentlichkeit vermutete. Viel öfter wurde heute in luxuriösen Fortbildungen gezahlt, und auch das hatte sie nie als sonderlich verwerflich angesehen.

Allerdings erinnerte sie sich. Steiner war einer von denen, der ihr schon einmal ein Angebot unterbreitet hatte. Mit sehr hohen Gewinnspannen. Der Beispiele von Kollegen genannt hatte. Er hatte sie nie überzeugen können. Weder in dem, was er ihr vorschlug, noch in der Art und Weise, wie er es tat.

Irgendwann hatte sie die Zusammenarbeit mit ihm abgelehnt. Wenn er an der Pforte vorsprach, war sie für ihn nicht verfügbar. Sie versuchte sich in Erinnerung zu rufen, was er damals vorgeschlagen hatte. Sie erinnerte sich an ihre Empörung und daran, dass sie mit Schimmer darüber diskutiert hatte. Sich gefragt hatte, ob eine Beschwerde gerechtfertigt sei. Dann aber darauf vertraut, dass sich auch andere Ärzte nicht auf dubiose Geschäfte mit einem wie Steiner einlassen würden.

Wie hatte sich Schimmer damals positioniert? War es nicht so, dass sie über ihn verärgert gewesen war? Weil er Steiners Angebot relativiert, sogar als machbar eingestuft hatte? Um was genau war es damals bloß gegangen?

Je länger Gisela Baltrup nachdachte, umso kälter wurde ihr trotz der Wärme, die noch vom Tag in den Räumen hing. Sie griff nach der Strickjacke, die an der Tür ihres Arztzimmers hing und wickelte sich darin ein.

Wenn Steiner mit Schimmer den Deal vereinbart hatte, wenn Schimmer Jansen eingeweiht hatte, dann wäre hinter ihrem Rücken über Monate eine Behandlung gelaufen, die in ihren Augen mehr als zweifelhaft für die Patienten gewesen wäre. Nicht tödlich. Nein, das wahrscheinlich nicht. Aber ethisch absolut unsauber. Mit Nebenwirkungen, die nicht kontrollierbar waren. Und ihre Klinik war der Ort des Geschehens, der damit nun in Verbindung gebracht werden würde.

Das ließe sie nicht zu. Es gab keinen Grund, jemanden außer sich selbst zu schützen. Sie hatte sich im Rahmen des Gesetzes bewegt. Es wurde Zeit, der Polizei die Namen zu nennen.

*

Es war das erste Mal, dass sie Bender fluchen hörte. Er hatte nur nach der Uhrzeit auf dem Handy schauen wollen, weil seine Armbanduhr stehen geblieben war. Anscheinend hatte man versucht, ihn zu erreichen, was ihm sichtlich unangenehm war.

Abgewandt hatte er ein kurzes Telefonat geführt, in dem seine Antworten knapp ausgefallen waren.

Ruth hatte in der Zwischenzeit begonnen, den Tisch abzuräumen. Nur die angebrochene Flasche Wein, das Wasser und ihre beiden Gläser hatte sie stehenlassen. Die Mücken tanzten ausgiebig um die Kerzen, die sie auf der Terrasse verteilt hatte. Der starke Zitronenduft, der von der Kerze auf dem Tisch ausging, schien sie vor Stichen weitgehend geschützt zu haben. In der Luft hing seit zwei Stunden eine ungewohnte Feuchte, und weit hinten über dem Meer zuckten vereinzelte Blitze. Der Wetterbericht, der für morgen Regenfälle vorausgesagt hatte, würde wohl recht behalten.

Bender brach schneller auf als gedacht.

»Es tut mir leid, dass wir den Abend so abrupt beenden müssen. Es sieht so aus, als wären wir dienstlich noch einmal gefordert. Wenn Sie nichts dagegen haben, würde ich gerne in den nächsten Tagen noch einmal wiederkommen.«

»Das würde mich freuen«, hatte sie genickt und war froh gewesen, dass nun ihr Gespräch über Jakob Behrends nicht vertieft werden musste.

Sie hatte ihm mit dem Weinglas in der Hand nachgeschaut. Erst jetzt fiel ihr auf, dass er auch heute wieder die Aktentasche bei sich hatte. Was für ein Kauz, ging ihr durch den Kopf. Aber einer, den sie schätzte. Tatsächlich freute sie sich auf ein Wiedersehen.

Ruth goss noch einmal Wein nach und kehrte zu ihrem Stuhl zurück. Wie still es auf einmal geworden war. Die Kinder, die bis eben noch herumgetollt hatten, waren von ihren Eltern hereingerufen worden. Nebenan, bei Anne und Martin war alles dunkel, sie waren noch nicht zurückgekehrt. Auch ringsum brannten in den Häusern nur noch wenige Lichter und es gab nur leise Gesprächsfetzen, die ganz vereinzelt von anderen Terrassen zu ihr herüberwehten.

Sie fröstelte. Langsam wurde es nicht nur feucht, sondern auch kalt. Sie stand auf, um sich eine Jacke zu holen. Ein wenig Bewegung würde ihr nach dem ruhigen Sitzen guttun. Und Florence? Sollte sie nicht noch eine Runde mit ihr gehen? Ruth hatte viel zu wenig Ahnung von Hundegewohnheiten und würde sich morgen besser abstimmen müssen.

»Komm, Florence, alte Dame, auch wenn es spät ist. Eine kleine Runde in Sichtweite sollten wir beide noch absolvieren.«

Florence erhob sich müde.

»Komm, nur noch eine Mini-Runde. Bis vorne zur Brücke und zurück. Wir lassen einfach alles, wie es ist.«

Schon nach wenigen Metern umfing sie das Dunkel der Nacht stärker, als sie es sich in einem Ferienpark gedacht hätte. Am Himmel standen heute keine Sterne. Sie blickte noch einmal über ihre Schulter. Freundlich und einladend sah ihre Terrasse mit all den brennenden Kerzen aus. So als ob der Abend noch nicht vorüber wäre.

Ruth seufzte. Was für verrückte Dinge hier doch geschahen. Nichts lief wie geplant. Dieses Gespräch heute Abend mit Bender. Was war es denn nun? Zufall oder Schicksal, was das Leben ihnen bescherte. Selten war sie in ihrer Meinung dazu so uneindeutig gewesen.

Der Weg, den sie mit Florence ging, führte hinter einer Biegung zum hinteren Ausgang des Parks. Dort, wo sie am Nachmittag mit Florence den Weg um das Wäldchen genommen hatte. Nun wusste sie auch, was heute dort geschehen war.

Zu ihrer Linken lagen die Tennisplätze in völligem Dunkeln. Sie dachte an Jakob. Den Gedanken, den sie den ganzen Abend von sich weggeschoben hatte. Dachte an die letzte Nacht und daran, wie wohl sie sich gefühlt hatte. Dachte an das verhinderte Tennisspiel. Daran, dass Bender einen Zusammenhang zwischen diesem Doktor Schimmer und Jakob hergestellt hatte. Wie seltsam, dass die tote Joggerin etwas war, über das weder sie noch Jakob gesprochen hatten. Andererseits hatte es keinen Anlass dazu gegeben. Wobei – immerhin hatten sie über Evelyn geredet und wäre es da nicht normal gewesen, wenn Behrends auch etwas zu diesem schrecklichen Mord gesagt hätte? Wieder schob sie den Gedanken beiseite. Zu verworren schienen ihr die einzelnen Verbindungen in diesem Ort, die sich alle darum zu drehen schienen, schwerstkranken Menschen zu helfen. Ruth stutzte. Zu helfen oder um Geld aus der Tasche zu ziehen.

Wieder dachte sie an Jakob. Der ihr berichtet hatte, wie sehr er unter den finanziellen Folgen seiner Scheidung litt. Wie oft seine Frau Ronja ins Spiel brachte, um weitere Forderungen an ihn zu stellen. Sie wusste, wie froh sie gewesen war, dass ihr das alles bei ihrer eigenen Scheidung erspart geblieben war. Wie sehr sie sich gewundert hatte, wie Menschen, die ein gemeinsames Kind hatten, in der Lage waren, sich gegenseitig zu schaden.

Als Jakobs Ex-Frau heute mit Ronja vor ihr gestanden hatte, war sie überrascht gewesen von diesem elfengleichen Wesen. Aus den Schilderungen Jakobs hatte sie sich eine wesentlich kämpferischere Amazone vorgestellt. Einen Moment hatte sie sich gefragt, wie sie wohl aus Susannes Sicht die Dinge bewerten würde. Wenn sie sie unbeeinflusst von Jakob hören würde. Sie war gewillt gewesen, sich neutral zu verhalten und freundlich zu reagieren.

Wenn da nicht der abschätzige Blick gewesen wäre, der Ruth das Gefühl gab, zu etwas degradiert zu werden, das sie nicht war. Noch bevor sie in Gedanken fassen konnte, was ihr Bauch spürte, hatte Susanne schon angefangen mit dieser Geschichte, sie sei wohl die Aktuelle in Jakobs Leben.

Ruth wurde bei den Worten noch im Nachhinein schlecht. Das konnte doch nicht sein, dass Jakob unter den Augen seiner Tochter Frauen aufriss. Sie versuchte sich noch einmal ihr Kennenlernen vor Augen zu führen. Lächerlich, es war erst zwei Tage her und sie fühlte sich wie ein benutztes und weggeworfenes Stück Frau, bloß weil die eifersüchtige Ex einen Spruch losgelassen hatte.

Trotzdem. Einen Stachel hatte es hinterlassen. Ob sie tatsächlich eine von Vielen war? Weil sie es Jakob so leicht gemacht hatte? Und wenn? Spielte es eine Rolle? Schließlich war sie alt genug. Ging es nicht ausschließlich für sie darum, dass sie die Nacht genossen hatte? Wem war sie Rechenschaft schuldig? Dass es bei einer Nacht bleiben würde, das war ihr doch, wenn sie ehrlich zu sich selber war, von Anfang an klar gewesen.

Florence blieb immer öfter stehen und Ruth spürte die Kälte und Feuchte der Nacht von unten die Beine heraufziehen.

»Lass uns zurückgehen, mein Mädchen«, sagte sie freundlich und kraulte kurz das Fell der Hündin.

Sie hatte es auf einmal eilig, zurückzukommen. Schließlich hatte sie die Tür nicht abgeschlossen. Plötzlich machte der Gedanke sie nervös. Als sie wieder um die Ecke bog, sah sie zu ihrer Erleichterung im Haus von Martin und Anne Licht.

Vor ihrem Haus hatte der Wind die Kerzen gelöscht, nur eine einzelne auf dem Tisch beschien das noch halb gefüllte Weinglas.

Sie nahm den Wein und trank ihn in einem großen Schluck aus. Dann wandte sie sich wieder an Florence, die immer noch an der Leine neben ihr stand und sie von unten mit schrägem Kopf ansah: »Das war ein aufregender Tag. Komm, lass uns lieber schlafen gehen.«

Mit einem kräftigen Pusten löschte sie auch die letzte Kerze aus.

*

Hofmann und Bender trafen sich auf der Polizeistation in Boltenhagen.

»Dass du dein Handy auch laut stellen kannst, ist dir schon bewusst?«, frotzelte Hofmann statt einer Begrüßung.

»Ich bin ja hier«, wies Bender ihn freundlich, aber bestimmt ab.

»Ja, hier schon. Ich hätte dich jedoch gerne bei dem Gespräch mit Frau Doktor Baltrup dabeigehabt.«

»Immerhin interessant, dass sie sich von sich aus gemeldet hat, oder?«

»Ich glaube, sie versucht zu retten, was noch zu retten ist. Anscheinend sind da einige Sachen in ihrer Klinik gelaufen, von denen sie keine Ahnung hatte.«

»Ist das glaubwürdig?«

»Ich würde fast sagen, ja. Sie hat für ihre Verhältnisse offen gelegt, was offen zu legen war. Ich habe mit Lorenz telefoniert und ihm mitgeteilt, was sie berichtet hat. Er hält das alles für möglich.«

»Was im Einzelnen heißt das?«

»Sie hat zugegeben, dass sie selbst durchaus mit Medikamenten arbeitet, die für die Behandlung nicht zugelassen sind.«

»Das geht?«

»Ja, das geht. Wird gar nicht so selten praktiziert. Da gibt es von Seiten der Pharmaindustrie durchaus Interesse. Wenn Medikamente schon gut etabliert sind und man das Wirkungsspektrum erweitert testen möchte. Für eine große klinische Studie reicht oft der Kosten-Nutzen-Faktor nicht. Oder die Studien sind noch nicht abgeschlossen, es besteht aber schon ein Interesse, das Medikament außerhalb der bisherigen Anwendungen zu nutzen.«

»Wie geht das Ganze dann vonstatten?«

»In der Regel liegt die alleinige Haftung bei den verschreibenden Ärzten. Sie dürfen dem Patienten einen Behandlungsversuch vorschlagen, müssen aber über alle Risiken, die damit verbunden sind, aufklären und insbesondere auf die fehlenden Studien hinweisen.«

»Das reicht?«

Voraussetzung ist natürlich, dass zuvor alle standardisierten Behandlungsmethoden angewendet wurden, aber nicht ausreichen. Das heißt, es gibt keine andere aussichtsreiche Therapie mehr. Und es sollte mit dem ausgewählten Medikament zumindest eine Aussicht auf einen Behandlungserfolg geben.«

»Wer zahlt das Ganze?«

»Das ist tatsächlich die größte Krux. Die Kassen sind nicht verpflichtet, weder die gesetzlichen noch die privaten. Es kann ein Antrag gestellt werden, aber wie aussichtsreich seine Bewilligung ist, kann in der Regel nicht vorausgesagt werden.«

»Das heißt, die Patienten müssen gegebenenfalls die Kosten selber tragen.«

»Wenn das möglich ist. Wir reden hier ja nicht nur von Hustensaft, der für ein paar Euro erhältlich ist.«

»Aber denkbar wäre es schon, bei entsprechenden finanziellen Möglichkeiten, oder?«

»Zumindest nicht auszuschließen. Wobei Frau Doktor Baltrup sehr deutlich gemacht hat, das bei ihr immer alles korrekt mit Anträgen an die Kassen abgelaufen sei.«

»Im Gegensatz zu den Behandlungen, die Schimmer durchgeführt hat?«

»So zumindest stellt es die Ärztin dar. Sie erinnert sich an unseriöse Angebote eines Pharmareferenten, die sie abgelehnt hatte. Er hatte großzügige Prämien versprochen, wenn sie eine sogenannte ›Off-Label-Behandlung‹ durchführe. Ihr schien die Sache nicht ausreichend untermauert und sie hatte bei der Art und Weise, wie dieser Steiner es an sie herangetragen hatte, ein ungutes Gefühl. Jetzt im Nachhinein glaubt sie, dass er damit bei Schimmer gepunktet haben könnte. Dass Schimmer im Grunde genommen die aussichtslose Situation von Patienten genutzt hat, um sich zu bereichern.«

»Indem er was gemacht hat?«

»Er ließ zum einen zu, von Steiner für die Off-Label-Behandlung einen regelmäßigen Bonus zu erhalten. Im Gegenzug lieferte er therapiebezogene Patientendaten. Das Ganze lief aber nicht offiziell, wurde nicht dokumentiert und die Patienten wurden zur Geheimhaltung verpflichtet.«

»Wer lässt sich denn auf so etwas ein?«

»Jemand, der todkrank ist und keine andere Möglichkeit mehr sieht, sehr wohl. Besonders wenn ihm die Behandlung als neue ›Wunderwaffe‹ verkauft wird. Dann fließt meistens auch von Patientenseite Geld für diese Behandlung.«

»Ernsthaft?«

»Frau Doktor Baltrup ist sich ziemlich sicher. Es geistert

in der Krebsbehandlung immer wieder ein solches Vorgehen durch die einschlägigen Foren. Oft werden Krebspatienten, die im Internet nach Hilfe suchen, ganz offensiv von sogenannten Wunderärzten und Heilern angeschrieben.«

»Dass das in der Klinik nicht auffiel. Das Pflegepersonal muss doch etwas gemerkt haben?«

»Vermutlich hat Schimmer einen Teil dieser Behandlungen über seine Praxis laufen lassen. Einzelne Patienten, die nicht in der Gegend wohnten, kamen als Belegpatienten. Wobei die offizielle Indikation natürlich anderslautend war. Schimmer hat genau wie Frau Doktor Baltrup auch mit alternativen Therapien geworben, die durchaus einen Platz in der Krebsbehandlung gefunden haben, unabhängig davon wie der Nutzen tatsächlich ist.«

»Und wenn die Patienten in der Klinik waren ...«, wollte Bender noch einmal genauer wissen.

»... hat Schimmer wahrscheinlich mindestens einen Helfer gehabt. Wir glauben, dass Tom Jansen, der Pfleger, etwas damit zu tun haben könnte.«

»Gar nicht so unwahrscheinlich. Ich habe dieses Bürschchen kennengelernt.«

»Er war heute in der Klinik und hat Dinge aus Schimmers Arztzimmer verschwinden lassen. Wir haben ihn zur Fahndung ausgeschrieben.«

»Wie hängen unsere ganzen Fälle denn nun zusammen? Was hat das alles mit Marie Hafen zu tun? Schließlich starb sie offenbar nicht an einer falschen Medikation, sondern an einem Messer im Kehlkopf.«

»Das ist der Punkt. Selbst wenn das mit den Medikamenten alles so gelaufen ist, wie wir jetzt gerade glauben, dann hätte sich Schimmer höchstens der Körperverletzung schuldig gemacht. Es sei denn, man könne ihm in

Einzelfällen nachweisen, dass die Medikamente den Tod absichtsvoll und schneller herbeigeführt hätten.«

»Bei Marie Hafen war eher das Gegenteil der Fall mit ihrer Aussicht auf Heilung.«

»Heilung ist ein großes Wort. Zu groß vielleicht. Die Frage ist, ob zwischen ihr und Jansen oder zwischen ihr und Schimmer etwas vorgefallen sein könnte, das einen der beiden hat zum Täter werden lassen.«

»Ernsthaft? Das würde doch bedeuten, dass sie den Ast absägt, auf dem sie sitzt, wenn denn ihre Gesundung auf die Therapie von Schimmer zurückzuführen ist.«

»Das ist genau die spannende Frage. Von ihrem Bruder wird Marie Hafen als sehr ehrgeizige und streitsüchtige Frau beschrieben. Wortwörtlich sagte er, dass es schon seinen Grund habe, warum sie kaum noch Kontakt zur Familie habe. Nehmen wir mal an, sie hat sich informiert und recherchiert und ist dahintergekommen, dass die Therapie von Schimmer gar nicht das war, als das er sie angepriesen hat.«

»Dass es also durch andere Dinge eine Rückbildung des Tumors gegeben hat.«

»Zum Beispiel. Oder dass ihr die Machenschaften zu unseriös erschienen, weil sie wusste, dass solche Therapien nicht unter der Hand laufen müssen. Möglicherweise wollte sie doch einen Antrag auf Kostenerstattung stellen oder hat von Schimmer Geld zurückgefordert. Als sie ihm drohte ...«

»... sah er sich in seiner Existenz bedroht. Der gute Ruf der Arztdynastie, seine Frau und das Kind, die Immobilien, sein Lebenstraum von einer Praxis in Spanien.«

Hofmann sah Bender verwundert an.

Bender hob die Hände. »Das ist zumindest das, was seine Frau uns erzählt hat. Das alles würde auch das Untertauchen nach dem Mord an Marie Hafen erklären und auch den Suizid.«

»Der aber möglicherweise kein Suizid war.«

»Stimmt.« Bender legte nachdenklich seine Hände an die Stirn. »Ob Jansen etwas damit zu tun haben könnte? Um seine Haut zu retten? Ziemlich verzwickt, das Ganze. Wie machen wir weiter?«

»Wir brauchen Jansen. Es ist nicht zu erwarten, dass er zuhause aufläuft. Aber vielleicht haben wir Glück. Zu Steiner sind unsere Leute auch unterwegs. Wir sind gespannt, was er uns zu berichten hat.«

Bender nickte. »Gut, das ist schon einmal ein Anfang. Dann sollten wir uns morgen noch einmal um Jakob Behrends kümmern. Der war nämlich heute auch wie vom Erdboden verschluckt.«

»Jakob Behrends?«

»Der ehemals beste Freund von Schimmer und sein Geschäftspartner. Behrends als Apotheker, Schimmer als Arzt. Beides im selben Gebäude. Wer weiß, was er uns zu Schimmers Machenschaften sagen kann.«

Hofmann drehte sich um und sah auf die Wanduhr. »Zurück nach Schwerin lohnt sich ja fast gar nicht. Was Besseres fällt mir aber nicht ein. Lassen wir ein Auto stehen und fahren gemeinsam? Vielleicht könnte ich bei dir ein Feierabendbier bekommen, was meinst du?«

Bender schluckte. Es lagen ihm mehrere Antworten auf der Zunge, aber keine schien ihm geeignet, ausgesprochen zu werden. Er gab sich einen Ruck und antwortete mit belegter Stimme: »Gute Idee. Warum eigentlich nicht?«

*

8. AUGUST

Tom Jansen wusste sein Glück kaum zu fassen. Dieses kleine miese Würstchen von Steiner hatte wirklich geglaubt, dass er es mit ihm aufnehmen könnte. Aber da war etwas, was Tom Jansen in die Hand gespielt hatte: dass Schimmer tot am Baum aufgehangen gefunden worden war, denn das hatte bei Steiner richtig Respekt erzeugt.

Es hätte alles gar nicht besser passen können. Der Staatsanwalt hatte am Abend in einer Stellungnahme erste Vermutungen in den Raum gestellt. Dass die Tode von Schimmer und Marie Hafen miteinander in Verbindung stehen könnten, hatte wahrscheinlich Wunder gewirkt. Jansen war klar, dass Steiner sich sonst kaum hätte blicken lassen.

Aber so lief alles besser als erhofft. Der Treffpunkt war gut gewählt. Er war zu Steiner ins Auto gestiegen und hatte die Richtung vorgegeben. Niemand hatte von ihnen Notiz genommen.

Steiners Anspannung jedenfalls war sichtbar gewesen. Die Schweißtropfen, die an der Stirn durch sein kurzgeschorenes Haar traten und sich im offenen Hemdkragen verliefen. Der saure Schweißgeruch, der hervorkroch, wenn er beim Lenken die Arme anhob. Das nervöse Zucken des Mundwinkels und die fahrige Stimme, die zeigte, wie schwer es ihm fiel, sich gleichzeitig auf das

Fahren, die Unterhaltung und die zunehmende Orientierungslosigkeit zu konzentrieren. Die schmalen Straßen durch winzig kleine Dörfer wurden fast nur von Einheimischen genutzt, es gab keine nennenswerten Lichtquellen außer bei den wenigen Höfen, die dicht beieinanderstanden und die Wege dazwischen schienen in ein Niemandsland zu führen, vorbei an Geisterbäumen, die ihre Äste nach ihnen ausstreckten und sich unvermutet weit in die Straße bohrten, sodass Steiner ein ums andere Mal mit abrupten Lenkbewegungen ausweichen musste. All das spielte in Toms Hände.

Er ließ sich nicht anmerken, dass er seine ursprünglichen Pläne längst verworfen hatte. Der Tod Schimmers hatte ihn überrascht, aber nicht aus der Bahn geworfen. An der prinzipiellen Situation änderte sich für ihn nichts.

Dass er nicht in seine Wohnung zurückkonnte, hatte er schon vorher gewusst. Es wurde Zeit, den Schritt in eine neue, selbstbestimmte Zukunft zu gehen.

An einer der dunkelsten Ecken des Fahrtweges hatte Tom das Messer aus seiner Cargohose geholt. Das Licht des Armaturenbretts ließ den Stahl kurz aufblitzen und Tom registrierte schadenfroh, wie Steiner vor Schreck auf die Bremse trat.

Bisher hatten sie fast nur geschwiegen. Die Anweisungen, wie Steiner zu fahren hatte, waren von ihm bewusst kurz und knapp gehalten worden.

Die zunehmende Angst Steiners hatte Tom Luft verschafft, über das weitere Vorgehen nachzudenken. Dass Schimmer tot war, half Tom, die Dinge anders anzugehen. Schimmer würde ihm zwar nicht mehr nutzen, aber auch nicht mehr schaden können. Er beschloss, erst einmal das Bundesland zu wechseln, ohne sich selbst später mit einem Autoklau in Gefahr begeben zu müssen.

Er war sich nicht sicher, ab wann Steiner merkte, dass es hinaus auf den Priwall ging, aber spätestens dort schien dieser etwas erleichtert.

Zumindest traute er sich, nachzufragen: »Was soll das denn werden, hier mit uns?«

Tom ließ sich Zeit mit der Antwort. Wie so oft kratzte er sich wieder mit dem Messer den Dreck unter den Nägeln weg. »Ich dachte, wir beide könnten gut einen Ausflug nach Lübeck machen. Wie wär's?«

Steiner schien sich zu beruhigen angesichts dieser Aussicht. Tom konnte es nachvollziehen. Auch er wäre nicht gerne mit einem Typen mit Messer in stockfinsterer Nacht alleine gewesen.

»Dass du auf der Fähre keinen Quatsch machst, versteht sich von selbst, oder?« Mit einer ruckartigen Bewegung hatte Tom die Klinge des Messers kurz an den Hals von Steiner gesetzt, sie aber sofort zurückgezogen. »Brauche ich wohl nicht näher zu erklären.«

Steiner hatte genickt und so waren sie tatsächlich als einzige Passagiere mit der Fähre nach Travemünde übergesetzt.

»Jetzt geht's uns beiden besser, oder?«, hatte Tom einen jovialen Ton angeschlagen, als das Auto wieder festen Boden unter den Füßen hatte. »Da drüben im Klützer Winkel gab's die letzten Tage einfach zu viele Tote. Ich finde, auf dieser Seite der Trave kann man direkt befreiter atmen.« Tom ließ das Fenster der Limousine herunter. »Netter Dienstwagen übrigens. Ist doch einer, wenn ich recht informiert bin? Gibt bestimmt schlechtere Berufe als deinen, wenn ich mir das mal so rein finanziell hochrechne.« Tom machte eine Pause und sah Steiner an. »Zum Beispiel mein Beruf, wenn ich es mal ganz konkret mache. Obwohl wir für die Kranken echt wichtig sind. Wir sind ja die, die bis zum letzten Atemzug danebenstehen. Die alles aushalten. Alles sehen. Das ist nicht immer schön, Steiner. Wirklich nicht.«

Steiner nickte langsam, erwiderte aber nichts. Seine Hände hielten das Lenkrad krampfhaft fest, als könnte es ihn trotz der gerade verlaufenden Strecke vom Weg abbringen.

»Ich weiß ja, dass ihr Pharmareferenten grundanständige Menschen seid«, begann Tom erneut und machte sich keine Mühe, die Ironie in seinen Worten zu unterdrücken. »Wahres Sponsoring des Gesundheitssystems. Besonders der Ärzte, die ohne die Pharmakonzerne kaum überleben könnten. Wo kämen wir hin, wenn es keine bezuschussten Fort- und Weiterbildungen mehr gäbe? Arztsein muss sich doch noch lohnen. Meinen Sie nicht, Steiner?«

Steiner starrte geradeaus und verweigerte eine Antwort.

»Eine Hand wäscht die andere, könnte man sagen. Da ist gar nichts gegen zu sagen. Aber Steiner, nur mal ein kleines Gedankenspiel.« Tom hielt das Messer in dem Augenblick hoch, als sie eine hell beleuchtete Kreuzung passierten.

»Sollte dieses Sponsoring nicht auf die Pflegeberufe ausgeweitet werden? Also, mal abgesehen von netten Kugelschreibern, Notizblöcken und Kalendern, über die die ein oder andere Krankenschwester schon juchzt. Ich stelle mir das alles etwas größer vor, wenn du weißt, was ich meine, Steiner?«

Tom blickte aus dem Fenster in die Dunkelheit, als erwartete er gar keine Antwort. Er wusste nur zu gut, wie es in Steiners Kopf rotierte.

»Eigentlich waren wir schon so etwas wie Geschäftspartner. Wenn man es in euren kapitalistischen Worten ausdrücken will: Ich war so eine Art Subunternehmer in eurem Konstrukt.« Tom holte eine der Medikamentenpackungen aus seiner Cargohose. »Sieh mal hier. Schimmer hatte mich quasi eingestellt, um den Dienst am Menschen auszuführen.«

Tom öffnete die Verpackung, holte eine der Ampullen heraus, klopfte oben gegen den Kopf und brach dann das Glas nach hinten weg. Ein Geruch nach Krankenhaus breitete sich im Auto aus.

»Unglaublich. So ein kleines Fläschchen. So wenig Inhalt. So teuer. So unerreichbar für den, der nicht über die richtigen Mittel und Kontakte verfügt.« Tom hielt die Ampulle kopfüber aus dem Fenster.

»Euch bringt es eine Menge Geld. Besonders bei solchen Deals wie denen mit Schimmer, oder? Mit der Aussicht auf noch größere Gewinne, sollte sich die Therapiewirkung über die Off-Label-Gabe bewahrheiten.«

»Es ist nicht verboten, Medikamente off label zu verabreichen.« Es war der erste Versuch Steiners, sich zu rechtfertigen.

»Schon gut. Schon gut. Ich habe auch gar nichts dagegen. Ich möchte das Ganze nur auf eine andere geschäftliche Grundlage stellen.« Steiner sah ihn von der Seite an. »Ja, ich möchte so etwas wie einen Feldversuch machen. Sponsoring des Pflegepersonals können wir das Ganze nennen. Allerdings benötige ich dafür ein gewisses, sagen wir mal, Startkapital. Quasi die Ablösesumme. Wenn der Job nun von Schimmer auf mich übergeht.«

»Schimmer ist tot. Selbst wenn es einen Job oder Deal gegeben hätte, dann wäre er hier an dieser Stelle beendet.«

Tom Jansen gluckste. »Aber Steiner, das glaubst du doch selbst nicht, oder? Schließlich willst du doch nicht, dass ich deine Geschäftspraktiken ausplaudere, oder? Also, hast du das Geld dabei?«

Steiner zog mit rechts ein Bündel Geldscheine aus seinem Leinenjackett. Das Auto kam gefährlich von der Spur ab, als er das Geld Tom Jansen zuwarf, aber er fasste schnell am Lenkrad nach.

»Nettes Sümmchen.« Jansen ließ die Scheine routiniert durch seine Finger gleiten. »Aber angesichts der ganzen Umstände dann doch zu wenig.«

»Was?« Steiner verzog das Gesicht schmerzhaft. »Machen Sie sich nicht lächerlich.«

»Wer hier wen lächerlich macht, darüber ist noch nicht das letzte Wort gesprochen. Wir fahren in Lübeck zum Geldautomaten. Deine Chance. Wenn die Bezahlung stimmt, bist du ein freier Mann. Wenn nicht ...« Tom hielt erneut das Messer ins Licht und führte es dann waagerecht an seiner eigenen Kehle entlang. »Du hast die Wahl.«

*

Ruth fuhr mit einem Ruck im Bett hoch. Etwas stimmte nicht. Mit klopfendem Herzen versuchte sie die Dunkelheit zu durchdringen, während sie gleichzeitig gebannt in die Stille lauschte.

Da war es wieder: ein Klirren an einer der Fensterscheiben im Erdgeschoss und direkt darauf das dunkle Bellen eines Hundes. Es brauchte einen Moment, bis ihr Florence einfiel, der sie unten auf einer Decke ein Nachtlager nahe der Tür bereitet hatte. Es musste Florence sein, deren Bellen sie geweckt hatte.

Erneut das Klirren, das sie jetzt als ein Klopfgeräusch gegen Glas wahrnahm und wieder bellte Florence einmal kurz auf.

Ruth tastete nach dem Schalter der Nachttischlampe. Ihre Uhr und ihr Handy lagen unten, einen Wecker hatte sie nicht eingepackt. Warum auch? Schließlich hatte sie Ferien.

Sie stieg aus dem Bett und wunderte sich darüber, wie kalt der Boden war. Am liebsten wäre sie mit einem Satz wieder unter ihre Decke gehüpft. So zog sie nur die Schultern hoch und tapste bis zum Fenster, um an der Helligkeit abzulesen, wie spät es sein mochte.

Das Ferienhaus von Martin und Anne lag genauso wie der restliche Park im Dunkeln. Der Himmel war – soweit Ruth das sehen konnte – immer noch sternenlos und auch den Mond konnte sie nicht entdecken. Sie versuchte sich zu orientieren. Von wo würde der Tag sich nähern? Im Moment sah es nicht so aus, als gäbe es schon einen hellen Strich am Horizont, aber vielleicht blickte sie bloß in die falsche Richtung.

Von unten hatte sie nichts weiter gehört und sie wollte gerade zurück unter die warme Decke, als das Klopfen diesmal lauter und härter erklang. Diesmal nicht aufs Fenster, sondern eindeutig an der Eingangstüre. Florence antwortete mit einem kräftigeren, zweifachen Bellen.

Ruth zog ein weites Sweatshirt über, das über dem Stuhl hing. Leise schlich sie die Treppe hinunter. Sie machte kein Licht an, weil sie nicht zeigen wollte, dass sie auf war. Trotzdem hatte sie Sorge, dass man sie von außen sehen könnte. Sie tastete im Dunkeln nach ihrem Handy, das sie erst öffnete, als sie hinter der Holztüre stand. Von draußen drang kein Laut herein. Die Ziffern auf dem Display zeigten 3:48 Uhr an. Ruth drückte sofort wieder auf Aus und lauschte angestrengt. Florence sah von ihrer Decke aus zu ihr auf, regte sich aber nicht vom Platz.

Ruth erschrak, als wieder hart gegen die Tür geklopft wurde. Gleichzeitig hörte sie die Stimme: »Ruth? Ruth, bist du da? Lass mich doch hier draußen nicht den einsamen Liebestod sterben.«

Ihr Herz klopfte so heftig und unregelmäßig, dass sie

kurz das Gefühl hatte, zu wenig Luft zu bekommen. Die Stimme, diese Stimme, war doch die von Jakob.

Ruth sah zweifelnd zu Florence, die ihren Kopf wieder auf die Pfoten gelegt hatte. Anscheinend hatte sie beschlossen, alles Weitere Ruth zu überlassen. Von wegen Wachhund, dachte Ruth. Heutzutage konnte man sich auf gar nichts mehr verlassen.

Immerhin hatte sie ihr Handy griffbereit, mit dem sie schließlich im Notfall reagieren konnte.

»Ruth? Hörst du mich?«

»Jakob?« Ruth hielt den Atem an, weigerte sich noch, die Tür zu öffnen. Sie verstand nicht, was der nächtliche Überfall sollte. Überhaupt hatte sie das Gefühl, sich höchstens in Schwierigkeiten zu begeben, wenn sie jetzt die Tür öffnete.

»Ja, endlich. Ich bin's, Jakob. Würdest du mir aufmachen?«

Ruth sah auf das Handy in ihrer Hand. Wen sollte sie denn anrufen? Und weshalb? Weil derjenige vor der Tür stand, mit dem sie ganz ohne Angst und Zweifel die letzte Nacht verbracht hatte? Das klang schon in ihren Ohren lächerlich.

Sie gab sich einen Ruck, nachdem sie sich noch ein mal zu Florence herumgedreht hatte. »Ich mache jetzt auf, meine alte Hundedame. Nicht erschrecken.«

Langsam zog sie die Tür auf. Jakob stand draußen mit dem breitesten Grinsen der Welt. In der einen Hand eine Rose, in der anderen eine Flasche Sekt. »Ich habe Sehnsucht bekommen, meine Hübsche, nachdem ich dich schon beim Tennis versetzen musste.«

»Sag mal, du weißt schon, wie spät es ist?« Schon im Aussprechen ärgerte sie sich über ihre Frage. Wie spießig, wie langweilig, wie altbacken sie wirken musste.

Mit einem Ruck zog sie die Tür ganz auf und versuchte, sich lockerer zu geben. »Komm erst mal rein.«

Gerade als sie die Hand auf den Lichtschalter legen wollte, packte Jakob sie und schob sie in den Raum hinein.

»Keine Sorge, ich hatte gar nicht vor, dich aus dem Bett herauszuholen, ich wollte vielmehr zu dir unter deine Decke. Den Sekt gibt es zum Frühstück. Na, ist das ein Angebot?«

Er hielt sie fest in seinen Armen, nachdem er die Flasche auf dem Boden abgestellt hatte. Dann begann er sie am ganzen Körper mit Küssen zu bedecken, während er sie Richtung Treppe schob. »Ich habe den ganzen Tag an nichts anderes denken können«, murmelte er, ohne dass er seine Lippen von ihr ließ.

Ruth hörte, wie Florence sich in ihrer Ecke erhob und ihnen hinterherging. Das Knurren, das der Hund plötzlich ausstieß, erschreckte auch Jakob, der sie einen Moment losließ.

»Du hast einen Hund?«, fragte er und Ruth hatte das Gefühl, dass er sich an ihr vorbeidrücken wollte, um Schutz zu suchen.

»Hast du etwa Angst?« Ruth lachte auf. »Ihr Helden von heute. Pass mal auf, ich mache doch lieber mal Licht. Dann wirst du sehen, dass ich die beste Hundedame der Welt bei mir habe. Ihr kennt euch bestimmt.«

Ruth hatte keine Erklärung dafür, was dann passierte. Florence hatte sich groß aufgerichtet und fletschte jetzt ernsthaft die Zähne. Jakob war mit einem Satz auf die Treppe gesprungen. Ruth sah von einem zum anderen und verstand die Welt nicht mehr.

*

»Vielleicht nimmst du besser mal dein Handy mit ans Bett«, hatte ihm Hofmann gestern Nacht mit auf den Weg gegeben, nachdem sie bei Bender noch gemeinsam zwei Bier getrunken hatten.

»Du passt besser auf, dass dich die Kollegen unterwegs nicht anhalten und pusten lassen«, hatte Bender erwidert.

»Und wenn?«, hatte Hofmann gelacht. »Erstens vertrage ich so ein Feierabendbier besser als du es glaubst, und ansonsten werde ich vorschieben, dass das alles nur deiner Einarbeitung dient.« Er hatte breit gegrinst und Bender noch einmal feste auf die Schulter geschlagen. »Wir sehen uns morgen früh.«

Hätte Bender gewusst, wie früh damit gemeint gewesen war, hätte er dankend auf das Bier verzichtet. Langsam wurde es dann doch ein bisschen viel mit den abendlichen Verabredungen. Fast sehnte er sich schon wieder nach einem einsamen Abend in seiner Wohnung zurück.

Aber Hofmann hatte gnadenlos durchgerufen, bis Bender resigniert das Handy an sich genommen hatte. »Wenn ich geahnt hätte, dass das Psychoterror werden soll, hätte ich das Telefon ganz sicher aus dem Schlafzimmer verbannt«, sagte er statt einer Begrüßung. Das Display zeigte 5.44 Uhr.

»Genau, trink ein Bier mit mir und ich werde zum Stalker«, lachte Hofmann, ohne beleidigt zu wirken. »Ich wünsche einen wunderschönen Morgen.«

Bender wurde übel angesichts dieser guten Laune. Aber Hofmann ließ ihm keine Wahl.

»Es gibt schon Neuigkeiten von den Kollegen. Du hast Glück. Heute darfst du mich auf einen Ausflug nach Lübeck begleiten.«

»Wie bitte?« Bender hatte sich mittlerweile aus dem Bett geschwungen und tastete nach seinen Hausschuhen. »Jetzt sag nicht, da liegt die nächste Leiche.«

»Warum so pessimistisch, lieber Freund? Heißt es nicht immer: Morgenstund hat Gold im Mund? Wir haben Steiner.«

»Steiner?«

»Den Pharmareferenten, der mutmaßlich mit Schimmer gemeinsame Sache gemacht hat.«

»Ach so, ja.«

»Nicht nur das. Höchstwahrscheinlich werden die Kollegen, bis wir in Lübeck sind, auch Tom Jansen dingfest gemacht haben. Die beiden scheinen ein Date gehabt zu haben, das für Steiner nicht ganz so erfolgreich abgelaufen ist, wenn ich es mal so ausdrücken darf.«

»Die beiden haben sich getroffen? In der Situation? Das klingt ungewöhnlich. Beide können sich doch denken, dass wir ihren Machenschaften schon auf die Spur gekommen sind.«

»Ich würde sagen: Mutig oder naiv. Oder alles auf eine Karte setzend. So hört es sich nämlich an, wenn man den ersten Aussagen Steiners Glauben schenken kann. Aber womöglich haben sie sich in Lübeck sicher gefühlt.«

»Immerhin sind sie außerhalb des Bundeslandes, für das wir zuständig sind. Was ja schon einmal ein nicht unerheblicher Schachzug ist.«

»Aber kein Hindernis. Wir sind ausdrücklich eingeladen, sofort zu kommen und an der Vernehmung teilzuhaben. Steiner hat immerhin so viel ausgespuckt, dass den Kollegen sofort ein Licht aufgegangen ist. Hat man auch nicht alle Tage.«

Bender antwortete nicht. Er fand es ungehörig, sich in der Art und Weise über die Polizeimitarbeiter zu äußern, selbst wenn er oft ähnlich dachte.

Hofmann schien es nicht zu merken, denn er plauderte unverdrossen weiter ins Telefon. »Ich erzähle es dir unterwegs noch gerne ausführlich, aber erst mal so viel: Steiner behauptet, Jansen habe ihn erpressen wollen wegen angeblicher unsauberer Geschäfte mit Schimmer. Die Steiner natürlich abstreitet. Trotzdem hat er sich auf ein Treffen mit Jansen eingelassen. Übrigens in Boltenhagen. Jansen sei zu ihm ins Auto gestiegen und habe schnell ein Messer gezogen. Steiner habe sich bedroht gefühlt und sich von Jansen quer durch den Klützer Winkel manövrieren lassen, angeblich erstmal ohne Ziel und um sich auszusprechen. So hat Tom Jansen wohl den Zweck benannt. Irgendwann ging es Richtung Priwall und mit der Fähre hinüber nach Travemünde. Steiner sagt, Jansen sei ziemlich souverän gewesen, sonst wären sie nicht mit der Fähre, auf der Steiner theoretisch hätte Alarm schlagen können, sondern über die Autobahn gefahren. Durch diese Souveränität aber hätte sich Steiner tatsächlich nicht getraut, etwas zu unternehmen.«

»Unglaublich, was dieses Kerlchen für eine Macht ausstrahlt. Dabei muss man ihn sich einmal ansehen. Das ist kaum zu glauben.«

»Steiner ist nach und nach dahintergekommen, dass Jansen hauptsächlich blufft. Ihm war klar, dass Jansen auf der Flucht ist. Er hatte einen großen Seesack dabei. Ab da hat er überlegt, alles auf eine Karte zu setzen.«

»Auf eine Karte. Nämlich?«

Hofmann lachte. »Ja, alles auf eine EC-Karte, wenn man so will. Glücklicherweise hatte er nur eine dabei, kaum Bargeld bis auf die 5.000 Euro, die er Jansen sofort am Anfang gegeben haben will.«

»Natürlich ohne Quittung?«

»Was sonst?« Das Lachen Hofmanns war jetzt tiefer und satter und Bender konnte an seiner langsamer werdenden Stimme hören, dass er gleich mit seinem Bericht zu Ende sein würde.

»Und was hatte es mit der EC-Karte auf sich?«

»Jansen wollte wohl so viel wie möglich rausschlagen. Er hat Steiner zu einem Bankautomaten dirigiert und ihm befohlen, dort Geld abzuheben.«

»Ziemlich unvorsichtig, oder? Die Automaten sind doch alle mit Kameras ausgestattet.«

»Das wird Jansen egal gewesen sein. Er muss ahnen, dass wir ihn sowieso suchen und dass es ein Foto in seiner Personalakte gibt, das wir verwenden könnten.«

»Gut, verstanden. Sie sind also zum Geldautomaten.«

»Steiner hat die Tür mit dem Pin geöffnet und erst einmal signalisiert zu kooperieren. Mittlerweile hatte er aber einen Plan. Er täuschte vor, ziemlich nervös zu sein und bevor Jansen wusste, wie ihm geschah, hatte sich Steiner dreimal bei der Eingabe des Pins vertippt. Steiner ahnte da schon, dass Jansen nicht die hellste Leuchte ist und hatte ihn mit einem ziemlich hohen Betrag geködert, der auf dem Konto wäre. Jansen schien vor lauter Dollarzeichen gar nicht zu merken, wie Steiner ihn ausgetrickst hat.«

»Ich dachte, Jansen hatte ein Messer? Dass sich Steiner das gewagt hat?«

»Ja, das müssen wir später in Lübeck noch einmal erfragen. Ob es der Mut des Verzweifelten war oder eine Ahnung, Jansen damit zu überrumpeln.«

»Ich nehme an, die Karte ist eingezogen worden?«

»Exakt. Weg war sie. Perdu. Und damit kein Geld für Jansen. Außer dem, was er schon eingesteckt hatte. Er hat das Portemonnaie an sich gerissen, aber es war nichts weiter von Wert drin.«

»Da ist er nicht durchgedreht?«

»Doch. Er hat tatsächlich versucht, Steiner zu verletzen oder zu töten. Mit dem Messer. Aber Steiner ist größer und konnte den Stich abwehren. Er hat eine kleine Streifverletzung in der linken Nierengegend. Nichts Spektakuläres.«

»Wie ging es weiter?«

»Steiners größtes Glück war es, dass ein Passant von außen aufmerksam geworden ist. Und – man glaubt es in der heutigen Zeit kaum – eingegriffen hat. Er hat wohl einfach nur gebrüllt. Jansen muss dann mit seinem Seesack Hals über Kopf geflüchtet sein. Na ja, Polizei und Rettungsdienst waren schnell verständigt. Nach Jansen wurde eine Großfahndung ausgerufen. Die Kollegen in Lübeck sind überzeugt, dass sie ihn kriegen werden.«

Bender war während des Telefonates in seinen Morgenrock geschlüpft und hinüber in die Küche geschlichen. Die Nachrichten, die Hofmann hatte, waren immerhin gute, und dafür hatte sich das frühe Wecken schon gelohnt. Jetzt ein Kaffee und eine kurze Dusche und er wäre für den Tag gerüstet.

»Danke, Hofmann«, beeilte er sich jetzt zu sagen. »Das hört sich nach guter Arbeit an. Trotzdem wüsste ich jetzt gerne: Wenn ich doch jetzt schon alles über das Telefon weiß, warum genau müssen wir noch zu zweit nach Lübeck?«

»Weil dein Auto, Ernst, in Boltenhagen steht, wenn du dich an gestern erinnerst. Und ich nicht vorhabe, wegen dir auf der Fahrt nach Lübeck einen Umweg über den Klützer Winkel zu machen. Also, in einer halben Stunde bei dir vor der Tür.«

*

Ruth hatte ihre liebe Mühe gehabt, sowohl Jakob als auch Florence zu beruhigen. Erst als Jakob schon hoch ins Schlafzimmer gegangen war, war Florence bereit, sich wieder auf ihre Decke zu legen. Aber selbst von hier aus gab sie von Zeit zu Zeit ein leises Knurren von sich.

Ruth schüttelte den Kopf, hob die Sektflasche auf und stellte sie in den Kühlschrank. Die Rose, die Jakob hatte fallen lassen, steckte sie in ein Wasserglas. Dann trank sie selbst einen Schluck aus dem laufenden Hahn, obwohl sie sich sonst vor Leitungswasser ekelte. Doch jetzt brauchte sie etwas gegen ihren trockenen Mund und um ihr klopfendes Herz zu beruhigen.

Ruth harrte noch ein paar Minuten unten aus, um sicher zu gehen, dass Florence sich beruhigt hatte. Dann stieg sie nachdenklich die Treppen hoch. Jakob lag wie selbstverständlich in der Mitte des Bettes und grinste sie an. »Überraschung am späten Abend geglückt, würde ich sagen.«

Ruth überkam eine riesengroße Müdigkeit. Wahrscheinlich war sie für solche nächtlichen Überfälle einfach zu alt. Sie blickte auf den Kleiderhaufen, den Jakob vor dem Bett hinterlassen hatte. Die obenauf liegenden Boxershorts riefen eine diffuse Abwehr in ihr hervor, obwohl sich die Situation mit nichts von der gestrigen in Jakobs Wohnung unterschied.

»Hey, was ist los?«, fragte er, als er ihr Schweigen und ihre nachdenkliche Miene bemerkte. »Ich hatte gehofft, du freust dich.«

»Ach, Jakob«, war das einzige, was ihr als Antwort einfiel.

»Was hältst du davon, wenn du erst einmal zu mir ins Bett kommst?« Er lupfte die Decke und rückte ein Stück zur Seite.

Unweigerlich musste Ruth nun doch lachen. Was musste Jakob für ein Selbstbewusstsein haben, dass er sich wie ein Platzhirsch in ihrem Bett breitmachte. Wo sie sich gerade erst einmal wenige Tage kannten.

»Wenn du willst, nur zum Reden«, schob er schelmisch hinterher.

»Gib mir ein paar Minuten«, bat Ruth und verschwand im Bad, um sich einmal schnell die Zähne zu putzen und durch das Haar zu bürsten. Müde sah sie sich im Spiegel an, registrierte aber die schöne Tönung der Haut, die die Sonne schon hinterlassen hatte. Wenigstens das, dachte sie, schon etwas entspannter. Dann grinste sie sich an und legte ihre Hand wie zum High Five auf den Spiegelschrank. Warum nicht, ermunterte sie sich selbst. Einsame Zeiten würde es in ihrem Leben bestimmt noch oft genug geben.

Sie war erstaunt, wie selbstverständlich ihre Körper schon zueinander fanden. Es gab wirklich Dinge, für die man den Kopf nicht brauchte, und das ist gut so, überlegte sie viel später, als sie erschöpft und verschwitzt, atemlos, aber glücklich neben Jakob lag.

An den regelmäßigen Atemzügen konnte sie hören, dass er schon eingeschlafen war. Trotz ihrer Müdigkeit fand sie selbst keine Ruhe. Er lag an ihrem Rücken und hatte eine Hand auf ihre Brust gelegt. Ruth fühlte sich furchtbar eingeengt, wollte sich aber nicht aus seiner Umarmung befreien.

Mit ihrer linken Hand tastete sie seinen Oberschenkel. Absichtslos. Eigentlich. Vielleicht auch nur, um ihn zu berühren. Um das Gefühl der Umklammerung aufzulösen. Er seufzte leise.

Ruth hatte das Gefühl, sprechen zu müssen. »Was war das denn heute?«, flüsterte sie, wohlwissend, dass sie wahrscheinlich keine Antwort von Jakob bekam. Trotzdem. Sie ließ die letzten Stunden noch einmal an ihrem inneren Auge vorbeiziehen. »Ich verstehe das alles gar nicht«, sprach sie weiter. »Wo ist denn Ronja?«

»Schscht«, machte Jakob und zeigte damit, dass er doch noch nicht so tief schlief, wie Ruth vermutet hatte. Er verstärkte den Druck auf ihre Brust und rückte von hinten näher an sie heran. Sein Körper reagierte erneut.

Aber ihr Kopf war so voller loser Gedankenfäden, die sie nicht sortiert und verbunden bekam, dass sie ihrerseits versuchte, sich seinem Griff zu entziehen. Dabei sprach sie weiter. »Weißt du, dass sie dich heute gesucht haben? Ronja. Und Susanne. Deine Ex.«

Sie spürte, wie er erstarrte. Wie sein Atem einen Moment aussetzte.

Erst dann fiel ihr Schimmer ein. Sein Freund und Kollege. Den sie heute tot im Wald gefunden hatten. Ruth stöhnte laut auf. Was war bloß los? Gestern hatte sie den Hund vergessen, heute übersah sie die naheliegenden Verbindungen. Wie konnte Jakob hier auftauchen und tun, als sei alles wie gestern? Konnte es sein, dass er noch gar nichts davon wusste?

»Susanne war hier?« Sie hörte die bemühte Lässigkeit und seinen Versuch, schlaftrunken zu klingen. Aber die Spannung in Jakobs Stimme ließ sich nicht verbergen.

»Ja, sie hat dich gesucht. Und sie war nicht die Einzige.«

»Wieso? Was heißt das denn?« Jakob drehte sich auf den Rücken, setzte sich auf und tastete nach dem Lichtschalter.

Ruths Gedanken fuhren Karussell. Was hatte Bender genau zu ihr gesagt? War das etwas, was sie hier überhaupt preisgeben durfte? Dass die Polizei mit Jakob sprechen wollte?

Sie hörte ihre Stimme zittern. »Da muss heute etwas passiert sein. Ich dachte, du wüsstest das. Mit deinem Kollegen aus der Praxis.«

Mit der plötzlichen Aggression in seiner Stimme hatte sie nicht gerechnet.

»Was weißt du von Schimmer?«, herrschte er sie an. »Was ist das für eine Geschichte mit Susanne? Wieso sollte sie hier gewesen sein. Sie kennt dich nicht. Also, was wird hier gespielt?«

Er war aus dem Bett aufgesprungen und zog sich die Boxershorts an. Alles Jungenhafte war von ihm gewichen und sie sah den Zorn und die Wut in seinem Gesicht.

»Komm sag schon, hat dich einer auf mich angesetzt? Ich hatte es fast vergessen. Polizeipsychologin. Wohl immer im Dienst, oder wie muss ich das verstehen?«

»Blödsinn.« Ruth war mittlerweile auch aus dem Bett gestiegen und zog sich an. Sie wurde von Minute zu Minute ärgerlicher. »Ich bin ja nicht dir hinterhergelaufen, sondern du bist freiwillig hier, wenn ich daran erinnern darf.«

Einen Moment schien er perplex. Als wäre das tatsächlich ein Gedankengang, den er vergessen hatte. Dennoch schien er nicht beruhigt. Er setzte sich auf die Bettkante, stützte die Ellbogen auf die Oberschenkel und legte seinen Kopf in die Hände.

»Kann ich dir irgendwie helfen?« Ruth versuchte den Ärger in ihrer Stimme zu unterdrücken.

Nachdenklich hatte Jakob zu ihr aufgeblickt. Hatte einen Moment geschwiegen. Und dann, scheinbar erleichtert geantwortet: »Ja, vielleicht schon. Ich würde dir gerne etwas zeigen. Vertraust du mir?«

Da war es wieder. Das Jungenhafte, das irgendetwas in ihr tief anrührte. Sie konnte nicht sagen, ob es richtig oder falsch war, dass sie sich auf seinen Vorschlag einließ. Aber sie tat es. Beruhigte Florence, die wieder aufgesprungen war, als Jakob das Wohnzimmer querte. Holte ihre Jacke, ihr Handy und ihr Portemonnaie und schloss das Haus von außen ab. Draußen legte er den Arm um ihre Schulter und dirigierte so die Richtung, in die sie gingen.

Die Lichtstreifen am Horizont nahm sie als gutes Zeichen. Endlich wurde es Morgen.

*

»Wir haben ihn.« Der Kollege aus Lübeck hielt sich gar nicht erst mit einer langen Begrüßung auf, sondern hatte nur nacheinander Hofmann und Bender die Hand entgegengestreckt. »Kein großer Akt. Ganz klassisch. Widerstand hat er keinen geleistet, zumindest nicht körperlich.« Er lachte. »Da hätte er auch keine Chance gehabt. Aber redetechnisch hat er was drauf. Werden Sie ja gleich selbst hören.«

»Hat er in irgendeiner Form ausgepackt?« Hofmann war schon ganz bei der Sache, während Bender immer noch gedanklich sortierte, was sie über die Aussagen von Steiner wussten. Er ärgerte sich, wie groß die Entfernungen waren, hätte lieber Gelegenheit gehabt, schneller zwischen den Orten hin- und herzupendeln oder sich mit Hofmann aufzuteilen.

»Er wollte noch nicht einmal einen Anwalt. Er faselt was davon, dass man in diesem Staat sowieso niemandem mehr trauen könne. Und dass wir uns alle eines Tages noch wundern würden.«

»Oha«, meinte Hofmann. »So einer.«

Bender verstand nicht, was er meinte, aber er würde sich auch lieber erst selbst ein Bild machen.

»Wo haben Sie ihn gefasst?«, fragte er nach.

»Der Kerl hat sich wirklich keine Mühe gegeben. Vielleicht dachte er sogar, das wäre am unauffälligsten. Hat am Bahnhof herumgelungert. Als er sich einen Kaffee holte, stand jemand hinter ihm, der unsere Fahndung auf Facebook gelesen hatte. Wir hatten ja noch gar kein Foto rausgegeben. Da fehlte noch der richterliche Beschluss. Letztendlich ist ihm der Seesack zum Verhängnis geworden.«

»Der Seesack?«

»Er hatte wohl von Anfang an vor, nicht nach Hause zurückzukehren. Entsprechend hatte er gepackt und ich sage Ihnen, das Ding ist sowas von schwer und monströs. Und auffällig. Steiner hatte uns den gut beschrieben: Blau-weiß-maritim mit einem Anker, sowas aus recyceltem Segelstoff, wie das jetzt modern ist.«

Bender hatte keine Ahnung, was jetzt modern war. Er selbst verreiste immer mit einem Koffer oder seiner Büffelleder-Reisetasche. Aber das war jetzt nebensächlich. Immerhin hatte die Beschreibung zu einem Fahndungserfolg geführt.

Der Kollege aus Lübeck wies ihnen mit der Hand den Weg und ging dann voraus. »Ich war anfangs kein Fan davon, dass die Polizei jetzt ihre Arbeit auf die Sozialen Medien ausweitet. Aber die Leute draußen finden es gut. Viele wollen tatsächlich helfen.«

Auch Benders Begeisterung angesichts der neuen Kommunikationsformen der Polizei hielt sich in Grenzen. Aber das war kein Thema, das sich jetzt zu diskutieren lohnte.

»Er hatte das Messer, von dem Steiner berichtete, dabei. Aber er hat gar keine Anstalten gemacht, es zu zücken.«

»Das müsste so schnell wie möglich von der Spusi untersucht werden. Wir müssen wissen, ob es Ähnlichkeiten mit der Tatwaffe im Fall Marie Hafen aufweist«, forderte Hofmann.

»Schon veranlasst«, gab der Polizeibeamte zurück. Schweigend betraten sie ein Vernehmungszimmer, in dem Tom Jansen zusammen mit zwei Polizisten saß.

Er hatte einen Becher mit Cola vor sich stehen und Bender hörte noch die letzten Wortfetzen einer ketzerischen

Rede gegen das Land, das sich unweigerlich immer weiter in eine Diktatur verwandle. Doch beim Anblick von Bender war Jansen augenblicklich verstummt.

»Herr Jansen, wir hatten schon das Vergnügen. Sie erinnern sich? Mein Name ist Ernst Bender, Doktor Ernst Bender und ich leite zusammen mit Herrn Hofmann die Ermittlungen.«

Jansen schaute wortlos zwischen ihm und Hofmann hin und her. Bender wartete einen langen Augenblick, um eine Frage zu provozieren. Doch Jansen presste nur die Lippen zusammen.

»Sie wollen gar nicht wissen, welche Ermittlungen?«

Von Jansen kam kein Wort, er hielt den Blick fest auf die Cola gerichtet, die er jetzt in seinen Händen hielt. Erstaunt stellte Bender fest, dass keinerlei Nervosität festzustellen war. Dabei zitterte auf dem Vernehmungsstuhl in der Regel jeder, egal ob schuldig oder nicht.

»Nun denn, wir sagen es Ihnen gerne. Sie dürfen dann noch einmal neu entscheiden, ob Sie einen Anwalt zurate ziehen möchten oder nicht.«

Bender nickte Hofmann zu, der sich Jansen gegenübersetzte.

»Herr Jansen, nur damit Sie das ganze Ausmaß Ihrer Situation verstehen. Natürlich interessieren wir uns sehr für diese ganze Geschichte mit Herrn Steiner, weshalb wir Sie auch haben festsetzen lassen. Erpressung, Bedrohung, Körperverletzung, möglicherweise versuchter Totschlag, ich weiß gar nicht, auf welche Ideen der Staatsanwalt noch kommen könnte. Zusätzlich zu den Vorwürfen, die aus den diversen Geschäftsaktivitäten, die zwischen Herrn Steiner, Herrn Doktor Schimmer und Ihnen resultieren. Wenn wir das richtig überblicken«, Hofmann machte eine dramaturgische Pause, »dann waren Sie ja wohl sehr an der Ausführung der eher unkonventionellen Behandlungsmethoden beteiligt, stimmt's? Was dann nochmal diverse Straftatbestände eruieren könnte. Ich betone: Könnte, nicht muss.«

An dieser Stelle schlug er einen eher jovialen Ton an, der Tom Jansen anscheinend ermuntern sollte.

»Was uns aber heute, jetzt und hier, viel mehr interessiert«, wieder schob er eine Pause ein, »ist, inwieweit Sie für die Morde an Marie Hafen und Doktor Rolf Schimmer verantwortlich sind.«

Das Zerknittern des Bechers kam so unvermutet, dass Bender erschrak. Er sah, wie das braune Getränk an Jansens Fingern entlanglief, ohne dass er es zu bemerken schien. Dann blickte er auf. »Wieso Mord an Schimmer? Ich dachte, er hätte von selbst die Reißleine gezogen?«

»Und woher haben Sie dieses Wissen?«, hakte Bender nach, verwundert über die Analogie zwischen Strick und Reißleine.

»Sagt doch jeder, und wundern würde es mich nicht«, antwortete Tom Jansen emotionslos. »Er war schon immer einer, der keine Eier hatte«, schob er fast beiläufig hinterher.

Bender verschluckte sich beinahe angesichts der Wortwahl, fand aber Tom Jansens Reaktion außerordentlich bemerkenswert. »Heißt das im Umkehrschluss, Herr Jansen, dass Sie mit Schimmers Tod nichts zu tun haben, aber ...« Er kam gar nicht erst bis zum Ende des Satzes.

Zum ersten Mal zeigte Jansen jetzt doch Regung bezogen auf die Tatvorwürfe. »So ein Quatsch. Ich doch nicht. Das würde Ihnen so passen. So läuft es doch immer. Die Kleinen müssen dran glauben, die Großen lassen Sie laufen. Aber nicht mit mir.« Er warf den Colabecher auf den Tisch, wo sich die Reste der braunen Brühe in seltsam abgegrenzten Flecken verteilten.

Bender und Hofmann nickten sich zu, und Hofmann übernahm: »Könnten Sie das etwas präzisieren? Wer sind denn die Großen? Was ist Ihrer Meinung nach genau geschehen?«

»Ich würde ja jetzt gerne sagen, fragen Sie Schimmer«, antwortete Jansen mit Wut in der Stimme. »Aber wie wir schon festgestellt haben, hat dieses Weichei es ja so hinbekommen, dass jetzt ich hier sitze. Zu meiner Entlastung kann er wohl nichts, aber auch gar nichts mehr beitragen.«

»So könnte man das sehen. Ärgerlich, in der Tat«, gab sich Hofmann verständnisvoll. »Was könnte man da bloß machen? Vielleicht erzählen Sie einfach mal, wie sich aus Ihrer Sicht alles verhält.«

Jansen schien einen Moment nachzudenken. Die Anstrengung stand ihm ins Gesicht geschrieben. Er hatte sich vorgebeugt und seine Finger trommelten auf der klebrigen Tischplatte.

Dann hob er das Gesicht. »Das mit dem Anwalt – ich würde zumindest gerne einmal telefonieren. Dafür brauche ich eine Nummer aus meinem Handy.«

*

Ruth genoss es, sich in Jakobs Armen schon fast mechanisch fortzubewegen. Ihr Kopf fühlte sich leer an, obwohl sie wusste, dass das Chaos in ihm toben musste. Vielleicht war es eine Strategie ihres Körpers, so den Stress auszublenden. Schließlich hatte sie das mit jahrelangen Yogaübungen geübt: Die Gedanken freundlich grüßen, aber ziehen lassen.

Sie fragte nicht, wohin sie gingen, weil es selbstverständlich schien. Vor ihnen lag, nachdem sie die Ostseeallee überquert hatten, nur noch getrennt von den Klinikgebäuden, das Meer und der Strand.

Ruth dachte an Georgs Kaffee, und sie freute sich darauf, ihn gleich zusammen mit Jakob beim Sonnenaufgang zu genießen.

Umso überraschter war sie, als er vor der Klinik in den kleinen Fußweg abbog, der auf kürzestem Weg zum Gelände der Privatklinik führte und damit auch zu dem daneben liegenden Gebäude, in dem sich Jakobs Apotheke befand. Jakobs Apotheke und Doktor Schimmers Praxis. Ein unruhiges Gefühl stieg in ihr auf. Was wollte Jakob hier? Um diese Uhrzeit? Irgendwie war ihr immer noch nicht klar, ob er wusste, dass Schimmer etwas zugestoßen war. Vielleicht sollte sie es ihm doch sagen, überlegte sie und tastete aus einem Impuls heraus gleichzeitig nach ihrem Handy.

Er schien ihre Unruhe zu bemerken und fasste ihre Schulter etwas fester. Sie sah von der Seite, wie angespannt seine Kiefermuskulatur war. War es möglich, dass er wegen des Auftauchens von Susanne so wütend geworden war? Dass er ihr unbedingt etwas beweisen wollte, was er nur zeigen konnte, weil es mit Worten nicht zu erklären war?

»Vertraust du mir?«, fragte er, zärtlich diesmal. Die heftige Wut schien verflogen. Ruth spürte Neugierde in sich aufkommen. Die Psychologin in ihr forderte ihr Recht ein. Nun wollte sie wissen, um was es ging.

Statt einer Antwort nickte sie nur.

Jakob holte wenige Meter vor dem langgestreckten Bungalow einen Schlüsselbund hervor. Er ließ sie los, als er mit einem Sicherheitsschlüssel das Gitter vor dem Haupteingang hochfahren ließ. Das quietschende Geräusch, das dabei entstand, war so laut, dass Ruth erschrocken zu den benachbarten Kliniken sah. Doch dort schien alles noch im Schlaf zu liegen.

Das Gitter war erst halbhoch, als Jakob ihre Hand nahm und sie mit sich zog: »Komm!« Kaum waren sie auf der anderen Seite, ließ er die Vorrichtung wieder herunter. »Muss ja keiner glauben, dass ich Notdienst habe«, erklärte er.

Ruth fand das albern, aber sie sagte nichts dazu. Stattdessen sah sie sich in dem kleinen Vorraum um, in dem mehrere Infotafeln und Prospekthalter an den Wänden hingen. Es waren sowohl medizinische wie auch pharmazeutische Flyer und Broschüren darunter, wie sie auf den ersten Blick sah. Ein riesengroßer Ficus Benjamini nahm den hinteren Teil des Raumes vor einem vergitterten Fenster ein, und ließ die Atmosphäre eines verwaisten Büros entstehen.

Nach links und rechts gingen zwei massive Eingangstüren ab. Linker Hand die Einhorn-Apotheke, rechter Hand die internistische Praxis von Doktor Schimmer.

»Das ist jetzt nicht wahr, dass deine Apotheke so heißt, oder?« Sie zeigte auf das Schild. »Und damit war deine Frau einverstanden?« Nach allem, was Ruth bisher von Susanne gehört hatte, passte das nicht wirklich.

»Damals, als wir hier gestartet sind, war das für sie in Ordnung. Das alles hat sich erst mit Ronja so verändert. Weil sie will, dass unsere Tochter von Anfang an Wahlfreiheit hat und nicht erst auf eine rosa Glitzerwelt geeicht wird. Womit sie auch recht hat.«

Ruth war erstaunt, wie empathisch Jakob immer wieder von seiner Ex sprach, um sie im nächsten Moment in Grund und Boden zu verteufeln. Es schien eine wirklich schwierige Geschichte mit den beiden zu sein. Einen Moment lang überkam sie ein schlechtes Gewissen, weil sie jetzt irgendwie an dem Ganzen beteiligt war, aber dann schob sie den Gedanken zur Seite.

»Einhorn-Apotheken sind übrigens gar nicht so selten«, sagte Jakob. »Hat wahrscheinlich was mit der Magie des Horns zu tun. Und wir haben es hier meist mit Patienten zu tun, denen gar nicht genug Magie in ihrem Leben begegnen kann.«

»Ähm. Ja klar, stimmt. Aber du bist gerade an der falschen Tür.« Ruth schaute irritiert zu Jakob, der gerade die Praxisräume aufschloss.

»Nein, überhaupt nicht. Ich wollte dir hier etwas zeigen. Weil hier alle Fäden zusammenlaufen. Nicht in der Apotheke. Es ist eine längere Geschichte. Eine verwobene. In der wir alle eine Rolle spielen. Rolf. Also Doktor Schimmer. Susanne. Meine Ex. Charlotte, Rolfs Frau. Und ich natürlich. Aber um es zu verstehen, müssen wir ganz an den Anfang gehen.«

»Wieso kannst du hier einfach in die Praxisräume?«

Jakob hatte mittlerweile mit einem seiner Schlüssel die Arzt- und Behandlungszimmer aufgeschlossen.

»Weil Rolf und ich das alles hier gemeinsam aufgebaut haben. Als Partner. Er hat genauso Zugang zu der Apotheke.«

»Das ist erlaubt?« Ruth dachte an die ganzen Vorschriften, die in Zusammenhang mit Medikamenten bestanden. Es war ja nicht umsonst, dass gerade die Apotheken mit Gitter gesichert waren.

»Zumindest kontrollierbar. Meine Mitarbeiter haben ja auch Zugang.« Er zeigte auf seinen Schlüsselbund. »Das sind alles personalisierte, elektronische Schlüssel. Wenn etwas fehlt, kann das System ausgelesen werden und wir wissen, wer wann Zugang hatte. Rolf und ich – wir haben uns immer vertraut. Wir hatten ja die gleichen Ziele.«

Ruth hatte einen Kloß im Hals, als sie die nächste Frage stellte: »Wieso sprichst du in der Vergangenheit?«

Jakob lachte heiser auf. »Das ist ein Teil der Geschichte, die ich dir zeigen und erzählen will. Bist du bereit?« Er führte sie in das Arztzimmer und ließ sie in Schimmers ledernem Bürostuhl Platz nehmen. Gleichzeitig fuhr er den Computer hoch und knipste hinter ihr die Lichtleiste an, an der zwei Röntgenbilder befestigt waren.

»Möchtest du etwas trinken? Ich muss sowieso noch nach nebenan in die Apotheke, ich kann dir also etwas holen. Wie wär's mit einem Blasen- und Nierentee?«, fragte er schelmisch. »Oder doch lieber einen Rotbäckchen-Saft?«

»Was zu trinken wäre nicht schlecht«, lächelte Ruth. »Hast du etwas zum Wachmachen? Ich habe ziemlich wenig geschlafen, wenn ich es recht bedenke.«

»Ja sowas«, grinste Jakob sie an. »Dann schau ich mal, ob ich was für dich habe.«

»Aber das hat schon seine Richtigkeit hier?«, wurde Ruth nochmal ernst. Wenn sie daran dachte, dass Schimmer in der Rechtsmedizin lag und Jakob noch nichts davon ahnte. Konnte das sein? Es war doch eine Mitteilung der Polizei herausgegeben worden. Doch dann müsste Jakob jetzt ganz anders sein. Bedrückt. Trauernd. Oder vielleicht – wütend? War das die Erklärung für seinen Ausbruch eben? Sie würde einfach abwarten müssen.

Trotzdem war ihr unwohl. »Ich meine datenschutzrechtlich? Du kannst mir doch hier nicht einfach Zugang zu Patientendaten gewähren.« Sie zeigte auf die Röntgenbilder hinter ihr, die namentlich gekennzeichnet waren.

»Wieso? Du bist doch Psychologin. Und Polizistin. Du bist doch auch der Verschwiegenheit unterworfen. Wenn ich dich darum bitte?«

»Aber Jakob, das hat doch nichts mit Bitten zu tun. Ich sitze doch hier als Privatperson. Und du dürftest ja auch keinen Zugang zu den Patientendaten haben. Also, richtig ist das nicht.«

»Ruth, bitte.« Er war ganz ernst und beugte sich über sie. »Vertrau mir. Es ist, glaube ich, wichtig, dass du die Geschichte hörst. Von Anfang an. Als Psychologin. Und als Polizistin. Danach überlegen wir gemeinsam, was wir tun können. Ich bitte dich inständig darum.«

Sie konnte es ihm nicht ausschlagen, so viel stand fest. Einen Moment dachte sie an Bender. An ihr Gespräch vom Abend. Vielleicht war es ja tatsächlich so, dass sie hier so etwas wie Amtshilfe leistete. Dann wäre es sogar richtig, dass sie blieb und sich anhörte, was Jakob ihr zu sagen hatte.

»Okay«, flüsterte sie und wurde mit einem sehr langen, sehr zärtlichen Kuss belohnt.

»Ich danke dir«, sagte Jakob, als er sich aufrichtete. »Also, einen kleinen Augenblick Geduld. Ich bin gleich zurück.«

Er verschwand und Ruth hörte, wie er nebenan die Tür zur Einhorn-Apotheke aufschloss.

Sie stand auf und wanderte durch die Praxis. Alles war geschmackvoll und edel eingerichtet. Keine billigen Stapelstühle im Wartezimmer, sondern verchromte Schwingsessel. An den Wänden abstrakte Malerei mit kleinen Schildern, die die Künstlerin, den Titel und den Preis des Exponates benannten. Die Behandlungszimmer waren modern eingerichtet, hygienisch sauber und schienen eine gehobene technische Ausstattung zu haben. EKG, Belastungs-EKG, Ultraschallgeräte konnte Ruth zuordnen. Darüber hinaus gab es andere Geräte, deren Bestimmung sie nicht kannte.

Sie ging in Schimmers Arztzimmer zurück. Dass sie ihn nicht persönlich gekannt hatte, machte es einfacher für sie, hier in den Räumen zu sein, obwohl sie von seinem Tod wusste.

Sie trat vor die Röntgenbilder. Vermied es nach den Namen zu sehen, weil sie ihr Verhalten dann weniger falsch fand. Betroffen starrte sie auf die Bilder. Selbst für sie waren die Veränderungen erkennbar. Unabänderliche Dokumente des Schreckens. Wer damit konfrontiert wurde, war für sein Leben gezeichnet. Ruth fröstelte. Wie gut es doch war, dass man nicht immer wusste, was kommen würde. Wie glücklich konnte sie sich schätzen, gesund zu sein.

Erst beim Herumdrehen fiel ihr das Klavier auf, das hinter der Tür an der Wand stand. Durch seine weiße Farbe hatte es sich auf den ersten Blick gar nicht so sehr von der Möblierung abgehoben. Ruth hob den Deckel, und spielte mit ganz leichtem Anschlag eine einfache Melodie. Das Foto, das oben auf dem Klavier stand, zeigte eine Frau mit einem Baby vor dem Weihnachtsbaum. Wahrscheinlich Schimmers Familie. Ein Kind, das ohne Vater aufwachsen würde.

»Du spielst Weihnachtslieder mitten im Sommer?« Jakob war unbemerkt zurückgekommen.

Ruth zuckte die Achseln. »Wahrscheinlich deswegen.« Sie zeigte auf das Foto, das Jakob aber nicht weiter kommentierte. Zum Fragen war sie zu müde. Am liebsten würde sie zurück in ihr Bett gehen.

»Komm, setz dich nochmal.« Jakob fasste sie an der Hand und zog sie zum Arztsessel zurück. Ein Glas mit einer tiefroten Flüssigkeit stand neben der Tastatur. Jakob drückte sie an den Schultern in den Sitz und bewegte dann die Maus. »Geht gleich los.«

Ruth drehte ihr Gesicht zur Seite. Ein süßer Geruch, den sie als unangenehm empfand, war ihr in die Nase gestiegen. »Was ist das?«, zeigte sie auf den Saft und konnte dabei den Ekel in ihrer Stimme nicht unterdrücken.

»Der beste Vitaminsaft, den ich finden konnte«, antwortete Jakob und sie hörte das Lächeln in seiner Stimme. »Das Beste nur für dich.«

Im gleichen Augenblick legte sich ein Tuch auf ihre Nase und den Mund. Der süßliche Geruch nahm ihr den Atem und löste einen Würgereflex aus. Sie wollte alles gleichzeitig. Die Hand wegstoßen. Schreien. Nach ihrem Telefon greifen. Doch dann wurde es ihr alles zu viel. Zu schwer. Zu anstrengend.

»Schscht«, machte er jetzt wieder, und Ruth dachte daran, wie gut es getan hatte, an seiner Seite im Bett zu liegen. Wie gut es getan hatte und wie gerne sie jetzt dort wieder wäre. Es war der letzte Gedanke und dann ließ sie alles los.

*

»So, Herr Steiner, Sie würden uns allen das Leben leichter machen, wenn Sie mal erzählen würden, was Sie wissen. Wenn es einfacher ist: Sie sitzen hier im Moment nicht als Beschuldigter, sondern als Zeuge.« Hofmann hatte sich und Bender kurz vorgestellt, und er machte deutlich, dass er keine Zeit mit irgendwelchem Geplänkel verbringen wollte.

»Wir wissen schon, dass es irgendwelche Geschäfte mit Schimmer gab, aber sie brauchen dazu noch nicht mal ins Detail zu gehen, falls Sie sich dadurch in irgendeiner Form belasten sollten. Das ist für uns jetzt erstmal nachrangig. Was wir brauchen, sind Erklärungen, die uns helfen die

Morde aufzuklären. Marie Hafen. Rolf Schimmer. Was wissen Sie? Und was ist das für eine Sache mit Jansen?«

Steiner dachte einen Moment nach und sah dann zwischen Hofmann und Bender hin und her. Schließlich gab er sich einen Ruck. »Okay. Ich bin bereit mitzuarbeiten. Letztendlich bin ich überzeugt, keine Straftat begangen zu haben. Ich versuche also mal die Dinge so zu erklären, wie sie sich mir dargestellt haben.«

»Ich bitte darum.« Ernst Bender versuchte ein aufmunterndes Lächeln. »Es wird Ihnen nicht schaden, wenn Sie kooperieren.«

»Also gut. Es stimmt. Ich habe Herrn Doktor Schimmer hinsichtlich unserer Medikamente in einer Form beraten, die nicht unumstritten ist, aber – und das betone ich hier mit Nachdruck – nicht verboten ist.«

»Sie reden von der Off-Label-Gabe von Medikamenten, stimmt's?« Steiner sah erstaunt auf, doch Bender lieferte die Erklärung hinterher. »So weit sind wir mit unseren Ermittlungen schon gekommen.«

»Das meinte ich«, gab Steiner zu. »Ich hatte das eher nur am Rande erwähnt, dass wir von einer erweiterten Therapieindikation ausgehen. Doktor Schimmer ist damals direkt darauf angesprungen. Er hat eine solche Gabe schließlich auch rechtlich zu verantworten.«

Bender fand es abstoßend, wie schnell Steiner bei dem Punkt war, sich selbst aus der Schusslinie zu nehmen, andererseits konnte er es ihm angesichts der späteren Entwicklung auch nicht verdenken. Von daher ließ er Steiners Worte vorläufig unkommentiert stehen.

»Doktor Schimmer hat dann sehr auf unsere Zusammenarbeit gedrungen, und ich kann sagen, dass das Unternehmen, für das ich arbeite, da nicht abgeneigt war. Natürlich planen wir noch eine größere Studie, aber an solchen

Formen der Vorab-Evaluation besteht schon großes Interesse.«

»Finanzielles Interesse auf allen Seiten, würde ich mal sagen«, warf Hofmann ein.

»Ach, wissen Sie, auch da streitet die Fachwelt. Wir werden gerne als die Bösen hingestellt, wenn solche Verfahren an die Öffentlichkeit gelangen. Glauben Sie mir, die betroffenen Patienten und ihre Angehörigen sind froh, dass es solche Möglichkeiten gibt.«

»Besonders die Finanzstarken«, setzte Hofmann nach, während Bender versuchte, ihn zu bremsen. Er wollte lieber hören, was Steiner von sich aus sagte.

Aber Steiner ließ sich nicht beirren. »Wissen Sie«, hob er an und lehnte sich zurück, »für die Kostenablehnungen der Kassen können Sie uns nicht verantwortlich machen. Ist es nicht überall in unserer Gesellschaft so, dass es sich auszahlt, wenn man über finanzielle Mittel verfügt?«

Bender scharrte ungeduldig mit seinen Schuhen über den Boden. »Geschenkt. Das müssen wir jetzt nicht diskutieren. Trotzdem – Schimmer hat schon eine Art Heilsversprechen gegenüber todkranken Patienten gemacht und sich dafür wahrscheinlich bezahlen lassen, können wir uns auf diese Zusammenfassung einigen?«

»Ich könnte mir vorstellen, dass es so war, aber genau weiß ich es nicht. Wollte es auch nie wissen.«

»Was hat Jansen in dem ganzen Konstrukt für eine Aufgabe?« Bender beugte sich vor.

»Wenn ich das recht verstanden habe, dann hat er die Medikamente verabreicht. Ich habe das auch erst von ihm selbst erfahren.« Steiner hob die Hände, um alle Schuld von sich zu weisen. »Nie im Leben wäre ich auf die Idee gekommen, dass die ganze Sache komplett inoffiziell lief. In der Regel gibt es selbstverständlich dazu Vereinbarungen, Dokumentationen und nicht zuletzt auch Anträge. Aber Schimmer muss da anderes im Sinn gehabt haben.«

»Ging es dabei ausschließlich um ein Medikament?«

»Von meiner Seite: Ja, definitiv.« Steiner überlegte. »Ich kann natürlich nicht sagen, ob Schimmer auch mit anderen Pharmafirmen kooperiert hat.«

»Kooperiert ist ein nettes Wort für das, was anscheinend gelaufen ist«, wandte Bender ein.

Steiner zuckte mit den Schultern. »Wie gesagt, von meiner Seite ist alles sauber gelaufen. Aber ich hatte mich schon gewundert, wie panisch Schimmer unsere Zusammenarbeit beenden wollte.«

»Was? Wann war denn das?« Hofmann sprang auf.

»Das muss an dem Tag gewesen sein, als hier die tote Frau gefunden wurde. Die ja Schimmers Patientin gewesen sein soll, wenn man den Medien glauben darf.«

»Das hat so nirgends gestanden.«

»Nein, natürlich nicht. Aber wenn man die Zusammenhänge kennt, denkt man sich seinen Teil. Belegarzt in einer Privatklinik. Hallo, wer sollte das sonst sein?«

»Womit hat Herr Doktor Schimmer den Rückzug denn begründet?«, fragte Bender nach.

»Na gar nicht. Der war einfach nur kurz angebunden. Aber so war er. Immer schon ein Geheimniskrämer. Da musste alles immer unter dem Deckmantel der Verschwiegenheit laufen.«

»Wissen Sie, ob unser Opfer zu den Patientinnen gehörte, die mit dem Medikament, über das wir hier reden, von Doktor Schimmer behandelt wurde?«

»Ich kann es Ihnen nicht sagen. Aber natürlich hatte ich sofort diese Assoziation. Dass er Panik bekommen hat. Wegen der anstehenden Obduktion. Dass man Rückschlüsse ziehen würde.«

»Aber Sie sind doch davon ausgegangen, dass er das alles fachlich korrekt vorgenommen hat. So haben Sie es uns eben berichtet.«

»Im Prinzip schon. Die ganze Dimension habe ich erst heute durch Jansen erfahren.«

»Aha«, war alles, was Bender dazu zu sagen bereit war.

»Aber …«

»Aber was?«

»Ich hatte zumindest doch schon länger einen Verdacht, dass irgendetwas komisch lief. Schimmer war so überaus nervös, wenn ich ihn aufsuchte. Immer öfter ließ er sich verleugnen, ich sollte dann am besten nur neue Medikamentenproben dalassen. Und die Daten, die er uns aus den Off-Label-Behandlungen liefern sollte, waren schlecht. Das muss man so sagen. Viel zu widersprüchlich. Meist hatte er eine Erklärung dafür. Flehte regelrecht, noch weitermachen zu dürfen. Bis dann der abrupte Abbruch kam.«

Ernst Bender drehte sich zu Hofmann zurück. Er hoffte, man konnte ihm deutlich im Gesicht ablesen, was er von der Geschichte hielt. Als wenn Steiner nicht mindestens genauso ein Interesse an Verschwiegenheit gehabt hätte, nicht mindestens genauso ein Interesse, das Verfahren weiterlaufen zu lassen.

In gleichen Augenblick öffnete sich die Tür. Ein Polizeibeamter steckte seinen Kopf herein. »Herr Doktor Bender, wir haben einen Anruf für Sie. Es scheint wichtig.«

Bender schob seinen Stuhl zurück und stand auf. »Machen Sie ruhig schon alleine weiter, Hofmann.« Er sah, wie der Angesprochene die Augen aufriss. Bender schüttelte den Kopf. Nein, bei aller Liebe und allem Verständnis, aber er würde Hofmann nicht im Rahmen dienstlicher Verpflichtungen vor Zeugen duzen. Da konnte er nächtens noch so anderer Meinung gewesen sein. Er sah, wie Hofmann ihn angrinste. Immerhin: Er hatte verstanden.

Es dauerte anschließend keine drei Minuten, bis Bender zurück in den Raum platzte. Trotz seiner Aufregung hörte er noch die Frage, die Hofmann gerade stellte: »Was hat es in der ganzen Geschichte überhaupt mit der Apotheke auf sich? Warum brauchte Schimmer die Medikamente von Ihnen? Das erscheint mir arg konstruiert.«

Bender wartete keine Antwort mehr ab. Er packte Hofmann an der Schulter und schob ihn, als er aufstand, vor sich her. »Wir müssen das später fortsetzen. Sie können erst einmal nach Hause gehen, Herr Steiner. Wenn Sie sich zur Verfügung halten.« Er spürte, wie ihm der Schweiß auf die Stirn trat.

»Was wird das jetzt? Ist das deine hochgepriesene Professionalität? Der Ruf, der dir so vorauseilt?« Hofmann sah Bender vor der Tür wütend an und dieser konnte es seinem Kollegen nicht verdenken.

»Ich erkläre es unterwegs. Aber wir müssen zurück nach Boltenhagen. Ruth Keiser ist verschwunden.«

»Ruth wer?«

»Ich erkläre es im Auto, es ist zu kompliziert. Sicher ist nur: Wir müssen sofort zurück.«

※

Als Erstes war da der Schmerz, der sich rings um ihren Bauch zog. Unwillkürlich versuchte sie, dorthin zu fassen, und spürte erst dann die Fesseln an ihren Händen. In ihrem Kopf hämmerte der Puls. Ihre Lider waren bleischwer, dennoch gelang es ihr, sie zu öffnen. Das blaue Licht, das den Raum nur diffus erhellte, tat ihr gut. Wenigstens keine Dunkelheit. Sie versuchte, sich zu bewegen. Auch ihre

Füße waren festgeschnürt. Jede Bewegung schnitt ihr ins Fleisch, am schlimmsten jedoch war die feste Einschnürung ihres Bauchs. Sie japste laut nach Luft.

Als hätte jemand auf genau dieses Zeichen gewartet, ging rechts von ihr ein Licht an. In einiger Entfernung saß jemand in einem Sessel unter einer Halogenstehlampe. Ruth drehte ihren Kopf in die Richtung. Der Lichtschein schmerzte in ihren Augen, und sie konnte die Person nur schattenhaft wahrnehmen. Sie schloss ihre Lider und versuchte sich zu erinnern. Was war passiert? Mit wem war sie zusammen gewesen? Wieder öffnete sie die Augen, nur einen Spalt diesmal, um den Lichteinfall besser kontrollieren zu können.

Das Bild erinnerte sie an eine Theaterbühne. Aber das war kein Theater, da war keine Bühne und sie war keine Zuschauerin. Wieder stöhnte sie angesichts des Drucks auf ihren Bauch. Wenn die Person, die dort saß, wenigstens sprechen würde, wäre das Erkennen leichter. Dann könnte sie, Ruth, das, was gerade mit ihr passierte, besser einschätzen. Aber sie traute sich nicht zu reden.

Sie wusste nicht, wie lange sie anschließend wieder mit geschlossenen Augen dort gelegen hatte. Es war, als tauche sie immer wieder ab und mit jedem Aufwachen stellten sich dieselben Fragen, auf die sie keine Antwort fand. Sie war so müde, so schrecklich müde.

Erst eine Bewegung, die einen Moment das Licht verdunkelte, ließ sie erneut zur Seite blicken. Erst da erinnerte sie sich. Glaubte sich zu erinnern. Glaubte zu träumen. Alles zugleich.

»Jakob?«, fragte sie und hörte, wie ihre Stimme krächzte.

Er antwortete nicht. Ließ sie einfach liegen. Kümmerte sich nicht.

Ob er sie nicht hörte? Sie nicht verstand? »Jakob, was ist

das hier?« Sie hatte sich selbst noch nie so flehentlich erlebt. Als keine Antwort kam, spürte sie, wie die Schwärze der Bewusstlosigkeit sie wieder holte. »Jak…«

Das nächste Aufwachen geschah schneller. Sie wusste sofort, dass Jakob unter der Lampe saß. Wusste, dass sie nicht viel Zeit hatte, um zu reden, bevor die nächste Welle sie erfasste.

»Bitte. Sag. Ich will es wenigstens verstehen.«

Wieder nichts. Bis sie sich resignierend der nächsten Dunkelheit übergab. In dem Augenblick stand er auf. Ruth kämpfte gegen die Bewusstlosigkeit. Sah aus den Augenwinkeln, wie er sich näherte. Erst jetzt nahm sie den Infusionsständer wahr, an dem ein Gerät mit einer überdimensionalen Spritze befestigt war. Er drehte den Ständer und damit die Apparatur. Leuchtend grüne Ziffern zeigten etwas an, das sie nicht verstand. Jakob drückte auf Knöpfe, die bei Berührung piepsten, und die Zahl verwandelte sich, reduzierte sich, wurde immer kleiner.

Wieder wurde es schwarz um sie.

Mit jedem neuen Aufwachen war sie etwas klarer im Kopf. Klarer und orientierter. Ihr Blick ging immer zur grünen Anzeige, die ihr freundlich gesonnen schien. Perfusor. Von irgendwoher kam das Wort. Tropfenzähler. Jakob saß wieder in seinem Sessel, immer noch schweigend. Sie hatte aufgegeben, ihn zu fragen. Als er sich bewegte, fiel das Licht so, dass Ruth sehen konnte, wie ein Schlauch von der Spritze zu ihrem verbundenen Handgelenk führte.

Als ihre Gedanken klarer wurden, versuchte sie sich vorzustellen, was draußen passierte. Sie erinnerte sich an den beginnenden Morgen. Seitdem musste einige Zeit vergangen sein, auch wenn Ruth nicht einordnen konnte, wie viel. Dennoch: Die Öffnung der Praxis und der Apotheke musste unweigerlich näher rücken. Wie sollte es Jakob schaffen, das Personal, die Patienten, die Kunden fernzuhalten?

Alle ihre Hoffnung legte sie in das Verrinnen der Zeit. Doch umso wacher sie wurde, desto bewusster wurde ihr, dass die Zeit voranschritt und nichts passierte. Wie konnte das sein?

Nach endlos langer Zeit stand Jakob wieder auf. Er rückte den Stuhl nahe zu ihr heran. Sein Gesicht lag weiter im Dunkeln, während die Lampe hinter seinem Kopf wie ein Heiligenschein wirkte. Ausgerechnet ein Heiligenschein, dachte Ruth.

Als er zu sprechen begann, war seine Stimme so zärtlich, wie sie sie in Erinnerung hatte.

»Du hast mir gefallen. Auf den ersten Blick.«

Ruth runzelte die Stirn.

»Das ist vielleicht mein größtes Problem. Dass ich Frauen so liebe. Dass ich nicht anders kann, als sie zu lieben und sie zu begehren.« Er streckte die Hand aus und berührte ganz sanft ihre Wange, strich an ihr herunter und fuhr dann mit dem Finger ihre Lippen nach.

Ruth unterdrückte den Impuls nach ihm zu schnappen, weil sie den Schmerz in ihrem Bauch fürchtete.

»Vielleicht wäre ja alles gut gegangen, und ich habe es wirklich versucht, schon allein wegen Ronja. Natürlich auch für Susanne. Aber eigentlich war Ronja am wichtigsten.«

Er machte eine Pause. Schien nachzudenken. Ruth wagte kaum zu atmen. Wenn sie ihm Gelegenheit gab zu sprechen, wenn sie ihm Verständnis entgegenbrachte, womöglich könnte ihr dann gelingen, dass er sie aus dieser Situation wieder entließ. Sie hatte plötzlich ein unglaubliches Vertrauen, dass es ihr glücken könnte.

Doch mit einem Mal veränderte sich seine Stimmung. Sein Gesicht kam immer näher und war wutverzerrt. Plötzlich stand er auf und versetzte Ruth eine schallende Ohrfeige. Der Impuls, sich vor ihm wegzuducken, verfestigte den Druck des Bauchgurtes. Ruth schrie auf.

»Halt die Klappe, du kleines Miststück.« Jakobs Stimme klang nun vollkommen verändert. So als sei er von einer Minute zur anderen ein neuer Mensch. Als hätte ein anderer von ihm Besitz ergriffen. »Du bist auch nur eine von denen, die mich verarschen wollen. Ihr habt doch alle nichts anderes im Sinn. Gleich seid ihr, alle gleich. Eine schlechter als die andere.« Er fasste sich an den Kopf.

Minutenlang redete er nicht weiter.

Dann begann seine Stimme wieder zu säuseln. »Ich weiß, ich bin ein Frauen-Typ. Da kann ich mir noch so vornehmen, mich von euch nicht um den Finger wickeln zu lassen. Aber wenn ihr so mit mir flirtet, wie kann ich da nein sagen?« Wieder streckte er die Hand aus. Diesmal legte er sie auf Ruths Brust und begann sie mechanisch zu kneten im Rhythmus seiner weiteren Worte. »Ihr findet doch immer Gelegenheiten. Jede mit einer anderen Strategie. Aber danach wollt ihr es nicht gewesen sein. Danach zeigt ihr mit dem Finger auf mich.«

Wieder kippte seine Stimme, wurde zornig: »Jakob, der Verführer. Jakob, der nichts anbrennen lässt. Jakob, der vor der Frau seines besten Freundes nicht Halt macht.«

Ruth hielt den Atem an. Die Frau seines besten Freundes. War der beste Freund nicht Schimmer gewesen? Hatte Bender nicht so etwas in die Richtung erwähnt, als er von Jakob Behrends gesprochen hatte?

Jakob war wieder aufgesprungen. Ruth zuckte zusammen aus Angst vor dem nächsten Schlag. Aber er bewegte sich nur mit rudernden Armen durch das Zimmer. »Jakob, der dann auf einmal nicht mehr der beste Freund ist. Jakob, der dann keine Frau mehr hat. Jakob, dem man die ganze Existenz kaputt machen will. Jakob, der seine Tochter kaum noch sehen soll. Ronja, meine Prinzessin Hosenfurz.« Er begann zu weinen und setzte sich wieder in den Sessel. Ruth hörte seinem immer hemmungsloserem Schluchzen zu, während sich die Gedanken im Kopf drehten. Was hatte ihr Jakob alles über seine Ehe mit Susanne erzählt? Was über die Scheidung? Wie passte das alles mit dem zusammen, was er hier jetzt offenbarte? Wenn er wirklich mit der Frau seines Freundes eine Affäre hatte, hatte dann Susanne nicht alles Recht der Welt so zu handeln, wie sie es tat?

Aber das würde sie Jakob nicht sagen können. Sie musste versuchen, zu ihm durchzudringen. Musste es schaffen, dass er sie hörte. Dass er sich verstanden fühlte. Aus irgendeinem Grund schien er ja zu wollen, dass sie wieder wacher wurde. Er wollte erzählen. Wollte sich offenbaren.

»Jakob?« Sie flüsterte nur. »Jakob?«

Er brummte.

»Komm doch etwas näher. Es ist sonst so anstrengend.«

Er beugte sich tatsächlich vor, immer noch schluchzend, wenn auch weniger.

»Jakob«, wiederholte sie sich in dem Wissen, dass kaum etwas besser als Türöffner zum Gegenüber fungierte, als jemanden beim Namen zu nennen. »Vielleicht ist alles ein großes Missverständnis. Vielleicht müsst ihr einfach miteinander reden. Du liebst Susanne doch noch, oder?« Es war ein Schuss ins Blaue, aber sie musste versuchen, irgendwo bei ihm anzudocken.

Er blickte auf und wischte sich die Tränen weg. »Ja?« Seine Antwort klang wie eine Frage.

»Ich glaube schon«, antwortete Ruth. »Und Ronja liebst du. Ich glaube, die beiden brauchen dich.«

Jakob nickte. »Könnte sein.«

Ruth wusste nicht, wie lange Jakob in dieser Stimmung blieb. Sie hatte gewiss nicht allzu viel Zeit. Alles auf eine Karte zu setzen, schien ihr am sinnvollsten. »Du weißt doch, ich mache das vom Job her.« Sie wagte nicht, das Wort Psychologin auszusprechen. »Ich berate Menschen. Ganz oft Menschen, die nicht mehr gut miteinander reden können. Ich habe das gelernt, noch zusätzlich zum Studium.« Das stimmte zwar nicht, aber das hielt Ruth für eine lässliche Sünde. »Was meinst du? Wenn ich dir da helfe. Dass das mit Susanne und dir wieder auf einen besseren Weg kommt?«

Jakob hob den Kopf, doch sie konnte immer noch nicht seine Gesichtszüge erkennen. »Wie soll das gehen?«, fragte er heiser.

»Ich würde so eine Art Schiedsrichterfunktion haben und zwischen euch vermitteln. So eine Art Anwalt für jeden von euch sein. Eine Anwältin für die Gefühle, die zwischen euch stehen.«

»Hört sich gut an.« Jakobs Stimme klang hoffnungsvoll und fast wieder normal. »Ich muss nur noch einen Moment darüber nachdenken.«

»Klar doch, alle Zeit der Welt«, sagte Ruth und schloss die Augen. Aber mach schnell, schob sie gedanklich als Stoßgebet hinterher.

Auf seinen neuerlichen Ausbruch war sie nicht gefasst. »Du Schlampe, du verdammte Schlampe. Du willst mich doch genauso hintergehen, wie alle anderen. Meint ihr wirklich, ich wäre blöd?« Er stieß ein schrilles Lachen aus. »Nein, das bin ich nicht.« Wieder sprang er auf. Riss den Infusionsständer herum und begann hektisch auf den Tasten herumzudrücken. Die Ziffern stiegen. Verdoppelten sich. Vervierfachten sich.

»Das haben sie alle gedacht. Dass sie mich täuschen könnten. Rolf, der mich genauso wie Susanne hat fallenlassen. Der sein Immobiliengeschäft und unsere Mallorcaträume auf einmal alleine durchziehen wollte. Kaputt machen wollten sie mich. Jeden Monat stand der Gerichtsvollzieher hier.« Er gestikulierte wild Richtung Eingangstür. »Hier in der Apotheke. Ließ immer alle Kunden vor, weil er einen auf dezent machte. Aber meine Angestellten, die haben das alles mitgekriegt. Und jetzt kommst du. Was willst du? Mir den Strick um den Hals legen? Weil du mal bei der Polizei warst?« Er stutzte. »Das war jetzt gut. Mir einen Strick um den Hals legen.« Er lauschte seinen eigenen Worten.

Ruth versuchte gegen die aufkommende Panik anzukämpfen. Der Perfusor war jetzt viel höher eingestellt als noch zu Beginn. Sie konnte sich ausmalen, dass sie nicht mehr lange bei Bewusstsein sein würde. Diesmal würde sie es wahrscheinlich nicht wiedererlangen. Wenn sie bloß die richtigen Worte fände. Aber gab es sie? War es möglich, Jakob in seinem Wahn zu stoppen?

*

Bender hatte während der Autofahrt alles, was er wusste, für Hofmann zusammengefasst.

Dieser schlug, kurz nachdem sie die Autobahnabfahrt der A 20 an der Abfahrt Grevesmühlen verlassen hatten und nur noch im Schneckentempo hinter einem Mähdrescher herfahren konnten, wütend auf das Lenkrad. »Verdammt nochmal, was erzählst du da? Der angeblich so korrekte Ernst Bender bespricht also seine Ermittlungserkenntnisse am Feierabend allen Datenschutzrichtlinien zum Trotz mit wildfremden Personen. Habe ich das richtig verstanden? Ist das euer so fortschrittliches westliches Verständnis von Polizeiarbeit?«

Bender hörte den Frust in Jürgen Hofmanns Stimme und konnte es ihm nicht verdenken. Selbst in seinen eigenen Ohren klang es unprofessionell und abenteuerlich, was er vom Stapel ließ. Um dazu nicht sagen zu müssen: konfus. Er hatte keine wirkliche Entschuldigung parat.

Hofmann setzte ein paar Mal zum Überholen an, ließ sich dann aber wegen des Gegenverkehrs immer wieder zurückfallen. Sein Fuß tippte nervös auf das Gaspedal.

Bender rutschte tiefer in den Sitz. Wäre er doch gestern Abend mit dem eigenen Auto gefahren, ärgerte er sich.

»Also, nochmal ganz langsam und von vorn. Du kennst Ruth Keiser von der Polizeihochschule und ihren Ferienhausnachbarn, dessen Namen du nicht genau weißt, auch.«

Bender bejahte kleinlaut, weil ihm die Sache mit dem Namen sehr unangenehm war.

»Du hast mit den beiden über den Fall Marie Hafen gesprochen.«

»Nun ja, ein wenig. Das heißt mit Ruth Keiser schon eher. Wir haben uns zweimal dazu ausgetauscht.«

»Und diese Ruth Keiser beaufsichtigt durch einen reinen Zufall«, Hofmann ließ seine Stimme ironisch anschwellen, »den Hund von dieser sogenannten Dorfhexe, die mit Drogen handelt.«

»Ich würde es so nicht ausdrücken, aber ich weiß, was gemeint ist.«

Wieder schlug Hofmann auf das Steuer. »Klar würdest du das anders ausdrücken. Du vermeidest ja in jedem Wort die persönliche Ansprache und das Du. Schade, ich hatte gedacht, da hätte sich was verändert.«

Bender schwieg einen Moment betroffen. »Tut mir leid. Du hast recht, Jürgen.« Der Satz klang seltsam unbeholfen aus seinem Mund, aber vielleicht kam ihm das auch nur so vor.

»Schon in Ordnung. Womöglich muss ich dir einfach etwas Zeit geben«, knurrte Hofmann. »Also, weiter im Text. Was war jetzt mit dieser Ruth Keiser und Jakob Behrends?«

»So wie ich das am Telefon verstanden habe, hat Ruth Keiser diesen Herrn Behrends im Café des Ferienparks kennengelernt. Ihr Nachbar, also dieser Polizist von Norderney, ich kann mir den Namen einfach nicht merken, hat ausgesagt, dass Ruth vorletzte Nacht nicht in ihrem Ferienhaus war und wahrscheinlich mit Behrends unterwegs war.«

»Uiuiui, Nachbarschafts-Watching vom Allerfeinsten. Könnt ihr also auch. So was wünscht man sich doch im Urlaub.«

»Das glaube ich nicht. Eher antrainierte Aufmerksamkeit. Er ist schließlich Polizist.«

»Gut. Stimmt auch wieder. Trotzdem wäre es ja kein Verbrechen.«

»Nein, das nicht. Es war nur so: Ruth hätte über Nacht den Hund hüten sollen und hatte es vergessen. Worüber sie sich selbst am meisten ärgerte. Sie hatte es dann für letzte Nacht zugesagt.«

»Und war dann wieder nicht da?«

»Doch, doch. Sie muss dagewesen sein. Aber heute Morgen hat der Hund hinter der Tür gescharrt und gewinselt. Und zwar ziemlich laut. So laut, dass sich mehrere Ferienparkgäste vor der Tür versammelt haben. Sie haben geklopft und gerufen. Es tat sich nichts.«

»Dann ist dieser Polizist, dessen Namen du nicht kennst, zur Rezeption?«

»Ja, sie haben das Haus aufgeschlossen. Von Ruth Keiser keine Spur.«

»Also doch bei Jakob Behrends?«

»Möglich. Aber es ist wohl absolut ungewöhnlich. Und dann bekommt das Ganze ja noch eine neue Dimension: Jakob Behrends und Rolf Schimmer waren beste Freunde. Wobei die Betonung auf ›waren‹ liegt. Und zwar schon vor Schimmers Tod.«

»Das ist in der Tat brisant.«

»Deswegen möchte ich als Erstes zu Behrends Ex-Frau. Sie wohnt auf dem Weg, die Adresse habe ich.«

»Na, dann hoffe ich, dass sie zuhause ist. Geschiedene Frauen führen in der Regel kein Hausfrauen-Dasein. Dafür reicht das Geld meistens nicht. Nichts mehr mit jahrelangem Ehegattenunterhalt.«

Bender kam es so vor, als klänge Genugtuung in Hofmanns Stimme. Ihm fiel auf, wie wenig er über seinen Kollegen wusste. Noch nicht mal seinen Familienstand. Weil es bisher für die dienstlichen Belange irrelevant gewesen war. Beim nächsten gemeinsamen Bier würde er nachfragen, schwor er sich.

»Was ist eigentlich mit Schimmer? Ist der Leichnam zweifelsfrei identifiziert? Was hat es denn nun mit dieser Mord-Selbstmord-These auf sich?«

»Stimmt.« Bender schaute schuldbewusst. »Da ist eben eine Nachricht eingegangen, dass wir uns bei Lorenz melden sollen. Ich kümmere mich darum, okay?«

Endlich gelang es Hofmann zu überholen. Sofort drückte er aufs Gaspedal, und Bender wünschte sich augenblicklich hinter eine langsame landwirtschaftliche Maschine zurück, egal was für eine es war.

Hofmann dagegen wirkte wie befreit. Er lachte Bender jetzt von der Seite aus an. »Wirklich, Ernst, kannst du doch direkt machen. Mobil. Ganz schön hinterwäldlerisch, du und dein Handy, was? Das werden wir auf Dauer aber noch ändern müssen.« Er hatte eine Hand gehoben und deutete mit Daumen und kleinem Finger ein Telefonat an. Bender wünschte sich nichts sehnlicher, als dass er die Finger wieder aufs Lenkrad legte.

*

»Aber er hat doch Marie Hafen umgebracht. Wenn die Polizei ihn verhaftet hätte ...« Ruth hörte sich selber lallen, ihr Mund konnte die Worte kaum noch formen.
»Was?« Er kam ihrem Gesicht ganz nahe. So nahe, dass sie die Augen schließen musste.
»Schimmer.« Sie konnte kaum mehr reden, wusste nicht mehr, was sie sagen wollte.
Erneut hörte sie das schnelle Drücken der Tasten. Sie wollte nicht mehr sehen, wie hoch er die Anzahl der Tropfen jetzt stellte. Es war egal. Alles war egal.
»Was hast du gesagt?« Jakob rüttelte an ihren Schultern und schlug sie leicht auf ihre Wangen. »Hey, wach auf! Nicht einschlafen! Du glaubst, dass Schimmer Marie Hafen umgebracht hat?«
Sie hörte sein hysterisches Gelächter, hatte aber keine Kraft mehr zu antworten.
»Komm, bleib hier, sag es mir nochmal. Komm, sag es mir. Die Polizei glaubt das? Schimmer, der Marie Hafen abgestochen hat?«
Ruth fühlte sich in einer Endlosschleife gefangen. Wegdämmern, aufwachen, immer die gleiche Frage. Dazwischen die Erkenntnis von weit her, noch am Leben zu sein.
»Dann glaubt sie auch an seinen Selbstmord. Das glaubt sie, ja?« Die Stimme war so schrecklich laut. Ihre Hände

zuckten, um sich die Ohren zuhalten zu können. Der Schmerz in ihrem Bauch war ein unendlich tiefes Ziehen, das nicht aufzuhören schien. Wenn es doch nur vorbei wäre.

Ihre Antwort war nicht mehr nötig. Jakob schien sie sich schon selbst gegeben zu haben. »Dann ist also alles genauso, wie ich gehofft habe.« Ruth hörte etwas, das wie Händeklatschen klang. »Du weißt gar nicht, wie glücklich du mich damit machst. Richtig glücklich. Wie gut, dass wir uns begegnet sind.«

*

Hofmann war in Grevesmühlen schon mal aus dem Auto ausgestiegen, als Bender noch mit der Rechtsmedizin telefonierte. Überraschenderweise hatte er Doktor Lorenz sofort erreichen können. Er lauschte den Worten des Mediziners, während er Hofmann beobachtete, der an der Fassade des Hauses, in dem Susanne Behrends wohnen sollte, hochblickte. Als Hofmann sich wieder dem Auto zuwandte, öffnete Bender die Autotür und winkte ihn zurück.

Hofmann ließ sich wieder hinter das Steuer fallen. Bender hob den Daumen und zeigte auf das Telefon, das er auf laut stellte.

»… zweifelsfrei erwiesen«, sagte Lorenz gerade. »Die Polizeibeamten hatten ja schon vor Ort Schimmer erkannt. Aber nun haben wir das rechtlich sauber durch den Abgleich des Gebisses.«

»Wie sieht es mit der Todesursache aus?«

»Meine erste Vermutung ist richtig. Postmortales Aufhängen. Vorher hat eine Strangulation stattgefunden, gegen die sich Schimmer gewehrt hat. Abriebspuren an den Händen und unter den Fingernägeln sprechen eine eindeutige Sprache.«

»Kann man etwas zum Täter sagen?«

»Wenig. Nicht wesentlich leichter als Schimmer. Schließlich musste der Leichnam ja noch in die hängende Position. Für die Tat selber ist es sicher auf das Überraschungsmoment angekommen. Und es braucht schon eine gewisse Skrupellosigkeit, so lange zu strangulieren bis der Tod eintritt.«

»Haben Sie eine Vermutung? Mann oder Frau?«

»Ich gebe es zu, dass ich bei solchen Szenarien immer schneller an einen Mann denke. Fachlich kann ich das nicht unterschreiben. Eine große, kräftige Frau. Oder zwei Täter, die gemeinsame Sache gemacht haben. Alles denkbar. Was sagt denn die Spusi?«

»Die sagen, dass sie den Tatort sauber und präpariert aufgefunden haben. Da hat sich einer die Mühe gemacht, alle möglichen Spuren zu verwischen. Auf dem trockenen Waldboden waren jedenfalls keine verwertbaren Spuren zu finden. Wir gehen aber davon aus, dass Tatort und Fundort identisch sind. Sonst hätte es zumindest Reifenspuren geben müssen.«

»Nun ja, man kann Leichen auch anders als mit Autos transportieren: Schubkarren, Sackkarren, ein Holder oder ein Fahrradanhänger.«

»Stimmt. War aber nichts Relevantes dabei. Vielleicht gab es doch ein verabredetes Treffen vor Ort. Trotzdem danke. Ihre Angaben helfen uns sicher weiter.«

»Nicht dafür. Wünsche weiterhin eine gute Ermittlung.«

»Ach, Doktor Lorenz?«

»Ja, Doktor Bender?«

»Haben Sie noch Neuigkeiten bezüglich Marie Hafen für uns. Neue Erkenntnisse?«

»Nichts anderes, als ich schon mitgeteilt habe. Liegt alles schon in Schwerin auf Ihrem Tisch.«

»Danke. Gute Arbeit. Wir melden uns.« Bender drückte den Anruf weg und klappte die Handyhülle zu.

»Immerhin etwas. Dann wollen wir mal, oder?«

Hofmann nickte. Sie standen vor einem Altbau, dessen ockergelbe Fassade an mehreren Stellen bröckelte.

»Auch nicht erste Wohnlage für eine Apothekergattin, würde ich mal sagen. Unterstützt meine These, dass es nach der Ehe finanziell bergab geht.«

»Lassen Sie uns doch erst mal abwarten.« Bender mochte keine voreiligen Schlüsse.

Immerhin lag die Wohnung im Erdgeschoss und hatte damit Zugang zu einem recht hübschen Garten. Das war das Erste, was ihm auffiel, als Susanne Behrends sie nach dem Vorstellen mit in die Küche nahm. Die Tür zu einer kleinen Terrasse stand offen. Einige Stufen führten hinunter zu einer Rasenfläche, auf der eine Schaukel stand. Zwischen zwei Bäumen war ein Balancierseil gespannt, auf dem Bender ein kleines Mädchen sah.

»Bitte kommen Sie durch. Ich habe heute Home-Office.« Sie deutete auf den aufgeklappten Laptop, der auf dem Küchentisch stand. »Ich arbeite am liebsten hier am Tisch, weil ich dann raus in den Garten schauen kann. Das da draußen ist Ronja, meine Tochter.«

Susanne Behrends schien über ihr Erscheinen keineswegs überrascht. Zumindest stellte sie keine Fragen.

»Außerdem kann ich dann gleichzeitig schon mal eine Suppe auf den Herd stellen. Irgendwie wird mir immer die Zeit knapp, so zwischen Job und Kind. Also versuche ich das Beste daraus zu machen.«

Susanne Behrends erweckte den Anschein, viel zu klein angesichts der Größe der Küche zu sein. Vielleicht schien es aber nur so, weil sie keine Schuhe trug und barfuß über den Boden lief. In ihrem Top und den kurzen Shorts sah sie wie ein junges Mädchen aus und weniger wie eine berufstätige Mutter. Schon gar nicht wie eine geschiedene berufstätige Mutter, dachte Bender.

»Wollen Sie etwas trinken? Selbstgemachte Zitronenlimonade?« Sie deutete auf einen Krug. »Natürlich mit Eiswürfeln.«

Bender sah Hofmann an. Diese quirlige Art hätte besser zu einer Kellnerin in einem Café gepasst, wirkte aber angesichts des Besuchs zweier Männer, die sich als Kripobeamte ausgegeben hatten, seltsam unangebracht.

Hofmann winkte entsprechend ab und unterbrach Susanne Behrends: »Wollen Sie gar nicht wissen, weshalb wir hier sind?«

»Doch, gerne«, sagte sie, schloss die Terrassentür und bat sie mit einer Handbewegung, sich an den Küchentisch zu setzen. »Das heißt, ich glaube, es geht um Rolf. Rolf Schimmer. Und um die tote Joggerin.«

»Wieso glauben Sie das?« Bender blickte sie verwundert an.

»Ich fand das naheliegend.« Nun schaute sie verwirrt. »Ach so, natürlich, weil ich Rolf kenne. Kannte, meine ich.«

»Sie kannten ihn gut?«

Eine feine Röte überzog ihr Gesicht. »Nun ja, Rolf und Jakob waren schließlich beste Freunde. Jakob ist mein Mann. Mein Ex-Mann. Entschuldigen Sie, ich bin etwas durcheinander.«

»Kein Problem.«

»Komisch, dass man sofort nervös wird, wenn die Polizei bei einem sitzt.« Sie lächelte und Bender konnte sich vorstellen, dass sie mit ihrer Art die Männer ganz schön verrückt machen konnte. »Also, wie gesagt, sie waren Freunde. Immer schon. Ich habe Rolf also quasi mit heiraten müssen.«

»Das war für Sie in Ordnung?«

»Aber ja. Unbedingt. Ich halte nichts von dieser Hollywood-Romantik der Zweisamkeit. Ich plädierte sehr dafür, dass wir beide einen Teil unseres alten Lebens beibehielten.« Ihre Nasenflügel bebten leicht. »Okay, vom Ende unserer Ehe aus betrachtet, hört sich das jetzt nicht wie ein Erfolgsrezept an, andererseits macht es mir das Leben jetzt leichter. Aber Sie wollen sicher nicht mit mir über meine Ehe reden?«

»Wie man es nimmt«, warf Hofmann ein.

Susanne Behrends verlor schnell das Fröhliche und Lebhafte und wurde ernst und nachdenklich, als Bender zusammentrug, was sie bisher wussten.

»Frau Behrends, wir haben allen Grund anzunehmen, dass Ihr Ex-Mann in die Sache um Herrn Doktor Schimmer und Marie Hafen verwickelt ist. Wir bitten Sie inständig, bevor Weiteres passiert: Was wissen Sie? Hat Ihr Mann mit Medikamenten zur Krebstherapie gehandelt? Vielleicht zusammen mit Doktor Schimmer?«

Susanne Behrends schob sich ihre braunen Haare in einer nachdenklichen Geste hinter die Ohren. Dann blickte sie auf und sah sie beide mit großen Augen an.

»Hat Charlotte Ihnen nichts gesagt?«

»Charlotte? Sie meinen Frau Doktor Schimmer?«

»Ja.«

»Da müssten Sie uns schon genauer sagen, was Sie meinen.«

Wieder folgte eine kleine Pause. »Okay«, stieß sie plötzlich hervor. »Es war so: Charlotte hatte eine Affäre. Mit meinem Mann. Mit Jakob.« Ihre Stimme wurde mit jedem Wort leiser, als könne sie selbst nicht glauben, was sie sagte.

Hofmann pfiff durch die Zähne. »Nein, das hat sie nicht erzählt. Eher von der Depression ihres Mannes, durch die sie einen Suizid für möglich hielt.«

»Ja, Rolf war depressiv. Das stimmt. Schon vor seiner Ehe. Weil er dem hohen Erwartungsdruck seiner Familie gehorchen musste. Jakob war für ihn jemand, der ihm da immer heraushalf. Mit ihm gelinge alles leichter, hat Rolf gesagt. Und es stimmt ja, das ist eine der großen Stärken von Jakob. Weshalb ich mich in ihn verliebte.«

»Was ist dann passiert?«

»Anfangs lief alles gut. Rolf und Charlotte, Jakob und ich. Alles schien zu passen. Wir bekamen Ronja. Rolf und Charlotte später Juliana. Unsere Männer haben gemeinsam ihre Existenz aufgebaut, sich niedergelassen. Da hat uns Rolf viel geholfen. Bei den Anfangskrediten. Er hatte einfach das bessere Startkapital.«

»Das hat sich schnell geändert, hat uns Doktor Schimmers Frau berichtet.«

»Ja, die beiden verdienten schnell sehr gut. Die Praxis und die Apotheke haben eine exponierte Lage, so nahe bei der Reha-Klinik. Erst recht, als dann noch die Privatklinik dazu kam. Menschen mit schlimmen Diagnosen klammern sich an alles, haben Jakob und Rolf oft gesagt. Das fängt mit Vitaminen an und endet bei den abstrusesten Teemischungen.«

»Und bei Medikamenten, die unter der Hand ausgegeben werden.«

»Wie bitte?«

»Sie wissen nichts davon, dass Rolf Schimmer eigenwillige Therapien angeboten hat?«

»Ach, wissen Sie, im ganzen Dorf gab es Gerüchte, dass

es rund um die Kliniken alles Mögliche zu kaufen gäbe. Medikamente, Drogen, Handauflegungen. Man nimmt das nicht so ernst, wenn man hier lebt.«

»Aber Ihr Mann hat mit Doktor Schimmer zusammen auch andere Geschäfte betrieben, stimmt's?«, bohrte Bender weiter.

»Sie meinen die Immobilien, ja?«

»Ja, die Immobilien und die Pläne, nach Spanien zu gehen. Mallorca war es, nicht?«

Sie nickte. »Ja, das waren schöne Zeiten, als wir alle vier davon träumten. Das war die Zeit, in der alles noch gut war.«

»Und dann? Was passierte dann?«

»Das Banalste auf der Welt. Mein Ex-Mann und Charlotte spielten beide Tennis. Rolf und ich nicht, das heißt, er nur selten und ich schlecht. Jakob und Charlotte verabredeten sich oft für eine abendliche Partie. Und da ist irgendwann eine Affäre daraus erwachsen.« Sie schwieg und Bender und Hofmann wagten keine Fragen zu stellen. Nach einer Weile fuhr sie fort: »Für mich war es eine Katastrophe. Ich hatte den einzigen, eisernen Grundsatz, dass ich das nicht mit mir machen lasse. Also habe ich die Scheidung eingereicht.«

Bender ließ den Blick durch die Küche schweifen. Alles war gemütlich und wohnlich eingerichtet. Aber von Luxus keine Spur. Durch die angelehnte Tür konnte er das Wohnzimmer sehen. Kein Ledersofa, kein übermäßig großer Fernseher, aber ein gut gefülltes Bücherregal und ein Stapel Spiele auf dem Boden.

Ihr Blick folgte dem seinen. »Sie fragen sich, was aus dem Geld und den Immobilien geworden ist, ja?«

Bender und Hofmann nickten.

»Bei Jakob kam alles zusammen. Unsere Scheidung.

Ja, ich gebe zu, ich habe für alle meine Rechte gekämpft. Wollte ihm nichts kampflos überlassen. Er sollte merken, was er zerstört hatte. Er sollte büßen. Zeitgleich brachen seine Geschäfte zusammen. Weil er viel zu riskant investiert hat. Es ist ihm nicht viel geblieben. Glauben Sie mir.«

Bender schaute in den Garten. Das Mädchen balancierte immer noch auf dem Seil. So viel Geduld in dem Alter fand er bemerkenswert. »Und Ihre Tochter?«, fragte er.

Susanne Behrends lächelte. »Ronja. Das Beste, was ich habe.«

»Wie viel Kontakt hat sie zu ihrem Vater?«

»Aus meiner Sicht zu viel.« Ihre Worte klangen hart. »Aber ich kann ihm den Umgang nicht komplett verwehren. Wobei …«

»Wobei was?«

»Ich glaube, Jakob ist psychisch krank. Regelrecht abgestürzt. Manchmal denke ich, er ist medikamentenabhängig. An der Quelle säße er ja. Er ist sprunghaft, nicht verlässlich, übernimmt keine Verantwortung.«

»Haben Sie ein Beispiel?«

»Ja, Ronja sollte ein paar Tage bei ihm verbringen. Es sind ja Kindergartenferien. Er hatte angeblich alles arrangiert. Sodass er genügend Zeit für sie hätte. Doch dann bekomme ich einen Anruf von gemeinsamen Freunden, dass er Ronja dort regelrecht geparkt hatte. Selbst über Nacht. Und nicht erreichbar war. Ach, was heißt unerreichbar? Unauffindbar.«

»Wann war das?« Bender blickte Hofmann an.

»Vorletzte Nacht. Gestern bin ich hin und habe Ronja zurückgeholt. Ich habe bisher nichts von Jakob gehört. Er reagiert auf keinen meiner Anrufe.«

»Zwei Fragen noch.« Hofmann, der sich die meiste Zeit im Hintergrund gehalten hatte, stand jetzt auf. »Zum einen:

Wie ist das Verhältnis Ihres Mannes zu Rolf Schimmer? Zum zweiten: Gibt es irgendeine Verbindung Ihres Mannes zu der toten Joggerin?«

Susanne Behrends stand nun auch auf.

»Ex-Mann, bitte. Nein, ich kann keine Verbindung zu der Joggerin herstellen. Es sei denn, auch mit ihr … – aber das ist vielleicht zu weit hergeholt.« Sie rümpfte leicht ihre Nase. »Und das mit Rolf und Jakob. War natürlich auch zerrüttet. Wobei Jakob wirklich davon getroffen war, dass Charlotte bei Rolf blieb. War für sie die sichere Variante. Das hat bei Jakob eine regelrechte Eifersucht auf Rolf ausgelöst, die es vorher nicht gab. ›Das Arztsöhnchen‹ nannte er ihn nun ständig. Aber sie waren ein Stück aneinander gekettet. Apotheke und Praxis sollten zusammenbleiben. Da gab es keine Diskussion. Alle anderen gemeinsamen Pläne waren gestorben.«

»Nicht nur die«, murmelte Bender, als er sich erhob. Sie mussten weiter. Er wusste auch schon, wohin.

*

Wieder einmal wurde Ruth in einer Welle ans Bewusstsein gespült. Dabei wünschte sie sich, es wäre jetzt endlich vorbei. Der Schmerz und die Angst nahmen sofort wieder von ihr Besitz. Sie öffnete die Augen. Ihr Blick fiel auf den Infusionsschlauch und den Perfusor. Das Gerät zeigte keine Tropfenzahl mehr an und schien ausgeschaltet. Ruth überlegte, was das zu bedeuten hatte.

Vorsichtig drehte sie ihren Kopf zur Seite, um zu sehen, wo Jakob war. Sie verstand nicht, was er vorhatte, was er von ihr wollte. Sie versuchte sich an alles zu erinnern, was er gesagt hatte, bevor sie das letzte Mal eingeschlafen war. Die Dinge ergaben für sie keinen Sinn und sie konnte nur vermuten, dass sie nicht alles behalten hatte.

Jakob schien nicht im Raum zu sein. Konnte es sein, dass er sie hier zurückgelassen hatte? Und wenn ja, warum? Weil er glaubte, dass man sie sowieso nicht finden würde?

Das Denken bereitete ihr Kopfschmerzen. Sie schaffte es einfach nicht, die Gedanken beieinander zu halten. Sie versuchte so entspannt wie möglich zu liegen. Wollte ruhig bleiben, um ihre Gedanken fokussieren zu können. Was konnte sein Plan sein? Hatte er womöglich geglaubt, sie wache nicht mehr auf? Dann wäre sie trotzdem in dieser Arztpraxis. Deren Arzt tot war. Man würde doch den Zusammenhang zu Jakob herstellen. Jakob, der einen Schlüssel besaß.

Ruth lauschte. Wollte hören, ob es Geräusche von außen gab. Ob die Apotheke geöffnet hatte. Den Gedanken verwarf sie sofort. Warum, konnte sie nicht sagen.

Was für ein Wochentag mochte es sein? Wenn es Sonntag war, dann verstand sie, dass niemand zur Arbeit erschien. Müde und erschöpft schloss sie wieder die Augen. Wenn heute Sonntag war, wäre gestern Samstag gewesen. Konnte das sein? Gab es etwas in ihrer Erinnerung, das das bestätigte?

Ruth entfuhr ein Seufzer. Sie wusste es nicht. Die letzten Tage glitten in der Erinnerung ineinander über. Im Urlaub verlor sie schnell die zeitliche Orientierung, aber jetzt fand sie einfach gar keinen Anker mehr. Konnte es sogar sein, dass sie länger als einen Tag hier lag?

Wieder bewegte sie den Kopf. Das Fenster war mit blickdichten Jalousien verhangen. Aber wenn es keine optische Täuschung war, dann war es draußen hell. Taghell. Oder suggerierten das nur die Lichtquellen im Raum?

Ruth versuchte sich an die Lage des Gebäudes zu erinnern. Es befand sich doch in unmittelbarer Nähe zu den Kliniken. Nicht weit vom Strand weg. Von Georgs Strandbude. Sich die Welt da draußen vorzustellen trieb ihr Tränen in die Augen.

Die Kliniken besaßen beide Parkanlagen. Ein Weg führte von der Praxis weg zu beiden Einrichtungen. Hier mussten Menschen vorbeikommen. Egal, ob es Sonntag, Montag oder Mittwoch war.

Sie holte tief Luft und schrie so laut sie konnte: »Hilfe!«

Der Schmerz, den der Bauchgurt auslöste, nahm ihr erst den Atem und fast wieder das Bewusstsein. Ruth hielt inne. Es musste sein. Sie musste hier raus. Bevor Jakob wiederkam. Sie konnte sich nicht mehr vorstellen, dass er sie am Leben lassen wollte. Auch wenn der Perfusor ausgeschaltet war.

Sie musste stark sein, musste den Schmerz in Kauf nehmen. Sie bündelte alle Kraft, wappnete sich gegen den Schmerz und schrie und schrie und schrie. Bis sie erneut zusammensackte. Dann hörte sie das Geräusch. Konnte es erst nicht einordnen. Obwohl es so vertraut klang. Sie spürte, wie ihr Herz diesmal vor Hoffnung klopfte. Doch dann fiel es ihr ein. Es war die Toilettenspülung. Jakob war nicht weg. Jakob würde in einer Minute wieder bei ihr sein. Er hatte ihre Schreie gehört. Ruth wusste, dass sie verloren war.

*

Diesmal war Bender gefahren. Hofmanns Murren hatte er ignoriert. Man müsse Straßen nicht gut kennen, um sie zu befahren, hatte er erwidert und die Hand nach dem Schlüssel ausgestreckt. Nicht nur, weil er glaubte, dann sicherer ans Ziel zu kommen, sondern auch, weil es besser war, wenn Hofmann mit ihrem Hauptquartier in Schwerin telefonierte.

»Hauptquartier ist gut«, war die lachende Antwort von Jürgen Hofmann gewesen und seine Kapitulation.

So kam es, dass die Fotos schon auf Benders Tablet übermittelt waren, als sie beide vor Schimmers Haus zu stehen kamen.

»Meinst du, wir erfahren etwas, was uns weiterbringt?« Hofmann schaute skeptisch. »Bisher war das eher dünn, was sie zum Tod ihres Mannes zu sagen hatte.«

»Wir werden sehen. Vielleicht war es ihre Art mit dem Schock umzugehen. Wie oft erleben wir es, dass nach ein paar Stunden vollkommen entgegengesetzte Reaktionen kommen.«

»Stimmt schon, aber bei ihr? Ich weiß nicht so recht«, zweifelte Hofmann.

Bender schaute zum Haus hinüber. »Nur so als Idee. Vielleicht sollte ich es einmal alleine versuchen.«

»Bitte? Was ist das denn jetzt für eine Nummer?« Hofmann schlug sich mit der Hand vor die Stirn.

»Vertrauensarbeit. Ist immer leichter eins zu eins.«

»Ja, klar. Und du kannst das besser als ich. Weil du so zugewandt bist. So empathisch.« Hofmann triefte vor Ironie.

»Das nicht.« Benders Blick streifte die Jeans und das am Kragen ausgeleierte T-Shirt seines Kollegen.

Der verstand. »Okay, du hast gewonnen. Habe schon verstanden. Die blank geputzten Schuhe machen bestimmt mehr Eindruck bei der Arztgattin.«

»Sie ist nicht nur Gattin.«

»Ah, ja, stimmt. Sie ist ja Studienrätin. Okay. Versuch es. Wenn du meinst. Auf Augenhöhe. Du weißt ja, wo du mich findest.« Hofmann deutete auf eine Bank, die in Sichtweite stand. »Zeit für ein Sonnenbad, würde ich sagen.«

Bender seufzte. Das würde er nachher wieder geradebiegen müssen.

Charlotte Schimmer sah nicht anders aus als am Tag zuvor. Sie trug weder Trauerkleidung noch sah man in ihrem Gesicht Spuren einer schlaflosen Nacht oder gar Tränen.

»Herr Doktor Bender, bitte kommen Sie herein. Kann ich Ihnen etwas zu trinken anbieten?« Etwas an ihrer Art erinnerte ihn an die Vorzimmerdamen aus alten Filmen. Nur dass er es hier mit einer Frau zu tun hatte, die selbst promoviert war. Er war überzeugt davon, dass sie jedes ihrer Worte abwägte.

»Wie geht es Ihnen?« Bender schaute sie mit Nachdruck an.

»Danke, den Umständen entsprechend.«

»Ich finde, Sie halten sich gut, den Umständen entsprechend. Erstaunlich gut, wenn ich so sagen darf.«

Sie zuckte mit den Schultern. »Ich weiß, was Sie meinen. Weil ich nicht weinend vor Ihnen stehe. Weil ich nicht zusammenbreche.«

»Sowas in der Art.«

»Ich komme aus einer alten Lübecker Familie. Wenn Sie Thomas Mann gelesen haben, wissen Sie, was ich meine. Wir sind zwar keine Kaufleute, aber auch in unseren Kreisen gilt der Grundsatz: ›Man lässt sich nicht hängen‹. Das habe ich mit der Muttermilch eingesogen, quasi. Das prägt für das ganze Leben.«

Bender konnte sich das gut vorstellen. Es passte. Auch wenn sie keine Trauerkleidung trug, so waren die gedeckten Farben des Kleides wahrscheinlich schon den Umständen entsprechend gewählt.

»Setzen Sie sich doch. Ich hole uns ein Wasser.«

Bei ihrer Rückkehr nahm sie wieder in dem hohen Ledersessel Platz. Wie gestern wirkte sie so um einiges größer als Bender auf dem niedrigen Sofa. Insgeheim grinste er. Sie war clever, keine Frage. So etwas mochte er.

»Frau Doktor Schimmer, ist Ihnen noch etwas eingefallen, was für uns wichtig wäre?«

»Nein, ist es nicht. Was haben Sie bisher an Erkenntnissen?«

»Darauf möchte ich gerne gleich zurückkommen. Erst noch einmal eine andere Frage. Sie haben gestern sofort von Suizid oder Mord gesprochen. Das mit dem Suizid habe ich verstanden, wenn Sie auf die Depression verweisen, an der Ihr Mann offensichtlich litt. Aber wieso sprachen Sie von Mord?«

»Wollen Sie eine ehrliche Antwort? Ich habe es gesagt, weil ich annahm, dass Sie mich verdächtigen.«

»Wie bitte? Ich verstehe nicht.«

»Sie meinten, Sie sehen kein Motiv. Stimmt, das mag für einen Außenstehenden nicht erkennbar sein. Aber unsere Ehe war ziemlich am Ende. Ich hatte Sorge, dass mein Mann unsere Existenz zerstört.«

»Für solche Fälle gibt es Scheidungen.«

»Das ist nicht Ihr Ernst, oder? In unseren Familien gibt es keine Scheidungen, weder bei ihm noch bei mir.« Ihr Gesichtsausdruck verhärtete. »Und darin waren wir uns einig.«

Bender überlegte und beschloss, sie zu überraschen. »Wir waren bei Susanne Behrends.«

Tatsächlich riss Charlotte Schimmer die Augen auf. »Bei Susanne? Wieso? Was hat Susanne damit zu tun?«

Bender antwortete nicht direkt auf ihre Fragen. Er stand auf und sah sich im Zimmer um. »Wo ist eigentlich Ihre kleine Tochter?«

»Was?« Charlotte Schimmer wirkte irritiert.

»Ihr Kind?« Schimmer zeigte auf die Decke und die Spielsachen.

»Unser Au-Pair ist mit ihr unterwegs«, antwortete sie

zerstreut. Bender konnte sehen, wie sie versuchte, einen Zusammenhang zu Behrends herzustellen.

»Frau Behrends hat uns die Gründe für ihre eigene Scheidung genannt.«

»Oh.«

»Für mich stellt sich die Frage, ob nicht Sie selbst die Verantwortung für den schlechten Zustand Ihrer Ehe tragen?« Er wusste, seine Worte waren hart. Auch stand ihm kaum ein moralisches Urteil zu.

Sie schien es ihm nicht zu verübeln, sondern suchte nach Erklärungen. »Sie haben recht. Von außen betrachtet. Allerdings aus der Innensicht – wer weiß nachher noch, wie das eine das andere bedingt hat.«

»Hat Ihr Mann Ihnen verziehen?«

Sie überlegte. »Ich weiß es nicht. Wir waren uns einig, dass es nicht das Ende unserer Ehe darstellte. Es war passiert. Er wusste, es würde von meiner Seite nie wieder vorkommen.«

»Aber?«

»Es hat die Situation insgesamt nicht verbessert, wie Sie sich vorstellen können. Seine Depressionen, seine Unzufriedenheit, mit dem, was das Leben für ihn bereithielt. Wir haben über ein zweites Kind nachgedacht. Aber dazu ist es nicht gekommen.« Sie drehte sich mit dem Sessel zur Seite.

Also doch Emotionen, schoss es Bender durch den Kopf.

Nach einer kurzen Weile sah sie ihn wieder an. »Aber es war ja viel mehr. Die Freundschaft zwischen Jakob und meinem Mann, sie war zerstört. Wie Sie sich denken können.«

»Und die gemeinsamen Geschäfte?«

»Alles aus und vorbei. Mein Mann hat alles, was nicht die Praxis und die Apotheke betrafen, beendet. Was für Jakob eine Katastrophe war. Denn Susanne hat ihm nicht verziehen. Ganz im Gegenteil. Bis heute versucht sie ihm zu schaden, wo es nur geht.«

»Sie sagen die Geschäfte bis auf die Praxis und die Apotheke? Das ist bis heute so geblieben?«

»Ja. Obwohl es bedeutete, dass man sich weiter begegnete. Der Kontakt war dann doch sehr förmlich. Ich hatte gehofft, es würde sich irgendwann wieder geben.« Sie schlug die Augen nieder. »Sicher, um mein schlechtes Gewissen zu beruhigen. Denn ich hatte ja alles zerstört.«

»Doch Sie haben nichts verloren, wenn ich das richtig sehe? Bis auf die Tatsache, dass Ihre Ehe nicht mehr glücklich war.«

Charlotte Schimmer nickte. »Das kann man so sehen, tatsächlich. Auch wenn es mir unendlich leidtut. Für Rolf und für Jakob. Ich kann mir selbst nicht mehr erklären, wie es dazu gekommen ist.«

»Frau Doktor Schimmer, wir haben Grund zur Annahme, dass Herr Behrends etwas mit dem Tod Ihres Mannes zu tun hat.«

Sie gab keine Antwort. Bender vermutete, dass sie selbst diesen Gedanken schon gehabt hatte.

»Ich möchte Ihnen die Dinge zeigen, die wir bei Ihrem Mann sichergestellt haben.« Bender holte das Tablet mit den Fotos heraus. »Bitte schauen Sie sich das in Ruhe an und überlegen, ob Sie mir etwas dazu sagen können.« Der Reihe nach rief er die Fotos auf.

Sie ließ sich Zeit mit der Antwort. Wollte erst alle Fotos sehen. Dann noch einmal von vorn.

»Diese Visitenkarte«, sie zeigte auf das Bild, auf dem die zerrissenen Stücke so arrangiert worden waren, dass man den Aufdruck erkennen konnte, »stammt von einem der Immobilienprojekte, die für die gemeinsame Klinik in Spanien in Frage kam. Aber das war ja nach der Sache«, sie machte eine Pause, »ganz vom Tisch. Mich wundert, dass mein Mann noch eine solche Karte hatte.«

»Ist das die Schrift Ihres Mannes?« Er zeigte auf das nächste Foto. »Das ist wichtig. Es könnte als eine Art Abschiedsbrief gelten.«

»Ich bin mir nicht sicher. Ja, es könnte seine Schrift sein. Aber warum so gekrakelt? Aus Angst? Ich weiß es nicht.«

»Bei den anderen Dingen, fällt Ihnen irgendetwas auf? Fehlt etwas, das Ihr Mann immer bei sich trug? Ein Talisman vielleicht oder ein Schmuckstück? Oder ist etwas zu viel? Etwas, das Sie nicht kennen? Lassen Sie sich Zeit.«

Charlotte Schimmer schien es ernst zu nehmen. Sie beugte sich weit über das Tablet, zog mit der einen Hand die Fotos groß, während die andere Hand leicht zitternd auf dem Tisch lag.

Plötzlich richtete sie sich auf. »Hier.« Sie zeigte auf den Schlüsselbund. »Der Schlüssel zur Praxis fehlt.«

※

Hofmann hatte Schwerin informiert und das SEK anfordern lassen, während Bender sich darum kümmerte, dass Notarzt und Rettungsdienst sich bereithielten. Die Kliniken wurden informiert und baten ihre Patienten, im Haus zu bleiben. Die Zufahrtswege wurden auch für Fußgänger gesperrt, sodass de facto der Weg zur Strandbude 20 nicht mehr passierbar war.

Bender hatte Charlotte Schimmer gebeten, mitzukommen und sich gegebenenfalls bereitzuhalten, um auf Jakob Behrends Einfluss zu nehmen.

Noch standen sie alle weit genug von dem Gebäude weg, um Behrends nicht auf das Zusammenziehen der Einsatzkräfte aufmerksam zu machen. Trotzdem konnten sie von ihrem Standort alles im Auge behalten.

Mittlerweile waren auch Martin Ziegler und Anne Wagner hergebracht worden. Ernst Bender hatte sich bei ihnen noch einmal versichert, wie sie die Bekanntschaft von Ruth Keiser zu Jakob Behrends einschätzten. Beide bestätigten, dass sie es als wahrscheinlich ansähen, dass Ruth bei Jakob wäre, nach allem, was sie in den letzten Tagen mitbekommen hatten. Sowohl Bender als auch Ziegler versuchten zum wiederholten Male, Ruth auf ihrem Handy zu erreichen. Vergeblich.

Sie alle atmeten auf, als das SEK eintraf. Angesichts der Lage des Gebäudes, die wenig Deckung zuließ, verständigten sie sich auf einen schnellen Zugriff, um damit zumindest den Überraschungseffekt zu nutzen, falls Behrends sich nicht auf Verhandlungen einließe. Sie würden über die wenigen unvergitterten Fenster und die Dachluken eindringen müssen.

Für wie gefährlich sie Jakob Behrends halte, hatte Bender Charlotte Schimmer gefragt. Sie hatte mit den Schultern gezuckt. Sie wisse es nicht, hatte sie tonlos gesagt. Als Bender sich jetzt zu ihr herumdrehte, wie sie dort hinten in einem Polizeibus auf den Zugriff wartete, konnte er sich wieder nur wundern über ihre emotionslose Haltung. Er glaubte noch nicht einmal, dass sie anders wäre, wenn es ihr Kind beträfe.

Als die Positionen eingenommen waren, nahm Bender das Megaphon in die Hand. Wie immer in solchen Situationen fühlte er sich einen Moment der Wirklichkeit entrückt, hatte das Gefühl sich von oben zu sehen und erinnerte sich an die ersten Fernseh-Kriminalfälle in seiner Jugend. Vielleicht war es seine Art, das Geschehen emotional von sich fernzuhalten.

»Herr Behrends, wir wissen, dass Sie im Haus sind. Es gibt keine Chance. Bitte seien Sie kooperativ.«

Sie hatten das Haus genau beobachtet. Nirgends hatte sich etwas geregt. Die blickdichten Rollos bewegten sich nicht.

Zuvor hatten die Einsatzkräfte schon an allen markanten Punkten sowohl der Arztpraxis als auch der Apotheke Stellung bezogen.

Hofmann und Bender überlegten. Wie groß waren die Chancen, dass Behrends sich hier verbarrikadierte? Auf jeden Fall hatten sie in Erfahrung gebracht, dass Behrends sowohl die Angestellten der Apotheke wie der Arztpraxis darüber informiert hatte, dass heute wegen Schimmers Tod alles geschlossen bliebe. Was die Vermutung erhöhte, dass er sich hier verbarg. Sicher war es nicht. Wenn sie Zeit verlören, könnte er seinen Vorsprung ausbauen. Hofmann drängte zur Eile. Den Versuch, über Charlotte Schimmer Kontakt aufzunehmen, wollten sie nicht verstreichen lassen.

Wieder bewunderte Ernst Bender die Selbstverständlichkeit, mit der die junge Frau dazu bereit war. Er wüsste zu gerne, ob sie in einem solchen Augenblick nicht um ihr Leben fürchtete. Andererseits bestand hier draußen keine direkte Gefahr, wenn man berücksichtigte, dass es bisher nicht um Schusswaffen gegangen war. Dennoch – Bender zollte ihr tief in seinem Inneren einigen Respekt.

Die Worte, die sie wählte, waren nicht abgesprochen. Sie sprach klar und ohne ein Zittern in der Stimme. Hanseatisch nüchtern würde man wahrscheinlich dazu sagen. Trotzdem appellierte sie an Behrends emotionale Seite. Sie sprach ihn als Vater an: »Jakob, was auch immer geschehen ist: Ronja verdient ein anderes Ende. Ein Ende, in dem sie einen Vater hat, der ihr Erklärungen liefern kann. Der mutig genug ist, sich den Dingen zu stellen. Der die Verantwortung übernimmt. Jakob, bitte, es gibt keine andere Chance. Lass Ronja nicht mit allen Fragen zurück.«

Bender sah Hofmann an, der seine Kiefermuskeln angespannt bewegte. Er wusste nicht, ob der Hinweis auf Ronja zielführend war, ob er nicht die Lage noch verschlechterte, gerade weil Behrends Angst davor hatte, wie sein Kind über ihn denken mochte. Aber sie hatten keine Wahl. Jeder Versuch war es wert.

Es rührte sich nichts im Haus. Sie würden nicht länger warten. Er gab das Kommando zum Zugriff.

*

12. AUGUST

Sie saß aufrecht im Bett, als Georg das Zimmer betrat.

»Georg, was machst du denn hier?«

»Na, mal nach dir sehen, was glaubst du denn? Nach all den Aufregungen.«

»Ach, hör mir auf. Ist doch alles wieder gut. Na ja, fast.«

»Das denkst du!«

Sie schaute ihn erschrocken an. »Wieso? Was meinst du damit? Ist was mit Florence?«

»Nein, nein. Ich meine nur. Du hast ja gar nicht alles mitbekommen.«

»Was willst du damit sagen?«

»Warte mal ab, ich werde dich jetzt entführen. Wird Zeit, dass du jemanden kennenlernst. Also, bereit für einen Spaziergang?«

Sie lächelte. »Du machst mich neugierig.«

»So soll es sein. Also?«

»Also gut. Aber …?«

»Aber was …?«

Sie sah sich im Zimmer um und deutete auf den Schrank. »Ich habe nichts anzuziehen. Du weißt schon, oder?«

*

Der riesige Blumenstrauß schob sich als erstes durch die Tür und dann tat sich erst einmal nichts. Obwohl Elena doch auf das Klopfen geantwortet hatte. Stattdessen hörte sie Getuschel hinter den Blumen, ohne dass sie verstehen konnte, um was es ging.

Dann traten sie alle drei auf einmal ein. Kerstin, Gerda und Peter. Die beiden Frauen lächelnd, Peter verlegen die Rosen in der Hand drehend.

Elena drückte auf den Knopf, durch den sich ihr Kopfteil aufrichten ließ. Ernst sah sie von einem zum anderen. Seit Tagen hatte sie außer den Schwester, Ärzten und Therapeuten niemanden gesehen. Hatte niemanden sehen und sprechen wollen. Hatte sich in ihrer Angst eingeigelt und war nicht daraus heraus zu bewegen.

Womit sie das verdient hatte, dass ein Schrecken den nächsten in ihrem Leben ablösen würde, hatte sie wissen wollen. Was sie getan habe, womit sie das verdiene? Vor allem: Ob der Schock, das Bild, das sich nicht verscheuchen lassen wollte, der tote Körper an dem Ast im Wald, von dem alle später sagten, dass es Doktor Schimmer aus der Praxis hier nebenan gewesen sei, ob dieses Entsetzen, das sie seitdem spürte, die Krankheit erneut zum Ausbruch bringen würde? Sie hatte die Antworten der Ärzte nicht geglaubt. Sie hatte um Vergessen gefleht, Medikamente genommen, geschlafen und geschlafen, und das Grauen aus ihren Gedanken verbannt. Wollte nichts hören. Nichts lesen. Verweigerte Besuch.

Nun standen sie hier im Zimmer und brachten alles wieder mit, was ihr in der letzten Woche an Gutem widerfahren und begegnet war – bis, ja, bis … Unsicher glitten ihre Augen zu Peter. Der versuchte ein schiefes Lächeln und drehte sich um zu Kerstin, die halb neben ihm stand.

Gerda war schon mit einem schnellen Schritt bei ihr am

Bett. »Ich weiß, wir sollen nicht kommen. Dabei haben wir es dreimal am Tag versucht. Aber sie lassen uns einfach nicht rein zu dir.«

Kerstin ging um das Bett herum zur anderen Seite. »Es tut uns so leid, was dir passiert ist. Du fehlst uns so sehr.« Kerstin blickte zu Peter hinüber, der sich kaum traute, den Blick zu heben. »Und wir wollen etwas richtigstellen. Über Peter. Du weißt schon.« Kerstins Stimme wurde mit jedem Wort leiser.

»Es ist alles aufgeklärt«, ergänzte nun wieder Gerda. »Du glaubst nicht, wie das alles zusammenhängt. Ein Apotheker, das muss man sich mal vorstellen.«

Elena verstand kein Wort. Sie spürte nur, wie gut ihr das Geplapper der beiden Frauen tat, auch wenn sie dessen Sinn nicht verstand. Allein die aufgeregten Stimmen der beiden zogen sie heraus aus dem Grau und Schwarz der letzten Tage. Und Peter. Bei seinem Anblick wurde ihr warm und sie hatte nur den Wunsch, ihre Hand auszustrecken und die seine zu nehmen. Sie versuchte, seinem Blick zu begegnen.

Kerstin und Gerda sahen sich an. »Wir konnten das nicht mehr mit ansehen. Peter hat jeden Tag einen solchen Strauß Rosen besorgt.« Kerstin winkte Peter näher zum Bett und Gerda holte einen Stuhl für ihn herbei. »Zuerst haben wir dann die Blumen genommen«, sprach sie weiter, »aber jetzt ist kein Platz mehr in unseren Zimmern.«

»Stimmt«, meinte Gerda. »Deswegen haben wir Peter mit seinen Rosen heute zu dir gebracht. Wir glauben nämlich, dass ihr euch braucht und gegenseitig guttut.« Sie stemmte die Hände in die Hüften. »So, damit das mal gesagt ist. Jetzt bleibt Peter noch ein Weilchen bei dir und wir gehen, Kerstin und ich.«

Bevor Elena etwas sagen konnte, waren die beiden auf

dem Rückzug. Aber ein Lächeln schlich sich in ihr Gesicht, das sie nicht unterdrücken konnte. Das war das Leben. Ihr Leben. Mit Auf und Abs. Viel zu vielen Abs, wenn man sie fragen würde. Aber immerhin nicht mehr allein. Egal, wie es ausging. Sie griff nach Peters Hand.

Schweigend saßen sie eine ganze Weile. Dann tauchte eine Erinnerung auf.

»Peter. Als du bei mir warst. Vor ein paar Tagen. Ich habe nichts verstanden.«

»Nicht schlimm. Jetzt ist ja alles geklärt.«

»Trotzdem. Du hattest was in der Hand.«

»Daran erinnerst du dich?« Er griff in seine Hosentasche und zeigte ein Medaillon. »Als ich erzählte, woher ich Marie kannte. Du weißt ja. Ich kiffe. Auch Marie hat unerlaubte Dinge konsumiert. Wir haben uns bei einer alten Frau hier im Dorf gesehen. Ich habe ihr von meiner Diagnose erzählt. Da hat sie dieses Medaillon genommen und es mir gereicht. Hat gemeint, es hätte ihr Schutz verliehen, den sie mir gerne weitergeben würde.« Er klappte das Medaillon auf. »Angeblich enthält es das Haar einer Heiligen. Wenn man gesundet, soll man es weitergeben. Sagte Marie Hafen zu mir. Und dann war sie auf einmal tot, und ich hatte ihr Schutzamulett. Es machte mich verrückt. Weil ich glaubte, dass ihr der Schutz gefehlt hatte. Weil ich Angst hatte, mich in Verdacht zu bringen. Alles auf einmal. Und dabei kannte ich sie so gut wie gar nicht.« Seine Stimme versagte.

Elena strich ihm über die Wange. »Gut, dass du es mir erzählt hast. Gut, dass sich alles geklärt hat. Und ich bin mir sicher, dass das Medaillon bei dir am besten aufgehoben ist.« Sie sah ihn fest an. »Dass es dich«, sie stockte, »dass es uns beschützt.«

*

Die Menschen in der Cafeteria des Krankenhauses drehten sich nach ihnen um, als Georg mit Evelyn im Rollstuhl den Raum betrat. Es war nicht einfach gewesen, sie davon zu überzeugen, ohne ihr gewohntes Cape auch nur das Krankenzimmer zu verlassen.

»Wo ist das Cape, sagst du?«

»Bei der Polizei.«

»Wieso denn das?«, fragte Evelyn.

»Na, überleg mal. Erinnerst du dich, was du in den Taschen hattest?«

Sie hatte ihn verwundert angesehen. »Was soll ich denn in den Taschen gehabt haben?«

»Rauschgift«, antwortete er kurz und knapp. »Und nicht nur ein bisschen Dope zum Eigenkonsum. Ich fürchte, da wird etwas auf dich zukommen. Da musst du mit Erklärungen noch herausrücken.«

Er sah, wie Evelyn die Lippen zusammenkniff. Sie sagte keinen weiteren Ton dazu. Nur: »So gehe ich nicht raus.«

Er war dann zum Schwesternzimmer gegangen und hatte tatsächlich von einer der Schwestern ein Tuch bekommen, das diese in ihrem Spind bei ihrer Privatkleidung hatte.

»Na gut«, hatte Evelyn geknurrt, als er es ihr um Kopf und Schultern legte. Vor ein paar Tagen hatte er mit Hella, seiner Frau, ein paar Kleidungsstücke aus Evelyns Haus ins Krankenhaus gebracht und zusätzlich noch einen Trainingsanzug in einem Kaufhaus besorgt. Zwar war der Anblick mit dem Tuch durchaus etwas skurril, aber in Georgs Augen erfüllte das alles seinen Zweck.

»Hat es was mit Florence zu tun, wohin du mich jetzt bringst? Ich vermisse sie so sehr.«

»Jetzt warte doch ab«, hatte er gesagt, als er die Tür zur Cafeteria öffnete.

Da saßen sie. Eine große Runde, die sich um zwei zusammengeschobene Tische versammelt hatte. Links Martin Ziegler und Anne Wagner. Ohne Florence, die ausnahmsweise heute noch einmal eine Stunde bei Jens an der Strandbude sein durfte. Rechts Doktor Ernst Bender und Jürgen Hofmann.

Dazwischen, noch ganz schön blass um die Nase und mit riesigen Schatten unter den Augen, Ruth Keiser. Ihre Augen leuchteten auf, als sie Evelyn im Rollstuhl entdeckte.

Evelyn sagte nichts. Ließ sich bis an den Tisch fahren. Nahm einen nach dem anderen ins Visier. Hob dann die Hand, legte den Kopf etwas schief. Lächelte Ruth nun auch an und sagte nur: »Da ist er ja wieder. Mein Engel.«

Das Lachen am Tisch wirkte befreiend, auch auf Georg. Er war froh, hier alle am Tisch versammelt zu haben. Die Aufregungen der letzten Woche hatten sie alle mitgenommen. An Normalität war kaum zu denken.

Er beugte sich zu Evelyn. »Stimmt. Dein Engel. Ruth Keiser. Sie war dein Schutzengel und hat dafür gesorgt, dass du schnell ins Krankenhaus gekommen bist.«

Evelyn nickte. »Das habe ich ja von Anfang an gesagt. Wissen Sie noch?«

Ruth nickte. »Ich bin froh, dass es Ihnen wieder gut geht.«

»Na ja. Gut ist etwas anderes. Aber das wird schon. Wenn ich wieder zuhause bin und meine Medizin habe.«

»Diese besondere Medizin, die wir bei Ihnen gefunden haben?«, konnte Bender nicht unterdrücken zu fragen.

Evelyn sah Georg an. »Muss ich darauf antworten?«

Ernst Bender schüttelte den Kopf. »Nein, heute nicht. Wir klären das ein andermal. Wobei uns schon interessiert, wo man hier in Wismar solche Einkäufe tätigt. Aber erst einmal müssen wir alles andere aufarbeiten.«

»Alles andere?« Evelyn schaute zwar neugierig in die Runde, aber Georg spürte ihre Erschöpfung.

»Es ist ziemlich viel passiert die letzten Tage. Lass uns das mal nach und nach bereden.«

»Ist gut«, willigte Evelyn ungewohnt sanftmütig ein. »Ist gut. Wenn du mir nur sagst, wo Florence ist.«

»Bei uns«, antwortete Anne Wagner zaghaft. Sie zeigte auf Martin und auf sich. »Wir machen hier Urlaub und hüten solange Ihre Hundedame.«

Evelyn schaute sie prüfend an. »Und Florence macht das mit?«

»O ja, ziemlich gut, könnte nicht besser sein«, beeilte sich Martin zu sagen.

»Dann ist ja alles gut. Florence mag nämlich nicht jeden. Sie erkennt einen guten Menschen genauso wie einen schlechten Menschen.«

Georg bemerkte, dass Evelyns Reden langsamer und schwächer wurde und drehte ihren Rollstuhl so, dass sie zum Fenster hinausschauen konnte.

»Was macht ihr denn nachts mit Florence?«, fragte Ruth, die sich an Florences Reaktion auf Jakob erinnerte. Was für ein kluger Hund. »Bei euch geht das doch nicht im Ferienhaus?«

»Wir haben das abklären lassen. Die nächsten Gäste sind alle keine Allergiker. Und meinen Eltern ist es im Grunde genommen egal. Das Haus darf ab sofort mit Hund gebucht werden«, antwortete Anne.

»Ach, wie toll«, freute sich Ruth. »Ziemlich tolerant.«

»Na ja, Anne und ich überlegen gerade, ob wir uns nicht auch einen Hund zulegen sollen«, verblüffte Martin sie alle mit seiner Antwort.

»Nein!«, entfuhr es Ruth. Um dann freundlicher hinterherzuschieben: »Wirklich? Aber ...«

»Du meinst, weil wir nicht zusammenwohnen? Das kann sich ja noch ändern«, entgegnete Martin und warf Anne einen verliebten Blick zu.

Georg sah, wie sich Ruths Miene verdunkelte. Das war sicherlich das falsche Thema, wenn all das stimmte, was sich in den letzten Tagen zugetragen haben sollte.

»Geht es dir denn wieder halbwegs gut?«, versuchte er das Gespräch in neue Bahnen zu lenken. »Was sagen die Ärzte? Wann darfst du raus?«

»Morgen wahrscheinlich«, meinte Ruth und fuhr sich durch ihre Haare. »Wenn alle Werte stabil sind. Wovon aber auszugehen ist. Dank Ihnen beiden.« Sie schaute zu Bender und Hofmann. »Und natürlich dank euch beiden. Dass ihr mich vermisst habt«, schob sie mit Blick auf Anne und Martin hinterher. »War alles in letzter Minute, wie die Ärzte sagen.«

»Du hast wirklich Glück gehabt«, sagte Anne mitfühlend. »Wie gut, dass du so eine gute Konstitution hast, so ein starkes Herz, dieses Narkosemittel hätte fatale Folgen haben können.«

»Ich weiß«, sagte Ruth. »Scheint mein Glück gewesen zu sein, dass ich Jakob mit meinen Gesprächen irgendwie getriggert habe. Er wollte wohl von mir hören, dass sein Plan irgendwie hätte funktionieren können.«

»War es denn überhaupt ein Plan?«, wollte Ziegler wissen.

»Nun, der Mord an Marie Hafen schon. Die Idee ist ihm gekommen, als er mitbekommen hat, dass Marie Hafen diese ganze verdeckte Medikamentengabe öffentlich machen wollte. Wahrscheinlich war Schimmer selbst über den Erfolg der Behandlung verwundert. Das war wohl nicht vorauszusehen. Aber anstatt, dass Marie Hafen dankbar war, wollte sie diese Therapie überall bekannt machen und hatte für Schimmers Zurückhaltung kein Verständnis. Schimmer war in Panik. Wollte am liebsten alles abbrechen. Spuren verwischen. Er hat Steiner mehrfach abgewiesen und war dabei sehr nervös. Das Personal hat darüber gesprochen und so ist es irgendwie zu Behrends gedrungen, der sich seinen Reim darauf gemacht hat. Er hat sich dann mit Marie Hafen verabredet. Wahrscheinlich mit seiner Womanizer-Masche.« Bender stockte und schaute erschrocken zu Ruth.

»Das stand alles in dem Brief, den er hinterlassen hat?«, fragte Georg.

Hofmann schaute Bender an.

»Ich weiß, dass Sie das in meinem Beisein nicht erzählen dürfen. Aber glauben Sie mir, das geht doch alles sowieso schon hier durch das Dorf.«

Hofmann zuckte die Schultern. »Von mir haben Sie es nicht, verstanden?« Georg nickte. »Der Brief war wirr, aber im Großen und Ganzen war das so. Als er wusste, was Marie Hafen von Schimmer wollte, und erst recht, nachdem er wusste, was sie alles konsumiert hatte, um gesund zu werden, reifte der Plan.«

»Alles konsumierte?«, fragte Anne.

Alle blickten zu Evelyn, die unbeteiligt zum Fenster hinausblickte.

Hofmann grinste. »Genau, neben der Therapie durch Schimmer. Er wusste, das alles käme bei der Obduktion ans Licht.«

»Er tötete also Marie Hafen, um Schimmer in einem schlechten Licht dastehen zu lassen?«, fragte Ziegler nach.

»Und weil er glaubte, den Mordverdacht auf Schimmer lenken zu können.«

»Warum?«, fragte Ruth, noch eine Spur blasser als zuvor.

»So wie es aussieht, grenzenloser Neid«, antwortete Hofmann. »Bei Schimmer stimmte ebenfalls vieles im Leben nicht und trotzdem fiel er immer wieder auf die Füße. Er mochte den Arztjob nicht, hatte aber für sich eine Form gefunden, sich zumindest zu bereichern. Mit dem Geld machte er Gewinne, die nie so daneben gingen wie bei Behrends. Dieser verlor dagegen bei der Affäre mit Schimmers Frau und der anschließenden Scheidung wirklich alles, was er sich nur vorstellen konnte: Geld, Immobilien, die gemeinsamen Zukunftspläne in Spanien, seine Frau, sein Kind, seinen besten Freund und letztendlich auch die Affäre, die es vorzog, bei ihrem Ehemann und dabei bei Geld und Status zu bleiben.«

»Hammer«, sagte Georg. »Wirklich Hammer.«

»Wo Schimmer war, nachdem er von zuhause weg ist, wissen wir noch nicht. Aber bei Jakob Behrends haben wir sein Handy gefunden. Die beiden hatten Kontakt, so viel steht fest, und der ging zuerst von Behrends aus. Als die Ermittlungen nicht schnell und eindeutig genug in die Richtung gingen, hat er Schimmer erpressen wollen. Wahrscheinlich war aber auch da schon der Gedanke da, ihn zu töten, um einen Suizid zu inszenieren. Den Scheinwerfer auf Schimmer richten, bevor er selbst möglicherweise in den Fokus geriet«, führte Bender aus.

»Hört auf! Bitte hört auf!« Ruth saß zwischen ihnen und schien jeden Moment zusammenzubrechen. In ihrem Gesicht war keine Farbe mehr.

»Komm, ich bringe dich zurück aufs Zimmer«, bot Anne ihr an.

Ruth schüttelte den Kopf. »Nein.« Sie schwieg einen Augenblick und fuhr dann leise, fast flüsternd fort: »Nein, es tut mir gut bei euch zu sein. Es ist nur so, wenn ich mir vorstelle …« Wieder stockte sie. »Das passt alles überhaupt nicht zusammen. Wie er zu Ronja war, wie er zu mir war. Dass ich mit ihm geflirtet habe, während er tagsüber gemordet hat. Wie kann das sein?«

Niemand traute sich, etwas dazu zu sagen.

Ruth flüsterte dann selbst weiter: »Ich weiß ja, dass das geht. Solche Abspaltungen. Aber das selbst mitzuerleben. Auch als er mich an den Tropf gelegt hatte. Wie er sich im Minutentakt verändern konnte.«

»Vorausgegangen ist auf jeden Fall ein jahrelanger Medikamentenabusus, der sich in direkter Weise auf seine Stimmungen ausgewirkt hat. Um nicht zu sagen: So ließen sich seine Stimmungen steuern. Nur wer dauerhaft um ihn war, konnte die unstete, wenn nicht gar krankhafte Entwicklung erkennen. So wie seine Ex-Frau. Die es für sich genutzt hat, um sich zu rächen. Auch weil sie die Dimension des Ganzen nicht voraussehen konnte.« Hofmann guckte in die Runde. »Es ist wirklich tragisch, wenn man es von seinem Ende betrachtet. Wer hat an welcher Stelle Schuld, kann man sich fragen. Wo hätte wer anders handeln müssen? Und wäre das überhaupt möglich?«

»Es ist auf jeden Fall vorbei.« Anne schaute Ruth an. »Nicht doch aufs Zimmer?«

Ruth schüttelte den Kopf. »Hier fühle ich mich sicher. Wenn ich alleine bin, dann denke ich vor allem daran, wie ich die Spülung der Toilette hörte. Wie ich wusste, dass er meine Hilfeschreie gehört hatte. Wie außer sich vor Wut er war. Dass er den Perfusor wieder hochgestellt hat. So hoch, dass es nicht lange gedauert hätte.«

»Wie sich der Schlauch an der Braunüle gelöst hat, weißt du nicht?«, fragte Ziegler.

»So was passiert schon mal, auch im Krankenhaus. Man kommt ins Zimmer und die ganze Infusion liegt in einer Pfütze auf dem Boden«, erklärte Anne.

»Wahrscheinlich, als er so getobt hat. Es war jedenfalls mein Glück und meine Rettung. Er hat ja sein todbringendes Medikament direkt danach getrunken. Das waren geschätzt keine zehn Minuten, bis von ihm nichts mehr zu hören war.«

»Er wusste wohl, das Spiel ist aus. Und was er nehmen muss, damit es schnell geht und nicht allzu unangenehm wird, da war er ja der Fachmann für«, warf Anne ein.

»Ich danke euch jedenfalls, ich danke euch allen.« Ruth sah in die Runde. »Ich bin froh über jeden einzelnen von euch.« Sie lächelte. »Ich kriege das hin. Das wird schon. Ich bin Psychologin, vergesst das mal nicht. Mit euch allen zusammen, wird das schon.«

»Was weiß denn Lisa-Marie?« Ziegler sah Ruth ernst an.

»Genug, um sich Sorgen zu machen. Sie will morgen kommen.«

»Ernsthaft?« Ziegler lächelte. »Eine wunderbare Idee.«

Ruth nickte. Dann blickte sie auf den Tisch. »Sagt mal, hat hier eigentlich keiner gemerkt, dass wir weder Kaffee noch Kuchen geholt haben? Jetzt aber, das geht doch gar nicht.«

Ein Lächeln tauchte in ihrem Gesicht auf, das Georg vermuten ließ, dass es sogar sehr bald schon wieder gehen würde, dass Ruth das alles verarbeiten würde, auch wenn diese Tage in der Erinnerung immer mit Traurigkeit und Wehmut verbunden bleiben würden.

Während sie noch überlegten, wer was essen und trinken wollte, hörte Georg Evelyn, wie sie ganz selbstvergessen in ihrem Rollstuhl murmelte: »Und sie ist doch mein Engel.«

*

EPILOG

Georg hatte schon vor zwei Tagen das Schild aufgestellt:

Cocktailparty an der Strandbude 20

Es war ein Versuch, etwas Neues auszuprobieren. Rastlos seien er und Hella, sagten die Leute im Dorf und auch Jens zog ihn oft damit auf. Georg fand das Leben zu spannend, um es in täglich gleicher Manier zu verbringen. Hatten nicht die letzten Wochen gezeigt, wie nötig es war, das Leben zu feiern?

Bisher hatten sie die Strandbude nur bis zum frühen Abend geöffnet und Hella und er waren aufgeregt und gespannt gewesen, wer heute am Abend alles kommen würde. Allzu viel Auswahl konnten sie hier zwar nicht bieten, aber ein Versuch war es allemal wert gewesen. Sie hatten einen Teil der Strandkörbe geöffnet und den Weg mit Windlichtern bestückt, die er nun entzündete. Die Sonne war gerade untergegangen, die dunkelblaue Dämmerung legte sich über den Strand und oben kämen gleich die Feuerkörbe zum Einsatz.

Die Gäste waren begeistert. Hella und Jens waren kaum mit dem Mixen nachgekommen und sowohl alkoholische wie nichtalkoholische Cocktails waren ihnen förmlich aus den Händen gerissen worden. Solange es noch hell war,

war die Stimmung beschwingt und aufgedreht gewesen und einige Gäste hatten Musik aus ihren Bluetooth-Lautsprechern laufen lassen. Mehrere Frauen hatten in ihren langen Strandkleidern unten im Sand getanzt.

Jetzt kehrte etwas Ruhe ein. Jacken und Tücher wurden ausgepackt und umgelegt. Viele zogen sich in die Strandkörbe zurück und breiteten mitgebrachte Decken über sich aus. Mit am meisten freute ihn, dass unten am Strand zum ersten Mal wieder Elena und Peter mit Kerstin und Gerda beieinandersaßen. Peter und Elena waren Hand in Hand gekommen. Georg hatte kurz geschluckt. Nach dem, was Elena hatte durchmachen und erleben müssen, würde er ihr so sehr das große Glück gönnen. Ihres war wahrscheinlich endlich. Aber war es nicht umso wertvoller, dass die beiden die bleibende Zeit miteinander teilten? Wer wollte schon darüber urteilen?

Als alle Lichter in den Gläsern brannten, gesellte sich Georg zu Ruth, Lisa-Marie, Martin und Anne.

Er hob die Hand und zeigte Jens eine Fünf mit den Fingern. Eine gemeinsame Runde »Feenwasser«. Florence lag ihnen zu Füßen und immer mal wieder kraulte jemand das Fell. Ruth sah immer noch blass aus, aber ein Lächeln lag auf ihren Lippen, wenn sie zu Lisa-Marie sah.

»Was für ein schöner Abend«, sagte Ruth. »Ich bin froh, dass wir gekommen sind.«

»Darüber bin ich auch froh«, antwortete Georg. »Euer letzter Abend. Ich hätte euch ungern fahren lassen, ohne euch nochmal zu sehen.«

»Morgen kommen wir doch noch einen Kaffee bei dir trinken.«

»Dann habe ich aber noch weniger Zeit als heute Abend. Weißt du doch. Nicht nur Kaffee, auch die Bretter und die Kurkarten.«

Ruth lachte. »Stimmt, die Kurkarten.«

Georg beugte sich vor, nachdem Jens die Getränke gebracht hatte, und erhob sein Glas: »Auf euch! Wenn ich mir was wünschen darf: Bitte kommt wieder. Gebt unserem Dorf hier noch einmal eine Chance.«

»Bei mir kein Problem«, antwortete Anne sofort. »Es sei denn, meine Eltern lassen mich nicht mehr in unser Ferienhaus.«

»Na, und wo Anne ist, bin auch ich nicht weit«, dröhnte Martin etwas übermütig. »Oder sehe ich das falsch?«

Anne lachte ihn nur an, ohne ihm zu antworten.

Georg blickte zu Ruth. Auch Lisa-Marie sah ihre Mutter von der Seite an. »Und du?«

»Was wird denn jetzt aus Evelyn und Florence?«, fragte sie statt einer Antwort.

»Habe ich das noch gar nicht erzählt? Ja, so was.« Alle vier sahen ihn aufmerksam an. »Verrückte Geschichte, wirklich. Frau Doktor Baltrup bietet Evelyn so etwas wie einen Dauerpflegeplatz an und Evelyn kann – soweit ihr das möglich ist, ihre Erfahrungen in die Klinik hereintragen. Frau Doktor Baltrup hält auf einmal große Stücke auf sie.«

»Trotz der Drogen?«

»Wohl eher nicht. Das wird auch noch ein juristisches Nachspiel haben. In Wismar war sie übrigens, um das Ganze zu beenden. Sagt sie. Allerdings hatte sie ein letztes Mal Nachschub mitgebracht. Vorausgegangen war, dass Jakob Behrends über Marie Hafen von den Drogendeals wusste, und er Evelyn am Telefon bedroht hat. Behrends hat anscheinend so viel wie möglich zerstören wollen. Evelyn hat wohl tatsächlich Angst bekommen. Deswegen war sie an dem Tag auch so aufgeregt. Es war wahrscheinlich alles zu viel für sie geworden. Umso besser ist die Lösung, die Frau Doktor Baltrup vorschlägt.«

»Das ist wirklich großartig.« Ruth strahlte.
»Und Florence?«, fragte Anne ängstlich.
»Darf auch bleiben. Als Therapiehund. Ist das nicht einmal eine glückliche Wendung?«
»Was für eine Geschichte«, sagte Ruth und ihr fiel die Schweinebrücke in Wismar ein. Womöglich hatte Evelyn doch kurz vor ihrem Zusammenbruch ausreichend eins der Schweine gestreichelt, dass sich jetzt alles zum Guten fügte.

Sie dachte an ihren Ausflug in die beiden schönen Cafés, die sie vorgestern mit Lisa-Marie besucht hatte. Café Glücklich und Café Sinnenreich. Zwei ganz besondere Orte, an die sie sich gerne erinnern würde. Überhaupt: Es gab so viele schöne Dinge, die es hier noch zu entdecken gab. Wismar und Lübeck. Schwerin mit seinem Schloss am See. Und ob sie das Stand-up-Paddeln nicht doch einmal versuchen sollte? Vielleicht würde sie tatsächlich noch einmal zurückkehren. Dann, wenn sie nicht mehr zu oft an Jakob würde denken müssen. Auch wenn das immer in ihrer Erinnerung mitschwingen würde.

Warum sollte sie nicht wiederkommen? Unter anderen Vorzeichen. Sie dachte an Ernst Bender, den sie dann besuchen könnte. Am Nachmittag hatten sie noch telefoniert. Plötzlich konnte sie ein Lachen nicht unterdrücken.
»Was ist los?«, fragte Ziegler.
Ruth kicherte beim Reden. »Wegen Bender.«
»Wegen Bender?«
»Ja, ich habe ihn gefragt, ob er und Hofmann heute Abend auch kommen wollen.«
»Stimmt. Hatte ich ganz vergessen«, meinte Ziegler. »Warum auch nicht.
»Die beiden wollen heute Abend zum Line-Dance.«
»Wie bitte?« Alle stießen den gleichen Satz hervor.

»Ja, könnt ihr euch das vorstellen? Bender tanzend zur Country-Musik?«

»Wie ist es denn dazu gekommen?«

»Nun, die probieren jetzt so eine neue Form der Ost-West-Freundschaft. Total schöne Idee. Immer abwechselnd schlägt einer etwas vor, was er gerne mag oder ihm wichtig ist und der andere macht mit.«

»Hört sich so an, als würde es unserem Doktor Bender gut gehen, was?«, stellte Ziegler fest.

»Ich glaube auch«, antwortete Ruth. »Wer hätte das gedacht?«

Gedankenvoll schaute sie in den Himmel, dessen Farbe sich jetzt nicht mehr vom Meer unterschied. Nur dass oben die Sterne blinkten und ihnen hoffnungsvolle Nachrichten übermittelten. Ruth seufzte. Auch wenn sie das Leben nicht immer verstand, Himmel und Meer gaben ihr auf ewig Trost.

Sie legte den Kopf gegen den von Lisa-Marie und stieß ihr Glas an das ihrer Tochter. »Lass es dir gut gehen, mein Kind. Ich bin so froh, dass wir uns haben. Denn dadurch ist alles gut.«

ENDE

NACHWORT UND DANKSAGUNG

Eigentlich hätte dieser Kriminalroman an vielen Orten entlang der Ostsee spielen können. Eigentlich. Denn es gab gute Gründe, ihn genau dort zu verorten, wo ich es getan habe: In dem wunderschönen Ostseebad Boltenhagen, das mit den unterschiedlichen Seiten, die es zeigt, meine Phantasie so stark angeregt hat, dass ich gar nicht anderes konnte, als dieses Buch zu schreiben.

Dabei ist es immer schwer für einen regional angesiedelten Krimi, zwei Dinge unter einen Hut zu bekommen: Zum einen den Blick auf kriminelle Energien, auf das Böse, auf Dinge, die im realen Leben großes Leid verursachen. Zum anderen den Blick zu öffnen für eine besondere Landschaft mit ihren Schönheiten, aber auch Eigenheiten und Merkwürdigkeiten. Deswegen ist es mir besonders wichtig, an dieser Stelle zu betonen: Ja, ich habe mich ansprechen und inspirieren lassen. Ich habe den Ort Boltenhagen, so wie ich ihn kennengelernt habe, als Kulisse gewählt, um eine Geschichte zu erzählen. Aber diese Geschichte ist so nie passiert. Deswegen sind auch die meisten Schauplätze meines Romans zwar von der Wirklichkeit beeinflusst, aber komplette Konstrukte meiner Phantasie, auch mit ihren Bewohnern, ihrem Personal und ihren Patienten. Eingeflossen sind aber Eindrücke, Gesprächsfetzen, Momentaufnahmen, die ich in schriftstellerischer Freiheit mit Dingen verbunden habe, die möglicherweise aus vollkommen anderen Kontexten stammen.

Wie immer hat jede Regel eine Ausnahme, und deswegen beginne ich meine Danksagung mit den drei Schauplätzen, die mich während meiner Aufenthalte ganz besonders angesprochen haben. Freundlicherweise haben alle drei mir ihre Zustimmung gegeben, Teile der Handlung dort spielen zu lassen:

Da sind zum einen Tina und Stefan Jeske von der Strandbude 20 in Boltenhagen. Bei ihnen gibt es neben SUP tatsächlich einen wunderbaren Kaffee am Strand. Und auch noch das ein oder andere, wie es hier beschrieben ist. Ihre Kaffeetassen mit dem Logo »Das Meer sei mit Dir« haben mich während des Schreibens im Rheinland immer gedanklich an die Ostsee transportiert. Hella und Georg allerdings sind frei erfunden, wenn es Überschneidungen gibt, sind diese dem Zufall geschuldet.

Ein herzlicher Dank gilt auch Cornelia Pitsch vom Café Sinnenreich in Wismar. Ich war augenblicklich schockverliebt in diese Mischung aus Café und Galerie, Wohnzimmer und Second-Hand-Laden. Natürlich habe ich einige Seiten des Romans dort im Café geschrieben. Übrigens darf ihr »Feenwasser« seitdem bei keiner unserer Feiern fehlen.

Genauso herzlich sage ich Dankeschön an Katharina Glücklich. (Was für ein herrlicher Name – wie in einem Roman). Katharina betreibt das Café Glücklich, das als bezauberndes Kleinod in den Wismarer Straßen auftaucht, so dass man nicht vorbeigehen kann. Es ist ein absoluter Wohlfühlort, in dem der Name Programm ist.

Das Thema, zu dem ich geschrieben habe, ist verständlicherweise kein einfaches. Bedanken möchte ich mich an dieser Stelle bei vielen Menschen, mit denen ich mich beraten und ausgetauscht habe. Ein ganz besonderer Dank gilt all denen, die lebensverändernde Diagnosen erhalten haben und offen über ihre Erfahrungen berichteten. Ich möchte sie alle darin unterstützen, dass sie sich nicht aus der Mitte der Gesellschaft gedrängt fühlen. Es kann alle treffen. Und wir sind es denjenigen schuldig, die es selber nicht können, darüber zu reden und auf Missstände aufmerksam zu machen. Ein Dank geht an dieser Stelle an alle, die sich kümmern, Verständnis haben, Hände halten und manchmal auch nur zugeben, wie hilflos wir dem Leiden gegenüber stehen. Und: Es ist wichtig, dass wir uns alle darum kümmern, dass Behandlung und Pflege nicht allein nach den Gesetzen des Marktes funktionieren.

Ein großer Dank gilt auch diesmal meinen Testlesern. Danke an:

Irene Kiesler-Lohmer, die mir dank ihres rasanten Lesens immer ein schnelles Feedback gibt,

Nicole Peters, die nun auch Autorin im Gmeiner-Verlag ist, mit ihrem kritischen Profi-Auge,

Martina Tendler, als Mitglied eines Büchereiteams und als MTA gleich zweifach qualifiziert,

Nicole Berger, Inselpolizistin auf Norderney, mit ganz besonderem Insiderwissen und

Hajo Müller, bewährter Leser der ersten 50-100 Seiten, und mein Sparringspartner für germanistische Feinheiten.

Ein wunderbares Dankeschön an dieser Stelle an den Gmeiner-Verlag und an meine Lektorin, Claudia Senghaas. Nicht nur sie, sondern das gesamte Team hat mich in allen Belangen unterstützt, und trägt weiter dazu bei, den Traum des Bücherschreibens zu verwirklichen.

Was wäre eine Danksagung, wenn nicht all die Leute erwähnt würden, die mich unterstützen in vielerlei Hinsicht: mit aufmunternden Worten, mit Einladungen zu Lesungen, mit ausgelassenen Feiern und einer Menge Kaffee und Cheesecake. Danke, liebe Familie, liebe Freunde, liebe Nachbarn, liebe Lesungsorganisatoren und nicht zuletzt ihr, liebe Leser und Leserinnen.

Nicht in Worte zu fassen ist der Dank und die Liebe für meine drei Lieblingsmenschen – Dirk, Lukas und Sophie. Ich kann mich nur wiederholen: Ihr seid das Beste, was mir je passiert ist.